Please, Why Me

플리즈 와이 미

나막웃었잖아 장편 소설

PLEASE, WHY ME
플리즈 와이 미

Please,
Why
Me

CARLET

OMANCE

TORY

" contents "

Chapter 01. 온전한 하나

가끔 그런 생각을 한다. 만일 내가 자존심을 세우지 않고 원규에게 끝까지 매달려 제발 얘기해 달라고 사정했다면 어땠을까. 물론 원규는 네가 뭘 어떻게 하든 절대 얘기하지 않았을 거라고 했지만, 이미 벌어진 일에 후회까지 더해 내가 망가지는 모습을 볼 수 없었기 때문인지도 모른다.

정신을 차려 보니 또 냉장고 앞에 앉아 있다. 요즘 들어 이상한 습관이 생겼다. 원규가 출근한 후 토할 때까지 뭔가를 먹곤 하는데, 식탁에 차려서 먹는 게 아니라 냉장고에 있는 것들을 닥치는 대로 꺼내서 입에 넣는다. 그래야만 숨을 쉴 수 있기 때문이다. 내가 숨 쉬는 것이 아니라 음식물이 역류하며 숨을 부추기는 꼴이지만 먹는 것을 멈출 수가 없다.

억지로 삼킨 음식이 배를 무겁게 누르고 비위를 자극할 때까지 먹어야 한다. 뭐든 입에 넣고 대강 씹은 후 숨을 크게 한 번만 삼키면 된다. 식도를 타고 내려가는 음식물을 따라 속을 누르는 다른 것들도 함께 내려가기를 바라는 간절한 마음으로, 손에 닿는 것은 뭐든 밀어 넣고 있다.

"읍!"

포만감이라는 단어와는 전혀 어울리지 않는 불쾌함을 느낄 즈음, 매번 그렇듯 구역질이 올라왔다. 밑이 빠질 것처럼 무거운 배를 붙들고 입을 꽉 다문 채 2층 화장실에 들어서자마자 변기 뚜껑을 올렸다.

"우윽— 으윅!"

그냥 허리만 숙였을 뿐인데도 변기 안으로 줄줄 쏟아지는 토사물을 보기 싫어 눈을 감았다. 위산에 긁힌 식도가 따갑고 숨이 턱 끝에 차오를 때마다 두 번 다시 이러지 말자고 다짐해 봐도 소용이 없다. 분명히 가슴을 꽉 막고 있는 덩어리가 있는데, 이 빌어먹을 것이 토사물에 딸려 나온 듯하다가도 화장실만 나서면 어김없이 숨통을 죄어 온다. 토해 내야 하는데, 그러고 싶은데…….

"흐—윽!"

언제나 마찬가지인 이 광경에 유일하게 다른 것이 있다면, 원규가 새로 끼워 준 반지다. 왼손 약지에 끼운 반지가 변기에 긁혀 날카로운 소리를 내고 있었다. 만일 원규가 이런 모습을 보면 기분이 어떨까.

"흐윽 흑……!"

더 이상 뱉어 낼 게 없어 수돗물을 배 터지게 마시고 허리를 숙여 아랫배를 눌러 가며 비위를 자극했다. 주르륵 흘러나오는 희멀건 맹물이 보기 흉한 거품을 만들었다. 그럼에도 불구하고 나는 오늘도 속을 비워 내지 못했다. 이 안에, 이 안에 있는데. 이걸 비워 내지 못하면 온몸이 통째로 썩어 들어갈 것 같은데.

"우—윅 읍……!"

오른 손등에 잇자국이 선명하다. 검지 마디가 끝나는 부분은 살갗이 벗겨져 피가 흐를 정도다. 무리하게 손을 집어넣고 목구멍을 찔러 댔으니 윗니에 긁힌 손등이 성할 리가 없는 것이다.

원규를 위해서라도 이러지 말아야 하는데, 목구멍을 짓누르고 있는 것을 토해 내지 않으면 금방이라도 숨이 끊어질 것만 같다. 깨끗하게 날아가 버린 기억이 원망스럽고 내장을 전부 쏟아 내고 싶을 정도로 불쾌하게 들러붙는 무의식이 두렵다. 이 모든 것들로부터 자유로울 날이 있을까. 우해준을…… 털어 낼 수 있을까. 아니, 나 스스로를 용서할 수 있을까. 혼자 있는 시간이 두렵다. 이런 식으로 원규에게 절박해지는 나의 모습이 싫다.

"원규야."

그럼에도 불구하고 생각나는 사람은 원규뿐이라, 부들부들 떨리는 손으로 반지를 입술에 누르며 눈을 감았다. 원규가 퇴근하기 전에 이 난리를 수습해야 하는데, 오늘따라 몸이 너무 무겁다.

한참을 벽에 기대 앉아 있다가 몸을 일으켰다. 물을 내리고 아무것도 묻지 않은 변기를 수세미로 박박 문지른 후에야 속이 조금 가라앉았다. 그대로 옷을 벗고 샤워부스로 들어와 탭을 누르자 찬물이 쏟아져 나오며 살갗을 파고들었다.

상처가 아물지 않은 몸을 구석구석 닦으며 사람의 머릿속도 이렇듯 뒤집어서 닦을 수만 있다면 얼마나 좋을까 생각해 본다. 그럴 수만 있다면 깨끗하게 지워 버리고 싶다. 진심으로, 아무것도 기억하고 싶지 않다.

딩— 동—

욕실에 연결된 인터폰이 울렸다. 이 시간에 올 사람도 없으니 잘못 누른 것이려니 생각하고 무시하려는데 여러 차례 울리기를 반복하고 있다. 그러고 보니 올 사람이 아예 없는 것은 아니다. 사나흘에 한 번씩 근처 마트에서 식료품을 배달시키는데 오늘은 다른 날보다 일찍 도착한 모양이다. 하지만 이상하다. 지금까지는 항상 프런트를 통해서 받아 왔기에 벨은 한 번만 누르고 현관 밖에 두고 가도록 부탁해 뒀기 때문이다.

몸에서 물이 흐르는 채로 샤워부스에서 나와 까슬까슬해진 목을 가다듬으며 인터폰을 켰다. 불안함을 떨치려 노력할수록 속이 무겁게 가라앉아 나도 모르게 숨을 죽여야 했다.

— 한요은.

원규다.

— 요은아?

박원규.

— 한요은?

"어."

— 잤어?

"아니. 욕실에."

— 놀랐잖아.

"근데 무슨 일이야? 아직 퇴근 시간 한참 남았잖아."

— 요은아.

"응?"

— 일단 문 좀 열어 주면 안 돼?

안쪽에 설치한 잠금장치 때문에 밖에서는 문을 열 수 없다는 걸 깜빡했다.

"아! 미안. 금방 나갈게. 잠깐만."

— 괜찮으니까 천천히 해.

혹시라도 원규가 이상한 냄새를 눈치챌까 봐 얼른 욕실 창문을 열었다. 한겨울의 찬바람이 들이치는 것도 모르고 탈취제를 여기저기 뿌린 후에야 지독한 한기가 느껴진다. 건성으로 물기를 찍어 낸 타월과 옷을 둘둘 말아 놓고 얼른 욕실을 나섰다.

옷장을 열어 손에 닿는 대로 셔츠와 바지를 꺼냈다. 바지부터 입고 셔츠를 뒤집어쓰며 아래층으로 가는 계단에 섰다. 머리카락에서 뚝뚝 흐르는 물을 수습해야겠다고 생각하면서도 걸음은 이미 현관 앞에 몇어 있었다.

잠금장치를 하나씩 푸는데 원규가 밖에서 숫자를 세기 시작했다. 하나를 풀 때마다 하나씩 올라가는 숫자를 듣고 있자니 마음이 급하면서도 편해졌다. 조금 전까지 넋을 놓고 있을 때와는 판이하게 다른 스스로를 깨닫고도 웃음이 나는 걸 보면 나도 참 어지간히 원규를 좋아하나 보다 싶을 즈음, 안으로 들어선 원규가 두 팔을 활짝 벌려 나를 안았다.

"자는 줄 알고 그냥 가려고 했어."

"미안."

"음— 좋은 냄새."

젖은 머리카락 위로 원규의 손이 느껴진다.

"타월은?"

"응?"

"머리 젖었잖아."

"아. 말리면 돼. 급하게 나오느라고."

"빨리 올라가자."

"어?"

"머리 말려야지."

"아, 응."

원규의 손에 이끌려 2층으로 올라왔다. 나를 곧장 침대에 앉힌 원규가 욕실에서 타월을 가지고 나왔다. 그런데 그의 손에 조금 전 입었던 옷과 함께 말아 놓은 타월이 함께 들려 있다. 어설프게 삐져나온 속옷을 보고 정신이 번쩍 들어 자리에서 일어나자, 원규가 얼른 손을 피하며 웃는다.

"줘. 내가 치울게."

"아니. 내가 할게. 머리부터 말려."

"이리 줘."

"왜?"

알면서 묻지 말자.

"이거 때문에?"

원규가 브래지어 끈에 손가락을 살짝 걸치며 물었다.

"줘, 이리."

"뭐 어때. 빨래 널고 갤 때도 가끔 보는데."

"아니……."

"알았어. 여기 두면 되지?"

알았으면 진작 거기 둘 일이지. 하여튼 사람 놀리는 걸 은근히 좋아하는 성격이다. 원규가 협탁에 내려놓은 타월을 얼른 집어 들고 아래층으로 가려는데 어깨를 부드럽게 내려누른 손길에 다시 침대에 앉을 수밖에 없었다.

"자기 전에 샤워했잖아."

"어."

"근데 또 했어?"

"그냥."

"매일 두 번씩 샤워해?"

"아니, 그냥."

"맨날 그냥이래."

"아니, 진짜."

원규가 새로 꺼낸 타월로 나의 머리를 감싸 올렸다. 그런데 머리카락이 놓였던 셔츠 부분이 축축하게 젖어 가슴의 윤곽이 드러나고 말았다. 타월을 부드럽게 말아 쥐고 있던 그가 느닷없이 헛기침을 하며 옆으로 앉은 것을 보면, 놀란 사람은 나뿐만이 아닌가 보다.

"나 잠깐만."

얼른 침대에서 일어나 옷장 쪽으로 걸음을 옮겼다. 그런데 어쩌지? 원규가 보는 앞에서 브래지어를 차기도 그렇고, 원규한테 이쪽을 보지 말라고 하는 것도 이상하고, 아래층으로 내려가서 차는 것도 조금 이상한 상황이다.

"한요은."

"어?"

뒤돌아서 원규를 마주 볼 수가 없다.

"나 여기 있어도 되지?"

가슴이 정신없이 요동치기 시작했다. 숨이 가쁠 정도로 가슴이 벅차면서도 당연해야만 했던 많은 것들이 어긋나 버린 과거가 떠오른다. 서랍장을 열고 앉아 이러지도 저러지도 못하는 사이, 나의 뒤로 와서 무릎을 꿇고 앉은 원규가 조심스럽게 어깨를 끌어안았다.

"한요은."

오른팔을 따라 천천히 내려온 원규의 손길이 나의 손등 위에 멎었다.

"요은아."

왈칵 솟은 눈물을 참으려 입술을 깨물자 가슴이 움츠러든다. 원규의 손이 닿은 곳은, 정확히 나의 오른손 검지 마디 아래였다. 억지로 토하느라 살갗이 벗겨진 곳이었다.

"아프겠다."

방금 우연히 본 것이라고 생각하기에는 너무 조심스러운 손길이다. 그리고 너무 슬픈 목소리다. 매번 수세미가 닳도록 닦아 내고 꼼꼼하게 환기까지 시켰는데 어떻게 알았는지 모르겠다.

"언제부터 이런 거야?"

"미안해."

나의 손등에 손길을 멎고 있던 원규가 숨을 깊게 삼키는 것이 느껴진다.

"미안하라고 한 말 아닌 거, 알잖아."

괜찮고 싶었다. 조금 늦기는 했지만 원규의 진심을 알았으니 괜찮다고 생각했다.

"가끔 너무…… 답답해. 여기…… 여기에 뭐가…….

원규는 가슴을 쥐어뜯는 나의 손을 말없이 움켜쥐었다.

"어떡하면 되니. 내가 어떡하면 되는지 말해 줘. 니가 하자는 대로, 하라는 대로, 뭐든 다 할게."

"너 때문이 아니야. 니 잘못이 아니야."

"그럼? 니 잘못이야? 그렇게 생각하니?"

"모르겠어. 나도 모르겠어. 너무…… 답답하고 화가 나. 넌 아니라고 하지만 조금만 더 기다렸으면…….

이런 일은 없었을 거라고 말하는 것조차 끔찍하다. 어떤 식으로든 그 일을 언급하고 싶지 않다. 모든 것을 완벽하게 지워 버리고 싶다. 하지만 이미 벌어진 일이고 아무리 후회한들 돌이킬 수 없다는 것을 알면서도 자꾸만 되짚고 있다. 나도 모르게 그날을 되짚으며 뼈를 부수는 후회에 억장이 무너지고 만다.

"미안해."

"요은아, 제발."

원규가 나를 돌려 앉혔다.

"뭐가 그렇게 미안한데? 기다리지 못한 거? 그럼 나는? 널 기다리게 만든 나는 어떡해야 되니."

내가 원규한테 미안한 건 기다리지 못했기 때문만이 아니다.

"잊어버릴 수 있을까. 원규 니가…… 잊을 수 있을까. 그런 생각을 해. 난 어떻게든 견디겠지만. 니가 왜 이런 나를 감당해야 하는지…… 그게 너무 미안해. 너한테 좋은 기억만 주고 싶은데…….

원규가 더는 말하지 말라는 듯 나를 세게 끌어안았다.

"한요은 너, 진짜 멍청하네."

그래, 멍청하고 성격 급해서 미안하다.

"니가 말한 좋은 기억이, 뭔데?"

몰라서 묻는 건가. 나쁜 일은 하나도 없는 행복한 사람이고 싶었다. 어렸을 적 얘기를 하지 않았던 것도 그런 이유다. 일제 치하에 형제자매를 잃은 집안 어른들이 나를 모질게 대했던 시간도, 그런 시간 속에 그분들의 슬픔과 설움으로부터 벗어나고 싶었던 기억도, 무엇 하나 원규에게 얹고 싶지 않았다.

"한요은 너한테 난 어떤 사람이니? 기억에도 없는 어렸을 때부터 사촌 형의 빈자리를 채우느라 미국에서 자라고, 잠깐 한국에 들어와서는 말도 안 되는 오해 때문에 상처받고, 결국 지금까지도 아버지의 믿음을 얻지 못한 나는, 너한테 어떤 기억을 줄 수 있는데?"

"원규야……."

"대답해 봐. 나는 너한테 어떤 사람이고, 어떤 기억인지."

"그건 우리가 만나기 전이잖아."

원규의 한숨이 나의 가슴에 깊이 닿았다.

"좋은 기억. 그게 무조건 밝고 행복하기만 할 필요는 없어. 아니. 그럴 수는 없어, 한요은."

원규가 나를 품에서 놓은 채 뺨에 흐르는 눈물을 닦아 준다.

"나한테는 지금 이것도 좋은 기억이야. 니가 곁에 있는 매 순간이, 좋은 기억이라고."

눈물을 멈출 수가 없다.

"사랑해."

다른 생각은 조금도 할 수가 없다. 세상 그 어떤 약속보다 믿음이 가는 말이다.

"사랑해, 한요은."

나도 사랑한다고 말하고 싶은데 목소리가 나오질 않는다.

"밝고 행복하고 아름다운 거. 그게 사랑의 전부는 아니잖아. 니가 웃을 때도, 또 울 때도, 나는 널 사랑할 거야."

사랑받을 자격. 내가 힘들었던 이유는 바로 그것이었다. 원규의 사랑을 받을 자격이 나에게 있을까. 나의 사랑으로 원규가 행복할 수 있을까. 그 일을 이겨 내고 원규를 온전히 사랑할 수 있을까. 그런 생각을…… 했던 것 같다.

"니가 기쁠 때도 슬플 때도, 사랑할 거야. 다른 건 필요 없어. 한요은 너면 돼. 너 하나면 충분해."

차고 넘치는 사랑에 불안해질 만큼, 많이 사랑받고 있었다는 걸 새삼스럽게 깨닫는다.

"한요은 너…… 니가 전부야."

원규가 나의 오른 손등에 부드럽게 입을 맞추며 속삭이듯 말했다.

"힘들어하지 말라고는 안 할게. 그런데, 억지로 숨기려고 하지는 마. 절대, 그러지마. 응?"

눈물에 목이 메어 여러 번 고개를 끄덕이는 것으로 답을 대신했다.

"하나만 더 부탁해도 돼?"

나를 바라보는 원규는 많이 아프면서도 한없이 행복한 미소를 짓고 있었다.

"내가, 입혀 주고 싶어."

"어?"

나도 모르게 눈물 사이로 말이 나와 버렸다. 입혀 주다니, 뭘?

"속옷."

"어?"

"내가 골라도 되지?"

"어…… 아니, 그……."

"안 돼?"

저런 눈빛으로 물으면 어떻게 거절하라고.

"너도 내 속옷 골라 놓잖아."

"그건 그런데, 난 입혀 준 적은 없……."

괜한 말을 했다.

"그럼 이따 퇴근하고 나서 입혀 주든가."

이럴 줄 알았단 말이지.

"이렇게 해 봐."

원규가 나의 셔츠 아랫단을 조심스럽게 잡으며 시선을 마주해 왔다.

"내…… 내가 할게."

"내가 하고 싶어."

어떡하지? 어떡해야 될지 모르겠다. 너무 부끄러운데, 사실대로 말하는 것이 더 부끄럽다. 어떻게 보면 당연하게 여겨야 하는 일인 것도 같지만, 셔츠 한 장 아래로 아무것도 걸치지 않은 몸을 보여도 되는 건지 모르겠다.

"한요은 너, 정말 예뻐. 항상 예쁘지만 이럴 때는 더 예뻐."

제발 그만. 심장이 터질 것 같단 말이다.

"혹시 알고 이러는 거야?"

"아니거든."

금방 웃음이 터지는 걸 보니 장난을 치는 것도 같고, 도무지 알 수 없는 박원규의 눈빛과 손길을 어떻게 받아들여야 하는지 누가 좀 가르쳐 줬으면 좋겠다.

"소매에서 팔만 빼 봐. 나머지는 내가 알아서 할게."

원규는 이미 레이스가 없는 민트색 브라를 손에 들고 있었다. 내가 좋아하는 디자인과 색상을 알고 있는 것이 하나도 이상하지 않은 사람. 그래서 더 이상한 박원규다.

"빨리. 춥잖아."

추울 게 걱정이면 이불을 덮어 주지 그러세요.

"이제 좀 웃네. 울어도 예쁘고 웃어도 예뻐서 어떡해."

"그만 놀려."

"진짠데?"

또 무슨 장난을 치려나 입술을 깨문 순간, 원규가 셔츠 소매를 살짝 끌어당기며 팔을 안으로 넣도록 했다. 소매에서 빠져나온 팔을 어쩌지 못하고 가슴을 가리자 가슴골이 도드라지며 라운드넥 위로 살짝 올라왔다. 화들짝 놀라 팔을 조금 더 위로 올리려는데, 가만 보니 나보다 원규가 훨씬 당황한 것 같다.

얼음땡 놀이도 아닌데 잔뜩 얼어서 손 하나 까딱하지 못하는 모습이 어찌나 사랑스러운지, 조금 전까지 울고 있었다는 사실은 까맣게 잊을 정도로 웃음이 난다. 울렸다가 웃겼다가 사람 오락가락하게 만드는 데 도가 튼 박원규. 받은 만큼은 아니어도 조금은 되돌려 주는 것이 아내로서의 도리가 아닌가 싶다.

"박원규?"

원규는 그제야 헛기침을 하며 남은 한쪽 소매를 마저 당겼다. 원규의 뜻대로 순순히 팔을 빼고 두 팔로 가슴을 가로안았다. 물론 시선은 잠시도 원규를 놓치지 않은 채였다. 하지만 원규는 나를 제대로 쳐다보지도 못하고 있다.

"원규야, 뭐 해?"

"어? 아, 그냥."

"나 추워."

"어? 어! 미안."

그러게. 천 리 길도 한 걸음부터라는데 느닷없이 브라를 입혀 주겠다더니.

"어, 팔을 들어야 될 거 같은데."

"응? 어떻게. 셔츠 때문에 못 드는데."

"아니, 팔을 여기 껴야 되니까."

브라스트랩 사이로 손을 넣은 원규의 모습이 너무 어색하고 웃기다.

"아닌가? 일단…… 여기부터 채우면 되나?"

후크로 손을 옮긴 원규가 망설이듯 물으며 나를 봤다. 억지로 웃음을 참고 있던 나와 눈이 마주친 순간, 내 생각을 읽기라도 한 듯 원규가 미간을 살짝 찌푸렸다. 그러더니 곧장 나의 가슴을 끌어안으며 브라후크를 채웠다.

"아……!"

맨살에 닿은 원규의 손길에 놀라 가슴이 움찔했다.

"왜? 아파? 어디 긁혔어?"

"갑자기 그러면 어떡해. 놀랐잖아."

"미안."

"치— 됐어. 이제 내가 할게."

가슴을 가리고 있던 한 손으로 브라를 제대로 입으려는데 원규가 허리를 끌어안으며 몸을 가까이 해 왔다. 원규의 품에 안기느라 반쯤은 무릎을 꿇은 자세가 되고 말았다.

"사랑해, 한요은."

뺨에 닿았던 원규의 입술이 천천히 나의 입술에 닿았다. 부드럽게 입술을 벌린 원규의 혀끝이 치열을 더듬으며 달콤한 숨을 쏟아 낸다. 하지만 그보다 더욱 달콤한 것은 사랑한다는 원규의 속삭임이었다. 너의 전부를 사랑한다는 속삭임이 끝없이 귓가에 울려 정신이 아득하다.

eeee

수사반으로 뛰어든 설주가 한달음에 반장의 책상 앞으로 달려들었다. 그가 사나운 기세로 사무실 문을 열어젖힌 순간부터 반장은 앞일을 예상한 듯 미간에 주름을 잡고 앉아 시선을 떨어뜨리고 있었다. 대여섯 정도 되는 형사들이 웅성웅성 자리를 피한 수사반에는 어느덧 반장과 설주 두 사람뿐이다.

"어떻게 된 겁니까?!"

GHB 판매책의 인상착의를 확보하고 탐문수사를 나갔는데 우해준 사건의 담당형사가 바뀌었다는 일방적인 연락을 받게 된 것이다. 게다가 서로 복귀해 보니 우해준은 이미 풀려난 다음이었다.

"일단 앉아."

반장은 조금 전 설주가 자빠뜨린 의자를 향해 고갯짓을 하고는 담배를 빼 물었다.

"말씀부터 들어야겠는데요."

"연락받았을 거 아니야."

라이터를 찾아 책상을 뒤적거리던 그가 필터를 씹으며 대답하고는 주머니를 더듬기 시작한다.

"네. 받았어요! 담당 바뀠으니 헛물켜지 말고 복귀하라고요!"

"헛물켜지 말라고는 안 했다."

"그게 그거죠! 왜 담당을 바꿉니까? 누구 마음대로요!"

반장이 책상을 탕 치며 일어나 물고 있던 담배를 퉤 뱉었다.

"내 맘대로 바꾼 거 아니니까 소리 좀 그만 질러!"

"그럼 누구 짓인데요?!"

"조용히 못 해?!"

반장으로서도 낯이 뜨거운 일이었다. 영장실질심사에서 불구속처분을 받은 것은 판사의 재량이니 그렇다 치지만 담당형사를 바꾸면서까지 우해준의 편의를 봐주려는 서장의 결정에는 회의적일 수밖에 없는 것이다.

"우해준 일찌감치 풀어 주려고 영장신청 서두르라고 하신 겁니까? 담당판사 구슬려서 구속부적합으로 풀어 주시려고요?!"

"담당판사가 불구속처분 내린 걸 난들 어쩌란 말이야."

되레 언성을 높이는 반장 앞에 설주는 넋 나간 사람처럼 실소를 터뜨리고 만다. 난들 어쩌란 말이냐고? 그러게 말이다. 그런 미친 새끼를 멀쩡히 내보내다니 대체 뭘 어쩌란 말인지 진심으로 궁금하다.

"어쨌든 수사 기간 동안 착실히 조사받기로 했다니까 마음 풀어."

"그런 새끼를 불구속수사 한다는 게 말이 돼요?! 당장 오늘 밤에도 사고 치지 말라는 법 있습니까? 수사 기간 동안 착실히 조사를 받아요? 하— 나 참 기가 막혀서 똥도 안 차네."

"일단 앉아. 앉아서 얘기하자."

"아뇨. 당장 피해자 설득해서 법원으로 갈 겁니다. 거기서 바로 고소장 쓰게 할 거예요!"

설주가 씩씩대며 돌아서려는 찰나 반장이 파일 하나를 팽개치듯 그의 앞으로 내던졌다.

"피해자가 있어야 법원에 가든 말든 할 거 아냐!"

허리를 숙인 설주가 낚아채듯 파일을 주워 들었다. 피해자의 진술서였다. 아니, 사건 현장에 있던 참고인의 진술서였다. 참고인 조윤주는 클럽에서 만난 우해준의 배려로 귀가하는 중이었으며 당시 복용하게 된 GHB의 출처 역시 불분명하다는 내용이었다.

"그 정도 애썼으면 됐어. 조윤주 씨 본인이 나서서 자기는 피해자가 아니라는데 뭘 더 어쩌겠어."

"이게 말이 된다고 생각하세요?"

"그렇지 않아도 남무석이라는 사람이 찾아와서 한바탕 휘젓고 갔어. 함정수사라더라. 널 가만 안 두겠다는 걸 뜯어말리느라고 얼마나 진땀 뺐는지 알기나 해?"

"함정수사요? 제가 일부러 조윤주를 클럽에 앉혀 놓고 우해준더러 얼른 데려가서 겁탈하라고 협박이라도 했답니까? 함정수사라고는 해도 단순 기회 제공은 합법인 거 모르세요? 진짜 몰라서 진땀 빼 가면서 말려 주셨어요?!"

"남무석이라는 인간이 표적수사니 함정수사니 너한테 불리한 조건 하나씩 까발리는 걸 직접 들었으면 나한테 엎드려서 절을 하고도 남

앉을 판이야! 그래! 니 말대로 강간미수라고 치자! 강간미수도 엄연히 친고죄야! 막말로 피해 당사자가 멀쩡한 몸뚱이로 나와서 저는 피해자가 아닙니다— 하는데 별수 있어? 피해자가 없으면 가해자도 없다는 거 몰라?!"

"그래요? 그럼 조윤주를 고발해야겠네요. 마약류관리법 위반 아닙니까? 이런 미친!! 뭐가 어째? GHB의 출처가 불분명하다고? 본인이 먹어 놓고도 어디서 어떻게 먹었는지 모른다? 이걸 지금 말 따위라고 하는 거랍니까?"

"마약류관리법 위반이면 더더욱 손 떼야지! 마약수사반 따로 두고 왜 우리가 나서?"

"아— 그래서 바꾸셨어요? 그래서 저한테는 한마디 상의도 없이 담당부터 갈아 치우신 겁니까?! 그쪽 반장님도 복 터지셨네요. 이거 눈감아 주는 대가로 얼마나 챙기실 건지 좀 여쭤보고 와야겠어요!"

우당탕—

"너 이 새끼!"

쓰러진 의자를 밟다시피 하며 책상 너머로 달려온 반장이 설주의 멱살을 움켜쥐었다. 서장의 명령에 못 이겨 속수무책으로 우해준을 내보내야 했던 그의 속도 말이 아닌 상태기에 대가를 챙겼다는 오해까지 받고 보니 눈앞에 불이 번쩍거려 이성을 잃고 만 것이다. 하지만 반장은 이내 손을 털며 물러나 쓰러진 의자를 일으켜 세웠다.

"어쨌든 손 떼라면 떼. 괜히 나서서 좋을 거 없어."

"단순 마약이 아니라 데이트강간 마약류니까 해당 사항이 아예 없는 건 아니잖아요. 며칠만 시간을 주세요."

"이미 넘어간 일이야."

"반장님도 보셨잖아요! 그 새끼 제정신 아니에요. 언제 또 사고 칠지 모른다니까요?!"

"그럼 사고를 제대로 치게 했어야지! 강간 현장을 잡았어야지 등신아! 약에 취한 여자를 차에 태우고 있었던 거 하나로 뭘 어쩌자는 거야?!"

설주는 이를 빠득빠득 갈며 수사반을 나섰다. 씨를 발라 말려 죽여도 시원찮을 개새끼, 그런 새끼가 제대로 사고 치기만을 기다려야 하는 세상이라니, 구역질이 나서 참을 수가 없다.

"씨팔…… 이래서야 제대로 사고를 친들 잡을 수나 있겠냐고!"

계단 난간을 힘껏 걷어찬 그는 담배를 빼 물며 조윤주를 직접 찾아가리라 마음먹었다.

eeee

며칠 전 억지로 르네를 불러내 사정 얘기를 전해 들은 연화가 가게 앞에서 원호를 기다리는 중이다. 선희와 같이 왔던 여자가 어떤 미친놈한테 몹쓸 짓을 당했으며 그 여파로 가게 분위기가 엉망이라는 르네의 말에 연화는 곧장 요은을 떠올렸다.

애써 평정을 유지하며 안타까운 척, 안쓰러운 척 그 여자가 당했다는 몹쓸 짓에 대해 묻는 동안 문득문득 비어져 나오는 웃음을 참느라 몇 번이나 입술을 깨물어야 했을 정도다. 그리고 비서실을 통해 한요은의 이름으로 검찰에 송치된 사건이 있다는 사실과 그녀가 한 달이 넘도록 입원해 있었음을 알게 된 지금, 연화는 근래의 어느 때보다 밝은 표정을 하고 있다.

"그러게— 내가 뭐랬어."

르네를 만난 후 며칠간 휴대폰 버튼이 닳도록 메시지를 남기고 전화를 해 댔지만 원호에게서는 아무 소식도 없었다. 더구나 며칠 전부터는 르네를 비롯한 다른 바텐더들마저 그녀의 연락을 피하는 눈치다. 하지만 아무려면 어떠랴. 저에게서 원규를 가로챈 요은은 말라비틀어질 정도로 불행해질 테고 그 지독한 불행의 이유를 알아챈 원규는 결국 요은의 곁을 떠나게 될 것이다. 그걸 지켜보는 것만으로도 망가진 자존심에 대한 충분한 보상이 되리라.

"한요은 넌 안 된다고 했잖아."

비서실에서는 조금 더 알아본 후에 자세히 보고하겠다고 했지만, 신훤그룹 축하연에 참석한 두 사람의 모습이 지나칠 정도로 다정했던 걸 보면 원규는 아직 무슨 일이 있었는지 모르는 것이 틀림없다. 대체 원규에게 뭐라고 둘러댔을까? 뭐라고 둘러댔기에 원규가 늦은 새벽에 전화해서 원망 가득한 목소리로 지난 일을 들먹였을까? 사건을 묻어 두도록 원호에게 사정하고 원규 앞에서는 다른 핑계를 댔을지도 모른다.

그것을 확인하려 이태원 가게 앞으로 원호를 찾아온 연화의 시야에 이제 막 골목에 들어선 민기의 모습이 들어왔다. 골목에 들이치는 칼바람을 피해 목도리를 친친 감은 민기의 눈에도 연화의 코발트색 세단이 한눈에 들어오기는 마찬가지였다.

"재수 털리게 저건 또 왜 와서 지랄이야."

민기는 가게로 통하는 오르막에 서서 짙게 선팅 된 세단의 앞 유리를 쏘아보며 중얼거렸다. 미친년, 염불이나 실컷 하다가 가든 말든 신경 끄자 생각하며 오르막을 오르려던 민기는 부글거리는 속을 가누지 못하고 연화의 세단이 있는 곳으로 성큼성큼 걸음을 옮겼다.

연화는 점점 가까워지고 있는 민기를 흥미롭게 지켜보는 중이다. 원래부터 그녀를 못마땅해하던 민기였지만 오늘따라 유난히 표정이 뒤틀린 걸 보면 뭔가 있는 게 분명했다. 서너 차례 운전석 창을 두드려도 대답이 없자 주변에 마땅한 벽돌이 없나 두리번거리는 민기의 앞으로 그녀가 마침내 얼굴을 드러냈다.

"너 보러 온 거 아니니까 좀 가 줄래?"

"그쪽이야말로 여기저기 들쑤시고 다니지 좀 말죠?"

"됐고. 원호 씨 아직인 거 같던데 언제 나와?"

"형이 그쪽 보겠대요?"

"연락 안 돼서 기다리는 중이야."

"연락 안 되면 보기 싫다는 거 아닌가?"

"까칠한 건 여전하네."

에라이, 미친년! 뜨신 밥 처먹고 할 일이 없어서 멀쩡한 사람들 이간질하고 그 미친년 놀음에 이 사달이 난 것도 모자라 뭐 또 주워 처먹을 게 있어서 여기 엎어져 있는 건지, 말이나 한번 들어 보자 하는 심정으로 연화를 쳐다보던 민기가 코웃음을 치고 만다. 거기에 놀아난 박원규가 한심하고 한요은이라는 여자가 불쌍하고 이년이 미친년인 걸 진작 알아차리지 못한 박원호는 더더욱 못난 인간이다 싶어 열불이고 나발이고 그저 우스울 뿐이다.

"여기서 염불이 아니라 염병을 해도 형 만나기 힘들걸요?"

"말이 좀 심하다."

"은호 앞세워 형 휘저은 것도 모자라서 박원규까지 끌어다 붙이고도 성에 안 차는 거 보면 정신력이 참 독보적이세요."

민기의 빈정거림에 연화의 표정이 굳어 갈 즈음이었다.

"민기야."

어둠이 내려 가로등이 들어온 골목 위로 원호의 목소리가 낮게 울렸다. 연화와 민기의 시선을 고스란히 받은 원호의 표정은 한 치의 흔들림도 없이 차분하기만 하다.

"형? 언제 오⋯⋯."

"먼저 들어가."

"형은?"

"얼른 들어가. 영업 준비 해야지."

원호는 불만에 찬 민기의 시선을 마주하며 다시 한 번 말했다.

"민기야, 얼른."

연화가 찾아오지 않기를 바랐다. 적어도 저런 의기양양한 미소만큼은 짓지 않기를 바랐다. 은호의 죽음을 슬퍼하던 그녀의 눈물만큼은 거짓이 아니리라 믿고 싶었기 때문이다. 하지만 지난 며칠간 연화가 궁금해한 것은 온통 원규였다. 지난 며칠간이 아니라 자신이 잠적했던 순간부터 줄곧 그녀의 관심사는 원규뿐이었다.

"형도 빨리 들어와."

민기가 가게로 통하는 오르막을 터덜터덜 오르자 연화는 그제야 차문을 열고 내려선다.

"무슨 일이야."

전에 없이 차가운 원호의 태도에 연화는 기분이 있는 대로 상해 버리고 말았다. 원규와 요은의 소식을 캐내려고 줄기차게 연락했던 것과는 상관없이 그에게서 미안하다는 말을 기대하고 있었기 때문이다.

"원호 씨가 내 연락을 철저하게 무시하는 이유가 뭘까 궁금해서."

"그럴 일이 좀 있었어."

"무슨 일?"

"은호 기일이 겹치기도 했고. 이런저런 일로 정신이 없었어."

예전 같았으면 굳이 묻지 않아도 그 일이 어떤 일인지 얘기했어야 하는데 은호의 기일까지 가져다 붙이며 대답을 피하려는 원호가 마음에 들지 않는다.

"나 계속 여기 세워 둘 거야? 들어가서 얘기하자."

"곧 영업 시작해."

"언제는 장사 안 했나? 사무실로 가면 되잖아."

"아니. 할 말 있으면 여기서 간단히 하고 가."

"원호 씨 나한테 화난 거 있어?"

허연화, 네가 아니라 나한테 화가 난다. 은호의 죽음에 눈이 멀고 정신이 나가 함께 슬퍼해 줄 사람이면 누구든 기꺼웠던 지난 시간에 화가 난다. 내가 위한 것은 뭐였을까. 은호를 위해서가 아니라 나를 위한 슬픔에 취해 살아온 것은 아닐까. 그리고 그런 나의 자기 연민을 뜯어먹어 가며 덩치를 키운 너는, 내가 만든 감정적인 기형인지도 모른다.

"여기서 간단히 끝날 얘기 아니니까 일단 들어가."

원호가 그를 지나쳐 앞장서려는 연화의 팔을 붙들자 그녀는 불쾌함을 노골적으로 드러내며 원호를 응시했다.

"왜 그랬니?"

"내가 뭘?"

"원규한테 말이야."

"내가 뭘?"

"요은 씨가 원규를 동성애자로 알고 있다는 거, 사람대접 못 받는 게 서러워서 집안 좋은 원규가 필요했다는 것도, 그리고 네가 정말 아끼는 후배라는 것도. 전부 거짓말이었잖아."

"그래서 화난 거야? 한요은 때문에?"

연화가 팔을 뿌리치며 원호를 정면으로 보고 섰다.

"정말 어이없다. 한요은한테 왜 이렇게 호의적이야? 걔가 여기서 당한 일 때문에 미안해서 그래?"

"연화야."

"그래. 나 허연화야. 근데 어떻게 나한테 이럴 수 있어? 한 달 훨씬 지나도록 연락도 무시하고 자기들끼리 똘똘 뭉쳐서 사람 바보 만드니까 재밌어? 나 하나로는 부족해서 원규까지 바보 만들 생각이야?"

"누가 누굴 바보로 만들어."

허연화 너 하나 때문에 모두 바보가 된 이 상황이 정말 아무렇지 않은 거냐고 묻고 싶다. 은호를 그렇게 보내고 얼마나 힘들었겠느냐며 그 슬픔을 어째서 혼자서만 감당하려 드느냐 날 위로했던 너는 대체 누구였냐고 묻고 싶다.

"한요은 강간당한 거, 원규는 모르지?"

그 한마디에 연화의 바닥을 본 것만 같아 숨이 푹 꺼져 버린 원호가 눈을 감았다. 다시 눈을 떠 바라본 연화는 여전히 미소 어린 표정으로 그를 바라보고 있다.

"원규가 모르면 어쩔 생각인데."

원호의 말에 연화는 가능성에 그쳤던 짐작을 확신하듯 코웃음을 쳤다.

"원호 씨 아주 무서운 사람이다. 원규가 결혼하겠다고 나섰을 때 진심으로 축하한다더니 원호 씨야말로 다 거짓말이었던 거 아니야? 한요은 개가 쓴 글, 지독하게 우울하고 짜증 날 정도로 질척거리고. 그렇게 자기 연민으로 똘똘 뭉친 한요은이 원규까지 망가뜨리길 바랐나 보네? 원규한테 언제까지 숨길 작정이었어?"

요은의 글이 좋았던 이유는 처절함 속에서도 행복한 사람들의 이야기였기 때문이다. 불행이 없어 행복한 것이 아니라 그 안에서도 행복할 수 있는 사람들의 이야기였기에, 어쩌면 그에게도 어머니와 동생의 죽음 앞에 편해질 날이 오지 않을까 하는 희망을 가질 수 있었다. 그 일을 잊지는 않더라도 언젠가는 마음 편히 안식할 수 있는 날이 오기를, 진심으로 바랐다.

그런데 연화의 눈에는 그들의 처절함만 다가왔던 모양이다. 좌절의 아픔도 그로 인한 슬픔도 없었기에 시나리오 작가로는 부적절한 인생이라며 자신의 처지를 한탄했던 것마저 모두 거짓이었던 걸까. 지금 눈앞에 있는 여자가 예전의 허연화라는 사실을 믿고 싶지 않다.

"원규, 다 알고 있어."

"뭐?"

원래 이런 인간임을 자신만 모르고 있었던 건지, 아니면 어떤 일을 계기로 변해 버린 건지 혼란스럽기만 하다. 만일 전자라면 이 끔찍한 상황을 초래한 스스로를 용서할 수 없을 것 같고, 후자라 해도, 지금으로서는 연화를 마주하고 있는 것 자체가 힘든 일이다.

"그리고 미수에 그친 일이야."

"미수에 그치다니? 말도 안 되는 소리 하지 마!"

"연화야."

"강간치상이 어떻게 미수에 그칠 수 있어? 한요은이랑 말이라도 맞춘 거야? 그래?! 원규한테도 그렇게 얘기했어? 강간당한 게 아니라 당할 뻔했다고? 그러니까 불쌍한 한요은 아껴 가며 잘 살아 보라고?"

"정말 왜 이러니?!"

"원호 씨야말로 왜 이러는데? 대체 무슨 속셈이야? 한 달 동안 연락 끊고 이제야 나타나서는 제대로 된 설명도 미안하다는 말도 없이 무슨 일이냐고? 용건만 간단히 하고 가라고? 원호 씨가 나한테 어떻게 이래?!"

"내가 뭘 설명해야 하는데!"

"다 얘기했어야지! 한요은이 무슨 일을 당했는지 나한테 얘기했어야지! 원규한테도 얘기했어야지!"

원호마저 요은의 역성을 드는 것 같아 약이 바짝 오른 연화의 발악은 발광에 가까웠다. 하지만 그런 와중에도 부정할 수 없는 사실이 있었다. 원규에게 요은을 소개한 것은 연화 자신이었다. 마치 원규와의 사이에서 원호를 이용했던 것처럼 요은도 그렇게 쓸 작정이었다. 그런데 누구도 안 된다며 자신을 밀어낸 원규가 요은을 허락했고 나아가 요은이 무슨 일을 당했는지 알면서도 곁을 지키고 있다니, 용납할 수가 없다. 거짓말이다. 거짓말이어야 한다.

"한요은이 뭔데?!"

"두 사람 그만큼 힘들게 했으면 됐잖아! 너만 아니었어도 이런 일 없었어!"

"듣기 싫어! 보아하니 원호 씨도 개한테 말린 거 같은데 내가 직접 원규 만날 거야. 만나서 다 얘기할 거야!"

부아가 치밀어 금방이라도 터질 것만 같은 눈알을 뒤룩뒤룩 굴리며 운전석으로 다가선 연화를 원호가 말리고 나섰다.

"비켜!"

연화는 운전석을 막아선 원호를 손이 닿는 대로 때려 가며 소리쳤다.

"이런 상태로 누굴 만나서 무슨 얘길 하겠다는 거야."

"박원규 만날 거야! 만나서 다 얘기할 거야. 한요은이 당한 일! 원호 씨가 걔를 위해서 전부 숨기고 있었던 거 전부다!"

"제발 정신 차려."

"원규 내가 데려왔어! 내가 데려왔고 내가 먼저 좋아했어! 내 사람이라고!"

"허연화!"

"차라리 원호 씨가 갖지 그랬어!"

"뭐?"

"내가 몰랐을 거라고 생각해? 원호 씨도 원규 사랑했잖아. 아니야?! 그래서 비겁하게 은호에 대한 죄책감까지 이용해 가면서 옆에 두려……."

촤악―

"악!"

찬바람에 얼얼한 뺨에 화기가 돌자 연화의 눈에 독기가 어렸다. 하지만 원호의 눈에는 그보다 더한 분노가 서릿발처럼 터져 나가고 있었다.

"박원호 너 미쳤어?!"

허연화는 은호의 죽음을 함께 슬퍼한 것이 아니었음을 이제야 깨달은 스스로에게 화가 난다. 이런 여자의 도움을 빌려 원규를 한국으로 데려온 것이 화가 나고, 아슬아슬하게 경계를 넘나들던 자신의 감정을 허연화가 멋대로 재단했다는 사실에 무엇보다도 화가 난다.

"미친 건 너야."

사랑스러운 모든 걸 사랑하지 않듯, 원규에게도 마찬가지였다. 죽은 동생에 대한 도리를 위해서도 아니었고 이룰 수 없는 사랑에 뼈아 파하며 동생에게 무관심했던 스스로를 단죄하려는 것도 아니었다. 그가 모르는 은호의 얘기를 들려주는 원규의 존재가 소중했을 뿐이다. 힘겹기만 했던 동생의 삶에 활력이 되어 준 원규의 존재는 원호에게도 마찬가지였다.

좋은 사람, 내 동생이 좋아할 만한 사람. 원규에 대한 원호의 감정은 그 이상을 넘은 적이 없었다. 물론 혼란스러웠던 적도 있지만 단 한 번도 원규를 상대로 그런 상상을 하지는 않았다. 그럴 여지조차 주지 않은 원규였고 설령 여지가 있었던들 동생이 사랑한 원규에게 같은 감정을 가질 수는 없었다. 그 경계를 아무렇지 않게 허물어 버린 연화에게 구역질이 난다.

"뭔가 오해가 있을 거라고 생각했는데 아니었네."

혀뿌리를 쳐 대는 욕설을 참기 위해 목에 핏대를 세운 원호가 옆으로 물러섰다.

"겨우 이따위밖에 안 되는 너한테 은호 얘기를 했다는 게, 나란 인간이 참 한심스럽다."

조소에 가까운 원호의 미소에 연화는 그제야 정신이 번쩍 들었다. 대체 한요은이 뭔데 박원규도 모자라 원호한테까지 이런 망신을 당해야 하는지 속을 찍어 대는 분노를 가눌 길이 없다.

"당장 꺼져. 그리고 다시는 나타나지 마."

팔에 쥐가 나도록 주먹을 움켜쥔 원호가 자리를 뜨자 연화는 모멸감에 몸서리를 쳤다. 모든 게 엉망이다. 모든 게 엉망진창이다.

eee

퇴근길에 오른 원규가 문자메시지를 확인하다 말고 핸즈프리 버튼을 눌렀다. 설주의 전화였다.

"네."

― 안녕하세요.

"네. 안녕하세요."

― 통화 가능하십니까?

"네. 말씀하세요."

― 오늘 우해준이…….

잠시의 침묵이 버거워 숨이 가라앉고 만다.

― 구속부적합으로 풀려났습니다.

몸을 짓누르며 올라온 한숨이 가라앉은 숨과 한데 엉켜 묵직하게 폐부를 누른다.

"어떻게……."

― 피해자가 참고인 진술을 했어요.

"무슨 말씀인지 잘 이해가 안 되는데요."

― 그러니까 본인은 피해자가 아니고 그냥 그 자리에 있었다. 뭐 그렇게.

"약물검사 결과는요?"

― 그것도 우해준이 먹인 게 아니라 클럽에서 받은 음료수를 마신 걸로 진술했어요.

"그럼 결국 무혐의로 풀려난 겁니까?"

― GHB가 애들 장난은 아니니까, 아마 두 사람 다 몇 번은 보충 조사를 받아야 될 거예요. 근데 지금으로서는 달리 혐의점을 찾기가 힘들게 됐어요. 차라리 피해자가 좀 데미지를 받더라도 현장을 덮쳤어야 했는데, 이건 뭐 그냥 약에 취해 의식을 잃은 상태여서 피해자한테 고소 의지가 없으면 달리 방법이…….

"피해자가 고소할 생각을 않는 거군요."

― 조금 전에 잠깐 만나서 얘기를 했는데 아마도 그쪽에서 먼저 손을 쓴 거 같아요. 정확히 이렇다 저렇다 말은 안 하는데 눈치가 그렇

더라고요.

병원에 입원 중인 요은을 찾아와서도 고소를 취하하는 게 어떻겠냐고 물을 정도였으니 멀쩡한 상태인 다른 피해자에게는 오죽했을까 싶다. 하지만 겉이 멀쩡하다고 해서 속까지 멀쩡한 것은 아닐 텐데, 남 변호사야 그렇다 치고 조윤주라는 또 다른 피해자를 쉽사리 이해할 수가 없다.

"어쨌든 전화 주셔서 감사합니다."

— 아닙니다. 일껏 신고까지 해 주셨는데 결과가 시원찮아서 죄송하네요.

신고 전화를 조금만 늦췄더라면 결과가 달랐을까. 어리석고 못난 짓인 걸 알면서도 그런 생각을 거둘 수가 없다.

"아뇨, 괜찮습니다. 오히려 번거롭게 해 드렸네요."

— 죄송합니다. 정말 죄송합니다.

죄송할 사람은 따로 있다며 그간 애써 주셔서 감사하다는 원규에게 설주는 몇 번이고 죄송하다고 말한 후 전화를 끊었다. 어쩌면 처음부터 잘못된 것인지도 모른다. 그런 쓰레기를 합법적인 방법으로 벌할 수 있을까. 마치 모든 법이 우해준을 위해 존재하고 있는 것만 같다. 요은의 사건이 검찰로 송치된 것도, 며칠이 지난 오늘 담당검사가 정해진 것도 모두 부질없는 일처럼 느껴진다. 지금 원규를 휘젓고 있는 것은 우해준에 대한 명백한 살의뿐이다.

띠릭— 띠릭—

핸즈프리를 끄는 것도 잊은 채 끓는 숨을 삼키던 원규가 발신번호를 확인하고는 잠시 망설였다. 하필이면 이런 때에 걸려 온 아버지의 전화를 선뜻 받을 수가 없는 것이다. 그대로 버튼을 해제하고 신호가 바뀌기를 기다리는 동안에도 아버지는 좀처럼 포기할 줄을 모른다.

조수석에 던져 놓은 휴대폰 액정이 쉴 새 없이 반짝이기를 그렇게 한참, 원규는 세 번째 신호에서 휴대폰을 들어 통화 버튼을 눌렀다. 결혼 전에도 또 결혼 후에도 아버지가 직접 전화한 것은 드문 일이라는 사실에 생각이 멎었기 때문이다.

"네."

— 어디냐?

"퇴근하는 중이에요."

— 뭐 하느냐 물은 게 아니라 어디냐고 물었다.

"반포대로에 있어요."

— 잠깐 들러라.

"네?"

— 내자동 사무실이니 잠시 다녀가라.

당장 내자동으로 들어오라는 때아닌 아버지의 말은 차라리 명령에 가까웠다. 내자동이면 종로에 있는 법무법인 수휘(首揮)의 본관을 얘기하는 것이었다.

"집사람이 기다립니다."

— 내가 너희 집으로 가랴?

"무슨 일이신데요."

— 전화로 나눌 얘기가 아니다. 그러니 당장 다녀가.

"내일 찾아뵐게요."

— 당장 다녀가라는데 웬 말이 이렇게 많아.

"퇴근이 늦어져서 집으로 가야 돼요."

— 오냐. 그럼 내가 가마.

심상찮은 아버지의 분위기에 잠시 고민하던 원규가 대로변에 보이는 주차장으로 들어가 차를 세웠다.

"무슨 일인지 말씀부터 해 주세요."

— 오늘 아주 대단한 손님 한 분이 다녀가셨다. 남무석 변호사라고, 모르지는 않겠지.

하릴없이 흔들린 원규의 한숨이 바람처럼 스산하다.

— 어떻게 할 테냐. 내가 가랴, 아니면 네가 오렴.

남 변호사가 요은을 다시 찾아가 시아버지인 박용태 변호사가 사실을 알고 있는지 떠보려는 찰나에 우해준이 사고를 쳤고, 그걸 수습하느라 동분서주하는 틈에 요은의 사건이 검찰로 넘어갔다. 조윤주를 협박하다시피 해서 사건을 무마하고 보니 더더욱 눈에 뵈는 게 없어진 남 변호사는 요은을 다시 만나 떠보고 말 것도 없이 박용태 변호사를 직접 찾아갔다.

우해준의 진술서와 진단서를 들고 박용태와 마주한 남 변호사는 저자세를 유지하면서도 교묘하게 우해준을 두둔했다. 저희 회장님도 아드님 걱정이 이만저만 아니신데 며느님이 그런 업소에 드나드셨다니 박 대표님께서도 걱정이 많으시겠다며, 서로 간의 실수로 법정 공방에까지 이르려서야 되겠느냐며 진심을 가장해 곤란한 기색을 보인 것이다.

"집에 들렀다가 바로 갈게요."

— 그래. 기다리고 있으마.

박 변호사는 감정이라곤 조금도 묻어나지 않는 건조한 말을 끝으로 전화를 끊어 버렸다.

eee

초인종을 누른 원규가 안쪽에서 들려오는 요은의 발걸음에 귀를 기울이고 있다. 오늘도 하루 종일 혼자서 집 안을 서성였을 요은의 생각에 저릿한 가슴을 누르며 빼꼼히 열린 문틈으로 그녀의 미소를 기다리는 중이다.

찰칵—

지잉—

띠로록—

잠금장치가 차례로 풀리는 소리를 들으며 하나, 둘, 셋, 넷, 다섯까지 세자 문이 열린다.

"왔어?"

현관에 놓인 신발 한쪽에 아슬아슬하게 발을 올린 요은이 웃는 얼굴로 갸우뚱하며 손을 내밀자 원규가 안으로 들어서며 손을 당겨 요은을 품에 안았다. 살포시 안긴 그녀의 머리카락에서 풍기는 보송보송한 향기에 하루의 피로가 흔적도 없이 녹아내린다.

"피곤하지?"

그녀가 오늘따라 지쳐 보이는 원규를 걱정하며 물었다.

"피곤했는데 지금은 괜찮아."

발끝을 더듬어 나머지 신발 하나를 찾고 있는 그녀의 몸짓을 모를 리 없건만 평소와 달리 팔을 풀어 줄 수가 없다. 차라리 두 팔로 그녀를 안아 올릴지언정 품에서 놓고 싶지는 않다.

"원규야 잠깐……."

요은이 균형을 잡으려 원규의 가슴에 손을 의지한 순간, 원규가 그녀의 손목을 가볍게 그러쥐며 숨을 깊이 마셨다. 혈관을 타고 흐르는 아찔한 향기에 취해 숨을 뱉는 것조차 잊어버린 원규가 차고 매끄러운 그녀의 목덜미를 입술로 누르며 허리를 끌어안자 신발을 딛고 있던 요은의 발끝이 살짝 들려 올라간다.

"으아……."

의지할 곳 없던 두 팔이 원규의 어깨 위로 놓이고 목덜미를 가볍게 누르는 원규의 입술을 피한 그녀가 꽃망울을 터뜨리는 꽃잎처럼 웃음을 터뜨렸다.

"하아…… 간지러워."

원규는 그제야 요은을 놓아주며 마주 웃은 입술로 이마에 가볍게 입을 맞췄다. 원규의 입술이 멀어지자 뒤꿈치를 들어 올린 요은이 그의 앞머리를 살짝 넘기며 살포시 입술을 부딪쳐 온다.

"저녁은?"

요은이 거실에 올라 돌아서며 물었다.

"애들이랑 대강. 넌?"

"난 배부르게 잘 먹었는데."

"뭘 그렇게 자알 먹었어?"

오늘따라 밝아 보이는 요은의 모습에 덩달아 기분이 좋아진 원규가 안으로 들어서자 주머니를 뒤적이던 그녀가 뭔가를 내밀며 활짝 웃는다.

"뭐야?"

"영수증."

"영수증?"

"나 오늘 마트에 갔었다?"

요은이 건넨 영수증에는 이것저것 잡다한 먹을거리를 산 목록들이 주르륵 나열돼 있었다.

"혼자?"

"응! 거기 날짜랑 시간 보이지?"

1월 30일 3시 37분.

"반찬이랑 간식이랑 잔─뜩 사 왔어."

"같이 가지 그랬어."

"으으음─"

요은은 도리질하면서도 연신 웃고 있다.

"혼자 다닐 만하던데?"

조금씩 나아지고 있다. 그게 얼마나 다행인지 모른다. 다른 건 다 상관없다. 이 여자만 괜찮다면, 얼마든지 무엇이든지 다 참을 수 있다. 하지만 이 여자가 참아야 할 상황만은 절대 만들지 않으리라. 그러니 가야 한다. 아버지는 절대 내일을 기다려 줄 분이 아니라는 것을 원규는 잘 알고 있었다.

"맛있는 거 해 줄까?"

"어."

"뭐 먹고 싶어?"

"음— 오래 걸리는 거?"

"음?"

"잠깐 어디 좀 다녀와야 될 거 같아서."

벽시계를 확인한 그녀가 습관처럼 입술을 오물거린다.

"어디?"

"들어오는데 아버지께서 전화하셨어."

"아버님?"

"응."

"무슨 일로?"

"사무실에 다녀가라고."

"사무실?"

"응. 아버지 회사."

시아버지의 회사라면 광화문 쪽이다.

"무슨 일인데?"

"상의할 게 있다고 하셨는데 가 보면 알겠지."

골똘해진 요은의 표정이 원규의 가슴에 휑한 바람을 일으킨다. 하지만 혼자 기다릴 그녀가 지레짐작에 짓눌릴 것이 싫다. 그러니 다녀와서 얘기할 생각이다. 미리 얘기하면 가는 내내 그녀를 걱정하느라 무엇에도 집중할 수 없을 것 같다.

"아버지 성격 알잖아. 와라, 그게 전부지 뭐. 전에도 가끔 이러셨어."

남무석이 시아버지를 찾아갔으리라고는 상상조차 하지 않는 그녀였다. 하지만 원규에게 사람을 붙일 정도로 걱정이 많은 분이라면, 최근에 원규가 빛바람의 소개로 만나고 있는 남자의 존재를 알고 있을지도 모른다는 생각이 든다.

"혹시…… 오해하신 거 아닐까?"

"오해?"

"빛바람 선배 소개로 알게 된 사람. 종종 사무실로 찾아온 적 있다며. 지난번에 찾아뵀을 때도 오해하고 계셨잖아."

"그러니까 지금, 나하고 그 남자 사이를 오해하고 계신 거면 어쩌나 걱정하는 거야?"

원규가 씁쓸하게 웃으며 되물었다. 생각해 보니 그럴 수도 있을 것 같다. 그리고 요은이 그런 걱정까지 하게 만든 것이 미안하다.

"혹시 아버님께서 그 사람을 따로 알아보시거나 해서…… 이번 일에 대해서도…… 알게 되신 거면……."

요은에게 다가선 원규가 살짝 구부린 검지와 중지 사이로 그녀의 코끝을 가볍게 흔들었다.

"으윽—"

요은은 맹맹한 신음으로 얼굴을 피하며 원규를 바라본다.

"뭐—야아."

"보면, 걱정이 참 많아. 그리고 만약에 아버지가 알게 되셨어도 걱정할 거 없어. 오히려 그렇게 되면 걱정은 가해자가 해야 될걸? 아버지, 검사장이셨잖아."

"그래도……."

"내 말 믿어."

요은은 어떻게든 자신을 안심시키려는 원규에게 더는 걱정을 끼치고 싶지 않다.

"네, 오빠. 오빠 믿을게요. 우리 오빠는 정말 손만 잡고 자니까요."

분위기를 띄우려 실없는 농담으로 받아치고 보니 왠지 얼굴이 뜨겁다. 최근 며칠간 진정으로 손만 잡고 자는 중이었기에 괜한 말로 상황을 어색하게 만든 것 같아 미안하고도 무안한 마음으로 원규의 어깨에 뺨을 묻은 요은이 그의 가슴에 몸을 기대며 엷게 웃었다.

"취소할게."

"아— 한요은 너 진짜……."

"취소야, 취소."

원규는 오늘 밤엔 믿지 말라며 받아치고 싶은 걸 참으며 요은의 등을 토닥였다. 자신과의 관계를 두려워하는 것이 그녀의 의지와는 상관없는 일임을 알고 있기 때문이다. 원규의 입술에 몸이 아리고 원규의 손길에 정신이 아득해졌다가도 어느 순간 움츠러들 수밖에 없는 그녀였다.

닷새 전, 새로운 반지가 손에 끼워졌던 그날…… 그녀의 마음은 몇 번이고 원규를 향해 몸을 열었다. 하지만 그를 원하는 마음만으로는 극복할 수 없는 것이 있었다. 그녀가 매번 움츠러드는 이유는 다른 누구도 아닌 자신의 육체에 관한 혐오였다. 서로의 마음이 서로를 향할수록 부러진 뼛조각이 살갗을 뚫고 나오듯 뇌를 찌르는 기억이 두렵기만 하다.

과거로 돌아가 없던 일로 만들고 싶다는 허황된 바람은 품은 적도 없는 그녀지만, 다만 한 가지, 너무도 간절하게…… 잊고 싶다. 차라리 기억하지 말걸. 그랬다면 그냥 남의 일처럼…… 그런 일이 있었구나, 그랬구나 하며 살 수 있었을 텐데.

"길게 잡아서 두 시간이면 충분해. 한 시간 반에서 두 시간 정도?"

원규는 말없이 고개를 끄덕이는 그녀를 더욱 깊이 안았다.

종로구 내자동 법무법인 수휘의 대표 변호사실. 수행비서의 안내를 받아 이제 막 안으로 들어선 원규가 맞은편 책상 앞에 앉아 있던 아버지에게 묵례를 했다. 하지만 아버지는 그의 인사를 받지도 않고 자리에서 일어나 곧장 회의 테이블 쪽으로 옮겨 앉았다. 검은 대리석과 흑단나무 기둥 위에 화려하고 묵직하게 놓인 테이블 상판의 무늬가 시야를 어지럽혀, 원규는 잠시 눈을 감았다.

아버지의 사무실에 와 본 것은 이번이 처음이다. 전에도 가끔 이러셨으니 걱정할 필요 없다는 말로 요은을 안심시키고 나오기는 했지만, 한 번도 내자동으로 직접 불러들이신 적은 없었다.

"앉아라."

아버지의 말을 따라 자리에 앉은 원규의 표정이 긴장으로 뻣뻣하다. 박 변호사는 맞은편에 앉은 아들을 물끄러미 바라볼 뿐 더는 한마디도 하지 않았다. 무겁고도 날카로운 침묵의 연속이었다.

"죄송합니다."

그 침묵을 견딜 수 없어서 꺼낸 말이 아니었다. 유일한 잘못에 대해 용서를 구하기 위함이었다. 아버지의 불같은 성격을 감당할 자신이 없어 요은을 그렇게 만든 사람이 자신임을 자처했던 것은 분명한 잘못이었다. 분명하고도 유일한 잘못, 그 하나에 대해서는 변명의 여지가 없었다.

"죄송해요."

죄송하다니, 한 번도 들어 본 적 없는 말이었다. 대마를 피운 원규를 억지로 끌고 들어왔을 때도, 학교에 퍼진 추문에 치를 떨며 원규를 집에 가두다시피 했을 때도, 다시 미국으로 쫓아 보낸 후에도, 한국으로 돌아와 박원호를 만나고 있음을 알고 추궁했을 때도…… 원규는 단 한 번도 잘못을 인정한 적이 없었다.

"죄송하다? 허……."

시선을 떨어뜨린 원규는 이어질 말을 기다리며 입을 다물었다.

"네가 결혼하겠다고 그 아이를 데려왔을 때 마음을 잡은 줄 알았다. 내로라하는 집안 여식은 아니지만 종가에서 자랐으니 달리 흠잡을 데는 없겠다 싶었지. 제대로 된 여자를 배우자로 맞이하는 거, 내가 너한테 바란 건 그거 하나다. 혼외자인 거야 그 아이 뜻이 아니었을 테니 문제 삼을 일도 아니라고 생각했다."

"처음부터 알고 계셨어요?"

"내 자식이 아무리 못났어도 평생 배필로 삼겠다고 데려온 아이를 무턱대고 집안에 들일 수는 없는 노릇 아니냐. 그래서 조금 알아봤다. 다행히 그 아이는 양모 밑으로 출생신고가 돼 있더구나. 어쨌든 흠이라면 흠일 수도 있는 일이었지만, 그 정도는 얼마든지 감당할 수 있었다."

박 변호사가 테이블 위에 놓여 있던 파일을 원규에게로 밀어냈다.

"그런데 이게 다 무슨 일이냐."

범행 일체를 부인한 것으로도 모자라 요은을 가해자로 몰아세운 진술서와 우해준이 받았다는 전치 3주의 진단서였다.

"친구네 집에 있었다더니, 그 친구가 박원호였더구나. 그 아이가 어째서 박원호를 알고 있는 거냐 말이다."

"결혼 후에 알게 됐어요."

"그런데도 아무렇지 않게 가게로 찾아가서 술까지 마시는 사이가 됐다?"

"아뇨. 저 때문이에요. 제가……."

"이번에도 너를 탓할 참이냐. 정신이 멀쩡한 여자가 남편이 들락거리는 게이바를 찾아가서 술을 마신다? 그것도 남편 되는 사람과 보통 사이가 아닌 남자가 운영하는 가게에서?"

"저 형하고 아무 사이도 아니에요."

"박원호를 두둔할 작정으로 네가 한 짓이라고 둘러대기까지 해 놓고, 아무 사이가 아니다?"

"아버지께서 생각하시는 그런 사이는 아니에요. 말씀드렸잖아요."

"나도 여러 번 얘기했다. 박원호 끊어 내라고, 이태원에 발길 끊으라고, 제발 정신 차리고 살라고, 여러 번 얘기했어! 그런데 이런 식으로 아비를 욕보여? 어디서 돼먹지 못한 여잘 데려다 앉혀 놓고 사이 좋게 이태원에 들락거릴 생각을 해! 이럴 바에야 차라리 너 혼자 살아!"

돼먹지 못한 여자란 아버지의 말에 숨이 말라붙어 심장이 버석거린다.

"요은이는…… 몰랐습니다. 결혼 후에 알았어요."

피가 엉클어진 심장이 들썩거려 말을 잇는 것조차 버겁다.

"요은이 잘못이 아니에요. 요은이는 잘못한 거 없습니다."

"박원호랑 작당을 하고 약까지 먹어 가면서 무고한 사람한테 죄를 뒤집어씌우려고 했어! 그게 잘못이 아니면 뭐가 잘못이라는 게야!"

"어떻게 이런 종이 쪼가리 몇 장으로 그런 오해를 하세요. 어째서 이렇게 일방적으로 남무석이 지껄인 말만 믿으세요. 어떻게…… 제 말은 하나도 믿지를 않으세요."

"행동으로 보이면 믿어 주마. 당장 사업 정리하고 결혼도 정리하고 나가라. 가서 공부나 마저 해. 아니, 공부를 하건 일을 하건 나가서 해라."

"피해자는 우해준이 아니라 요은이예요. 아버지 며느리 한요은이요!"

"시끄러워!"

심장이 더 이상 피를 뿜지 못하고 멎어 버린 것 같다. 핏줄이 터진 원규의 두 눈에서 결국 눈물이 흐르고 만다.

"미국으로 간 것도, 다시 한국에 들어온 것도, 또다시 미국으로 쫓겨난 것도 전부 아버지 뜻이었어요. 아니라고…… 제발 한 번만 믿어 달라고 그렇게 빌어도 꼼짝도 않으시더니…… 결국 또 남들 보기 부끄럽다는 이유로…… 밀어내려고 하시네요."

아무리 무정한 아비인들 반항으로 울부짖던 어린 시절의 눈물이 아님을 모를 리 없건만, 이미 깊어진 감정의 골을 메우기에는 너무 오랜 시간을 안으로만 곪아 온 상처였다.

"전 제가 누군지도 모르는 채로 살았어요. 큰아버지의 아들인지, 아버지의 아들인지도 모르는 채로 살면서도 어떻게든 인정받고 싶었어요. 그래서 뭐든 두 분 아버지께서 하라는 대로…… 정말 최선을 다했습니다. 그런데 딱 한 번…… 그 한 번에 어긋난 믿음이 저한테는 얼마나 소중한 거였는지…… 두 분께서는 아마 끝까지 모르실 겁니다."

두 분 아버지. 처음 듣는 원규의 그 말이 박 변호사의 가슴을 무겁게 짓눌렀다. 내 자식처럼 키우려고 무던히도 노력했지만 안 되는 일도 있더라는 형님의 말이 떠오르자 가슴에 묵직하던 것이 머릿속으로 옮아와 미간이 저릿하다.

"다시 한국에 들어와서, 아버지께서 약쟁이라고 야단치실 때마다 많이 힘들었습니다. 믿음만의 문제가 아니었어요. 그 일이 있고 나서 한 번도 제 이름을, 불러 주신 적이 없었어요."

듣고 보니 그랬던 것 같다. 하지만 이제 와서 그런 얘기가 무슨 소용인가. 이미 지난 일이다. 그런데 생각과는 달리 아들의 말을 끊을 수가 없다.

"아버지께서 지어 주신 이름. 그 이름을 제일 많이 불러 준 사람이 은호였습니다. 이도 저도 아닌 저를 박원규로 대해 준 건 은호가 처음이었어요. 그게 좋아서, 철없는 마음에 은호의 감정을 살피지 못한 대가를 제가 아닌 은호가 치렀습니다."

"그 얘기라면 듣고 싶지 않다."

아들만을 위해서가 아니었다. 원규도 원규였지만 은호라는 아이에게도 마찬가지였다. 어린 날 한때의 실수로 평생을 후회하게 내버려 둬서는 안 된다고 생각했다. 두 아이를 떨어뜨려 놓기만 하면 모두 해결될 거라 믿었기에 원규를 쫓아내다시피 미국으로 보내 버렸다.

하지만 집까지 찾아와 원규의 연락처를 알려 달라며 간청하는 은호를 볼 때마다 점점 불안해졌다. 잠시 잠깐의 실수가 아니라 두 아이가 진심으로 서로를 좋아하고 있을지도 모른다는 생각이 들었고, 그래서 더욱 은호를 매몰차게 대했다.

그리고 얼마 후, 은호의 모친이 명을 달리했다는 소식을 들었다. 그 일이 있고 나서 은호는 두 번 다시 박 변호사를 찾아오지 않았다. 어머니의 죽음으로 마음을 잡았나 보다 싶으면서도, 너무 큰 대가를 치렀다는 생각에 마음이 쓰였다.

그런데 얼마 있지 않아 은호마저 스스로 목숨을 끊고 말았다. 연이은 두 사람의 죽음에 박 변호사도 마음이 편치만은 않았다. 아니, 편할 수가 없었다.

그런 와중에 은호의 형이라는 박원호가 그를 찾아왔다. 그가 중앙지검에 있을 때였다. 은호의 죽음은 단순 자살이 아니라며, 집단 따돌림을 견디지 못한 동생이 극단적인 선택을 한 거라고 말했다. 가해 학생을 처벌해 달라고 경찰서에 찾아갔지만 모두 모른 척할 뿐이라며 동생의 억울한 죽음을 밝혀 달라고, 처벌까지는 바라지 않으니 가해 학생들이 최소한의 가책이라도 느낄 수 있도록 도와 달라고 했었다.

"아뇨. 들으세요. 한 번만 들어 주세요."

박 변호사가 이마를 짚고 자리에서 일어났다.

"더 이상 은호 일로…… 아버지 원망하지 않습니다. 저를 위해 그러셨다는 거 너무 잘 아니까요."

아들에게 남은 것은 원망뿐일 거라 생각했다. 그런데 더 이상은 원망하지 않는단다. 자신을 위한 일이었음을 알고 있다는 아들의 말이 박 변호사의 마음 깊숙한 곳을 파고들었다.

"며칠 전에 우해준이 다른 여자한테 약을 먹였어요. 따로 사람을 붙여 둬서 상황을 전해 들었는데, 우해준이 그 여자한테 약을 먹이고 그……."

아무리 다그쳐도 묵묵부답이던 아들이 말을 한다. 항상 원망만 가득하던 아들의 눈에서 눈물이 흐르고 있다.

"그런 짓을 하기까지 기다리려고 했어요. 그렇지 않으면 또 어떻게 빠져나갈지 알 수가 없어서. 요은이가 당한 일이 너무 분하고 억울해서. 그 여자가 어떻게 될지는 생각도 안 했어요."

아버지를 따라 일어난 원규가 그 자리에 무릎을 꿇고 앉았다.

"아버지."

"뭐 하는 게야. 어서 일어나 앉지 못해?"

"저에 대해서는 어떤 오해를 하셔도 상관없어요. 전 아무래도 괜찮아요. 아버지께서 이렇게 밀어내셔도…… 저는 아버지 아들이니까…… 괜찮습니다. 하지만 요은이는 아니에요. 요은이가 받은 상처…… 저 하나로도 충분합니다. 결혼 내내 요은이 거들떠도 안 보고 밖으로만 돌았어요. 저 때문에 거기까지 찾아가서 그런 일을 당한 것도 미안한데…… 아버지까지 이러지 마세요. 아버지께서 생각하시는 그런 거 아니에요. 그런 사람 아니에요. 아버지께서 이러시는 거 알면 그 사람 못 살아요."

한 마디 한 마디가 혀를 저며 심장이 뚝 뚝 끊어진다.

"그럼 저도 못 삽니다."

"그 아이가 그렇게 귀한데 거들떠도 안 보고 밖으로만 돌았다는 게 무슨 소리냐."

"몰랐어요. 사람을 귀하게 여기는 마음이 어떤 건지 몰라서 피하기만 했습니다."

착잡한 마음을 보이지 않으려 돌아선 박 변호사가 창가에 서서 시내를 굽어본다. 하지만 불야성을 이룬 거리와는 달리 그의 머릿속은 완벽한 암흑에 둘러싸여 있다. 다만 그 암흑 속에서도 어둠이 내린 바깥을 거울 삼아 유리에 비친 아들의 모습만은 유난히 또렷하다.

일단은 얇게 썰어 그릴에 구운 단호박부터 깔아야 되는데, 이건 얇은 정도가 아니라 아예 포를 떠 놓다시피 해서 그런지 뒷면의 그릴 자국이 앞에서도 훤하다. 샛노란 단호박 위에 커피색 그릴 자국을 만드는 게 포인튼데 앞뒤로 비치는 그릴 자국이 불규칙한 간격으로 좍좍 그어져 먹음직스러움과는 일찌감치 작별한 모습이다. 하지만 겉모습만으로 사람을 판단해서는 안 되는 법! 보기 좋은 떡이 먹기도 좋다는 말은 기억에서 지우도록 애써 보자.

끝이 날렵한 뒤집개에 혼신의 힘을 실어 구운 호박을 뜨…… 아…… 망했다. 씻기고 가르고 파내고 써느라고 얼마나 고생했는데, 그릴에서 태닝 한 외관이야 그렇다 치고 깃털처럼 가벼운 터치 한 번에 똑똑 부러지는 이런 반항은 정말 옳지 않다. 아쉬운 대로 긁어모은 호박의 파편들을 샐러드 접시 위에 조립하고 있자니 퍼즐놀이를 하는 기분이다. 그나마 다행인 건 그릴 자국이 너무 강렬해서 쪼개진 부분을 커버하고도 남는다는 사실.

이제 양파와 연어 차례다. 둥글게 썰어 그릴에 구운 적양파를 호박 안쪽으로 빙 두르고 한쪽 끝을 팽팽하게 말아 꽃처럼 벌어진 슬라이스 연어를 그 위에 얹으니 정~말…… 어떡하지. 너무 이상하다.

양파는 너무 흐물흐물하고 꽃잎처럼 벌어졌던 연어는 자꾸만 아래로 처져서 그런지 영 모양이 안 난다. 어째 갈수록 금상첨화가 아니라 설상가상이 되어 가는 꼴이지만 아직 파릇파릇한 어린잎채소가 남아 있으니 좌절하지 말자. 슬라이스 연어를 빙 둘러 만든 옴폭한 원 안으로 어린잎채소를 소복하게 올리며, 제발 이것이 신의 한 수이기를 빌어 본다.

나름대로는 꽤 오랜 시간을 투자한 단호박연어샐러드가 드디어 완성됐다. 그런데 쿡탑 옆의 조리대에 덩그마니 놓여 있는 샐러드 접시를 보고 있자니 갑자기 그런 생각이 든다. 하나, 먹을 걸로 장난하면 벌 받는다. 둘, 어차피 씹어서 삼키면 매한가진데 그냥 소스를 부어서 버무려 놓을까. 분명 조립하기 전에는 싱싱하고 예쁜 재료들이었는데. 아니, 조리하기 전에는 말이다. 차라리 찌개나 국을 끓일 걸 그랬다.

두 시간하고도 삼십 분. 원규가 이제 곧 도착한다는데 그동안 만든 거라곤 베이컨말이와 샐러드가 전부다. 게다가 베이컨말이는 아직 익히지도 않았다. 반찬이랑 간식거리를 잔뜩 사 왔다고 큰소리 뻥뻥 쳐놓고 이게 웬 총체적 난국인지 모르겠다.

그나저나 많이 피곤한 목소리였는데, 아버님께서 무슨 말씀을 하신 걸까. 아버님께서 무슨 일로 부르셨는지, 나도 묻지 않았고 원규도 먼저 말하지 않았다. 워낙에 말이 없는 성격이니, 아버님께 다녀온 후에도 먼저 묻지 않은들 아무 말도 하지 않을 것이다.

불에 달군 그릴 팬 위로 베이컨말이를 주르륵 올리고 아스파라거스를 감싼 베이컨처럼 돌돌 말리기 시작한 생각을 털어 내기 위해 환기 팬 버튼을 눌렀다. 팬으로 빨려 들어가는 연기와 냄새를 따라 일단은 머리를 비우기로 했다. 궁금하면 물어보면 될 일이니, 괜한 생각으로 한 걸음 앞서 불안해하지 말자.

～～

욕실을 나선 원규가 요은을 찾아 2층을 둘러본 후 1층으로 내려왔다. 원규가 계단을 내려선 순간, 이제 막 주방을 나선 요은의 양손에는 100ml 아이스크림 컵이 들려 있었다.

"찾았잖아."

다가선 원규에게 컵 하나를 건넨 요은이 생긋 웃는다.

"웬 아이스크림이야."

"디저트."

"이 닦았는데."

"나도 닦았거든."

소파에 풀썩 앉은 요은이 옆자리를 톡톡 두드리며 원규를 바라본다. 뚜껑을 열어 비닐종이를 벗겨 낸 그녀는 이미 꼬마스푼을 들고 있었다.

"아이스크림이랑 초콜릿, 진짜 좋아하는구나."

"어. 진짜 좋아해. 달콤하잖아."

다가선 원규가 요은의 머리카락을 장난스럽게 헝클며 옆으로 앉았다. 윽— 하는 표정으로 눈썹을 꼼지락한 요은이 이내 웃으며 진녹색 녹차 아이스크림을 꼬마스푼 가득 떠냈다.

"아이스크림 너무 먹어서 몸이 찬 거 아니야?"

"으으음—"

혀끝을 입천장에 미끄러뜨려 녹아내린 아이스크림을 삼킨 요은이 컵을 든 왼손을 반대 방향으로 숨기며 고개를 가로저었다. 그 모습이 어찌나 사랑스러운지 혀끝에 솜사탕이 녹아든 것 같다. 요은이 스푼을 내밀어 원규가 들고 있던 컵의 뚜껑을 통통 두드리자 그녀의 입술을 물끄러미 바라보던 원규가 문득 정신을 차렸다. 그런데 같은 녹차일 거라 생각했던 것과 달리 그녀가 원규에게 건넨 것은 딸기 아이스크림이었다.

"이거 딸기잖아."

"응."

요은이 아이스크림을 마저 삼키고는 입술을 적시며 원규를 본다.

"너 딸기 좋아한다면서."

"누가 그래?"

"이촌동 갔을 때 어머님께서 그러시던데? 딸기 좋아한다고."

딸기를 좋아한 것은 사촌 형이었다. 그래서 원규도 해마다 철이 되

면 큰아버지와 큰어머니를 따라 농장에 가곤 했다. 딸기를 딱히 좋아
한 것이 아니라 다른 과일보다 익숙할 뿐이었다.

"알레르기 있다며."

"그래서 난 녹차잖아."

"내가 먹으면 너도 먹게 될 텐데?"

"응?"

원규는 무슨 소리냐고 묻는 듯 눈을 동그랗게 뜬 요은에게 가까이
앉으며 장난스럽게 웃었다.

"설마 이거 먹고 키스도 하지 말라는 건 아니지?"

거기까지는 미처 생각하지 못했다. 그렇다고는 해도 이렇게 대놓고
묻다니, 요은은 말문이 막혀 버렸다.

"아니면, 아이스크림에 들어간 딸기는 괜찮은 거야?"

"안 해 봤……. 아, 아니. 안 먹어 봤어."

원규의 장난에 말려들었다는 생각이 들자 왠지 억울하다. 마음 같
아서는 '한번 해 볼까?' 하며 맞받아치고 싶지만 병원 신세를 지게 될
까 봐 선뜻 입이 안 떨어진다. 병원이라면 일주일에 한 번씩 심리 상
담을 받는 것만으로도 충분하다 못해 차고 넘칠 지경이다. 하지만 또
한편으로는, 설령 해 보자고 한들 원규가 정말 할까 하는 생각이 든
다.

"한번 해 보……려고?"

제법 도전적으로 고개를 들었던 요은이 이내 말끝을 흐리며 물러앉
고 만다. 말을 맺기도 전에 확 다가앉은 원규 때문이다. 어디까지가
장난이고 어디서부터가 진심인지 알 수 없는 박원규를 볼 때마다 이
사람이 과연 예전의 그 사람인가 싶다가도, 그녀를 오해하기 전에 이
따금씩 뜬금없는 농담으로 분위기를 얼렸다 녹였다 했던 모습이 떠올
라 흐뭇해지곤 한다. 어느 한순간 갑자기 변한 것이 아니라 결혼 전에
느꼈던 박원규 그대로라는 생각이 들어서다.

"왜 그렇게 놀라는데?"

"안 놀랐거든."

"근데 왜 도망가?"

궁금한 거 많아서 잠은 어떻게 주무시느냐 물으려던 요은이 말을 삼키며 입술을 내밀었다. 요즘 원규가 밤잠을 설치고 있으며, 그 이유 또한 알기에 장난삼아 말하기가 미안해서다. 한편 원규 역시 더 이상은 그녀를 놀리면 안 되겠다는 생각에 이쯤 하기로 했다.

"나도 녹차로 할래."

"응?"

"너랑 같은 걸로 먹는다고."

원규가 자리에서 일어나 주방으로 향했다. 그런데 이걸 어쩌나. 딸기 셋, 녹차 셋을 사기는 했지만 혼돈의 식탁을 준비하며 원규를 기다리는 동안 이미 녹차 컵 두 개를 비운 다음이었다. 요은이 원규를 따라 쪼르르 주방으로 들어가자 이미 냉동실을 열고 있던 원규가 돌아서서 그녀를 바라본다.

"딸기밖에 없네?"

"사긴 똑같이 샀는데 딸기만 남은 거야."

"녹차는 다 먹고?"

"어."

미안할 일도 아닌데 잔뜩 난처한 표정을 지어 보인 그녀가 남은 녹차 아이스크림 한 스푼을 떠서 원규에게 내밀었다. 원규가 이런 자신의 행동을 키스만은 포기할 수 없다는 것으로 받아들여 또 장난을 걸어오면 어쩌나 걱정이 앞서지만 사실이 그런 걸 어쩌겠는가. 키스는…… 그것만큼은 포기할 수가 없다. 다른 부분에 있어 원규가 얼마나 자신을 배려하고 있는지 알기 때문이다.

"녹차는 이게 다야?"

"응."

대답이 끝나기도 전에 요은의 손목을 잡은 원규가 아이스크림을 입에 넣고는 그녀를 끌어안았다. 그러고는 저항할 새도 없이 입을 맞추며 요은의 입술을 벌려 온다. 항상 따뜻하고 부드럽기만 하던 혀끝에서 전해지는 차가운 기운에 주춤한 그녀가 들고 있던 아이스크림 컵을 떨어뜨렸지만 원규는 전혀 개의치 않았다. 그녀의 입에 넣어 준 아이스크림을 깊게 빨아들인 원규가 등을 받쳐 허리를 안으며 몸을 가까이 하자 고개를 젖힌 요은의 입술에서 앓는 듯 여린 신음이 흐른다.

부드럽게 밀어 넣고 깊게 빨아 당기기를 몇 차례 반복하는 동안 두 사람의 열기를 식히던 아이스크림은 흔적도 없이 사라져 버렸다. 몰아치는 호흡에 맞춰 오르내리는 요은의 가슴을 고스란히 품 안에 느낀 원규가 자신도 모르는 사이에 옷섶 위로 그녀의 가슴을 감싸듯 손을 올렸다. 원규는 허물어지듯 물러나는 요은의 허리를 끌어안으며 속삭이듯 그녀를 불렀다.

요은아…….

원규의 들숨에 밀려 나온 그녀의 이름이다. 손 아래 꽉 찬 가슴을 느끼는 것만으로도 온몸의 혈관이 팽팽하게 심장을 당겨 호흡이 어지럽다. 받쳐 안은 손을 위로 향해 손가락을 파묻듯 악력을 가하자 그녀가 흐느낌에 가까운 숨을 몰아쉬며 원규의 손목을 붙들었다. 파르르한 긴장과 두려움이 그녀의 손가락에서 원규의 손목으로 전해졌다.

그녀가…… 떨고 있다. 그런데 멈출 수가 없다. 그녀가 무엇을 두려워하는지 알면서도 손을 거둘 수가 없다. 매번 그녀의 두려움 앞에 손길을 거두며 기다리겠다고 다짐했다. 얼마든지 기다릴 수 있을 줄 알았다. 그런데 더는 자신이 없다.

"하아…… 하…… 요은아……."

그녀 역시 원규를 원하고 있다. 낯선 흥분에 겨운 열꽃이 한껏 마르도록 온몸으로 원규를 원한다. 하지만 그날 밤의 기억을 쉽게 떨칠 수가 없다. 불현듯 떠오르는 끔찍한 기억에 숨이 끊어질 것만 같다. 온전하게 원규의 사람이 될 수 있었던 시간이 사무치고, 그런 시간을 망쳐 버린 그날의 결정이 뼈를 찌르고 살갗을 후벼 내는 것만 같다.

"한요은, 나 좀 봐."

원규에게 멎은 그녀의 눈동자가 거울처럼 그를 비춘다. 그래, 박원규. 이 사람은 원규다. 그리고 여긴 그날 밤 그곳이 아니다.

"알아. 원규 너인 거 아는데……."

손을 거둔 원규가 요은의 뺨에 흐르는 눈물을 닦으며 우는 아이를 어르듯 그녀의 등을 쓰다듬었다. 괜히 얘기한 것 같다. 무슨 일로 어디에 다녀왔는지 말한 것이 그녀를 더욱 힘들게 한 것은 아닐까. 하지만 만일 아버지가 자신을 통하지 않고 요은이를 만나려 할 경우를 배제할 수가 없었다. 몰랐던 사실로 충격을 받는 것은 과거 한때만으로도 충분하다.

"그래, 나야."

온몸을 태우는 갈망보다 더한 것은 그녀를 위한 마음이라, 아직 준비가 안 됐다면 오늘 밤에도 손만 잡고 자는 믿음직한 오빠가 되는 수밖에 없다.

세수를 마친 원규가 거울을 빤히 보고 있다. 아무래도 당분간은 수면유도제를 먹어야 할 것 같다. 그렇지 않고서는 변덕이 죽 끓듯 하는 밤을 제대로 버텨 낼 자신이 없다. 잠든 요은의 기운에 취해 문득 졸음이 몰려올 때마다 본능적으로 그녀를 만지게 된다. 흠칫 놀라며 잠에서 깬 그녀가 원치 않는 두려움에 부들부들 떨리는 몸을 기대 올 때마다 가슴이 짓눌린다.

'원규야. 박원규.'

그렇게 몇 번이나 그의 이름을 부르고 결국에는 조명을 밝혀 얼굴을 확인한 후에야 다시 잠들곤 하는 요은이다. 어느 순간 주체할 수 없이 커져 버린 본능이 잠결을 틈타 그녀에게 닿을 때마다 줄곧 같은 상황의 반복이었다. 지난 며칠간은 특히 그랬다. 그만큼 그녀를 간절히 원하는 원규였고, 그만큼 그녀가 얼마나 힘든지 깨달아야만 했다. 그래서 더더욱 우해준을, 남무석 변호사를, 또한 허연화를 그저 묻어 둘 수가 없다.

"하아……."

찬물로 얼굴을 헹궈 낸 원규가 크게 심호흡을 했다. 절대 잠들지 않거나 아예 깊이 잠들어 꼼짝도 하지 않거나, 그녀를 위해서는 둘 중에 하나를 선택해야 한다. 그리고 지금 당장으로서는 잠들지 않는 것이 최선이다. 어쩌면 그 최선이 원규에게는 가장 큰 고통이리라.

욕실을 나서자 침대에 앉은 요은이 원규를 바라본다. 그저 그런 여자였다면 핀잔을 주듯 되물어 볼 수도 있었을 텐데, 왜 하필 저렇게나 사랑스러워서, 그 얕은 오해가 두려워 이리도 먼 길을 돌아와야만 했는지 씁쓸하기만 하다. 그러면서도 함께 있는 매 순간이 행복하다.

"또 샤워하는 줄 알았어."

"그렇게 오래 있었나?"

"응."

"기다렸어?"

"응."

"한요은 어떡하지? 나 없으면 잠도 못 자겠네."

평소라면 밉다는 듯, 난감한 듯 웃으며 곱게 눈을 흘기고도 남았을 그녀가 웬일인지 조용하다.

"그럼! 오늘도 잘 자 볼까?"

침대에 든 원규가 이불 위에 모로 누워 베개에 뺨을 묻으며 팔을 내밀었다.

"이불 안 덮어?"

"더워."

"그래도……"

무의식중에라도 그녀에게 닿지 않으려면 이불을 덮지 않는 것이 좋으리라.

"추우면 덮을게."

"지금…… 덮으면 안 돼?"

요은의 어깨를 부드럽게 끌어안아 눕힌 원규가 그녀의 목덜미 아래로 팔을 넣으며 숨을 깊게 내쉬었다. 아무리 찬물로 헹궈 낸들 그녀의 한마디에 여지없이 들썩이고 마는 심장이 뜨거운 숨을 달콤하게 뱉어 내고 있었다.

"봐. 지금도 충분히 더운데 이불까지 덮으면 기절할지도 몰라."

"그래도……"

원규가 말끝을 흐린 요은을 바라보다 그녀의 이마에 손을 얹었다. 평소처럼 차갑기는 하지만 달리 오한을 느낄 만한 체온은 아니다. 그래도 내내 병원과 집에만 있던 사람이 걸어서 마트까지 다녀왔으니 혹시나 어디가 안 좋을까 봐 덜컥 걱정이 앞선다.

"추워?"

"어. 약간."

"감기 걸린 거 아니야?"

요은이 원규를 향해 모로 누워 숨을 크게 삼킨다. 원규가 들고 나는 그녀의 숨을 따라 움직이는 폭신한 이불 안으로 몸을 넣은 순간이었다. 발끝에 느껴지는 하늘하늘한 감촉에 아래를 보니 타월이 깔려 있었다. 흔들리는 원규의 시선을 피하며 마른 입술을 적신 그녀가 천천히 입을 열었다.

"생각해 봤는데…… 갑작스럽지만 않으면, 괜찮을 거 같아."

무슨 말을 어떻게 해야 할지 모르겠다. 그냥 괜찮은 정도가 아니라 네가 원할 때, 너를 원하는 나만큼 네가 나를 원할 때, 그때까지 기다리겠다는 말은 진작부터 할 수 없게 돼 버린 상태다. 그녀 또한 자신을 원하고 있음을 알기 때문이다. 그녀의 괴로움은 단순히 끔찍한 기억에 의한 것만이 아니었다. 그 기억으로 인해 원규를 받아들일 수 없다는 사실이 요은을 더욱 괴롭히고 있음을 원규는 너무나 잘 알고 있다.

"원규야."

그저 바라보는 맑은 눈동자에 조금 전 욕실에서의 굳은 결심이 볼품없이 흔들리고 만다. 하지만 만에 하나 그녀가 힘들어해도 멈출 수 없게 돼 버릴 것이 두렵다.

"나…… 안아 줘."

그 한마디에, 굳은 다짐도 또 두려움도…… 흔적도 없이 사라져 버렸다. 남은 것은 그녀를 원하는 그의 마음과 그를 원하는 그녀의 마음이 전부였다.

안아 달라는 요은의 말에 몸을 일으킨 원규가 이불을 벗어나 앉았다. 그렇게 잠시, 원규는 어떻게 일어났으며 어떻게 앉았는지도 모르는 채로 요은을 바라만 보고 있다. 머릿속은 휑하지만 형언할 수 없는 감정들이 가슴에 차올라 심장이 뛸 때마다 혈관을 타고 흐른다. 주체할 수 없는 감정들이 혈류를 따라 온몸 구석구석으로 흩어지는 동안에도 그의 심장은 여전히 터질 것만 같다.

원규는 시선을 마주하고 있던 요은이 일어나 앉을 생각으로 몸을 움직인 후에야 가까스로 정신을 수습하며 서둘러 팔을 내밀었다. 요은의 등을 받쳐 안은 원규의 왼팔에 그녀가 입은 실크 잠옷의 감촉이 부드럽게 전해진다. 잠옷 아래로 느껴지는 요은의 체온은 덮고 있던 이불을 무색하게 할 정도로 차갑기만 하다.

원규는 부드럽게 요은의 어깨와 허리를 감싸 안아 옆으로 돌려 앉힌 후 그녀가 쿠션에 등을 기대도록 했다. 왼쪽 무릎을 세워 요은이 기댄 쿠션을 받치고 앉은 그가 그녀의 상반신을 왼팔로 둘러 안으며 뺨 위로 가볍게 입을 맞췄다. 이어 요은의 무릎을 그러안은 원규가 자신의 오른 다리 위로 그녀의 두 다리를 가지런히 놓으며 밀려났던 이불을 끌어 올려 그녀를 폭신하게 덮어 준다.

마치 엄마의 품에 안긴 아기처럼 원규에게 가로안긴 요은은, 설마 안아 달라는 말을 이렇게 받아들인 건가 싶어 살짝 난감해졌다. 안아 달라는 말 외에는 적절한 표현이 떠오르지 않아 타월까지 준비했는데 타월을 보고도 그 의미를 일차원적으로 받아들인 건 아닐까 조마조마하다.

하지만 뺨을 어루만지고 입술에 닿은 원규의 손길이 너무 아릿해 더는 아무 생각도 할 수 없다. 닿을 듯 말 듯 입술 위를 지나는 그의 손가락은 간지럽다가도 아릿하고 아릿한가 하면 나른해서 살갗에 스치는 바람결에 온몸의 솜털이 보송보송해지는 기분이다.

내가 사랑하는 사람. 나를 사랑하는 사람.

낯선 자극에 한껏 움츠러든 요은의 어깨를 깊이 안은 원규가 그녀의 입술에 올려 둔 엄지를 부드럽게 내리며 입을 맞춰 왔다. 혀끝으로 요은의 입술을 어르며 살짝 깨물어 숨을 깊이 마시자 결코 익숙해질 수 없는 자극에 신음처럼 숨을 토해 낸 요은이 반사적으로 몸을 젖히고 만다. 일순간이지만 요은을 안고 있던 원규가 균형을 잃어 입술을 놓쳐야 했을 정도로, 그녀의 가슴이 크게 요동쳤다.

긴장된 호흡을 가누려 할수록 도드라지게 오르내리는 요은의 가슴에 시선이 멎은 순간, 원규는 치열 안쪽에 지그시 혀를 누르며 눈을 감았다. 이러지 않고서는 요은의 옷섶 위로 입을 맞추고 싶은 열망을 재울 수 없을 것 같아서다. 그는 요은을 더욱 가까이 안으며 다시 눈을 떴다.

"어디 가려고."

가로안겨 있으니 달리 의지할 곳이 없는 요은의 두 손을 모아 쥔 원규가 어지러운 숨을 가누며 낮게 말했다. 꽤 오랜 시간 동안 한마디도 하지 않았다는 사실을 깨달았을뿐더러 막상 키스가 깊어지려니 움츠러드는 그녀를 위해서이기도 했다.

요은은 대답 대신 원규가 모아 쥔 자신의 두 손을 가슴 언저리로 가져갔다. 그러고는 손가락을 하나씩 움직여 길고 곧은 원규의 손가락 위로 포개어 놓는다. 이제 그의 손길과 그녀의 가슴 사이에 남은 것은 잠옷과 브래지어뿐이다.

"나…… 아무 데도 안 가……."

품에 안은 요은이 얼마나 긴장하고 있는지 모를 리가 없는 원규다. 하지만 요은도 이미 예상한 일이리라. 그럼에도 불구하고 먼저 손을 내밀어 준 것이 얼마나 오랜 생각 끝에 내린 결정이었을지 알기에 그녀를 위한다는 핑계로 미루고 싶지 않다. 요은의 결정이 누구를 위한 것인지 고민하고 싶지도 않다. 한요은을 위한 결정이라면 박원규가 행복할 테고, 박원규를 위한 결정이라면 한요은이 행복할 것이다.

"조명, 낮출까?"

가끔 그날 밤이 떠올라 힘들어질 때면 원규의 얼굴을 확인해야만 안정을 찾는 그녀이기에 어둠 속에서 안을 수 있을 거란 생각은 하지 않았다. 하지만 아직도 옷 갈아입는 모습조차 보이지 않으려는 요은이다. 그러니 환한 조명 역시 불편해하지는 않을까 싶어 묻자, 그녀가 대답 대신 가슴에 닿은 원규의 손을 소중히 누르며 고개를 젓는다.

자신에게 닿은 사람은 누구도 아닌 원규라는 사실을 무의식에 남기기라도 하려는 듯 그녀는 줄곧 원규에게서 시선을 떼지 않고 있다. 원규 역시 그녀에게서 시선을 떼지 않으려 노력하며 무릎을 꿇고 앉아 그녀를 자리에 눕혔다. 그러고는 차갑던 요은의 가슴에 자신의 체온이 전해지는 것을 손끝으로 느끼며 자유로운 한 손을 위로 굽혀 라운 드넥의 뒷부분을 잡아 끌어 올렸다.

원규가 티셔츠를 벗기까지의 3~4초간, 요은은 놓쳐 버린 시선을 대신해 가슴에 닿아 있는 그의 손을 꼭 쥐었다. 마침내 아랫단으로 얼굴을 내민 원규가 물끄러미 바라보고 있음에도 요은은 시선을 어디에 둬야 할지 도통 모르겠다. 장난을 걸어올 때면 일단은 품에 안기부터 하는 원규였기에 체형은 어느 정도 알고 있었지만, 어떤 체형인지 알고 있는 것과 아무것도 걸치지 않은 모습을 보는 것은 완전히 별개의 일이었다. 더구나 원규와 마찬가지로 그녀 자신도 맨몸이 되리라는 생각에 정신이 아득하게 멀어지는 것만 같다.

"하아……."

한 번에 빠져나간 요은의 날숨을 한숨이라 생각한 원규가 곁에 누우려다 말고 그녀를 바라본다. 덕분에 깎아 놓은 조각상처럼 매끄럽고 단단한 원규의 몸도 비스듬히 기울어진 채 움직일 줄을 모른다. 그런 상태로 얼마가 더 지난 후에도 요은과 시선을 마주할 수 없자 원규가 손을 뻗어 그녀의 뺨을 톡톡 두드렸다.

"한요은……."

요은의 이름을 부른 원규의 목소리에 가쁜 숨이 묻어나고 있다. 그녀에게 부담을 주지 않으려 페이스를 조절하고는 있지만 숨 쉬는 것만큼은 마음대로 되는 일이 아니니 어쩔 수 없는 노릇이다. 다만 숨이 맵싸하도록 참고 있는 줄은 미처 몰랐기에 조금 당황스러울 뿐이다. 원규는 화기에 가까운 갈망으로 바싹 마른 입 안을 느끼며 요은을 마주 보고 누웠다.

"요은아……."

흠칫 놀란 요은이 자신을 가까이 안은 원규를 바라본다. 두 사람 사이에 오가는 것은 완벽한 적막의 한가운데를 들고 나는 숨소리가 전부다. 원규의 손길이 잠옷 위로 살결을 보듬을 때마다 반사적으로 몸을 움츠린 그녀가 생경한 감촉에 전율하며 흐느끼듯 숨을 토해 낸다. 그녀의 숨소리가 세상 무엇보다 아름다운 선율이 되어 그의 살갗에 스미는 순간이다.

하지만 요은은 원규를 똑바로 바라볼 수가 없다. 아무리 이를 악물어도 원규의 손길 한 번에 온몸이 격렬하게 요동치고, 침대를 가득 울리는 자신의 가쁜 숨소리에 신경이 잔뜩 곤두선다.

"하…… 하아…… 이쪽…… 보면 안 돼?"

천장을 보고 누운 요은을 보듬어 모로 눕힌 원규가 그녀의 뺨을 쓸어내리며 입술을 찾았다. 따스한 그의 입술과 차디찬 그녀의 입술이 닿은 곳에 얼음이 녹아 맵싸한 기운이 가시고 온몸이 촉촉하게 젖어 드는 것만 같다. 한없이 부드러운 요은의 혀끝이 입술을 간질이며 치열을 더듬을 때마다 들락날락하는 정신을 붙드느라 그녀를 더욱 깊숙이 빨아들이는 원규의 숨결에서, 따스함을 넘어선 뜨거운 갈망이 피어오른다.

그의 가슴과 어깨를 의지한 요은의 차고 부드러운 손길이 파르르 할 때마다 그녀 안으로 들어가고 싶어 미칠 것만 같다. 요은과의 키스가 깊어지고 짙어질수록 완급을 조절하기가 힘들다.

누군가를 상대로 이런 욕망을 느끼게 될 거라고는 상상해 본 적도 없기에, 차디찬 그녀를 안고 있음에도 원규의 몸은 갈수록 뜨거워진다. 하늘하늘한 그녀의 잠옷을 사이에 두고 매끄러운 살결이 느껴지자 키스를 하는 것마저 힘들기만 하다.

부드럽게 안아야 하는 그녀를 앞에 두고 열에 들뜬 숨을 뱉는 것이 미안하고 그러면서도 그녀를 원하는 갈망을 잠재울 수가 없다. 이런 상태로 키스를 하다 보면 그녀의 입술에서 핏줄이 터지도록 빨아 댈 것만 같아 페이스를 늦춘 원규가 차오르는 숨을 몰아쉬었다. 하지만 참으려 할수록 더욱 그녀에게 간절해진다.

긴장으로 뻣뻣하던 그녀의 몸이 요동치는 심장을 따라 따스하게 데워지고 마침내는 피를 말리는 열기를 이기지 못한 채 한없이 들뜬 숨을 뱉어 낸다. 주체할 수 없는 화기를 가누느라 엷게 떨고 있는 원규의 손을 가슴 앞섶의 단추 위로 놓은 요은이 그의 품 안으로 파고들자 그녀의 손에 이끌린 원규가 단추를 하나씩 끌러 내기 시작했다.

단추를 하나씩 풀 때마다 손끝에 스치는 요은의 속살은 세상 무엇과도 견줄 수 없을 정도로 완벽하다. 어떤 말로도 그녀를 설명할 수 없다. 하얗고 보드라워서가 아니라 그녀이기 때문이다. 지금 원규에게는 한요은이라는 존재 자체가 완벽한 아름다움이다.

"하아, 하…… 하……."

갈증에 타고 있는 원규의 숨결이 지금까지와는 비할 수 없을 만큼 달콤하고 뜨겁다. 마침내 요은의 배꼽 위까지 단추를 풀어낸 원규의 손길이 그녀의 맨살을 따라 위로 향했다. 보일 듯 말 듯 수줍게 드러난 요은의 가슴에 손끝이 닿은 순간, 가까스로 원규를 붙들고 있던 이성의 끈이 끊어지고 만다. 화끈한 열기를 품은 원규의 손바닥이 물방울처럼 탐스러운 굴곡을 이룬 요은의 가슴을 가득하게 그러안았다.

"아!"

비명처럼 터져 나온 요은의 신음에, 열뜬 입술을 찾은 원규가 그녀를 오롯이 바닥에 눕힌다. 귓가에 속삭이는 사랑보다 아릿하게 서로를 붙든 원규와 요은의 숨결이 서로의 혀를 감아 당기며 심장 깊숙한 곳에 닿는다.

"하― 원규……야 ……아!"

젖은 요은의 입술에 흐른 이름을 들으며 그녀의 가슴을 찾은 원규의 입술이 살결에 닿은 순간, 원규의 몸을 의지하고 있던 요은의 두 팔이 아주 짧으면서도 강렬하게 전율했다. 주체할 수 없는 짜릿함에 무릎을 세운 그녀가 흐느끼듯 숨을 뱉어 내며 가슴을 들썩인다.

그의 입술 사이로 심장 전체가 빨려 드는 것만 같다. 원규의 손이 어디를 어떻게 만지고 있는지, 원규의 입술이 어디에 있는지, 원규의 혀가 닿은 곳이 어딘지…… 아무것도 모르겠다. 다만 온몸을 휘감아 아랫배를 누르는 저릿함에 하릴없이 떨려 오는 정신을 붙들기 위해 안간힘을 쓰고 있을 따름이다.

요은의 가슴을 머금은 원규가 브라를 살포시 끌어 내리며 아득한 숨을 토해 냈다. 요은의 가슴을 맺어 놓은 분홍빛 유두를 깊게 빨아들이며 그녀의 위로 몸을 움직인 원규를 따라 활처럼 휘어진 그녀의 허리가 부들부들 떨려 온다. 원규의 입술이 온몸에 닿은 것만 같다. 그의 입술 사이로 온몸이 빨려 들어가는 것만 같다.

"하아, 하…… 아……!"

원규는 치열 사이로 부드럽고 빳빳해진 가슴을 혀로 간질이며 한 손을 그녀의 입술에 올렸다. 타는 듯이 말라 있던 입 안에 맑은 샘이 흐르는 듯 촉촉하기도 잠시, 이내 갈증보다 더한 자극이 척추를 흐르며 정신없이 그를 휘젓는다. 신음을 참아 내려는 수줍은 그녀의 흐느낌이 그 어떤 자극보다 강렬하게 원규를 뒤흔들고 있다.

원규가 요은의 호흡을 확인하려는 듯 그녀의 입술에 얹은 손끝을 움직이자 원규의 목덜미를 끌어안으며 입술을 벌린 그녀가 아찔한 신음을 토해 냈다.

상체를 살짝 일으킨 원규가 하얗게 드러난 요은의 다리에 시선을 멎었다. 눈앞에 두고도 믿기지 않을 만큼 아름다운 곡선이다. 원규는 흐트러진 요은의 잠옷 아래로 손을 옮겨 그녀의 살결을 부드럽게 어루만지기 시작했다. 그의 손길이 다리를 지나 복부를 드러내고 가슴 아래에 닿은 순간, 그녀가 침대 커버를 한껏 움켜쥐었다. 원규는 물기 어린 눈가와 가쁜 숨에 어지러운 입술 아래로 요은의 목덜미를 안아 올렸다. 그리고 마침내, 흔들리는 그녀의 눈동자에 시선을 멎은 채 잠옷을 완전히 벗겨 냈다.

어깨를 움츠리며 가슴을 가린 요은을 품에 안은 원규가 그녀의 등을 감싸고 있는 브라를 따라 손을 움직인다. 그의 손끝에서 풀려 나간 브라가 툭 흘러내리자 그녀의 떨림이 확연히 더해졌다. 끈을 잡아 내린 원규가 몸을 낮추며 요은을 정면으로 바라보려 하자 시선을 비낀 요은의 호흡이 더욱 가빠진다.

"나 좀 봐."

가까스로 마주한 그녀의 시선이 원규의 이성을 흔들어 정신이 하나도 없다. 괜찮으냐고 물을 수가 없다. 그녀가 괜찮지 않은들 이제는 돌이킬 수 없다. 숨을 깊이 마신 원규가 가슴을 흔드는 흥분을 가라앉히려 노력하며 그녀의 뺨을 감싸 안았다.

"사랑해."

말로는 다 할 수 없는 감정을 음절마다 담아낸 원규의 한마디에, 요은은 가슴을 가리고 있던 두 팔을 내려뜨리며 원규의 어깨에 뺨을 기댔다. 그리고 원규는 그녀의 가슴 사이에 놓인 브라를 조심스레 벗겨내며 숨을 삼켰다. 품에서 떨어지지 않으려는 요은의 둥근 어깨를 그러쥔 원규가 그녀의 목덜미에 입술을 누르며 살며시 깨물었다. 그 자극에 한껏 움츠린 요은의 어깨를 밀어낸 원규의 시야에 해갈을 알리는 값진 물방울처럼 소중히 흐른 그녀의 가슴이 가득하다.

아……

얼굴을 받친 목덜미 아래로 두드러진 쇄골, 곡선을 이룬 어깨를 시작으로 유려하게 흘러내린 두 팔, 그 사이로 봉긋하게 맺어 놓은 가슴이 눈에 가득하고 신경을 타고 흐른 자극이 뇌를 울려 정신이 아득하다. 삶을 사는 동안 이보다 아름다운 모습을 본 적이 없다. 한요은이라는 존재가 곧 그의 세상이 되어 버린 순간이다.

"원…… 원규야…… 불…… 하아…… 하……."

완벽한 암흑 속에 있다 한들 어찌 원규를 모를 수 있을까. 그러니 괜찮다.

"낮출까?"

"어…… 으응……."

부드러운 입맞춤으로 파르르한 요은의 긴장을 달래며 그녀를 눕힌 원규가 침대 머리맡의 협탁을 더듬어 리모컨을 손에 넣었다. 한 단계씩 짙어진 명암을 따라 그녀의 실루엣이 눈에 어릴 즈음 요은의 허리를 가득 안은 원규의 손길이 마침내 하나 남은 그녀의 속옷에 이르렀다. 조심스러운 손길을 따라 골반을 들어 올린 요은의 허리 아래로 아름다운 곡선을 이루며 내려가는 부드러운 감촉에 금방이라도 숨이 멎을 것만 같다.

원규는 충분히 어두워진 조명에도 불구하고 다리를 오므린 요은에게 이불을 덮어 주고는 잠시 그녀에게서 물러나 침대에 걸터앉았다. 그리고 잠시 후, 몸이 멀어졌음에도 불구하고 아릿하게 배를 누르는 자극을 어떻게 해야 할지 몰라 당황하고 있는 요은의 위로 원규가 몸을 겹쳐 왔다. 두 사람은 이제 아무것도 걸치지 않은 채로 폭신한 이불을 사이에 두고 있었다.

팔꿈치로 자신의 무게를 지탱한 원규가 이불을 끌어 내리며 요은의 입술을 찾아 부드럽게 누른다. 원규가 요은의 숨을 마시고 요은이 다시 원규의 숨을 마시며 호흡을 합쳐 가는 동안 원규는 둘 사이에 놓여 있던 이불을 치워 내고서 요은의 허리를 끌어안았다. 아랫배에 닿은 솜털 같은 요은의 감촉에 심장이 금방이라도 터져 나갈 것만 같다.

가쁜 숨에 들썩이는 요은의 가슴을 부드럽게 감싼 그의 손길에 점점 힘이 더해지자 그녀가 신음을 터뜨리며 무릎을 세웠다. 그녀에게 무게를 싣지 않으려 팔꿈치로 몸을 지탱하고 있던 원규가 갑작스러운 움직임에 균형을 잃은 순간, 무릎을 세운 허벅지 안쪽으로 뜨겁게 맞닿은 원규를 느낀 요은의 숨이 파도처럼 부서지고 만다. 원규가 닿을 때마다 설명하기 힘든 자극이 전류처럼 흘러 배가 아릿하다.

키스를 멈춘 원규가 천천히 몸을 일으키며 요은의 무릎을 부드럽게 누르자 한 팔로 가슴을 가린 그녀가 다른 손을 더듬어 이불을 찾기 시작했다. 아랫배에서 시작된 소용돌이에 몸과 마음이 온통 빨려 드는 느낌이다. 몸을 움직일 때마다 배 아래를 누르는 생경한 자극에 정신이 하나도 없다.

"요은아……."

그녀를 안으려면 다리를 벌려야 하는데 긴장으로 뻣뻣해진 그녀가 은연중에 다리를 오므리고 있어 억지로 몸을 벌릴 수가 없다. 이대로 위에서 안으면 무게를 감당하지 못할 거란 생각에 요은의 다리 사이에 손을 넣은 원규가 허벅지 안쪽을 쓸어 내자 그녀가 아찔한 신음으로 허리를 올리며 몸을 열었다.

원규의 손길이 다리를 벌린 것도 그가 자신의 다리 사이로 들어온 것도 모른 채 애처로울 정도로 몸을 떨고 있는 요은은 두려움을 넘어선 자극에 사로잡혀 아무것도 생각할 수 없는 상태다. 하지만 치골을 어루만지던 원규의 손길이 부드럽게 흘러 다리 사이로 들어가자 입술이 바짝 마르며 숨이 멎고 만다.

"아……!"

몸을 숙인 원규가 열 마른 요은의 입술을 빨아 당겼다. 요은의 입술을 가르고 숨을 깊게 마시며 서서히 파고든 원규의 손길이 부드럽게 흐른 그녀의 흥분에 촉촉하게 젖어 든다. 잠시 망설이던 원규가 그녀의 아래쪽에서 손을 거뒀다. 금방이라도 부서져 버릴 듯 몸을 떨고 있는 그녀에게 더한 자극을 주는 건 차마 못할 일이었다.

원규의 손에 묻은 흔적이 조심스러운 손길을 따라 그녀의 몸을 훑어 내다 가슴에 멎는다. 입술에서 멀어진 원규의 호흡이 뜨거운 손길과 함께 가슴에 닿은 순간, 온몸을 녹이고도 남을 열기에 허리를 휜 요은이 흐느끼듯 신음을 뱉어 내며 이를 악물었고 원규는 그런 그녀의 다리 사이에 온전히 중심을 잡으며 몸을 겹쳐 왔다. 한 손으로 몸을 지탱한 원규가 다른 한 손으로 요은의 허리를 그러쥐며 그녀의 가슴에서 입술을 거뒀다.

"하— 하아……."

원규는 요은에게서 멀어지기 무섭게 바짝 말라 버린 입술 사이로 뜨거운 숨을 뱉으며 크게 손을 움직여 그녀의 아랫배를 깊고 부드럽게 쓸어 낸다. 그리고 마치 허락을 구하듯 다시 한 번 그녀의 작고 오목한 샘 근처를 어루만졌다.

"아……!"

탐스럽게 벌어진 입술 사이로 터져 나온 그녀의 신음에 더욱 단단하고 팽팽해진 갈망을 느끼며 허리를 움직인 원규가 촉촉해진 그녀의 수풀에서 달아오른 갈망의 끝을 적셨다. 이제 곧 원규가 들어오리란 생각에 한 손으로 침대 시트를 움켜쥔 요은은 부들부들 떨리는 다리에서 힘을 빼려 안간힘을 쓰고 있다. 그러면서도 가슴을 가린 팔을 거둘 줄 모르는 요은의 모습이 너무나 사랑스러워 주체할 수 없는 흥분을 느낀 원규가 마침내 그녀를 향해 허리를 움직였다.

"아!"

한없이 부끄러운 듯 속을 감추고 있던 몸이 꽃잎처럼 벌어지자, 조심스러운 원규의 움직임에도 불구하고 그녀의 허리가 크게 휘었다. 있는 힘껏 이를 악문 요은의 신음이 원규의 이성을 붙든 순간이다.

"하…… 아…… 요은아……."

처음부터 한 번에 들어갈 생각은 없었기에 아직 완전히 들어가지도 못했는데 그녀가 이리도 힘들어할 줄은 몰랐다. 하지만 요은은 이게 전부인 것만 같다. 한 번도 느껴 본 적 없는 흥분에 들뜬 신음을 지르지 않으려 피가 나도록 입술을 악물었음에도 불구하고 몰아치는 호흡을 가누기가 힘들다. 원규가 자신의 안에 들어와 있다는 사실을 믿을 수가 없다. 하지만 다음 순간, 몸을 숙인 원규가 허리를 조금 더 움직이자 머릿속이 온통 하얘져 숨 쉬는 것조차 잊고 만다.

"아아…… 아!"

더할 나위 없이 부드럽게 젖은 그녀의 안으로 들어가는 것이 이리도 힘들 줄이야. 하지만 이제 와서는 이대로 물러나는 것이 더욱 힘든 일이다. 그의 일부를 부드럽고 따뜻하게 머금은 그녀를 도저히 단념할 수가 없다.

요은의 입술을 파고든 원규의 혀끝이 그녀의 혀를 감아올리며 진한 키스를 퍼부었다. 목덜미를 간질인 원규의 손길이 가슴을 그러쥐며 악력을 가하자 시트 위로 발끝을 파묻은 그녀의 숨소리가 침대 위에 가득하다. 다음 순간, 그녀의 혀를 놓아준 원규가 조금 더 깊이 몸을 묻어 왔다.

"아……!"

요은은 그제야 원규가 온전히 들어오지 못했음을 알고 가쁜 숨을 몰아쉬었다. 하지만 어떻게 해야 좋을지 모르겠다. 그저 자신이 느끼고 있는 것을 원규도 느꼈으면 좋겠고, 그러려면 지금보다 깊이 원규를 받아들여야 한다는 생각뿐이다.

"어…… 원규야……. 하아, 하……."

원규의 가슴에 손을 의지한 요은이 들뜬 음성으로 그의 이름을 불렀다. 몸을 일으킨 원규가 요은의 허리를 두 손으로 그러잡고 허리를 깊이 움직이자 내벽을 깊이 쓸어 낸 아릿함이 온몸으로 퍼져 나간다.

"하아, 아…… 아아……!"

부드러운 원규의 움직임에 입술을 깨문 그녀가 두 손으로 입을 막았다. 깊숙이 들어왔다 천천히 나가는 원규의 갈망이 너무도 아릿해 입을 막지 않으면 이보다 더욱 들뜬 신음을 지르게 될 것만 같다. 하늘로 솟구친 몸이 아득한 저 아래로 떨어지는가 하면 다시금 위로 향하는 느낌에 정신이 아찔하고 원규의 거친 숨소리가 꿈결처럼 살갗에 녹아든다.

요은의 몸 전체가 밀물이 차오르는 모래처럼 하릴없이 원규를 따라 움직인다. 깊숙한 곳에 닿은 원규가 다시 물러날 때마다 관성을 받은 내벽이 숨을 죄어 심장이 터질 것만 같다. 들고 나는 순간의 자극을 견디지 못하고 입술 사이를 비집고 있는 것이 숨인지…… 신음인지…… 흐느낌인지 모르겠다. 부드럽던 요은의 내벽이 엄청난 자극을 이기지 못하고 점점 좁아지자 원규가 느끼는 흥분은 배가 되어 돌아온다. 난생처음인 감촉에 몸이 빠른 속도로 반응하고 척추를 타고 흐른 흥분이 더욱 강하게 그를 자극한다. 안으로…… 이 여자의 안으로 더 깊이 들어가고 싶다.

"요은아……."

"아아…… 아!"

조금 더 안으로…… 하여 마침내 하나가 될 때까지 들어가고 싶다.

"으으…… 으…… 읏……."

원규의 움직임에 맞춰 요은의 호흡이 빨라지고, 빨라진 호흡이 심장을 조여 가쁠수록 요은의 몸이 더욱 수축되고, 그럴수록 원규의 속도가 빨라져 두 사람을 휘감은 흥분의 소용돌이가 걷잡을 수없이 커져 간다.

원규를 흠뻑 적신 요은의 신음이 흐느낌에 가까워지자 억지로 템포를 조절한 원규가 흥분에 취해 움직이던 몸을 멈추고 숨을 삼켰다. 하지만 다음 순간, 원규는 자신이 그녀의 어깨에 팔을 둘러 목덜미를 끌어안고 있음을 깨닫고는 흠칫 놀랐다. 분명 그녀에게 무게를 싣지 않으려 한 팔로 몸을 지탱하고 있는 줄 알았는데, 그가 들어오는 힘에 휩쓸려 위로 밀려난 그녀를 완력으로 안은 채 더욱 깊이 들어가려 했던 것이다.

원규는 서둘러 팔을 빼내며 상체를 비스듬히 일으켜 요은의 뺨을 어루만졌다. 무슨 짓을 한 건지 모르겠다. 목덜미가 뻣뻣해질 정도로 긴장한 그녀가 안간힘을 써 가며 시트를 그러쥐고 있는데, 그런 줄도 모르고 정신없이 그녀를 탐한 것이 못내 미안하다.

"하— 미안……."

하지만 요은이를 꽉 채운 원규의 일부는 아직도 그녀를 원하고 있기에, 미안하다 생각하고 미안하다 말하면서도 몸을 뺄 수가 없어 더욱 미안하다. 요은은 그런 원규의 마음을 알기라도 하듯 조용히 고개를 가로저었다.

"보고 싶어."

원규가 허리를 살짝 밀어 넣으며 말하자 그녀는 다시금 몸을 휘감는 자극에 가슴을 들썩이며 신음을 터뜨렸다. 요은의 손목을 시트 위로 그러쥔 원규가 천천히 몸을 움직이며 그녀를 바라본다. 요은은 손을 빼내려던 것도 잊은 채 마른 입술을 적시며 눈을 감았다.

몸을 기울인 원규가 그녀의 얼굴에 입을 맞춘다. 입술을 지나 콧등에, 다시 두 눈에, 그대로 두 뺨에, 그렇게 입맞춤 한 번에 조금씩 요은의 몸을 파고드는 원규의 갈망으로 그녀의 숨이 점차 빨라지기 시작했다. 깊숙이 들어온 원규를 느끼며 몸을 휜 요은의 어깨 아래로 부드럽게 파고든 그의 팔이 그녀를 안아 일으킨다.

누구 하나의 신음이 아닌 서로의 숨결이 맞닿아 달콤하게 부서지고 끊임없는 원규의 입맞춤이 미소 어린 요은의 입가에 멎었다. 자신의 무릎 위로 앉은 요은의 가슴이 오르내릴 때마다 원규는 그녀의 허리를 당겨 안으며 더욱 깊이 몸을 움직였다. 흐드러진 요은의 머릿결 아래로 탐스럽게 맺은 가슴을 그러쥔 원규의 손길이 그녀 못지않게 떨고 있다. 그의 목덜미에 팔을 두른 요은이 쏟아 내는 신음이 너무 사랑스러워 미칠 것만 같다.

사랑한다…… 이 여자를 사랑한다.

두 사람의 입술 사이로 들고 나는 숨소리가 사랑한다는 말보다 깊고 부드럽게 서로를 감싸 안은 순간, 요은의 몸을 침대에 눕힌 원규가 허리를 크게 움직이며 신음을 쏟아 냈다.

"아……!"

요은의 맑고 귀한 샘 속으로 더없이 따스한 원규의 환희가 젖어 들고, 들썩이는 그녀의 가슴에 얼굴을 묻은 그의 숨소리가 가슴골을 따라 조금씩…… 아주 조금씩…… 잦아들기 시작했다. 하지만 끝난 것이 아니라 시작이다. 요은에게서 생명을 적신 단비가 흐르는 순간에도 원규는 여전히 그녀의 몸에 자신을 묻은 채 입을 맞춰 왔다. 따스하고 부드러운 그녀에게서 몸을 거두고 싶지 않다.

원규의 입술이 멀어질라치면 요은의 입술이 그를 원하고, 요은의 입술이 멀어질라치면 원규의 입술이 그녀를 원하기를 한참, 요은의 허리를 깊이 안은 원규가 몸을 돌려 누우며 그녀를 자신의 위로 올렸다. 살갗에 닿은 요은의 보드라운 살결을 끌어안은 원규가 그녀의 허리를 지그시 누르며 몸을 가까이 하자, 그의 어깨 위로 요은의 숨이 아릿하게 쏟아져 내린다. 여전히 가쁘게 움직이는 요은의 등을 부드럽게 쓸어 낸 원규가 한 손을 더듬어 저만치 밀려났던 이불을 찾아냈다.

폭신하게 덮여 오는 이불을 느낀 요은이 원규의 가슴에 온전히 뺨을 기대자 하늘하늘한 그녀의 머리카락이 미풍처럼 그의 가슴에 내려앉으며 숨을 어지럽힌다. 원규는 유려한 요은의 굴곡을 손끝으로 느끼며 눈을 감았다. 요은이 역시 자신의 몸을 타고 흐르는 원규의 손길을 느끼며 그의 따뜻한 가슴 위에서 눈을 감았다.

남 변호사를 호출한 우영환은 분노를 누르지 못해 입술을 씰룩거리고 있다. 으르렁 소리만 없을 뿐 당장이라도 남 변호사의 숨통을 물어뜯을 기세다. 기소유예처분이 늦어지는 이유를 따지려나 보다 생각한 남 변호사는 그렇지 않아도 사건에 배정된 수사검사가 속을 썩이는 탓에 애를 먹고 있다며 난처한 기색을 보였다.

"올해 스물여섯이고 연수원을 마친 지 얼마 안 되는 신출내기라 일처리가 늦어지는 것 같습니다."

남 변호사가 말한 신출내기 검사는 서부검찰청 형사3부 소속으로, 여성폭력 사건을 맡은 건 이번이 처음이었다. 하지만 아무리 그래도 사건 배정 일주일이 지나도록 소환장이 날아오질 않으니 대체 일이 어떻게 돌아가는 건지 알 수가 없는 노릇이었다.

일개 검사 나부랭이에 지나지 않아도 나름 정의감에 불타는 부류들이 있기 마련이고 갓 배정된 초짜일수록 현실 감각이 떨어져 정의 실현을 부르짖을 수도 있는 일. 그런 부류에게 먼저 접근했다간 상황이 복잡하게 꼬일 가능성도 있었다.

"공교롭게도 수사지휘관서가 용산경찰서라, 일단 장설주가 수사에 관여하지 않도록 경찰서장에게 일러두고 엊그제 서부검찰청 차장검사와 식사 자리를 가졌습니다."

어지간하면 사람을 적게 거쳐야 하는 일이라 며칠간은 기다렸지만 아무래도 소식이 없으니 직접 윗선에 부탁을 넣을 생각이었다. 하지만 포하임코리아 정도면 자다가도 벌떡 일어나 밑밥을 물겠거니 했던 것과는 달리 식사 자리의 분위기는 상당히 애매모호했다. 연배도 낮을뿐더러 연수원 기수로도 남 변호사보다 3기나 아래인 그가 어찌나 꼿꼿하게 구는지 기분을 맞춰 주기가 영 힘들었던 것이다.

어쨌든 지난 일주일을 얼마나 공사다망하게 보냈는지 구구절절 설명하려던 남 변호사는 짐짓 말을 멈췄다. 아무래도 우영환의 눈치가 심상찮아서였다.

"외람된 말씀이지만, 혹시 오늘 부르신 이유가 따로 있……."

우영환의 살기에 기가 질린 남 변호사는 차마 말을 잇지 못한 채 입 안에 가득 고인 쓴 물을 삼켰다.

"해준이 녀석이 대체 왜 저러는 게야!"

남 변호사는 잔뜩 날이 선 우영환의 일갈에 눈을 질끈 감으며 목구멍으로 숨을 욱여넣었다. 지난 며칠간 서부검찰청뿐만이 아니라 수사지휘관서인 용산경찰서까지 재차 구워삶느라 동에 번쩍 서에 번쩍 정신이 하나도 없었건만, 눈치를 보아하니 우해준이 또 사고를 친 모양이다. 그것도 아주 제대로 말이다.

"주절주절 잘도 떠들어 대더니 어째서 말이 없어?!"

우영환은 아들을 유치장에서 빼내자마자 본가에 데려다 놓고 사람을 붙여 감시하기 시작했다. 적어도 기소유예처분(사건을 재판에 부치지 않음)이 내려질 때까지는 아들을 집구석에만 가둬 둘 생각이었다. 유치장을 나서기 무섭게 사고를 벌여 놓은 다음이라 도무지 안심할 수가 없었던 것이다. 만에 하나 누구라도 해준이 녀석의 편의를 봐 줬다간 모두 불편해질 걸 각오하라고 엄포를 놓은 후 물을 마실 때도, 화장실에 갈 때도 늘 경호원들이 따라붙도록 지시했다.

처음 며칠간은 눈에 띄게 고분고분해서 저도 이제는 정신을 차렸나 보다 생각했다. 그런데 꼬박 일주일이 지난 어젯밤, 해준은 난동에 가 까운 난리법석으로 온 집 안을 발칵 뒤집어 놓고 말았다.

더 몹쓸 짓으로 인생을 망가뜨리기 전에 손을 쓰고자 가둬 놓은 아 들이 집구석에 처박힌 것도 모자라 방구석으로까지 처박혀서 부들부 들 떨어 가며 온 집 안이 떠나가도록 비명을 질러 댄 것이다. 비명이 라기엔 너무 처절해 차라리 울부짖음에 가까운 소리였다. 스물여섯 나이에 악몽이 무서워 저러는 건 아닐 테고 한밤중에 대체 무슨 일인 가 싶어 2층으로 올라가 보니 아들이 반쯤 풀린 눈으로 살갗이 파이도 록 손등을 긁어 대며 어깨를 움찔거리고 있었다.

"귀가 먹었어?!"

남한테는 개새끼라도 저한테는 귀한 새끼라 혹시 유치장에 있는 동 안 돼먹지 못한 놈들에게 얻어터지기라도 했나 싶어, 우영환은 경찰 서고 서장이고 모조리 가만두지 않겠다고 단단히 별렀다. 그런데 오 늘 오전, 해준의 상태를 살펴본 주치의에게서 청천벽력보다 더한 말 이 떨어졌다.

금단에 의한 히스테리의 폭발. 마약에 중독된 인간들에게서나 볼 수 있는 강박적인 정신증이라니. 찬찬한 주치의의 설명을 들으면서도 도무지 믿을 수가 없었다.

"마약이라니?!"

남 변호사 쪽으로 팽개쳐진 책자 하나가 퍽 소리와 함께 벽에 부딪 치기 무섭게 우영환이 책상을 깨부술 듯 내려치며 호통을 쳤고 남 변 호사는 그제야 상황을 짐작했다. 집에만 갇혀 있게 될 경우를 대비해 약을 구해 달라기에 유치장에 있을 때와 마찬가지로 의사를 구슬려서 신경안정제를 처방받아 줬는데 그걸 들킨 모양이다. 그런데 마약이라니, 뭔가 이상하다. 그가 구해 준 안정제에는 마약 성분이 들어 있기는 해도 아주 경미한 양에 불과했기 때문이다.

"금단증상이라니!!"

유치장에 있는 동안에는 짧게나마 참을 수 있었다. 하지만 본가에 끌려온 후로는 일체의 바깥출입이 금지된 상태였고 남 변호사가 구해온 신경안정제 계통의 알약은 그간 우해준이 투약해 온 케타민이나 모르핀에 비해 약효가 현저히 떨어지는 것이었다.

처음 며칠간 우해준이 고분고분했던 이유는 안정제 과다 복용에 따른 의욕 감퇴였다. 모르핀이나 케타민을 투약했을 때 경험했던 황홀경을 맛보기 위해 지나치게 많은 신경안정제를 복용한 탓에 몸은 몸대로 처지고 약은 약대로 닳아 없어지자 극도의 불안증을 보인 것이다.

"무슨 말씀이신지……."

남 변호사는 무슨 일인지 도무지 모르겠다는 표정으로 말끝을 흐렸다. 일단은 발뺌부터 해야 한다는 생각에서였다. 우해준의 뒤치다꺼리를 구실로 온갖 불법을 저지르면서 제 것도 아닌 힘에 취해 우쭐했던 모습은 찾아볼 수가 없다. 발목만 담그려던 구정물에 온몸이 잠겨 점점 아래로 꺼져 가는 줄도 모른 채, 그는 이번에도 어떻게든 헤어날 구멍이 있을 거라 생각하는 중이다.

연화는 눈앞에 앉은 원규를 꽤 오랫동안 바라보고 있다. 언제나 그렇듯 한없이 차가운 표정의 그가 요은을 위해 자신과 마주하고 있음을 알면서도 박은호의 죽음을 덮어쓰고 괴로워했던 것처럼 한요은의 불행을 덮어쓰려는 거라며 스스로를 위로하는 중이다.

"미안해."

더할 나위 없이 애처로운 목소리로 미안하다 말하는 연화 앞에, 원규는 할 말을 잃고 말았다. 갑작스럽게 찾아와 은호의 죽음을 얘기했을 때도 딱 저런 표정이었다. 세상에서 가장 슬픈 사람처럼, 마치 은호가 자신의 친동생이라도 되는 양 눈물을 뚝뚝 흘렸던 여자다.

"소식 듣고 걱정 많이 했어. 요은이는 괜찮니?"

"그게 궁금해서 찾아가겠다고 한 거예요?"

"아무리 연락해도 묵묵부답이었던 건 너잖아."

"날 왜 만나야 되는데? 무슨 할 말이 있어서?"

"말했잖아. 미안하다고."

세상 슬픔은 다 짊어진 표정으로 미안하다니, 작가보다는 배우가 어울리는 여자다. 사람을 그렇게 기만해 놓고 이제 와서 미안하다? 한때나마 이런 인간의 말에 휘둘렸던 자신의 존재를 지우고 싶을 만큼 화가 치밀어 오른다.

"잘 알았어요. 요은이한테 그렇게 전할게요."

"아니!"

연화가 자리에서 일어나는 원규의 손목을 엉겁결에 붙들며 소리치자 주변의 시선이 한꺼번에 쏠렸다. 원규는 순간적으로 이성을 잃었던 것을 자책하며 진저리 치듯 손목을 뿌리친 후 다시 자리에 앉았다.

계속 피하면 정말 요은을 찾아갈지도 모른다는 생각으로 나온 자리였다. 미친년 춤바람도 여러 번이면 살랑바람이라고 마음껏 떠들고 나면 다시는 안 오려니 싶기도 했다. 어쨌든 둘 중 누군가 허연화를 대면해야 한다면 그건 요은이 아니라 자신이어야 했다.

"요은이가 아니라 너한테 미안한 거야."

요은이한테는 미안한 게 없다니, 미간을 누른 분노가 심장을 부수며 가라앉는다.

"내가 걱정하는 건 원규 너야."

원규는 진심을 담은 연화의 말에 소름이 쫙 끼쳤다.

"너한테 은호 소식을 전한 것도 요은이를 소개한 것도 나잖아."

"그래서요?"

"처음부터 널 찾아가는 게 아니었는데. 정말 미안해. 나만 아니었으면 너…… 한국에 들어올 일도 없었을 거잖아."

"뭔가 착각하는 거 같은데 내가 들어온 건 은호 때문이에요."

박원규를 움직일 수 있는 건 죽은 박은호과 살아 있는 박원호가 전부라고 생각했던 연화에게는 더할 나위 없이 반가운 말이었다. 하여 물 만난 고기처럼 벌떡거리는 심장을 느끼며 눈을 반짝이기도 잠시, 슬픔과 원망을 뒤집어쓴 표정으로 원규를 바라본다.

"그래, 알았어. 그런데 들어온 이유야 어쨌든 바로 나가지 못한 건 원호 씨 때문이잖아."

"형이 날 붙든 게 아니라 내가 결정한 일이에요. 입국도 체류도 다 내 결정이니까 괜한 사람 끌어들이지 말아요."

"널 위해서 이러는 거야."

"당신이 뭔데 날 위해?"

"널 좋아했으니까."

좋아한다. 분명 요은에게 들었던 것과 같은 말이다. 그런데 그 말을 누가 하느냐에 따라서 기분이 더럽다는 말로는 부족할 만큼 불쾌해질 수 있다는 사실이 새삼스럽다.

"너 요은이 오해했다며. 그런데도 결혼하기로 한 거 원호 씨 때문이잖아. 너희 아버지 등살에 못 견뎌 하는 원호 씨 위해서 결혼한 거잖아. 아니야?"

"분명히 얘기했을 텐데. 괜한 사람 끌어들이지 말라고."

"원호 씨가 왜 괜한 사람이야? 너 이렇게 된 거 결국엔 다 그 사람 때문인데."

참 불쌍한 인간이다. 뭐가 잘못인 줄도 모르고 혼자 잘난 맛에 살다가 결국에는 완전히 돌아 버린 게 아닐까. 그리고 이런 인간한테 휘둘린 나 역시 돌이킬 수 없을 정도로 못나 빠진 인간이다.

"하고 싶은 말이 뭐예요? 아니, 듣고 싶은 말인가?"

"요은이 그만 놔줘."

"뭐?"

"너 지금 착각하는 거야. 너 때문에 요은이가 그런 일을 당했다고 자책하는 거라고. 그런 마음으로 요은이를 곁에 두는 건 너무 잔인하지 않니?"

"날 좋아하는 건지 요은이를 걱정하는 건지 잘 모르겠는데, 방향을 하나로만 잡지그래요?"

"둘 다야. 요은이가 좀 부족하긴 하지만 많이 아끼는 동생인 건 사실이니까."

"그렇게 아끼는 동생을 결혼에 눈먼 한심한 인간으로 만든 게 누군지 잊어버렸어요?"

"어떻게든 결혼을 말려야 했으니까."

"차라리 요은이한테 말하지 그랬어요? 박원규는 동성애자라고 요은이한테 직접 말하지?"

얘기를 하고 보니, 어쩌면 허연화는 알고 있었는지도 모른다는 생각이 든다. 자기 연민이 강하다느니 이중적이라느니 떠들기는 했어도 요은의 성격이라면 직접 따져 물으리라는 것을 알고 있었기에 그녀가 아닌 자신을 택한 것이다.

요은은 늘 그랬다. 무슨 일이냐 먼저 묻고, 무슨 일인지 먼저 말했다. 결혼 후에도 항상 얘기하고 싶어 했다. 그런 요은을 밀어낸 것은 바로 자신이었다. 이혼해 달라며 사무실에 찾아왔던 날도 이혼만은 안 된다며 그녀를 밀어냈다. 이유가 뭐냐며 묻던 요은의 뺨에서 눈물이 바짝 마르도록 아무 말도 하지 않았다.

"왜? 겁나서?"

원규는 자신의 어리석음과 연화의 후안무치에 질려 더없이 냉소적인 표정으로 물었다. 순간적으로 구겨지는 연화의 표정을 보니 더더욱 확신하게 된다.

"무슨 소리야?"

"아끼는 동생까지는 아니더라도 요은이를 잘 알고 있었던 건 인정해야겠네. 요은이는 속으로만 삼키지 않을 거라고 생각했겠지. 요은이는 나처럼 죄책감에 짓눌리기만 하는 한심한 성격이 아니라는 걸, 알고 있었던 거야."

편견이나 선입견을 가지지 않으려고 부단히도 노력해 왔다. 어느 한순간의 이미지로 사람을 단정하는 것은 못 할 짓이라고 생각했다. 은호와 자신을 오해하고 손가락질하던 주변을 닮고 싶지 않았다. 그래서 허연화가 어떤 인간인지 애써 생각하지 않으려고 했다. 더는 알고 싶지도 않았다. 그러면서도 가장 소중한 한요은, 그녀에 대한 오해는 미처 풀 생각조차 하지 않았다. 그들과 무엇이 다른가. 자신을 손가락질했던 주변과 끝까지 자신에 대한 오해를 풀지 못하는 아버지와 대체 다를 게 뭔가 싶다.

"내가 평생 동안 은호한테 묶여 발버둥 치길 바랐어요? 그래서 원호 형까지 들먹이면서 사랑이니 어쩌니 했던 건가? 나한테 거절당한 걸 인정할 수 없어서? 그게 억울해서?"

연화의 얼굴이 구겨지다 못해 일그러져 간다.

"하긴, 그게 전부는 아니었겠지. 내가 요은이를 마음에 둔 게 제일 못마땅했을 거야."

허연화를 앞에 두고 보니 이렇게 분명한 것을 왜 진작 몰랐을까. 왜 알려고 하지 않았을까.

"그래! 못마땅했어. 누구도 안 된다던 니가 요은이를 마음에 둔 게 싫었어. 근데 지금은 아니야. 지금은 너나 요은이를 위해서 충고하려는 거라고!"

"충고? 우릴 위해서?"

우리라는 원규의 말에, 연화는 핏기가 가시도록 입술을 악물었다.

"너 지금 착각하는 거야. 박원규 너 그런 거 잘하잖아? 뭐든 네 탓으로 돌리고 푹푹 썩히는 거. 박은호 때문에 들어와서 박원호한테 발목 잡히고 이제 한요은 때문에 평생 불행하겠다는 거야?"

"입 닥쳐."

"요은이가 정말 널 사랑한다고 생각해? 당장은 끔찍한 일에 정신이 팔려서 기댈 데가 필요하겠지만 시간이 갈수록 차라리 지옥을 바랄 만큼 불행해질걸? 널 볼 때마다 그 일이 생각날 테니까. 넌 괜찮을지도 모르지. 박은호가 죽은 것도 박원호가 저렇게 된 것도 또 한요은도! 다 네 탓이라고 생각하고 지금까지 파묻혀 있던 자책에 빠져 살면 그만이니까."

원규는 연화를 빤히 쳐다볼 뿐 아무 말도 하지 않았다. 들끓는 분노를 누르느라 말을 할 수가 없었다. 불쌍하면서도 소름 끼치도록 추악한 인간이다. 세상에 온전한 악(惡)이 있다면, 아마도 이런 모습이 아닐까. 마치 상대방의 슬픔과 그로 인한 우월감을 파먹고 사는 벌레 같다.

"정말 구역질 나는 인간이야."

침묵을 깬 원규의 말에 연화의 표정이 뒤틀렸다.

"뭐?"

"나도 충고 하나만 할게. 착각이니 동정이니 하는 헛소리 집어치우고, 소재가 아쉬우면 작업실에 틀어박혀서 거울부터 쳐다봐. 세상에서 가장 불쌍한 인간이 널 마주 보고 있을 테니까."

전율에 가까운 분노보다 더한 것은 산산이 부서져 버린 자존심이었다.

"다시는 내 근처에 얼씬도 하지 마. 요은이한테도 마찬가지야."

"그렇게 못 하겠다면?"

"자존심이 바닥났으면 품위라도 지켜."

원규가 먼저 일어난 자리를 쏘아보던 연화의 눈에서 눈물이 흐르기 시작했다. 원규의 입에서 나온 말들이 누구의 입을 통한 어떤 말보다 깊고 잔인하게 연화를 관통하고 있었다. 이런 모욕을 당하고도 박원규를 단념할 수가 없어 더욱 화가 난다.

ecc

원규의 모친인 최 여사가 간단히 깎은 과일을 접시에 담고 있다. 이어 적당히 우려낸 찻잎을 걸러 호박색 찻잔에 따르고 과일 접시를 쟁반에 올렸다. 지난 며칠간 술자리가 있어 귀가가 늦어지던 남편이 모처럼 일찍 퇴근한 날이었다. 언제나 그렇듯 거실을 배회하다가 서재로 들어가 버렸지만, 그래도 함께 있으면 든든한 버팀목이 되어 주는 사람이다.

2층 계단을 올라 복도 끝에 선 최 여사가 쟁반을 한 손에 받쳐 들고 서재의 문을 두드렸다. 서너 차례의 노크에도 남편은 별다른 반응이 없다. 아마도 새로 맡은 업무 때문이려니, 하는 수 없이 접시와 찻잔만 내려놓고 나와야겠다고 생각하며 살며시 문고리를 내린다. 역시나 책상에 앉아 골몰한 모습이다. 그러고 보면 원규가 아버지를 꼭 빼닮은 게 아닌가 싶다.

"과일 좀 드세요."

문을 열기만 했을 뿐 아직 문간에 선 최 여사가 조용히 말했다. 박변호사는 그제야 읽고 있던 것을 덮으며 겸연쩍은 듯 아내를 본다.

"들어와요."

서재로 들어선 최 여사는 책상 위에 찻잔과 접시를 내려놓고 염려스러운 듯 남편을 바라본다. 퇴근 시간과는 상관없이 그가 서재에 있으면 최 여사는 꼭 과일과 차를 내오곤 했다. 혹시라도 남편의 시간을 뺏지 않으려 찻잔과 포크는 늘 하나씩 준비했다.

"요즘 너무 무리하는 거 아니에요?"

"무리는 무슨."

박 변호사가 포크에 꽂은 과일을 내밀며 자리에서 일어나 본인이 앉아 있던 의자를 권했다. 잠시 앉았다 가라는 의미였다. 업무로 바쁠 때면 고맙다는 말이 전부였지만 그렇지 않은 경우에는 꼭 이렇게 앉을 것을 권하곤 했다.

박 변호사가 서가 쪽에 있던 의자를 가지러 간 사이, 남편과 나란히 앉기를 기다리던 최 여사의 시선이 어느 한곳에 머문 채 움직일 줄을 모른다. 벌써 삼십 년은 지난 박 변호사의 수험표가 책상에 놓여 있었던 것이다.

"여보."

"응?"

"무슨 일 있어요?"

"일은 무슨."

"그때 이후로는 한 번도 꺼낸 적 없잖아요."

1984년 9월, 안기부 요원들이 최 여사와 어린 원규를 데려간 적이 있었다. 그들은 위조된 신분증을 제시하며 검사실에서 나왔다는 말로 최 여사를 안심시켰다. 며칠째 밤샘 중이라던 남편이 사라졌다는 말에 최 여사는 하늘이 무너지는 것 같았다.

그들은 혹시 모를 일에 대비해 안전한 곳으로 모시겠다고, 만약 일이 잘못될 경우 아내와 아들을 꼭 부탁한다는 말씀을 늘 해 오셨다며 그녀를 설득했다. 하지만 최 여사가 아들과 함께 도착한 곳은 검찰청이 아니라 국가안전기획부였다.

대학 시절 부천공단 한진방직 내의 야학활동을 지원한 적이 있냐는 질문에 정신이 까마득해졌던 것을 생각하면 아직도 심장이 울렁거린다. 없는 죄를 만들어 무고한 사람들을 굴비처럼 엮어 대는 당시 공안의 행태를 익히 알고 있었기에, 자신의 과거 이력이 남편에게까지 누가 되면 어쩌나, 대체 무슨 생각으로 원규를 데리고 이들을 따라나섰나, 살아서 돌아갈 수는 있을까 등등 입술이 해지는 것도 모르고 잘근잘근 씹어 가며 덜덜 떨었다.

달리 모진 꼴을 당한 것은 아니지만 그곳 사무실에 앉아 있는 동안 최 여사는 극도의 공포를 느껴야 했다. 한동안은 양복을 입은 사람만 봐도 온몸이 부들부들 떨려서 외출조차 할 수 없었다.

그 일이 있고 얼마 후, 당시 특수부장의 지위에 있던 박용태 검사는 비자금 수사에서 손을 떼고 제주지법으로 발령을 받았다. 1985년 1월에 원규를 미국으로 보낸 다음이었다. 초심을 잃지 않겠다며 책상 한가운데의 유리판 아래 꽂아 뒀던 그의 수험표가 사라진 것도 그즈음이었다. 정권이 법권의 위에 선 나라에서, 초심을 잃은 것이 아니라 아예 놓아 버린 남편을 보며 아내는 여러 날을 숨죽여 울어야 했다.

"정말 아무 일 없는 거죠?"

찻잔을 집어 든 박 변호사는 그저 헛헛하게 웃을 뿐이다.

"가끔 한 번씩 꺼내 보는데, 볼 때마다 당신이 참 고생이 많았지 싶어."

"제가 무슨 고생을 해요. 당신이 힘들었죠."

"세상이 많이 바뀐 줄 알았는데……."

권력 앞에 무력한 법. 20년 전, 그는 법의 수호라는 기치를 버렸다. 그가 믿었던 법이 그 법을 수호하려는 그의 발목을 붙들고 아내와 아이까지 위험에 처했던 그때, 그의 세상은 한번 무너졌다.

"그렇지도 않은 모양이야."

금전 앞에 무력한 법. 세월이 지난 지금도 법은 나약하기만 하다. 하지만 이번에 무너질 것은 그의 세상이 아니었다. 20년 전 무너진 그의 세상에서 어떻게든 꺼내고 싶었던 아들, 원규의 세상이었다.

"원규 아버지."

"음?"

"무슨 일인데 이러세요. 요즘 일 때문에 바쁜 거 아니었어요?"

"나야 워낙에 바쁜 사람이잖소."

마시는 것도 잊은 채 들고만 있던 찻잔을 내려놓은 박 변호사가 수험표를 물끄러미 바라본다. 굳이 아내가 알 필요 없는 일이니 조용히 처리하면 된다고 마음을 다스리는 중이다.

eee

오늘 낮에 아버님께서 전화를 하셨다. 사나흘 안에 한번 만났으면 하는데 언제가 좋겠냐며 편한 시간을 정해서 연락을 달라고 말씀하셨다. 가급적이면 원규가 집에 없는 시간이 좋겠다고 하시기에 직접 찾아뵙겠다고 말씀드리자 굳이 번거로운 걸음 할 필요 없다며 조용히 나눌 말이 있으니 집에서 보자셨다. 집이란, 이촌동 시댁이 아니라 이곳을 말씀하시는 것이었다.

내일은 상담이 있는 날이라 원규가 다녀갈 테니 제일 빠른 시간은 모레 오후였다. 마침 해킹 시뮬레이션이 잡혀 있어서 원규의 퇴근이 늦어지는 날이기도 했다. 하여 모레 오후 2시로 약속을 정하고 통화를 마치기는 했는데 줄곧 불안에 들썩이는 심장을 누르느라 가슴이 뻐근할 정도다.

딩동—

초인종에 놀라 시계를 보니 어느새 6시다.

딩동— 딩동—

잠금장치를 푸는 내내 원규에게 말을 해야 할지 말아야 할지를 고민했다. 미리감치 고민하고 결정해 뒀어야 하는데 시간 가는 줄도 모르고 소파에 멀거니 앉아 있었던 게 못내 후회스럽다. 잠시 후, 문을 열기 무섭게 안으로 들어선 원규는 가벼운 입맞춤을 시작으로 나를 꽉 끌어안았다.

"뭐 하느라고 전화도 안 받아."

"응?"

"전화 여러 번 했어. 사무실 나와서 도착할 때까지 신호 걸릴 때마다."

"아…… 미안."

팔을 풀고 내 어깨를 잡은 원규가 살짝 거리를 벌리며 나를 바라본다.

"무슨 일 있어?"

"아니."

원규의 시선이 부드럽게 나를 훑어 내렸다.

"준비, 다 한 거야?"

"어?"

"나가서 먹기로 했잖아."

아…… 이런, 오늘 저녁은 밖에서 먹기로 한 걸 깜빡하고 있었다. 7시 30분 예약이라고 했으니 서둘러 준비하면 빠듯하나마 시간을 맞출 수 있을 것 같다.

"미안. 금방 준비할게."

돌아서서 2층으로 올라가려는데, 손목을 잡은 원규가 나를 다시 돌려세웠다. 이어 신발을 벗고 올라서서 시선을 마주한 채 보일 듯 말 듯 고개를 갸웃거리는 원규의 표정이 점점 심각해진다.

"정말 아무 일도 없어?"

원규가 아버님을 찾아뵌 것이 벌써 일주일 전이다. 만일 남무석의 말을 믿으셨다면 진작 무슨 말씀이 있으셨어야 하지 않을까? 평소의 아버님이라면 나를 직접 불러 앉히셨을지도 모를 일이다. 아버님께서도 나름대로 마음이 번잡하셔서 지금에야 연락을 하신 게 아닐까 싶다.

그러니 일단은 아버님을 뵙는 게 순서인 것 같다. 원규에게 말하는 건 그다음으로 미루자. 지난번 아버님께서 부르셨을 때, 원규 역시 남무석 변호사가 다녀갔다는 얘기는 미리 하지 않았다. 그저 아버님께서 부르셔서 잠깐 다녀온다는 말뿐이었다. 그러니 나도 다녀와서 얘기하면 된다.

"한요은?"

벌써 여러 차례 부르고 있었나 보다.

"아…… 미안."

모레 있을 해킹 시뮬레이션은 한국은행으로 들어갈 보안 프로그램을 테스트하기 위한 것이라 다들 다른 때보다 긴장하고 있다고 들었다. 그런 원규에게 괜한 걱정을 얹고 싶지 않다.

"벌써 세 번이나 미안한 거 알아?"

"응?"

"너 말이야. 뭐가 그렇게 미안한데."

"아…… 미안…… 흠! 아니, 그냥."

대강 얼버무리고 다시 돌아서려는데 이번에는 아예 앞을 막아선 원규가 나를 소파로 데려다 앉힌다. 마주한 시선을 떼지 않으며 테이블에 걸터앉은 원규의 표정이 너무 심각해서 왠지 미안해졌다. 어차피 외출 준비를 핑계로 원규에게서 벗어나긴 그른 것 같으니, 일단은 심각한 분위기부터 수습해야겠다.

"해킹 시뮬레이션, 모레 맞지?"

"응."

"준비는 잘돼 가?"

"혹시 그거 때문에 이러는 거야?"

"응?"

"우리가 다른 연구소한테 밀릴까 봐 걱정돼?"

그 정도면 원규가 납득할 만한 핑계가 될까? 하긴, 아버님의 전화를 받기 직전까지만 해도 모레 있을 해킹 시뮬레이션이 잘되기를 바랐으니 핑계라고만은 할 수 없다.

"조금."

"걱정할 거 없어."

확신에 찬 원규의 미소가 유난히 빛난다.

"자신 있어?"

"자신?"

"다른 연구소에서 개발한 프로그램 이길 자신."

"아니, 그런 자신은 없고 해킹 툴이나 악성코드 잡아 낼 자신은 있어. 선택은 그쪽에서 하는 거고."

왠지 원규다운 대답이다.

"그럼 걱정 안 할게."

모레 있을 원규의 시뮬레이션도 아버님과의 만남도 모두 잘됐으면 좋겠다.

"어쨌든 모레는 좀 늦는 거지?"

"아마 그럴 거야. 애들 저녁 먹이고 들어와야 되니까."

"어, 그래."

"혹시 그날 무슨 일 있어?"

아버님께 전화해서 무슨 일로 보자고 하시는 건지 여쭤보면 말씀해 주실까. 전화로 하실 말씀이 아니라 직접 오시겠다는 거겠지. 원규를 통하지 않고 나에게 직접 하실 말씀이 뭘까.

"한요은."

그러고 보니 수사검사 배정 후 일주일이 지났는데 어째서 아무 연락도 없는 걸까. 가해자가 혐의를 인정했나? 아니, 그랬다면 벌써 공판으로 넘어갔어야 정상이다.

"요은아."

또 정신을 놓고 있었다.

"어?"

"그날 무슨 일 있냐고."

"그날?"

"화요일."

"아니. 그냥 물어본 거야."

어쨌든 2시부터 뵙기로 했으니 원규가 저녁까지 먹고 들어오면 시간상으로는 충분할 것 같다.

"재광이한테 맡겨도 돼."

"응?"

"나 안 나가도 된다고."

갑자기 출근 자체를 않겠다니, 원규가 나도 모르고 있던 내 마음을 읽기라도 한 걸까.

"무슨 소리야. 해킹 시뮬레이션이면 책임자가 자리에 있어야지."

"재광이도 책임자야. 그리고 프로그램 테스트라 딱히 사람이 할 일은 없어. 모레 할 일은 그쪽 서버에 설치하고 지켜보는 게 전부야."

"앞으로는 퇴근 시간 안 물어볼게. 그래야 아무 걱정 없이 출근할 거 아냐."

대강 얼버무리며 소파에서 일어나려는데 원규가 또 손목을 잡는다. 하지만 억지로 끌어다 앉히는 대신 한 걸음 다가서며 나를 돌려세웠다.

"늦었어. 빨리 준비해도 시간 안에 도착하기 힘들……."

"내가 보고 있는 널 너도 볼 수 있으면 그런 말 안 나올걸?"

"무슨 소리야."

"전화도 안 받고 항상 해 주던 뽀뽀도 잊어버리고 계속 미안하고 딴 생각하고 말 돌리고."

전부 다 맞는 말이라 달리 할 말이 없다.

"빨리 말해. 무슨 일인데."

"별일 아니야."

"근데 왜 이렇게 긴장해 있어."

"누가 긴장을 해."

"혹시 법원에서 연락 왔어?"

"아니."

"그럼? 가해자 측에서 귀찮게 해?"

"아니."

내 손목을 잡고 있던 원규의 손길이 멀어졌다. 깊은 한숨 소리에 원규를 바라보니 표정이 완전히 굳어 있다.

"설마, 허연화가 연락한 건 아니지?"

불안을 넘어 불쾌함이 역력한 원규를 마주하고 있기가 힘들다. 제대로 설명하지 않으면 이런저런 경우의 수를 꼽으며 심란해할 게 분명하다. 차라리 아무 말도 하지 말 걸, 어설픈 배려로 괜한 걱정만 끼친 것 같다.

"말하기 싫으면 안 해도 돼. 같이 있어 보면 알겠지."

"원규야."

"내가 걱정할 일이지? 그래서 이러는 거지?"

이런 원규 앞에서 말을 돌리기란 불가능하다는 걸, 새삼 깨닫는다.

"낮에 아버님께서 전화하셨어."

"이촌동?"

"응."

"무슨 일로?"

"하실 말씀이 있다고……."

"그래서 화요일에 뵙기로 한 거야?"

"응."

"몇 시에? 어디서?"

"2시쯤 이쪽으로 오실 거야. 혼자 나갈 일 없으니까 걱정 안 해도 돼."

"걱정 안 해."

간단명료하고도 차가운 원규의 목소리에 난감해져 입술을 깨물기도 잠시, 나에게서 돌아선 원규가 휴대폰을 꺼내 든 순간 정신이 번쩍 들었다.

"박원규!"

2층으로 올라가려는 원규를 따라가 나도 모르게 휴대폰을 뺏어 들었다. 너무 갑작스러운 상황에 원규도 당황하고 나도 당황했다. 그렇게 한동안 서로를 바라보고 있는데 휴대폰 저편에서 젊은 남자의 목소리가 어렴풋이 들려왔다.

— 안녕하세요. 그라유토 라운지입니다. 무엇을 도와 드릴까요.

아…… 이런…… 아버님이 아니었구나.

— 여보세요?

무안하고 미안하고 난감해서 얼른 원규에게 휴대폰을 건네고 계단을 올라 욕실로 들어왔다. 원규는 절대 나를 난처하게 만들 사람이 아닌데, 아무리 순간이라지만 어떻게 아버님께 전화할 거란 생각을 했는지 모르겠다. 너무 미안하고 창피하다. 폭력 아내의 진면목……까지는 아니지만 멀쩡히 들고 있던 휴대폰을 확— 뺏어 들다니 맙소사 이런 맙소사가 없다. 순간 너무 당황해서 '박원규!' 하고 이름을 부른 것도 실상은 비명에 가까웠다.

변기 뚜껑을 내리고 그 위에 쪼그려 앉아 있는데 원규가 노크를 했다. 문고리를 내리는가 싶더니 다시 한 번 노크를 한다. 뭘 잘했다고 여기서 버티나 싶어 머뭇머뭇 문을 열자 원규가 먼저 손을 내민다.

"전화…… 뺏어서 미안."

"힘 좋던데?"

윽—

"아버님께 전화하는 건 줄 알았어."

"내가 왜 널 바보로 만들어."

"그러게. 괜히 나 혼자 바보 됐네."

"말했잖아. 걱정 안 한다고."

손을 잡아당긴 원규의 품으로 얼른 얼굴을 파묻었다.

"정말, 걱정 안 해?"

괜히 미안해서 되묻자 목덜미를 감싸 안고 있던 엄지손가락으로 귀밑을 간질인다. 몸서리치는 나의 어깨 아래로 팔을 쑥 집어넣은 원규가 한쪽 다리로 중심을 잡으며 나를 침대 위로 눕혔다. 욕실에서 나오면 바로 침대인 구조가 이래서 좋구나……가 아니라 뭔가 애매한 상황이다. 지금 이럴 때가 아닌데. 아니지, 이럴 때가 어떤 때인 줄도 모르면서 앞서가지 말자.

"응. 걱정 안 해. 같이 있을 거니까."

오…… 마이…… 신이시여…….

"같이?"

내가 누운 자리에서 벌떡 일어나 앉자, 원규도 나를 마주 보고 앉았다.

"응."

"화요일에?"

"응."

"일도 미루고?"

"굳이 내가 있을 필요 없다고 했잖아. 그게 마음에 걸리면 약속을 내일이나 수요일로 바꿔도 되고."

"원규야."

"너 난처하지 않게 알아서 할 거야."

"알아서 어떻게 할 건데?"

"우연히 일찍 끝나고 온 걸로 하든가, 아님 아프다는 핑계도 있고."

"하……."

"어쨌든 너 혼자는 안 돼."

침대에서 일어선 원규가 외투를 벗으며 옷장을 향했다.

"나 어린애 아니야."

"차라리 어린애면 좋게?"

"뭐?"

"그럼 다 얘기할 테니까."

"결국 다 얘기했잖아."

"그래, 결국 얘기했지. 근데 내가 캐묻지 않았으면 얘기 안 했을 거잖아."

"맞아. 절대 안 했을 거야. 걱정할 테니까. 지금도 너…… 걱정하고 있잖아."

"이렇게 걱정하는 게 나중에 알고 미안해하는 거보다 훨씬 나아."

걱정하는 건 이해하지만 미안해하다니, 뭘 미안해한다는 건지 모르겠다. 혹시 지난번 아버님께서 원규를 내자동으로 부르셨을 때 무슨 일이 있었나? 남무석 변호사가 다녀갔으며 아버님께서도 이번 일을 알게 되셨다는 것 외에, 내가 알면 먹고 토하는 버릇이 나올까 봐 말하지 못한 게 있을지도 모른다. 그런 생각이 들자 원규에게 걱정만 얹고 있는 스스로에게 화가 난다.

"왜 미안해? 아버님께서 날 만나시는 게, 왜 니가 미안할 일이야?"

아버지 앞에 떳떳한 아들이 되지 못한 원규의 상처를 나까지 들쑤시고 있는 것 같아 마음이 아프다. 그래서일까, 원규의 잘못도 아버님의 잘못도 아닌 일로 예민해져서는 괜한 신경질을 부리고 있다. 원규를 위해서라는 핑계로 원규한테 화를 낼 바에야 차라리 원규를 위하지 않는 편이 낫다. 걱정과 염려를 넘어 어딘지 모르게 불안해 보이는 원규에게 왜 화를 내고 있을까.

"원규야."

조금이라도 가까이 있고자 침대 시트 반대편으로 자리를 옮겼다.

"나 잘못한 거 없잖아."

그리고 마침내는 원규의 등에 가만히 뺨을 기대며 허리를 끌어안았다.

"괜찮을 거니까 걱정하지 마, 응?"

원규는 아무 말도 하지 않았다. 하지만 잠시 후, 원규를 안은 나의 팔목 위로 따스한 체온이 느껴졌다. 알았다는 말을 대신하듯 부드럽게 팔목을 움켜쥔 원규가 엄지손가락을 부채꼴로 움직일 때마다 온몸으로 포근한 기운이 퍼져 나가는 것 같다. 따뜻하고…… 나른하고…… 너무 기분이 좋다. 혹시 기(氣)치료 자격증 같은 것도 가지고 있는지 나중에 꼭 물어봐야겠다.

조금 전에 예민하게 굴어서 미안하다고 말할까 고민하다가, 결국 관두기로 했다. 미안하다는 원규의 말에 그렇게 발끈해 놓고 미안하다고 하면 이번에는 원규가 화를 낼지도 모른다. 화내는 건 얼마든지 받아 줄 수 있지만 원규의 손길만큼은 절대 놓치고 싶지 않다.

말로는 다 하지 못할 감정을 어떻게 표현하면 좋을지 고민하다가, 그 역시 관두기로 했다. 말하지 않아도 알아서가 아니라 어차피 말로는 안 될 걸 알기 때문이다. 지금은 그냥 이렇게…… 원규를 안은 것도 같고 원규에게 기댄 것도 같은 자세로 가만히 있고 싶다.

원규 역시 나와 같은 마음이기를 바라며 더욱 가까이 몸을 기대자 처음에는 희미하고 불규칙적이던 소리 하나가 서서히 뚜렷해지며 다른 소리들을 잠재우기 시작했다. 원규의…… 심장 소리였다. 마치 나의 심장과 하나가 된 것처럼 두근두근 가슴을 두드리는 그 소리가 너무도 사랑스럽다.

오랜만에 본가를 찾은 연화가 모친과 다실에 앉아 있다.

"잠은 제대로 자니?"

"네."

"끼니는?"

"잘 챙겨요."

"작업실에 사람을 두면 나도 네 아버지도 걱정할 일 없잖니."

"집으로 들어올까 해요."

수척한 딸의 모습에 그렇지 않아도 심란하던 차에 집으로 들어오겠다는 말을 들으니 더욱 신경이 쓰인다.

"작업실 얻어서 평범하게 지내려고 했는데 그렇게 지낸다고 평범해질 수 있는 건 아니니까요. 덕분에 이런저런 불쌍한 사람들도 만나고 시나리오에 도움을 받은 건 사실인데, 슬슬 지겨워서요."

흥미를 느끼는 것도 잃는 것도 금방인 딸의 성격을 익히 알고 있는 어머니는 그저 고개만 끄덕일 뿐이다.

"그리고요."

"그래. 얘기하렴."

"선보려고요."

"응?"

"맞선이요."

올해로 서른이 된 연화가 대학을 마치고 대학원에 진학하겠다고 했을 때, 집안에서는 그녀에게 결혼을 권했다. 독녀로 자란 딸에게 그럴듯한 배필을 맺어 주는 것은 딸을 위해서만이 아니라 경영권의 안정을 위해서도 필요한 일이었다.

하지만 딸의 눈높이를 맞추기란 쉬운 일이 아니었다. 그즈음 입지를 굳혀 가던 서린기업보다 자산 가치가 높은 그룹의 자제가 아니면 싫다는 것이었다. 대여섯 차례 기회가 있기는 했지만 A그룹의 아들은 인물이 떨어져서 싫다, B그룹의 아들은 머리에 든 게 없어서 싫다, C그룹의 아들은 딸린 형제가 많아서 싫다, D그룹의 아들은 건방져서 싫다

등등 다양한 이유로 번번이 딱지를 놓곤 했다.

당시 재계에서 입지를 다지기 시작한 서린기업이었지만 국내 유수의 그룹들과 어깨를 나란히 하기에는 한참 부족했다. 하지만 연화가 바란 것은 신훤, 한진, 태신, 대한, 고려 등등 세계적으로도 손꼽히는 그룹들이었다. 제법 이름이 알려진 마담들을 통해 넌지시 말을 넣기는 했지만 결국 그쪽 자제들과의 자리는 마련되지 않았다. 그 이후로 연화는 한 번도 맞선 자리에 나선 적이 없었다.

"한진그룹이나 태신건설 정도면 괜찮을 거 같아요. 우리 회사 입지도 6~7년 전보다는 훨씬 나아졌잖아요."

대한해양과 고려철강의 자제들은 이미 혼사를 치른 다음이었다.

"뭐…… 그래. 알아보마."

아직도 그 자리들을 마음에 두고 있을 줄은 몰랐기에, 어머니의 음성에 당황스러움이 묻어난다.

"신훤그룹도 나쁘지 않을 거 같고요."

"신훤그룹?"

"네. 이윤휘요."

이윤휘는 올해 스물여섯으로 연화보다 네 살 연하다. 더구나 국내에 있지도 않은 사람이다. 하지만 그런 점을 지적하면 서로 불편할 것을 알기에 말을 아끼고 있는 모친의 표정에 난감한 기색이 스쳤다.

"한진그룹 성수혁 이사, 태신건설 오상희 사장, 신훤그룹 이윤휘. 우선은 이 정도만 만나 볼 생각이에요."

"그래, 천천히 진행해 보도록 하자."

"아뇨. 빠를수록 좋아요."

누가 보더라도 박원규보다 잘난 사람이어야 한다. 한요은보다 행복한 결혼 생활을 해야 한다. 무슨 수를 써서라도 내로라하는 그룹의 안주인이 될 생각이다. 아버지가 일궈 낸 서린기업의 경영권 따위에는 아무 미련도 없다. 자리에 따라서는 원한다면 얼마든지 '서린'이라는 타이틀을 내줄 수도 있다.

"올라가서 쉴게요."

"그러렴."

"저녁은 생각 없어요."

"그래도 뭐든 먹어야지. 아침까지 속이 오래 비어 있을 텐데."

"엄마……."

생기 없는 연화의 목소리에 모친의 걱정이 더해 간다.

"음?"

"말씀드린 거 서둘러 주세요."

"그래. 알았다."

"올라갈게요."

이제 남은 건 한요은이다. 하지만 더 이상 박원규를 찾아다니면서 자존심 구기고 싶지 않다. 물론 한요은을 직접 만나서 그 잘난 행복을 감상해 줄 생각도 없다. 다만 시기를 봐서 주변을 헤집어 놓을 생각이다. 우선은 시아버지인 박용태 변호사를 시작으로 하는 게 어떨까.

'포하임코리아라고 했나?'

사건이 검찰에 송치된 후에도 가해자의 신변에는 변화가 없다고 들었다. 썩 대단한 집안은 아니지만 포하임코리아 정도면 사건을 무마하는 데 큰 무리가 없을 테고, 만에 하나 법정 공방으로 이어진다면 더욱 반가운 일이다. 그런 재판 과정에서 제정신일 수 있는 사람이 몇이나 될까? 그런 와중에 주변의 구설수에까지 오르면?

'설상가상이지.'

한요은의 불행에 그저 숟가락 하나만 얹으면 된다. 숟가락이 무거울수록 가까스로 붙들고 있던 밥상은 볼품없이 무너지리라.

'한요은 니가 붙들고 있는 행복이 얼마나 부질없는 거였는지 뼈저리게 느끼게 될 거야.'

2층 침실에 들어선 연화는 이미 어두워진 창가에 섰다가 이내 신경질적으로 커튼을 닫았다. 거울을 보면 세상에서 제일 불쌍한 인간이 널 마주하고 있을 거라던 원규의 말이 떠올랐기 때문이다. 원규의 말처럼, 조금 전 창문에 비친 연화는 한껏 비틀린 미소를 짓고 있었다.

eee

원래 밖에 나가서 저녁을 먹기로 했지만, 도산 안창호 선생님께서도 울고 가실 정도로 융통성이라고는 눈곱만치도 없는 벽창호 박원규 선생을 간만에 알현하고 보니 도무지 그럴 기분이 아니었다. 물론 내 기분이 아니기도 전에 박원규 선생께서 친히 레스토랑에 전화하사 예약을 취소하신 다음이었지만 말이다.

여차저차하여 늦은 저녁에 마주 앉은 식탁. 말없이 젓가락을 움직이고 있는 원규의 표정이 너무 힘들어 보인다. 하지만 나 역시 속편한 상황은 아니기에 그저 잠자코 내 몫의 그릇을 비워 내고 있을 뿐, 금방이라도 눈물을 쏟아 낼 것처럼 눈시울을 붉힌 원규에게 아무것도 해 줄 수가 없다.

원규는 원규의 그릇에 집중하고 나는 내 그릇에만 집중하기를 한참. 결국 내가 먼저 해냈다. 마지막 한 올의 면발을 꼼꼼하게 건져 쪼로록 입에 넣은 후 국물만 남은 그릇을 조용히 밀어내자, 찰방이는 국물을 바라보던 원규가 차분히 젓가락을 휘저으며 그릇 안을 확인했다.

"하— 말도 안 돼."

원규는 젓가락을 내려놓고 주먹 쥔 검지 마디로 인중을 눌렀다. 그리고 나는 원규가 보는 앞에서 여유롭게 웃으며 미리 맞춰 둔 5분짜리 타이머를 눌렀다. 그나저나 내 입맛에 매울 정도면 엄청나게 매운 건데 원규의 반응은 중간에도 못 미치는 것 같다. 원규도 매운 걸 좋아하나?

"하아—"

아닌가?

"스으— 후우—"

아니구나.

"아— 한요은 너…… 진짜…… 하아—"

말을 하다 말고 냉장고로 달려간 원규가 홈바에서 물을 가져왔다.

"이건 매운 게 아니라 아픈 거잖아. 스으…… 하—"

컵에 가득 따라 낸 물을 내게 먼저 권하는 원규에게 고개를 가로저었다. 다 먹을 때까지 물 마시지 않기. 다 먹고 나서 5분간 버티기. 이게 바로 승리의 조건이었다. 그러니까 아직 4분 20초가 남았다는 말씀. 어디 감히 은근슬쩍 물을 마시게 하려고!

"괜찮아."

물론 시간이 지날수록 귀가 멍해질 정도로 맵긴 하지만 통쾌한 승리를 위해서는 참아야 한다.

"후— 얼른 마셔."

타이머를 가리키며 재차 도리질한 순간, 입술을 내민 원규가 이제 막 4분 5초를 남겨 두고 있던 타이머를 아예 초기화시켜 버렸다. 그러고는 정말 못 말리겠다는 듯 고개를 절레절레 흔든다.

"하라는 대로 할 테니까 빨리. 속 아프잖아."

그래, 아프다. 마이 아파. 어찌나 맵고 매운지 귓속에는 매미가 맴맴맴이다. 사실, 통쾌한 승리가 아니라 통키의 승리가 되게 생겼다. 피구왕 통키께서 입 안에 쏴 대는 불꽃슛이 어찌나 매서운지 입천장 허물이 골대 그물처럼 내려앉을 지경이다.

"정말?"

"그래, 정말."

"나중에 말 바꾸기 없다?"

"절대."

그래도 만약을 위해 확인을 받아 두고 사막의 오아시스보다 소중한 식탁 위의 물컵에 손을 뻗은 순간, 원규가 멀쩡히 버티고 있던 컵을 홱 가로챘다. 원규의 손가락이 표면을 톡톡 두드릴 때마다 투명한 컵 안쪽에서 찰랑거리는 물을 보고 있자니 점점 입이 매워진다.

"뭐야—아—"

흥! 이가 없으면 잇몸이라고, 네가 컵을 뺏으면 난 병째 마시면 된다……고 생각했는데 물병마저 저만치 치워 놓은 박원규. 나는 곧 불쇼를 하게 생겼는데 줄곧 고통에 겨워하던 원규는 언제 그랬냐는 듯 여유만만하게 웃기까지 한다. 이런 절체절명의 순간에 장난을 걸다니.

"아— 빨리."

보채듯 손을 내밀자 원규가 자리에서 일어나 성큼 다가선다. 그리고 다음 순간, 내 입술 사이로 비스듬히 기울어진 컵에서 물이 흐르기 시작했다. 한 번, 두 번…… 그렇게 여러 번. 원규는 안에 든 물이 거의 다할 때까지 나를 대신해서 컵을 기울였다. 줄곧 나를 바라보는 원규의 시선도 시선이지만 매운 라면에 도톰하게 부르튼 원규의 입술이 너무 가까워 심장이 요란하다.

"너도 마셔."

"너 다 마시면."

"그럼 줘. 내가…… 마실게."

"한 모금밖에 안 남았으니까 그냥 있어."

비스듬히 기울이는 컵을 따라 천천히 고개를 들자 여지없이 마주치는 시선. 그 아래로 붉은 입술. 어깨에 닿은 원규의 손길에 더욱 요란한 심장.

"끝."

어후…… 끝 말고 시작이면 안 돼요?

"더 마실래?"

속을 들킨 것 같아 뜨끔해서 반사적으로 고개를 저었다.

"한요은."

"음?"

"솔직히 말해 봐."

흐음…… 뭐, 솔직히 말하면 이렇게 한 잔 더 마시고 싶…….

"일부러 더 맵게 끓였지?"

그런 솔직함을 원하시는 거라면 저는 솔직하다 못해 결백합니다.

"아니거든. 라면 하나에 청양고추 세 개, 정확히 여섯 개 넣었거든."

"앞으로는 이렇게 먹지 마. 속 망가져."

식탁 위로 팔을 길게 뻗은 원규가 저만치 물러 놨던 물병을 집어 들었다. 그런데 이번에도 컵에 가득 따른 물을 나에게 먼저 건넨다.

"난 마셨잖아. 이제 너 해."

시도 때도 없이 심장을 휘젓는 원규를 어떡하면 좋을지 모르겠다. 아니, 매번 이럴 때마다 휘저음당하는 내가 문젠가? 이제는 익숙해질 때도 되지 않았나 생각하며 자리에서 일어나려는데, 원규가 컵을 내려놓고는 내 어깨를 부드럽게 눌러 앉혔다. 곧이어 내가 앉은 의자의 등받이 양쪽을 꽉 움켜쥔 원규가 몸을 숙이며 시선을 마주해 온다.

"부탁 하나만 해도 돼?"

많이많이, 아주 많—이 해도 된단다.

"뭔데?"

"아버지, 내가 먼저 만나 볼게."

아버님과 관련된 일이라면 내가 먼저 라면을 비운 순간 이미 끝난 얘긴데 간절한 목소리를 앞세워 이런 부탁을 하다니, 명백한 반칙 행위다.

"내기 끝났고 내가 이겼거든?"

"그래서 부탁하는 거잖아."

그런 얘기라면 됐다는 듯 몸을 일으키려는데 원규의 팔이 어깨를 지그시 눌러 꼼작도 할 수가 없다. 게다가 의자 등받이를 움켜쥔 원규가 점점 허리를 숙이고 있다.

"머…… 뭐야……."

"아파."

"응?"

마음이 아프다느니 둘러대도 소용없거든.

"라면이 너무 매워서 속이 아파."

아 참…… 원규는 아직 물을 마시기 전이다.

"나도 물."

너도 손은 있으시잖아요……라고 생각은 하지만, 길게 드리워진 원규의 속눈썹을 보니 반항의 의지라곤 눈곱만큼도 생기지 않는다. 식탁을 더듬어 컵을 손에 쥐고 한쪽 팔꿈치를 원규의 팔 아래로 접으려는데 원규가 짓궂게 웃으며 팔을 내려뜨렸다.

"안 마셔?"

"마실 거야."

"그럼 팔 좀 올려 봐."

"싫은데?"

싫은 사람의 표정이라기엔 너무 달콤하다. 박원규 네가 이럴 때마다 너한테 내 심장 소리가 들릴까 봐 어색해 죽겠다니까?

"뭐 해?"

"응?"

"안 줄 거야?"

"그러니까 팔 좀 올려 봐."

"싫어."

오호— 그래? 또 슬슬 장난을 거시겠다 이거지?

"박원규."

컵을 내려놓고 일부러 입술을 살짝 내밀며 이름을 부르자 장난스럽던 원규의 표정이 단번에 말랑말랑해졌다. 원규의 이름이 원규라서 좋다. 마지막 글자인 규가 우와 비슷한 모양이라 어색하지 않게 입술을 모을 수 있으니까 말이다. 이름까지 완벽한 우리 박원규.

입술을 볼록하게 오므리고 속으로 하나, 둘, 셋을 세며 고개를 비스듬히 하자 원규가 천천히 다가온다. 매운 라면에 부르튼 원규의 입술이 너무 어여뻐 하마터면 탈출이 아니라 뽀뽀부터 할 뻔했지만 얼른 정신을 챙기고 더욱 크게 뜬 눈으로 원규를 바라봤다.

빙고—

언제나 과감하다가도 결정적인 순간에 로맨티시스트가 되고 마는 원규가 눈을 사르르 감는다. 마치 나처럼 해 봐요 이렇게—라고 말하는 것 같다. 뽀뽀부터 키스까지의 정석을 가르쳐 주기라도 하려는 것처럼 말이다.

기회는 지금이다!

어깨를 잽싸게 숙여 원규의 가슴을 지나 팔뚝 아래로 몸을 빼내고 보니, 부르튼 아랫입술 위로 치열이 보일락 말락 드러난 원규가 억울하다는 듯 가벼운 한숨을 터뜨린다.

"그러게, 속 아프다면서 빨리 마시지, 장난은 왜 걸어?"

잔뜩 억울해 보이는 원규가 울음이라도 쏟으면 어쩌나, 우선은 물부터 줘야겠다. 다시금 손에 쥔 컵을 원규의 입술 아래로 가져다 대며 나름 애교로 사료되는 표정을 지었다. 여기서 애교로 사료되는 표정이란? 고개를 살짝 꺾어서 윗니로 아래쪽 속입술을 누를 듯 말 듯 치열은 보일락 말락, 눈빛은 초롱초롱 등등의…… 나에게는 무척이나 고난이도인 기술을 말한다.

"자, 아아—"

어때? 한요은 많이 컸지?

"나 다른 사람이랑 같은 컵 안 쓰는데."

이건 또 무슨 망발이냐.

"맘대로 해. 그럼 병째 마시든가. 근데 나도 다른 사람이랑 물병 같이 안 쓰거든? 그러니까 입 대고 마시지 마."

괜히 무안해서 컵에 있던 물을 벌컥벌컥 마시는데 원규가 컵을 뺏어 들더니 반항할 새도 없이 입을 맞춰 왔다. 그러고는 갑자기 나의 입술이 아니라 입 속을 훑어 내리려는 듯 입으로 숨을 깊게 마셨다. 순간 너무 깜짝 놀라 반사적으로 고개를 돌렸다. 라면 먹고 양치질도 안 했는데 뭐 하는 짓일까!

"벌써 삼키면 어떡해."

그러니까 방금, 내 입에 있던 물을 마시려고 했다는 건가?

"다시 줘."

원규가 뺏었던 물컵을 나의 입술에 대며 말했다.

"빨리. 나 너무 매워."

"그럼 얼른 마셔. 그냥 마시면 되잖아."

"한요은. 한 번만. 응?"

정말 미치겠다.

"장난하지 말고."

"장난 아닌데."

하아…… 안 된다고 톡 쏴 주고 싶은데, 그럴 수가 없다. 그러기엔 원규의 목소리와 원규의 눈빛이 너무 간절하다.

나는 이불 안에 있고 원규는 이불 밖에 있다. 그리고 우리 둘 사이에는 쿠션이 놓여 있다. 마음 같아서는 쿠션을 치우고 나란히 이불을 덮고 싶지만, 작년 12월 초를 마지막으로 한동안 소식이 없던 손님이 찾아오신 날이라 그럴 수가 없다.

"많이 힘들어?"

그런 거 물어보지 말라니까. 그렇지 않아도 창피해 죽겠는데 제발 그만하렴.

"한요은?"

월경 중이라는 사실은 전혀 창피한 일이 아니지만, 그런 사실을 원규가 나보다 먼저 알았다는 건 정말…… 너무…… 굉장하게 창피한 일이다.

"하아ㅡ"

"왜? 아파?"

몸을 일으키려는 원규를 붙들어 눕히며 고개를 저었다.

"창피해서."

"뭐가."

"조심했어야 되는데……."

평소와 달리 배앓이가 심하긴 했지만 워낙에 원규의 손끝이 닿을 때마다 자극이 심한 편이라 신음을 삼키는 데만 온 신경을 집중하고 있었다. 나에게서 손길을 거둔 원규가 흠칫 놀라며 타월로 배 아래를 감싸지 않았다면, 아마 무슨 일이 벌어졌는지도 몰랐을 것이다.

"괜찮다는데 그래."

남자는 여자랑 달라서 참기 힘들다던데, 한참 동안 나를 어르고 달래며 긴장을 풀어 주느라 애쓴 원규를 받아들이지 못한 것이 너무 속상하다. 나에게 부담 주지 않으려고 쿠션으로 배를 가리기까지 하고 있으니 더욱 미안하다. 미안한데, 미안하다고 하면 원규가 미안해할까 봐 더 아무 말도 못 하겠다.

"근데 오늘은 좀 춥네."

살며시 이불 아래로 들어온 원규가 허리를 끌어안으며 말했다. 쿠션이 달아난 원규의 몸이 가까이 느껴진다. 아마도 이불 밖에서 쿠션을 의지하고 있는 내내 지금처럼 차분해지기를 기다렸나 보다.

"요은아."

"응?"

"만져도 돼?"

"어?"

"배…… 차가운 거 같아서."

"흡!"

어쩌 요즘 뜸하다 했더니 옵션으로 딸꾹질까지 강림하셨구나.

"아니 괜찮…… 흡!"

"잠깐 이렇게 누워 봐."

원규가 허리를 감싸 안으며 나를 바로 눕혔다.

"아…… 아니. 나 그냥……."

"따듯할 거야."

이어 부드럽게 아랫배를 누른 따스함에 눈앞이 아득해진다.

"하아……."

"긴장 풀어."

아니…… 아…… 으윽!

"입술에서 피 나겠다."

아랫배를 문지르는 원규의 손길이 온몸에 닿은 것처럼 정신이 하나도 없다. 아리다. 너무 아려서 힘들다. 하지만 긴장을 풀라니 힘을 줄 수도 없고, 입술에서 피가 나겠다니 이를 악물 수도 없는, 진정으로 난감한 상황이다.

"몸이 이렇게 차가워서 어떡해."

원규가 허리를 끌어안으며 몸을 바짝 눕혔다. 그러고는 목덜미에 얼굴을 묻으며 깊은 숨을 마신다.

"아— 좋다."

내가 하고 싶은 말을 원규에게 뺏겨서 아쉽기도 잠시, 아랫배를 시작으로 온몸을 감싸는 따스한 기운에 취해 원규에게 뺨을 기댔다.

"결혼 전에 말인데."

망설이듯 말을 맺은 원규는 여전히 나를 어루만지고 있다.

"우리, 한 번도 스킨십 같은 거 없었잖아."

"어, 그랬……지."

"그래서 더 오해했어."

그럴 수도 있겠다는 생각이 든다. 나 역시 스킨십에 박한 원규를 영락없는 동성애자로 오해했으니 말이다. 나를 안지 않으려 수면제까지 먹어 가며 잠든 것도 모르고, 나를 끔찍이도 싫어하는 줄 알았었다.

"가끔 내가 잠들기 전에 니가 몸부림치다가 안긴 적이 있어."

"내가?"

"심한 건 아니고 살짝 기대는 정도?"

"그래?"

"응. 그런 날은 아예 서재로 가서 자기도 했어."

"왜 한 번도…… 얘기 안 했어?"

"그러게."

두려웠다고…… 이미 말한 적이 있다. 나를 동성애자로 알면서도 결혼하려는 이유가 뭐냐고 묻는 것 자체가 진심을 바라는 일인 것처럼 느껴져서 그런 자신의 모습이 가증스러웠다고. 또 한편으로는 나의 필요를 확인하는 것이 두렵기도 했다고.

"그래서 앞으로는 다 말하려고."

무슨 말을 하려는 건지 알 것 같다.

"그러니까 너도……."

"응."

아랫배를 만지고 있는 원규에게 손을 얹었다.

"나도 다 말할게. 널 위한다는 핑계로 숨기지 않을게."

"고마워."

"나도."

"사랑해."

"나도."

나는 원규보다 더, 원규는 나보다 더…… 그렇게 사랑한다.

eee

보안카드와 입주자 식별센서 때문에 직접 지하 주차장으로 내려온 요은의 표정이 더없이 심란하다. 설득에 설득을 거듭한 끝에 아버지를 먼저 뵙겠다는 원규를 진정시키기는 했지만 평소 시아버지와 원규의 사이가 어땠으며 부자지간이 그렇게까지 어색한 이유가 무엇인지 익히 알고 있기에, 괜찮다고 괜찮을 거라고 스스로를 다잡는 것만으로는 충분하지 않다.

그녀가 서 있는 지하 1층 엘리베이터 통로 앞으로 검은색 세단이 멈춰 섰다. 그리고 곧이어 뒷좌석에 앉아 있던 박 변호사가 차에서 내려섰다. 운전기사가 운전석에서 내려 문을 열기도 전이었다. 기사에게 깍듯한 인사를 받은 박 변호사가 가볍게 고개를 끄덕인 후 통로에 선 며느리를 바라보자, 서둘러 걸음을 뗀 요은이 문득 발을 멈추고 허리를 숙였다. 어른을 뵀으면 인사부터 했어야 하는데 급한 마음에 인사조차 잊고 있었던 것이다.

박 변호사는 기사에게 사무실로 복귀하라고 일러두고는 이내 걸음을 옮겼다. 요은이 보안을 해제하고 통로를 나선 순간, 그가 타고 온 차량은 이미 주차장을 한 바퀴 지나 출구를 향하고 있었다. 새해맞이를 위해 이촌동으로 왔을 때보다는 나아졌지만 여전히 창백한 며느리의 얼굴을 말없이 바라보는 박 변호사와 그런 시아버지에게 재차 인사를 올리는 요은의 모습이 어색하면서도 조심스럽다.

"제가 찾아뵀어야 하는데, 번거로운 걸음 하시게 해서 죄송해요."

요은이 외상 후 스트레스 장애로 심리 상담을 받고 있다는 사실을 알기에 직접 걸음 하기에 이른 박 변호사다. 하지만 그런 사실을 굳이 언급하고 싶지 않아 그저 고개만 끄덕일 뿐이다.

"로비에서 들어가도 되는 걸, 나야말로 괜한 걸음을 시켰구나."

"아뇨. 아니에요. 괜찮습니다."

"그래, 이제 곧장 올라가면 되는 게냐."

"아……! 네에."

너무 긴장해서 시아버지를 언제까지고 통로에 세워 둘 뻔했다 생각한 요은이 난처한 듯 웃으며 한 걸음 물러났다. 넓은 회랑을 사이에 두고 좌우로 두 대씩 마련된 엘리베이터 앞에 선 그녀가 버튼을 누르자 보안 키를 입력해 달라는 음성메시지와 함께 디지털패드가 생성된다. 하지만 떨리는 손을 애써 가누며 번호를 누르자마자 삑— 하는 경고음이 한 차례 흘러나왔다.

"어? 이게 왜……."

손바닥보다 좁은 키패드를 잘못 누른 탓에 더더욱 당황한 요은이 시아버지를 향해 고개를 돌렸다. 하지만 차마 마주 보지도 못하고 얼른 시선을 내리고 만다. 이어 다시 버튼을 누르고 음성메시지가 나오기까지, 몇 번이나 숨을 삼키는 며느리를 지켜보던 박 변호사가 헛기침을 했다.

"천천히 하려무나. 서두를 것 없다."

"네. 죄송합니다."

잘못 누르면 그대로 터져 버리는 폭탄을 비밀번호로 해제하듯, 키패드를 향해 직각으로 세운 요은의 손가락이 일곱 자리로 된 번호의 조합을 또박또박 조심스럽게 누르기 시작했다.

— 문이 열립니다.

엘리베이터에 오르자 보안 카드를 인식시키라는 음성메시지가 흘러나온다. 이번에는 지체 없이 출입구 오른편의 센서에 카드를 가져다 댄 요은이 안도의 한숨을 내쉬며 11층 버튼을 눌렀다.

— 올라갑니다.

요은은 손잡이를 의지하고 서서 긴장으로 뻣뻣해진 몸을 벽에 기댔다.

"점심 진지는……."

"점심은……."

시아버지와 며느리가 동시에 말을 꺼내고 동시에 말을 멎었다. 마저 여쭈어야 하는지 대답을 앞세워야 할지 모르겠다.

"먹고 왔다."

박 변호사는 눈에 띄게 당황한 며느리가 안쓰러워 먼저 말을 꺼냈다.

"저도 조금 전에 먹었어요."

"그래. 잘했다."

참 잘했어요. 별 다섯 개. 도장 쾅— 쾅— 쾅—

"흐음…… 흠! 네에……."

갑자기 떠오른 생각에 입술을 깨문 그녀가 실없는 웃음을 참기 위해 안간힘을 썼다.

— 11층입니다.

때마침 활짝 열린 엘리베이터 문 사이로 광영의 햇살이 가득하다. 신이시여, 감사합니다.

용산경찰서 성범죄전담수사반을 찾은 서부지검 형사3부의 강지현 검사가 장설주 형사를 찾고 있다. 점심 식사를 무릉도원에서 즐기고 계신지 물 위로 떨어진 복숭아 꽃잎이 흐물흐물해지도록 감감무소식인 서장에게 욕을 한 바가지 해 가며 강 검사를 마주한 반장의 안색이 영 좋지 않다.

"서장실로 모시겠습니다."

"서장님을 뵈러 온 게 아니라 장설주 형사님을 만나러 온 건데요."

"아니, 그…… 장 형사가 좀 멀리 나가 있어서요."

"사건인가요?"

"예. 뭐 그렇죠."

"그럼 부탁 하나만 드릴게요."

"예."

"장설주 형사님 오시면 지검으로 보내 주세요."

"무슨 일로 설주를……."

"고소장이 접수되고 제일 먼저 사건을 맡으신 분이 장 형사님 아닌가요?"

"그…… 그건 맞습니다. 맞죠."

"사건 수사 자료 중에 몇 가지 확인할 부분이 있는데, 다른 형사님들께서는 협조를 안 해 주셔서요."

"그럴 리가 있습니까."

"제가 너무 예민한가요?"

"아뇨, 그런 말씀이 아니고요."

"연수원 마치고 처음 맡은 사건이라 부족한 점이 많습니다. 그래서 좀 적극적으로 도와주시면 좋겠는데, 수사지휘관서와 지검 간에 이렇게 커뮤니케이션이 안 될 줄은 몰랐네요."

장설주 형사를 빼고 다른 형사를 배정한 지 벌써 열흘이다. 문제를 삼으려면 일찌감치 문제를 삼았어야 하는데, 왜 지금에 와서 이렇게 느닷없이 찾아와 수사반 분위기를 발칵 뒤집으려는 건지 모르겠다.

"어이구― 죄송합니다."

연락한 지가 언젠데 이제야 기어 와서 고작 죄송이라니, 강 검사 앞에서 진땀을 빼고 있던 반장은 험악한 속을 꾹 누르며 마지못해 서장에게 경례를 붙였다.

"아니, 검사님께서 서까지 직접 내려오시고, 황송해서 어쩝니까."

가벼운 묵례로 서장을 맞은 강 검사가 여유롭게 웃어 보인다.

"많이 바쁘실 텐데, 직접 불러올리시지 않고요."

말은 그렇게 하면서도 하필이면 새파랗게 어린 계집이 사건을 맡았을까 싶어 꺼림칙한 서장이다. 초임 검사 최초의 사건, 그러니 잘못하면 일이 골치 아프게 늘어질 수도 있을 것 같다. 하지만 이미 남 변호사의 요구 조건을 착실히 이행한 다음이고 대가도 섭섭잖게 챙겼으니 더는 아쉬울 게 없는 일이다. 양쪽 모두를 적당히 챙기는 척하면서 몸이나 사리면 그만이다.

"어떻게. 가서 차라도 한잔하시죠?"

"실례지만, 처리할 업무가 많아서요. 용건 끝났으니 그만 가 보겠습니다. 장 형사님 꼭 지검으로 보내 주세요. 기다리고 있겠습니다."

"장설주 형사를 따로 찾으시는 이유가 뭡니까?"

"담당형사님께 사건 정황을 직접 전달받으려는 겁니다. 다른 이유가 더 필요한가요?"

"자료도 이미 넘어갔고 서에 다른 수사관들도 있는데 굳이 장 형사를 찾으시니 드리는 말씀입니다."

"검찰로 송치된 사건의 절차상 권한은 담당검사한테 있는 걸로 아는데요."

"허허허— 설마 그걸 몰라서 드리는 말씀이겠습니까?"

분위기가 이쯤 되자 서장이 반장에게 눈치를 준다. 당장 수사반을 비우라는 무언의 신호였다. 몇 안 되는 형사들이 반장의 손짓에 따라 쭈뼛쭈뼛 자리를 비워 휑해진 수사반에는 서장과 강 검사뿐이다.

"일단 이리로 앉으시죠."

"저한테 따로 하실 말씀이라도 있나요?"

"훌륭한 따님을 두셔서 부모님이 아주 든든하시겠습니다."

"과찬의 말씀이세요. 아직 제 앞으로 떨어진 사건 하나 제대로 해결

못 하고 있는데요."

새파랗게 어린 것이 아주 단단히 벼르고 왔구나 싶어 난감해진 서장의 얼굴이 웃음에도 불구하고 볼썽사납다.

"초임 사건인 데다 피해자가 여자라서 더욱 애착이 강하실 줄은 압니다만, 일 처리를 하다 보면 이런저런 사정이 생기기 마련 아니겠습니까."

"마치 제가 여자라서 피해자한테 감정 이입을 하고 있다는 말씀처럼 들리네요. 그리고 애착이라니, 듣기 거북합니다. 물론 이번 사건이 저한테는 처음이지만 앞으로 맡게 될 다른 사건과 심적인 차별을 둘 생각은 전혀 없습니다."

"그런 말씀이 아니지 않습니까."

"제가 지금 서장님 말씀을 잘못 이해하고 있나요?"

"솔직히 그렇지 않습니까. 검찰과 경찰이 공조의 입장에 있는 건 사실이지만 은근히 기싸움이 있어 왔다는 거죠. 물론 제가 그러겠다는 건 아닙니다. 다만 검사님께서 오해를 하시지는 않을까 걱정되는 마음에, 실례를 무릅쓰고 한 말씀 드리겠습니다."

강 검사는 깍듯한 존대에도 불구하고 처음부터 끝까지 뭔가를 가르치려 드는 서장의 어조가 영 마음에 들지 않는다. 하지만 수사의 지휘 체계와는 상관없이 연배가 한참 높은 서장을 막 대할 수는 없어 애써 참는 중이다.

이렇게 어린 계집애가 잘난 머리 하나로 사법고시를 패스하고 단번에 급수도 없는 검사직에 올라 4급 공무원씩이나 되는 경찰서장 앞에서 으스대는 꼴이라니, 서장 역시 욱하는 성질을 억지로 누르고 있었다.

"아마 이런저런 조언을 많이 들으셨을 줄로 압니다. 수사지휘관서를 제대로 잡아 놔야 편하다, 뭐 이렇게들 말씀하신다고요?"

"아니라고는 하지 않겠습니다."

"이렇게 솔직히 인정해 주시니 저도 감히 말씀을 좀 드리겠습니다."

임관 초기에 기를 잡아 놓지 못하면 임기 내내 지휘관서에 휘둘려야 한다는 조언도 있었지만 절대 그런 의도로 찾아온 것이 아니었다. 피고소인 우해준의 진술조서가 훨씬 설득력 있게 작성된 것은 그럴 수 있다 치더라도, 사건을 맡았던 형사마저 수사지휘에서 배제됐다는 건 아무래도 이상했다. 그래서 장설주 형사를 지검으로 보내달라고 몇 번이나 요청했는데도 번번이 거절당했고, 결국 직접 찾아오기에 이른 것이다.

"너무 깍듯하게 존대하실 필요 없습니다."

"허허허…… 그럴 수야 있습니까. 검사님들이야 무급이신데요. 그러니 알아서 모셔야지요."

"사건 수사의 편의를 위한 국가의 배려죠. 대접받기 위한 감투가 아닌 걸로 압니다."

서장은 말이 길어질수록 피곤할 것 같아 얼른 자리를 파하고 싶은 마음이 간절하다.

"이번 일은 초임 검사님을 상대로 기싸움이나 하려는 게 아닙니다. 피고소인이 워낙에 억울하게 걸려들었는데 담당형사가 지나칠 정도로 고소인 입장에서 수사를 진행하다 보니 말썽이 생긴 경우죠. 피고소인 측에서 강력하게 불만을 피력하는 마당에 수사지휘에 있어 객관성을 유지하려다 보니 본의 아니게 일이 이렇게 됐습니다."

"억울하게 걸려들었다고 하셨나요?"

"이미 확인하셨겠지만 사건 발생 장소가 좀 그런 곳입니다. 동성애자들만 드나드는 곳에서 여성을 대상으로 한 성범죄가 일어났다는 게 어불성설이지 않습니까."

"성범죄가 발생할 환경이라는 게 따로 있는 것처럼 말씀하시네요."

"어쨌든 정황상 고소인의 진술을 100% 믿을 수는 없는 상황이라는 겁니다."

"그래서 담당형사를 배제하셨다는 건가요?"

"이런 일이야 피해자가 유일한 목격자 아니겠습니까. 그러니 처음부터 피고소인한테 불리한 상황이지요."

"그건 제가 판단할 일인데요."

"검사님의 객관적인 판단을 돕고자 장설주 형사를 배제한 겁니다."

"말씀드렸다시피 판단은 제가 합니다. 내일까지 기다리죠. 장설주 형사, 지검으로 보내 주세요."

"허— 이것 참."

"더 이상 드릴 말씀도 들을 말씀도 없는 것 같으니, 이만 일어나겠습니다."

자리에서 일어난 강 검사가 옷매무새를 다진 후 서장에게 허리를 숙여 인사했다.

"서장님께서 말씀하신 객관적인 판단, 깊이 새기겠습니다. 그러니 제가 마음에 차는 객관적인 판단을 내릴 수 있도록 서장님께서 도와주셨으면 합니다."

하필이면 초임 검사에 또 하필이면 계집이라니 재수가 없어도 이렇게 없을 수가 있나, 속으로만 말을 끊이는 서장의 표정이 뒤숭숭하다.

"조만간 다시 찾아뵙겠습니다. 그때는 이런 불편한 일이 없었으면 좋겠네요. 그럼, 안녕히 계세요."

서장은 똑 부러지는 성격답게 또각또각 울리는 강 검사의 구두 소리가 유난히 귀에 거슬려 눈살을 찌푸렸다.

eee

1층을 돌아보신 후 2층으로 올라가신 아버님께서 먼저 내려가 있으라고 하시기에 정성껏 차를 준비해 놓고 기다리는 중인데, 동동 뜬 찻잎이 물에 잠기도록 소식이 없는 아버님께 못 찾겠다 꾀꼬리라도 외쳐야 하나 싶다.

침실, 욕실, 작업실이 전부인 2층에서 뭘 하시기에 이렇게 오랜 시간이 걸리는 걸까. 혹시 화장실이 급하셨나? 슬쩍 한번 올라가 볼까? 이런저런 생각 끝에 결국에는 찻잎을 다시 우려내기로 하고 소파에서 일어설 무렵 원규에게서 문자메시지가 왔다.

무슨 말씀을 하고 계신지 묻지도 않고, 괜찮으냐고 묻지도 않은 원규의 메시지에는 딱 네 글자뿐이다. 보고 싶어…… 이게 전부다. 원규의 부드러운 목소리가 귓가에 들리는 것만 같아 긴장으로 뻣뻣하던 몸이 점점 편안해진다.

"너무 오래 지체했구나."

계단을 내려오고 계신 아버님의 말씀에 말랑말랑해졌던 가슴이 다시금 팽팽해진다. 목이 마르고 화장실에 가야 할 것 같고 숨이 무겁고 미간이 저리다.

"찻잎이 너무 가라앉아서 다시 내와야 할 거 같아요."

"아니다. 그럴 거 없어."

"미리 건져 놨어야 하는데, 아버님께서 차를 어떻게 드시는지 몰라서 기다리다 보니까 이렇……."

이건 마치 아버님을 탓하는 것 같은 뉘앙스다.

"금방 다시 내올게요. 죄송합니다."

"그리로 앉아라."

허겁지겁 다기를 쟁반에 올리는데 아버님께서 자리를 권하며 앉으셨다.

"찻잎을 굽다가 태운 것도 아닌데 죄송할 것 없다. 가끔 네 시어머니가 준비한 차도 시간을 놓쳐서 한참 지나서야 마시니, 딱히 취향이랄 것도 없어."

"아…… 네에."

"편히 앉아라."

"네, 그럼."

편히 앉으라고는 하셨지만 편할 수만은 없는 자리에 앉아 어색하게 웃었다. 안면 근육이 경련을 일으키는 것만 같아 이렇게도 웃어 보고 저렇게도 웃어 보며 아버님께 찻잔을 올렸다.

"그래, 몸은 좀 어떤지 모르겠구나."

"괜찮아요. 아…… 흠…… 조…… 좋아요. 잘 지내요?"

아 망했다. '파인, 땡큐. 앤쥬?' 도 아니고 끝을 올리면 어쩌나는 거냐.

"아니! 자…… 잘 지내요. 죄송합니다."

참 잘했어요 이후에 또 한 번 터져 버린 실없는 웃음이 눈물이 되어 흐를 것만 같다.

"내가 너무 갑작스런 걸음을 한 모양이구나."

"아니에요, 아버님."

순간이었지만, 아버님의 표정이 한결 부드러워지신 것 같았다.

"오늘 보잔 건 다름이 아니라, 한 가지 일러둘 일이 있어서다."

"네."

"이미 알고 있겠지만, 지난주에 원규가 내자동에 다녀갔다."

"네."

"원규보다 앞서 다녀간 사람도 알고 있는지 모르겠구나."

"남무석 변호사가 다녀갔다고 들었어요."

"원규가 얘기하든?"

"네. 그날 다녀와서 얘기했어요."

"그래. 그렇구나."

아버님께서 한동안 들고 계시던 찻잔을 내려놓으시고 소파에 올려 두셨던 가방에서 뭔가를 꺼내셨다. 아버님께서 꺼내신 서류봉투 안에 뭐가 들었는지도 모르면서, 순간 가슴이 내려앉아 나도 모르게 비명을 지를 뻔했다.

"남무석 변호사가 가해자 진술서와 진단서를 가져왔더구나. 이건 그 사람이 가져왔던 서류의 사본이다."

테이블 위로 놓인 봉투를 그저 바라볼 뿐, 어떻게 해야 할지 모르겠다. 열어 봐야 하나? 그러라고 사본까지 만들어 가져오신 게 아닐까?

"처음에는 우리 측에 변호를 맡기려는 건 줄 알았다. 그런데 고소인란을 보니, 새아기, 네 이름이 적혀 있더구나."

왈칵 솟은 눈물이 뺨을 할퀴고 지나가 얼굴이 화끈거린다.

"죄송합니다."

다문 입술이 볼품없이 떨려 이를 악문 순간 눈물이 흐르고 말았다.

"죄송합니다."

"원규랑 똑같은 말을 하는구나."

"기다렸어야 하는데 그러질 못했어요. 너무 불안해서…… 무슨 말이든 듣지 않고는 견딜 수가 없어서……."

눈물이 혀를 저며 더는 아무 말도 할 수가 없다. 그렇게 한참을 울기만 하는 나에게, 아버님께서 손수건을 건네셨다.

"울 것 없다. 네가 잘못한 일이 아니야. 원규 녀석 성격이야 나도 익히 알고 있으니, 네가 얼마나 답답했을지 충분히 짐작하고도 남아."

"아뇨. 아니에요. 원규는……."

원규도 많이 아팠다. 그래서 나를 살필 겨를이 없었다. 원규에게 잘못이 있다면 상처를 헤집으려는 나를 밀어낸 것이 전부다. 원규도…… 나도…… 너무 성급했고 어리석었을 뿐이다.

"원규 잘못이 아니에요. 저…… 제가 너무……."

아버님께서 건네신 손수건에는 어머님의 향이 가득하다.

"새아기 너나 원규의 잘잘못을 가리려고 온 게 아니야. 그러니 그만 눈물 거둬라."

눈에 먼지가 들어간 어린애처럼 몇 번을 닦고 또 닦아도, 한번 흐르기 시작한 눈물은 끝도 시작도 없이 흐르고 또 흐른다.

"재판을…… 생각하고 있었더구나."

아마도 작업실 책상에 뽑아 놓은 판례 묶음을 보신 모양이다. 그걸 보시느라 오랜 시간 내려오실 줄을 몰랐나 보다. 나는 그저 고개를 주억거릴 뿐, 모든 말이 눈물로 흘러 한마디도 나오지를 않는다.

"그래. 네가 많이…… 고됐겠구나."

"죄송해요."

서럽게 터져 나온 한마디에 호흡을 실어 가까스로 정신을 붙들었다.

"그럴 거 없다는데도."

아껴 마지않는 아버님의 아들, 박원규. 그런 원규가 나를 사랑하고 내가 원규를 사랑하여 서로의 가슴이 몇 번이나 무너졌는지 잘 알고 있다. 그럼에도 불구하고 서로를 일으킬 사람은 우리 둘뿐이라, 씻어 내지 않고는 도저히 묻어 둘 수가 없었다. 그래서 가해자를 고소하기로 결심했다. 원규도 나도…… 많이 부족하고 어리석었지만, 나에게 벌어진 일을 결코 우리 둘의 탓으로 남겨 둘 수만은 없었기에 책임을 묻기로 했다. 하지만 아버님까지 이 일을 알게 되실 줄은 꿈에도 몰랐다.

아버님을 마주한 지금, 가해자 측의 뻔뻔스러움에 다시 한 번 치가 떨린다. 길이 아닌 곳을 걷지 않게 하려고 모질다 할 정도로 원규를 다잡으셨던 아버님, 그런 아버님께 이번 일이 얼마나 큰 충격이었을까. 소중한 아들이 상처로 가득했던 것도 마음이 쓰린데, 배필로 맞은 며느리마저 이런 일을 당했으니, 그리고 그 일이 원규의 상처와 무관하지 않으니, 얼마나…… 얼마나 속이 상하실까.

"새아가."

"네."

"난 한 번도 원규를 믿은 적이 없다."

아버님의 말씀이 마음 깊은 곳을 울렸다.

"증거. 내가 믿은 건 그게 다였다. 약물검사로 대마를 피운 걸 알았을 때도, 몹쓸 소문이 학교 전체에 퍼진 걸 알았을 때도, 또 원규가 다시 돌아와서 이태원에 드나드는 걸 알았을 때도, 난 내가 보고 들은 사실만 믿었어. 그걸로 아주 오랫동안 그 아이…… 내 아들, 원규를 몰아세우기까지 했지. 어렸을 때 미국으로 보내 놓고 이제나저제나 불안하기만 해서 한 번의 실수를 너그러이 받아 주지 못했다. 그게 서로한테 맺혀서 차후에는 대화 자체가 안 되더구나."

눈물보다 아픈 아버님의 웃음에 더 이상은 울고 있을 수가 없다.

"나를 닮아 그 녀석도 워낙에 융통성이 없다 보니, 난 그저 불안하고 녀석은 그저 억울해서 서로 부딪치기만 했어. 그런데 그게 실상은…… 억울함이 아니라 아픔이었던 게야."

눈을 감은 아버님께서 깊게 마신 숨을 길게 뱉으며 다시 눈을 뜨셨다. 그 순간이 마치 영원처럼 느껴졌다. 아버님께서 십여 년을 갇혀 계셨을 영원의 사슬처럼 무거운 호흡이었다.

"사무실로 불러들였을 때, 원규 그 녀석이…… 눈물을 보이더구나. 아주 오래전에 공항에서 어린 원규를 형님 손에 딸려 보냈을 때 마지막으로 본 눈물이었다. 그렇게 울면서, 이번에도 남무석 변호사가 내민 증거만 가지고 녀석을 몰아세우려는 나한테 그러더구나. 아버지 당신께서 이러시면 그 사람…… 새아기 네가 못 산다고, 그럼 저도 못 산다고."

아버님의 한숨이 보일 듯 말 듯 희미한 웃음이 됐다가 이내 사라졌다. 자신을 위해서는 한마디 변명조차 하지 않던 원규가 나를 위해서 아버님 앞에 눈물까지 흘린 줄은 몰랐다. 전부 얘기한다더니, 이런 뻥쟁이 같으니라고. 그러니까 울지 말자. 원규가 흘린 눈물을 헛되이 하지 않으려면, 나는 그 눈물만큼 아니 그보다 더 많이 행복해야 한다.

"내가 아주 큰 실수를 할 뻔했더구나."

찻잔을 손에 든 아버님께서 다시 말씀을 이으시기까지 얼마의 시간이 지났는지 모르겠다.

"이런 일로 법정 공방이 벌어지면, 결국 상처받는 건 새아기 네가 될 게야. 그러니 네가 법정에 증인으로 서는 일만은 없도록 할 생각이다."

아버님의 말씀을 이해할 것도 같고 아닌 것도 같다.

"가해자 측에서 죄를 인정하고 형을 받는 걸로 일이 마무리되도록 할 게다. 헌데 그쪽도 만만한 상대는 아니다 보니 시간이 조금 걸릴 텐데, 내 걱정은 그거 하나다. 혹시라도 새아기 네가 내 의도를 달리 받아들이고 마음 상하지 않을까, 그게 걱정돼서 이렇게 찾아왔다."

"아버님……."

"오냐, 그래. 이 시아비를 믿고 조금만 기다리련?"

대답을 해야 하는데…… 바보같이…… 또 말문이 막혀 고개만 주억거릴 뿐이다.

"허허— 그 녀석 참…… 평생 가도 결혼은 않겠다더니, 아마 새아기 널 만나려고 그런 모양이다."

그 말을 끝으로 아버님께서 자리에서 일어나셨다.

"마음 잘 추스르고, 조금만 기다려 보자구나."

아버님께서 테이블에 올리셨던 서류봉투를 건네셨다.

"조사 과정 중에 피의자와 나란히 소환될 일이 있을 게야. 진술서 내용을 미리 봐 두는 게 좋을 것 같아서 가져왔다. 힘들고 모질더라도 조금만 버티려무나."

"네……."

"그래, 이만 가 보마."

"아버님."

나도 모르게 아버님을 불러 놓고 다음 말을 머뭇거리자, 물끄러미 바라보며 인자하게 웃으신다. 저렇게 웃으시는 아버님을 뵌 건 처음이다. 원규도 아버님의 저런 웃음을 알고 있었으면 좋겠다.

"저녁…… 잡수시고 가세요."

"오늘은 먹은 셈 치마. 다시 들어갈 일이 있어서 서둘러야 할 거 같구나."

"아…… 네에……."

"일간 원규랑 집에 들러라. 저녁이나 같이 하자."

"네, 아버님."

"그래. 나오지 마라."

엘리베이터를 작동하려면 보안 카드가 필요하기도 했지만 그것과는 무관하게 가시는 걸음을 끝까지 살펴 드리고 싶어 아버님의 만류에도 불구하고 로비까지 내려왔다. 아버님을 졸졸 따르며 무슨 말이든 해야 할 것 같아 궁리를 거듭한 끝에 감사하다고 말끝을 흐리자, 아버님께서 돌아서서 어깨를 다독여 주신다.

"감사할 일도 죄송할 일도 아니다. 내가 나서지 않아도 수순대로 진행됐어야 할 일인데, 법 체계에 허점이 많아 이렇게까지 된 게 외려 부끄러운 일이지."

아버님을 배웅해 드린 후에 한참 동안 로비에 서 있었다. 가슴을 꽉 채운 포근함 때문인지, 문이 열릴 때마다 안으로 들이치는 바람이 전혀 차갑지 않다.

Chapter 03. 괜찮아

요은과 나란히 앉은 원규는 그녀가 아버지에게 무슨 말을 들었는지 너무도 궁금하지만 차마 물을 수가 없다. 원규에게 아버지는 넘을 수 없는 벽이었고 그럼에도 불구하고 원망할 수 없는 존재였다. 그 갑갑함을 그녀만은 모르기를 바랐기에, 그런 그녀에게 외골수인 아버지의 모습을 확인하는 것이 두렵다. 아버지와의 벽이 마침내는 그와 아버지의 세상을 완전히 분리해 버릴 것이 두렵고, 무엇보다 두려운 것은 그녀가 받았을 상처다.

"일찍 오려고 했는데 시뮬레이션 끝나자마자 관계자들하고 저녁 약속이 잡혀서 늦었어."

벌써 다섯 번째, 원규는 같은 말을 하고 있다. 이제는 요은의 표정만으로도 어느 정도는 감정을 읽을 수 있다 생각했는데 자신을 바라보는 그녀에게서 아무것도 느껴지질 않아 당황스럽다.

"전화 안 받아서 걱정했어."

"알아."

그녀가 여릿한 미소를 보이며 말을 이었다.

"답 문자도 없고. 전화도 안 받고. 그래서 걱정했지?"

무슨 말을 들었을까. 뭐든 그녀가 먼저 말해 주기를 기다리는 것이 직접 묻는 것보다 힘든 일임을 절감하는 순간이다. 하지만 생각해 보면 궁금해할 필요조차 없는 일인지도 모른다. 그녀를 사랑하고 그녀와 함께하는 일에 아버지의 뜻은 중요하지 않다.

원규는 말없이 그녀의 손을 잡았다. 미안하다는 말도, 괜찮다는 말도, 그 어떤 말도 입 밖으로 꺼낼 수가 없다. 요은은 그런 원규의 침묵을 가만히 바라보며 손을 바깥으로 옮겨 잡아 원규의 손등을 가볍게 어루만진다. 원규는 다른 한 손으로 요은의 어깨를 감싸 안으며 등받이 깊이 몸을 기댔다.

품에 꼭 맞는 그녀의 체형이 유난히 안쓰러워 어깨를 안은 팔에 힘을 주다 말고 깊이 삼킨 그의 호흡이 한없이 조심스럽기만 하다. 이쯤 되니 원규가 무슨 생각을 하는지 모를 수가 없는 요은이다. 아버지와의 관계에서 항상 맞닥뜨려야 했던 최악의 상황, 그 버거움에 억눌린 원규의 몸짓 하나하나, 표정 하나하나, 심지어는 숨소리마저 너무도 아프고 고맙다.

"생각해 봤는데."

한참 만에 움직인 원규의 입술이 초조함에 하얗게 갈라져 있다.

"아버지는 아버지고 우린 우리니까."

상처 되는 말을 들었거든 곱씹지 말고 잊으라는 의미였다. 그 말을 떠올리는 것 자체만으로도 아프리란 생각에 괜한 침묵으로 그녀를 괴롭히지 않으리라 마음을 고쳐먹었다. 하지만 한편으로는 요은의 말을 듣고 싶다. 궁금해서가 아니라 덜어 낼 곳이 필요할지도 모른다는 생각 때문이다. 그녀가 지난날의 자신처럼 혼자서 아프고 서럽고 갑갑할 것이 싫다.

"나한테 중요한 사람은 한요은 너야. 그러니까……."

원규를 통해 바라본 시아버지는 그녀에게 일어난 일을 절대 용납할 것 같지 않았고, 그래서 두려웠다. 그런데 그렇게 두려웠던 시아버지가 그녀의 편에 서 주시겠단다. 예상했던 것과는 너무 다른 시아버지의 반응에 어리둥절하기도 했고 숨을 짓누르던 뭔가가 순식간에 사라져 후련하기도 했다.

시아버지를 배웅한 그녀는 한참을 로비에 서 있어야 했다. 마치 아주 좋은 꿈을 꾸고 있는 것처럼, 걸음을 옮기는 순간 그 꿈이 달아날까 아쉬워서 움직일 수가 없었기 때문이다. 그러다 문득, 원규에게 생각이 멎었다. 시아버지에게는 만족스럽지 못한 아들이 되어 버린 원규. 결국에는 그녀 자신마저 부족한 며느리가 됐다는 자책감에 누구도 아닌 원규에게 가장 미안한 시간이었다.

하지만 정작 미안해야 할 일은 따로 있었다. 자신의 부족함이 미안한 것이 아니라 그런 생각을 했다는 사실 자체가 미안했다. 그녀 자신마저 원규를 시아버지의 기대에 미치지 못한 아들로 여기고 있었던 것 같아, 잠깐이지만 너무 가슴이 아팠다. 그러니 원규 본인의 상처는 얼마나 벌어져 있을지, 짐작조차 버거운 일이다.

"하—"

원규의 한숨이 서로의 생각에 잠겨 있던 침묵을 가볍게 흩뜨렸다.

"우리 예전엔 어떻게 살았지?"

요은이 '우리'라는 말에 정신이 팔려 잠시 주춤하는 사이, 원규가 입술을 적시며 그녀를 가까이 당겨 안는다.

"서로 한마디도 안 할 때 말이야."

"치…… 난 노력했거든?"

은연중에 삐죽이는 요은의 입가를 옆에서 바라보던 원규가 고개를 안으로 향해 뺨에 입을 맞추자, 흠칫 놀란 그녀가 어깨를 움츠렸다. 절대 익숙해질 것 같지 않은 감촉이다. 어느새 멀어진 원규의 입술이 아쉬우면서도 매번 한없이 두근대는 심장이 야속하고 창피하다.

"미안."

그런 요은의 속을 아는지 모르는지, 원규가 뺨을 기대며 들릴 듯 말 듯 작은 목소리로 말했다. 그러고는 그녀를 향해 고개를 비스듬히 눕힌 채 숨을 마신다.

"니가 아무 말도 안 하니까……."

원규는 가득히 머금은 그녀의 향기를 천천히 내쉬며 말을 이었다.

"뭘 어떻게 해야 될지 모르겠어. 할 말이 많은데 다 엉켜 있어."

한국어를 듣는 건 전혀 문제가 없지만 막상 말로 하려면 적절한 단어가 떠오르지 않을 때가 있다고 했었다. 그래서일까, 원규와 얘기를 하다 보면 이따금씩 영어를 한글로 옮긴 듯 어색한 느낌이 드는데, 뭔가 어색하면서도 상당히 그럴듯한 표현에 혼자 웃곤 하는 요은이다.

"그럼 내가 먼저 얘기해야겠네?"

"오늘만. 부탁할게."

원규가 자세를 고쳐 앉아 시선을 마주하며 난처한 듯 미소 지었다.

"일단 이거부터 얘기할게. 니가 걱정하는 그런 일, 없었어."

"정말?"

짧게 되묻는 원규의 어조는 '정말'이 아니라 '설마'라고 말하는 것 같았다.

"응."

"그럼 무슨 얘기 하셨는데?"

"조금만……."

울지 않으리라 다짐했건만, 어김없이 맺힌 요은의 눈물 위로 거실 조명이 반짝인다.

"조금만 기다리라고. 힘들어도 조금만 견디라고."

요은의 말을 이해하지 못한 채 눈물을 닦아 주는 원규의 손길이 흔들리고 있다. 갑작스러운 요은의 눈물에 당황해 그녀의 엷은 미소를 놓쳐 버린 원규의 속이 점점 타들어 가는 순간이다.

"한요은."

"응……?"

다른 모든 것에는 무신경할 정도로 덤덤한 원규지만 요은에 관해서만은 그럴 수가 없다. 사고 이전부터 줄곧 그랬다. 그런 자신의 감정이 낯설고 죄스러워 무작정 피하기만 했던 지난 시간으로 인해 그녀가 얼마나 상처를 받았는지 알기에 항상 미안하고 소중한 그녀다. 그래서 더더욱 조심스러운 그녀 앞에, 말과 생각이 촘촘히 엉켜 혈관이 죄다 막혀 버린 것처럼 막막하다.

"내가 걱정하는 일 없었다며."

"어."

"그런데 뭘 기다리고, 뭘 견뎌야 한다는 거야."

눈물이 터져 버린 요은의 입장에서는 모든 상황과 대화를 상세히 열거할 수 없으니 나름대로 요약한 것이지만, 그녀에 대한 감정이 깊어진 것 외에도 아버지와의 골이 파일 대로 파인 원규로서는 '네가 걱정하는 그런 일은 없었다'는 말 한마디에 마음을 놓을 수가 없다. 내 자동으로 찾아갔을 때 아버지에게 들었던 모진 말들이 아직도 생생하기 때문이다.

사이좋게 이태원에 들락거리기 위해 데려다 앉혀 놓은 돼먹지 못한 여자.

박원호와 작당하고 약까지 먹어 가며 무고한 사람에게 죄를 덮어씌우려는 여자.

아무리 믿어 달라고 말해도 미동조차 없는 아버지에게 더 이상 상처받고 싶지 않아서 미련을 버렸다. 아이러니하게도 아버지의 믿음에 절박했던 만큼 깔끔하게 체념할 수 있었다. 하지만 요은만은 자신과 같은 취급을 받게 내버려 둘 수 없었기에 처음으로 아버지 앞에 무릎을 꿇었다. 작정하고 한 일이 아니라, 정신을 차려 보니 무릎을 꿇고 있었다. 그만큼 절박했기에 요은의 간추린 몇 마디 말로는 마음을 놓을 수가 없는 것이다.

"난 괜찮으니까, 말해 줘. 혼자 앓지 말고 다 얘기해."

예상 밖의 반응에 당황한 요은이 말을 고르는 동안 원규는 감정을 다스리려 애쓰는 중이다.

"내가 걱정하는 그런 일 없었다고 했지?"

설명하기 힘든 감정을 잔뜩 억누른 원규의 시선이 그녀를 향해 흔들린다.

"내가 걱정하는 일, 이미 벌어졌어. 아버지가 널 직접 만나신 거, 내가 제일 걱정한 건 그거였어. 나 하나로는 부족해서 너한테까지……."

"원규야."

핏기가 가시도록 입술을 깨문 원규를 바라보던 요은이 이름을 부르자, 눈물보다 아픈 숨을 크게 삼킨 원규가 시선을 떨어뜨렸다.

"다 얘기해야 할 사람은 내가 아니라 박원규…… 넌 거 같은데?"

"무슨 얘기."

"아버님께 다녀와서 그랬잖아. 남무석 변호사가 아버님을 만났다고, 아버님께서 다 알게 되셨다고."

말없이 고개를 끄덕인 원규의 시선은 여전히 요은을 마주하지 못하고 있다.

"근데 그게 전부는 아니었나 보네. 혹시 그날도…… 아버님께서 너 나무라셨니?"

대답이 없다.

"아버님께서 너 혼내셨어?"

"항상 그렇지 뭐."

"원규야, 나 좀 봐."

아버지를 어느 정도는 이해한다고 했었다. 하지만 이해한다고 해서 상처받을 일도 없는 건 아니라는 생각이 든다. 지금 원규의 반응을 보니 더더욱 그렇다.

"아버님께서 나한테 안 좋은 말씀 하셨을까 봐 걱정돼? 그래서 이렇게 화내는 거야?"

원규는 그제야 요은을 바라본다.

"화내는 게 아니라⋯⋯."

원규가 말을 맺기 전, 살포시 몸을 일으켜 다가앉은 요은이 그를 가슴에 안았다. 원규와 시선을 마주한 순간, 시아버지의 말이 떠올랐기 때문이다.

'난 그저 불안하고 녀석은 그저 억울해서 서로 부딪치기만 했어. 그런데 그게 실상은, 억울함이 아니라 아픔이었던 게야.'

그저 막연하게, 힘들었을 거라고만 생각했다. 그런데 원규의 반응을 보니 힘들었던 것 이상으로 아주 많이 아팠던 것 같다.

eea

뒤로 안긴 채 원규의 체온을 느끼면서도 어딘지 모르게 허전하다. 아버님이 하신 말씀을 하나도 빠짐없이 얘기한 후부터 원규는 줄곧 넋 나간 사람 같았다. 그냥 넋이 나간 채였다면 대놓고 걱정이라도 할텐데, 공허함을 애써 감추려는 모습이 안쓰러울 정도였다.

"박원규."

단순한 공허함이 아니라 원래부터 아무것도 없었던 것처럼 완벽한 무(無). 침대에 누워 불을 껐는데도 텅 빈 시선이 느껴져 마음이 쓰인다. 감정이 없는 것에 그치지 않고 존재마저 없는 것 같은 허전함에 가슴이 뚫린 것만 같다.

"응."

"자는 줄 알았어."

없는 것 같아서 한번 불러 봤다는 말을 대신해 둘러대자, 허리를 안은 팔에 힘을 더한 원규가 얼핏 웃는 것이 느껴진다.

"근데 왜 불러."

자는 줄 알았으면 자게 내버려 두지 왜 부르냐고 묻는 건가?

"자나 해서 불렀다니까."

"안 자."

원규를 다 아는 건 아니지만, 다른 생각에 골몰해 있다는 것 정도는 갓난아이 눈치로도 알 수 있다.

"원규야."

"응."

침대에 눕기 전과는 달리 단답형으로 끝나는 원규의 반응에 잠시 당황했다. 갈수록 태산이라더니, 말을 붙이려고 할수록 상황이 엇나가는 느낌이다. 이럴 땐 빙빙 돌리지 말고 대놓고 묻자.

"무슨 생각 해?"

"그냥."

역시 넋 나간 대답.

"그냥 무슨 생각?"

숨이 갑갑해 몸을 돌려 원규를 보고 누웠다. 어둠 속에서도 원규의 실루엣이 뚜렷한 걸 보니, 나도 꽤 오래 눈을 뜨고 있었나 보다.

"그냥. 이런저런."

말을 마친 원규가 시선을 피하려는 듯 숨을 깊게 마시며 바로 누웠다. 태산이 높다 하되 하늘 아래 뫼라는데 까짓 태산이 높아지거나 말거나 돌아누워 잠이나 잘까 생각할 즈음…….

"니 생각."

왠지 모를 거리감이 와르르 무너지는 한마디에 여지없이 뛰는 심장을 원망하고 만다.

"그리고 아버지 생각."

순식간에 날 무너뜨렸던 로맨틱한 말보다 더욱 값진 한마디. 내가 듣고 싶었던 얘기가 뭔지, 원규의 대답을 듣고서야 깨달았다.

"아버지가…… 그런 결정을 하셨다는 게 실감이 안 나. 기분이 좋아야 되는 건지, 당연하게 생각해야 되는 건지."

숨에 짓눌리기 싫다는 듯 몸을 일으킨 원규가 쿠션에 기대앉으며 내 머리카락을 쓰다듬기 시작했다. 나도 일어나서 나란히 앉고 싶지만 잠시 참아야 할 것 같다.

"솔직히, 기분 좋을 일은 아니잖아. 넌 아무것도 잘못한 게 없으니까, 누가 봐도 그쪽 잘못이니까 당연하게 생각해야 될 일인데……."

원규의 손길이 멎은 틈을 타서 천천히 몸을 일으켜 이미 쿠션을 받쳐 놓은 옆자리로 앉았다. 원규가 이불을 끌어 올려 나를 폭신 덮은 후 어깨를 감싸 안기까지 꽤 오랜 시간이 걸린 것 같다.

"그 당연한 일을…… 아버지의 이해를, 난 왜 지금까지 구할 수 없었는지. 내가…… 아버지를 오해하고 원망해서 이 지경이 되도록, 그렇게 오랫동안……."

원규가 말을 끊어 낼 때마다 숨이 따갑다. 무슨 말이든 해 줘야 할 것 같은데, 한편으로는 그저 듣고 싶다. 아버님이나 어머님을 조금은 이해한다던 원규의 진심을 한 번쯤은 들어 보고 싶다.

"어차피 다 지난 일이니까 더 생각할 필요 없다는 건 아는데. 아버지…… 내자동으로 찾아왔을 때까지만 해도 대단하셨거든. 또 저러시는구나. 역시 아버지다. 뭘 어떻게 해도 못마땅한…… 아버지께 난 거기까지라고 생각했어."

눈물을 흘려야만 우는 게 아님을 새삼 깨닫는다.

"그런데…… 아버지가 생각한 나보다, 내가 생각한 아버지가 더 최악이었던 거 같아. 나한테 아버지는 항상 거기까지였어. 절대 날 이해할 수 없는 사람. 그래서 한 번도 노력한 적이 없어. 마음껏 원망한 거 말고는…… 한 번도, 제대로 아버지를 설득해 본 적이 없어."

아버님과의 사이가 벌어진 것마저 자신의 탓으로 돌리려는 걸까.

그건 어느 한쪽의 잘못이 아니다. 아버님은 원규가 잘되길 바라셨고 원규는 아버님께 믿음을 바란 것뿐이다. 어디서부터 잘못됐다고 말하기도 어려운 일이다. 아버님과 원규의 바람은 아버지와 아들로서 너무도 당연한 것이었다.

"무서웠어."

짧은 한마디에 모든 감정이 실린 듯, 원규의 목소리는 한없이 무겁기만 하다.

"아버지가 무서운 게 아니라, 아버지가 부끄러워하는 나를 마주하는 게."

그래. 두려움 때문이다. 아버님은 원규가 당신의 바람과 다른 길로 가고 있는 게 두려우셨고, 원규는 아버님께서 믿음을 잃으셨다는 걸 확인하는 게 두려웠던 거다. 말 한마디…… 그 한마디가 그렇게도 어려웠을까.

"웃기지."

마치 나를 보고 있는 것 같다. 그래서 나도 모르게 마음속에 있던 말을 꺼내기 시작했다.

"항상 그런 생각을 했어. 나만 아니었으면 공주에 계신 어머니도 아버지랑 엄마 사이의 일을 모르셨을 거고, 엄마도 아버지를 따라 한국에 들어오지 않았을 거고, 아버지가 어머니를 두고…… 남들이 말하는…… 불륜을 저지른 게 드러나지도 않았을 거라고. 그럼 언니도 승준이도 남들 앞에 조금은 더 떳떳할 수 있었을 거라고."

내 눈물의 절반 이상이었던 얘기를 하고 있는데, 이상할 정도로 마음이 편안하다.

"난 내가 제일 밉고 싫었어. 나라는 존재 자체가 미안하고 죄송하고…… 그랬는데…… 생각해 보니까 내가 태어난 건 잘못이 아니었어. 내가 잘못한 건 날 인정하지 못한 거. 부끄럽지 않은 딸이 되려고 발버둥 친 거. 그렇게 될 자신이 없어서 도망친 거. 부끄럽고 떳떳하고…… 그런 기준을…… 누구도 아닌 나 혼자서 만들어 놓고, 그 안에서 허우적거린 거."

만에 하나 법정 공방이 시작되면 증거자료로 쓰기 위해 심리상담을 받기 시작했다. 합의에 의한 정교가 아니라 강간미수였음을 증명하려면 강간 후유증 클리닉을 받아 두는 게 좋을 것 같았기 때문이다. 클리닉이라니, 처음엔 말도 안 된다고 생각했다. 살갗의 상처는 씻은 듯 사라져도 뇌리에 박힌 기억은 절대 지울 수 없다는 걸 알기에 클리닉이라는 상담의 타이틀 자체에 거부감이 들었다. 그런데 지난 몇 주에 걸쳐 상담을 받는 동안, 의외의 성과가 있었던 것 같다.

"그게 잘못이었어."

지금 원규에게 말하고 있는 것이 바로 그 성과다. 나는 이제야, 나를 나로 받아들일 수 있게 됐다.

"니가…… 나처럼 그러지 않았으면 좋겠어. 니 탓이라고, 니가 잘못했다고 생각하는 거…… 그건 안 했으면 좋겠어. 박원규 너…… 나한테는 정말……."

최고인 존재다. 내가 나를 바로 볼 수 있도록 거울이 돼 준 사람.

"좋은 사람이니까. 그러니까……."

괜찮다는 말 한마디가 그렇게 어려웠을까 속상해하면서도 정작 그한마디 말이 어려워 숨을 멈춘 후에야, 원규와 아버님의 시간을 조금이나마 이해하게 된다.

"넌 어떤데?"

차분한 목소리와 함께 원규의 시선이 가까이 느껴진다.

"이제 괜찮아?"

가슴을 짓누르던 것이 숨을 비집고 나와 그저 말없이 고개를 끄덕였다. 생각해 보니, 요즘의 나는 정말 괜찮은 것 같다. 아니. 그런 것 같은 게 아니라, 정말 괜찮다.

오후 3시로 잡힌 신문 시간에서 10분 정도가 지난 시간. 남무석은 30분 이상을 지체한 끝에 의례적인 인사를 마치고 부장검사실을 나섰다. 뻔히 약속을 해 놓고도 자리를 비운 것이 언짢았지만 아쉬운 입장에 있는 쪽이라 바쁜 시간을 할애해 줘서 고맙다며 마음에 없는 말까지 해야 했다.

더구나 우해준의 도착 시간에 맞춰 나오려는 찰나에 부장검사가 쓸데없는 얘기를 시작한 통에 진땀을 빼야 했다. 신문에 앞서 해준에게 일러둘 사항이 한두 가지가 아니었음에도 부장검사의 말을 함부로 자를 수가 없었다.

복도를 따라 걸음을 서두른 그가 엘리베이터에 올라 8층 버튼을 누른 후 타이를 매만졌다. 조사 과정에 변호인으로서 참석 의사를 밝혀 둔 이상 우해준만 앉혀 놓고 신문을 시작할 수는 없으니 10분 정도 늦은 건 대수로운 일이 아니었지만 신문 중에 주의해야 할 사항을 재차 확인해 주지 못한 것이 못내 마음에 걸린다.

곧게 뻗은 통로를 지나 검사 신문실 앞에 선 남무석이 한차례 심호흡을 한 후 문을 두드리자 이미 자리하고 있던 검찰 직원이 문을 열었다. 입구의 맞은편 정중앙에 강지현 검사가 있었고 우해준은 등을 보인 채 강 검사를 마주하고 앉아 있었다. 양옆의 코너에는 카메라가 설치돼 있고 왼쪽 측면에는 검찰 직원과 참고인이 나란히 앉아 그를 바라보는 중이다.

"늦어서 죄송합니다."

남무석은 간단한 인사치레를 던지며 우해준의 옆자리로 향했다. 아무리 뻔뻔한 인간이라지만 검찰 소환까지 당했으니 혼자서 긴장깨나 하고 있었으려니 생각하며 자리에 앉으려는데 매캐한 담배 냄새가 확 끼쳐 온다.

"변호인께서 참석하셨으니 신문을 시작하겠습니다. 동의하십니까?"

남무석은 그제야 우해준이 상의를 벗어서 그가 앉아야 할 자리에 걸쳐 놓은 것을 발견했다.

"피의자 우해준 씨?"

재차 묻는 강 검사를 무시하고 남무석을 쳐다보는 우해준의 표정이 한껏 구겨져 있다.

"변호인 남무석 씨?"

"네."

"신문 시작하겠습니다. 이의 없으십니까?"

"어…… 예."

자리에 앉은 남 변호사가 서둘러 대답했다. 그런데 자리에 앉고 보니 매캐한 냄새가 더욱 진하게 풍겨 온다. 담배 냄새라기에는 너무 독하고 메스꺼웠다. 설마 대마를 하고 들어온 건 아니겠지 생각하면서도 영 꺼림칙하다.

"신문 과정은 모두 녹화되어 증거로 제출됩니다. 피의자와 변호인은 이에 동의하십니까?"

"예."

"피의자 우해준 씨?"

남무석이 헛기침을 하며 바라보자 우해준은 마지못해 '예.'라고 대답하며 삐딱한 자세로 등받이에 기대앉았고, 강 검사는 사건의 개요와 신문의 목적을 간단히 밝힌 후 우해준을 빤히 응시했다.

"진술서에 의하면 합의에 의한 정교였고, 고소인 한요은 씨의 성별을 남성으로 파악하셨다구요?"

"예."

"합의에 의한 정교라면 쌍방의 대화가 있었을 텐데, 고소인의 성별을 남성으로 확정할 만한 정황이 있었습니까?"

"진술서에 다 써 놓지 않았나? 거기가 어디냐면. 이태원에 있는 게이바였어요. 애초부터 여자들이 찾는 데가 아니라는 겁니다. 겉보기엔 여자인 애들도 다 트랜스젠더고. 그런 데서 굳이 너 여자니 남자니 확인할 필요 있습니까? 생물학적으로는 다 남자고, 난 남자 아니면 안 되는 사람입니다."

"그럼 고소인이 스스로를 남성으로 밝힌 건 아니란 말씀이네요."

"거기가 원래 말이 필요 없는 데라니까? 내가 산 술 받아 마시면 그게 화대야. 화대가 뭔지 알죠?"

검찰 소환을 위해 케타민까지 처방받아 가며 금단증상을 없애 줬건만, 남 변호사는 이게 무슨 망발인가 싶어 앞이 까마득하다. 성매매는 엄연히 불법인데 담당검사 앞에서 화대(花代)라니. 무분별하고 겁대가리 없기가 둘째가라면 서러운 우해준을 당장이라도 화형대에 매달고 싶은 심정이다.

"지금 이사님께서 말씀하신 화대라는 건 매매의 대가가 아니라 암묵적인 합의를 가리키신 겁니다."

"네. 알겠습니다. 어쨌든 말씀에 조금은 주의를 하셔야겠네요."

두 사람의 대화는 이미 우해준의 관심 밖이다. 경찰에서 사건을 마무리하지 못하고 검찰 소환까지 당한 것도 짜증 나는 마당에 검사 신문실에 들어오기 직전 커피 세례를 받은 것도 모자라 서류박스나 들고 다니는 공무원 따위가 그를 향해 박스째로 서류를 엎지르질 않나, 엎친 데 덮친 격으로 남무석은 세월아 네월아 코빼기도 비치지 않은 채 그를 기다리게 만들었다.

일련의 상황들로 인해 신경이 잔뜩 곤두선 우해준은 한시라도 빨리 이 자리가 끝났으면 좋겠다. 남무석의 말에 의하면 요식행위에 지나지 않는다는 빌어먹을 소환 조사를 어서 끝내고 병원으로 달려가 모르핀으로 해갈하고 싶은 마음뿐이다.

"경찰 수사 과정에서 향정신성물질에 양성반응을 보이셨네요."

"네."

성의 없이 툭 던진 우해준의 대답에 강 검사는 안으로 입술을 깨물었다.

"CRPS 진단을 받으신 게 작년인데, 혹시 사건 당일에도 의료용 마약을 투약하신 상태였습니까?"

"글쎄. 기억이 안 나는데요?"

"사건 수사에 중요한 사항입니다. 조금 더 신중하게 대답해 주세요."

"언제 무슨 약을 먹었는지 어떻게 기억하……."

"병원을 통해서 처방 시기를 자료로 첨부하면 되겠습니까?"

우해준을 걱정스럽게 바라보던 남 변호사가 말을 끊고 나섰다.

"네. 그렇게 하시죠. 추가적인 사항은 다음 신문 절차에서 알아볼 수밖에 없겠네요."

이후 강 검사는 우해준이 앓고 있다는 복합부위 통증 증후군의 병증에 대해 차근차근 질문을 이어 나갔고, 우해준은 남 변호사가 준비해 놓은 답변을 줄줄이 읊어 냈다. 대학교 재학 중에 오른손을 심하게 다친 후 손을 비롯한 팔 전체에서 비정상적인 통증을 느꼈지만 부상에 의한 것으로 생각하고 대수롭지 않게 넘겼는데, 갈수록 증상이 심해져 급기야는 두 팔 전체에 극심한 통증을 느끼기에 이르렀고, 뒤늦게 CRPS 진단을 받아 의료용 마약을 처방받았다는 내용이었다.

"미세한 자극에도 감당할 수 없을 정도의 통증이 유발되는 걸로 알고 있는데, 맞습니까?"

"네."

"케타민이나 모르핀을 처방받아야 할 정도로 심각한 상탠가요?"

"그러니까 처방을 해 줬겠죠."

"주로 어떤 자극에 의해서 통증이 유발되는지 설명해 주실 수 있습니까?"

우해준은 그 정도 질문쯤은 이미 예상했다는 듯 피식 웃었다.

"이게 말이죠. 아직 학계에서도 확진이 불가능할 정도로 원인도 치료 방법도 알려진 바가 없는 병이거든요. 그래서 그런지 통증의 강도나 빈도도 그때그때 달라요. 주로 예상하지 못한 자극에 의해서 통증이 유발되는 편입니다. 그러니까— 내가 작정하고 팔을 움직일 때는 괜찮다는 거죠. 혹시 묻고 싶은 게 섹스는 어떻게 하느냐, 이겁니까?"

"흐음— 이사님."

"섹스가 뭐 이상한 단언가? 성관계나 섹스나, 그게 그거 아닙니까?"

"예상하지 못한 자극에 의해서 통증이 유발된다고 하셨죠?"

강 검사가 직접적인 언급을 피해 질문을 이어 가자 우위를 선점했다는 착각에 빠진 우해준의 표정이 번들번들해졌다.

"네."

"통증의 정도가 산후통이나 절단통을 능가한다고 들었는데, 맞습니까?"

"네."

"그럼 일단 통증이 느껴지면 의료용 마약을 투약하지 않고는 견딜 수 없을 정돈가요?"

"네."

그 밖에도 사건 당시를 구술하라는 강 검사의 말에 우해준은 다시 한 번 남 변호사가 마련해 준 대본을 척척 읊어 나갔다. 술집을 찾았고, 만만한 상대를 찾아 정교를 합의했고, 사무실 열쇠를 내준 게 미심쩍었지만 따라 올라갔고, 알고 보니 여자라서 관두려는데 상대방의 저항이 만만치 않았고, 몸싸움 중에 상대방이 계단 아래로 굴러떨어졌고, 곧바로 들이닥친 패거리들에 의해서 감금을 당했다는 내용으로, 빈정빈정하는 태도와는 달리 진술서와 완벽하게 일치했다.

"떼거지로 몰려와서 각서에 지장까지 받아 냈다니까요? 작정하고 벌인 일이라는 겁니다. 그렇지 않고서야 그 여자 말대로 강간을 당할 뻔했는데, 신고도 않고 각서에 지장부터 받아 내는 게 정상입니까?"

"진술서상으로는, 사건이 있은 후에 업주한테 전화를 받으셨다고요?"

"누군지 알게 뭡니까? 어쨌든 번호는 그 가게 번호였습니다."

"그쪽에서 합의금을 요구했다고 하셨는데, 사실입니까?"

"얼마까지 쳐줄 거냐고 물었습니다. 그게 합의금을 요구한 거 아닌가?"

"실질적으로 금전을 주고받은 증거는 없으시죠?"

"안 줬으니까 없죠. 피해자는 난데 무슨 합의를 합니까?"

아무리 요식행위라지만 이쯤에서 고소인의 진술서와 상반되는 내용을 짚고 넘어갈 거라 생각한 남 변호사의 예측과는 달리, 강 검사는 잠자코 우해준과 진술서를 번갈아 볼 뿐이다.

eeee

지하 주차장에 차를 세운 원규는 조수석에서 잠든 요은을 깨우기에 앞서 시간부터 확인했다. 오후 6시 30분이 되려면 47분을 기다려야 한다. 아버님께서 일간 저녁을 먹자셨고 차일피일 미루는 건 예의가 아니라며 시간을 내 달라는 요은의 말대로 퇴근을 앞당겨 이촌동을 찾기는 했지만, 아버지를 어떻게 마주해야 할지 모르겠다.

"한요은. 진짜 잘 자네."

사람을 이렇게 막막 첩첩산중에 떨궈 놓고 잠이 오나 싶어 한숨을 터뜨린 원규가 잠든 요은을 바라보며 얼핏 웃는다. 신혼 초에도 요은은 참 잘 잤다. 수면유도제로 잠들던 원규와 달리 혼자서 바짝바짝 약 올라 하다가도 일단 잠이 들면 좀처럼 깨는 일이 없었다.

예나 지금이나 요은은 변한 게 없다. 그게 다행스럽다가도 한편으로는 사무치도록 미안하다. 그녀의 진심을 진작 알아보지 못한 것, 그 하나의 잘못이 너무 커서 아마도 사는 내내 그녀에게 져 줘야 할 것 같다.

내일모레로 잡힌 고소인 조사를 앞두고 그제는 가양동에 다녀왔고 어제는 공주에 다녀온 그녀였다. 가양동에 함께 다녀온 것처럼 공주에도 같이 가자는 원규의 말에, 요은은 공주에 가는 건 다음으로 미루고 이촌동에 다녀올 시간부터 마련해 달라며 굳이 언니인 다은과 동행했다. 아직은 친가 식구들과의 관계가 편하지 않아서일까. 결혼 전 인사를 드리러 갔을 때 두 사람을 둘러싸고 앉은 고모님들과 이모님들의 눈치가 예사롭지 않았던 것이 새삼스레 떠오른다.

한 손이 오롯이 올라가는 길고 유려한 요은의 목선을 물끄러미 바라보던 원규가 허리를 숙여 그녀의 목덜미에 가볍게 입을 맞췄다. 그리고 잠시 후, 목덜미에 닿은 원규의 호흡이 흔들린 순간 흠칫 놀란 요은이 몸을 움츠리며 눈을 떴다.

"어……? 머…… 뭐야…… 다 왔…… 읍…….."

잠이 덜 가신 목소리로 웅얼거리던 그녀의 입술이 원규의 입술에 살포시 눌렸다. 자다 일어나 까슬까슬한 입 안을 허락할 수 없다는 듯 앙다문 요은의 입술 위를 짓궂다 할 정도로 달콤하게 오가던 원규의 혀끝이 부서지는 햇살처럼 깊은 여운을 남기며 멀어졌다.

"정말 안 해 줄 거야?"

"자다 일어나서……."

요은은 여차하면 또 당할세라 살금살금 고개를 돌리며 말끝을 흐렸다.

"자다 일어난 게 무슨 상관이야."

"아니…… 그냥 좀…….."

"아직 모르나 보네."

"응?"

원규는 입술을 오므리며 눈을 동그랗게 뜨고 자신을 바라보는 요은을 장난스러운 표정으로 마주 본다.

"너 잘 때 자주 하는데."

"어?"

"그럼 그것도 안 돼?"

"말도 안 돼……. 아니지?"

"아닌 거 같아?"

"아니잖아. 그치?"

"뭐, 아니길 바라면 그렇게 생각해야지."

"아— 뭐야. 빨리. 아니지? 응?"

원규가 잠에 취해 건조해진 입 안을 느꼈을 거라 생각하니 갑자기 창피해졌다. 매번 새로워 절대 익숙해질 것 같지 않은 원규와의 스킨십인데, 무방비 상태에서 자연인의 모습을 여실히 보여 준 건 아닌지 심란하다.

"한요은 너, 좀 특이해."

"뭐가?"

"키스든 뭐든, 잠결에는 잘 안 하려고 하는 거."

말을 맺어 놓고 혹시나 그녀의 잠재의식에 사고 당시의 상처가 각인된 건 아닐까 생각하는 사이…….

"내가 특이한 게 아니라 니가 특이한 거거든?"

요은이 원규의 걱정을 한 번에 털어 내듯 상체를 벌떡 일으키며 두두두두 말을 쏟아 냈다.

"너한테서 너무 좋은 냄새가 나…… 아니, 향기. 좋은 향기가 나니까 자꾸 신경 쓰여서."

"나한테서?"

"응. 넌 자다 일어나도 비누 향기가 나. 아니다. 비누 향기가 아니라…… 음…… 어쨌든. 그러니까 상대적으로…… 나한테서도 그런 향

기가 나야 될 거 같고. 근데 자다 일어나면…… 그렇잖아. 입 안도 건
조하고…….”

어째 말을 하다 보니 제대로 말린 것 같다.

“건조하고, 또?”

“아니, 그러니까. 그렇잖아.”

그래도, 그래서, 그러니까, 그렇잖아, 그렇지……의 연발인 것 같아
더더욱 창피하다.

“하하하…….”

“왜 웃어.”

“한요은 너 혹시, 요즘 향수 먹어?”

딱 걸렸다. 원규와 키스할 때마다 느껴지는 현기증을 원규의 향기
때문이라고 착각한 그녀는 어떻게 하면 입 안에서조차 그런 향기가
날 수 있을까 심각하게 고민하던 중 혀끝에 향수를 살짝 묻혀 봤다.
그리고 그날 이후 미니어처 향수를 항상 침대 협탁에 놓고 잠들었다.

“잠들기 전에. 그리고 일어나자마자 바로. 맞지?”

“그냥 뿌리는 거거든.”

“입 안에다?”

“아…… 몰라. 빨리 내리…….”

말을 맺지도 못한 채 눕혀 놓은 조수석 위에서 바둥바둥 문을 열고
나가려는 순간, 원규가 왼손을 잡아 부드럽게 끌어당기자 중심을 잃
은 요은이 조수석에 드러눕지 않으려 안간힘을 쓴다. 원규는 그런 그
녀를 꽉 끌어안으며 조심스럽게 몸을 포갰다.

“앞으로는 향수 먹지 마.”

“안 먹는다니까. 그냥 혀끝에 살짝 바르기만…… 하아…….”

“가만있어도 좋은 향기가 나는데, 왜 향수를 발라. 그것도 혀끝에.”

“근데…… 어떻게 알았어?”

“키스할 때마다 향수 냄새가 나는데. 너 원래 향수 많이 안 썼잖아.

취향이 변했나 했어. 근데 잘 생각해 보니까, 키스할 때만 유난히 향수 냄새가 났던 거 같아서."

"향이 별로였어?"

"아니, 그런 건 아닌데."

"어쨌든 좋은 냄새 나면…… 좋잖아."

"난 너한테서 나는 향이 제일 좋은데?"

원규는 요은이 뭐라 말할 새도 없이 그녀의 목덜미에 얼굴을 묻으며 숨을 깊게 마셨다.

"상쾌하고 폭신폭신한 향."

원규가 말한 건 그녀가 원규에게서 느끼는 향기였다.

"햇빛에 말린 이불처럼?"

"응?"

하긴, 원규가 햇빛에 이불을 말려 봤을 리가 없다.

"그런 게 있어."

"어쨌든 앞으로는 향수 냄새로 가리지 마."

"박원규."

"응?"

"가만 보면, 너 말 되게 잘하는 거 같아. 선수처럼."

"선수?"

"바람둥이."

"하—"

검지를 요은의 이마에 가볍게 튕겨 낸 원규가 장난스럽게 웃는다.

"말을 잘하는 게 아니라 솔직한 거지."

"이거 봐. 또 또……."

"근데 정말 솔직하게 말해도 돼?"

"뭘?"

때아닌 질문에 살짝 긴장한 요은이 원규의 품에 안긴 채 몸을 움츠리며 물었다.

"키스하고 싶어."

"하아……."

"응?"

"그냥 뽀뽀는 안 돼? 일단 올라가서 양치질하……."

솔직하게 말해서 키스하고 싶다는데…….

"……고 하……면……."

다른 누구도 아닌 박원규가 그렇게 말하는데…….

"……좋으……."

더는 피할 데가 없어서가 아니라 원규의 체온과 호흡에 더는 저항할 수가 없어 결국에는 입술을 열고 만다.

회계감사 자료의 서명란을 뚫어지게 노려보던 우영환이 역정을 내며 자리에서 일어났다. 외부감사 법률 건의 책임을 맡기는 대신 법무팀 대표 자리를 주겠다는 그의 말에 미끼를 덥석 물었던 남 변호사가 벌써 며칠째 그의 호출을 피하고 있었다. 게다가, 오늘은 꼭 본사로 들어오라고 일러두기까지 했건만 내일 있을 고소인 소환 조사 때문에 바쁘다며 일방적으로 약속 시각을 미루기까지 한 것이다.

'종놈 배는 불리는 게 아니라 곯리는 거란 말이 괜히 있는 게 아니구만. 연줄도 없이 허드렛일이나 맡아 하던 걸 거둬 줬더니 감히 상전 노릇을 하려고 들어?'

사실 우해준의 사고 뒷수습을 맡은 건 남무석 하나만이 아니었다. 대학에 입학했을 때 신입생 OT에서 추행 사건에 휘말려 말썽이 일어났고 당시 법무팀의 대표인 장응재에게 해준의 뒤치다꺼리를 맡긴 적이 있다. 판사로 임관해 법조계에 몸담았던 사람이니 사건 자체를 무마할 수 있을 거라고 굳게 믿었기 때문이다.

하지만 우영환의 예상과는 달리, 장웅재는 어이없게도 추행 사실을 인정하고 피해자와 합의를 하는 것으로 일을 마무리 지었다. 그 문제로 불러다 앉혀 놓고 닦달을 하자 기업 관련 업무에 있어서는 최대한의 이윤을 보장해 드리겠지만, 도의적인 문제에 있어서는 그럴 수 없다며 피해자와 가해자가 명백한 사건이니 서로의 합의점을 조율하는 것이 최선의 방법이었다고 되레 훈수를 두고 나왔다.

그래서 고심 끝에 우해준의 전담으로 세울 변호사를 알아봤고, 그게 바로 남무석이었다. 마흔둘의 나이에 사법시험을 패스하고 연수원 수료 후 변호사로 개업한 남무석은 고용변호사(속칭 새끼변호사)도 없이 법률사무소를 운영하고 있었다. 연수원 성적이 좋은 편이었음에도 나이가 많아 임관을 하거나 로펌에 스카우트되지 못해서인지 남무석은 오기로 똘똘 뭉친 전형적인 악바리였다. 돈이 되는 일이라면 뭐든 마다치 않는, 한마디로 뭐든 할 것 같은 타입이었다.

삐익—

자리를 옮겨 남무석의 괘씸함을 곱씹고 있을 즈음, 짧은 버튼음 후에 대표실로 들어온 비서가 남무석이 대기 중이라는 사실을 알렸다.

"들어오라고 해."

"예. 차 준비하겠습니다."

"필요 없어."

"예. 알겠습니다."

잠시의 간격을 두고 그의 앞에 선 남 변호사가 의례적으로 허리를 숙인 후 우영환의 지시를 기다렸다.

"자네 대체 뭐 하는 사람인가?"

낮게 으르렁거리는 우영환의 서슬에 남 변호사가 허리를 더욱 깊이 숙였다.

"내일 있을 고소인 소환 조사 때문에 서부지검에 있는 연수원 동기를 만나느라 늦었습니다. 정말 죄송합니다."

"해준이 녀석이 불려 가는 것도 아니고 피해자가 조사를 받는데 자네가 무슨 볼일이 있다는 거야!"

그깟 일 처리 하나 깔끔히 하지 못하고 이리저리 끌려다닐 바에야 차라리 때려치워라. 연수원 동기를 만나서 뭐가 어째? 늦은 나이에 합격해서 연줄도 뭣도 없어 로펌에도 못 들어간 인간을 누가 동기 취급이나 하겠느냐. 내 돈으로 그런 것들 배불리면서 생색내고 다니는 맛에 간이 배 밖으로 나왔느냐 등등……. 며칠간 쌓였던 스트레스를 온갖 인신공격으로 풀어 낸 우영환이 씩씩거리며 남무석을 노려본다.

"정말 죄송합니다."

"죄송?!"

"저도 이사님 일로 며칠을 이리저리 쫓아다닐 정도로 마음이 심란한데, 대표님께서는 어떤 심정이실지 감히 짐작하고도 남습니다. 대표님 호출을 받고도 찾아뵙지 못한 건 이렇다 할 결과가 없어서였습니다."

"지금까지도 나올 생각을 않는 결과를 언제까지 기다리란 말이야!!"

"오늘 일은 정말 죄송합니다. 아무래도 처리할 일이 많다 보니 시간을 확실히 정해 두고 움직이기가 여의치 않았습니다. 그리고 외람된 말씀이지만, 은연중에라도 한요은을 피해자로 언급하시는 일은 없으셔야 합니다."

한요은은 피해자가 아니라 고소인일 뿐이며, 오늘에서야 일에 가닥이 잡혀 늦게나마 보고드리러 왔노라는 남무석의 말에 우영환의 노기가 조금은 수그러들었다. 그래도 이 인간이 본분을 잊지는 않았다는 판단에서였다. 어쨌든 지금 우영환에게 가장 중요한 것은 해준의 일을 말썽 없이 처리하는 것이었다. 허위로 CRPS 진단을 받아 해준을 합법적인 마약중독자로 만든 것은 갈아 마셔도 시원치 않을 짓이지만 그에 대한 책임은 이번 일이 끝나면 회계감사 건으로 엮어 쳐 내는 걸로 대신할 생각이었다.

어쨌든 이번 일이 마무리될 때까지는 해준의 약점을 쥐고 있는 남무석을 함부로 대할 수 없는 노릇이라, 안정을 찾고 보니 조금 전 퍼부은 막말에 은근히 신경이 쓰인다. 하지만 이보다 더한 수모에도 악착같이 해준의 곁에 붙어 있던 인간이니 크게 걱정할 필요는 없지 싶다.

"그렇게 서 있지만 말고 일단 앉아서 얘기하지."

"예, 그럼."

남무석이 자리에 앉기 무섭게 우영환은 비서를 호출해 차를 내오도록 지시했다. 하지만 조금 전까지 막말을 들은 탓에 남 변호사는 이미 입맛이 달아난 상태였다.

"그래. 가닥이 잡혔다고?"

"네."

남무석이 지난 며칠 동안 우영환의 호출을 피한 이유는 하나였다. 우영환을 독대하는 자리라면 회계감사 자료에 사인을 종용받을 것이 분명하기 때문이다. 그 대가로 부사장급의 대우가 보장되는 대표 변호사 자리에 앉을 수 있다는 것은 충분히 매력적이지만, 감사 자료가 유출될 경우 모든 법적 책임을 뒤집어쓰는 위험을 부담해야 한다.

게다가 시기가 좋지 않았다. 우해준의 마약중독과 관련해 서슬 퍼런 살기를 드러낼 때는 언제고 금방 안면을 바꿔 대표 변호사 자리를 주겠다니, 아무리 남 변호사 본인이 우해준의 약점을 목줄로 쥐고 있다고는 해도 우영환의 평소 인품으로 미루어 볼 때 뭔가 꿍꿍이가 있지 않고서는 불가능한 일이었다.

"그건 그렇고, 그렇게 자주 검찰청을 들락날락해도 되나?"

"아무 말썽도 없을 겁니다. 연수원 동기를 만나서 오랜만에 밥 한 끼 먹은 건데요."

"그 피해…… 아니, 고소인 소환 조사는 왜 자꾸 하는 건가? 지난번에도 한차례 있지 않았나?"

"의례적인 일이라고 생각하시면 됩니다. 아직 이사님도 한 번 더 가셔야 하니까요."

"가닥이 잡혔다는 건 기소유예가 확정됐다는 말이겠지?"

"네."

"그래, 언제 떨어진다던가?"

"다음 주 내로 해결될 겁니다."

"다음 주?"

"네. 늦어도 다음 주 금요일이 될 겁니다."

확답을 받고 오는 길이기에 대답에 한 치의 망설임도 없는 남무석이다. 그 확답을 받기 위해 벌써 며칠째 조바심을 내야 했다.

"확실한 건가?"

"예. 확실합니다."

우영환의 표정이 대번에 밝아졌다.

"그래. 고생 많았네. 자네가 아주 고생이 많았어."

"아닙니다."

하지만 남무석의 조바심은 우해준을 위한 것도 우영환을 위한 것도 아니었으며, 오늘 그가 만나고 온 사람 역시 서부지검의 연수원 동기가 아니라 박용태 변호사였다. 지금 이 순간에도 남무석의 머릿속에는 한 가지 생각뿐이다. 회계감사의 법적 책임을 떠맡고 포하임코리아의 대표 변호사가 될 것인지. 법무법인 수휘의 스카우트 제안을 받아들일 것인지.

"그럼 해준이가 요양할 곳부터 알아보는 게 좋겠구만."

"예. 그렇지 않아도 알아보는 중입니다. 아무래도 국내에 계시는 것보다는 외국 시설을 이용하시는 게 좋을 것 같은데, 어떻게 할까요."

"음— 국내보다는 국외가 낫겠지. 한데 그 녀석이 아직 미필이라."

"그 문제는 걱정 마십시오. CRPS 확진은 병역면제 사유가 됩니다."

"그럼 출국에 전혀 지장이 없다는 건가?"

"네, 없습니다. CRPS 진단 문제로 많이 노하셨을 줄은 압니다만, 2년 복무 기간과 맞바꿨다 생각하시고 노여움을 풀어 주십시오."

"하긴, 한창 좋은 나이에 군 복무로 시간을 허비하는 것보다야 시설 좋은 곳에서 쾌적하게 심신을 단련한다고 생각하면 되겠군."

"감사합니다."

비서가 차를 내려 들어오자 두 사람 사이의 대화가 순식간에 끊어졌다. 그리고 잠시 후 자리에서 일어선 우영환이 대표석 책상으로 걸음을 옮겨 아무렇게나 팽개쳐 뒀던 회계감사 자료를 손에 들고는 비서가 나가기를 기다려 다시 남무석의 맞은편에 자리하고 앉았다.

"그나저나, 박용태 변호사 쪽에서는 별말 없던가?"

"예. 그쪽과도 충분히 논의된 일이니 신경 쓰실 것 없습니다."

"흠— 천만다행일세그려. 나도 나이를 먹다 보니 노파심이 너무 지나쳤나 보군."

조금 전 그의 말대로 노파심이 너무 컸던 탓일까. 기소유예가 떨어질 거라는 말 한마디에 이대로 내치기에는 아까운 능력이 아닌가 하는 생각마저 드는 순간이다. 하지만 역시 아비는 아비라, 저한테 떨어진 자리 하나 보전한답시고 우해준이 그렇게 망가지도록 방치한 부분에 있어서만큼은 앙금이 가라앉지를 않는다.

"그럼 이제, 자네도 슬슬 자리를 법무팀으로 옮겨야 하지 않겠나."

남 변호사가 예상했던 대로 자료의 서명란 위에 우영환의 펜촉이 놓였다. 그는 정신없이 머리를 굴리기 시작했다. 이 자리에서 서명을 하면, 그동안 대표 일가의 허드렛일이나 맡아 왔던 설움을 면할 수 있다.

어쩌면 수휘의 개인 소송 변호사보다는 물질적으로 번듯한 자리가 아닐까. 하지만 법무법인 수휘라면, 단순히 그 영역에 들어가는 것만으로도 큰 의미가 있는 곳이다. 연수원 성적이 상위권이었음에도 나이가 많다는 이유로 도태돼야 했던 시간에 대한 충분한 보상이 되리라.

"어떻게 감사를 드려야 할지 모르겠습니다."

"흠— 받아야 할 걸 받는 거라 생각하게."

이것이 감사의 표시가 될지, 응분의 대가가 될지는 조금 더 지켜보자는 생각으로 점잔을 빼는 우영환 앞으로, 남무석이 조심스럽게 자료를 물러 놓는다.

"아직 이사님의 일이 깔끔하게 마무리되기 전이니, 이 은혜는 다음 주에 받겠습니다."

"이 정도면 깔끔하니 사양할 것 없어."

"아닙니다. 전 앞으로 줄곧 이사님을 모실 의향도 있습니다."

"어허— 사람 참."

그동안 우영환 앞에 납작 엎드려 왔던 시간이 한 줄기 빛을 발하는 순간이었다. 막 부리는 개처럼 남무석을 부려 온 우영환이었기에 그가 다른 마음을 품으리라는 생각보다는 입에 발린 그의 말을 곧이곧대로 받아들이는 쪽을 선택한 것이다. 의식에 따라 이성이 내린 결정이 아니라 무의식에 내재한 주인 의식의 발로였다.

"다만 한 가지 바라는 게 있다면……."

"그래, 뭔가?"

"제가 이사님을 줄곧 모시게 되더라도 직함만은 법무팀의 정식 변호사로 해 주셨으면 합니다. 대표님께서도 알고 계시겠지만, 늦은 나이에 법률사무소를 열고 이리저리 힘든 시간이 많았습니다. 임관도 스카우트도 저한테는 먼 얘기라 전관(前官)들 앞에서는 저를 낮추는 일도 많았고, 팀 소속이 아니다 보니 고용 변호사들에게도 면을 세울 수가 없었습니다."

"그래. 그거야 나도 알고 있지."

"전관급의 대우는 과욕이라 해도 고용 변호사들에게만큼은……."

"예우를 받고 싶다?"

고개를 조아리는 남무석이 한편으로는 딱해 보이기까지 하는 우영환이다. 나름대로는 엘리트 코스라는 사법시험을 패스하고 늦은 나이에 젊은이들 못지않게 공부해 연수원 성적이 우수했음에도 사법 체계의 구조적인 한계로 임관을 받지 못했으니 얼마나 심사가 비틀렸을까. 하긴, 그런 비틀린 심사가 아니었다면 돈을 좇아 이렇게까지 비굴해지지도 않았겠지 싶다. 그런 생각이 들자, 남무석이라는 인간은 더는 그의 일가에 아무런 위협도 되지 못할 하찮은 존재로 느껴진다.

"그래. 그러도록 함세."

"감사합니다."

"그럼 다음 주까지 거취를 정해서 서명을 할 건지 말 건지 결정하도록 해."

예우를 받고 싶다는 그의 마음을 한 번 더 고려해, 돈뿐만이 아니라 명분 역시 중요하게 생각하는 인간임을 알아차리기에는…… 우영환은 지나칠 정도로 교만하고 오만한 인물이었다.

$\iota\iota\alpha$

원래 의도는 어머님께서 주신 원규의 앨범을 정리하는 것이었는데 어쩌다 보니 사진을 하나하나 감상하는 중이다. 연도별로 날짜별로 어쩜 이렇게 차곡차곡 정리를 잘해 놓으셨는지, 원규에 대한 어머님의 정성에 새삼 감탄하게 된다.

원규가 또래의 아이들보다 유난히 작아서인지 어디서든 한눈에 들어온다. 하긴, 또래라고는 해도 성장이나 발육 상태가 한국의 평균치보다는 높을 테니 원규가 작아 보이는 건 당연한 일인지도 모른다.

"음?"

포켓식으로 정리된 사진 중 유난히 불룩한 곳에 사진 몇 장이 겹겹

이 들어 있다. 실수로 여러 장을 넣어 두셨을 것 같지는 않은데 대체 무슨 사진일까 싶어 조심스럽게 **빼내자** 머리를 금발로 물들인 원규가 보인다. 옅은 금발 때문인지 갈색 눈동자와 살굿빛 입술이 유난히 돋보이……는 건 둘째 치고, 너무…… 뭐랄까…… 불량해 보인다. 카메라를 들고 있는 사람이 누군지는 몰라도 노골적으로 귀찮아하는 원규를 보며 감정깨나 상했을 것 같은, 전형적으로 박원규다운 표정이다.

"1998년이면……."

연도를 보니 한국 나이로는 열여덟일 때의 사진이다. 미국에 있을 땐가? 아니면 한국에 들어와서 찍은 건가? 사진에 찍힌 사람이 원규뿐이라 한국인지 미국인지 알 수가 없다. 그런데 참 이상하다. 원규의 금발이 낯설어서일까. 앞서 봐 온 수백 장의 사진과 달리 이 사진 속의 원규에게 훨씬 마음이 흔들린다. 가슴이 떨리는 설렘이 아니라, 말 그대로 뭔가 기억이 날 듯 말 듯 혼란스럽다.

드르륵—

때마침 앨범 밑 어딘가에 깔렸던 휴대폰이 울리지 않았다면 한참 동안 사진을 들여다보고 있을 뻔했다.

"여보세요."

— 나.

"응."

— 10분 후에 도착.

"응."

— 아이스크림 사 갈까?

"아니."

— 먹고 싶은 거 없어?

"없어."

— 그럼 알아서 사 갈게.

"아니."

그냥······ 빨리 보고 싶다.

"그냥 와."

— 속 안 좋아?

"아니."

— 자다 일어났어?

"아니. 사진 보고 있었어."

— 사진?

"지난번에 어머님이 주신 앨범."

— 아, 그거.

"원규야."

— 응?

"빨리 와."

뭐지, 회선이 불안정한가?

"여보세요?"

혹시 전화가 끊겼나 싶어 액정을 확인했다.

"여보세요?"

— 어?

"잘 안 들려?"

— 아니, 잘 들려.

"말이 없어서 끊긴 줄 알았어."

— 어, 미안. 금방 갈게. 조금만 기다려.

"응."

— 먼저 끊어.

"응. 조심히 와."

— 그래.

전화를 끊고 시간을 확인했다. 혹시 빨리 오라는 말을 잔소리로 받아들였다면, 그런 잔소리를 해도 좋을 만큼 늦은 시간인지 아닌지를 확인해야 할 것 같아서다. 그런데 고작 9시 17분이라니 너무 이른 시간이다. 저녁을 먹고 오겠다는 말에 천천히 오라고 해 놓고는 조금 전 통화하면서는 빨리 오라고 했으니 혼란스러웠을지도 모른다. 그런 뜻이 아니었는데, 보고 싶으니까 빨리 오라고 할 걸 그랬나? 하지만 그런 말은 생각만으로도 충분히 낯 뜨겁다.

"음?"

금세 다시 걸려 온 원규의 전화에 잠시 멈칫했다. 혹시 통화 버튼을 잘못 눌렀나?

"여보세요?"

— 지금 올라가는 중.

"어?"

— 4층.

뭐지? 전화를 끊은 후 시간이 잘려 나갔나?

"10분 후에 도착한다고 하지 않았어?"

— 편의점 들러서 왔으면 10분 정도 걸렸을 거야.

"아……."

매사에 정확하신 우리 박원규.

— 요은아.

"응?"

— 나 11층.

"어. 잠깐만—"

얼른 침대에서 일어나 아래층으로 내려와 문밖에서 기다릴 원규를 위해 현관의 잠금장치를 하나하나 풀어냈다.

삐익—

마지막 잠금장치를 해제하자마자 문을 열고 들어온 원규가 약간 붉어진 얼굴로 나를 바라본다.

"무슨 일 있어?"

그건 내가 묻고 싶은 말인데.

"아니."

"목소리가 안 좋아서 걱정했어."

"누구? 나?"

"어. 힘없는 목소리."

하루 24시간 기운 뻗치는 목소리일 수는 없지 않겠니.

"밤이라 좀 가라앉았나 봐."

"후—"

"일단 들어와."

"어?"

"계속 이러고 있을 거야?"

"아, 미안."

원규는 그제야 신발을 벗고 들어서며 나를 꼭 끌어안았다.

"술 마셨어?"

"어."

"많이?"

"응."

"무슨 일 있어?"

"응."

스무고개 하지 말고 한 번에 말해 주면 안 되겠니?!

"재광이 결혼한대."

"어?"

"결혼할 사람 인사시키는 자리였어."

"정말?"

"어. 나름 서프라이즈였던 거지. 그런 줄 알았으면 진작 자리 만들
었을 텐데, 얼마 전부터 계속 시간 좀 내 달라는 걸 미루고 있었거든."

"식은 언젠데?"

"5월이래."

"와— 좋겠다."

원규가 어깨를 살짝 밀어내며 나를 바라본다.

"계속 너만 생각했어."

요즘 들어 원규는 지나칠 정도로 감정 표현에 솔직하다. 그리고 나는 매번 이럴 때마다 어떤 반응을 보이면 좋을지 몰라 안절부절못하고 말이다.

"일찍 나오고 싶었는데, 그러면 안 될 것 같아서 조금 늦었어."

"잘했어. 더 있다가 와도 되는데 너무 일찍 온 거 아니야?"

원규가 살짝 웃으며 이제 막 벗어 낸 재킷을 소파 등받이에 올렸다. 그냥 두면 구겨질까 봐 잘 걸어 놓으려 한 걸음 다가서자 앞을 막아서며 또 한 번 안는다.

"조금 전에는 빨리 오라고 하지 않았어?"

"옷…… 걸어야지."

"그냥 둬. 음식 냄새 묻어서 세탁 맡겨야 돼."

냄새는 묻는 게 아니라 배는 거지만 아무려면 어떠랴, 원규의 품이 이렇게나 따뜻한데…….

"어디 아픈 줄 알았어. 빨리 들어오라고 한 거 처음이잖아."

"너 또 열난다."

"말 돌리지 말고."

"아니. 진짜 몸이 뜨거워."

"술 마시면 원래 이렇잖아."

"일단 올라가. 난 물 좀 가져갈게."

"술 냄새 심하게 나?"

"아니."

"그럼 이렇게 잠깐만 있자."

154

마늘 바게트를 먹어서 그런지 양치질을 하고도 잔향이 남은 것 같아 신경 쓰인다. 잠깐 안고만 있자는데 뜬금없이 웬 입 냄새 걱정이냐고 물으신다면…… 원규는 항상…….

"아!"

가만히 안고 있다가도 목덜미에 얼굴을 묻으며 사람을 당황하게 하고…….

"으읍—"

꼭 이렇게 키스를 시도해서 사람을 도리질하게 하고…….

"술 냄새 나서 싫어?"

마치 자기 탓인 양 미안하다는 듯 아쉬움이 섞인 음성으로 눈웃음을 지어 결국에는 나의 입술을 열고야 말기 때문이다.

eee

곤히 잠든 요은을 물끄러미 바라보던 원규가 흘러내린 그녀의 머리카락 위로 조심스럽게 손을 얹었다. 그녀에게 꼭 묻고 싶은데 결국 묻지 못한 것이 있다.

'요은아.'

소리 없이 움직이는 원규의 입가에 눈물도 웃음도 아닌 것이 스민다.

'넌 어땠어?'

오늘 본 재광의 예비 신부는 시종일관 웃는 얼굴이었다. 일부러 애쓴 표정이 아니라 진심으로 행복해 보였다. 사람들 하나하나를 살뜰히 챙기며 예비 신랑에 관한 에피소드는 뭐든 하나도 놓치지 않으려는 듯 그렇게 웃고…… 또 웃으며…… 누구보다도 밝은 모습으로 재광의 곁에 앉아 있었다. 아끼는 후배의 결혼이고 두 사람의 서로에 대한 감정이 너무도 어여뻐 흐뭇하면서도 어쩔 수 없이 속이 아렸던 건…… 요은이 생각나서였다.

'한요은…….'

격의 없이 웃고 떠드는 그녀의 모습을 차라리 가식으로 받아들이는 한이 있더라도 결혼 전에 한 번쯤은 이런 자리를 마련했더라면, 그녀의 진심을 지나친 연기로 받아들여 따져 볼 용기라도 생기지 않았을까. 내 친구들 앞에서까지 그렇게 애쓸 필요 없다고. 허울뿐인 결혼이 필요하면 적정선을 유지하라고. 그렇게 미친 척 따지고 들었다면 그녀의 진심을 알 수 있었을 텐데 하는 마음이 하나.

'너는…….'

그녀에게 마음이 기운 것을 끝내 인정하지 못했던, 아니, 인정하지 않으려 발버둥 쳐 가면서도 결국은 그녀를 자신의 경계 안으로 들이고 그대로 방치해 버린, 그것도 모자라 철저히 오해하고 혼자서 실망하고 그럼에도 불구하고 확인하기는 두려웠던, 아끼는 사람이 생겼을 때 그 사람을 알아보고 소중히 하는 법을 몰랐던 어리석은 자신에 대한 원망이 둘. 하지만 무엇보다 힘든 건…….

'요은이 넌 행복했을까?'

그녀를 행복하게 해 주지 못했다는 회한이다. 그만큼 더 사랑하고 아끼면 된다고 생각하다가도 문득문득 그녀의 상처가 아프다.

흔들리는 그의 마음이 손길에 흘러 전해지자 천천히 눈을 뜬 그녀가 잠결인 듯 그를 바라본다. 하지만 원규의 한 손에 들려 있는 『The Guernsey Literary and Potato Peel Pie Society』에 시선이 멎은 순간, 창피하다는 듯 눈을 질끈 감으며 줄곧 베고 있던 원규의 허벅지 위로 얼굴을 파묻고 만다. 책장에서 고른 원서를 내밀며 억지로 읽혀 놓고는 실컷 잠이나 자다니.

"잘 잤어?"

게다가 상냥한 박원규께서 잘 잤느냐고 확인 사살까지 해 주시니, 이 얼마나 감사한 노릇인지 모르겠다.

"어— 후…… 미안."

"더 자게?"

"아니!"

"그럼 고개 좀 들어 봐."

"잠깐!"

"뭐 하는데?"

"아니— 잠깐 있어 봐."

"혹시 지금, 내 잠옷에 얼굴 닦는 거야?"

"아니거든!"

말이 끝기 무섭게 얼굴로 향하는 그녀의 손이었지만 재빠르게 움
직인 원규에게 손목을 잡히고 만다.

"아! 아…… 아파."

"안 아픈 거 알거든?"

"아, 좀…… 박원규."

"그러게 나 좀 보자니까?"

요은이 엎드려 누운 상태로 다리를 움직여 몸을 빼내려 하자 원규
는 책을 들고 있던 손으로 아예 그녀의 허리를 감아 안았다.

"아…… 아하하…… 아— 간지러워."

"하하하—"

"아— 아 쪼옴—"

"뭔데. 말을 해야 알지."

손목을 잡히고 허리를 안긴 상태에서도 절대 고개만은 들지 않는
요은의 고집에 본의 아니게 계속 장난을 치게 된다.

"아, 진짜!"

"화났어?"

허리를 안고 있던 그가 손을 움직여 가슴우리 안쪽을 살짝 건드리
자……

"악! 하지……. 하하하하…… 아아……. 하지 마 하하하 아아……
하하하 아…… 하하…….."

드디어는 웃음이 터지고만 요은이다.

"진짜 한 번만 좀 보자. 응?"

"아— 아……."

터져 나온 웃음에 이어 높낮이가 분명한 그녀의 애교 섞인 신음이
침실에 가득하다.

"어차피 한요은 너 자는 동안 계속 쳐다보고 있었거든?"

"아 그러니까…… 아…… 아아……. 하하하하 하지…… 하하지 마,
쪼옴……."

"한 번만 보여 주면 안 한다니까?"

드륵— 드르르르—

"전화, 전화!"

여전히 원규에게 안긴 채 몸을 있는 대로 웅크린 요은이 때마침 걸
려 온 전화에 반색하며 외쳤지만, 원규는 전혀 신경 쓰지 않는다.

"아 박원규, 전화아—"

"몰라. 안 받아."

"아…… 하하, 아하하, 아 나 운다?"

"눈물로라도 세수를 하시겠다?"

"아 알았어, 알았어. 전…… 하하하…… 전화받으면 보여 줄게!"

"정말이지?"

"어! 흐으……. 하하하…… 정말! 정말 정말이야."

여전히 그녀의 손목을 부드럽게 움켜쥔 원규가 몸을 길게 뉘어 협
탁에 놓아둔 휴대폰 쪽으로 손을 뻗었다. 요은은 금방이라도 원규의
손길이 다시 닿을 것만 같아 웃다 지친 숨결에 남은 웃음을 섞어 신음
하는 중이다. 그리고 바로 다음 순간, 허리를 안고 있던 원규의 손길
에서 자유로워지자 이내 탈출을 시도해 본다.

"어디 가는데!"

"악—"

하지만 역시나 덧없이 붙들린 요은에게서 다시 한차례 웃음이 쏟아졌다.

eee

간단한 다과를 준비한 최 여사가 네 번째 노크를 하려다 말고 살며시 문고리를 내리며 안으로 들어섰다. 박 변호사가 어딘가에 열중하면 으레 있는 일이니 조용히 다과만 챙겨 주고 나올 생각이었다. 그런데 책상에 뭔가를 펴 놓고 앉아 골몰해 있는 모습을 예상했던 것과는 달리, 휴대폰을 들고 있던 박 변호사가 흠칫 놀라며 황급히 앉은 자리에서 일어난다.

"미안해요. 통화 중인 줄 모르고……."

"아…… 아니. 들어와요."

조금 전 원규가 받으려던 전화의 발신인은 다름 아닌 박 변호사였다. 오늘 남무석을 만나고 오는 길에 몇 가지 염려되는 것이 있어 내일쯤 내자동에 다녀가라 할 생각으로 전화했는데 한참의 신호음 끝에 전화를 받은 원규는 아무 말도 없었다. 하지만 말이 없었을 뿐 소리까지 없는 것은 아니었다.

"저녁 밖에서 했잖아요. 입이 마를까 봐 둥굴레차로 내왔어요."

탈출을 감행한 요은을 붙잡느라 본인의 손끝이 통화 버튼에 닿은 줄도 모르는 원규와 그런 원규에게 다시 붙들린 채 웃으랴 발버둥치랴 놔 달라고 애원하랴 정신이 없는 요은의 한때를 본의 아니게 실시간으로 감상해 버린 박 변호사는 왜 전화를 했는지조차 잊고 말았다.

"차 따뜻할 때 드세요."

"음?"

"둥굴레차요. 따뜻할 때 천천히 조금씩 드시라고요."

"아. 그래."

"쉬엄쉬엄해요. 요즘 너무 무리하는 거 같아요."

"곧 한가해질 테니 염려 말아요."

최 여사가 서재를 나선 후 박 변호사는 다시 휴대폰을 집어 들었다. 아들에게 다시 전화하려는 것이 아니라…… 그의 기억이 정확하다면 20여 년 만에 처음 들어 본 아들의 웃음소리가 금세 옅어져 버린 것이 아쉬워서다.

'결국 이렇게 될 걸…….'

왜 그리 조급하고 뭐가 그리 불안했는지 모르겠다.

[내일 오전 중에 내자동에 들렀으면 좋겠구나. 시간이 늦어서 문자로 대신한다.]

메시지 전송 여부를 확인하고 휴대폰을 내려놓은 박 변호사가 찻잔에서 오르는 훈김을 바라보며 생각에 잠겼다.

이명희 클리닉. 법정 공방이 시작되면 증거로 제출하기 위해 입원 중이던 대학병원에서 심리상담을 시작했는데, 약 처방보다는 상담 위주의 클리닉을 받는 게 좋을 것 같다며 담당의가 추천한 곳이다. 원규의 사무실과 가까워서 병원에 오고 갈 때 편하기도 하고, 무엇보다 마음에 드는 건 '정신과'나 '정신과의원'이 아닌 '클리닉'이라는 상호였다.

어쨌든 열흘에 한 번씩 와서 이런저런 얘기를 하고, 지어 주는 약을 타서, 나가는 길에 화장실에 들러 변기에 약을 흘려 보낸다. 왠지 약을 먹는 것 자체가 정신적인 결함을 인정하는 것으로 여겨져 처음부터 약은 먹지 않았다.

"어서 오세요."

"네, 안녕하세요."

"일찍 나오셨네요."

원래는 상담과 상담 사이에 15분 정도 간격이 있어 앞사람이나 뒷

사람과 마주칠 일이 없지만 오늘은 원규에게 일이 생겨서 어쩔 수 없이 일찍 나왔다.

"죄송해요. 밖에서 기다리려고 했는데……."

택시를 타는 것도 밖에서 혼자 시간을 보내는 것도 아직은 버겁고…… 그런 사실을 자각할 때마다 어김없이 속이 갑갑하다.

"아뇨, 신경 안 쓰셔도 돼요. 요은 씨만 괜찮으면 문제 될 거 없죠."

"앞서 상담받으신 분이랑 마주쳤는데 조금 불편해하시는 거 같아서요."

"불편하셨나 봐요."

"네?"

"요은 씨도 불편하셨던 게 아닌가 해서요."

그런 추측이 나를 더 불편하게 만들지만 부정할 수 없는 사실이다.

"이것도 후유증인가요?"

"병원에 오갈 때 다른 사람과 마주치지 않기를 바라는 건 누구나 마찬가지예요. 다만 절대적인 게 아니라 가급적이면 그렇기를 원하는 거죠."

나도 모르게 고개를 끄덕이며 숨을 깊게 마셨다. 박사님의 말에 깨달음을 얻은 것도 아니고 마음이 놓인 것도 아니지만 이렇게 하지 않으면 내가 당한 사고와 나의 감정을 연결시킬 것 같아 무의식중에 먼저 반응하게 됐다. 참 이상한 건, 이런 순간순간의 무의식에도 불구하고 상담을 하다 보면 마음이 편해진다는 사실이다. 그리고 그런 사실이 많이 불편하다. 상담이 필요하다는 사실을 인정하는 것이 아직은 너무 힘들다.

"자― 그럼."

본격적인 대화는 박사님의 저 미소로 시작된다. 곧이어 '어떻게 지내셨어요?' 라고 물을 거다.

"어떻게 지내셨어요?"

빙고.

"잘 지냈어요."

"피부는 좀 어떠세요?"

"많이 좋아졌어요."

원규가 없을 때는 주로 샤워를 한다. 주로 하기도 하고 자주 하기도 한다. 샤워라기보다는 입욕이라는 표현이 적당할 것 같다. 샤워부스 안에 들어가면 금방이라도 숨이 막힐 것 같아 욕조에 앉아 몸을 닦아내는데, 얼마 안 돼 스펀지타월이 찢어져 버렸고 그 대신 이태리타월, 일명 때수건을 쓰기 시작했다. 다만 스펀지타월보다 월등한 내구성 탓에 문제가 생겼다.

"다행이네요."

긁힌 부분이 아물기도 전에 문지르고 또 문지르다 보니 피부가 화끈거리는데도 그런가 보다 하고 넘겼다. 목욕을 할 때도, 하고 난 후에도 알몸으로 거울 앞에 서는 일이 없었고, 몸의 물기를 닦아 낼 때도 시선은 항상 다른 곳에 두고 있었으니 상처가 덧나 어떤 지경이 됐는지 미처 몰랐다. 그런데 지난번 상담 중에 박사님이 먼저 얘기를 꺼냈다. 나도 모르게 상처 부위를 긁고 있었던 모양이다.

"사실 좀 놀랐어요. 정말 몰랐거든요."

"피부 신경 자체가 굉장히 미세하다 보니 찰과상을 입으면 쉽게 손상돼요. 그럼 아무래도 통증을 느끼기가 어렵죠. 그냥 좀 가렵다 싶은 정도? 어쨌든 상처 부위에 습윤밴드 꼭 하시고요. 입욕 시에도 떼지 마세요."

"네."

"입욕보다는 가벼운 샤워가 더 좋고요."

"네."

어색한 침묵.

"박사님."

"네."

"저…… 약을 꼭 먹어야 되나요?"

"혹시 어디 불편하세요?"

"아뇨. 사실은 약을 안 먹어도 딱히 불안해지거나 예민해지지 않아서요."

포커페이스. 박사님의 감정을 읽을 수가 없다.

"요즘 약 안 드세요?"

"처음부터 안 먹었어요. 왠지 내키질 않아서요."

"왜 내키지 않으시는지 여쭤봐도 될까요?"

"어떻게 말씀을 드려야 할지 모르겠는데 처음 상담을 결심한 것도 달리 힘들어서가 아니라 재판을 생각했기 때문이거든요. 그러니까 저한테…… 달리 정신적인 문제가 있었던 게 아니라 필요할 것 같아서."

무슨 소리를 하고 있는 건지 모르겠다. 말을 하고 있는 내가 이런데 듣고 있는 사람은 더욱 난감하겠지.

"그러니까 재판이 시작되면…… 일종의 증거자료가 필요할 것 같아서 상담을 시작했어요."

이 정도면 충분한 설명이 되려나.

"혹시 상담 자체도 불편하신가요?"

"아뇨. 그런 건 아니에요. 얘기하다 보면 마음이 편해지는 건 사실인데 그건 굳이 저한테 문제가 있어서가 아니라 누구라도 그렇지 않을까 싶어요. 누구한테나 쉽게 할 수 없는 얘기가 있잖아요."

"그렇죠."

"여기서는 그런 얘기를 할 수 있으니까."

"할 수는 없지만 하고 싶은 얘기. 그렇죠?"

하기 싫은 얘기면 차라리 좋겠는데, 인정하기는 싫지만 박사님의 말이 맞다.

"약을 안 드셔도 괜찮다고요? 감정 기복으로 불편한 적은 없으시고요?"

"신랑이 출근하면 집을 치워요. 청소기로 한 번, 스팀으로 한 번, 마른 수건으로 또 한 번. 그러고 나서 바로 욕실로 들어가요. 욕실 청소 후에 목욕을 끝내면 오후가 돼요. 그럼 그때부터는 책을 읽어요. 그러다 또 목욕을 하고. 또 나와서 책을 읽고. 딱히 불안하거나 하지는 않아요. 6시에서 8시 사이에 신랑이 퇴근하니까 4시부터는 저녁을 준비하거든요. 하루가 금방 가요."

억지로 배를 채운 뒤 삼켰던 것을 죄다 게워 내곤 했다는 얘기를 일부러 하지 않았다. 그날 원규가 다녀간 후로는 더 이상 그러지 않으니, 괜히 말로 상황을 심각하게 만들 필요는 없었다.

"바깥분이랑 계실 때는 어떤가요?"

"저녁을 먹고 나란히 앉아 있으면 이상하게 잠이 쏟아져서 좀 난감하긴 하지만…… 그거 말고는 전혀 문제 될 게 없어요."

문제 될 게 없는 정도가 아니라 너무 좋다. 원규의 체온이 가까이 느껴지면 더없이 편안하다.

"보통 11시쯤 주무신다고 했나요?"

"네."

"중간중간 잠에서 깬다고 하셨죠?"

"네. 주로 신랑이 옆에 없을 때."

특별한 일이 없으면 원규는 항상 집에서 저녁을 먹는다. 집에서 업무를 봐야 하는 경우 내가 잠들면 서재로 가곤 했는데, 서재가 침실과 분리되지 않아서 침대에 누워서도 원규를 볼 수 있다. 사실 서재라 부르기 애매할 정도로 작은 공간이다. 책장과 책상이 전부인 그곳을 원규는 작업실이라고 부른다. 어쨌든 원규가 작업실에 앉아 있을 때면 방해되지 않으려 일부러 자는 척을 해야 할 정도로 잠이 오질 않는다.

"낮잠은요?"

대답 대신 고개를 가로저었다.

"전혀요?"

"네."

"낮에 피곤하지 않으세요?"

"피곤한데 잠은 안 와요."

"시도해 본 적은 있으세요?"

"낮잠이요?"

"네."

"아뇨. 없어요."

나에게 생각할 시간을 주고 싶을 때, 박사님은 이렇게 대화를 멈추곤 한다.

"낮잠이…… 꼭 필요한가요?"

"굳이 그런 건 아니에요. 평소에는 어떠셨어요?"

평소라면…….

"사고 전에요?"

박사님은 굉장히 애쓴 표정으로 아무렇지 않은 듯 웃으며 가볍게 고개를 끄덕이셨다. 그리고 나는 그런 박사님의 노력에 감사하는 마음으로 찬찬히 시간을 돌이켜 봤다.

"습관은 아니었지만 낮에도 자긴 했어요. 컨디션이 안 좋거나……."

원규 때문에 속을 앓기 싫으면 그냥 침대에 엎어져 잠들곤 했다.

"뭐…… 그럴 때……."

말끝을 흐리며 사각사각 움직이는 박사님의 펜 끝을 물끄러미 바라봤다.

"혹시 불안하신가요?"

"네?"

"혼자 있는 시간이요."

"아⋯⋯."

아니라고 단정할 수가 없다. 난 정말 아무렇지 않은가?

"잘 모르겠어요. 생각해 본 적이 없어요."

"음— 그럼 한번 생각해 보셔야 할 것 같아요. 바깥분이 안 계실 때 물리적으로든 심리적으로든 계속 움직이려고 하시는 게 혹시 사고 기억을 차단하려는 무의식 때문이 아닌가 싶어요. 그러다 보면 평균 이상의 에너지를 쓰게 되고⋯⋯."

"그래서 신랑이 같이 있으면 잠이 오는 건가요?"

"심하게 졸리신가요?"

"졸립다는 생각을 하기도 전에 잠드는 거 같아요."

"혼자 계실 때 불안하거나 예민해지거나⋯⋯ 그런 감정의 기복이 전혀 없으세요?"

"박사님."

"네."

"그게 정상인가요? 혼자 있을 때 불안하고 예민한 게⋯⋯ 지금 상태로는 정상적인 반응인가요?"

"요은 씨."

"네."

"통계상의 수치는 그렇게 중요한 게 아니에요. 그래서 상담을 하는 거고요. 제가 알고 싶은 건, 요은 씨의 감정이에요. 요은 씨가 어떤 상태여야 하는지 정해진 건 하나도 없어요."

"그럼⋯⋯ 괜찮은 거 아닌가요? 딱히 제 감정을 돌아볼 필요는 없잖아요. 나는 왜 낮잠을 안 잘까. 안 자는 건가, 못 자는 건가. 내가 정말 불안한가. 그런 걸 생각할 때마다⋯⋯."

그럴 때마다⋯⋯.

"너무⋯⋯ 안 괜찮아요."

순식간에 흘러내린 눈물에 나조차도 놀라고 만다.

"저는 지금 이 상태가 딱 좋아요. 불안하고 예민한 건 차라리 예전이 더했거든요. 신랑이 너무 바빠서 저 혼자 있는 시간이 많았는데, 신혼 초라서 그걸 받아들이기가 힘들었어요. 연애가 짧아서 서로 편한 사이도 아니었거든요. 신랑이 밤샘을 하는 경우도 많았고 퇴근이 늦어도 달리 연락이 없어서 스트레스를 많이 받았어요. 신랑이 잘못했다는 건 아니에요. 저도 필요 이상으로 예민하게 굴었으니까요. 그냥 뭐든 얘기를 좀 하고 싶은데 그게 잘 안 되니까 답답하고…… 그러다 점점 예민해져서……."

꼭 이렇게 된다. 상담을 하다 보면 봇물 터지듯 감정이 흘러넘쳐 정신없이 얘기를 하게 된다. 지금까지는 주로 어렸을 때의 일을 얘기하곤 했는데…… 원규와의 일을 말한 건 오늘이 처음이다.

이제 막 샤워를 마치고 나온 연화가 1층으로 내려가는 중이다. 벌써 사흘이 지나도록 맞선 자리를 가졌던 한진그룹의 성수혁 이사가 무소식이니 짜증이 머리 거죽을 쿡쿡 쑤셔 대 한시도 가만있을 수가 없다.

똑— 똑—

안방을 두드리자 곧 문이 열린다.

"일어났니?"

"네."

"속은 좀 어때?"

"괜찮아요."

모친을 앞서 침실로 들어간 연화가 침대 옆 테이블을 마주하고 자리에 앉았다.

"한진그룹에서는 연락 없어요?"

"천천히 기다려 보자. 조만간 연락하겠지."

"자기네가 우리 쪽 자금 물고 있는 거 성수혁 이사도 알고 있죠?"

2003년 초일류 철강산업 구현을 기치로 내세운 정부의 뜻에 따라 한진그룹은 서해안에 대규모 제철소를 건축하기 시작했다. 하지만 3년여가 흐른 지금, 수입재에 의한 공급과잉으로 철강산업 자체의 비전이 위태로운 상황이다 보니 자본조달이 원활하지 못한 지경에 이르렀고, 급기야는 투자 유치라는 명목으로 다른 기업의 자본을 끌어다 쓰는 형편이 되고 말았다. 서린기업 역시 한진그룹에 대한 명목상의 투자를 결정했으며 연화는 이런 사정을 잘 알고 있었다.

"하긴, 명색이 후계잔데 모를 리가 없겠네요."

"혹시 식사 자리에서 그런 얘기도 했니?"

"아뇨. 근데 할 걸 그랬나 봐요. 저녁 먹는 내내 어찌나 목에 힘이 들어가 있는지 어이없어서 혼났어요."

사실 어제저녁, 연화와 성수혁의 만남을 주선한 마담이 연락을 해 왔다. 성수혁 이사는 아직 결혼에 뜻이 없다는 말로 시작은 했지만 결국에는 연화의 태도를 문제 삼았는데, 말인즉슨 그쪽 따님께서 어찌나 고자세로 일관했는지 팔려 나온 물건 취급을 당한 것 같다며 성수혁 이사가 굉장히 불쾌해하더라는 내용이었다. 그래도 어미 된 입장에서는 딸의 자존심이 우선이라, 성수혁 이사를 탐탁지 않아 하는 연화의 말이 반갑기만 하다.

"사람이 영 별로였나 보구나."

"외화 대출 건으로 더 어려워졌다고 들은 거 같은데, 언제 적 한진인지 아직 모르는 거 같더라고요."

"그쪽 회장님이야 위기를 기회 삼기로 워낙 유명한 분이니 곧 나아지겠지."

"저도 같은 생각이에요. 성수혁 이사가 그렇게 시건방진 게 어쩌면 아버지 성동호 회장님에 대한 믿음일 수도 있겠네요."

"그건 그렇고, 사람이 그렇게 별로면 우리 쪽에서 거절하는 걸로 얘기를 마치는 게 어……."

"엄마."

"음?"

"저 어린애 아니에요. 사람만 보고 결혼할 생각 애초부터 하지도 않았어요."

"그래. 그건 그렇지만……."

"태신건설이랑 신흰그룹에서는 아직 연락 없어요?"

"연화야."

어떤 식으로 말해야 딸이 상처를 덜 받을까, 어제 마담의 연락을 받은 후로 줄곧 고민했다. 하지만 아무래도 있는 그대로의 현실을 얘기하는 편이 나을 것 같다.

"물론 나나 네 아버지도 네가 번듯한 집안 며느리가 되길 원하지만 아무래도 아직은 우리가 많이 빠지는 입장이다 보니 상대 쪽에서는 쉽게 마음이 동하지 않을 수도 있어."

"엄마."

"그래, 얘기하렴."

"혹시 마담들한테도 이렇게 저자세로 말씀하셨어요?"

불쾌함을 노골적으로 드러낸 딸 앞에 어머니는 할 말을 잃은 채 입을 닫았다.

"사람이 설 자리는 본인이 만드는 거예요. 우리 회사 예전이랑 달라요. 대기업 심부름이나 하던 서린기업이 아니라고요. 한진그룹 대출 건만 해도 그래요. 그쪽 회장님 사업 수완만 믿고 결정하신 거 아니잖아요. 예전에 좋은 조건으로 하청받았던 은혜를 갚겠다는 생각으로 결정하셨다는 말씀 듣고 솔직히 실망했어요. 그렇게 큰 자금이 오고 가는데 은혜니 보은이니 하는 거 너무 감상적인 발상 아닌가요?"

"연화야 그건……."

"마담 연락처 저한테 주세요. 직접 통화하는 게 좋겠어요."

"그럴 거 없다. 성수혁 이사 일이라면, 이미 연락 받았어."

"네?"

"그쪽에서 아마 기분이 많이 상했던 모양이야."

"그걸 왜 지금 말씀하세요?"

"어제저녁에 연락 받았는데 네가 취해서 들어오는 통에 기회를 놓쳤어."

"기분이 상했다고요? 왜요?"

"넌 아니라고 하지만 은연중에 그런 느낌을 받았나 봐. 아무래도 우리한테 하청을 주던 입장이었으니 성수혁 이사 입장에서는 충분히 그럴……."

"하— 정말 어이가 없어서. 성수혁 이사는 됐고, 다른 자리는 제가 마련할게요. 마담 연락처 주세요."

"이미 일러뒀으니 조만간 연락 올 거야. 조금만 기다려 보자."

"아뇨. 그냥 저한테 주세요. 제가 알아서 해요. 솔직히 엄마께서 태신건설이나 신훤그룹 쪽에 말씀을 넣으셨다는 것도 못 믿겠어요. 조금 전까지만 해도 한진그룹에서 조만간 연락할 테니 천천히 기다려 보자고 하셨잖아요."

"네가 직접 나서는 게 더 우스운 일이야."

"네?"

"김 여사가 알아서 할 테니 그냥 잠자코 있어."

"뭘 알아서 해요? 엄마 말씀대로면, 대기업 심부름이나 하던 서린기업 무남독녀 허연화가 주제넘게 선 자리를 넣고 싶어 하니 선처해 달라고요?"

"연화야."

"엄마께서 하신 말씀 그대로잖아요. 아니에요?"

"너 요즘 왜 이렇게 신경질적이니?"

요즘? 한요은이 박원규에게 철철 넘치는 사랑을 받고 있는 요즘 말인가.

"제가 뭘요? 저 원래 이랬어요."

신경질적으로 자리에서 일어나 그대로 안방을 나서는 딸의 뒷모습을 바라보던 모친이 깊은 한숨을 내쉰다.

박 변호사는 충분한 시간을 주기 위해 말없이 아들을 바라볼 뿐이다. 그리고 원규는 아버지가 건넨 파일을 하나하나 살펴보는 중이다. 남무석이 무마시켜 왔던 우해준의 사건 기록들과 포하임코리아의 외부감사 자료, 그 외에도 몇몇 파일들이 원규의 앞에 놓여 있다.

"이런 걸 다…… 어떻게 구하셨어요?"

우해준을 벌하는 데 이렇게 많은 자료가 필요하냐고 묻고 싶은 것을 돌려 말한 원규가 아버지와 시선을 마주했다.

"없는 일을 만든 것도 아니고 멀쩡한 사람한테 죄를 씌우려는 것도 아니다. 그것만큼은 확실히 해 두고 싶구나."

잠시 망설이던 박 변호사가 등받이에 몸을 기대며 원규의 시선을 피했다.

"포하임코리아 건은 남무석 그 사람이 직접 가져온 자료다."

"남무석이라면 가해자 측 변호사 아닌가요?"

"그래. 그랬지."

"그 사람이 마음을 바꾼 건가요?"

"그런 셈이다."

"며칠 전 피의자 소환 조사 때도 우해준과 동석했는데, 대체 언제……."

"남무석을 스카우트하기로 했다."

"네?"

"그걸 전제로 받은 자료들이야."

"저…… 죄송한데 지금…… 잘 이해가 안 돼요. 남무석을 스카우트 하셨다는 게…… 그 사람이 여기서, 아버지하고 같이 일하게 된다는 말씀인가요?"

"조만간 계약서를 쓰면 그렇게 되겠지."

아마 그럴 일은 없겠지만, 그런 세세한 부분까지 아들에게 말하고 싶지는 않았다. 대단한 계획이라서가 아니라 아무리 돼먹지 못한 인간이라도 쓰고 버릴 카드로 이용하는 것은 부끄러운 일이기 때문이다.

"그런 사람이…… 아니, 그런 사람한테…… 어떤 일을 맡기시게요?"

남무석도 이번 일에 책임이 있다고 생각한 원규였다. 매번 우해준을 사지에서 끌어내 요은을 힘들게 한 장본인이 바로 남무석이었다. 그런데 그런 인간을 스카우트하다니, 이렇게까지 하지 않고서는 진정 우해준을 옭아맬 방법이 없는 걸까?

"새아기한테 얘기해야 하는 문제지만 아무래도 불편해할 것 같아서 널 불렀다. 이미 알고 있겠지만 정상적인 방법으로는 가해자를 처벌하기 어려운 상황이야. 물론 법정 공방을 각오한다면 불가능한 일도 아니다만 그렇게 되면 새아기가 증인으로 서야 할 테고, 그런 과정이 새아기에게는 더없는 상처가 될 게다."

괜찮으려는 노력이 아니라 괜찮아 보이려는 노력. 요은이에게 그런 부담을 주고 싶지 않다. 절대 그래서는 안 된다.

"우해준이 가해 사실을 전부 인정하고 형을 받게 하려면 우영환을 움직이는 수밖에 없어. 우해준이 지금까지 어떤 처벌도 받지 않은 건 애비 되는 사람이 뒤를 봐줬기 때문이니 그 고리를 끊지 않고서는 이번 일도 마찬가지라고 생각했다."

박 변호사는 조심스럽게 아들의 기색을 살피며 말을 이었다.

"물론 끝까지 아들을 포기하지 않겠다면 피할 수 없는 싸움이 되겠지만 외부감사를 빌미로 회사 자본을 횡령한 사실이 드러나면 우영환 그 사람도 무사치 못할 테니 그저 싸고돌 수만은 없을 거다."

우영환이 우해준을 포기하면 그의 횡령도 남무석의 증거 인멸도 전부 없던 일이 되는 거냐고…… 차마 물을 수가 없다.

"이렇게 하지 않고는 방법이 없나요?"

"가장 확실한 방법이라고 해 두자."

없는 일을 만든 것도 아니고 멀쩡한 사람한테 죄를 씌우려는 것도 아니라던 말을 되짚고 있는 원규의 시선이 복잡한 심정에 흔들린다.

"꼭 필요한 전화가 아니면 받지 않도록 새아기에게 일러두려무나. 내일 점심으로 약속을 맞췄으니 경우에 따라서는 그쪽에서 새아기한테 직접 연락하려고 들 수도 있다."

"네."

"너도 마찬가지다. 만에 하나 연락이 오더라도 무시해라. 얽혀서 좋을 게 없는 인사들이야."

한참을 말이 없던 원규가 박 변호사와 시선을 마주했다.

"아버지."

언제나 원규의 아버지였건만 아버지라 부르는 아들의 목소리가 새롭기만 하다.

"그래."

"제가 할게요."

"뭘 말이냐."

"그쪽이랑 만나는 거, 제가 하겠습니다."

"그럴 거 없어."

"이렇게까지 해야 할 일인 줄은 몰랐어요."

잘잘못이 너무 분명한 일이라 사건이 검찰로 송치되기만 하면 그에 합당한 벌을 받을 거라고 생각했다. 우해준의 뒷조사를 한 후에도 합법적인 절차를 이용해 영장발부를 미루고 약물검사를 하도록 조치한 것이 전부였다. 우해준을 벌하기 위해 아버지인 우영환의 흠을 들추는 것은 원규의 상식 밖에 있는 일이었고, 그걸 모르지 않는 박 변호사의 속이 전에 없이 쓰기만 하다. 상식이 통하지 않는 법이라니, 있으나 마나 한 존재가 아닌가.

"어쨌든 이게 가장 확실한 방법이라면 제가 할게요. 제 와이프잖아요."

"네가 해야 할 일을 해 주겠다는 게 아니야."

법을 집행함에 있어 일체의 감정을 배제할 수 없음은 진작부터 알고 있는 일이었다. 법을 만드는 것도 사람이고 따르는 것도 사람이고 따르지 않는 사람을 벌하는 것도 사람이라 합법과 적법이라는 말이 있는 것이다. 물론 그마저도 불가능하다는 사실 역시 알고 있었다. 다만 아들 내외만은…… 뿐만이 아니라 자신의 다음 세대만은 모르기를 바랐다.

"네가 많이 애쓴 거 알고 있다. 거기서 끝났어야 하는 일인 것도 알고 있어. 그러니 그걸로 됐다. 여기서부터는 내가 알아서 하마. 그쪽에서 검찰에 선을 대려고 한 순간부터 너희가 알아서 할 문제가 아닌 게 된 게야."

"그럼 우해준이 계속 풀려났던 게……."

"경찰에서는 확실히 뭔가 있었던 것 같고, 검찰에서 구속부적합을 결정한 건 CRPS 확진 때문이다. 다만 사건이 송치된 후에 남무석이 서부지검을 오가면서 동기들과 식사 자리를 가진 일도 있긴 하더구나."

꽉 다문 입술 사이로 삼킨 숨이 묵직하게 원규의 폐를 누른다.

"어쨌든 새아기한테 그쪽 인사들이 따로 연락하거든 다 무시하라고 꼭 일러둬라. 너도 명심하고."

그때도 이런 마음이셨을까 싶다. 은호와 연락이 닿지 못하게 하신 것도 아버지 당신을 위해서가 아니라, 기대에 미치지 못하는 아들이 밉거나 창피해서가 아니라, 그 아들을 위해서였던 게 아닐까.

"바쁠 텐데 아침부터 불러들였구나. 그만 가 봐라."

박 변호사는 테이블 위에서 줄곧 깜빡거리는 원규의 휴대폰 액정을 바라보며 말했다.

"죄송해요."

"죄송할 거 없어. 나도 바로 약속이 있어서 어차피 길게 얘기할 일은 아니었다."

"아뇨. 아버지를 이해하려고 노력하지 않았던 거요."

서둘러 자리에서 일어난 박 변호사지만 달리 할 일이 있어서가 아니었다.

"흠— 그거야. 나를 닮아 그랬던 게지."

감정 표현에 솔직한 아들의 모습을 반항으로 오해했던 세월의 무게를 감당하기가 힘들어서다.

⁓⁓⁓

2층으로 가는 계단을 오르던 원규가 요은을 보고 멈춰 선다.

"늦어서 미안."

"아니야."

원규가 멈춘 곳까지 내려온 요은이 손을 내밀기도 전에 원규가 이미 그녀의 손을 잡고 있다. 함께 계단을 내려온 원규는 기다렸다는 듯 요은의 허리를 감싸 안았다.

"아침부터 여기저기 다니느라고 힘들겠다."

"아니. 전혀."

"원규야."

"응?"

"나 며칠만 엄마랑 있을까?"

원규에게 의지하는 것이 미안해서 내린 결정이 아니었다.

"가양동?"

"어."

"너만?"

"어."

"일단 차에 타서 얘기하자. 몸 차가워지겠다."

원규는 그녀를 조수석에 먼저 태운 다음 운전석에 올랐다.

"갑자기 가양동은 왜?"

"그냥……."

"지금 가양동으로 갈까? 나 퇴근할 때 같이 오면 되잖아."

"아니. 하루 다녀오는 거 말고. 며칠 동안 엄마랑 있을까 하고."

"오늘부터 바로?"

"엄마한테 먼저 여쭤보고."

"무슨 일인데?"

"오늘 상담하다가 든 생각인데, 내가…… 너한테 너무 의지하고 있는 거 같아서."

"그게 왜? 니가 나한테 의지하는 게 이상한 거야?"

"아니. 니가 일찍 들어와서 사무실에 남아 있는 동료들한테 미안해하는 것도 그렇고, 사무실에서 하기 편한 일도 있을 텐데 나 때문에 그러지를 못하니까…… 그런 게 신경 쓰여. 니가 내 걱정 없이 일하면 좋겠는데……."

"나 너 걱정 안 해. 내가 같이 있고 싶어서 그런 거야."

요은의 목덜미를 부드럽게 감싼 원규가 천천히 손을 움직여 그녀와 시선을 마주했다.

"작업은 집에 있는 컴퓨터로도 충분하고. 사무실에 있는 애들한테 따로 연락하는 건 미안해서가 아니라 필요해서야. 그러니까 그런 생각 절대 하지 마."

"오늘만 해도 집에서 여기로, 여기서 종로로, 종로에서 또 여기로, 이제 또 집으로 갔다가 다시 사무실로…… 이게 뭐야."

"아버지께서 매일 부르시는 거 아니잖아. 오늘만이지. 병원이나 법원도 매일 가는 거 아니고. 어머님 보고 싶어서 가는 거라면 모르겠는데 그런 이유로 가는 거면 안 돼."

"엄마도 보고 싶고."

"정말?"

"응."

"그럼 같이 가자. 가서 며칠……."

"말도 안 돼."

"왜?"

"그런 게 있어."

아무리 사위 사랑은 장모라지만, 반찬이다 뭐다 괜한 신경을 쓰게 만들고 싶지 않다.

"그럼 어머님을 모시고 올게."

원규가 괜히 아버님 아들이 아니구나 싶다.

"혹시 집에 혼자 있는 게 불편해?"

"아니. 절대 그런 거 아니야. 일단 가자. 너 아직 출근도 못 했잖아."

요은은 원규가 아예 집에 있겠다고 하면 어쩌나 싶어 심란해졌다.

"요은아."

두어 번의 신호에 멈춰 섰던 원규가 다시 액셀을 밟으며 요은을 부른다.

"음?"

"앞으로도 오늘처럼 해 줘."

"어?"

"니가 무슨 생각을 하는지 다 말해 달라고."

"치…… 들어줄 것도 아니면서."

원규는 어느새 눈을 감고 있는 요은을 보며, 아버지와 나눈 얘기는 퇴근 후에 해야겠다고 생각했다. 그가 없는 동안 집에 혼자 있을 그녀가 심란해할 것이 싫었다.

~~~

오늘은 원규가 출근한 후에 아무것도 하지 않으려고 했다. 청소든 독서든 목욕이든, 그 어떤 것에도 강박적으로 매달리지 않으리라 다짐했다. 그런데 그런 다짐이 모두 물거품이 되고 말았다.

"뭐 해?"

박원규, 그건 내가 너한테 묻고 싶은 말이거든? 너야말로 오후 2시가 되도록 집에서 뭐 하는 건데. 주말도 휴일도 아닌 평일에 말이다.

"정말 출근 안 해?"

"응."

"나 괜찮다니까."

"알아."

"그럼 얼른 출근해."

"벌써 2시야. 어차피 지금 나가면 도착하자마자 퇴근해야 돼."

원규와 함께 있으면 청소를 안 해도 된다. 책도 읽을 필요가 없다. 욕조에 앉아 무작정 살갗을 밀어 댈 필요도 없다. 원규가 청소를 해 줘서도 아니고, 책을 읽어 줘서도 아니고, 나를 씻겨 줘서도 아니다. 불안하지 않아서다. 불안하지 않은 정도가 아니라 한없이 편하다. 그런데 그게 마음에 걸린다. 원규의 존재에 절대적으로 의지하고 있다는 증거인 것 같아서 자꾸 신경이 쓰인다.

"내 걱정 안 한다며."

"응."

"근데 왜 출근도 못 하고 이러고 있어?"

"오늘은 예외."

등받이를 타고 넘은 원규가 내 옆으로 자리를 잡고 앉았다.

"한요은."

대답하기 싫다. 언제나 그렇듯 대답하면 말릴 테니까. 원규의 말로는 나와 얘기를 하다 보면 항상 설득당하는 것 같다지만, 내가 보기엔 정반대다.

"요은아."

원규의 목소리는…… 정말 눈치가 없다. 이런 상황에 저런 목소리로 부르면 대체 어쩌라고.

"널 못 믿는 게 아니라 그쪽에서 어떻게 나올지 모르니까, 그래서 옆에 있고 싶은 거야. 사무실에 앉아서 불안해하기 싫어."

원규가 마음 놓고 일할 수 있으면 좋겠다.

"전화 안 받으면 되잖아. 안 받겠다잖아. 찾아온다고 해도 보안 키 없으면 못 올라와. 올라와서 벨을 눌러도 안 열어 주면 그만이고. 정 안 되겠으면 경찰에 신고한다니까?"

"귀찮은 건 내가 할게."

"박원규."

장난스러운 원규의 대답에 나름 신경질적으로 이름을 부르며 시선을 마주했는데, 나를 바라보는 원규의 표정이 너무 진지하다. 난 아직도 목소리만으로는 원규의 진심을 모르는 것 같다. 귀찮은 건 내가 하겠다는 말은 장난이 아니라 진심이었는데, 또 멋대로 원규의 마음을 넘겨짚었다.

"하아……."

"한숨 그만해."

원규야, 한숨은 하는 게 아니라 쉬는 거란다.

"자꾸 그러니까 옆에 있기 미안하잖아."

"미안하면 가라고."

지금 이 순간 가장 참을 수 없는 건, 바로 나 자신이다. 얼른 출근하라고 원규를 보채면서도 함께 있다는 사실에 안도하고 있는 나 스스로에게 화가 난다. 원규에게 지나치게 많은 부분을 의지하고 있다는 생각을 떨칠 수가 없다.

"알았어. 위층에 있을게."

저리 가라는 게 아니라 출근을 하시라고요, 출근을요!

"간다."

나도 모르게 원규를 따라 일어나 앞을 가로막고 섰지만, 눈이 마주친 순간 뭘 어쩌려고 했었는지 까맣게 잊고 말았다. 원규의 눈빛은 항상 원규의 말보다 정확하다. 미안한데, 절대 안 나갈 거야……라고 말하듯, 단호하면서도 부드러운 눈빛이다. 이럴 때마다 영어 공부를 하고 싶어진다. 원규가 가장 편하게 말하고 들을 수 있는 언어로 대화하면 기분이 어떨까.

"앉아 봐."

"정말? 나 저리 안 가도 돼?"

"응."

"옆에 있어도 한숨 안 할 거지?"

"한숨은 하는 게 아니라 쉬는 거야. 숨이잖아."

"어쨌든."

"알았어. 안 할게."

내가 먼저 자리에 앉자, 원규도 나를 향해 몸을 돌려 앉았다.

"박원규 너…… 이러다 지치면 어떡해?"

뭐든 말하라고 했으니 뭐든 말하기로 했다. 내가 무슨 생각을 하고 있으며 왜 이렇게 원규를 보내지 못해서 안달인지, 전부 다 얘기할 생각이다. 물론 굉장히 낯 뜨거운 얘기가 되겠지만, 혼자 속 끓이고 있는 것보다야 훨씬 나을 거다.

"이렇게 무슨 일 있을 때마다 사무실에도 못 가고 내 옆에 있다가 어느 순간 귀찮아지면? 귀찮지는 않더라도 부담스러워지면, 그럼 어떡할 건데?"

지금 나는…… 원규의 눈동자에 비친 내 모습을 보고 있다. 원규는 나의 눈을 통해 무엇을 보고 있을까.

"솔직히 니가 어떻게 할지보다 내가 어떻게 해야 할지 모르겠어. 니가 이렇게 날 걱정하다가, 어느 순간 걱정이 아니라 부담스러워지면 어떡하나 불안해. 그러니까 적당히…… 뭐든 적당히 해 줘. 오랫동안, 아주아주 오랫동안 조금씩…… 응?"

원규가 시선을 아래로 향하며 씁쓸한 웃음처럼 숨을 내쉬었다. 하지만 이내 시선을 마주해 온다.

"나도 궁금한 게 있어."

원규는 언제나, 말과 표정이 하나다. 말을 돌려서 뭔가 다른 얘기를 하려는 것이 아니라, 정말 궁금한 게 있는 표정.

"물어봐도 돼?"

"응."

"잠깐. 정리 좀 하고."

숨을 깊게 마시고 천천히 뱉으며 생각을 정리하는 것이 눈에 보인다. 눈에 보이고, 귀에 들리고, 피부에 닿는…… 원규의 모든 것이 있는 모습 그대로다. 그 사실에 얼마나 감사한지 모른다. 언젠가 원규의 마음이 다하는 날이 온다면, 나 역시 알 수 있을 테니까. 원규가 나를 위해 억지로 참을 일은 없을 테니까.

"넌 얼마나 남았는데?"

"응?"

"날 좋아하는 마음이 얼마나 남았냐고."

이건 또 무슨…….

"넌 얼마큼씩, 얼마 동안 날 좋아할 수 있는데?"

이게 무슨 말도 안 되는 소리……는, 원규가 아니라 내가 한 것 같다. 조금씩 표현하면 더 오랫동안 감정이 유지되는 것처럼 얘기한 사람은 원규가 아니라 바로 나다.

"왜 이렇게 불안해하는데? 니가 이럴 때마다 내가 얼마나 미안한지, 그래서 얼마나 더…… 널 생각하게 되는지 알아? 혹시 알아서 이러는 거야?"

알아서 이러는 건 아니지만, 정말 그렇다면 잘 알아 둬야겠다고 생각하는 중이다.

"미안해하는 건 사라……."

사랑. 원규가 유난히 망설이는 단어다. 아픈 사랑, 지독한 사랑, 슬픈 사랑 등등……. 사랑이라는 단어에 다른 수식어가 붙지 않으면 긍정적이고 행복한 느낌뿐이어서 가볍게 느껴진다고 한 적이 있다. 밝고 행복하고 아름다운 것이 사랑의 전부가 아니듯, 나에 대한 마음 또한 그렇다고. 나의 웃음만큼이나 눈물도, 기쁨만큼이나 슬픔도……
어느 하나 빠짐없이 사랑한다고.

'한요은 너…… 니가 전부야.'

그보다 완벽한 고백이 어디 있을까. 그런 마음을 받고 있음에도 나는 왜 이렇게 불안할까.

"미안해해도 안 되고 걱정해도 안 되는 거야? 아직도 그렇게 생각해?"

할 말이 없다.

"그래. 어쨌든 좋아. 니 생각까지 내 마음대로 할 수는 없으니까. 마음대로 해. 대신, 나도 마음대로 하게 해 줘. 걱정되면 걱정하고 미안하면 미안해하고. 나한테는 지금도 충분히 늦었어. 이만큼 돌아온 걸로도 충분히 늦었는데, 왜…… 언젠가는 끝날 거라는 생각을 해야 되는지 모르겠어."

난 원규의 감정이 언젠가 다할 거라는 생각을 하고 있는데, 원규는 나의 감정이 언젠가 다할 거라는 생각을 하지 않는 모양이다. 그만큼 자신이 있어서일까? 원규에 대한 나의 감정에 확신이 있어서? 그럼 난? 나에 대한 원규의 감정에 확신이 없는 건가? 아…… 복잡하다.

"난 그런 거 생각할 여유도 없어. 생각하기도 싫어. 그래서 그런 생각은 하지도 않아."

원규의 손길에 몸을 맡긴 채, 그대로 품에 안겼다.

"내가 할 수 있는 만큼 많이, 항상 그렇게 할 거야."

그래. 인정하자. 나는 원규에게 의지하고 있다. 그걸 가능하게 한 것은 다른 누구도 무엇도 아닌 바로 이 사람…… 박원규다.

eee

식사를 함께 하자는 것도 아니고 식사 후에 잠깐 뵀으면 좋겠다는 박용태 변호사의 말에 그러시자고는 했지만, 일찌감치 약속 장소에 나와 앉아 있으려니 별별 생각이 다 든다. 사건의 당사자들도 아니고 피해자의 시아버지와 가해자의 아버지가 만나 무슨 할 얘기가 있을까. 깔끔하게 정리된 다실의 모습과는 정반대로 계산을 굴리느라 너저분해진 머릿속을 털어 내기라도 하려는 듯, 우영환은 고개를 크게 가로저으며 시간을 확인했다.

약속 시간까지 11분.

미리감치 나온 것이 아무래도 마음에 걸린다. 혹시나 박 변호사가 도둑이 제 발 저린 격으로 받아들이지는 않을까. 물론 남무석을 통해 이쪽도 피해자라는 식으로 설득을 하긴 했지만, 애비 되는 입장에서 생각해도 아들의 죄는 명백했다. 그래서 더욱더 이 자리가 가시방석

일 수밖에 없는 것이다. 꽃잎이 활짝 핀 찻잔을 잠시 바라보던 우영환이 심란한 듯 남무석의 번호를 누르기 시작했다.

— 예, 대표님.

"그래."

— 일정 중에 계신 거 아닙니까?

남무석 역시 두 사람의 만남에 대해 알고 있다. 어제 오전, 박 변호사와 약속이 잡히자마자 우영환의 호출을 받았기 때문이다. 기소유예를 한 주 앞둔 마당에 무슨 이유로 자리를 청한 건지 짐작되는 바가 있냐는 우영환의 말에 의례적인 일일 거라 대답하기는 했지만 남무석 역시 신경이 쓰이는 건 마찬가지다.

"내가 너무 서두른 게 아닌가 싶어."

— 그쪽은 아직인가요?

"시간이 조금 남긴 했지."

— 심려하실 거 없습니다. 어제 말씀드렸다시피 박 변호사도 그리 떳떳한 입장은 아닙니다. 이사님께서도 고소장을 준비하고 있다고 얘기했으니 한요은을 일방적인 피해자로 생각하지는 못할 겁니다.

"나도 그 문제에 대해서 생각을 해 봤는데 말일세. 며느리를 피해자로 생각했더라도 세간의 눈이 불편해서 덮으려는 걸 수도 있지 않겠나. 만일 그런 거라면 무슨 얘기를 어떻게 해야 뒤탈이 없을지 난감하군. 겉으로는 기소유예에 동의한다고 해 놓고 뒤통수를 치려는 게 아닌가 이 말이야. 녹취든 뭐든 내가 한마디 실수라도 하면 신나게 물어뜯을 준비를 해 놨을지도 모를 일이지."

— 그럴 일은 절대 없습니다. 녹취가 법적인 효력을 가지려면 대표님과 박 변호사가 사건의 당사자여야 하니까요. 그리고 무엇보다 가해자 본인이 죄를 시인해야 하는데, 박 변호사가 만나기를 원한 사람은 대표님이지 이사님이 아니시지 않습니까. 대표님께서는 사건의 당사자도 아닐뿐더러, 증인의 요건조차 갖추지 못한 완벽한 제삼자의

입장이십니다. 그러니 너무 염려 마시고 박 변호사가 하는 말을 듣기만 하시면 됩니다.

"듣기만 해라?"

— 예.

"해준이 녀석의 흠을 잡아도 그냥 듣기만 하라는 건가?"

— 그렇게까지 상식이 없는 양반은 아닐 겁니다. 며느리가 그쪽 업주인 박원호와 짜고 이사님을 옭아매서 합의금을 받아 내려 한 걸로 알고 있으니, 이제 와서 잘잘못을 따지고 들지는 않을 겁니다.

"만일 그 양반이 달리 생각하고 있으면? 팔은 안으로 굽는다고, 갑자기 며느리 편을 들고 나서면 어쩌느냐 말이야. 그렇지 않고서야 그 양반이 나랑 얼굴 마주할 일이 뭐가 있어?"

— 말씀드렸다시피, 의례적인 자리일 겁니다. 이번 일로 대표님과 척을 지는 일이 없도록 하려는 게 아닐까 싶은데요. 일전에 베트남 쪽 인수 합병 건으로 접촉한 적도 있고 하니, 앞으로도 그런 일이 있으면 불편해 마시고 거래해 주십사 하는 게 아닐까요.

미주 지역에 시장을 뚫기 위해서 쌀국수의 본고장인 베트남에 프랜차이즈를 개설한 것이 3년 전이다. 엄밀히 말하면 개설이 아니라 포하임의 연혁을 세탁하기 위해 베트남 현지에서 가장 오래된 브랜드를 사들인 것이다.

어쨌든 당시 회사의 법무팀과는 별도로 현지의 인수 합병 건을 맡아 줄 로펌이 필요했고, 수휘와 계약을 하려고 했던 것도 사실이다. 하지만 일을 맡기지는 못했다. 건설, 금융, 문화산업 등 수휘에서 맡고 있는 아시아 지역의 업무가 이미 포화 상태라며 정중하게 거절했기 때문이다.

"하긴, 미주 쪽으로 들어가는 건 큰돈이 될 테니까. 베트남 때처럼 배짱을 부리지는 못할 테지."

포하임이 어떻게 키운 기업인가. 새벽부터 국수를 뽑아 내는 부모님을 보며 자란 우영환이다. 동네 모퉁이의 국숫집을 대한민국 최고의, 최대의 프랜차이즈로 키워 내기 위해 일생을 바쳤다. 미주 지역 시장 진입을 앞두고 있는 이 시점에 그에게 걸림돌이 되는 것은 하나도 없었다. 적어도 지금까지는 그랬다.

— 그러니 아무 염려도 마십시오. 여유롭게 그쪽에서 하는 얘기만 들어 주시면 되는 겁니다.

"그래. 공연히 심란해서 생각이 많아졌던 모양이야."

똑똑—

다소곳하게 발라 놓은 창호지 너머로 가볍게 문살을 두드리는 소리가 들려온다.

"끊음세. 나중에 얘기하지."

— 예, 알겠습니다.

잠시의 간격을 두고 미닫이문이 양옆으로 벌어졌다.

"박 대표님 모셨습니다."

깍듯이 허리를 숙인 우영환의 비서 뒤편으로 그가 수행해 온 박 변호사의 모습이 보인다. 안으로 모시라는 우영환의 말이 끝나기도 전에 다실로 들어온 박 변호사가 서류가방을 내려놓으며 악수를 청했다. 엉겁결에 자리에서 일어난 우영환이 그에 응하며 비서에게 눈짓을 하자, 다실에는 어느새 두 사람뿐이다.

"박용태라고 합니다."

"예. 우영환입니다."

"일찍 나오실 줄 알았으면 서두를 걸 그랬습니다."

"아니요. 저도 이제 막 나왔습니다."

박 변호사는 우영환의 찻잔 속에 흐드러진 꽃잎을 보며 이제 막 나온 건 아니리라 짐작했다.

"앉으십시오."

우영환은 제법 여유롭게 웃으며 박 변호사에게 먼저 앉기를 권했다. 하지만 곧게 뻗은 검은 눈썹 아래로 흔들림 없는 박 변호사의 눈동자를 마주하자, 가까스로 찾은 여유로움이 조금씩 사라지기 시작했다.

"즐겨 하시는 차인가 봅니다."

먼저 앉은 박 변호사가 우영환의 앞에 놓인 찻잔을 바라보며 차분하게 물었다. 붉게 흐드러진 꽃잎에 진홍으로 물든 찻잔. 순환 및 호흡 계통에 좋다며 안사람이 가끔 내오는 맨드라미꽃차다.

"박 대표님께서는 어떤 걸로 하시겠습니까?"

"들어오는 길에 일러뒀습니다."

"아, 네."

도대체 무슨 말을 어떻게 하고 또 어떻게 들으며 시간을 보내야 할지 모르겠다. 무엇보다 신경 쓰이는 건, 마주 앉은 박 변호사의 태도다. 도무지 속을 알 수 없는 표정으로 여유롭게 앉아 찻잔을 바라보는 그의 모습과 안절부절못하고 있는 자신의 모습이 너무도 비교된다.

"갑작스러운 연락으로 번거롭게 해 드린 건 아닌지 모르겠습니다."

"별말씀을 다 하십니다."

번거로운 줄 알면 어서 용건만 간단히 해 달라는 속내와는 달리, 최대한 괜찮은 척 웃음을 가장한 우영환의 광대뼈가 미세하게 경련을 일으켰다.

"바쁘신 분을 모셨으니, 실례가 안 된다면 바로 말씀을 여쭙겠습니다."

용건만 간단히 해 주기를 바랄 때는 언제고, 바로 본론에 들어가겠다는 박 변호사의 말에 숨이 턱 막히는 것만 같다. 용건이 있다는 건 이 자리가 의례적인 자리가 아니라는 의미이기 때문이다.

"네. 그…… 흠! 그러시죠."

말을 시작하기에 앞서, 박 변호사는 우영환을 찬찬히 보는 중이다.

장성한 아들을 둔 아버지 대 아버지로서의 마음이었다. 하지만 너무도 다른 두 아들이었다. 우해준은 아버지인 우영환의 절대적인 지지를 받으며 죄를 물어 왔고, 원규는 아버지인 박 변호사에 의해 억눌린 채 살아왔다. 표현의 방식이야 어찌 됐든 아들을 위하는 마음이었을 거라는 생각에, 한편으로는 우영환이 딱하기까지 하다.

"아드님 일로 심려가 크실 줄 압니다."

박 변호사가 밑도 끝도 없이 꺼내 든 화두는 바로 우해준이었다. 우영환은 혀끝으로 꽉 다문 치열을 밀어내며 호흡을 가다듬으려 애썼지만, 급기야 사레든 숨을 뱉어 내고 만다. 당장이라도 남무석을 끌고 와 다리몽둥이를 부러뜨려 앉혀 놓고, 이게 네가 말한 의례적인 자리냐고 묻고 싶은 심정이다.

"괜찮으십니까?"

안 괜찮아도 안 괜찮은 내색을 해서는 안 되는 자리. 그러니 저자세로 나가지 말고 당당해지자 마음을 고쳐먹은 우영환이 옆으로 밀쳐 뒀던 찻잔을 들어, 최대한 여유로운 척 아주 천천히 목을 축였다.

"자식 농사라는 게 괜한 말이겠습니까. 볕이 들어도 걱정, 눈비가 내려도 걱정, 바람이 불어도 걱정. 항상 걱정이지요. 저야 아들 녀석만 걱정하면 그뿐이지만, 박 대표님께서는 며느님까지 걱정하고 계시니 심려가 오죽하시겠습니까."

똑똑—

문살을 두드리는 소리에 이어 미닫이가 살포시 열리고 개량 한복을 차려입은 종업원이 박 변호사의 차를 들여왔다. 그녀가 뒷걸음으로 다실을 나서기까지, 두 사람은 줄곧 말을 아낀 채 괴목으로 짠 차탁의 어딘가에 시선을 고정하고 있었다.

"그러게 말입니다."

박 변호사가 묵직한 음성으로 침묵을 깨고 나섰다.

"며늘아기만큼은 아니겠지만, 저도 걱정이 참 많았습니다."

피해자인 우리 며느리, 한요은이 심적으로 고통을 받고 있으니 용서를 빌라는 건가? 박 변호사가 들고 있는 찻잔을 바라보는 우영환의 머릿속이 우왕좌왕 흔들리고 있다.

"남 변호사를 통해서 들은 얘기와는 상황이 많이 다르더군요. 혹시 알고 계셨습니까."

끝을 올리지 않은 박 변호사의 말은 질문이 아니라 확인에 가까웠다.

"무슨 말씀을 하시는 건지 잘 모르겠습니다."

찻잔을 내려놓은 박 변호사가 옆에 놓인 서류가방에서 뭔가를 꺼내 차탁 위에 올렸다.

"남 변호사가 처음 찾아왔던 날, 회장님께서도 아드님 일로 걱정이 이만저만 아니시라고 하더군요. 사건의 전말을 어떤 식으로 이해하고 계신지는 모르겠지만, 저보다 먼저 이 일을 알고 계셨던 것만은 확실한 것 같은데요."

한참 동안 말을 고른 우영환이 어렵사리 입을 연다.

"아들 녀석이 억울한 일을 당했는데 모르고 있는 게 더 이상하지 않습니까."

"그렇게 알고 계셨다니, 다행입니다."

한 마디 한 마디가 어려운 우영환과 달리, 박 변호사는 일각의 지체도 없이 말을 이어 나갔다.

"오늘 뵙기를 청하기까지, 생각을 여러 차례 갈음했습니다. 혹시 회장님께서 상황을 다 알고 계시면서도 아드님의 편에 서기로 하신 게 아닌가 싶어서 걱정이 많았습니다. 그런데 말씀을 들어 보니, 그게 아닌 것 같아 정말 다행입니다. 회장님께서는 아드님이 억울한 일을 당한 걸로 알고 계셨을 뿐, 아드님의 죄를 덮으려고 하신 건 아니니 말입니다."

잘못이 아니라 죄. 단호한 그 한마디가 예리한 칼날처럼 우영환의 살갗을 파고든다.

"하지만 이번 일로 억울한 입장에 놓인 사람은 아드님이 아니라 제 며늘아깁니다."

"그게 무슨……."

우영환은 말을 맺지 못하고 마른기침을 뱉어 냈다. 목이 타들어 가 쉭쉭 소리가 나는데 손이 떨려서 찻잔을 잡을 수가 없다.

eee

아버님의 연락을 기다리며 심란해하고 있는데 원규가 가양동 어머님을 뵈러 가잔다. 장모님이라는 단어가 익숙하지 않아서인지 원규는 언제나 가양동 어머님 혹은 공주 어머님으로 두 분을 칭했다. 어쨌든 엄마도 평일에는 어학원 수업이 있어서 저녁에야 퇴근할 테고, 설령 퇴근 후라고는 해도 원규가 찾아뵙겠다고 하면 쉬지도 못하고 이것저 것 준비하느라 번잡스러울 텐데…….

"가양동에 마늘보쌈 정말 잘하는 집이 있거든. 일단 전화부터 드릴게."

원규는 어느새 휴대폰을 들어 엄마의 번호를 찾아 놓기까지 했다.

"니가?"

"응. 인사도 드리고, 오늘이 안 되면 다른 날은 언제가 좋으시냐고 여쭤보게."

"내가 할게. 니가 하면 안 되는 날이어도 된다고 하실 거야."

"아, 그런가?"

원규가 아쉬운 듯 휴대폰을 건네다 말고 손을 거둔다. 뭐지? 장난을 거는 건가?

"아버님은?"

"응?"

"아버님은 어떤 분이신데?"

우리 아버지는…….

"글쎄. 잘 모르겠어."

"너도 잘 모르네."

"응?"

"너 지난번에 나한테 뭐라고 했잖아. 아버지가 어떤 과일을 좋아하는지도 잘 모른다고."

"난 그 정도는 알고 있거든?"

"어쨌든."

원규가 건넨 휴대폰을 누르며 생각해 보니 공주에 계신 부모님에 관해 딱히 알고 있는 것이 없다. 아버지는 참외를 좋아하시고, 공주 어머니는 사과를 좋아하신다. 그리고 또 뭐가 있더라.

"전화."

"응?"

"전화받으신 거 아니야?"

"아…….”

신호음이 멈춘 걸로 봐서는 분명 통화 중인데, 건너편이 조용하다. 혹시 수업 중에 벨이 울렸나?

"여보세요?"

입술을 오므린 채 목소리를 한껏 낮추자, 옆에 있던 원규가 재미있다는 듯 웃는다. 그래, 내가 이렇게 재미있는 사람이란다.

— 은이니?

"응, 엄마. 수업 중이에요?"

— 아니. 이제 막 끝나고 나오는 길이야.

"말이 없어서 수업 중인 줄 알았어."

— 모르는 번호라 누군가 하고 기다렸지.

"원규 휴대폰이에요."

— 박 서방?

박 서방이라는 엄마의 말이 어색하면서도 듣기 좋다.

"응."

— 일전에 저장했던 번호가 아니네.

"응. 바꿨어요."

잊을 만하면 날을 잡아서 하루 온종일 전화를 해 대는 허연화가 귀찮아 나도 원규도 번호를 바꿔 버렸다.

— 은이 너 바꿀 때 같이 바꾼 거니?

"응."

— 그래.

끝을 살짝 올린 엄마의 말에 왠지 깊은 여운이 느껴진다. 뭔가 더 할 말이 있는 것 같다.

— 지금 같이 있는 거야? 집이니?

"응. 같이 있어요."

— 퇴근이 이르네.

퇴근이 이르다는 엄마의 말에 시간을 보니 오후 3시 11분이다. 출근을 안 했다고 하면 무슨 일이냐 물어볼 텐데, 원규가 옆에 있으니 오늘은 쉬는 날이라고 없는 말을 지어내기도 좀 그렇다. 그렇다고 있는 말을 다 할 수도 없다.

"어—"

거짓말에는 원래부터 소질이 없지만 그렇다고 뭐든 사실대로 터놓는 성격도 아니었는데, 퇴근이 이르다는 엄마의 말에 출근을 안 했다는 대답밖에 떠오르지 않아 난감하다. 나의 주특기 중에 하나인 말 돌리기가 잘 안 된다. 아무래도 박원규한테 옮은 것 같다. 뭐든 사실대로 말하는 병. 갑자기 가양동에 가자며 보챈 원규가 원망스러워질 무렵, 원망의 대상인 박원규가 오른손 검지로 자신을 가리키며 바꿔 달라는 시늉을 해 보인다.

"엄마."

— 응?

"이 사람이 인사드린다고."

— 박 서방이?

"어. 잠깐 바꿀게요."

— 그래.

원망한 거 취소. 시기적절한 선수 교체다. 휴대폰을 건네자 나지막한 헛기침으로 목을 가다듬은 원규가 웃음을 띤 입술로 엄마의 안부를 묻는다. 원규가 엄마와 통화하는 건 처음 본다. 엄마도 원규처럼 미소 짓고 있을까? 지난번 함께 들렀을 때도 어찌나 살뜰히 원규를 챙기는지. 나? 하마터면 삐칠 뻔했다.

"네. 잘해요. 저한테 딱 맞아요."

음식 얘긴가?

"아뇨. 별일 없어요."

혹시 무슨 일 있냐고 물으셨나 보다.

"요은이랑 같이 있고 싶어서요."

원규야 그런 멘트는 아무한테나 해도 되는 게 아니거든!

"소식이요?"

설마.

"아…… 네에. 하하……. 그러게요."

네, 고객님. 많이 당황하셨죠. 저도 당황스럽습니다. 물론 밑도 끝도 없이 '소식은 없나?' 하고 묻지는 않았겠지만, 이러나저러나 당황스럽기는 매한가지다.

"아뇨. 두 분께서는 크게 신경 안 쓰세요."

원규야, 모르는 소리 말아라. 아버님, 어머님께서도 많이 기다리고 계신단다. 지난번 이촌동 어머님께서 '지나가는 아기들마다 눈에 쏙쏙 들어오는 거 보면, 나도 할머니가 되려나 보다.' 며 넌지시 웃으시는데, 네가 직접 봤다면 신경 안 쓰신다는 말 절대 못 했을 거다.

"하하하— 네. 걱정 마세요."

엄마가 뭘 걱정하는 거지?

"안 그래도 지금, 저더러 왜 집에 있냐고 빨리 나가래요."

이촌동 어머님 서운하시겠다. 우리 엄마한테 왜 이렇게 조잘조잘 말을 잘하는 건데?

"정말 그런 거 같아요."

한동안 옆에 앉아 두 사람의 대화를 가늠하고 있으려니 원규가 나의 허리를 끌어안으며 목덜미에 얼굴을 묻어 온다.

"네에— 잠시만 기다리세요."

휴대폰을 건넨 손이 자유로워지자 아예 작정하고 두 손으로 허리를 안은 원규가 숨을 깊게 마시는 통에 정신이 아득하다. 거기서 그치지 않고 숨을 천천히 내쉬며 목덜미에서 쇄골을 따라 입을 맞추기까지 하니 아득해진 정신에 심장이 녹아내리는 것 같다.

"어…… 으응. 엄마."

— 그래.

아릿한 느낌에 어깨를 움츠리며 몸을 빼내려 하자, 그제야 팔과 입술을 거둬 간다.

"엄마 오늘 수업 끝나면 몇 시예요?"

— 한 6시 반쯤?

"집으로 가요?"

— 그래야지.

몸을 일으켜 내 뒤쪽으로 앉은 원규를 돌아볼 새도 없이 폭신 안긴 자세가 되고 말았다. 원규가 이끄는 대로 가슴에 등을 기대자 따스한 체온이 서서히 몸을 감싸기 시작했다. 때수건으로 벗겨진 상처가 아물기 전까지는 원규와 그럴 수도 없는데, 이렇게 안겨 있다 보면 나도 모르게 이성이 흐려지고 만다.

"우리 가도 돼요?"

— 응?

"엄마랑 저녁 먹고 싶어서."

집에 혼자 남은 내가 얼마나 강박적으로 청소와 목욕에 매달리는지 알면, 아예 날 사무실로 출근시킬지도 모른다.

— 그래, 그러자. 한 8시쯤 오면 준비해 놓을게.

"아니. 밖에서 먹어요."

— 뭐하러 그래. 집에서 해 먹는 게 깔끔하지.

"으으응— 원규가 근처에 보쌈 잘하는 집 알아 뒀대."

— 그래도 어떻게 그래.

"어떡하긴 뭘 어떡해요, 맛있게 먹으면 되지."

엄마의 조용한 숨소리가 웃음처럼 경쾌하다.

"그럼 엄마 퇴근 시간 맞춰서 6시쯤 주차장으로 갈게요."

— 그래.

"엄마 먼저 끊어요."

— 은아, 잠깐.

엄마가 중요한 게 생각난 듯 나를 불렀다.

"응?"

— 며칠 전에 학원으로 네 선배라는 아가씨가 찾아왔더라.

"선배?"

— 너랑 연락하고 싶다고 번호를 묻긴 했는데, 혹시 몰라서 우선 애기만 전하겠다고 했어.

"선배 누구래요?"

— 허연화?

나도 모르는 사이에 원규의 품에서 벗어나 있었다.

— 대학 선배라던데, 맞니?

"다른 얘기는?"

— 별다른 얘기는 없었어. 그냥 은이 너하고 연락이 끊겨서 걱정된다고.

전화를 피하지 말았어야 했다. 내가 전화를 피하지 않았더라면 허연화가 엄마를 찾아가는 일도 없었을 거다.

"응. 알겠어. 내가 연락할게. 한동안 정신이 없어서 연락을 못 했거든."

— 그래.

어떻게 전화를 끊었는지도 기억이 안 난다. 정신을 차려 보니 원규가 걱정스러운 표정으로 마주 앉아 나를 바라보고 있다.

"선배?"

생각에 말문이 막혀 고개를 끄덕이는 것으로 답을 대신했다.

"혹시 허연화야?"

이번에도 그저 고개만 끄덕였다.

"정말 미쳤구나."

그렇게 한참을 원규도 나도 말없이 앉아 있기만 했다. 말만큼이나 정신도 없는 상태였다. 아니, 적어도 나는 그랬다. 원규가 무슨 말을 했다 한들 귀에 들어오지 않았을 거다.

"원규야."

"응."

"내가 만나 봐야 할 거 같아."

"제정신도 아닌 사람을 만나서 뭘 어쩌려고."

"왜 그랬을까 싶으면서도, 원규 널 좋아했다니까, 지고는 못 사는 성격인 거 나도 알고 있었으니까, 그걸로 충분하다고 생각했어. 그냥 모르는 사람, 더는 없는 사람이려니 생각하려고 했어. 근데 이건 아니잖아."

어떻게든 나와 연락하고 싶었던 거다. 그래서 엄마를 찾아간 거다. 그렇다면 원하는 대로 해 줘야 한다. 계속 무시하면 엄마에게 무슨 얘기를 어떻게 할지 모른다.

"왜 이러는지 알아야겠어."

"안 돼. 위험해."

"이대로 두는 게 더 위험할 거 같아서 그래."

"말했잖아. 지금 제정신 아니라고. 그런 사람하고 무슨 얘길 해."

아무리 발버둥 쳐도 묵묵부답이던 원규에게 질려 이태원을 찾았던 나처럼, 허연화도 뭔가 하고 싶고 듣고 싶은 말이 있어 저러는 게 아닐까. 그래서 저렇게 우리 엄마까지 찾아가면서 내 주위를 맴도는 게 아닐까 싶다. 그리고 나도, 허연화에게 꼭 해 둘 말이 있다.

"이대로 두면, 엄마한테 무슨 얘길 할지 몰라."

"그럼 차라리 가양동 어머님께 말씀드리자. 넌 잘못한 거 하나도 없어."

"내가 잘못한 게 있고 없고는 문제가 안 돼."

"그럼 뭐가 문젠데."

내 잘못을 엄마가 모르길 바라는 게 아니다. 원규의 말대로 난 잘못한 게 없으니 떳떳하다. 하지만 내가 아무리 떳떳한 입장이라도 엄마가 알게 되는 건 싫다.

"내 잘못이 아니어도, 내가 다쳤던 걸 엄마가 알면……."

내 자식이 맞고 오는 것보다는 때리고 오는 게 낫다는 말처럼, 부모에게 가장 중요한 건 자식의 잘잘못이 아니라 자식의 아픔이다. 이건 옳고 그름의 문제가 아니다.

"우리 엄만…… 차라리 내가 잘못했기를 바라실 분이야."

"거기까지 찾아간 걸 보면 어떻게든 알게 되실 거야. 어머님 통해서 널 만나려는 게 아니라 결국 어머님께 다 얘기하고 니가 상처받는 걸 보고 싶은 거라고."

"그러니까 알아야겠어. 나한테 왜 이렇게까지 하는지."

"알면 뭐가 달라지는데? 그 여자가 하라는 대로 할 거야?"

"아니."

불쾌함이 역력한 원규의 시선이 나의 어깨 너머 어딘가를 향하고 있다. 조심스럽게 다가앉으며 뺨에 손을 얹자 원규의 시선이 나를 향한다. 조금 전까지 적의로 가득하던 원규의 눈빛이 나에게서 흔들리고 있다.

"만나서, 아무것도 소용없다는 거 알게 해 주려고."

원규를 너무 원해서 미친 거다. 어찌 보면 나도 허연화와 다를 게 없었다. 지금 내가 이렇게 행복할 수 있는 건, 원규와 마음을 나눴기 때문이다. 그러니 원규의 마음을 얻지 못한 허연화의 매일이 얼마나 끔찍한 것일지 조금은 짐작이 된다.

"우리 엄마든, 공주 부모님이든, 세상 사람 누구를 만나서 뭘 어떻게 해도 난 박원규 옆에 있을 거라고. 그러니까 이제 그만하라고 말해 주려고."

경우에 따라서는 엄마나 부모님께 사실을 얘기해야 할 수도 있다. 원규의 말처럼 허연화가 완전히 돌거나 미쳐 있다면 말이다. 난 이제 괜찮으니까, 상처도 아물고 있으니까…… 그분들도 아파하시지만은 않을 거다.

"걱정하지 마."

흔들리던 원규의 시선이 어느새 안정을 되찾은 것처럼 보인다.

"내가 만날게."

"만난 적 있다며."

"그때는 화가 나서 말을 너무 막 했어. 만약 그게 기분 나빠서 저러는 거면, 만나서 사과라도 해야지."

사과를 받아야 할 사람이 누군데. 진짜 어이가 없다. 어이도 없고 알 수도 없다. 아무리 원규를 좋아했어도 이렇게까지 해야 할 이유가 있을까? 차라리 내가 박원규를 좋아하고 있으니 딴생각하지 말라고 얘기를 하든가, 그것도 아니면 처음부터 원규를 소개하지 말았어야지.

"일단 준비하자. 6시까지 어머님께 가기로 했잖아."

"괜찮겠어?"

"뭐가?"

"이런 기분으로 엄마한테 가는 거."

원규가 검지 끝으로 나의 이마를 가볍게 콕콕 누른다.

"넌 생각이 너무 많아."

그걸 뭘 또, 굳이 지금 이런 순간에 지적하고 그러니.

"내 생각도 하지 말고 어머님 생각도 하지 마. 그냥 하고 싶은 대로 해. 그게 널 아끼는 사람들을 위해서 니가 할 수 있는 최선이야."

침대를 툭 털고 일어선 원규가 손을 내밀었다.

"생각했어?"

"응?"

"하고 싶은 거."

고개를 끄덕이며 원규의 손을 잡고 침대에서 나왔다.

"엄마 보러 갈래."

말없이 이마에 닿은 원규의 입술이 참 부드럽다.

박 변호사를 만난 후 본가로 들어온 우영환이 남무석을 호출해 놓고 서재에 앉아 있다. 마음 같아서는 약에 목마른 채 넋을 놓고 있는 아들에게 화풀이라도 하고 싶지만, 어차피 일이 틀어져 형(刑)을 받게 생긴 마당에 며칠만이라도 편히 지내도록 내버려 두자며 가까스로 이성의 끈을 부여잡고 있는 중이다.

'아드님을 위해서만이 아니라 평생을 바쳐 일구신 회사를 위해서도 신중하셔야 할 때가 아닌가 싶습니다.'

박 변호사가 건넨 파일에는 지금까지 남무석 변호사가 무마시켜 왔던 사건 리스트가 일목요연하게 정리되어 있었다. 어디 그뿐인가, 마약류관리법에 저촉되는 일이 없도록 CRPS 확진을 받아 둔 것에 대해서도 이의를 제기했다. CRPS 확진에 필수적인 요소인 임상병리 자료, 다시 말해 객관적인 자료가 빈약하다는 것이 박 변호사의 말이었다. CRPS 확진이 철회된다면, 꼼짝없이 마약류관리법 위반의 죄까지 뒤집어쓰게 될 판이다.

곤경에 처하는 건 우해준뿐만이 아니었다. 대가성 진단을 내려 준 모 대학병원에도 불똥이 튈 것이다. 하지만 병원 측은 아직까지는 CRPS를 명확하게 진단할 수 있는 방법이 없으며 환자가 극심한 고통을 호소하는 등 적극적으로 의료진을 기망했다고 발을 뺄 것이 뻔했다. 관련 의료진 몇 명을 징계하는 것으로 유야무야 넘어갈 수 있는 대학병원과 달리, 아들 녀석은 마약류관리법 위반죄에 병역면탈죄까지 떠안게 된다. 어디 그뿐인가.

'만일 법정 공방을 고집하신다면, 아드님의 죄를 증명하기 위해 거기 나열된 사건 및 혐의점을 낱낱이 밝혀 낼 수밖에 없습니다. 그러다 보면 본의 아니게 사건이 언론에 노출될 수도 있겠지요. 제 며늘아기는 피해자니 전혀 부끄러울 게 없지만, 업체의 특성상 주요 고객층이 여성인 포하임의 프랜차이즈에는 상당한 타격이 될 겁니다.'

일반 생필품이 아니니 시간이 지나면 흐지부지 잊은 채 사서 쓰기를 바랄 수도 없고, 배타적인 운영이 가능한 고부가 가치 제품이 아니니 싫어도 어쩔 수 없이 사서 쓰기를 바랄 수도 없다. 국내의 쌀국수 프랜차이즈 중에 가장 덩치가 큰 포하임이지만 대체 불가능한 상품이 아닌 다음에야 분명히 타격을 받게 될 것이다. 요식업에서 제일 중요한 것이 브랜드의 이미지라는 것은 누구나 아는 사실이다.

'내일까지 시간을 드리겠습니다.'

어제 연락해서 오늘 통보하고 내일까지 결심을 세우라니. 일이 술술 잘 풀린다며 남무석의 노고를 치하한 것이 떠오르자 새삼스럽게 이가 갈리고 피가 거꾸로 솟는다.

똑똑—

죽을 자린 줄도 모르고 부른다고 달려오는 꼴이라니.

똑똑—

우영환은 핏줄이 터진 눈으로 입구를 노려보며 자리를 지키고 앉아 있다. 노크가 너덧 차례 이어진 후 잠시 조용한가 싶더니, 천천히 열린 문으로 남무석의 얼굴이 보인다.

"찾으셨습니까."

저열하고 파렴치하고 무능력한 인간. 그런 인간에게 아들을 맡겨 놓은 채 어떻게든 일이 잘 풀리기만을 바랐던 지난 시간이 한심해서 이가 부득부득 갈린다. 하지만 정작 우영환의 살의를 자극하는 것은 남무석의 저열함도 파렴치함도 무능력함도 아니다. 남무석만이 알고 있는 아들 녀석의 허물이 고스란히 박 변호사의 손에 들어가 있다는 사실에 치가 떨린다.

아무리 기다려도 들어오라는 말이 없으니 어째야 할지 모르면서도 우영환의 눈치를 꼼꼼히 살피던 남무석은 뭔가 일이 잘못됐음을 직감했다. 차라리 소리를 지르든가 물건을 던지기를 바랄 정도로, 그를 쏘아보는 우영환의 눈가에 살기가 등등하다.

"언제까지 거기 서 있을 텐가."

박 변호사 앞에서 한마디 항변도 하지 못했다. 일 처리를 맡은 남무석이 옆에 없으니 일방적으로 당할 수밖에 없었고, 설령 남무석이 그 자리에 있었다 한들 병신만 하나 추가된 격일 뿐 사정이 크게 달라졌을 것 같지는 않다.

"아, 예."

서재를 닫고 안으로 들어선 남무석이 한가운데 세팅된 소파에 앉으려다 말고 또다시 우영환의 기색을 살핀다. 남무석이 그러거나 말거나 우영환은 부질없는 생각으로 머릿속이 어지럽다. 법무팀의 대표인 장웅재 변호사의 말을 들었더라면 아들 녀석이 저렇게까지 망가지지는 않았을 텐데, 매번 잘못에 대한 대가를 치렀다면 이 지경까지 오는 일은 없지 않았을까, 뭔가 빠져나갈 방법이 있지는 않을까 등 하루아침에 불구덩이 속으로 떨어진 심정이다.

"자네가 좀 봐야 할 게 있어."

우영환이 박 변호사에게 받은 파일을 바닥으로 툭 던지자, 머뭇거리며 창가로 다가선 남무석이 무릎을 굽힌 채 허리를 숙여 그걸 주워 들었다.

"그게 전부는 아닐 것 같은데. 어떻게 생각하나?"

혈관을 타고 흐르던 피가 그대로 굳어 버린 듯, 남무석은 숨 쉬는 것도 잊은 채 파일의 내용물을 다시 한 번 확인했다. 그동안 자신이 맡았던 우해준의 사건 기록들이었다. 모두 검찰로 송치되기 전, 경찰선에 있을 때 무혐의 처분을 받도록 했으며 피의자가 아니라 참고인 자격으로 조서를 썼던 사건들이 깔끔하게 정리돼 있었다.

"어떻게 생각하느냐 묻잖나."

"박 변호사가 이걸 직접 들고 나온 겁니까?"

"그래. 그 양반이 들고 나오기는 했지."

우영환이 생각한 대로, 자료를 박 변호사에게 넘긴 건 남무석이다. 하지만 이 자료들이 이런 식으로 쓰일 줄은 꿈에도 모르고 있었다.

'그간 우해준 이사를 위해서 다방면으로 노고가 많으셨다고 들었습니다. 해서 드리는 말씀인데, 한 개인을 위해서만 그런 능력을 쓰시는 건 아까운 일이 아닌가 싶습니다. 저희 쪽에서 남 변호사님께 조금 더 좋은 환경을 마련해 드릴 수 있을 것 같은데요.'

수휘의 일원이 되지 않겠냐는 제의에 눈이 멀어 노고가 많았다는 박 변호사의 말을 칭찬으로만 여겼다. 우해준의 뒤를 닦은 지저분한 이력 외에는 내세울 것이 없어, 그것도 경력이랍시고 신이 나서 가져다 바쳤다.

처음부터 이런 식으로 상황을 역전시키려고 했던 건가? 유난히 호의적이면서도 사건에 대한 직접적인 언급은 어떻게든 피하려고 했던 이유가 이건가? 서부지검의 동기들에게도 박 변호사의 손이 닿아 있었나? 그래서 다른 때 같지 않게 순순히 만나 준 건가?

"내가 궁금한 건 말이야. 박 변호사가 어떻게 그 자료들을 손에 넣었느냐는 걸세."

무슨 말이든 해야 하는데 입이 떨어지질 않는다. 그리고 다음 순간, 벌벌 떠는 남무석의 손에서 떨어진 파일이 바닥으로 떨어졌다.

"감히 뒤통수를 쳐? 네까짓 게 감히?!"

"아, 아닙니다. 전 모르는 일입니다."

우영환이 던진 재떨이가 요란한 소리와 함께 박살 난 채 바닥 위를 뒹굴었다.

"대체 어디까지 까발린 게야?!"

회계감사 자료. 그것까지 얘기하면 이 자리에서 죽을지도 모른다는 생각으로 혀를 깨문 남무석이 고개를 조아렸다.

"오해십니다. 제가 이런 짓을 할 이유가 없지 않습니까."

"그럼 그쪽에서 어떻게 그걸 가지고 있느냔 말이야!"

"워낙에 세가 대단한 곳이니 경찰 기록쯤이야 쉽게 손에 넣을 수 있었을 겁니다."

"네가 한 짓이 아니다?"

눈치를 봐서는 자료의 출처를 밝히지 않은 것 같으니 무조건 발뺌해야 한다는 생각뿐이다.

"아닙니다. 절대 아닙니다. 저도 믿을 수가 없습니다. 철석같이 기소유예를 약속해 놓고 이런 식으로 나올 줄은 정말 몰랐습니다."

지금 당장 남무석을 죽여 없앨 것이 아니라면 이쯤 해 두자 생각한 우영환의 안면이 볼썽사납게 씰룩거린다.

"해준이 녀석한테 진단을 내려 준 병원부터 그 일에 관계된 것들까지 한 시간 내에 하나도 빠짐없이 보고해 올려!"

남무석을 처리하는 건 아들에 관한 모든 일을 낱낱이 파악한 후라도 늦지 않으니, 지금 당장은 코너에 몰린 쥐 새끼처럼 고양이를 물려고 들지 않도록 단속부터 해야 했다.

어쨌든 아들의 흠집을 가장 면밀히 알고 있는 인간이 아닌가. 거기까지 생각이 미치자 우영환은 정말 미칠 노릇이 되고 말았다. 아들 녀석 뒤치다꺼리만으로도 환장할 노릇인데 남 변호사마저 마음대로 쳐내버릴 수 없는 상황이라니, 말 그대로 첩첩산중이다.

우영환은 박 변호사에게 며칠만 시간을 더 달라고 간곡히 부탁했다. 그리고 그 며칠 동안 상황을 조금이라도 유리하게 만들 여지가 있는지 낱낱이 검토했지만 아무것도 건지지 못했다. 그간 남무석이 우해준을 두둔하기 위해 무슨 짓을 해 왔으며, 하나에서 열에 이르기까지 돈을 처발라 온 그의 짓거리가 얼마나 허망한 것이었는지 깨달은 것이 전부다.

삐익—

습관적으로 호출 버튼을 누른 우영환이 쓴 입맛을 다셔 가며 자리에서 일어났다. 우해준이 밖으로 나가지 못하도록 정원을 지키는 다섯 명을 제외하면, 오늘 하루는 수행 비서뿐만 아니라 집안일을 거드는 사람들까지 모두 내보낸 상태라는 걸 뒤늦게 자각했기 때문이다.

서재에서 나와 2층으로 올라가는 걸음이 유난히 무겁다. 진작부터 아들 녀석을 단속했어야 했는데, 일이 이 지경까지 오도록 걱정하실 것 없다며 그의 눈과 귀를 가리고 있던 남무석에게 치가 떨린다. 제 잇속 챙기기에 바빠 아들을 저렇게 망가뜨려 놓은 남무석에게 꼭 대가를 치르게 할 작정이다. 하지만 실상 우해준을 망가뜨린 것은 남 변호사가 아니라 우영환 본인이었다. 진정으로 아들을 위했다면 사고 수습을 위해서 변호사를 고용할 것이 아니라 심리치료부터 받게 했어야 옳았다.

마침내 해준의 방 앞에 걸음을 멎은 그가 숨을 깊게 마시며 노크를 했다. 당장 오늘만 해도 병원에서 받은 약물처방이 아니었다면 금단 현상으로 넋이 나가 있었으리라. 고통에 찬 비명을 내지르며 피부를 벅벅 긁어 대던 아들의 모습이 떠오르자 앞이 캄캄하다.

똑똑—

두 번째 노크. 창가에 서서 정원을 돌아다니는 보안요원들을 멍청히 바라보던 해준의 시선이 문을 향했다. 여느 때와 마찬가지로 아버지의 분노가 가라앉기를 기다리는 그의 눈빛은 평안하기까지 하다. 일이 터지면 언제나 이런 수순을 밟아 왔다. 물론 이번처럼 상황이 복잡해진 적은 없지만, 어쨌든 이 또한 지나가리라.

'또 무슨 얘길 하려고.'

정신 좀 차려라, 언제까지 이러고 살 테냐, 뒤를 봐주는 것도 이번이 마지막이다 등등…… 항상 거기서 거기인 레퍼토리를 떠올리며 문고리를 내린 우해준은 건성으로 고개를 숙이고는 돌아서서 곧장 침대로 향했다.

"부르지 그러셨어요."

귀찮다는 듯 침대에 걸터앉아 맥 빠진 눈으로 바라보는 아들의 시선이 못마땅하지만 일단은 참기로 했다. 기소유예가 떨어질 거라 믿고 있던 아들에게 청천벽력 같은 소릴 해야 하니 이 정도는 참아 주자 싶은 것이다.

"몸은 어떠냐."

침대와 떨어진 곳에 자리를 잡고 앉은 우영환이 시선을 허공에 둔 채 물었다.

"언제까지 이러고 있어야 돼요?"

사람까지 세워 가며 바깥출입을 막아 놓은 것도, 마음대로 약을 할 수 없는 것도, 이렇게 얼굴을 맞대야 하는 상황도 짜증 난다. 그러니 이쯤 했으면 도곡동으로 보내 줄 때도 되지 않았나 싶은 것이다.

"당분간은 여기서 지내라."

"얼마나 더요?"

"사건이 마무리될 때까지."

"아직도 처리가 안 됐나요?"

진정 아무 죄도 없는 게 아닌가 싶을 정도로, 털끝만치의 죄책감도 느껴지지 않는 음성이다.

"그렇지 않아도 그 일과 관련해 일러둘 게 있어서 왔다."

"남 변호사 통해서 들을게요."

잔소리라면 듣기 싫다는 듯 퉁명스러운 반응에 순간적으로 심정이 사나워진다.

"잠자코 들어."

깊게 잠긴 우영환의 목소리에 분노가 실렸다.

"남무석은 이번 일에서 제외시켰다. 앞으로도 엮이는 일은 없을 게야."

"허위 진단 때문에 이러시는 거예요?"

"아예 떠벌리고 다니지 그러냐. 허위 진단이라고 말이다."

"알고 계셨잖아요."

"진단 사실은 알고 있었지만 어떤 지경인지는 몰랐다."

"지금 그게 중요한가요?"

약기운에 정신이 나간 게 아니고서야, 뭘 잘했다고 빳빳이 고개를 쳐들고 한마디도 안 지려는 건지 모르겠다.

"어쨌든 한번 일을 맡기셨으면 남무석으로 쭉 가는 게 나을 겁니다. 아버지는 잘 모르시겠지만 이렇게 쳐 내면 어떻게 나올지 모르는 사람이에요. 그리고…….”

굳이 이런 얘기까지 해야 하나 싶어 말을 멈춘 우해준이 짧게 실소를 터뜨리며 입을 열었다.

“어차피 남무석 자리에 다른 사람을 들일 거라면 괜한 수고 아닌가요? 여러 사람이 알아서 좋을 일도 아닌데 묻을 수 있는 건 묻어 둬야죠.”

“앞으로도 이런 짓을 계속 벌이고 다닐 거란 얘기냐.”

“알아서 조심은 하겠지만 마음처럼 안 되는 일도 있으니까요.”

“그러니 남무석을 쳐 낸 자리에 새 사람을 들이는 게 좋을 거다?”

“아뇨. 새 사람을 들일 바에야 남무석을 그대로 두는 게 나을 거란 얘깁니다.”

실형을 막아 주지 못하게 된 것이 미안하고 안쓰러워 어떻게 말을 꺼내야 할지 조심스럽던 마음이 오간 데 없이 사라지고 말았다.

“이런 꼴을 당하고도 정신을 못 차리는구나.”

무슨 정신을 어떻게 차리라는 건지 모르겠다. 돈으로 입막음이 가능했던 건 피해 당사자들이 돈을 선택했기 때문이고, 충분한 보상을 해 줬으니 일방적으로 손해를 본 사람은 없다고 생각하는 우해준이었다. 허위로 CRPS 진단을 받은 것도 마찬가지다. 합법적인 루트로 투약받기 위한 수단이었을 뿐 잘못이라는 생각은 조금도 없다.

“일러둘 말씀이라는 게, 정신 좀 차리라는 건가요?”

“서재로 내려와라.”

“말씀 끝나신 거 아닙니까?”

“내려오라면 잔말 말고 내려와!”

언성을 높인 우영환이 닫혀 있던 문을 부술 듯 열어젖히며 방을 나섰다. 아들이 여러 번 일을 저지르는 동안 단 한 번도 닦달한 적이 없었다. 이제 조금은 정신이 들었겠지 생각하며 좋게 타이른 것이 전부다. 그런데 그것마저 잔소리로 여기고 있었던 모양이다. 잘못했다, 다시는 안 그러겠다던 약속은 위기를 넘기기 위한 임시방편이었을 뿐, 앞으로 있을 사고에 대비해 남무석을 내버려 두는 게 어떻겠느냐 말하는 아들 앞에 아비는 할 말을 잃고 말았다. 박 변호사에게 망신을 당했던 때보다 더욱 암담한 심정이다.

서재에 들어선 우영환이 책상 위의 서류를 집어 들었다. 그리고 곧이어 해준이 그의 뒤를 따라 서재로 들어왔다. 움켜쥔 종이가 파르르 떨리는 모습을 지켜보던 해준은 그제야 아비가 분을 삭이느라 애쓰고 있음을 알아챘다. 약기운을 빌려 너무 건방을 떨었나 싶기도 잠시, 일 처리를 깔끔히 하지 못한 남무석과 고소를 선택한 한요은에게 부아가 치민다. 처음부터 그 여자가 고소만 안 했더라면 일이 이렇게까지 귀찮아지지는 않았을 거란 생각에 심사가 뒤틀린 것이다.

"앉아라."

서재 중앙의 테이블로 다가선 우영환이 들고 있던 서류를 내려놓으며 자리를 잡고 앉았다.

"지금부터 내가 하는 말 잘 들어 둬라."

우영환은 며칠 전 박용태 변호사를 만나 무슨 얘기를 나눴으며, 그쪽에서 원하는 게 뭔지를 간추려 말했다. 순순히 실형을 받기만 하면 무슨 수를 써서든 집행유예로 빼내 주겠다는 말도 잊지 않았다.

"범행을 인정하면 재판은 불구속 상태로 진행될 거라고 그쪽에서 약속을 했다. 실형을 받는다는 전제하에 CRPS도 문제 삼지 않겠다고 했어. 그러니 적당한 기회를 봐서 형 집행정지 허가를 받으면 실질적인 수감 기간은 얼마 안 될 거다."

해준의 미간이 볼썽사납게 일그러지고 만다.

"저더러 감방엘 가라고요?"

"어쩔 수 없는 일이야."

"기소유예가 확정됐다고 하셨잖아요!"

"언성 낮춰!"

"어쩔 수 없는 일이요? 그럼 지금까지는 어쩔 수 있는 일이었습니까? 남무석이 하는 일이 그거예요. 어쩔 수 없는 일을 처리하는 거 말입니다! 그런 사람을 쳐 내신 것도 모자라서 저한테 실형을 살라고요? 일방적으로 유죄판결을 받으라고요?!"

"그러게 조심했어야지!"

"뭔가 방법이 있을 거예요."

"이게 유일한 방법이다."

"한두 푼으로는 어림도 없던가요? 그래서 이런 결정을 내리셨어요?"

"돈으로 입막음할 수 있는 상대가 아니야."

"제가 직접 만나서 얘기해 보죠."

"정신 차려!"

"아버지야말로 정신 차리세요. 유죄가 확정되고 형이 집행되면 전과자가 되는 거라고요!"

"맞고소를 한들 결과는 마찬가지야. 경찰이나 검찰 조사 과정에서 CRPS의 징후가 전혀 없었다는 증언이 나오면 병역면탈죄까지 뒤집어쓸 판이라는데도!"

장 형사에게 무력으로 진압되는 과정에서도 검찰 조사 중에 커피를 뒤집어쓰고 서류박스가 다리 위로 떨어졌을 때도, 해준은 별다른 고통을 호소하지 않았다. 어디 그뿐인가. 이태원에서 사건이 벌어진 당일에도 마찬가지였다. 정상적인 CRPS 환자라면 요은의 힐이 허벅지를 파고들었을 때 정신을 잃었어야 했다. 탈의실에 감금된 상태로 구타를 당하는 중에도 해준은 멀쩡했다.

모든 정황이 기록돼 증거로써의 효력을 발휘하면 성폭력특별법뿐만이 아니라 마약류관리법까지 위반한 사실이 드러날 게 뻔했다. 여자들에게 가장 큰 혐오의 대상인 성범죄와 남자들에게 가장 큰 혐오의 대상인 병역면탈죄를 지은 것이 알려지면 어떤 타격을 입게 될지,

생각만으로도 암담하고 참담한 일이다.

"순순히 범행을 인정하고 형을 받으면 외부에 알려지는 일은 없을 거라고 약속했다. 그러니 이게 최선의 방법이야."

"줄곧 결백을 주장했는데 하루아침에 진술을 번복하라고요?"

말을 못 알아들을 정도로 정신을 놓고 있는 건 아니구나 싶다.

"못 합니다. 절대 못 해요!"

하지만 알아듣는 것과 수긍하는 것은 별개의 문제였다.

"너 하나만 생각할 일이 아니야! 잠깐 들어가는 척만 하면 일찍 빼 주겠다는데 왜 이리 멍청하게 굴어."

"들어가는 척이 아니라 들어가는 거니까요! 잠깐이든 평생이든 싸구려 밑바닥 인생들 사이에 섞여 있어야 하니까요!"

"그럼?! 기어이 맞고소를 해서 전국적으로 망신을 당하겠다는 게야?!"

"그게 무서워서 이러시는 거예요?"

"뭐가 어째?!"

"지금까지는 왜 가만히 계셨는데요? 한두 번 있는 일도 아닌데 왜 이제 와서 이러세요? 그쪽이 대단한 집안이라 지레 겁먹으신 겁니까?"

"이— 이런!"

"그렇게 대단한 집안이면 더 간단한 문제죠. 미친 척하고 맞고소하겠다고 날뛰면 그쪽에서도 생각을 바꿀 겁니다."

"이미 계산에 넣고 찾아왔더라고 하지 않았어! 그쪽 며느리는 피해자 입장이고 그게 알려진들 두려워할 사람도 아니고 잃을 것도 없는 사람이라는데 무슨 소릴 하는 게야!"

"저도 마찬가지예요. 감방에 가느니 전국적으로 망신당하는 쪽이 나아요."

"승소할 수 없는 싸움이야."

"해봐야 알죠."

"왜 이리 고집을 피워! 일이 외부에 알려지면 회사에도 타격이 있을 테고, 그렇게 되면 형 집행정지든 집행유예든 뭐든 아무것도 못 하게 된다니까!"

"재판이 길어지면 다들 잊어버릴 거예요. 항상 그렇잖아요."

"이건 민법상의 분쟁이 아니라 형사 사건이야, 형사 사건! 피해자는 한요은이지만 고소인은 검찰이고, 한요은의 시아버지는 검사장까지 지냈던 사람이야. 결백해도 유죄를 받게 생긴 마당에 뭐가 어째? 맞고소를 해? 이걸 보고도 맞고소를 하려거든 마음대로 해!"

화가 머리끝까지 오른 우영환이 테이블 위의 서류를 구겨 들고는 해준에게 마구잡이로 내던졌다. 더 있다가는 아들의 뺨을 후려치게 될 것 같아 자리에서 일어난 그가 분을 삭이며 서재를 나선다.

~~~~~

Hotel Royal S.H. 라운지의 창가에 앉아 바라보는 야경이 더할 나위 없이 아름답다. 산을 등지고 시내를 내려다보는 위치적인 강점 때문이 아니라, 원규가 그 야경의 일부이기 때문인 것 같다. 원규의 길고 곧은 손가락이 잔잔하게 흘러나오는 클래식의 템포에 맞춰 톡톡 움직일 때마다, 원규의 손에 들린 볼이 넓은 와인 잔에 몸을 담그고 있는 것처럼 심장이 경쾌하게 두근거린다.

"이 곡 이름이 뭐야?"

원규의 손가락을 바라보다 나도 모르게 나온 말이다. 예정대로라면 한마디도 하지 말았어야 하는데, 또 한 번 속없이 마음을 풀고 말았다. 하지만 그 한마디에 큰 선물이라도 받은 듯 밝게 웃는 원규를 보자 속이 없는 건 나만이 아닌 것 같아 마음이 놓인다.

"클래식이야?"

"Csardas."

영어도 아니고 한글도 아닌 것 같은 오묘한 발음이다. 이제 막 말을 배운 어린애처럼 원규의 입 모양을 되짚으며 오물오물하다 보니 실없이 웃음이 나고 말았다. 나의 웃음에 원규 역시 엷게 웃고 있다.

"화 풀렸어?"

원규는 언제나 이렇게 대놓고 묻는다. 말이 없거나, 대놓고 묻거나. 항상 둘 중에 하나여서, 극과 극을 체험하는 기분이다.

"화났던 거 아니거든."

"기분이 안 좋았던 건 맞잖아."

원규의 말이 맞다. 내일 이곳 라운지에서 허연화를 만나기로 했는데, 원규가 그에 하루 앞서 호텔에서 하룻밤을 보내자고 했을 때부터 줄곧 기분이 안 좋았다. 나에 관한 일이라면 하나부터 열까지 걱정스러워하는 원규의 마음을 사랑으로 받아들이며 마냥 행복해할 수만은 없었다. 걱정에 걱정을 더하고 또 걱정하다가 원규가 지쳐 버릴까 두려워서가 아니라, 낯선 환경에 노출되면 스트레스를 받지 않을까 노심초사하는 원규의 걱정 그 자체가 싫었다. 사고의 후유증을 극복하지 못하고 있는 나 자신에게 화가 났기 때문이다.

"헝가리…… 음— folk dance music? 그러니까 춤출 때 쓰는 음악인데, 그 나라 사람들이 추는……."

"민속무곡?"

"어! 그거."

바로 다음 순간, 자리에서 일어난 원규가 점잖게 허리를 숙이며 손을 내밀었다. 설마 지금, 여기서, 이 음악에 맞춰서 춤이라도 추자는 건 아니겠지.

"뭐 해. 빨리 앉아."

주변의 시선에 난처해하며 말하자 다시 한 번 손을 내민다. 이건 분명 즐기고 있는 거다.

"여기 계속 있을 거야?"

미처 뭐라 말하기도 전에, 내가 앉은 쪽으로 다가온 원규가 등받이를 잡으며 허리를 숙였다.

"침실로 가자."

속삭임에 가까울 정도로 작은 원규의 음성에도 불구하고 화들짝 놀라 주변을 돌아보는 나의 뺨에 가볍게 입을 맞추기까지 하는 여유라니, 이 원규가 내가 알던 그 원규가 맞기는 한 걸까.

eeee

옆자리가 허전해 눈을 뜬 원규가 창가에 앉은 요은의 모습을 물끄러미 바라본다. 날이 밝은 후 허연화를 만나 무슨 얘기를 어떻게 하려는 건지 모르겠다. 무슨 얘기를 어떻게 한들, 반쯤 정신이 나간 것 같은 허연화를 떼어 낼 수 있을까.

"요은아."

침대에 누운 채 그녀를 부르는 원규의 음성이 새벽 공기보다 차분하다. 그래서일까, 요은은 갑작스러운 원규의 목소리에도 달리 놀라는 기색이 없다. 다만 조용히 시선을 옮겨 원규를 바라볼 뿐이다.

"왜 안 자고."

"그냥. 야경이 너무 좋아서."

말은 그렇게 했지만, 전면이 유리로 된 집에서 바라보는 한강보다 훨씬 좋은 경치랄 수는 없다.

"지금 하고 있는 일 마치면 여행 가자."

"여행?"

"응."

"어디로?"

"어디든, 야경이 좋은 데로."

"그럼 호텔에만 있어야겠네."

"괜찮은데? 하루 종일 너만 봐야겠다."

"치이⋯⋯."

원규가 이불을 벌리며 안으로 들어오라는 듯 요은을 바라본다.

"이리 와. 추워."

"안 추워."

"내가 추워. 와서 몸 좀 녹여 줘."

"하⋯⋯."

"빨리."

아름다운 야경을 벗 삼아 사랑을 나눌 수 있다면 좋겠지만, 그럴 수 있는 상황이 아니다. 원규의 지나친 배려와 어쩔 수 없이 떠오르는 사고 당시의 기억 때문이다. 과연⋯⋯ 그 사건으로부터 진정 자유로울 날이 오기는 할까. 시간이 흐를수록 의지와는 다르게 반응하는 무의식이 두렵기만 하다.

"하여튼 고집."

이불을 둘둘 말아 온 원규가 요은의 옆으로 의자를 당겨 앉으며 그녀를 푹신한 이불 속으로 끌어안았다. 부드럽게 물결 진 그녀의 머리카락 위로 원규의 향이 은은하게 흘러 서로의 마음이 편해지는 순간이다.

로비에서 기다리겠다는 원규를 뒤로하고 라운지로 들어서자 맞은편 창가에 앉아 있는 허연화가 보인다. 진작부터 나를 보고 있었는지, 시선이 마주친 순간 미리 준비라도 해 놓은 듯 여유로운 표정으로 웃기까지 한다. 허연화가 앉은 창가에 걸음이 닿기까지 수많은 생각이 속을 헤집고 지나갔다.

"어서 와."

억지웃음을 짓느라 입꼬리가 비틀린 얼굴을 가까이서 보니 안녕하신 상태가 아닌 것 같아 인사는 생략하기로 했다.

"잘 지냈어?"

나를 정면으로 바라보며 등받이에 몸을 기댄 허연화는 안쓰러울 정도로 최선을 다해서 웃고 있었다. 저러다 안면에 경련이라도 오면 광대뼈가 내려앉지는 않을까 염려스러울 정도다.

"네."

"원규 때문에 이태원 찾아다닐 때는 시도 때도 없이 전화하더니 어쩜 그렇게 연락을 뚝 끊어 버리니?"

당신이 바라는 게 뭐든 그렇게 될 일은 없으니 나한테서 신경 끊으라고 말한 뒤 돌아서서 나가고 싶지만, 일단은 무슨 얘기를 하는지 들어 보기로 했다. 그리고 만일의 경우에 대비하기 위해 녹음을 하는 것도 잊어서는 안 된다.

"연락이 끊겼다면서 걱정하더라고, 엄마한테 들었어요."

"당연한 거 아니야? 나 때문에 만나서 결혼까지 했는데 그런 일을 당했으니 걱정이 될 수밖에."

속을 긁으려고 억지로 웃는 웃음이 아니라 분노와 괘씸함을 누르기 위해 안간힘 쓰는 웃음인 것 같아 진심으로 소름이 끼쳤다. 대체 무엇에 분노하고 무엇을 괘씸해하는 걸까.

"몸은 좀 어때? 이제 다 나았니?"

"네."

"원규는 계속 밖에서 기다리겠대?"

혼자서는 외출도 못 하는 처지냐고 묻는 듯, 로비와 연결된 입구 쪽을 힐끗 쳐다보며 피식 웃는다.

"혼자 외출하기 어려우면 집에서 봐도 되는데 괜히 힘든 걸음 한 거 아니야?"

글자로만 써 놓고 읽으면 나를 굉장히 위해 주는 사람 같겠지만, 한껏 이죽대는 목소리가 신경을 긁었다.

217

"뜻밖이네. 후유증 같은 거 없나 봐? 아니면 작정했던 일이라 그런 가?"

작정했던 일이라니, 허연화가 제대로 미친 것 같다. 그런 허연화를 보는 나도 화가 나서 미칠 것 같다.

"니가 바란 게 이런 거니? 너 하나에서 끝나지 않고 여러 사람이 피곤해지는 거?"

진정하자. 여기서 화를 내거나 당황한 모습을 보이면 좋아할 사람은 딱 하나, 허연화뿐이다.

"여러 사람이라니 누구요?"

"원규도 나도 원호 씨도. 다들 니가 당한 사고 때문에 불편해졌잖아."

"선배가 왜 불편한데요?"

"내가 소개한 사이고, 말리지 못한 책임감도 있고."

"그리고요?"

"몰라서 묻니? 너 때문에 원규나 원호 씨하고 많이 불편해졌거든."

"그걸 불편해하는 사람은 선배 하난 거 같은데요."

"뭐?"

"사장님에 대해서는 잘 모르지만, 원규는 애초부터 선배하고 불편해지고 말고 할 사이가 아니었잖아요."

미처 다물지 못한 입술을 바들바들 떠는 모습을 보고 있자니 한편으로는 딱하기까지 하다.

"무슨 생각으로 우리 엄마한테 간 거예요? 제가 왜 선배 연락을 피했는지 아실 텐데요."

"아니? 모르겠는데?"

"그럼 이 자리에서 똑똑히 말씀드릴게요. 저 선배 불편해요. 처음 원규랑 결혼 얘기 오갈 때부터 그랬어요. 어떻게든 원규 붙잡아서 팔자라도 고쳐 보려는 사람 대하듯 하셨잖아요. 그때는……."

그래, 그때는 그런 대로 이해하려고 노력했다. 자유롭게 글 쓰며 원하는 삶을 살 수 있는데 어째서 결혼이라는 명분에 집착하는 건지 모르겠다고 한심한 인간 바라보듯 할 때는, 내가 쓴, 혹은 앞으로 써 내려갈 글에 대한 애정으로 생각하고 어떻게든 이해하려고 했다. 나의 커리어를 염려해 주는 거라는 생각에 나름 감사하기까지 했으니, 멍청해도 그렇게 멍청할 수가 없었다.

"사실이 그렇잖아?"

말끝을 올린 냉소가 얼마나 확신에 차 있는지, 순간 할 말을 잃었다.

"아니야?"

"진작 말씀하시지 그랬어요. 결혼 잘해서 팔자 고치려는 거 한심해 보인다고 말씀하셨으면 상황이 달라졌을지도 모르잖아요. 하긴, 제가 아니라고 해도 안 믿으셨겠죠."

"당연하지. 그때 너 꽤 절박한 상황 아니었어? 출판 계약은 해지되고 다른 글도 잘 안 나오고, 물론 너는 아니라고 하겠지만 말이야."

"저에 대해서 원규한테 했던 말들, 그래서 생긴 오해. 그런 것들에 대해서는 더 이상 얘기하고 싶지 않아요. 그런 오해를 풀지 못하고 결혼 생활을 시작한 건 우리 잘못이니까요. 하지만 앞으로는 어떤 식으로든 선배랑 엮이고 싶지 않아요. 저도 원규도 같은 생각이에요. 그러니까……."

"그만 떨어져라?"

말없이 바라보는 동조의 눈빛을 코웃음으로 털어 낸 허연화가 나를 똑바로 응시했다.

"너 지금, 굉장히 웃긴 거 알아?"

지금. 굉장히 웃긴 건. 내가 아니라 당신이거든?

"박원규가 세상 전부라도 되는 것처럼 굴잖아. 그런 사람을 옆에 두고 니가 무슨 짓을 했는지, 그런 건 전혀 문제가 안 되나 봐?"

내가 원규를 옆에 두고 무슨 짓을 했다는 거지?

"그렇게 좋은 사람이고, 이렇게 무서울 거 없이 만들어 주는 사람인데— 그런 사람을 못 믿어서 이태원까지 쫓아다니다 그런 꼴을 당하고도 정말 괜찮니?"

내가 사랑한 원규. 그런 원규를 믿지 못해 치러야 했던 대가. 이런 얘기를 왜 이 여자에게서 들어야 하는지 모르겠다.

"원규는 괜찮대? 그 사고— 안고 갈 수 있대? 뭐 지금 당장이야 일종의 책임감이랄까, 그럴 수도 있지만. 앞으로 평생을 아무렇지 않게 살 수 있다든?"

"그래서? 하고 싶은 말이 뭔데요?"

"동정이나 연민을 사랑으로 착각하고 사는 거, 니가 제일 싫어하는 거 아니었어? 너희 엄마에 대해서 얘기할 때 그랬잖아. 아버지의 죄책감을 사랑으로 알고 살아가는 엄마가 안쓰럽다고."

허연화가 어떤 인간인지도 모르고 그 앞에서 내 엄마와 아버지를 원망했던 시간이 사무치게 후회된다.

"딸자식 팔자는 엄마 닮는다는 말이 제일 싫다더니, 결국 너도 그렇게 살겠다는 거 아니야?"

"그래서, 지금 걱정해 주는 건가요?"

"너에 대해서는 걱정 안 해. 너 그런 거 잘하잖아? 자기 연민을 글에다 녹여 내는 게 특기니까, 이런 경험도 일종의 흥미로운 소재가 될 수 있겠지. 적어도 너한테는."

흔들리는 호흡을 붙들기 위해 천천히 숨을 마셨다.

"그런데 원규는? 지금까지는 은호한테 얽매이고, 앞으로는 너한테 얽매여서 살아야 할 원규는 무슨 죄니? 물론 당장은 아니라고 하겠지. 그걸 사랑이라고 착각할 수도 있을 거고."

"그렇게 원규를 걱정하는 사람이 왜 거짓말을 했어요? 동성애자인 걸 알면서도 타이틀을 위해서 결혼하는 거라고, 왜 그런 터무니없는 거짓말을 했어요? 그렇게 걱정되고 그렇게 사랑하면, 처음부터 나한테 말했으면 되잖아요. 그런데 왜?"

"터무니없는 거짓말? 하— 웃기지도 않아서 정말."

거대한 벽을 마주한 기분이다. 자신이 생각하는 뭔가에 단단히 사로잡혀, 스스로가 무슨 짓을 했는지도 모르고 무슨 짓을 하고 있는지도 모르는 상태인 것 같다.

"니가 사랑한 게 박원규라고 생각해? 박용태 전 지검장의 아들 박원규. 성공한 청년 실업가 박원규가 아니고? 그게 타이틀을 위한 결혼이 아니면 대체 뭔데? 만난 지 반년도 안 돼서 결혼한 이유가 위대하고 고매하신 사랑이었다면, 결혼 후에 그런 파경을 겪을 이유가 있었겠어? 제대로 알지도 못하고 한 결혼이잖아? 그런 걸 사랑이라고 할 수 있니?"

"타이틀을 위한 결혼이었다면 진작 깨졌겠죠. 덕분에 내가 원규를, 또 원규가 날…… 얼마나 생각하는지 알게 된 걸로 충분해요. 그러니까 그 사고에 대해서 선배가 원규를 걱정할 필요, 하나도 없어요."

"너희 엄마는 아직 모르는 거 같던데."

"그게 선배랑 무슨 상관이죠?"

"만일 알게 되면 속 많이 상하시겠지?"

정말 미쳤구나. 허연화에게 무슨 얘길 어떻게 한들 달라지는 건 없다던 원규의 말이 문득 떠오르자, 직접 만나 대화라는 걸 해 보려 했던 나의 결심이 얼마나 부질없는 것이었는지 깨닫게 된다.

"당연히 속상하시겠죠."

"그래서 얘기 안 했니?"

"그래서, 얘기하려고요? 얘기할 사람 많아서 좋겠네요. 우리 엄마, 공주에 계시는 어머니, 아버지. 한 분씩 다 찾아다니면서 얘기하그래요? 어차피 재판이 시작되면 말씀드릴 생각이었는데 잘됐네요."

누구에게도 얘기하지 않을 생각이었다. 아무도 모르기를 바랐다. 하지만 그런 결심이 약점이 된다면, 숨기지 않을 거다. 내가 원한 일이 아니었다. 불의의 사고, 그 이상도 이하도 아니다. 나는 피해자고, 가해자는 분명히 처벌을 받을 테니…… 숨길 필요 없다. 내 잘못이 아니다.

"그러니까— 절대로 원규랑 헤어질 생각은 없다?"

"네. 없어요. 원규도 같은 생각이고요. 이런 얘기를 왜 선배한테 해야하는지 잘 모르겠지만, 궁금해하시는 거 같으니 한 번 더 말씀드릴게요. 선배가 바라는 그런 일 절대 없을 거예요. 그러니까 우리한테서 신경 꺼주세요. 앞으로 어떤 식으로든 마주치는 일 없었으면 좋겠어요."

"경고하는 거니?"

"네."

"너 정말, 겁나는 게 없구나?"

"제가 뭘 겁내야 하는데요?"

"혹시, 정말 원규 붙잡으려고 일부러 당한 사고니? 어쩜 이렇게 뻔뻔하게 아무렇지 않을 수가 있어?"

더 이상 얼굴을 마주하고 있을 가치가 없다.

"다시 한 번 분명히 말할게요. 이런 식으로 제 주변 헤집는 일, 하지 마세요. 누구를 위한 무슨 일이든 상대방이 바라지 않는 경우라면 법적으로 문제가 될 수도 있다는 거 명심하셨으면 좋겠네요."

가족들에게 내가 당한 사고를 얘기해도 명예훼손죄가 되지 않는다. 가족은 그 구성원을 위해 존재하기에, 전파 가능성이 없기 때문이다. 즉, 가족들은 그 구성원의 치부를 다른 곳으로 옮길 가능성이 없다고 판단하는 것이다. 하지만 내가 직접 거부의 의사를 밝힐 경우에는 문제가 된다. 명예훼손은 아니더라도 스토킹이 될 소지는 다분해지기 때문이다.

"더는 할 얘기도 들을 얘기도 없어요. 먼저 일어날게요."

허연화가 뭐라고 한 것 같은데 이미 테이블에서 일어나 걸음을 돌린 다음이라 제대로 듣지를 못했다. 다음 순간, 라운지 입구에서 기다리고 있던 원규가 다급한 표정으로 나를 향해 걷기 시작했고, 곧이어 억척스러운 허연화의 손길이 나의 옷깃을 잡아챘다.

"앉으라고 했지."

뺨이라도 때릴 기세로 나를 쏘아보는 허연화의 서슬에 주변의 시선이 술렁이기 시작했다. 그리고 잠시 후, 서둘러 다가선 원규가 그녀의 손을 잡아채며 나의 앞을 막아서자 서슬 퍼런 표정이 순식간에 일그러지고 만다.

"이거 놔."

"얘기 끝난 거 같은데."

낮게 울리는 원규의 음성을 들으니 조금은 안정이 된다.

"아직 안 끝났어."

이제 시야에서 허연화만 치워 버리면 완벽한 평화가 찾아오리라.

"아니. 끝났어. 가자 원규야."

호흡을 놓치지 않기 위해 애쓰고 있다는 사실을 감추려 최대한 자세를 바로잡으며 라운지를 벗어났다. 뒤에 원규가 오고 있는지 어쩐지 아무것도 모르는 채로 라운지를 벗어나 엘리베이터 앞에 선 다음에야 제대로 숨을 쉴 수 있었다. 곧이어 조용히 다가온 원규가 내 옆으로 나란히 섰다.

"괜찮아?"

안 괜찮다.

"그냥 니 말 들을걸……."

저런 미친 소리를 듣게 될 줄은 몰랐다. 그 미친 소리에 저렇게나 확신을 가지고 있을 줄은 더더욱 몰랐다. 조금이나마 미안한 마음이 있을지도 모른다고 생각했다. 뭔가…… 허연화에게도 풀고 싶은 오해가 있을 줄 알았다.

"원규야."

"응."

"왜 아무 말도 안 해."

"무슨 말?"

"그냥 아무 말이나."

가까이 다가선 원규가 조심스럽게 나의 어깨를 당겨 안으며 자신의 품에 기대도록 했다.

"잠깐 기다려 봐. 생각하는 중이야."

어깨를 감싸 쥔 원규의 손가락이 일정한 리듬으로 토닥토닥 몸을 두드리는데, 이상하게도 그 리듬이 부드러운 손길처럼 느껴져 점점 마음이 편안해진다. 굳이 원규의 목소리를 듣지 않아도 서로에게 닿은 체온과 손길만으로 충분하다.

eee

잠들기 전 나란히 침대에 누워 영화를 보기로 했다. 집에 가면 TV는 아래층에 침대는 위층에 있으니 호텔에서나 가능한 일이라며, 나더러 영화를 골라 놓으란다. 그런데 아무리 리모컨을 눌러 봐도 마땅한 영화가 없……는 게 아니라, 도무지 집중을 할 수가 없다. 원규가 욕실에 있기 때문이다. 집에서는 샤워를 마치면 얌전히 옷을 챙겨 입고 나오는 원규가 어제는 샤워 가운만 달랑 걸치고 나왔다. 아마 오늘도 마찬가지겠지.

욕실에 창이 없어서 몸이 축축한 채로 옷을 입기는 싫다며 이해해 달라는 말에 괜찮다고는 했지만 눈을 어디에 둬야 할지 몰라 난감했다. 소파에 앉아 타월로 머리카락에 남은 물기를 털어 내는 원규를 보는 듯 마는 듯 눈여겨보며 얼마나 심장이 두근거리던지, 괜스레 혼자 웃음이 나서 혼났다.

내가 정말 원규를 많이 좋아하는구나 싶기도 하고, 그런 감정을 확인할 때마다 새삼스레 가슴이 뛰는 것도 신기하고. 여러모로 감정이 복잡했다. 원규는 어떨까. 나를 보면 무슨 생각을 할까. 나처럼 두근 거릴까?

똑— 똑—

느닷없는 노크 소리에 흠칫 놀라 소리가 난 곳으로 고개를 돌렸다. 그리고 잠시 후……

"나가도 돼?"

욕실 안쪽에서 들려온 원규의 말에 잠시 멈칫했다. 욕실에서 나오 려는 사람이 노크라니.

똑— 똑— 또옥—

설마 오늘은 아무것도 안 입고 나오려는 건가?

"한요은?"

"어? 어— 잠깐!"

악— 그냥 자는 척할 걸 그랬나. 괜히 대답했다. 엉거주춤 이불을 덮고 등을 돌려 눕긴 했는데, 아무리 생각해도 어색한 상황이다.

"나와도…… 돼."

안 보이게 등을 돌리면 뭐하나, 이렇게나 소리에 예민해지는데. 문 이 열리는 소리, 카펫 위를 지나는 슬리퍼 소리, 원규의 걸음이 침대 근처에서 멎는 소리.

"뭐 해?"

"그냥……"

"영화 골랐어?"

"아직."

"한요은?"

"어?"

"피곤해?"

"어— 조금. 옷은…… 입었어?"

"아니. 아직 몸이 덜 말라서. 근데 계속 그러고 있을 거야? 화난 사람 같아."

저기요. 화가 난 게 아니라 당황한 겁니다. 옷도 안 입고 욕실에서 나온 귀하께서 바로 뒤에 서서 말을 걸고 계시잖아요.

"옷부터 입……."

말이 끝나기도 전에 원규의 걸음이 귓가에 울렸다. 침대를 돌아 내 앞으로 오기까지 몇 걸음이 남았을까. 놀란 가슴을 들키지 않으려 최대한 자연스럽게 몸을 돌리려는 순간, 매트 위로 무릎을 의지한 원규의 두 팔이 나를 가둔다. 질끈 감은 두 눈 위로 가볍게 떨어지는 물방울이 온몸의 감각을 두드려 더더욱 눈을 뜰 수가 없다.

"어디 아파?"

고개를 가로저었다.

"눈 좀 떠 봐."

"너 옷……."

"응?"

"옷부터 입고."

"하……."

원규의 가벼운 웃음이 얼굴에 닿았다.

"너 지금 나 때문에 이러는 거야?"

경쾌한 웃음이 매트에 잔잔한 파동을 만들고, 이어 향긋한 숨이 뺨에 스쳤다.

"내가 옷 안 입으면 계속 눈 감고 있을 거야?"

원규의 젖은 머리카락에서 이따금씩 떨어지는 물방울이 끊임없이 감각을 두드려 어깨를 움츠리자, 얼굴을 더욱 가까이 한 원규가 입을 맞춰 온다. 나에게 무게를 싣지 않으려 몸을 지탱하고 있는 두 팔에서 미세한 떨림이 느껴진다. 조금이나마 수고를 덜어 주고자 원규의 몸을 받치려는데, 그의 체온을 따스하게 머금은 타월이 손에 닿았다. 그리고 다음 순간, 혀끝으로 나의 입술을 누르던 원규의 웃음이 가벼운 숨결을 만들며 아스라이 멀어진다.

"눈 떠도 돼."

원규가 나의 뺨 위로 흐르는 물기를 닦으며 말했다.

"옷은 안 입었지만 가운은 걸쳤어."

눈을 떠 보니, 정말 가운을 걸치고 있다.

"근데 왜 노크를 해?"

괜한 상상으로 인한 이 상황이 무안해서, 그 상상에 정당성을 부여하고자 생각해 낸 말이 고작 이건가. 하지만 상식적으로 생각했을 때, 욕실에서 나오면서 노크를 하는 사람은 결단코! 없지 않은가?

"어제 보니까 니가 불편해하는 거 같아서."

"내가?"

"응."

불편했다기보다는 조금…….

"불편한 게 아니라 당황……? 한 건데."

"어쨌든. 편하지는 않았잖아."

"그래서 노크한 거야? 오늘은 당황하지 말라고?"

"뭐."

어깨를 으쓱해 보이며 머리에 얹은 타월을 끌어 내린 원규가 모서리의 마른 부분을 찾아 나의 뺨을 가볍게 눌러 준다. 그런데 언뜻 보기에도 억지로 웃음을 참고 있는 것 같다.

"뭐가 그렇게 재밌어?"

"하하— 아…… 미안. 흠! 흐음!"

"일부러 그랬지? 장난하려고."

"아닌데."

정말 억울하다는 듯 미간을 살짝 찌푸리……려면 계속 그러고 있으렴. 자꾸 그렇게 웃지 말고!

"근데 왜 자꾸 웃는데?"

아— 정말 화가 나네. 누구는 심장이 요동쳐서 눈도 제대로 못 뜨는데, 누구는 그런 누구를 보면서 장난이나 걸고 말이지.

"사랑해."

원규의 입술이 이마에 닿은 건 아주 짧은 순간이었다. 사랑한다는 그의 목소리가 너무도 아쉬워 그렇게 느껴지는 건지도 모른다.

"매일 어제보다 예뻐지는 거 같아, 넌."

무슨 말이든 하고 싶은데 머릿속이 온통 하얗다.

"머리 말리고 나올 걸 그랬다. 같이 눕고 싶은데."

엄지로 나의 뺨을 살짝 누르고는 침대에서 일어선 원규를 따라 나도 몸을 일으켰다. 어제처럼 소파에 앉아 나를 보는 원규의 눈빛이 유난히 따스하다.

"내가 말려 줄까?"

나도 모르게 나온 말에 나조차도 당황했다. 지금 원규의 표정은…… 다시 한 번 말씀해 주시겠습니까?인 것 같다. 하지만 물기를 털어 내던 타월을 멈추고 자신의 머리를 가리킨 원규와 눈이 마주친 순간, 당황이든 황당이든 뭐든 상관없어졌다.

"응. 내가 해 줄게."

"어— 괜찮은데."

"싫어?"

"아니, 그게 아니라."

생각해 보니, 나는 원규에게 뭔가를 제대로 해 준 적이 없다. 항상 의지하기만 했던 것 같다. 뭔가에 이끌린 사람처럼 침대를 벗어나 소파 뒤로 가까이 서서 원규가 들고 있던 타월을 부드럽게 당겼다. 그리고 망설이듯 멈칫하는 느낌과 함께 원규가 힘을 풀었다.

"정말 괜찮은데."

"내가 하고 싶어."

젖은 머리카락 사이로 따스한 원규의 체온이 느껴진다. 그런데 원규가…… 왠지 긴장한 것 같다. 나의 가슴에 머리가 닿을 때마다 몸을 앞으로 숙이는 통에 자꾸만 헛손질을 하게 되니 말이다.

"편하게 뒤로 기대."

"아직 덜 말라서 너까지 젖어."

"괜찮아."

"내가 안 괜찮아. 체온도 낮은데 옷이 젖으면 더할 거 아냐."

원규가 항상 하는 '하여튼 고집'을 그대로 돌려주고 싶은 순간이다.

"자꾸 그렇게 앞으로 뻗대면 시간이 더 걸리지. 옷은 갈아입으면 되잖아."

"아— 그런가."

그제야 순순히 고개를 뒤로 기대기는 했지만 여전히 긴장한 것 같다. 아니, 불편해하는 건가?

"불편해?"

"아니. 기분이 이상해. 처음이라 그런가 봐."

"나도 처음이야. 다른 사람 머리 말려 주는 거."

나의 가슴 깊이 머리를 기댄 원규가 그대로 고개를 들어 시선을 마주해 왔다. 나른하면서도 달콤한 원규의 미소에 심장이 아릿하다. 이렇게 사랑스러운 사람이 세상에 또 있을까.

"이렇게 봐도 예쁘네."

헉— 생각해 보니 원규한테는 나의 콧속이 다 보일 텐데?!

"으!"

내가 갑자기 물러서자, 내게 오롯이 기대고 있던 원규의 고개가 뒤로 살짝 꺾였다.

"미안! 괜찮아?"

"왜? 어디 안 좋아?"

거의 동시에 나온 말이다. 원규는 어느새 소파에서 일어나 걱정스러운 표정으로 내 앞에 서 있었다. 원규는 언제나 이렇게…… 지나칠 정도로 나를 배려한다.

"원규야."

"응?"

"언제부터였어?"

"뭐가?"

"날……."

사랑한 거.

"그러니까 나를…… 음……."

내 입으로 말하기에는 조금……이 아니라 많이 그렇다. 원규의 감정을 못 믿어서가 아니라, 그 감정을 당연히 여기는 것처럼 느껴져서다. 미처 말을 잇지 못하고 망설이는 나를 부드럽게 당겨 소파에 앉힌 원규가 바로 앞의 테이블에 앉아 상체를 앞으로 숙였다.

"너를, 뭐?"

"가끔 그런 생각이 들어. 이렇게 다정한 사람인데, 왜 몰랐을까."

사람, 특히나 여자를 대하는 일에 미숙했던 원규가 컴퓨터를 사 왔던 일과 나의 글에 관심을 보였던 일이 문득문득 생각난다. 그것이 그 상황에서 할 수 있는 원규의 최선이었음에도 나는 항상 최악의 반응을 보이곤 했다.

원규의 노력을 조금만 빨리 알아챘다면, 그랬다면 그렇게 조급해하지 않았을 텐데. 늘 원망 섞인 시선으로 원규를 바라보고 모든 게 원규의 잘못인 양 이유를 말하라며 닦달하지도 않았을 테고…… 아마도…… 그 늦은 밤에 이태원까지 찾아가는 일도 없었을지 모른다.

"너무 깊이 생각하지 마."

"응?"

"나 한 번도 너한테 다정했던 적 없어. 말했잖아. 멍청하고 이기적이었다고."

원규는 이미 내가 무슨 생각을 하는지 알고 있는 것 같다. 그래서일까, 너의 잘못이 아니라는 듯 깊은 눈빛으로 나를 바라보는 원규의 표정이…… 한없이 공허하다. 원규는 마치 거울처럼 나의 감정을 그대로 비쳐 낸다. 그래서 우울이나 자책에 빠져 있다가도 문득 정신을 차리게 된다.

"그럼 난 완전 멍청이네. 그런 멍청이한테 빠졌으니까."

괜한 질문 괜한 생각으로 원규를 괴롭힌 것 같아 장난처럼 건넨 말이었는데, 어째 얘기하고 보니 고백이 돼 버렸다.

청담동, Bar-G7. 적당히 어두운 조명 아래 허연화가 앉아 있다. 그리고 그녀의 옆에는 법무관으로 군복무를 끝내고 중앙지검의 검사로 임관한 김승조가 있다. 서린기업 법무팀의 대표인 김 변호사의 아들이다.

"그래서? 합의도 없이 형을 선고받는다고요?"

그렇지 않아도 아버지의 강권으로 떠밀려 나온 자리라 내키질 않았는데, 사건의 내용을 하나부터 열까지 꼬치꼬치 캐물으니 더욱 짜증스럽다.

"피해자 한요은이 박용태 변호사 며느린 거 알고 있죠?"

"그렇다고 들었습니다."

"그래서 그런 건가? 너무 일방적으로 뒤집어씌우는 거 아니에요?"

"죄질이 워낙 안 좋던데요. 최근에 사건 하나가 추가로 송치된 걸 보면 상습범인 것도 같고."

"지금까지는 한 번도 말썽이 없던 사람인데 한요은 사건 이후로 너무 시끄럽단 생각 안 들어요?"

우해준과 아는 사이라기엔 왠지 거리가 느껴지고 한요은과 아는 사이라기엔 너무 적대적이다.

"말썽이 없는 건 아니었죠. 경찰 선에서 무마된 사건만 해도 대여섯 건은 되니까요."

대체 무슨 이유로 뭐가 궁금해서 이런 자리를 만들었는지 알 수가 없으니, 갈수록 불편하다.

"그래서 선고가 언제예요?"

"원고 측에서 일신상의 문제로 차일피일 미루고 있기는 한데, 어쨌든 한 달 내로 끝날 겁니다."

"일신상의 문제라는 게 뭐죠?"

"CRPS라고 복합부위 통증 증후군인데, 정기적으로 투약을 받아야 하는 모양입니다."

"그런 사람이 어떻게 실형을 살아요?"

"재판부가 알아서 하겠죠."

포하임코리아의 우해준이라기에 분명 일이 복잡해질 거라 생각했는데, 어이없게도 죄를 인정하고 일방적으로 형을 선고받는단다. 한요은에게 박원규를 소개시킨 후부터 줄곧, 뜻대로 되는 일이 하나도 없다. 진창에 빠져 오물을 뒤집어쓴 것처럼 더러운 기분을 떨쳐 낼 수가 없다.

"사건 개요는 가져왔어요?"

"아뇨."

니가 뭔데 사건 개요를 달라 마라 하느냐고, 속으로만 외쳐 본다.

"내가 얘기하지 않았나? 사건 기록 전부는 아니더라도 담당검사한테 사건 개요 정도는 받아 달라고요."

반말과 존대가 섞여 더더욱 사람을 불쾌하게 만드는 말투다.

"그건 엄연히 불법입니다. 저도 말씀드렸을 텐데요."

"불법인 걸 몰라서 가져오라고 했겠어요?"

"그게 왜 필요한지는 몰라도 저로서는 여기까지가 최선입니다. 더 자세한 내용을 알고 싶으면 피해자를 만나든 가해자를 만나든 직접 해결하시죠."

"아버님이 말씀 안 하시던가요?"

"아버지 말씀이 아니었다면 나오지도 않았을 겁니다."

말을 마친 승조가 자리에서 일어나 상의를 챙겨 들었다.

"그럼 먼저 가 보겠습니다."

승조는 악문 입술 사이로 한숨을 짙게 뱉으며 입구로 향했다. 그러거나 말거나 연화는 자리를 지키고 앉아 그에게 들은 말을 곱씹는 중이다. 어쩐지 한요은이 기고만장이더라니 믿는 구석이 있었구나 싶다. 보고 싶은 것만 보고 믿고 싶은 것만 믿는 연화에게 요은이 당한 사고는 원규를 붙들기 위한 구실에 지나지 않았다.

'처량한 피해자 행세로 발목을 잡겠다는 건데, 그럼 기꺼이 도와줘야지. 세상에서 제일 불쌍한 피해자가 되도록 말이야.'

신경질적으로 술잔을 비워 낸 연화가 입술을 잘근잘근 씹었다.

eee

해준은 약속 시간이 30분이나 지났음에도 미안하다는 말 한마디 없이 연화의 맞은편에 자리를 차지하고 앉았다. 연화 역시 미안하다는 의례적인 말 따위를 기대하지는 않았기에 그런 해준의 태도가 딱히 거슬리지는 않는다.

"편한 상황은 아니었을 텐데, 시간 내 줘서 고마워요."

타이트한 블랙 원피스에 퍼자켓을 걸친 연화의 메이크업이 오늘따라 유달리 강렬해 보인다. 외출은 꿈도 꾸지 말라던 우영환은 아들과의 만남을 청한 사람이 서린기업 무남독녀 허연화라는 말에 언제 그랬냐는 듯 말을 바꿨다. 언제부터 알고 지냈으며, 어떻게 아는 사이냐, 만나자는 이유가 뭐냐 등등 약기운이 떨어져 흐릿한 정신에 갖은 질문을 받았지만, 그게 누구냐고 되묻는 것 외에는 할 말이 없었다.

약기운이 떨어지더니 정신마저 놓은 거냐며 타박을 받긴 했지만 해준 역시 연화에 대해 아는 것이 없기는 마찬가지였다. 서린기업이 재계에서 세를 떨치고 있기는 해도 A그룹의 후계자는 B라는 식으로 족보까지 꿰고 있어야 할 정도는 아니었기 때문이다.

"서로 다 아는 처지에 통성명은 생략해도 되죠?"

해준은 뭐든 네 마음대로 하시라는 듯 입술을 비죽 내밀고는 등받이에 몸을 기댔다. 조금 전까지만 해도 허연화가 무슨 의도로 이런 자리를 만들었는지 따위에는 관심이 없었다. 오랜만에 모르핀 처방을 받고 외출 허락까지 떨어졌으니 상대방이 누구든 손해나는 일은 아니라고 생각한 것이 전부였다.

그런데 막상 허연화를 마주하고 나니 그녀가 바라는 게 뭔지 궁금해졌다. 굳이 본론을 얘기하지 않아도 뭔가 원하는 게 있다는 것이 확연히 느껴질 정도로, 그녀가 기대에 부푼 표정을 하고 있었기 때문이다.

"어떻게 지내요?"

몰라서 묻는 건지, 불난 집에 부채질인지. 진의를 알 수 없는 연화의 시선 앞에 해준의 머릿속이 바쁘게 돌아간다. 그래 봐야 제대로 돌아갈 리 만무한 머릿속이지만 어쨌든 굴려는 본다. 하지만 이내 그것마저 귀찮아지고 만다. 간만에 투약을 받아 컨디션이 좋았는데 이런저런 궁리를 하려다 보니 또다시 조바심이 나기 시작한 것이다.

"나 알아요? 아님 내가 그쪽을 아나?"

"개인적으로는 모르지만 그쪽도 나도 서로의 집안에 대해서는 알고 있는 거 아닌가요?"

투약을 받고 나면 미간이 저릿해서 은연중에 코를 마시게 되는데, 주먹 쥔 손을 인중에 대고 킁킁거리던 해준이 연화의 말에 코웃음을 쳤다.

"큭큭— 누가 들으면 대단한 재벌 2세끼리 만나고 있는 줄 알겠네."

"우해준 씨 말대로 그쪽이 대단한 집안의 2세였다면 쓸데없는 걸로 골치 아플 일도 없었겠죠."

"뭐?"

"한잔해야죠? 곧 선고받으면 술도 여자도 구경 못 할 텐데."

"뭐야, 당신?"

죄를 인정하면 조용히 넘어가겠다더니 벌써 개나 소나 다 아는 일이 된 건가 싶어 비위가 확 틀렸다.

"그렇게 발끈하지 말고 일단 얘기부터 들어 봐요."

"아— 씨팔 진짜. 조용히 자빠져 있으니까 사람이 우스워 보이나. 누가 보내서 온 거야? 대단하신 시아버님만 있는 게 아니라 든든한 돈줄까지 찬 모양이네?"

"사람 볼 줄을 모르시네. 내가 고작 한요은 편이나 들어 주자고 만나잔 거 같아요?"

"그럼 뭔데?"

"바로 본론부터 얘기하죠."

해준은 성질을 죽이느라 한쪽 입술을 비틀면서도 자리를 박차고 나가지는 못한다. 아버지인 우영환이 박용태 변호사에게 말려 등을 돌린 이상 어차피 막다른 골목이니, 눈앞의 여자가 무슨 얘기를 하는지 들어나 보자는 생각이다.

"피해자 합의도 없이 일방적으로 선고받을 거라던데, 진짜예요?"

"그게 왜 궁금한데?"

"어차피 유죄가 떨어질 거라도 끝까지 혐의를 부인하는 게 유리하지 않나?"

"그딴 얘기는 우리 아버지하고나 하지?"

연화의 표정이 미세하게 밝아졌다.

"그럼 이번 일, 그쪽이 아니라 우영환 대표님이 결정한 건가요?"

"거기까지는 모르셨나 봐?"

"이유가 뭐예요? 한요은이 박용태 변호사 며느리라서?"

"알면서 왜 묻는데?"

누가 누구의 며느리라서가 아니라 우해준의 죄가 너무나 명백하기 때문임에도 불구하고, 두 사람 모두 그런 사실을 인정할 생각이 전혀 없다.

"도와줄게요. 탄원서든 뭐든 일단은 첫 공판부터 늦춰 놓고 보죠."

"그쪽이 날 왜 돕는데?"

"굳이 이유를 따지는 걸 보면, 아직 절박한 상황은 아닌가 봐요?"

"나한테 원하는 게 뭔데? 도와주는 대가로 아무도 모르게 약이라도 구해 오라는 거야?"

"내가 바라는 건 아주 간단한 일인데, 들어줄 수 있겠어요?"

"그쪽이 나서면 내가 승소라도 할 것처럼 얘기하네?"

"가능하다면 들어주겠다는 건가요?"

해준은 대답 대신 재킷 안쪽에서 조그만 휴대용 상자를 꺼내 들었다. 그리고 거치적거려 귀찮다는 듯 휴대전화도 함께 꺼내 테이블 위로 던져 둔다.

"하나 하죠? 수입이라 꽤 괜찮은데."

비릿한 웃음만큼이나 비린내 나는 제안이다. 그가 권하고 있는 것은 즉석에서 제작하는 대마였다. 조금 전 꺼낸 롤러박스에 필터를 끼우고 마른 잎을 넣은 후 돌리기만 하면 그럴싸한 담배 모양의 대마가 완성된다. 흔히들 대마초와 담배를 필터로 구분하지만, 롤링 페이퍼에 필터를 끼워서 제작하면 특유의 냄새를 아는 사람이 아니고서야 대부분이 수입 담배인 줄 안다.

"아뇨. 됐어요."

"빼지 말고."

"얘기 끝나고 하는 게 어때요? 맨정신인 편이 더 나을 텐데요."

보아하니 아버지한테 감금당하다시피 지내 온 것 같은데 저건 어디서 구했을까. 당장 유죄가 확정되고 형을 선고받으면 수감 생활을 하게 될 텐데 이런 순간에도 대마를 하고 싶을까. 이렇게 한심한 인간인 줄 알았다면 차라리 우영환 대표를 직접 만날 걸 그랬나 싶다.

"뭐 그러시다면."

해준은 롤러박스를 휴대전화 옆으로 가지런히 놓고 자세를 고쳐 앉았다. 적어도 대마나 약을 구하고자 나온 것은 아님이 확실해 보인다. 그렇다면 뭘까? 이 여자가 어째서 이번 일에 관심을 보이는 건지 짐작조차 안 된다.

"뭐 해요? 본론부터 얘기하겠다고 안 했나?"

연화 역시 대마를 권하는 척하며 상대방을 떠보려는 해준의 의도를 어렴풋이나마 알아차렸고, 덕분에 조금 전까지는 한심해 보이기만 하던 해준에 대해 마음을 놓을 수 있게 됐다.

"유능한 변호사를 붙여 주는 조건으로 얘기만 잘 맞춰 주면 돼요."

"그러니까 무슨 얘기를 어디다 어떻게 맞추라는 건지 말을 해야 할 거 아닙니까."

"합의에 의한 정교."

"뭐?"

"경찰이랑 검찰에서는 그런 사실이 없다고 진술했다던데, 그 부분만 번복해 주면 돼요."

"그러니까 지금. 피해자랑 끝까지 갔다고 진술하라는 거야?"

"네."

"당신 미쳤어? 강간을 인정하라고?"

"합의에 의한 정교가 뭔지 몰라요? 두 사람이 합의하에 관계를 가졌다는 뜻이에요."

"어쨌든 했다는 걸 인정하란 소리 아니야?"

"혹시 형량 차이 때문에 그래요? 강간이든 강간미수든 고작 2년 차이고, 어차피 다 살고 나올 것도 아니잖아요? 유죄가 확정되고 선고를 받으면 강간이나 강간미수나 혐오범죄인 건 전혀 다를 게 없을 텐데?"

"그래서?"

"합의에 의한 정교는 강간도 강간미수도 아니에요. 단순 폭행으로 가는 게 훨씬 유리하죠."

"대체 원하는 게 뭐야?"

"방금 얘기했잖아요. 합의에 의한 정교로 진술을 번복해 달라고. 그리고 업주 박원호랑 한요은을 상대로 고소장 하나만 내 주면 돼요. 간단한 일이죠. 재판을 유리하게 끌고 가려면 꼭 필요한 일이기도 하고."

"어떤 변호사를 붙여 줄 건데요? 뭐? 법무부장관 출신이라도 되나?"

"할 건지 말 건지 대답부터 하시죠."

서린기업의 위상이 어느 정돈지 미리 알아볼 걸 그랬다. 아버지인 우영환도 포기한 일인데, 과연 서린기업에서 변호사를 붙인다고 효과가 있을까? 그렇다면 서린기업이 왜? 한요은이 기업가의 며느리인 것도 아닌데 대체 뭘 바라고 이런 거래를 제안하는 건지 모르겠다.

"지금 당장 결정해라?"

"시간이 얼마나 필요한데요?"

"나도 알아봐야 할 거 아닙니까. 서린기업에서 왜 날 도우려는 건지."

"뭔가 착각하는 거 같은데, 서린기업이 아니라 내가 개인적으로 도우려는 거예요."

"그쪽이 개인적으로?"

연화가 긍정의 의미로 고개를 까딱하자 우해준의 얼굴에 실망한 기색이 역력하다.

"그럼 얘기 끝났네. 우리 아버지가 국수체인이나 운영한다고 우습게 보는 거 같은데, 그쪽 개인이 나서는 것보다야 현명한 판단을 하지 않았을까 싶거든."

박용태 변호사가 들이민 자료에 경영권의 사활이 달려 있었으며 이번 사건 외에도 마약류관리에 관한 법률 및 병역면탈까지 엮여 있음을 얘기하려던 해준이 씁쓸한 입맛을 다시며 말을 아꼈다. 아직은 연화를 온전히 믿을 수 없다는 계산 때문이다.

"어떤 이해관계가 얽혀 있는지는 몰라도 결국 제일 중요한 건 우해준 씨 본인 아닌가요? 박용태 변호사와 우영환 대표님의 거래가 어떤 거였는지 알면 조금 더 도움이 될 거 같은데."

"내가 왜 그쪽을 믿어야 되는데?"

"내 제안을 거절하는 것보다는 받아들이는 게 좋을 테니까요. 날 믿든 안 믿든 그건 우해준 씨가 결정할 일이죠."

말을 마친 연화가 자리에서 일어났다.

"어차피 길게 나눌 얘기도 아니니 먼저 일어날게요. 내일모레까지 연락 주세요."

"잠깐."

"뭐죠?"

"내가 수락하면 그쪽은 뭘 얻게 되지? 일방적으로 날 위한 것만은 아닐 텐데?"

"감정적인 보상이라고 해 두죠. 한요은한테 받을 게 좀 있거든요."

한요은한테 받을 게 있다는 말에 해준의 머릿속이 더욱 복잡해진다.

"그 여자랑 아는 사이야?"

"아는 사이라고 해서 좋은 사이는 아니니까 걱정 말아요. 자세한 얘기는 나중에 하죠. 그쪽 자세한 얘기부터 들은 후에 말이에요. 그럼, 천천히 즐기고 나오세요."

해준의 앞에 놓인 롤러박스를 딱 소리 나게 들었다 놓은 연화가 먼저 룸을 나섰다.

다양한 크기의 건물이 비죽비죽 들어찬 이태원 뒷골목, 서울 한복판임에도 도로가 반듯하지 않아 겨울에 눈이 쌓이면 상급자를 위한 스키 슬로프보다 박진감 넘치는 빙판길이 출퇴근을 반기는 곳이다.

허연화가 우해준을 만나고 일주일 정도가 지났을 무렵, 일찌감치 가게에 나와 청소를 시작한 프랜은 오늘따라 꿈자리가 사납다며 툴툴거리고 있다. 르네는 그런 프랜의 옆에서 말없이 청소를 거들며 하얀 입김을 불어 냈다. 해가 바뀐 지도 어느덧 한참인 것 같은데 유난히 추운 올겨울은 좀처럼 끝날 기미가 안 보인다.

"근데, 그 일은 어떻게 됐어요?"

"무슨 일?"

"그때 그 사고요."

"잘 끝났겠지."

"그럼 법정에서 증언하고 이런 거…… 안 해도 돼요?"

"소식 없는 거 보면 그렇지 않을까 싶다. 그나저나 젠다는 잘 지낸대?"

젠다는 해준을 원호의 손님으로 오해하고 서재 열쇠를 건넨 신입이었다.

"편의점에서 알바해요."

"하여간 미련한 년. 다시 출근하라 그래."

"저도 계속 얘기는 하는데 사장님한테 죄송해서 안 된대요."

"페이는 괜찮고?"

"여기보다는 못하죠. 그래도 그게 편하다는데 어째요. 어차피 복학하면 이태원으로 출퇴근하기도 그렇고, 이런저런 거 다 생각해서 결정한 일일 거예요."

"두기는 어때? 아직 너랑 지내는 거 맞지?"

두기는 원호와 통화를 마친 르네를 탈의실로 불러들인 르네의 애인이다. 며칠간 휴업한 후 다시 영업을 시작하긴 했지만, 한 달간은 손님이 없어 애를 먹었는데 그 시점에 두기와 젠다가 가게를 관둔 것이다. 원호는 그럴 필요 없다며 만류했지만 그런 배려가 더욱 죄송하다며 끝내는 일을 그만뒀다.

"네. 두기도 복학 준비 하고 있어요."

"두기랑 젠다 둘 다 거기 학군가?"

"네."

"아우— 하여간 먹물 든 것들은 다 짜증 난다니까. 진득하게 한 군데서 일할 생각들을 안 해요. 뻑 하면 복학이니 시험이니 하면서 남 먹고사는 일에 방해나 되고 말이야."

"그런 게 아닌 거 아시면서 그래요. 솔직히 저도 매일 사장님 뵙는 거 면목 없어요."

"어이구, 병신도 이런 병신. 아주 팔불출 나셨네. 젠다는 까도 되고 두기는 안 되나?"

"아뇨. 그런 게 아니라요."

"시끄럽고, 사장님 뵙는 거 죄송하면 청소 끝내고 나가서 찌라시라도 한 장 더 돌리고 와."

말은 막 해도 프랜 역시 마음이 안됐기는 마찬가지다. 커밍아웃으로 자식 취급도 못 받는 그들에게 이곳 일은 생활비며 학비를 조달할 수 있는 유일한 방법이다. 편의점 아르바이트로는 월세며 생활비를 충당하기도 빠듯할 텐데, 그렇다고 아직 졸업도 안 한 대학생이 번듯한 직장을 가질 수도 없는 노릇이니 더더욱 걱정스러운 것이다.

"내가 싼 똥을 왜 지들이 치우겠다고 난리들이야. 쯧—"

낮게 중얼거리며 bar 안쪽으로 들어간 프랜이 한숨을 짧게 뱉으며 마른 수건을 탁탁 털어 잔을 닦기 시작했다. 아직 영업을 시작하려면 한참 남았지만 요즘 같아서는 집에 있기가 심란해서 항상 서너 시간만 잠을 청한 후 다시 가게로 나오곤 한다.

"근데 위층은 정말 저대로 계속 두시는 거예요? 일 잘 끝났으면 이제 치워도 되지 않아요? 솔직히 이제 와서는 증거랄 것도 없지 싶은데."

바닥 청소를 마친 르네가 쭈뼛쭈뼛 다가와 넌지시 묻는다.

"내 말씀이 그 말씀이다. 오늘 형 나오면 한번 물어보고 얼른 치우든지 해야지. 매상 정리하러 올라갈 때마다 정신 사나워서 죽겠다 나도."

"그냥 가만히 계세요. 또 불벼락 맞으시려고."

"불벼락에 물벼락에 천둥벼락을 맞아도 할 얘기는 해야지. 솔직히 니들이 무슨 잘못이니. 내가 미련만 안 팠어도 그런 일 없었을 텐데. 평소 어찌나 여자들한테 인기가 많으신지 동생이라는 말에 영락없이 형한테 반해서 무작정 찾아온 여자구나 싶어서는. 에휴—"

"솔직히 저도 처음엔 못 알아봤어요. 선희랑 왔을 때는 완전 캐주얼한 차림이었거든요."

"그만하자. 어차피 터진 일 내 탓이니 니 탓이니 해서 뭐가 바뀐다고."

프랜의 말이 끝나기 무섭게 통로 쪽에서 누군가의 발걸음이 울리자, 두 사람은 거의 동시에 벽시계를 확인했다. 아직 오전 11시. 영업이 시작되려면 아홉 시간이나 남았다. 곧이어 모습을 드러낸 사람은 다름 아닌 원호였다. 원호 역시 두 사람을 보고는 손목시계를 확인한다.

"일찍 나오셨네요."

"너희들 퇴근 안 하고 가게에 있었어?"

"들어갔다가 일찍 나왔어. 가게에 뭐 있을 데나 있나."

르네는 톡 쏘아 말하는 프랜과 원호의 눈치를 살피다 말고 탈의실을 정리하겠다며 서둘러 자리를 떴다.

"서준이 데리고 사우나라도 다녀와."

"사우나는 무슨. 마저 정리하고 전단지 찾으러 가야 돼."

"그럼 지금 가. 정리는 내가 천천히 할 테니까."

머플러와 상의를 bar에 올린 원호가 다시 한 번 시계를 확인했다.

"왜 이렇게 일찍 나왔어? 우리야 뭐 할 일이 없어서 그렇다 치고."

"누구 좀 만나려고."

"누구?"

"그냥 아는 사람."

"그니까 그냥 아는 그 사람이 누군데."

"민기야."

"아— 알았어, 알았어. 자리 비켜 주면 되는 거지? 탈의실에 있을게."

"아니. 나가 있어."

"그러게. 위층을 치우면 되잖아. 아직도 연락 없는 거 보니 잘 해결된 거 같은데. 손님이 와도 대접할 데가 있어야 말이지."

"나중에 얘기하자. 곧 올 테니까 서준이 데리고 나가 있어."

"뭐야. 안 좋은 일이야?"

"아니야."

이태원 관할경찰서에 고소장이 접수됐다며 평소 알고 지내던 경찰 하나가 연락을 해 왔다. 곧 참고인 조사가 있을 텐데 대체 어찌 된 일이냐는 것이었다. 고소인은 우해준. 고소 내용은 상해 및 감금, 협박 등이었다. 하지만 굳이 사실을 얘기해서 심란하게 만들 필요는 없단 생각에 일단은 아니라며 둘러댄다.

하지만 잠시 후, 프랜은 가게로 찾아온 형사와 원호의 대화를 기어이 엿들었다. 그러고는 형이 어째서 경찰서에 가야 하느냐며 길길이 날뛰었다. 우해준을 때린 건 자신을 비롯한 바텐더들이었고 원호는 손가락 하나 까딱하지 않았다. 그러라고 시키지도 않았다. 자초지종을 묻기 위해 잠시 탈의실에 데려다 뒀는데 꽁지에 불붙은 미친 소처럼 길길이 날뛰는 바람에 애를 먹어야 했고, 그런 와중에 우해준을 진정시키느라 몇 대 때리기는 했지만 작정하고 구타한 건 아니었다.

그런데 감금에 폭행에 협박이라니 어이가 없는 일이었다. 이게 전부 박원규 때문이라고, 처음부터 끝까지 박원규 때문이라며 당장 전화해서 어떻게 된 일인지 따져 보라는 프랜의 독촉에도 불구하고 원호는 잠자코 있으라는 말뿐이다.

"그래? 그럼 내가 따져 봐야겠네. 형이 못 하겠으면! 내가 한다고."

"표민기!"

"등신이야? 형이 뭘 잘못했는데!"

민기는 소리를 빽 지르고 가게를 뛰쳐나와 휴대폰을 꺼내 들었다. 쇠뿔도 단김에 빼랬다고 생각난 김에 원규에게 전화를 할 참이다.

～～～

창밖을 보며 도로를 지나는 차량들의 그림자를 좇다 보니 어느덧 해가 저물어 있었다. 가로등이 밝혀진 대교 위로 반짝이는 점들이 행렬을 이룬 걸 보니 아마도 퇴근 시간인가 보다.

사흘 전쯤 아버님께서 연락을 주셨다. 우해준의 첫 공판일이 확정됐고 한 달 이내에 형이 선고될 거라고 하시며 그간 마음고생이 많았을 텐데 잘 견뎌 줬다는 말씀에 한동안 멍해 있었다. 사실 지금까지도 멍한 상태다. 병원으로 찾아온 남무석 변호사를 만난 이후, 쉽게 끝나지 않을 거란 생각에 너무 많은 준비를 해 왔기 때문일까. 공판이 확정되고 선고까지 한 달이 걸릴 거라는 말씀을 들으니 길을 잃은 것처럼 심란하다.

— 요은아.

뭐지?

— 한요은?

원규 목소리다.

— 전화받아.

휴대전화 벨을 자기 목소리로 지정해 놓다니, 순간적으로 환청을 들은 줄 알았다. 놀란 가슴을 쓸어내리며 위층으로 올라와 보니 침대 위에서 반짝이는 액정이 눈에 띈다. 박원규. 아무리 봐도 질리지 않는 이름이다.

"여보세요."

— 전화받아.

장난스러운 목소리로 본인이 지정해 둔 벨을 흉내까지 내 주신다.

"기절할 뻔했잖아."

— 어? 미안. 많이 놀랐어?

"진짜 깜짝 놀랐어. 혼자 있는데 갑자기 니 목소리가 들려서."

— 아, 그렇겠다.

큰 깨달음이라도 얻은 듯 탄성하는 원규의 음성에 긴장이 풀려 괜히 웃음이 나온다.

"퇴근하는 거야?"

— 어? 아…… 아니. 그것 때문에.

"음?"

— 오늘 저녁 먹고 잠깐 나가야 할 거 같아.

"무슨 일인데?"

— 누굴 좀 만나야 돼서.

누굴 만나는지 물어보고 싶은데 그래도 되나?

— 저녁은 밖에서 먹자. 준비하고 있어.

"누구…… 만난다며."

— 9시쯤 보기로 했어. 저녁 먹고 잠깐 다녀온다고 했잖아.

정신을 어디다 두고 있는 건지 모르겠다.

"너 번거롭잖아. 그냥 집에서 먹자."

— 전혀. 어차피 집 근처에서 만날 거야. 너 두고 멀리 안 가.

그런 말 좀 아무 때나 하지 마라.

— 여보세요?

"어, 얘기해."

— 준비하고 있어. 알았지?

"지금 어딘데?"

— 양화대교. 30분 정도 걸릴 거야.

"30분?"

— 왜? 너무 짧아?

옷만 입으면 되니 30분이면 충분한 시간이지만 왠지 짧다고 해야 할 것 같다. 그게 조금 더 여성스러워 보이지 않을까……는 무슨.

"아니야. 준비할게."

늘 이런 식이다. 뭐든 원규가 하자는 대로 하게 된다. 다른 건 생각할 겨를도 없다.

— 근데 잠깐 시간 있어?

"어?"

— 지금 어디야?

"집……이지."

— 그러니까 집 어디. 위층? 아래층?

"위층."

— 그럼 아래층으로 가서 창가에 한번 서 봐.

"지금?"

— 응.

약간 들뜬 듯하면서도 차분하고 다정한 너의 목소리를 들을 때마다 얼마나 설레는지. 너는 아마 모를 거다.

"응. 내려왔어."

— 블라인드 거뒀어?

"응."

— 그럼 오른쪽 한 번만 봐 줄래?

"오른쪽?"

— 아! 아니 아니, 너한테는 왼쪽이겠다.

"응. 봤어."

— 왼쪽으로 제일 가까운 다리, 혹시 보여?

"응."

— 그게 양화대교야. 내가 지금 있는 곳. 매일 여기 지나서 출퇴근해.

행복하다. 행복이 깨질까 두려운 마음조차 까맣게 잊을 정도로, 그렇게 행복하다.

— 여보세요?

"응."

— 혹시 내 차 보여?

"여기서 어떻게 보여."

— 다리 위에 차들 많지?

"응. 크리스마스트리처럼 반짝반짝해."

— 난 중간쯤에 라이트 끄고 있는데, 안 보여?

이렇게 어두운데 라이트를 끄고 있다니.

"위험해. 얼른 켜."

— 잘 한번 봐. 안 보여?

내가 원더우먼도 아니고, 이렇게 멀리서 어떻게 보……인다.

"혹시 껐다 켰다 하고 있어?"

— 맞아!

기나긴 차량의 행렬 가운데쯤, 불빛 하나가 꺼졌다 켜졌다 하고 있다.

"신기해."

이렇게 멀리서도 원규의 존재를 느낄 수 있다는 게 신기하다.

— 여기 지날 때가 제일 힘들어. 시야에 들어오는 게 한강이랑 다리

들뿐이라 계속 제자리에 있는 것 같거든. 눈앞에 집이 보여서 더 그런가 봐.

"이제 라이트 켜고…… 조심히 와."

— 응. 준비하고 있어.

"응."

— 금방 갈게.

깜빡깜빡하던 불빛이 사라지고 원규의 음성이 귓가에 울린다.

eee

저녁 식사가 끝나고 요은을 집에 바래다준 원규는 근처에서 프랜을 만나 한 시간 정도 후에 돌아왔다. 표민기라는 친구를 만나고 왔으며 우해준이 원호 형을 폭행 및 감금 협박으로 고소했고 그 고소장에는 한요은이라는 이름도 언급되어 있다는 원규의 말에 요은은 잠시 눈을 감았다. 파르르 떨리는 그녀의 눈꺼풀이 다시 열리기까지 얼마의 시간이 지났는지 모르겠다.

"아버님께 전화받았을 때 그런 생각이 들었어. 정말 이대로 끝일까 하는."

"어떻게 된 건지 알아보는 중이야. 그러니까……."

그러니까 뭘 어쩌란 말인가. 걱정하지 말라고? 괜찮다고? 스스로도 확신이 없는데 어떻게 그녀에게 확신을 줄 수 있을까.

"나 괜찮아. 걱정하지 마."

지독한 무력감. 중환자실에 입원한 그녀를 마주했을 때보다 더한 무력감에 한마디도 할 수가 없다.

"나 때문에 사장님이 괜한 일에 휘말리시게 됐네."

왜 원규를 놓아주지 않을까, 왜 바로 경찰에 알리지 않고 나를 호텔에 데려다 놨을까, 왜 허연화에게 원규와 은호의 일을 얘기했을까 등등, 박원호라는 사람을 원망한 적도 있다. 하지만 예고도 없이 찾아가 술에 취한 건 누구도 아닌 그녀 자신이었고, 그런 그녀에게 약을 먹인 건 우해준이었다. 그러니 박원호 씨는 이번 일과 무관한 사람이라고, 그녀 스스로도 그렇게 생각하고 있었다.

"어쩐지 박원규, 오늘따라 유난히 다정하더라니. 걱정 많이 했구나."

원규는 지나칠 정도로 차분한 요은 앞에 오히려 불안하다.

"요은아."

"응?"

한동안 말을 고르던 원규가 요은의 시선을 마주한 채 천천히 입을 연다.

"넌 왜 아무렇지도 않아? 난 이렇게 화가 나는데, 너는 왜……."

"그러게. 니가 화내고 있어서 그런가?"

"괜찮지 않을 거 같아서 괜찮으냐고 묻지도 못하겠고, 괜찮을 거라는 말도 못 하겠어. 차라리 니가 화라도 내면 좋겠는데, 왜……."

조용히 일어선 그녀가 원규의 곁으로 옮겨 앉으며 그의 어깨에 머리를 기댔다.

"너무 쉽게 끝나서 조금 심란했는데, 역시 예상했던 대로구나 싶으니까 왠지 마음이 편해. 근데 걱정하지 마, 원규야. 니가 걱정하는 그런 일 절대 없을 거야. 절대 없게 할 거야, 내가."

자세를 고쳐 요은을 마주 보고 앉은 원규가 두 손으로 그녀의 어깨를 부드럽게 감싸 쥔다.

"하나만 약속해 줘."

"응."

"힘들면 언제든 얘기해. 내가 해결해 줄 수 있는 거든, 없는 거든 전부 다."

공판을 며칠 앞에 두고 도대체 무슨 생각으로 벌인 일일까. 깎이고 깎여 닳을 것조차 없는 그녀의 감정이 얼마나 더 상해야 하는 걸까. 수많은 가능성에도 불구하고 허연화가 관련됐을 거라고는 상상조차 하지 못하는 원규다.

"응. 약속할게."

그녀가 그렇다면 그런 거다. 그렇게 믿으며 끝까지 그녀의 곁을 지키리라 다짐하는 것, 지금 그가 할 수 있는 전부이며 그녀에게 가장 중요한 한 가지다.

eee

고소장을 내러 왔을 때는 죽고 싶을 만큼 힘들고 비참했는데, 오늘은 전혀 그렇지가 않다. 박원호 씨의 참고인 조사가 있던 날, 용산경찰서에 또 하나의 고소장이 접수됐다. 피고소인은 다름 아닌 나, 한요은이었다. 고소 내용은 자신을 해할 목적으로 허위의 사실을 신고했다는 것이다. 다시 말해 무고죄.

"한요은 씨?"

"네."

"본인이시죠?"

"네."

"이쪽으로 오세요."

형사를 따라 조사실로 가는 길, 묘한 기시감에 실없는 웃음이 난다. 장설주 형사도 저 사람과 마찬가지로 한요은 씨 본인이시냐고 묻고는 곧장 조사실로 향하지 않았던가.

"이리 앉으세요."

"네."

양 볼에 바람을 넣었다 뺐다 하며 고소장을 검토하던 형사가 뭔가 중요한 게 생각난 듯 나를 바라본다.

"인사를 깜빡했네요. 김정현입니다."

"네에."

"음— 우선은 몇 가지 여쭐게요."

질문 중에 불편한 부분이 있더라도 양해해 달라는 말이 나오겠거니 생각하며 고개를 끄덕였다.

"혹시 불편한 부분이 있더라도 양해해 주세요."

"네."

왼손 검지를 인중에 문지르며 골몰한 표정을 하더니 노트북을 더욱 가까이 당겨 놓고는 한숨을 크게 쉰다.

"우해준 씨가 한요은 씨를 무고죄로 고소했습니다. 우해준 씨를 고소한 사실은 인정하시나요?"

"네."

"내용은요?"

"강간치상이요."

"우해준 씨가 죄를 지은 사실이 명백한가요?"

"네."

"우해준 씨에 대한 고소 건은 이미 기소가 됐고요. 맞나요?"

"네, 맞아요."

"제일 중요한 게 이건데, 우해준 씨는 강간미수가 아니라……."

재빠르게 나의 눈치를 살피려다 눈이 마주치자 얼른 시선을 피한 그가 말을 잇는다.

"합의에 의한 정교였다고 진술했어요."

모든 빛과 소리가 일순간 멀어졌다. 방금 저 사람이 뭐라고 한 거지? 합의에 의한 정교……라고 했나? 그러니까 내가…… 우해준과 합의하에 그런…… 관계를…… 가졌다고?

"한요은 씨?"

고맙게도 그의 목소리를 길잡이 삼아 심연의 늪에서 빠져나올 수

251

있었다.

"아뇨. 그런 일은 없었어요."

"단언하실 수 있나요?"

"네."

"그 술집 업주와는 어떻게 아는 사이죠? 여기 보면— 동성애자 전용으로 돼 있는데요."

"친구 소개로 알게 됐어요."

"자주 가셨나요?"

"아뇨."

"그럼 그날은 무슨 일로 가셨죠?"

"개인적으로 급한 볼일이 있어서 약속도 없이 찾아갔어요. 사장님…… 아니, 박원호 씨가 자리에 없어서 기다리던 중이었고요."

"아무리 개인적인 부분이라도 일단은 말씀을 해 주셔야 합니다."

"고인이 된 박원호 씨의 동생분과 제 남편 사이에 오해가 있는 것 같아서요."

"남편분이 박원호 씨 동생의 죽음에 연루됐다는 말씀인가요?"

사실 전부를 얘기하고 싶지도 않고 그럴 필요도 없다.

"네, 그때는 그렇게 알고 있었어요."

"그래서 예고도 없이 박원호 씨를 찾으신 거고요?"

"네."

"고소인 우해준 씨와 합석을 할 때 만취 상태였나요?"

"술이 아니라 약에 취한 상태였어요."

"약이요?"

"우해준이라는 사람이 술잔에 넣은 약이요."

형사의 시선이 다시 고소장으로 넘어갔다.

"음— 그런 부분에 대해서는 전혀 언급된 게 없는데요?"

키보드를 두드리는 소리가 불편한 침묵을 깨 줘서 다행이다.

"방금 말씀하신 건 고소인 조사 때 다시 알아보도록 하겠습니다."

"네."

"합석을 하게 된 정황은 기억이 나세요?"

"제가 기억하는 건 목소리뿐이에요. 약물의 부작용으로 심한 구토를 일으키기도 하는데, 제가 그런 경우여서 화장실로 갔을 때 그 사람이 따라 들어와서 괜찮은지 물어봤던 거 같아요. 그 외에는 위층의 서재로 올라가기 전의 일이 하나도 기억나질 않아요."

"전혀요?"

"네."

"그런데 어떻게 고소를 하셨죠? 아무것도 기억나는 게 없는데 말입니다."

"합석하게 된 경위를 물으신 거 아닌가요?"

"그……렇죠?"

"그 부분이 기억나지 않는다고 말씀드린 건데요."

합의에 의한 정교를 부인하려면…… 당시의 내가 의사무능력 상태였음을 강조해야 한다. 물론 정교를 합의하는 것이 법률 행위는 아니지만, 우해준이 어떤 주장을 하건 당시의 나는 의사결정능력이 없었다는 사실을 확실히 언급해 둬야 할 것 같다.

"그럼 기억나는 부분에 의지해서 고소장을 쓰신 건가요?"

"네."

"어떻게 딱 그 부분만 기억이 안 날 수가 있죠?"

"GHB라는 약물이라고 들었어요."

"GHB요?"

"네."

형사는 자못 심각한 표정으로 잠시만 양해해 달라며 조사실을 나섰다. 혼자 남겨진 나는 '합의에 의한 정교'라는 말을 곱씹으며 잘려 나간 그날의 기억을 돌이키기 위해 입술을 깨물어야 했다.

내가 기억해 내려는 것은 우해준과 합석하게 된 경위 따위가 아니다. 정말 아무 일도 없었는지, 박원호 씨가 병원으로 찾아왔던 날 떠오른 기억이 전부인지, 내게 중요한 건 그것뿐이다. 합의든 아니든, 우해준이 말하는 그런 일은 절대 없어야 한다. 그래야만, 내가 살 수 있을 것 같다.

eee

차에서 내린 우영환은 수행 비서가 그를 따르기도 전에 빠른 걸음으로 대문을 통과해 정원을 가로지르기 시작했다. 목이 비틀릴 정도로 핏대를 세운 그는 현관에 들어서기 무섭게 구두를 신은 채로 2층으로 향했다. 살기등등한 우영환의 표정에 기가 질린 도우미는 종종걸음으로 안방을 향해 달려가는 중이다.

조금 전 마지막 대마를 태우고 침대에 늘어져 있던 해준은 구둣발로 방문을 열어젖힌 아버지의 모습에 아연실색하며 자리에서 벌떡 일어났다. 구두를 벗는 것은 잊었지만 골프클럽만큼은 잊지 않고 챙겨 온 덕에 더더욱 기괴한 모습이다.

"무슨 일……."

퍽!

"이런 미친놈!!"

아슬아슬하게 골프클럽을 피한 해준의 뒤로 아이언 헤드를 그대로 받아 낸 침대 시트가 움푹 패었다. 아무래도 아버지가 미친 거 같다. 방금 저기에 맞았으면 그대로 두개골이 박살 나지 않았겠는가.

"뭐예요?!"

대답 대신 날아온 건 역시나 골프클럽이었다.

"아 진짜!"

이번에도 간발의 차이로 클럽을 피한 해준이 아예 밖으로 달음질치기 시작했다.

"당장 이리 오지 못해!?"

잘못 휘둘러 방문에 꽂혀 버린 클럽헤드를 잡아 뽑은 우영환이 해준을 쫓아 1층으로 내려갔고, 두려움이 가득한 집 안 모두의 시선이 그에게 쏠렸다.

"뭣들 하고 섰어? 그 녀석 당장 끌어다 놓지 않고?!"

곧이어 안방을 나선 해준의 모친이 모습을 드러냈다.

"아랫사람들 보는 앞에서 왜 이러세요?"

"전국적으로 개망신당하는 거에 비할까!"

"다들 나가 있어요."

서둘러 사람들을 무른 그녀가 분에 못 이겨 부들부들 떠는 우영환의 앞을 가로막았다.

"진정하세요. 이러다 애 잡겠어요."

"차라리 내 손으로 죽이는 게 나아!"

"회장님!"

앙칼진 그녀의 목소리에 골프클럽을 내려놓은 우영환이 씩씩거리며 숨을 몰아쉰다.

"그렇게 일러뒀건만 기어이 사고를 쳤어. 기어이!"

박용태 변호사의 연락은 아주 간단하고도 명료했다. 아드님이 고소장을 제출한 것을 알고 있느냐며, 유감스럽게도 약속을 지킬 수 없게 됐다는 말을 끝으로 전화를 끊은 것이다. 이제 포하임코리아의 감사 비리가 세상에 알려지는 건 시간문제다. 어디 그뿐인가. 강간미수, 마약복용, 병역면탈로 갈가리 찢겨 나갈 집안의 꼴이 눈에 선하다.

　도곡동 이명희 클리닉. 원규의 출근길에 함께 나온 요은이 의례적으로 인사를 건넨 후 자리에 앉았다. 이명희 박사는 평소보다 컨디션이 안 좋아 보이는 그녀를 걱정하면서도 별다른 내색 없이 차트로 시선을 옮겼다. 아무래도 오늘은 상담을 시작하기에 앞서 조금 더 많은 시간이 필요할 것 같다는 생각을 하는 중이다.

　요은은 테이블에 놓인 30 BPM(분당 비트수) 메트로놈의 추를 말없이 바라보며 숨을 깊게 마셨다가 추가 다시 반대편에 닿을 즈음 숨을 내쉬었다. 마치 숨 쉬는 방법을 잊어버린 사람처럼, 그녀는 한참 동안 좌우로 움직이는 추에 의지해 숨을 쉬었다. 이 박사는 가만히 두면 한 시간이든 두 시간이든 저러고 있겠구나 싶어 결국 먼저 말을 꺼내기로 했다.

　"안색이 안 좋으세요."

　피곤한 듯 눈가를 문지른 요은이 힘없이 웃었다. 웃었다기보다는 웃으려고 애썼다는 표현이 정확하리라.

"잠을 좀 설쳤어요."

"바깥분이 안 계셨나 봐요."

신랑과 함께 있으면 잠이 쏟아진다던 상담 내용을 떠올린 이 박사가 넌지시 물었다.

"아뇨. 같이 있었어요."

"그런데도 제대로 못 주무셨어요?"

"네."

테이블 맞은편의 어딘가에 시선을 둔 요은이 짧게 대답했고, 두 사람 사이에는 다시 침묵이 흘렀다. 하지만 잠시 후, 요은은 마침내 뭔가를 결심한 듯 이명희 박사를 바라봤다.

"박사님."

"말씀하세요."

"최면요법이 정확히 어떤 건가요?"

"혹시 사고 당시의 기억 때문에 그러시나요?"

또다시 잠깐의 침묵.

"네."

"해리성 기억상실의 경우 약물치료와 함께 최면치료를 병행하기도 하죠."

"최면치료를 하면 기억이 돌아오나요?"

"장담할 수는 없지만 경우에 따라서는 기억을 되찾기도 해요."

"따로 준비가 필요한가요? 약물치료랑 병행을 해야 한다거나……뭐 그런……."

"혹시 요은 씨의 기억장애가 재판에 영향을 미치는 건가요?"

"아마 그렇게 될 거 같아요."

우해준에 대한 고소 건이 이미 진행 중이니, 만일 우해준의 고소장이 기소 의견으로 검찰에 송치되면 재판이 병합될 수도 있다. 그녀는 우해준의 죄를 입증해야 하고, 우해준은 자신의 결백을 입증해야 한다.

"고소 절차가 순조롭게 진행되고 있는 줄 알았는데, 아닌가 보네요."

"그러게요."

"괜찮으세요?"

"잘 모르겠어요. 안 괜찮아야 할 거 같은데, 이상하게…… 마음이 편해요."

"일전에는 기억 못 하는 편이 더 나은 것 같다고 하셨죠. 더는 알고 싶지 않다고요."

"네."

"그런데 결심을 바꾸셨네요."

"네."

"어떤 기억이기를 원하시는지 혹시 여쭤도 될까요."

잠시 망설이던 요은이 힘없이 웃는다.

"상대방이…… 합의에 의한 일이었다고 주장하고 있어요."

이명희 박사는 반사적으로 흐른 낮은 신음을 서둘러 헛기침으로 대신했다.

"정말 그런 사실이 있는지 알고 싶어서요. 조금 더 솔직히 말하면, 만에 하나 합의를 했더라도 가해자가 말하는 그런 일은 없었다는 걸 확인하고 싶어서요."

두 사람의 침묵 속에 수많은 생각이 흐른다.

"박사님."

"말씀하세요."

"만일 기억을 찾았는데 반대의 경우라도 괜찮아요."

자신의 염려를 정확히 짚어 낸 요은의 말에 박사는 난감한 듯 웃으며 들고 있던 펜을 내려놨다. 피상담인과의 감정적인 거리를 유지하는 것에 익숙해진 줄 알았는데 그렇지도 않은 것 같다.

"오히려 저를 배려해 주시네요."

"심란해하시는 거 같아서요."

"맞아요. 만일 요은 씨가 원하는 기억이 아니면 어쩌나 생각하는 중이었어요."

물론 그렇게 되면 많이 힘들 거다. 단순히 힘들다는 표현으로는 부족할 정도로 데미지가 클 것 같다.

"궁금한 게 하나 더 있어요."

"네. 말씀하세요."

"최면치료로 복구되는 기억이 정확한가요?"

"최면 상태에서도 의식은 깨어 있어서 사실이 아닌 걸 얘기하는 경우도 있어요."

"그런 경우를 다뤄 보신 적이 있나요?"

"네."

"그럼 저도 제가 원하는 대로 얘기할 가능성이 있겠네요."

"네."

깊은 생각에 잠긴 듯 허공을 응시하고 있던 요은의 시선이 천천히 이명희 박사를 향했다.

"어쨌든 부탁드려요."

"지금 바로요?"

"네. 오래 걸리나요?"

"한 시간 정도면 충분해요. 혹시 바깥분이 기다리고 계신가요?"

"네."

"괜찮으시겠어요?"

"네. 그 사람도 알고 있어요."

원규는 그날 무슨 일이 있었건 너의 의지와는 상관없는 일이라며 그녀의 결정을 돌이키려고 했다. 하지만 요은의 결심은 확고했다. 단순히 사실을 확인하기 위해서뿐만이 아니라, 만에 하나 최면수사가 진행될 경우에 대비해 한 번쯤은 최면요법을 경험해 둬야 했다. 수사

과정에서 최면요법을 이용하기도 하며 증거자료로 채택될 수는 없지만 참고자료로는 쓰인다는 것을 이미 알고 있는 그녀였다.

우해준이 제출한 고소장의 주된 내용은 합의에 의한 정교. 그러니 그녀는 관계에 대한 합의도 관계 자체도 없었음을 입증해야 한다. 무슨 수를 써서든 우해준의 진술을 허위로 만들어야 한다. 가해자와 피해자가 유일한 목격자인 이런 부류의 사건에서 허위 진술은 결정적인 패인이 될 수 있기 때문이다.

eea

시나리오를 마무리하던 중 걸려 온 전화를 받고 있는 연화의 표정이 잔뜩 구겨져 있다. 아무래도 우해준이 상습적으로 마약에 손을 대고 있는 것 같다는 변호사의 장광설 때문이다.

— 피고소인 한요은이 참고인 조사를 받는 과정에서 진술한 바에 따르면, 우해준 씨가 GHB라는 약을 썼다고 합니다.

"그래서요?"

— 만약 사실이라면 합의에 의한 정교를 주장하기가 어렵죠. 그런 약에 취할 경우 합의 자체가 불가능한 의사무능력 상태가 되니까요.

"합의 후에 약을 쓸 수도 있죠."

— 만일 그렇더라도 GHB 자체가 불법마약류로 구분돼 있어서 우해준 씨한테 절대적으로 불리합니다.

"불리하다는 게 무슨 뜻이죠? 고소장이 무효화될 수도 있다는 건가요?"

— 그렇지는 않습니다. 말씀하신 것처럼 합의 후에 약을 썼다고 주장한다면 말이죠. 다만 강간치상의 혐의를 벗더라도 마약류관리법 위반이 문제가 되…….

"강 변호사님."

— 예?

"하나만 생각하세요."

— 그게 무슨 말씀이신지.

"우해준의 결백을 입증하는 것보다 더 중요한 게 한요은을 법정에 세우는 거라고 얘기했을 텐데요."

우해준이 마약을 했건 살인을 했건 그딴 건 상관없으니 한요은만 법정에 세워 달라고, 도대체 몇 번을 말해야 알아들을까. 저런 머리로 사법시험은 어떻게 봤는지 모르겠다.

"사람은 구하셨어요?"

— 네?

"증인이요."

— 아뇨. 우해준 씨를 통해서 알아보고 있습니다.

"강 변호사님이 직접 구하시는 게 낫지 않겠어요? 우해준 그 사람 정신이 온전해 보이지 않던데, 믿을 수가 없어서요."

그녀가 말하는 것은 허위의 목격자다. 원호의 가게가 있는 이태원 뒷골목은 서울에서도 유명한 우범 지역이다. 골목골목에 감시카메라 가 설치되기는커녕 어두워지면 지구대에서조차 순찰을 꺼리는 곳. 가 게 안의 사정도 마찬가지다. 그날 그 자리에 있었다고 우기기만 한다 면, 사실을 확인할 방법이 없다.

— 그건 엄연히……

"불법이겠죠. 그래서 조용히 알아보시라는 거고요."

답답한 인간. 검사 출신이라기에 일껏 붙여 놨더니 벌써부터 우해 준의 밑천을 알아보고 발을 빼려는 건가 싶다.

"연세도 있으신데, 이번 일 잘 마무리하시고 남은 시간은 편안히 보 내셔야죠."

연화는 강 변호사가 뭐라 말하기도 전에 진전이 있으면 연락하라는 말을 남기고 전화를 끊어 버렸다. 처음부터 우해준을 변호할 생각 따위는 눈곱만큼도 없었다. 우영환 대표가 박용태 변호사에게 설득당해 해준을 넘겨준 것이 그녀에게는 차라리 좋은 기회가 된 격이다. 세상 물정 모르고 날뛰는 우해준이 아버지와 척을 진 것을 이용해 고소장을 내도록 만들 수 있었으니 말이다.

'그래. 네가 말한 대로 더 이상 마주치는 일 없을 거야. 적어도 나하고는 말이지.'

연화는 정신을 놓은 사람처럼 실없이 웃으며 자리에서 일어났다. 이번 일로 요은이 얼마나 힘들어할지를 상상하느라 조금 전까지 집중하고 있던 시나리오 따위는 이미 잊었다.

eea

작업실이라기엔 지나치게 협소한 공간, 그곳 책상에 앉은 원규를 물끄러미 바라보고 있자니 조금 이상하다. 일이 바쁘면 늦어도 된다고 했건만, 원규는 굳이 집으로 일을 가져왔다. 분당에 있을 때는 저렇게 등을 돌리고 앉은 원규를 볼 때마다 세상 전부가 나에게서 등을 돌린 듯 갑갑했는데, 지금은 한 공간에 있다는 사실만으로도 한없이 편안하고 기분이 좋다.

크게 기지개를 켠 원규가 의자를 돌려 앉기까지 꽤 오랜 시간 침대에 앉아 원규를 보고 있었던 것 같다. 시선이 마주치자, 원규는 등받이가 책상에 닿을 정도로 의자 깊숙이 몸을 기대며 눈을 감았다. 아직도 기분이 풀리지 않은 걸까.

최면요법을 받겠다고 했을 때, 원규는 굳이 그렇게까지 해야 하느냐고 물었다. 만에 하나 내가 더 힘들어하지는 않을까 걱정하는 원규와 마찬가지로 나 역시 조금은 두려웠다. 하지만 이번에도 가만히 앉아 아버님만 의지하고 있을 수는 없었다. 그래서 결심한 일이었다.

"원규야."

"응."

"화 많이 났어?"

"아니."

여전히 눈을 감은 채, 짧게 대답한다.

"화난 게 아니라 삐진 거지. 니가 그랬잖아. 이유가 있으면 화난 거고 없으면 그냥 삐진 거라고."

똑똑한 원규. 지나듯 한 말을 기억하고 있었구나. 그런데 애석하게도 이해를 잘못한 것 같다. 그리고 맞춤법도 틀렸다. 삐지다가 아니라 삐치다가 맞는 것 같은데. 어쨌든 원규는 지금 이유 없이 저러고 있는 게 아니니, 삐친 게 아니라 화가 난 거다.

"그래서 쳐다보기도 싫어?"

말이 끝나기도 전에 눈을 뜬 원규가 아랫입술을 지그시 깨물며 나를 바라본다. 쳐다보기 싫은 건 아니라고 답하듯 단순하고도 명료한 시선이다.

"말도 안 되는 소리 하면 정말 화낸다."

"미안."

"웃지 마."

"왜? 예뻐서?"

"너 진짜……."

"나 예쁘다며. 매일 예뻐진다고 니가 그랬잖아."

내가 말해 놓고도 부끄러워 얼굴이 붉어질 무렵, 어이없다는 듯 한숨과 함께 터져 나온 원규의 웃음이 너무나 반가워 생긋 마주 웃으며 작업대 쪽으로 걸음을 옮겼다. 작업대 바로 옆에 놓인 스툴을 끌어다 마주 앉기까지, 원규는 줄곧 나를 바라보고 있다.

"안 물어봐?"

바보 같은 나의 질문에…….

"꼭 물어봐야 돼?"

기다렸다는 듯 질문으로 답하며 나의 뺨을 어루만지는 손길이 아릿해 눈을 감은 순간, 앉아 있던 스툴이 움직여 흠칫 놀랐다. 한 손으로 나의 허리를 받쳐 안은 원규가 스툴을 통째로 당겨 나를 가까이에 둔 것이다.

"뭐든 다 얘기하기로 했잖아. 아니야?"

"맞아."

원규의 시선에 심장이 빠르게 움직이기 시작했다. 항상 이런 식이다. 원규와 눈을 마주하고, 원규의 숨소리가 가까워질 때마다 아찔한 현기증에 심장이 요동을 친다.

"기다렸어."

깊이를 알 수 없을 만큼 따스한 시선을 더는 마주할 자신이 없어 나도 모르게 원규의 품에 몸을 기댔다. 그리고 생각나는 대로 말을 시작했다.

"박사님 앞에서 거짓말을 했어."

거짓말은 아니다. 실제로 어떤 일이 있었는지 모르기 때문이다. 내가 정신을 차리고 저항하기까지 정확히 어떤 일이 있었는지, 나는 아직도 기억나는 게 없다. 그러니까 거짓말이 아니다.

"그냥…… 내가 바라는 대로 얘기했어."

원규가 어설프게 기댄 나를 품 안으로 깊이 끌어안았다.

"최면치료가 시작됐는데도 집중할 수가 없었어. 어쩜 처음부터 다른 생각을 하고 있어서 그랬을지도 몰라. 나는 절대로 합의한 적도 없고, 그런 일도 없다고…… 너무 강하게 믿고 있어서 그랬나 봐."

원규의 가슴이 희미하게 떨리는 것 같아 한 손으로 심장 근처를 부드럽게 다독였다.

"원규야."

"응."

"나 정말 괜찮아."

정말, 이상할 정도로 괜찮다. 아버님을 통해 사건이 해결됐다고 생각했을 때는 내가 당하고도 내 일이 아닌 것처럼 이질적인 느낌이었는데, 우해준이 나를 상대로 고소장을 냈다는 사실을 알게 된 순간 마음이 편해졌다.

"겪은 만큼 돌려줄 거야. 분명 그렇게 만들 거야, 내가."

조용히 끝나길 원하지 않는다면, 그렇게 해 주리라.

"아버님이 아니라 내가 하는 게 맞아. 그래야만 깨끗하게 잊을 수 있어."

"니가 그렇다면 그렇게 믿을게."

"응. 4년 내내 배운 게 이런 거니까 걱정하지 마. 그리고……."

따뜻한 품에서 벗어나 자세를 바로 앉으며 바라본 원규의 시선에는 여전히 걱정이 가득하다.

"그리고?"

그걸 감추려 멀어지는 원규의 시선이 아쉬워 뺨에 입을 맞추자, 당황한 듯 나를 보던 원규의 눈가에 미소가 어렸다.

"너 방금, 위험했어."

"응?"

"그런 게 있어."

"뭐가 위험…… 어!?"

나의 몸을 받쳐 안은 손길에 놀라 중심을 잃지 않으려다 보니 어느새 원규의 무릎 위에 앉아 있었다.

"뭐야."

원규의 품에 닿은 어깨를 무르며 일어서려 하자 허리를 세게 안으며 목덜미에 얼굴을 묻어 온다.

"아니 잠깐만."

"시작은 니가 했잖아."

"아…… 간지러워."

"그러니까 빨리 말해. 내 반응에 일일이 신경 쓰지 말고, 머릿속에 있는 대로 마음이 시키는 대로, 전부 다."

원규의 숨이 쇄골에 닿아 정신이 아득하다.

"사랑해."

원래 하려던 말은 '고마워'였는데 나도 모르게 사랑한다고 말해 버렸다. 원규의 표정을 어떻게 설명하면 좋을까. 아프면서도 너무 행복한, 그래서 그 행복이 더욱 돋보이는…… 그런 미소를 짓고 있다.

해준에게 자초지종을 전해 들은 우영환의 표정이 묘하게 일그러졌다.

"그래서?"

"그게 끝이에요. 이후에는 연락한 적 없어요."

서린기업 무남독녀 허연화. 타이틀만으로는 충분히 구미가 당기는 인물이다. 하지만 어째서 이 녀석을 돕겠다고 나선 걸까? 아들 녀석 외에도 세상 물정 모르는 정신 나간 인간이 더 있다는 사실에 감사해야 하는 건가?

"그쪽이 바라는 게 뭐라고?"

"한요은한테 받을 게 있다고만 했어요."

"이런 반편이 같은 녀석! 그 말을 어떻게 믿어?!"

"믿질 것도 없죠!"

아비를 따라 언성을 높이기는 했지만 아차 싶은 마음에 움찔하며 몸을 움츠린 해준이 얼른 눈치를 살핀다.

"결백을 주장해서 나쁠 건 없잖아요."

"결……백?"

너도 알고 나도 알고 하늘도 아는 일인데 그런 말이 나오느냐는 듯 아들을 쏘아본 우영환이 뻑뻑한 숨을 삼키며 다시 뭔가를 궁리하기 시작했다.

"합의한 일이었다고 우기기만 하면 된댔어요. 그럼 다 알아서 해 주겠다고 했어요."

평생을 먹여 주고 입혀 준 애비 말은 귓등으로 들으면서 고작 한 번 만난 인간의 말에 넘어가 덜컥 일을 저지르다니, 병신도 이런 병신이 있나 싶다. 하지만 그 인간이 서린기업의 허연화라 하니, 뭔가 묘안이 있을 것도 같다.

"당장 만나자고 해."

"예?"

"허연화 말이다. 오늘이라도 당장 만나."

"연락하지 말라고 했는데."

"하라는 대로 해!"

"왜 그러는데요."

"잠자코 시키는 대로만 해. 이번에는 틀림없이!"

당장이라도 손에 닿는 건 뭐든 집어 던질 듯 사나운 표정으로 으르렁거리는 아비의 기에 질려 그러마고 대답한 해준에게, 우영환은 나름대로 열심히 쥐어짜 낸 궁여지책을 풀어 놓기 시작했다.

"일이 잘 풀려서 무죄판결을 받아도 박 변호사가 버티고 있는 이상 회사가 남아나질 않겠지. 그뿐인 줄 알아? CRPS로 병역을 면제받았으니 그 짓이 아니라도 널 옭아맬 구실은 충분한 상황이야."

이 순간에도 해준은 걸려도 단단히 잘못 걸렸다는 생각뿐이다.

"그러니 그 여자가 원하는 게 뭔지 그것부터 알아내야지. 그래야 흥정이라도 붙여 볼 것 아니냐."

"한요은한테 받을 게 있다고만 했다니까요."

"그건 너 혼자 들은 얘기고!"

"그럼 같이 보시게요?"

"이런 멍청한 놈! 그나마도 남아 있던 머리까지 약으로 망가뜨린 거야 뭐야?!"

마음 같아서는 당장 뛰쳐나가고 싶지만 뒤에서 뭐가 날아올지 몰라 꾹 참는 중이다.

"녹취를 해 와. 하나도 빠짐없이 전부 다."

"예에?"

"이제 귀까지 먹었어?!"

혀를 끌끌 찬 우영환이 어디론가 전화를 걸었다. 두어 번의 신호음 끝에 전화를 받은 사람은 다름 아닌 남무석 변호사였다.

"날세."

— 예.

"잠깐 본가로 좀 와 줘야겠는데."

— 지금 말입니까?

"그래, 지금 당장."

우영환은 불편한 듯 자리를 지키고 앉은 우해준을 뚫어져라 바라보며 부녀자 강간미수, 마약복용, 병역비리 등등의 다채로운 전력들을 떠올렸다. 박 변호사의 상대가 단순히 포하임코리아가 아닌 서린기업을 등에 업은 포하임코리아라면 얘기가 달라질지도 모른다. 이번 고소 건의 책임을 허연화에게 넘기면 박 변호사도 지금보다는 조심스러운 입장이 되지 않을까.

설령 일이 틀어진다 해도 허연화의 약점을 쥐고 있으면 경영권 방어에 도움이 될 수도 있다. 회사 자본을 횡령한 것에 대한 법적인 책임은 눈엣가시인 남무석에게 떠넘기면 되는 일이다. 그만한 준비도 없이 일을 벌이지는 않았으니 서린기업을 등에 업고 주주들만 잘 구워삶으면 별문제 없을지도 모른다. 그렇게 생각하자 사납게 들끓던 속이 조금은 안정된다.

성수동 허연화의 작업실. 짜증이 덕지덕지 붙은 연화 앞에 앉은 강변호사의 얼굴이 잔뜩 굳어 있다. 검찰로 송치됐다는 말에 그런 줄만 알았는데 공판 일정까지 잡혀 있는 상태였다. 강간미수로 이미 기소된 가해자가 피해자를 상대로 고소장을 내다니, 이런 터무니없는 일에 말려들었다는 사실이 불쾌하기 짝이 없다.

"그래서 결론은? 맞고소가 불가능하다는 말씀인가요?"

"네."

"피해자가 있는데 어째서요?"

"피해자라면 우해준 씨를 말씀하시는 겁니까?"

"네."

"무슨 오해가 있는지 잘은 모르겠지만, 우해준 씨는 현재 검찰에 기소당한 상탭니다. 이유야 어찌 됐든 담당검사는 우해준 씨의 유죄를 확신하고 있다는 거죠. 기소가 되면 98% 이상 유죄가 떨어지는 것도 그런 이유고요. 그러니 당연히 맞고소가 불가능한 상황입니다."

"맞고소가 불가능한 상황인데 경찰에서 참고인 조사를 했다고요?"

"일단 고소장이 접수됐으니 경찰에서는 당연히 조사를 해야죠."

"그런데 왜 맞고소가 불가능하죠?"

"맞고소는 가능해도 상대방을 무고죄로 법정에 세울 수는 없다는 얘깁니다."

"무슨 말씀을 하시는 건지 모르겠네요."

'A이면 B이다'를 'A는 B이다'로 이해하는 사람과는 말을 섞으면 안 되던 동기들의 농담이 떠오르자, 강 변호사는 크게 숨을 들이마시며 마음을 다스렸다. 이 짜증스러운 대화를 마무리하려면 어떻게 해야 좋을지 고민이 깊어지는 순간이다.

"말씀드렸다시피, 우리나라에서는 기소가 되면 98% 이상의 확률로 유죄판결이 나옵니다. 나머지 2%는 어떤 경우인가 하면 피해자가 아예 진술을 번복하는 경우죠. 피해자 본인이 나서서 저 사람은 진범이 아니라고 강력하게 주장하는 경우 말입니다. 그런데 이번 사건은 그럴 일이 전혀 없으니 100% 유죄가 나올 겁니다. 판사들도 판결에 있어서는 검사의 의견을 존중하니까 말입니다."

어이가 없다는 듯 혀를 찬 연화의 웃음에 강 변호사는 더욱 어이가 없어지고 말았다. 대단한 집안 여식이라 기본적인 상식과 예의는 갖추고 있겠거니 생각했는데, 만남이 거듭될수록 실망스러운 모습만 보게 되는 것 같다.

"그럼 하나만 묻죠."

상식이나 예의 따위는 머릿속에서 지운 지 오래라는 듯, 연화의 얼굴이 더더욱 일그러졌다. 많은 걸 바란 게 아니지 않은가. 바라는 건 딱 하나⋯⋯.

"결국 한요은을 법정에 세울 수 없다는 건가요?"

"세울 수는 있겠죠. 우해준 씨가 본인의 결백을 입증한다면 말입니다."

"그럼 그렇게 해 주세요. 그렇게 해 주시면 되겠네요."

"아뇨. 저는 관두겠습니다."

"뭐라고요?"

혹시 한요은이 박용태 변호사의 며느리인 걸 눈치챘나 싶어 짜증이 머리끝까지 솟구친다.

"이미 기소된 사건인 줄 알았더라면 처음부터 맡지도 않았을 겁니다. 게다가 우해준 씨한테 혐의점이 너무 많아요. 다른 건으로도 고소장이 접수된 데다 GHB 건으로 추가 조사가 진행될 수도 있고, 누가 맡아도 정황상 불리한 일이 아닌가 싶습니다."

실질적인 의뢰인은 우해준이 아니라 허연화였고, 그러니 의뢰인에 대한 최소한의 예의를 갖추기 위해 건넨 조언이다. 누가 맡아도 우해준은 유죄고, 그렇게 되면 한요은은 무고죄가 될 수 없으니 일찌감치 포기하라는 뜻이었다.

"제시한 조건이 마음에 안 드시던가요?"

아니, 오히려 그 반대다. 어마무시한 수임료에 마음을 빼앗겨 수락한 일이었다. 법복을 벗고 보니 세월이 무상하여 젊음도 없고 정의도 없는 사회에 덩그러니 놓인 스스로의 모습이 초라하게만 느껴졌다. 변호사 사무실을 열어 지인들의 알음알음으로 찾아오는 의뢰인에 의지해 살다 보니 개중에 누구누구처럼 힘이 있을 때 좀 모아 둘 걸 그랬나 싶은 순간도 여러 번이었다. 그러던 중 허연화의 의뢰를 받은 것이다.

"아니면 우해준 대신 증인을 구해 보라는 말이 언짢으셨나요?"

하지만 강 변호사에게는 그보다 더 중요한 것이 있었다. 지난해 사법시험에 합격해서 연수원 생활을 앞두고 있는 막내. 넉넉한 형편은 아니었지만 그 아이 앞에 단 한 번도 부끄러운 적이 없었다. 허위의 목격자를 물색하느라 골머리를 앓다가 집에 들어간 며칠 전, 합격 후 얼굴 보기도 힘들 만큼 약속이 많아졌던 아들 녀석이 조용히 안방 문을 두드렸다. 그러고는 그의 손을 꽉 잡으며 아버지께 부끄럽지 않은 아들이 되겠다고 다짐했다. 그날 밤, 강 변호사는 밤새 잠을 설쳐야 했다.

"이만 일어나겠습니다."

"강 변호사님!"

이게 옳다고, 옳은 길이라고 수없이 스스로를 타이르며 작업실을 나선 강 변호사가 후련한 듯 오후의 햇살을 크게 들이마시고는 택시 승강장으로 걸음을 옮겼다.

원규는 침대에 있고 나는 작업대 앞에 앉아 판례를 열심히 검색하는 중이다. 침대에서 작업대 앞에 앉은 원규를 볼 때마다 멋지다는 생각을 하곤 했는데, 지금 나를 보는 원규도 똑같은 생각을 하고 있으면 좋겠다.

"아직 멀었어?"

기다림에 지친 원규의 목소리에 그만 일어날까 싶을 즈음, 문득 옛날 생각이 났다.

"오늘 좀 바쁜데, 먼저 자."

뒤도 안 보고 시크하게 대답한 것까지는 좋았는데, 하필이면 웃음이 터지고 말았다. 그런데 분위기가 조금 이상하다. 왜 이렇게 조용하지? 먼저 자라는 성대모사가 너무 그럴듯했나? 1초가 1분 같고 1분은 한 시간 같아 더는 궁금해서 안 되겠다.

"박원규?"

아직 멀었냐고 물은 게 고작 1~2분 전인데 벌써 자는 건가? 장난이겠지 생각하며 자리에서 일어났다. 하지만 시계를 보니 벌써 새벽 2시다. 이렇게 오랫동안 판례를 검색하고 있었나? 원규가 한마디 말을 끝으로 기절할 만도 하다. 하지만 내가 침대로 다가서기까지도 새근새근 잘 자는 원규는 보니 조금 아쉽다. 안 잤어? 잘 자. 먼저 자. 바빠. 일 있어…… 등등의 다채로운 어록을 성대모사 할 생각이었는데 먼저 잠들어 버리다니.

"박.원.규."

부르는 듯 마는 듯 작은 목소리로 또박또박 이름을 불러 봤다. 아무리 생각해도 원규다운 이름. 침대 끝에 조심스럽게 무릎을 의지하고 바라본 원규는, 예전이나 지금이나 변함없이 매력적이다. 새벽에 잠에서 깨면 옆에 누운 원규의 얼굴에 정신이 팔려 한참을 보곤 했었다. 원규가 벗어 놓은 안경이…… 벗어 놓은 옷이라도 되는 것처럼 가슴이 뛰어서, 그렇게 바라만 보고 있어도 조마조마했다.

문득 정신을 차리고 보니, 어느덧 원규의 옆으로 자리를 옮겨 앉아 있었다. 군더더기 없이 맺고 끊어진 생김새에 빠져 걸음이 닿는 곳도 모르고 있었나 보다. 조심스럽게 벗긴 원규의 안경은 크기에 비해 꽤 가벼운 편이다. 조명에 비춘 안경알은 먼지 하나 없이 투명하다. 딱히 뭐가 묻었을 거라는 생각을 한 건 아니지만, 역시나 조금은 아쉽다.

아마 원규를 만난 후였던 것 같은데, 뒤집어 낸 셔츠의 아랫단으로 누군가의 안경을 깨끗이 닦아 주는 상상을 한 적이 있다. 혹시나 안경 낀 주인공을 쓰게 되면 그런 장면도 한번 그려 보라는 나의 말에, 선희는 어이없다는 표정을 지으며 고개를 절레절레 흔들었다.

'사람 옷에 세균이랑 단백질이 얼마나 많이 붙어 있는데 그걸로 안경을 닦냐. 어으— 드러.'

셔츠의 아랫단을 만지작거리던 중 그 말이 떠오르자 괜히 머쓱해져서 안경수건을 찾기 시작했다. 협탁 서랍 어딘가에 두고 쓰는 것 같았는데, 아무래도 반대쪽인가 보다. 쿠션이 움직이지 않도록 살짝 일어나려는 찰나, 원규가 불쑥 허리를 안으며 나를 침대에 앉혔다.

"아— 깜짝아."

"바쁜 일 다 끝났어?"

자다가 일어난 사람치고는 눈빛이 너무 초롱초롱하다.

"박원규 너······."

"먼저 자라며."

"자는 척한 거 아니고?"

"자려고 노력했던 거지."

"알겠으니까 잠깐만."

계속 이 상태로 있다간 언제 간지럼을 태울지 모른다는 생각에 벗어나려고 하자 허리를 더 세게 끌어안는다.

"나도 잠깐만."

"아!"

그렇게 허리에 얼굴을 파묻으면 간지러워서 죽을 것 같다고 했잖니.

"아— 박원규."

"왜 그래. 아무것도 안 했는데."

"아…… 하하…… 얼굴…… 하지 마…… 하하하……."

"푸후우우우우—"

아예 작정하고 뜨거운 숨을 불어 넣기까지 하니, 정말 죽을 것 같다.

"아아— 하……."

"몸이 너무 차."

순식간에 몸을 일으킨 원규가 움츠린 나의 몸을 그러안아 이불 안으로 들여놨다. 그 바람에 흠칫 놀라 손에 들고 있던 안경을 놓쳐 버렸다.

"어— 안경!"

버둥거리며 일어나려 하자 한 손으로 어깨를 살짝 누르며 가슴 위로 뺨을 기댔다. 그런데 원규의 체온이 너무 잘 느껴져, 마치 맨가슴을 드러내고 있는 듯 얼굴이 화끈거린다.

"박원규 너 안경."

어깨를 움츠리며 한쪽 손을 원규의 뺨 아래로 넣으려 하자, 허리를 깊이 안아 상체를 일으킨 원규가 입술이 닿을 정도로 가까이 얼굴을 마주해 왔다. 그러고는 다른 한 손을 천천히 움직여 가슴을 가리려던 나의 손을 부드럽게 움켜쥐었다. 그냥 심장 언저리에 원규의 손길이 느껴질 뿐인데도, 온몸이 아릿하다.

"원규야 잠깐만…… 나 좀……."

"키스, 해도 돼?"

"아…… 아니……."

"한 번만."

한 번만, 한 번만, 딱 한 번만. 그렇게 쌓인 한 번이 벌써 몇 번인지 기억도 안 난다.

"음?"

"잠깐 나 양치…… 읍……."

원규의 입술이 나의 입술을 부드럽게 누르고는 이내 멀어졌다.

"아까 했잖아."

그래, 아까 했지. 근데 그렇게 따지면 키스도 아까 했잖아……라고 말하려는 순간, 원규가 부드러운 손길로 나의 입술을 따라 그리며 뭔가를 말했다. 하지만 입술에 흐른 원규의 감촉에 온몸이 아려 원규의 말을 놓쳐 버렸다.

"으…… 응?"

"음?"

"못 드……었어."

입 안이 마르고 갈증이 나서 말도 제대로 안 나온다. 난데없이 혀 짧은 소리를 한 것이 무안해 입술 위로 이를 악물자 마치 떼쓰는 어린아이를 달래듯 짧고 낮은 소리로 숨을 내쉰 원규가 이내 입을 맞추며 입술을 벌려 온다.

아무것도 생각할 수 없는 순간이다. 이제 조금은 익숙해질 때도 된 것 같은데, 흐느낌으로 변한 호흡이 창피해 숨을 참으려 할수록 심장이 요란하게 들썩인다. 내가 느끼는 이 감정을…… 원규도 똑같이 느끼고 있을까? 투명할 정도로 눈부시게 부서지는 햇살 아래 서 있는 듯, 금방이라도 눈물이 고일 것 같다.

그렇게 얼마나 시간이 흘렀는지 모르겠다. 가쁜 숨이 힘겨워 어깨를 움츠리자 목덜미를 부드럽게 감싸 흐른 손길로 어깨를 안아 올린 원규가 뺨을 톡톡 두드렸다. 내가 줄곧 눈을 감고 있었다는 걸 그제야 깨달았다.

"미안."

갑자기 뭐가 미안하다는 거지.

"매일 혼자 자게 했던 거 말이야. 미안해."

미안하다는 말을 들으려고 성대모사를 한 게 아니었는데, 장난이 너무 심했나 보다.

"그러니까 얼른 자자."

뭐라 대답할 틈도 없이 원규가 등을 받치고 있던 팔을 빼며 날 시트 위로 눕혔다.

"같이."

천의 얼굴 박원규. 미안하다고 말할 때의 애틋한 표정은 어디 가고 이렇게나 환하게 웃는 걸까.

성수동 작업실에서 우해준과 마주 앉은 허연화는 그야말로 기가 막힌다는 듯 해준을 뚫어지게 쳐다보고 있다. 며칠 전 급한 일이라며 한밤중에 불러내서는 처음 만났을 때 나눈 대화를 재탕해 가며 시간을 잡아먹는 그에게 충분히 경고를 해 두었건만, 오늘은 예고도 없이 작업실로 찾아와 다짜고짜 문을 두드린 것이다.

"뭐 하는 거예요, 지금?"

"통 연락을 받으셔야 말이지."

"개인적으로 연락하지 말라고 분명히 얘기했을 텐데."

"그건 강 변호사가 중간에 있었을 때 얘기죠."

기가 막힌 건 해준도 마찬가지다. 그렇지 않아도 아버지인 우영환이 눈을 시퍼렇게 뜨고 칼을 가는 마당에 일을 맡겠다던 강 변호사가 손을 뗐으니, 만일 이런 사실을 알게 되면 그 뒷감당을 어떻게 하나 싶다.

"어쩔 겁니까?"

"기다리라고 했잖아요."

꼴에 자존심은 있어서 양심을 팔지는 않겠다던 강 변호사의 빳빳한 태도가 떠오르자 새삼 화딱지가 난다. 그렇게 배짱 없는 인간에게 너무 많은 패를 보인 게 아닌가 싶어 약이 오른 것이다.

"그쪽이 벌여 놓은 판이 하도 커서 수습하기가 영 쉽지 않네."

"모르고 시작한 일도 아니잖아?"

연화의 반말에 해준은 똑같이 반말로 응수했다.

"변호사 떨어져 나갔다니까 불안해서 달려온 사람치곤 꽤 건방진 말투네."

"에―이 건방이라니 무슨 그런 말씀을 하실까. 딱 보니까 돈으로 사람 부리는 일도 못 하는 거 같아서 걱정이 돼서 왔지."

그 대단하신 집안의 무남독녀 파워가 이 정도밖에 안 되냐는 듯 번들번들한 해준의 웃음에, 연화는 비위가 틀어졌다.

"뭔가 착각하는 거 같은데, 당신을 돕기로 한 건 우리 회사가 아니라 나야. 그러니까 자꾸 이런 식으로 내 비위 거슬리……."

요란한 벨소리가 작업실을 흔들어 연화의 말을 끊어 내자, 해준은 기다렸다는 듯 포켓에서 휴대전화를 꺼내 통화 버튼을 누른다. 그리고는 어이없어하는 연화에게 진정하라는 듯 여유롭게 손짓까지 해 보인다.

"여보세요?"

이건 또 어디서 배운 버릇인가 싶다.

"다 왔어?"

뭐라는 거지?

"맞아. 젠 스튜디오 옆이야."

Gen Studio 옆이라면 본인의 작업실을 말하는 것임을 깨달은 연화가 해준을 쏘아보자, 통화를 마친 그가 한쪽 입매를 올리며 비죽 웃는다.

"지금 여기로 사람 부른 거야? 개인적인 연락도 안 된다고 경고한 마당에 내 작업실로?"

연화의 히스테리가 귀찮다는 듯 자리에서 일어난 해준이 입구로 걸음을 옮기려는 찰나, 분을 못 이긴 그녀가 그의 앞을 가로막고 섰다. 미쳐도 이렇게 미칠 수가 있을까? 한요은 때문에 이런 인간을 마주해야 하는 현실이 짜증스러워 정말이지 돌 것 같다.

"우해준!"

해준이 볼품없이 일그러진 그녀의 표정에도 아랑곳하지 않고 걸음을 떼자, 연화는 아예 그의 옷깃을 잡아채며 발악하듯 소리를 질렀다.

"놓고 얘기하지? 옷 구겨지면 손님이 오해할 수도 있잖아?"

부들부들 떠는 그녀의 손을 쳐 낸 해준이 옷깃을 탁탁 털며 미간을 구긴다. 곧이어 입구 쪽에서 벨이 울리기 시작했고, 갑작스러운 상황에 감정조차 추스르지 못한 그녀가 제자리에 못 박힌 듯 서 있는 동안 우해준과 신원을 알 수 없는 누군가의 발소리가 입구를 무겁게 울리며 점점 가까워졌다.

우해준이 허연화의 작업실로 부른 사람은 다름 아닌 목격자였다. 정확히 말하자면, 목격자 역할을 맡아 줄 사람. 나사가 완전히 풀리면 주저앉아서 일어나지도 못할 텐데 어쩌다 반만 풀려 저 꼴로 사나 싶은 우해준이 데려온 사람치고는 꽤 쓸모 있어 보인다.

"근데 두 사람 어떻게 아는 사이죠?"

"가끔 만나는 사이."

"난 이쪽한테 물었는데?"

연화가 해준의 옆에 앉은 사람을 보며 짧게 말하자, 어쩐지 존대를 하더라니 하는 표정으로 입술을 비튼 해준이 소파에 등을 기댔다.

"지인 소개로 만났어요. 남궁주호라고 해요."

"언제요?"

"한……."

남자가 해준을 보며 입술을 비죽 내민다.

"5년쯤 됐죠? 우리."

남자가 해준을 보며 확인하듯 물었다.

"아마 그렇지? 2002년이었으니까."

해준의 대답 따위는 이미 귀에 들어오지 않는다. '우리'라는 남자의 말에 '우릴 위해서?'라고 되묻던 원규의 목소리가 떠올랐기 때문이다. 어디 원규뿐인가. 우리한테서 신경 꺼 달라던 요은의 말도 뚜렷하게 기억난다.

"어때? 이 정도면 꽤 괜찮지 않아?"

박원규와 한요은이 우리가 된 현실을 아직도 믿을 수가 없다. 허연화 당신이 아니라 세상 누구라도 안 되다던 원규가 어째서. 한요은이 뭔데. 대체 한요은이 뭐라고.

톡— 톡—

넋 나간 그녀를 지켜보던 해준이 테이블을 두드리자 그제야 정신을 차리긴 했지만 연화의 눈빛에는 여전히 초점이 없다.

"뭐라고 했죠?"

"5년 됐다고요. 우리."

또 우리.

"그 우리라는 말 좀 그만 쓰죠? 듣기 거북하네요."

그녀가 불쾌한 듯 톡 쏴붙이자 해준의 표정이 험악해졌다.

"허연화 씨 잠깐 나 좀 보죠?"

주제도 모르고 언성을 높이는 그의 꼴이 우습다. 곧 죽어도 남 앞에서 없어 보이기는 싫은 모양이다.

"지금 보고 있잖아요."

연화는 고개를 빳빳이 들고 응수했다. 우해준이든 그의 연인이든 한요은이 아니었다면 절대 마주칠 일도 없는 마이너리그 출신들이 아닌가 싶어 새삼 짜증이 치민 것이다.

"잠깐 나오라고."

"그쪽 애인을 내보내면 되겠네."

네가 나가라는 듯 해준의 옆에 앉은 남자를 바라보는 연화의 눈빛에서 조금의 흔들림도 찾아볼 수가 없다.

"그럼 말씀 나누세요."

분위기가 심상치 않음을 눈치챈 남자가 자리에서 일어선다.

"해준 씨, 나 잠깐 나가 있⋯⋯."

해준은 남자를 신경질적으로 자리에 끌어 앉히고는 연화를 똑바로 바라봤다.

"하라는 대로 해 주니까 사람이 졸로 보여?"

"나 좋으라고 한 일도 아니잖아?"

"뭔가 착각하나 본데, 아쉬워서 찾아온 건 당신이야. 한요은한테 받을 게 있다면서."

"하라는 대로 해 줬다고? 한밤중에 사람 불러내고, 가르쳐 주지도 않은 작업실로 찾아오고, 나랑은 상관도 없는 사람까지 데려온 게, 내가 시킨 일이었나?"

"왜 상관이 없어? 당신이 그렇게 필요하다던 목격자 아니야. 잊어버렸어?"

"사이가 꽤 좋은가 봐요? 저쪽한테 한 말에 이렇게까지 발끈하는 걸 보니."

"말 돌리지 말고 대답부터 하지? 목격자. 그쪽이 만들자던 거 아니야?"

연화의 대답을 기다리는 해준의 표정이 심란해 보인다. 하지만 연화는 그런 해준의 기색을 미처 눈치채지 못한다. 모든 상황에 정신이 나갈 만큼 화가 치밀어 오를 뿐이다. 가까스로 냉정을 유지하고는 있지만, 당장이라도 눈앞의 모든 걸 때려 부수고 싶을 만큼 짜증이 난다.

"그쪽은 그런 생각까지 할 주변머리도 못 되는 거 같아서 말이죠. 어쨌든 목격자가 필요한 건 사실이잖아?"

"하하하하하하하—"

남자는 갑자기 미친 사람처럼 웃는 해준에게 놀라 몸을 움찔했다. 연화 역시 불쾌한 듯 해준을 바라본다.

"사람 잘 봤네. 하하하하하— 내가 좀 주변머리가 없긴 하지."

"뭐가 그렇게 재밌어요?"

"아니, 고마워서. 내 주변머리로는 목격자고 뭐고 아무 생각도 못했을 텐데. 그쪽이 적극적으로 나서 주니까 갑자기 눈물 나게 고맙네."

"얘기는 확실히 끝난 거예요?"

"무슨 얘기?"

"증언, 준비된 거냐고요."

"증인만 준비하면 증언 내용은 그쪽에서 만들겠다고 했잖아?"

연화가 주호에게 몇 가지 사항을 확인하는 동안 해준은 여유롭게 등받이에 기대앉았다. 아버지가 원하던 녹취록이 순조롭게 완성되고 있으니 당분간은 지긋지긋한 미친놈 소리를 안 들어도 될 것 같다는 생각에 절로 웃음이 난다.

샤워를 마친 후 꼼꼼하게 옷을 챙겨 입은 요은이 욕실을 나오기 전 문을 살며시 열고 침대를 본다. 그런데 자고 있어야 할 원규가 침대에 없다. 술기운이 돌아 힘들다며 먼저 누웠는데 어딜 갔는지 모르겠다.

"원규야?"

확 트인 구조상 원규가 위층에 있다면 안 보일 리가 없으니 아마도 아래층에 있으리라 생각한 그녀가 계단을 내려가며 전면 유리에 반사

된 거실을 살폈지만, 역시나 원규의 모습은 보이질 않는다.

갑자기 주변이 너무 조용하다는 생각에 덜컥 겁이 난 요은이 서둘러 주방으로 걸음을 옮겼다. 주방에도 없으면 어쩌나 싶어 망설이기도 잠시, 일이 생기기도 전에 걱정부터 한다던 원규의 말이 떠오르자 마음보다 몸이 먼저 움직였다. 문을 열자, 다행히도 원규가 식탁에 기대서 있다.

"깜짝 놀랐잖……."

원규가 흠칫 놀라며 입을 다물었지만, 요은은 이미 그의 혀끝에 있던 알약에 시선을 뺏긴 상태였다.

"어디 아파?"

"아— 어…… 그냥."

"머리 아파?"

"아니."

"감기 걸렸어?"

서둘러 물로 입을 헹궈 낸 원규가 쓴 입맛을 다시며 혀를 살짝 내밀었다. 바로 물을 마셨어야 했는데, 요은이 들어오는 바람에 타이밍을 놓쳐 버린 것이다.

"샤워 끝?"

서둘러 화제를 돌리려는 원규와 달리 더없이 심각한 표정으로 다가선 요은이 원규의 이마에 손을 얹었다.

"어떡해. 뜨거워."

"괜찮아."

입이 마른 듯 깊이 잠긴 목소리다.

"몸도 안 좋은데 술은 왜 했어."

"어쩌다 보니까 그렇게 됐네."

"가서 눕자."

마치 잃어버렸다 찾은 아이의 손을 잡듯 원규의 손을 꽉 잡은 요은이 먼저 주방을 나섰고, 원규는 그런 요은의 뒷모습을 보며 말없이 걸음을 옮겼다. 계단에 이르러 멈춰 선 요은이 먼저 올라가라는 시늉을 하며 옆으로 비켜섰다.

"조심하고, 응?"

그녀를 가까이 당기며 검지로 볼을 톡톡 두드린 원규가 뜨거운 숨을 뱉으며 미소 짓자, 예상치 못한 손길에 이끌린 그녀가 짧은 신음을 쏟아 냈다. 이 여자를 어쩌면 좋을지 모르겠다. 컨디션이 조금 안 좋을 뿐인데 마치 자신을 아이 다루듯 하고 있으니 말이다. 아무래도 솔직하게 얘기해야 할 것 같다.

"나 감기 아니야."

"그럼?"

"머리도 안 아파."

"열나는데?"

"원래 술 마시면 이렇잖아."

"그럼 그 약은 뭔데?"

"올라가서 얘기하면 안 돼?"

"아! 미안. 몸도 안 좋은데."

원규가 열 마른 입술을 적시며 요은의 허리를 안았다.

"괜찮다니까."

요은은 걱정을 속으로 삼키며 원규의 걸음에 맞춰 계단을 오른다.

"얼른 누워."

계단을 오르기 무섭게 원규를 침대에 앉히고는 뒤에서 어깨를 받쳐 주기까지 하자, 요은을 바라보는 원규의 눈가에 웃음이 가득하다. 하지만 한편으로는 이렇게 지극정성인 그녀에게 어떻게 말하면 좋을지 난감해졌다. 잠깐의 고민 사이, 원규는 이미 침대에 누워 있고 요은은 그런 원규의 이마에 손을 얹은 채 심각한 표정을 짓고 있다.

"물수건 해 올게. 잠깐 기……."

원규가 이내 몸을 일으키는 요은의 손목을 잡고는 부드럽게 당겼다.

"이리 와."

"너무 뜨거워서 안 돼."

"너 몸 차잖아."

"장난하지 말고. 너 지금 열 진짜 많이 나."

"이리 와. 응?"

고집불통 박원규.

"해열제 어딨어? 아니 감기약인가? 어쨌든 이따가 한 번 더 먹자. 아니면 병원에 갈까?"

"그거……."

원규가 미간을 살짝 찌푸리며 난처한 듯 웃는다.

"해열제 아니야."

자리에서 일어난 그가 침대 밖으로 다리를 내고 앉아 요은을 끌어당겼다.

"감기약도 아니고."

요은을 무릎에 앉힌 원규가 차가운 그녀의 등에 얼굴을 묻는다. 원규에게 무게를 더하지 않으려 몇 번쯤 저항을 시도했지만 결국 포기해 버린 요은이 허리를 안은 원규의 팔을 살포시 잡았다.

"그럼 무슨 약인데?"

해열제도 아니고 감기약도 아니면, 소화제? 변비약? 위장약?

"약속 하나만 해 줘."

어디가 많이 안 좋은가? 가슴이 철렁 내려앉아 숨이 천근만근이라더는 원규의 무릎에 앉아 있을 수가 없다. 요은이 갑자기 몸을 일으켜 침대 아래로 무릎을 꿇고 앉았다. 그녀가 튕겨 나가듯 벌떡 일어난 덕에, 원규는 안경에 눌려 얼얼한 미간을 문지르며 그녀를 바라봤다.

"뭐야? 무슨 약인데? 어디가 아픈 건데?"

불안에 흔들리는 요은의 눈빛을 마주하니 더욱 난감해지고 만다. 더 불안해하기 전에 사실대로 말하는 게 좋을 것 같다.

"잠 오는 약."

"잠 오는 약이면······."

수면유도제다. 하지만 그녀가 혹시라도 예전 일들을 떠올리면 어쩌나 하는 그의 걱정과는 달리, 요은은 긴장이 탁 풀린 얼굴로 바닥에 주저앉으며 흐느끼듯 한숨을 내쉰다.

"뭐야— 깜짝 놀랐잖아. 어디 많이 아픈 줄 알고."

하지만 편안해졌던 요은의 표정이 심각해지기까지는 오랜 시간이 걸리지 않았다.

"근데······ 불면증이야?"

"아! 맞아 그거!"

유레카를 외친 아르키메데스보다 더 큰 깨달음을 얻은 듯한 목소리로 외친 원규가 이내 아차 싶은 얼굴로 요은을 본다.

"한참 생각했는데 불면증? 그게 생각이 안 나서. 불면증 치료약? 치료제? 어쨌든."

"그냥 수면유도제라고 하면 되잖아."

말을 멎은 요은은 그제야 원규가 대답을 망설인 이유를 알 것 같다. 그리고 원규는 바닥에 앉은 그녀가 신경 쓰인다.

"올라와."

그녀는 원규가 내민 손을 잡은 채로 앉은 자리에서 시선을 들어 그를 보고 있다.

"언제부터 그랬는데?"

"오늘 샀어. 들어오는 길에. 얼른 일어나 앉자, 응?"

"술 마시고 이런 거 먹으면 안 돼. 알잖아."

"수면제가 아니라 그냥······."

"그래, 알아. 그냥 수면유도제. 처음 본 것도 아니니까."

"요은아."

"왜 말 안 했어? 잠이 잘 안 온다고 얘기했으면……."

얘기했으면 뭐, 자장가라도 불러 줬을 거라고? 생각을 멈춘 요은이 씁쓸하게 웃었다. 공허한 그녀의 미소에 심장이 아리다.

"어제, 너 많이 놀랐잖아."

어제 새벽, 갑작스럽게 슬립 아래로 들어온 원규의 손길에 많이 놀라긴 했다. 잠결이라 더욱 그랬는지도 모른다. 하지만 그녀보다 더 놀라고 당황한 쪽은 원규였다. 키스만으로도 호흡이 짧아지는 그녀를 위해 항상 조심하려고 애써 왔는데, 아무리 잠결이라도 무의식중에 그녀를 안으려고 했다는 사실에 신경이 쓰여 밤새 잠을 설친 것이다.

"근데 오늘은 술까지 마셔서."

"그래서?"

뭐라고 말하면 좋을지 모르겠다. 술을 마시면 더욱 너에게 애가 타서 자신이 없었다고? 그렇지 않아도 이런저런 일로 마음이 바쁜 요은이다. 그런 그녀에게 이렇듯 본능적인 문제로 부담을 주기는 싫다. 게다가 오랜만에 약을 먹은 탓인지 벌써부터 정신이 흐릿하다. 이런 정신으로 주절주절 떠들기보다는 내일 아침에 맑은 정신으로 얘기하는 게 좋을 것 같다.

"바닥, 차다니까."

그런 와중에도 바닥에 앉은 그녀가 걱정돼 느릿한 손길로 침대 시트를 두드린 원규가 그녀를 잡은 손에 힘을 더했다.

"빨리."

"나도 먹을래."

"어?"

"나도 달라고. 약."

정신이 번쩍 든다.

"니가 잠결에 나 만지는 게 신경 쓰이면 차라리 내가 약을 먹을게. 놀라서 깨지도 않고 아무것도 모르고 잠만 자게."

"한요은."

"어디 있어?"

"요은아."

"니가 왜……."

그녀의 입술이 흐르는 눈물에 젖었다. 매일 처음인 것처럼 키스를 하고, 매일 처음인 것처럼 그녀를 품에 안아 다독이는 원규의 배려를 익히 알고 있었기에, 그런 그가 수면제까지 먹어야만 하는 현실이 가혹해서 눈물이 난다.

"말했잖아. 나 괜찮다고."

"미안."

"아무리 잠결이라도 널 다른 사람으로 착각하는 일 절대 없어."

아무 일도 없었다면 너무도 자연스러웠을 손길이다. 그녀에게가 아니라 원규에게 당연해야 하는 일이 그렇지 않게 돼 버린 것 같아 속이 무너진다.

"그냥 조금 놀라서 그런 거야. 다른 게 아니라 그냥…… 자다가 놀라서……."

그녀가 눈물을 닦으며 입술을 지그시 깨물었다. 자신의 눈물마저 아파할 원규 앞에 이게 무슨 짓인가 싶은 것이다. 잠시의 간격을 두고, 원규가 그녀를 안아 올리며 침대 안쪽으로 물러앉았다.

"니가 자다 놀라서 내가 더 놀라긴 했지만, 나도 다른 생각은 안 해."

거짓말. 가끔 함께 외출을 할 때면 시야가 확보되지 않은 상황에서 갑자기 다른 사람과 맞닥뜨리거나 다른 사람이 가까이 닿을 때마다 흠칫흠칫 놀라곤 하는 그녀다. 이명희 박사의 말로는 전형적인 사고 후유증이라고 하지 않았던가. Flashback(환각의 반복. 아주 작은 연결 고리만으로도 사고 당시의 상황을 떠올리게 되며, 심한 경우 정신적, 육체적 고통이 그대로 재현됨)까지는 아니더라도 당분간은 그 일이 요은의 잠재의식을 지배할 거라고 했었다. 하지만 굳이 그런 사실을 그녀에게 각인시킬 필요는 없다고 했다. 약간의 강박증상이 있어 차라리 모르는 편이 치료에 도움이 된다고 말이다.

"말했잖아. 너만 괜찮으면 나도 괜찮다고."

모든 걸 말하기로 약속했지만, 그럼에도 불구하고 할 수 없는 말들이 있다. 이런 거짓말이 필요 없을 정도로 그녀가 편해지는 날이 오기만을 바라고 또 바랄 뿐이다.

"다 울었어?"

지금은 그녀의 곁을 지키는 것 외에는 아무것도 생각하고 싶지 않다. 사실, 그녀의 존재가 너무 커서 다른 생각을 할 겨를조차 없다. 다만 한 가지, 혹시라도 잠결에 움직인 무심한 손길에 놀란 그녀가 사고 당시의 기억으로 힘들어하는 것이 싫다. 가능하다면 그녀의 머릿속에서 나쁜 기억을 모두 지워 주고 싶다.

"안 울었거든."

요은은 붉어진 눈자위를 쓱 훔쳐 내며 야속하다는 듯 원규를 바라본다. 한없이 아픈 눈물을 흘리다가도 어느새 스스로를 다잡을 줄 아는, 아버지의 말마따나 참 야무지고 똑똑한 여자다. 그래서 더욱 사랑스럽다. 하지만 다음 순간, 이불을 폭 뒤집어쓴 요은이 보란 듯이 등을 돌리고 눕자 여지없이 난감해지고 만다. 정말이지 잠이 확 깨는 순간이다. 이제 그녀 앞에서는 약도 들지 않는 모양이다.

이불 위로 요은의 허리를 살포시 끌어안은 원규가 그녀의 목덜미에 얼굴을 묻었다. 샤워를 마친 지 얼마 안 돼서일까, 풋풋하고 싱그러운 향이 평소보다 훨씬 짙어 아찔하기까지 하다.

"내가 힘들어서 그래."

매일 그녀를 안고 싶다. 하지만 그만큼 망설이게 된다. 처음 그녀를 안았을 때, 자신을 온통 휘저은 욕망에 들떠 뒤늦게 정신을 차렸던 것과 그럼에도 불구하고 그녀에게서 몸을 거두지 못했던 것이 아직도 마음에 걸린다. 그녀 앞에 그런 모습을 보이는 것이 조심스럽다. 너를 너무 안고 싶어서 안을 수 없다는 아이러니를 어떻게 설명하면 좋을지 모르겠다. 설명이라니, 당치 않다. 처음부터 논리로는 해결할 수 없는 문제가 아닌가.

새벽녘이면 그의 얼굴을 따라 손끝을 움직이며 이름을 부르는 그녀의 목소리를 들을 때마다 숨이 아리다. 마치 옆에 누운 사람이 누군지 스스로에게 각인이라도 시키려는 듯, 그렇게 여러 번…… 원규야…… 박원규…… 한껏 소리를 낮춰 대답 없는 이름을 부르고서야 그의 품 안으로 파고드는 그녀. 그래서 그녀가 원하기 전에는 안을 수가 없다. 그렇게 소중한 여자다.

"넌 아마 모를 거야."

약이 아니라 그녀의 향에 취해 정신이 몽롱하다.

"얼마나 널 안고 싶은지, 정말…… 모를 거야."

더 가까이 몸을 기대 온 원규의 나른한 음성이 그녀의 목덜미에 스미고 마음을 어루만지며 온몸으로 퍼져 나간다.

용산경찰서 소속 이태원지구대. 미성년자에게 주류를 판매했다는 이유로 불려 온 원호가 말없이 조사에 응하고 있다. 하지만 원호와는 달리 시끌벅적한 취객들 사이에서도 단연 돋보이는 인물이 있었으니, 바로 프랜, 표민기다.

"이 새끼들 진짜! 똑바로 얘기 안 해?!"

프랜이 가리킨 이 새끼들이란 앳돼 보이는 남자 넷이다.

"걔 어디 갔어? 걔가 니들 신분증 한 번에 들고 튄 거 맞잖아!"

"어허— 목소리 좀 낮추라니까요."

이태원지구대로 배정받은 지 얼마 안 되는 경장 하나가 인상을 찌푸리며 말했다.

"김일순 경위님 좀 불러 줘요. 그분은 안다니까요? 우리 이런 일 한두 번 당하는 거 아니에요."

"거참 말씀 못 알아들으시네. 경위님이 아니라 총감님이 와도 이건 안 되는 일이라니까요? 이 친구들 넷 다 버젓이 미성년자 신분증을 가지고 있었잖아요."

"내가! 아니— 제가 검사했을 때는 전부 86이었어요. 장사 하루 이틀 하는 것도 아니고 칵테일 다섯 잔이랑 두 달 영업 이익 바꿔 먹는 병신이 어디 있어요."

듣고 보니 그런 것 같기도 하지만 어쩔 도리가 없다. 현장에서 검사한 신분증에 의하면 모두 89년생인 데다, 신분증 검사는 아예 받지도 않았다고 입을 모으고 있으니 말이다.

"안 그래도 장사 어렵다가 겨우 좋아졌는데 잘 좀 알아봐 주세요. 영업정지 당하면 우리 다 굶어 죽어야 돼요."

3년 전, 원규가 이태원으로 찾아온 지 1년쯤 지난 후였다. 신분증 검사야 평소에도 소홀한 적이 없던 그들의 가게에 미성년자 너덧 명이 섞여 든 통에 영업정지를 당해야 했다. 그래도 그때 왔던 녀석들은 위조된 신분증을 가지고 있었기에 기소유예로 그칠 수 있었지만, 이번에는 아니다. 누군가 작정을 하지 않고서야 어떻게 가게에서는 위조 신분증을 보여 주고 지구대에서는 진짜 신분증을 제시한단 말인가.

"3년 전에 영업정지 먹고 망할 뻔했는데 설마 또 그러겠어요? 부탁드릴게요. 네?"

프랜이 최 경장에게 허리를 숙이며 거듭 인사를 했다. 설마 이번에도 원규의 아버지라는 사람이 한 일인가? 아예 가게를 닫게 할 작정인 걸까?

"너희들 미성년자라고 그냥 빠져나갈 줄 아나 본데 만약에 작정하고 이런 짓 한 거면 공문서 위조야. 그러니까 똑바로 얘기해."

프랜의 간절한 목소리에 최 경장이 아이들을 다그치듯 엄하게 말했다. 사실 위조한 신분증이 없으니 공문서 위조랄 수는 없는 상태다. 하지만 만일 제시한 신분증이 따로 있었다면 충분히 가능한 일이었다.

"우리 다 미성년잔데요?"

"미성년자라도 기록에는 남겠지?"

"예에?"

유난히 덩치가 작은 녀석 하나가 화들짝 놀라며 옆에 앉은 친구들의 눈치를 살폈다.

"니들 솔직히 말해. 이쪽도 아니지? 누가 시켰어? 빨리 얘기 안 해?"

"민기야."

줄곧 잠자코 있던 원호가 프랜을 불렀다.

"넌 얼른 가서 애들 퇴근시켜."

"형?"

"그리고 너도 들어가."

"진짜 이럴 거야?"

등신도 저런 등신이 있나. 도대체 얼마나 더 참으려는 건지 모르겠다.

"퍼즈가 내 거야? 형 거야 형 거! 그러니까 뭐든! 무슨 말이든 좀 해 보라고!"

"알아서 할 테니까 들어가라잖아."

"경장님. 정 안 되겠으면 저를 고소하세요. 술은 제가 팔았어요. 형

291

은 아예 가게에 내려오지도 않았어요."

"표민기."

"왜 이렇게 당하고만 있는데 왜! 보나 마나 원규 아버지야. 한두 번 당해 봐?!"

"들어가라고 했지!"

"왜 나한테 신경질이야?!"

"어허 참! 왜들 이러세요. 언성들 낮추세요."

"그래! 마음대로 해!! 난 이제 신경 끊을 테니까 마음대로 하라고!"

지구대를 나선 프랜은 이를 악물며 휴대전화를 꺼내 들었다.

원규가 잔다.

"치— 나더러 잘 잔다더니 자기는 더 잘 자네."

아무래도 어젯밤에 너무 과민반응을 보인 것 같다. 하지만 어쩔 수 없었다. 무방비 상태에서 갑자기 들어오는 손길에 어떻게 아무렇지 않을 수 있을까. 키스 한 번에도 양치질이 필요한데 말이다. 생각해 보니 원규는 항상 내가 양치질을 하기 전에 키스를 하려고 했다. 난 꼭 해야 하고 원규는 하지 않길 바라는 정반대의 징크스처럼 말이다.

혹시 내가 너무 강박에 가까운 집착을 보이는 건가? 이것도 일종의 후유증일까? 이럴 줄 알았으면 한 번쯤은 연애를 해 볼 걸 그랬다. 그랬다면 사고 전후의 내가 어떻게 다른지 확실히 알 수 있을 텐데.

고모들은 항상 내 앞에서 순진한 아버지를 꾀어낸 여자라며 엄마를 욕했다. 처음에는 나에겐 천사 같은 엄마가 다른 사람들에겐 악마 같은 존재라는 걸 이해하기 힘들었다. 그렇게 한 번, 두 번, 여러 번, 계절이 바뀌고 해가 가고 강산이 변하도록 같은 얘기를 들어야 했다. 그리고 내가 성장하면서부터 행동거지를 조심하라는 말이 보태졌다. 물은 말라도 피는 남는다며, 너에게도 네 어미의 피가 흐르고 있으니 절대 문중에 누를 끼쳐서는 안 된다는 것이었다.

고등학교 때, 같은 학교의 남학생이 나를 집에 바래다준 적이 있다. 야간 자율학습이 끝난 후였는데 꼭 얘기할 것이 있다며 무작정 따라오는 그 애를 말리지 못한 것이 화근이었다. 하필이면 문중의 기제사가 있던 날이라 제주인 아버지의 팔촌에 이르기까지 많은 집안 어르신들이 모여 계셨다. 음력을 따로 세지 않는 데다 새벽부터 등교해서 자정이 넘어야 하교를 하니 그날이 그런 날인 줄도 모르고 있었다.

그날 밤, 기제사가 있으니 궂은 곳을 피하고 몸을 정갈히 해야 할 마당에 집 앞으로 남자를 데려왔다며 꾸중을 듣느라 다리에 쥐가 나도록 대청마루에 앉아 있어야 했다. 정갈하지 못하다. 그 말씀이 어찌나 마음 깊숙이 박혔는지, 그 후로는 그 애를 쳐다보고 싶지도 않았다. 아마 그때부터였던 것 같다. 누군가 내게 관심을 보이는 것 같으면 반사적으로 물러서게 됐다. 분명 그랬는데 어째서 원규한테는 그러지 못했을까. 문득, 아버님의 말씀이 떠오른다.

'평생 가도 결혼은 않겠다더니 아마도 새아기 널 만나려고 그런 모양이다.'

원규를 만나지 않은 날 상상할 수 없듯, 날 만나지 않은 원규를 상상하는 것도 불가능하다. 그런 생각에 넋을 놓고 앉아 있는데 맞은편 협탁 위에서 원규의 휴대전화가 반짝이기 시작했다. 조심스럽게 몸을 움직여 액정을 확인했다. 표민기. 반사적으로 시간을 확인해 본다. 새벽 1시 11분. 늦은 시간이기는 하지만 심심해서 전화할 사람은 아니니 받아야 했다.

"여보세요."

— 죄송합니다. 잘못 걸었네요.

"저예요."

잠시 말이 없다.

— 아, 맞다. 미안해요.

"안녕하세요."

짧은 한숨 소리로 안녕하지 못하다는 말을 대신하고 있는 것 같다.

"원규 지금 자는데."

— 죄송한데요. 잠깐 깨워 주실 수 없어요? 조금 급한 일이 있어서요.

많이 급한 일이 있어도 원규를 깨우고 싶지는 않지만, 그러기엔 민기 씨의 목소리가 너무 절박하다.

"잠깐만요."

송화음을 차단했는지 확인한 후 원규의 어깨를 가볍게 두드렸다.

"원규야."

무슨 일인데 이 시간에 전화를 한 걸까.

"박원규."

조금씩 강도를 더해 흔들어도 보고 불러도 봤지만 소용이 없다. 이쯤이면 기다리는 사람 생각도 해 줘야 할 것 같다.

"여보세요?"

— 네.

"죄송해요. 잠이 깊게 들었나 봐요."

— 알겠어요. 늦은 시간에 미안해요.

"괜찮아요. 무슨 일인지 말씀해 주시면 전해 드릴게요."

— 안부나 물으려고 전화했어요.

급한 일이라고 했으면서 금세 말을 바꿔 안부 전화라니, 민기 씨도 거짓말에 소질이 없는 사람이구나 싶다.

— 잘 지내세요?

"네. 민기 씨……는요?"

이름을 불러도 되나 잠시 망설였지만 이미 말한 다음이라 무를 수도 없다.

— 항상 그렇죠. 내일 밝을 때 다시 전화할게요. 잘 주……. 어— 안녕히 주무세요.

"네."

이렇게 어색할 수가. 먼저 전화를 끊어 준 그에게 고마워하며 원규의 옆으로 누웠다. 술을 마시고 약을 먹은 것이 아무래도 마음에 걸려, 원규의 얼굴 가까이에 둔 손바닥에 일정한 숨이 닿는 것을 확인한 후에야 조금 안심이 됐다.

그러고 보니 오늘 낮에 강지현 검사가 전화해서 첫 공판이 잡혔다고 했는데, 퇴근하면 얘기해야지 하고 있다가 원규의 잠 오는 약 때문에 깜빡하고 말았다. 우해준이 고소장을 내서 일이 복잡해질 거라고 생각했다. 그래서 첫 공판이 더욱 늦어질 줄 알았는데, 정말 다행이다.

원규는 말없이 내 넋두리를 듣고만 있다. 지극히 정상적인 차림으로 도곡동을 찾아와 준 것이 고마워서는 아닐 테고, 벌써 30분이 넘도록 제 아버지인 박 변호사에 대한 원망을 쏟아 내는 중인데도 마치 죄인처럼 시선을 떨어뜨린 채 자리를 지키고 앉아 듣기만 한다.

나도 정말 이러고 싶지는 않았다. 며칠 전 우해준이라는 새끼가 원호 형을 상대로 고소장을 냈을 때 집 근처까지 찾아가서 한바탕 해 댄 후라 어지간하면 꾹 참으려고 했다. 그런데 박원규의 대단하신 아버지께서 우리 가게를 청소년 유해업소로 신고해 주셨으니, 너무 감사해서 가만있을 수가 있어야 말이지.

"어떻게 이럴 수가 있어. 형이 무슨 죽을죄를 지었다고 잊을 만하면 이러냐고."

술을 팔고 보니 전부 미성년자더라. 가게에서는 분명 86이었는데 지구대에 가서 보니 89년생인 데다, 곧 죽어도 가게에서는 신분증을 검사하지 않았다며 발뺌하고 있다. 장사를 말아먹으려고 작정하지 않은 다음에야 불가능한 일이다. 그럼 이 불가능한 일을 사주한 사람이 과연 누굴까. 나의 요점은 바로 이거였다.

"그날 85, 86 애들이 옆에 있었는데 지구대에 좀 나와 달라니까 전부 나 몰라라 하는 분위기야. 이대로 가면 꼼짝없이 영업정지에 잘못하면 고소될 수도 있대. 뭐라더라, 3년 전이긴 하지만 전적이 있어서 이번엔 기소유예로 안 끝날 거라고."

정말 지긋지긋한 인연이다. 차라리 모르고 살았으면 너도 좋고 나도 좋고 모두가 좋았을 텐데, 넌 대체 왜 형을 찾아왔을까. 뒤늦게 용서를 구한들 죽은 은호가 살아 돌아오는 것도 아닌데. 차라리 미국으로 도망치듯 떠나 버린 너를 실컷 욕할 수 있었던 때가 훨씬 평화로웠다. 그런 생각을 할 때마다 결국 결론은 하나다.

'허연화 그 미친년만 아니었어도.'

은호? 이해한다. 나도 내 성향을 처음 깨달았을 때 많이 힘들었다. 차라리 죽을까 생각한 적도 있다. 더러운 욕망 덩어리. 내가 생각한 나는 그런 인간이었다.

'형이 그 미친년을 만나지만 않았어도.'

원규? 이해한다. 원규만큼은 아니었지만 나한테도 꼭 이런 친구가 하나 있었다. 다만 나는 은호와 달라서 성향을 깨닫기는 했어도 그 친구에게 사랑을 느낀 건 아니었다. 그냥 무지 친한 녀석. 딱 거기까지였다. 동성애자라고 해서 모든 남자들을 다 이성으로 느끼는 건 아니다. 여자들이 모든 남자들을 이성으로 느끼지 않는 것과 마찬가지다.

다만 한 가지 마음에 걸리는 게 있다면, 그 친구 녀석이 날 너무 편하게 대했다는 것이다. 같이 농구를 하고 나면 꼭 우리 집에서 라면을 먹고 가겠다며 쳐들어와서는 홀렁홀렁 벗어 던지고 샤워를 하질 않나. 그 나이 최대의 관심사인 여성의 신체에 대한 담론을 늘어놓질 않나. 더 나아가 여자 취향, 마스터베이션, 여자와는 어디까지 가 봤는지 등등 하나에서 열까지 못 하는 얘기가 없는, 그야말로 나를 불알친구로 여기는 녀석이었다.

걔는 날 여자 한 번 안 겪어 본 순진한 녀석으로 알고 있었는데, 어느 날 갑자기 여자애 하나를 데려왔다. 난 고2였고 그 여자애는 고1이었는데, 녀석의 말에 따르면 잘 노는 애니까 빼지는 않을 거라고 했다. 빼지는 않을 거라니, 개 풀 뜯어 먹는 소리. 2:2로 만나 예의상 비디오방까지 갔는데, 빼지 않는 정도가 아니라 아예 날 잡아 잡수려는 여자애한테 질려서 중간에 나와 버렸다. 그리고 결심했다. 그냥 깔끔하게 얘기하자고 말이다.

내가 처음으로 여자는 싫다고 얘기했을 때, 녀석은 웃기지 말라는 듯 비웃었다. 그래서 조금 더 정확하게 나는 남자를 좋아한다고 말했고, 결과는 처참했다. 분명 녀석에게만 말했는데 한 달쯤 지나니 학교 녀석들 전체가 내 성향을 알고 있더라는 거. 그리고 녀석은 그날 이후 나를 철저히 무시했다. 내가 거짓말을 한 것도 아니고 그냥 잠자코 있었을 뿐인데, 마치 내가 지 벗은 몸을 보려고 혈안이 됐던 것처럼 굴었다. 침만 안 뱉었을 뿐이지 나를 똥보다 못한 폐기물 취급했다. 그러니 박원규는 녀석에 비하면 양반이다.

원규의 아버지? 그래, 이해하려고 노력했다. 어린 마음에 철없이 전학시켜 달라고 조르다가 부모님께 커밍아웃을 했던 날 아버지가 던진 화분에 맞아 응급실로 들어갔고, 결국 전학을 가게 됐다. 아버지는 아직도 나를 안 보려고 하신다. 가문의 영광은 못 돼도 망신은 되지 말았어야 하는데 참 아쉬운 일이다.

원규의 아버지도 더하면 더했지 우리 아버지보다 덜하지는 않을 거라 생각했다. 그 어르신 눈에야 우리가 당신 아들을 꼬여 낸 변태 성욕자에 더러운 것들이려니, 그래서 이렇게 못 잡아먹어 안달이겠거니 하며 참았다.

"야, 박원규."

그런데 이건 해도 해도 너무하지 않은가.

"듣고는 있어?"

청승을 바가지로 떨어 봤자 정승은 못 될 팔자라, 묵묵부답 박원규를 마주하고 있으니 속에서 천불이 난다.

"그렇게까지 하실 분 아니야."

역시 초록은 동색이고 가재는 게 편인가.

"그런 분이 3년 전에 어떻게 하셨는지 잊었어? 그 후에도 여러 번 그러셨지 아마? 오죽하면 지구대 김 경위님이 우리 사정 딱한 거 알고 신고 전화 들어올 때마다 미리 귀띔을 해 줬을까."

그런데 얘기를 하고 보니 뭔가 이상하다. 지구대에 끌려갔을 때 김일순 경위님이 없어서 아예 비번인 날로 골라 일을 꾸몄다고 생각했는데, 알아서 할 테니 들어가라는 형한테 게거품을 물고 나오는 길에 김 경위님을 만난 것이다. 경위님은 대체 무슨 일이냐며 나보다 더 놀란 눈치였다. 알아본 결과 지구대를 통하지 않고 근처를 순찰 중이던 대원에게 곧바로 신고가 들어간 거라고 했다.

"어떻게 하면 타격이 없을지 알아볼게."

어우, 미운 인간. 하필이면 이런 찰나에 리듬을 탁 깨고 들어올 건 뭐람. 그렇지 않아도 쓸 일이 없어 맷돌보다 무거운 머리통이 간만에 돌아가려는 참인데 말이다.

"가만 좀 있어 봐."

그날 가게로 들이닥친 사람은 조 경장이었다. 평소 안면이 있기는 하지만 워낙에 올바르신 분이라 우리 같은 동성애자의 인사는 가볍게 씹어 잡숫는, 이 시대의 진정한 하트브레이커.

"나 먼저 일어난다."

난 워낙에 급한 성격이라 궁금한 게 생기면 엉덩이에 뿔이 나서 못 견딘다.

"응?"

"이따가 전화할게. 오케이?"

"어, 그래."

"아참! 혹시 모르는 거니까 박 변호사님한테 한번 여쭤는 봐."

말은 그렇게 하면서도 한 번 밑 닦은 휴지를 또 쓴 것처럼 찝찝하다. 박원규가 여자랑 결혼을 한 후로는 잠잠하지 않았던가? 딱 한 번, 원규의 와이프가 그런 일을 당한 후에 신고 전화가 들어오긴 했지만 항상 그랬듯 김 경위님의 귀띔으로 별일 없이 지나갈 수 있었다.

만일 이번 일을 벌인 게 원규의 아버지라면, 왜 갑자기 방법을 바꾼 걸까? 김 경위님이 우리 편인 걸 어떻게 알았을까? 어떻게 알고 지구대가 아니라 순찰 중인 조 경장에게 신고를 했지? 그러고 보니 조 경장은 어디 있었지? 분명 가게에서 지구대까지는 동행을 했는데 어느새 슬쩍 사라져 버렸던 것 같다. 아무리 생각해도 뭔가 아귀가 맞질 않는다.

eee

헐레벌떡 이태원지구대에 도착한 프랜이 추위에 차가워진 코끝을 문지르며 조 경장을 찾고 있다. 유달리 한가한 시간, 데스크 안쪽에서 모니터를 보고 있던 순경 하나가 자리에서 일어나 무슨 일이냐는 듯 프랜을 본다.

"조 경장님 안 계세요?"

"어? 안녕하세요."

옷을 정상적으로 입어서 하마터면 못 알아볼 뻔했다.

"무슨 일이세요?"

"조 경장님 좀 만나러 왔어요."

"조 경장님 잠깐 나가셨는데."

"언제 오시는데요?"

"요 앞에 볼일 있다고 가셨어요. 금방 오실 거 같던데."

"요 앞에 어디요?"

"그건 잘 모르죠."

"순찰차!"

"에?"

"순찰차 끌고 나갔어요?"

"어어— 잠깐만요."

입구로 걸음을 옮긴 순경이 출입문을 열자, 2월의 막바지임에도 불구하고 찬바람이 거세게 들이쳤다.

"어—흐 추워! 차는 있는데요?"

"그래요? 그럼 가까운 데 가셨나 보네."

"예. 잠깐 나갔다 온다고 하셨다니까요."

"고마워요."

프랜은 재킷 안주머니에서 박카스를 꺼내 딱 소리 나게 데스크에 올려 두고는 이내 출입문을 열고 사라졌다. 순경은 찬바람에 몸서리를 치며 박카스 병을 집어 들었다. 지난 일주일간 유달리 조 경장을 찾는 사람이 많은 것 같다.

"조 경장님 인기 많으시네."

한편 이제 막 파출소를 나선 프랜은 이태원역 3번 출구 앞의 대로변에 서서 주위를 둘러본다. 1번이냐 2번이냐 4번이냐, 어느 쪽으로 가야 하트브레이커 조 경장을 찾을 수 있을지, 마음 같아서는 손바닥에 침이라도 뱉어서 점쳐 보고 싶지만, 낮에 주류를 이루는 외국인 관광객들 앞에서 쪽은 팔지 말아야 하겠기에 한쪽 발로 딱딱딱 리듬을 타며 열심히 궁리 중이다. 같은 시간, 프랜이 애타게 찾고 있는 조 경장은 해밀턴 호텔의 로비에 있는 카페를 나서고 있었다.

우선은 바로 맞은편의 호텔부터 찾아보기로 한 프랜이 횡단보도를 건너기 시작했다. 주변에 몇 군데의 카페가 있기는 하지만 이른 시간부터 문을 여는 곳은 거의 없음을 계산에 넣은 것이 아니라, 때마침 1번 출구 쪽으로 가는 횡단보도에 초록불이 들어왔기 때문이다. 횡단보도를 건넌 프랜은 찬바람에 어깨를 웅크리며 호텔 쪽으로 걸음을 서둘렀다.

"빌어먹을 날씨 진짜 오지게 춥……?!"

몸서리치며 회전문 안으로 바짝 섰던 그가 마침내 조 경장을 발견했다.

'뭐야. 연애라도 하나.'

조 경장의 맞은편에 서 있는 남자를 알아본 프랜의 한쪽 눈이 씰룩 움직인다. 몇 년 전부터 가게에 드나들던, 단골은 아니지만 꽤 자주 보는 남자다. 다시 말해 조 경장이 만나고 있는 남자는 동성애자였다. 그리고 그는 우해준이 허연화에게 소개한 허위의 목격자이기도 하다.

"아! 이거요."

남자가 조 경장에게 뭔가를 건넨다. 주면 알 거라던 해준의 말처럼, 조 경장은 뭐냐고 되묻지도 않고 얼른 그 뭔가를 받아서 안주머니에 넣었다. 갑작스러운 남자의 행동에 적잖이 당황한 눈치다. 조 경장이 어찌나 놀라는지, 덩달아 놀란 프랜의 걸음이 두 사람 주변의 어딘가에서 멈춘 채 움직일 줄 모른다.

"허음, 흠! 안에서 주시지 않고요."

"죄송해요. 깜빡했어요."

"먼저 가 보겠습니다."

"저기요."

조 경장은 번거로운 듯 인상을 찌푸리며 다시 남자에게 붙들렸다.

"일은 확실히 처리된 거죠?"

"걱정 마세요. 새벽에 곧장 넘어갔습니다."

"별다른 말은 없던가요?"

"신분증도 있고 당사자들이 아니라는 데야 별수 있나요."

바로 다음 순간.

"야 이 개새끼들아!!!"

로비에 있던 모든 사람들의 이목이 프랜을 향했다. 프랜의 손에는 남자의 멱살이 잡혀 있었고, 조 경장은 이미 대리석 바닥 위에 배를 끌어안고 뒹구는 상태다.

♨♨♨

— 말했잖아요. 내가 바라는 건 한요은이 법정에 서는 거라고.

무표정한 박 변호사와는 달리 원규는 미간을 찌푸린 채 녹음기에 귀를 기울이고 있다.

— 처음부터 합의에 의한 정교로 진술했다니 다행이네. 끝까지 밀고 나가기만 하면 되는 거잖아요?

허연화다.

— 내가 아무리 밀고 나가면 뭐합니까? 상대편이 벌써 내 목줄을 잡고 흔드는 마당에.

한 번도 목소리를 들어 본 적은 없지만, 이건 아마도 우해준이리라.

— 그쪽 목줄을 잡은 건 한요은이 아니라 우영환 대표님이죠. 대표님이 끝까지 아들을 지키려고만 하셨다면 이렇게까지 코너에 몰리지는 않았을걸요?

— 어쨌거나 결과는 마찬가지죠. 우리 아버진 내 명줄보다 국수 줄기가 더 중요한 사람이니까.

— 문제는 마지막 조사에서 혐의를 인정했다는 건데, 그 부분만 잘 포장하면 되겠네요.

박 변호사는 조용히 녹음기의 전원을 껐다. 분노에 떨리는 입술을 깨문 원규의 얼굴에서 핏기가 가셨다. 금방이라도 살점이 뜯겨 나갈 듯 치열 아래로 팽팽해진 입술에는 잇자국이 선명하다.

"서린기업 허연화라고 하더구나."

박 변호사는 아들의 분을 가라앉히려 차분하게 말했지만, 원규에게는 아무것도 들리지 않고 아무것도 보이지 않는다. 통렬한 기세로 속을 치대는 화기가 고막을 찢고 눈알을 뽑아 버린 것만 같다.

"원규야."

서린기업의 허연화가 왜 이번 일에 끼어든 건지 우영환도 아는 바가 없다고 했다. 다만 한요은에게 받을 게 있다는 말로 미루어, 며늘아기라면 제대로 된 답을 줄 수 있을 거라 짐작할 뿐이었다. 꼬박 하루를 고민했다. 며늘아기를 부르자니 상처를 들쑤시는 격이 될 것 같아 망설여졌고, 아들을 부르자니 혹시나 아들 내외 서로 간의 비밀을 들춰내는 꼴이 아닐까 저어됐다.

그런데 업무를 마치고 귀가하는 길에 원규가 먼저 전화를 한 것이다. 여쭐 것이 있는데 잠깐 이촌동으로 가도 되겠냐는 내용이었다. 그러마고 통화를 마친 후 집으로 오는 내내, 어떻게 얘기를 꺼내야 할지 마음이 번다했다.

'허연화 이…… 미친…….'

원규의 이성은 어둠 속으로 침잠하는 빛처럼 흔적을 잃고 만다. 아무것도 보이지 않고 아무것도 들리지 않는 순간에도 분명히 느껴지는 한 가지가 있다면, 바로 살의다. 온몸을 짓이기는 살의에 손바닥이 파이도록 주먹을 움켜쥔 그가 부들부들 떨고 있다. 그리고 그런 아들을 말없이 지켜보는 박 변호사의 얼굴에 근심이 어리기 시작했다.

"원규야."

흔들림 없이 곧은 아버지의 음성이 몇 번이고 거듭된 끝에 어렵사리 원규에게 닿았다.

"죄송해요."

박 변호사는 위태로워 보이는 아들이 걱정된다.

"새아기한테 받을 게 있다더구나."

"아뇨. 그런 거 없습니다. 정신 나간 여자예요."

원망도 무엇도 남기지 않으려 했다. 미쳤다는 말로도 부족한 허연화 따위와 얽혀 봐야 좋을 게 없으니, 모든 건 요은에게 진심을 묻지 못한 자신의 잘못이라 생각하고 묻어 두려고 했다. 그런데 이게 다 무슨 소린가. 요은에게 받아야 할 것이 무엇이며, 과연 그런 게 있다 한들 이렇게까지 해야만 하는 건지, 허연화라는 인간의 정신 상태를 이해할 수가 없다.

"전혀 짐작도 못한 일이냐."

"네."

"새아기도 마찬가지고?"

"네."

며늘아기가 무슨 큰 잘못이라도 한 줄 알았다. 설령 그렇다 하더라도 이해할 수 없는 일이긴 마찬가지지만, 어쨌든 이유가 있을 거라고 생각했다.

"알고 지내던 사람이냐."

그를 찾아와 은호의 죽음을 알린 사람. 표지디자인을 이유로 요은을 소개한 사람. 그녀를 번듯한 결혼에 눈먼 여자로 만든 사람. 오랫동안 겉돌며 어긋나기만 했던 신혼. 그녀가 겪어야 했던 상처들. 수많은 생각이 머릿속을 휘저어 갈수록 숨이 짓눌린다. 대체 얼마나 더 이런 짓거리를 참아 줘야 하는 건지 모르겠다.

"네."

박 변호사가 짧게 대답하는 아들을 살피며 말을 이었다.

"그렇지 않아도 너나 새아기, 두 사람 중에 누구한테 물어야 하나 생각이 많았다. 그런데 네가 먼저 전화를 해서, 아마 이 문제 때문이 아닐까 싶었지."

"아뇨."

가까스로 이성을 찾은 원규가 폐부를 들쑤시는 살의를 억누르며 시선을 들어 아버지를 바라본다. 우해준에게 붙은 것이 허연화라면 더욱 냉정을 찾아야 했다.

"우해준이 원호 형을 고소했어요."

박 변호사도 이미 알고 있는 일이다.

"그리고……."

아버지에게서 꼭 확인해야 할 것이 있었다.

"원호 형 가게가 청소년 유해업소로 신고를 당했어요."

잠시의 간격을 두고 자리에서 일어난 박 변호사가 창가로 다가가 책상에 올려 둔 파이프를 집어 들었다.

"그 일 때문에 온 게냐."

"네."

아버지의 한숨이 유난히 깊다.

"난 모르는 일이다."

"알고 있어요."

알고 있다는 아들의 말에 무겁게 가라앉았던 속이 조금은 풀리는 것 같다.

"도울 방법이 없을까 해서 왔어요."

"누구, 박원호를 말이냐."

"네."

박 변호사가 아들을 물끄러미 바라본다.

"아직 덜어 내지 못한 모양이구나."

"잘 모르겠어요."

공허한 원규의 시선만큼이나 더하고 덜함이 없는 대답이었다.

"솔직히……."

단 몇 초간인 아들의 망설임이 아버지에게는 한없이 길기만 하다.

"궁금한 게 있어서요."

힘겹게 숨을 삼킨 원규가 천천히 말을 이었다.

"가해자한테 고소당하고 가게까지 저런 상태라 앞으로 어떻게 될지 여쭤보고 싶었어요."

"우해준은 이미 공판이 잡혀 있어서 아마 이 건이 끝나야 박원호를 상대로 한 고소 건이 진행될 게다."

"그럼 형은 괜찮은 건가요?"

"뭐가 말이냐."

"만일 우해준이 발뺌을 해서 법정 공방이 시작되면, 형도 증인이 될 수 있나요……?"

박 변호사는 잠시 말을 잊은 채 원규의 의중을 파악하려 애썼다. 박원호에게 괜한 짐을 지우기 싫은 건가? 은호의 죽음에 이어 그에게까지 민폐를 끼치게 된 상황이 마음에 걸려서 이러는 건가? 이런 상황에…… 새아기가 아닌 박원호를 걱정하는 건가?

"원치 않는 경우에는 증언을 거부할 수도 있다. 하지만 그건 그 사람이 판단할 문제야."

박 변호사는 현장을 목격한 박원호가 새아기에게 얼마나 중요한 증인인지 알고 있느냐 묻고 싶은 것을 꾹 참았다. 그래도 아버지라고 일껏 찾아온 아들을 다그치고 싶지는 않아서였다.

"제가 궁금한 건 그런 게 아니에요."

한참을 생각한 원규가 조심스럽게 말을 꺼냈다.

"만약 형이 증언을 하더라도 그 증언이 받아들여질지, 그게 궁금해요."

물론 이번에도 원호에게 폐를 끼치게 된 것은 면목 없는 일이지만 지금으로서는 요은이 우선이다. 결국 요은을 위해 퍼즈를 도우려는 것임을 미안해할 여력조차 없다. 원규는 그만큼 간절하고 절박하게 우해준을 치워 버리고 싶었다.

"박원호를 도우려는 이유가 그거냐. 혹시라도 새아기를 위한 증언이 받아들여지지 않을까 봐서?"

"네."

복잡한 생각에 눌린 원규의 대답이 유난히 짧다.

"걱정할 거 없다. 만일 박원호가 전과자라 해도 증인 적격을 갖추는데 전혀 결함이 없어."

"증인 적격……이요?"

"박원호가 증인이 되는 데 문제 될 게 하나도 없다는 뜻이다."

박 변호사는 은연중에 한자를 많이 섞어 쓰는 언어 습관을 돌이켜 보며 원규의 맞은편으로 앉았다.

"짐스럽거든 도와주마."

"네?"

"퍼즈 말이다. 청소년 유해업소로 신고를 당했다면서."

박원호라면 이름조차 듣기 싫던 인물이다. 하지만 지금은 조금이나마 도움이 되고 싶다. 그간의 부질없는 오해가 미안해서만은 아니다. 아들을 믿지 못하고 노심초사했던 게 미안하고, 그런 아비에게 숨김없이 얘기해 준 것이 고마워서다.

세상에는 참 많은 사람들이 살고 있다. 그리고 그 많은 사람들 모두 저마다의 얘기를 가지고 있다. 누구에게는 기쁨이고 누구에게는 슬픔인 얘기들. 나에게는 처참한 이 얘기가 허연화에게는 무엇과도 견줄 수 없는 기쁨인 것처럼 말이다.

우영환 대표는 아들을 버리고 포하임코리아를 살려 보겠다며 노력 중이고, 남무석 변호사는 포하임을 버리고 수휘에 들어오기 위해 고 군분투 중인가 보다. 아버님의 말씀에 의하면 하나의 파일은 우영환 으로부터, 다른 하나의 파일은 남무석으로부터 온 것이었다.

남무석이 보낸 파일을 들은 후부터 제정신일 수가 없었다. 단순히 혐의를 부인하는 것에서 그치지 않고 허위의 목격자를 만들어 내기까 지 한 그들의 정성이 갸륵해 너무 큰 감동을 받아, 먹지도 못하고 잠 도 못 잔 채 뜬눈으로 밤을 새워야 했다. 원규 역시 마찬가지였다. 그 러니 어서 매듭을 지어야 한다.

출근하지 않겠다는 원규를 억지로 보내 놓고 혼자 앉은 침대에서 벌써 몇 시간째 생각하고…… 생각하고…… 또 생각했다. 눈앞에는 아무렇게나 펼쳐 놓은 노트북 모니터와 법전이 엉망으로 널브러져 있 고 아버님과의 통화를 기다리는 내내 종료 버튼 위에서 떨리는 손가 락을 진정시키느라 애썼다. 원규의 말에 의하면, 아버님께서 며칠 내 로 허연화를 만나 일을 마무리하겠노라고 하셨단다.

— 그래, 아가.

떨리는 음성을 감추려 입술을 세게 악물었다.

— 아가?

"네, 아버님. 이른 시간에 죄송해요. 안녕히 주무셨어요?"

— 그래. 너희들은 잘 잤고?

아뇨. 한숨도 못 잤어요.

— 다음 주면 첫 공판이구나.

"네."

— 마음 굳게 먹고, 조금만 참자구나. 다른 일은 신경 쓰지 말거라.

다른 일이라면, 허연화를 이르는 말씀이다.

— 잘 타이르면 알아들을 게다. 녹취록이 있는 걸 알면 둘 사이가 분명 와해될 게야.

"아버님."

— 그래.

"허연화, 만나지 마세요."

— 걱정할 거 없다.

"아뇨. 그냥 내버려 두세요. 그렇게 해 주세요."

— 아가.

"목격자가 위증을 하면, 허연화도 정범과 함께 처벌되는 거 맞죠?"

— 그건 그렇다만……

형법 31조. 교사는 정범과 함께 처벌하는 것을 원칙으로 한다. 단순한 위증이 아니라 모해위증의 죄는 벌금형이 없는 징역형이다. 목격자를 법정에 세워야 한다. 그래야만 허연화도 우해준도 더 무거운 벌을 받게 된다.

"아버님, 번거로운 걸음 하지 마세요. 어떤 얘기도 안 통할 거예요."

— 그렇게 되면 새아기 네가 법정에 서야 할 수도 있어.

"네. 알고 있어요."

아버님께서는 한동안 말씀이 없으시다.

— 원규와도 상의한 일이냐?

"아뇨. 원규도 아버님께서 하시는 걱정을 똑같이 하고 있어서, 아직 얘기 못 했어요."

잠깐의 침묵이 그 어느 때보다 무겁게 느껴진다.

"아버님."

— 그래.

"제가 알아서 할게요. 제가 해야 할 일이에요. 아버님께서 저 때문에 다른 사람들 앞에서……"

소리 없이 흐르는 눈물이 말을 끊어 냈다.

— 그런 말이 어디 있어. 마음 단단히 먹으라는데도 그러는구나.

"저는 정말 괜찮아요."

— 원규는 옆에 있고?

"아뇨. 출근했어요."

— 어허, 그 녀석.

"제가 억지로 보냈어요."

— 아무리 그래도. 무심한 녀석 같으니.

"저보다 원규가…… 많이 힘들어해요. 그래서 더는 못 참겠어요. 제가 끝내게 해 주세요. 제가……."

— 아가.

"그래야 살 거 같아요. 그래야 살 수 있을 거 같아요, 아버님."

— 그래. 그래 알았다. 알았으니 그만 진정하고.

원규가 퇴근하거든 이촌동으로 오라는 말씀을 남기신 후에도, 아버님께서는 몇 번이나 정말 괜찮겠느냐 물으셨다. 그리고 아버님과 통화를 마친 후 침대에 누워 눈물이 마르기를 기다리던 중 원규가 왔다.

하얗게 마른 입술을 깨물며 현관으로 들어선 원규는 아무것도 묻지 않고 가만히 나를 안았다. 지독한 겨울의 초입에 이태원에서 일어났던 그 일이, 막바지 추위와 함께 기승을 부리고 있지만 이제 곧 겨울도 끝이다. 그리고 이 겨울의 끝은 우해준과 허연화의 끝이기도 할 것이다. 원규의 품에 있는 내내 그런 생각을 했다.

Chapter 07. 길고 긴 여정

오늘이 첫 공판이고, 나는 원규와 함께 집에 있다. 우해준이 혐의를 인정하지 않으면 곧 2차 공판이 열릴 것이다. 혹시라도 우해준이 마음을 바꿔 모든 혐의를 인정한다면 2차 공판이 아닌 선고 일정이 잡히겠지만, 아마도 그런 일은 없을 것이다.

"한요은."

원규가 식탁을 가볍게 두드리며 나를 부르지 않았다면 한없이 이어지는 생각에 붙들려 하루 종일 주방에 앉아 있었을지도 모른다.

"응?"

"다 식겠다."

"아, 미안."

바삭하게 구워진 식빵과 에그 스크램블. 가장자리를 잘라서 가로로 한 번 세로로 한 번 구워 낸 식빵의 무늬를 눈에 새기며 버터를 조금 얹었다. 하지만 원규의 정성 어린 준비에도 불구하고 도무지 먹을 수가 없다. 불에 덴 살에 소금을 뿌린 듯 입 안이 거칠거칠하고 아프다.

"미안한데, 조금 이따가 먹어야 될 거 같아."

원규가 무슨 말인가를 하려다 말고 자리에서 일어나 내가 앉은 쪽으로 왔다.

"그래. 나도 별로 생각이 없네."

"왜."

"몰라."

"그래도 조금이라도 먹어야지. 아침인데……."

"너 먹을 때 먹을게."

네가 그러면 내가 어떻게 안 먹니.

"알았어, 그럼. 먹자."

가벼운 한숨 뒤로 버터나이프를 집어 들자, 테이블에 두 손을 의지하고 나를 향해 상체를 숙인 원규가 살짝 얼굴을 찌푸렸다.

"억지로 먹으라고 한 말 아니야."

힘없이 쥐고 있던 식빵과 버터나이프가 원규의 손에 이끌려 접시 위로 가지런히 놓였다.

"올라가자."

"응?"

"가서 조금 더 자자."

"지금?"

"어."

아이를 안아 일으키듯 뒤에서 부드럽게 나를 안은 원규의 손길이 유난히 따뜻하다. 그런데 원규에게 안겨 일어나려다 생각해 보니 이게 뭐 하는 짓인가 싶다. 첫 공판부터 이렇게 축축 늘어지면 앞으로 어떡하려고.

"내가 일어날게."

힘내자. 오늘은 기나긴 악몽의 끝이 시작되는 뜻 깊은 날이다.

"아침도 싫고, 안는 것도 싫다?"

어쩜 저렇게 미우면서 예쁜 말만 골라서 하는지 모르겠다.

"알았어."

결국 테이블에 의지했던 손을 거두고 몸에서 힘을 뺐다. 사실, 항상 내가 질 수밖에 없는 원규의 고집에 대한 시위로 한껏 힘을 빼고 앉아 있을 생각이었다. 하지만 곧이어 귓가에 닿은 원규의 입술이 솜처럼 부드럽고 사탕처럼 달콤하게 목덜미를 따라 흐르자, 머릿속이 하얘져 무슨 생각을 하고 있었는지 까맣게 잊고 말았다.

움찔하며 몸을 피하느라 다리가 의자에서 떨어진 순간, 그대로 무릎 안쪽을 그러안은 원규가 나를 안아 올렸다. 오늘이 무슨 날이든 원규의 품은 항상 단단하고 따스해서, 이렇게 안겨 눈을 감으니 마음이 정말 편안하다.

eee

서울서부지방법원 407호 제3형사부. 이제 막 재판장을 위시로 한 재판부가 법정에 들어서고 있다. 하지만 재판부 입장 전 기립을 알리는 서기의 말에도 불구하고 우해준은 피고석에 앉은 채 정신이 없어 보인다.

"피고, 자리에서 일어나 주세요."

그제야 모두가 기립해 있는 것을 깨달은 그가 주춤주춤 일어나며 어딘가 불편한 듯 침을 삼켰다. 어제 오후에 투약을 받았으니 벌써부터 이럴 리가 없는데, 지나치게 긴장한 탓인지 손발이 덜덜 떨리고 컨디션이 최악이다.

"피고, 자리에 앉으세요."

자리에 앉은 재판장에 개정을 선언하기 전, 서기의 목소리가 한 번 더 해준의 정신을 깨웠다. 이번에는 자신을 제외한 모두가 자리에 앉아 있음을 깨달은 그가 서둘러 자리에 앉았다. 그런 모습을 찬

찬히 보고 있는 판사의 눈치가 영 마땅치 않자 변호인석에 앉은 이기동 변호사의 표정이 대번에 불편해졌다. 하지만 이기동과 나란히 앉은 남무석 변호사는 이미 예상하고 있었다는 듯 짧은 한숨만 내쉴 뿐이다.

'아침부터 정신이 없어 보이더라니.'

남무석은 검사 측에서 구속심리를 주장하지 않은 것이 우해준 입장에서는 천만다행이라고 생각하는 중이다. 당장 약기운이 떨어지면 여기가 어딘지, 제가 누군지도 모르고 날뛸 것이 빤하기 때문이다. 물론 요즘은 불구속을 원칙으로 수사와 재판이 진행되기는 하지만, 피고에게 도주의 우려가 있거나 피고의 범죄 내용이 사회의 안정을 크게 해하는 것일 때는 구속 상태로 재판을 받기도 하는데, 성범죄의 경우가 대표적인 예다. 피해자가 2차 피해를 입을 수도 있기 때문이다.

'박 변호사님도 무른 데가 있고만.'

우해준이 혐의를 부인하겠다고 나온 마당에 박용태 변호사가 강수를 두지 않는 것은 역시나 일이 커지기를 바라지 않기 때문이라고, 남무석은 편할 대로 생각하며 속으로 혀를 찼다. 그의 입장에서 볼 때 박용태 변호사보다 조심해야 할 사람은 우영환 대표였다. 우해준의 범죄 사실이 세상에 알려질 것에 대비해 허연화라는 보험을 들어 두지 않았는가. 상황이 이렇게 되고 보니 회계감사 자료에 사인하지 않은 것이 세상에 둘도 없는 현명한 선택이었지 싶다.

우영환 대표는 허연화가 제 아들의 흠을 덮어 버리기를 바랐다. 모 기업의 막내아들이 이러이러한 죄를 저질렀는데 그 과정에 모 그룹의 무남독녀가 끼어들어 재판에 혼란을 빚고 피해자를 모해하려 했다.

그렇게 되면 제 아들은 불쌍한 꼭두각시가 될 테고 대중의 이목은 더욱 영향력이 큰 서린기업 쪽으로 향하지 않겠느냐며 남 변호사에게 넌지시 물어 온 것이다. 궁금해서가 아니라 그리 되도록 하려면 어떻게 해야겠냐는 의미였다.

"지금부터 2007년 2월 21일 서울서부지방법원 제3합의공판정을 개정, 사건번호 2007 고합 843 피고 우해준에 대한 공판을 시작합니다. 공판을 시작하기에 앞서 피고의 진술거부권을 고지하겠습니다."

피고는 공판정에서 각개의 신문이나 질문에 대해 본인에게 불리한 진술을 거부할 수 있으며 이익이 되는 진술을 할 수 있다는 요지의 진술거부권을 읊은 재판장이 우해준에게 사실대로 진술할 것이냐 묻는다. 하지만 그는 이번에도 다른 곳에 정신이 팔려 있다.

"피고."

재판장이 목청을 높이자 양쪽에 앉은 배석판사들의 표정이 심각해졌다.

"피고 우해준 씨."

그제야 문득 정신을 차린 그가 마른침을 삼키며 자리에서 벌떡 일어났다. 그런 와중에 의자가 뒤로 넘어가고 가슴팍과 허벅지를 차례로 테이블에 부딪치는 등 난리법석이다. 재판장이 못마땅한 표정으로 변호인석을 바라보자 이기동 변호사는 그야말로 좌불안석이다.

"피고의 진술거부권, 다시 한 번 고지하겠습니다. 똑바로 듣고 대답하세요."

재판장이 보다 권위적인 목소리로 진술거부권을 고지하자 우해준은 간단히 '네.' 하고 대답한 후 자리에 앉았다. 하지만 이내 자리에서 일어나 재판장의 기색을 살핀다. 앉으라는 말을 기다리는 눈치였다.

"절차에 따라 인정신문에 들어갑니다. 피고, 성명을 말씀하세요."

"네?"

이쯤 되니 재판장과 배석판사들의 심기가 눈에 띄게 불편해지고 만다.

"이름 말입니다. 이름."

"우해준입니다."

"생년월일은요."

"1982년 6월 21일이요."

"등록 주소지, 말씀하세요."

"서울시 강남구 도곡동 467-29 신훤타워캐슬 3차 G동 58층 5801호입니다."

"실거주지와 등록 주소지가 동일합니까?"

"네."

"이것으로 인정신문을 마칩니다. 피고는 자리에 앉으세요."

자리에 앉은 해준은 변호인석의 위쪽에 '개정 중'이라는 글자가 밝혀진 램프를 멍하니 바라보며 저릿한 미간을 꾹 눌렀다. 공판검사는 건조한 시선으로 그런 우해준을 보고 있다. 변호인 측에서 불구속심리를 주장했을 때, 기소검사인 강지현 검사의 조언에 따라 잠자코 있기는 했지만 영 내키지가 않았다. 우해준의 배경이나 죄질로 미루어 볼 때 피해자에게 또 다른 위해를 가할지도 모른다는 생각 때문이었다. 그런데 막상 법정에서 우해준을 마주하고 보니 괜한 걱정이었구나 싶다.

"검사 측, 기소요지 모두진술 하세요."

"네."

공판검사가 우해준과 변호인석을 번갈아 본 후 재판부를 향해 섰다.

"피고 우해준은 2006년 12월 15일, 이태원 소재의 동성애자 전용 바에서 피해자 한요은에게 마약성분의 수면제를 사용, 피해자를 항거불능의 상태로 만들고 간음하려 한 사실이 있습니다."

마약성분의 수면제라는 말에 해준의 표정이 뒤틀렸다. 조용히 혐의를 인정하면 강간치상의 죄만 묻겠지만, 그렇지 않으면 그간의 범법 행위에 대한 대가를 치러야 할 거라던 아비의 말이 떠올랐기 때문이다. 검사가 기소요지에 마약을 거론한 이상, GHB를 비롯해 CRPS 확진에 이르기까지 시비를 다퉈야 할지도 모르니 일이 귀찮게 됐다는 생각에 정신이 번쩍 드는 순간이다.

"약물에 거부반응을 보인 피해자가 이를 모두 게워 내고 정신을 잃자 피고는 피해자를 동 업소의 2층에 있는 공간으로 데리고 가, 그곳에서 피해자를 강간하려 했습니다. 뒤늦게 정신을 차린 피해자가 이에 불응하는 과정에서, 피고는 수차례에 걸쳐 피해자를 구타하는 등, 피해자에게 전치 5주의 물리적 상해와 함께, 보다 더한 정신적 피해를 입혔습니다. 이에 본 검사는 피고를 성폭력범죄의 처벌 등에 관한 특례법 위반으로 기소하는 바입니다."

공판검사가 자리에 앉자 재판장이 해준을 바라본다,

"피고, 앞선 검사 측의 기소 내용을 인정합니까?"

"아니요."

마치 기다렸다는 듯 자리에서 일어난 우해준이 단호하게 말했다. 어찌나 목소리에 힘이 들어갔는지 듣기에 따라서는 비장하기까지 하다.

"쟁점을 정리하기 위해 다시 한 번 간단히 묻겠습니다. 피고, 검사의 기소 내용을 부인하는 게 맞습니까?"

"네."

"좋습니다. 착석하세요."

해준은 공판검사를 향해 코웃음을 치며 자리에 앉았다.

"증거조사를 시작하겠습니다. 검사 측, 공소 사실을 입증할 만한 자료를 제출하세요."

"네. 피고의 혐의를 입증할 증거 목록을 포함, 피의자 신문조서 및 피해자 진술조서를 증거로 제출하는 바입니다."

검사는 언뜻 보기에도 꽤 두꺼운 증거자료를 재판부에 전달했고, 변호인석에도 같은 자료가 전해졌다. 증거자료를 빠른 속도로 훑어본

이기동 변호사가 불편한 듯 헛기침을 한다.

그렇지 않아도 남무석 변호사에게 우해준의 행실을 낱낱이 전해 듣고 속이 복잡해진 상태였다. 포하임에서 나온 변호사라면 잘 협조해서 무죄판결을 끌어내야 할 마당에, 오히려 의뢰인을 깎아내리니 어이가 없었던 것이다. 게다가 검사 측에서 특수강간치상으로 혐의를 가중했으니 설상가상이 따로 없다. 허연화의 말로는 분명 억울한 사정이 있다고 하지 않았던가.

"피고 측, 검사가 제출한 증거자료에 동의합니까?"

강간 사건의 경우 흉기나 그 밖의 위험한 물건을 지닌 채 또는 2인 이상이 범행에 가담하면 죄목이 특수강간으로 특정되며, 특수강간은 무기징역 혹은 5년 이상의 징역형이다. 또한 아무리 미수에 그쳤다 한들 마약류를 소지 및 사용하고, 범행 과정에서 피해자에게 전치 5주의 상해를 입혔다면 5년이 아니라 10년 이상의 형에 처하게 될 수도 있다.

"피고 측 변호인."

잠깐 망설이던 이기동 변호사가 자리에서 일어났다.

"동의하지 않습니다."

"피고는 혐의를 부인하고, 변호인은 검사 측의 증거에 동의하지 않음을 밝혔습니다. 맞습니까?"

"네."

재판장의 양측에 앉은 배석판사 둘은 여전히 검사가 제출한 증거자료를 살피는 중이다.

"검사 측, 증인 신청 있습니까?"

"네. 사건 당시 업소에서 근무 중이던 박원호 씨, 표민기 씨, 김서준 씨를 비롯해 피해자의 응급처치를 맡았던 응급의 박주영 씨, 피해자의 담당의였던 인석민 씨를 증인으로 신청합니다."

"좋습니다. 피고 측, 증인 신청 있습니까?"

"네. 사건 당시 피고인과 동행했던 남궁주호 씨와 피고의 담당의였던 선의연 씨를 증인으로 신청합니다."

"좋습니다. 다음 공판일은 2월 28일로 하겠습니다. 검사 측."

"네."

"피고 측."

"네."

"다음 공판에서 각각의 주장을 입증할 만한 증거와 증인을 준비하도록 하세요. 이것으로 사건번호 2007 고합 843 피고 우해준의 강간치상에 대한 1차 공판을 마칩니다."

재판부와 검사가 법정을 나서길 기다렸던 이기동 변호사가 해준에게 다가섰다.

"조금 더 바른 자세로 재판에 임하는 게 좋을 겁니다."

"뭐요?"

고압적인 이기동 변호사의 말투에 해준의 얼굴이 확 구겨졌다.

"혐의를 부인한 상태니 뉘우치는 모습은 아니더라도 최소한의 집중은 해 주셔야죠."

해준은 가까스로 성질을 죽이며 고개를 한 번 끄덕하고는 자리를 떠났다.

eeee

거센 눈발에 시야가 온통 뿌연 2월의 마지막, 2차 공판이 있는 날이다. 우해준은 예상대로 혐의를 부인했고 변호사는 목격자를 증인으로 신청했다.

목격자.

어찌 보면 틀린 말은 아니다. 우해준과 허연화의 모의 현장을 목격한 유일한 사람이니 말이다. 그가 법정에서 증인 선서 후 위증을 하면 다음 공판에서 법정에 서야 할 사람은 바로 허연화가 될 것이다.

요은이의 옅은 신음에 문득 정신을 차렸다. 슬슬 아침을 준비해야 겠다고 생각했는데, 여전히 눈을 감고 있는 걸 보니 아마도 꿈을 꾸나 보다. 무슨 꿈인지는 몰라도 엷게 웃는 걸 보면 악몽은 아닌 것 같다.

자는 사람을 억지로 깨워 침대 밖으로 끌어내서는 얼른 출근하라며 보챌 때는 언제고, 지금은 언제 그랬냐는 듯 나의 다리를 살포시 베고 엎드려 깊은 잠에 빠져 있다. 요즘 같아서는 다리가 아니라 요은이의 베개로 더 자주 쓰이니 바지가 아니라 베갯잇을 입고 다니는 게 어떨 까 싶다.

또 한 번, 옅은 신음과 함께 가볍게 웃는다. 대체 무슨 꿈을 꾸는데 이렇게 기분이 좋아 보일까. 나는 갈증이 날 정도로 조마조마한데 말 이다. 뺨 위로 흘러내린 머리카락을 조심스럽게 넘겨 주자 간지럽다 는 듯 어깨를 움츠리며 또 웃는다.

eee

이제 막 증인 선서를 마친 남궁주호가 증인석에 앉았다.

"변호인 측, 신문하세요."

이기동 변호사가 자리에서 일어나며 우해준을 살폈다. 오늘은 그나 마 단정한 자세로 앉아 있으니 다행이다.

"증인은 사건 당일 피고 우해준 씨와 동행하여 전반적인 상황을 목 격한 사실이 있습니다. 맞습니까?"

"네."

"그럼 증인이 보고 들은 내용을 사실 그대로 진술해 주시기 바랍니 다."

"네."

증언을 시작하기에 앞서 우해준과 허연화가 지시한 사항을 떠올린 남궁주호가 크게 숨을 마시며 조마조마한 속을 다스렸다.

"그날 저 사람이랑 좀 크게 다퉜어요. 저랑 다투고 나면 꼭 다른 남자를 안고 들어오는데 그날도 이태원으로 갔을 거 같아서 뒤늦게 따라갔고요. 서너 군데를 들렀는데 다 없더라고요. 그래서 마지막으로 가 본 데가 퍼즈였어요."

"퍼즈라면, 사건이 발생한 동성애자 전용 바를 말씀하시는 거죠?"

"네."

"확인 감사합니다. 계속하세요."

"갔는데 해준 씨가 어떤 여자랑 같이 앉아 있었어요. 딱 보기에도 두 사람 다 많이 취한 거 같았는데, 어쨌든 여자니까 안심했죠."

"상대방이 여자라서 안심을 하셨다고요?"

"네. 저 사람…… 여자랑은 안 되니까요."

"그렇군요. 계속하시죠."

검사 측에서 이의를 제기하고 본 법정은 피고인의 성향을 확인하고자 하는 자리가 아님을 강조하려는 눈치를 보이자, 변호사는 서둘러 요점을 정리하며 증언을 계속하도록 했다.

"몇 잔 같이 마시다 말겠지 생각하고 조금 뒤에서 보고 있었어요. 조금 오래 그러고 있었죠. 근데 여자가 속이 안 좋은지 화장실로 가더라고요. 저 사람도 따라갔고요. 걱정이 돼서 가 봐야 되나 했는데 싸운 다음이라 발이 안 떨어져서 그냥 있었어요."

"그럼 상황을 쭉 지켜보셨겠네요."

"네."

"그래서 어떻게 됐죠?"

"저 사람이 여자를 부축해서 나오는 게 보였어요. 여자가 완전 안겨 있다시피 했고요. 그러고 있는데 바텐더 하나가 저 사람한테 키를 줬어요."

"키요?"

"열쇠요. 거기 위층에 따로 공간이 있거든요. 아는 사람들은 다 알아요."

"위층으로 가는 열쇠를 바텐더가 직접 건넸다는 말씀이죠?"

"네."

"그리고요."

"저 사람이 여자를 부축해서 2층으로 올라가는데, 여자가 정신을 조금 차린 거 같더라고요. 무지 적극적으로 저 사람한테 딱 붙어 있었어요. 거기 올라가는 통로가 엄청 좁거든요. 아마 여자가 계속 정신을 잃은 상태였으면 혼자서 데리고 올라가기 힘들었을 거예요. 그러니까 여자도 아마 알고 있었을 거예요."

"이의 있습니다."

"검사 측, 말씀하세요."

"증인은 개인적인 의견으로 사건의 요지를 흐리고 있습니다."

"인정합니다. 증인."

"네?"

"증인이 목격한 사실만 말씀하세요."

"……네."

입이 마르는 갈증에 아무리 침을 삼켜도 혓바닥은 뻣뻣하기만 하다.

"데려다주기만 하고 내려올 줄 알았죠. 그래서 기다렸어요. 기다리다 보니까 조금 지루해서 근처에 춤추는 사람들을 구경하고 있는데, 갑자기 엄청 큰 소리가 나더니 2층으로 가는 문이 활짝 열렸어요. 여자가 계단에서 구른 거 같더라고요. 그리고 곧바로 저 사람이 내려왔어요. 너무 놀라서 아무것도 못 하고 그 자리에 서 있었는데 바텐더들이 다들 나가라면서 손님들을 내쫓는 거예요."

"손님들을 내쫓았다고요?"

"네."

"그래서요?"

"그때 저 사람도 저를 봤어요. 어— 되게 난처한 표정이었어요."

"그리고요?"

"걱정이 돼서 저 사람한테 가 보려고 했는데, 바텐더 하나가 저를 막았어요. 그러고는 빨리 나가라면서 막 밀어내더라고요. 힘에 밀려서 뒷걸음질 치고 있는데 저 사람이 괜찮다는 듯 손짓을 하는 거예요. 나가 있으라고…… 하는 거 같았어요."

"그래서요?"

"근데 갑자기 바텐더 두어 명이 저 사람을 통로에서 끌어냈어요. 그러고는 막 주먹질에 발길질을 하면서 화장실 쪽으로 저 사람을 끌고 가는 거예요. 너무 겁이 나서 아무것도 못 하고 있는데, 바텐더 하나가 막 욕을 하면서 나가라고 소리를 질러서 어쩔 수 없이 쫓겨 나왔어요."

"당시 피해자의 상태가 어땠나요?"

"계단에서 굴러떨어졌으니까 그냥 그 상태로 엎드려…… 있었어요? 아, 엎드려 있었죠."

"많이 다쳤던가요?"

"아뇨. 제가 보기에는 별로."

"피고인 우해준 씨는요?"

"저 사람은 완전 엉망이었어요. 그날 밝은 슈트를 입고 있었는데 피가 많이 나더라고요."

"피해자보다 더 중한 상해를 입은 것 같았다는 말씀인가요?"

"이의 있습니다."

"검사 측, 말씀하세요."

"변호인은 지금 증언을 유도하고 있습니다. 피해자가 입은 상해나 피고인이 입은 상해는 비교 불필요한 것으로, 누구의 상해가 더 중했는지는 문제가 되지 않습니다."

"인정합니다. 변호인."

"네."

"그리고 증인."

"에?"

"거듭 말씀드리지만 사실에 입각해 현장을 증언해 주십시오. 직접 봤다 하더라도 사견이 들어간 발언은 삼가세요. 그리고 객관적인 증언을 위해 변호인의 유도신문을 금합니다."

"네, 죄송합니다."

이기동 변호사가 우물쭈물하는 증인을 대신해 유감을 표했다.

"증인."

"네."

"증언 계속하세요."

판사의 지시에 따라 증언을 계속해야 하는데 가슴이 떨려서 목소리가 제대로 나오질 않는다. 우해준이 시킨 대로 진술하고는 있지만, 자신을 지켜보고 있는 검사의 시선이 너무 날카로워 자꾸만 손이 떨리고 입이 마른다.

"증인."

"아, 네. 그…… 그래서 밖으로 나왔어요. 경찰에 신고를 할까도 했는데, 안에서 쫓겨 나오면서 휴대폰을 떨어뜨렸는지 아무리 찾아도 없는 거예요. 그러니까 어떡해요. 그냥 기다렸죠. 무작정."

어쨌든 이미 시작한 이상 제대로 하는 수밖에 없다. 그래야 남은 돈을 받을 수 있다.

"거기가 입구가 좀 특이하거든요. 엄청 가파른 계단 아래 입구가 있는데, 어…… 계단 위쪽에서 무작정 기다렸어요. 시간이 조금 지나니까 저 사람이 나오더라고요. 근데 혼자 나오는 게 아니라 바텐더 두어 명이 저 사람을 끌고 나오다시피 하는 거 있죠. 저 사람 얼굴이 정말 엉망진창이었어요. 너무 놀라서 비명을 지를 뻔했는데, 제가 보고 있었던 걸 알면 그 사람들이 어떻게 할지 몰라서 꾹 참았어요. 근데 저 사람을 바닥으로 팽개치더니 또 발길질을 하는 거예요."

"그리고요?"

"그러고는 계단 위로 질질 끌고 올라와서 또 때렸어요. 저는 구석에 있었는데, 저 사람이 절 어떻게 봤는지 끼어들지 말고 가만있으라는 것처럼 손짓을 하더라고요."

급박한 상황이었음에도 우해준이 자신을 배려했다는 요지의 증언이었다.

"바텐더들이 들어가고 나서 가 봤더니…… 정말……."

허연화가 짜 놓은 시나리오대로, 이 부분에서는 더없이 처참한 표정을 지어야 했다.

"온통 피투성이고 말도 제대로 못 하고. 뭔가 오해가 있었다면서 괜찮으니까 집으로 가자는 거예요."

"오해요?"

"네. 그 여자가 여잔 줄 몰랐대요. 술을 사니까 다 받아 마시고, 화장실에서 토하는 걸 부축해서 나오자마자 바텐더가 위층으로 가라면서 열쇠를 주더래요. 그래서 올라갔는데 보니까 여자라서 저 사람도 당황했대요. 그냥 나오려는데 그 여자가 너무 심하게 매달려서 어쩌다 보니까 몸싸움이 되고, 그래도 어떡해요. 여자랑은 안 되는데. 하튼 억지로 나오려는데 여자가 막아서다가 계단 아래로 굴렀다고 하더라고요."

검사는 증언을 하나하나 요약해 가며 차분하게 듣고 있는 중이다.

"근데 더 기가 막힌 건, 거기 사장이랑 바텐더들이 저 사람을 가둬 놓고 막 때리면서 진술서? 뭐 그런 걸 쓰라고 하더래요. 지장도 찍게 했고요."

"업주와 종업원들이 손님 전부를 내보내고, 피고인을 감금한 상태로 협박했다는 말씀인가요?"

"네. 그래서 시키는 대로 했대요. 안 그러면 죽여 버린다고 막 겁을 주니까."

"그래서요?"

"시키는 대로 각서 쓰고 지장까지 찍은 다음에 풀려난 거죠. 일단 집으로 가자는데 너무 심하게 피를 흘려서 병원으로 데려갔어요."

이후의 몇 마디를 끝으로 증언이 마무리되자, 판사는 변호사에게 변론 여부를 물었다.

"아니요, 없습니다."

"검사 측."

"네."

"반대신문 있습니까?"

"네, 있습니다."

"좋습니다. 시작하세요."

자리에서 일어난 담당검사가 증인을 정면으로 응시하며 증인석 앞에 섰다.

"증인."

"네."

"그날 피고인과의 다툼이 있었다고요?"

"네."

"그리고 뒤늦게 따라간 퍼즈에서 피고인을 봤고요?"

"네."

"피고인의 옆에 앉아 있던 피해자의 성별을 어떻게 금방 파악하셨나요?"

"머리가 길고, 체형이 호리호리하고."

"그리고요?"

"딱 보기에도 여자 몸이었어요."

"뒤에서 보기에도 말입니까?"

"네."

"그런데 피해자의 바로 옆에 앉아 있던 피고인은 왜 그런 사실을 인지하지 못했을까요? 증인은 피해자를 뒤에서 보고도 여자라는 걸 바로 알았는데 말이죠."

"저 사람은 술을 많이 마셨으니까 몰랐을 수도 있죠."

"어쨌든 상대방이 여자인 걸 알고 안심을 하셨다고요?"

"네."

"그날 피고는 밝은 슈트를 입고 있었다고 하셨죠?"

"네."

"그럼 피해자는 어떤 의상을 입고 있었나요?"

"에?"

"피해자의 의상이 기억나십니까? 뒤에서 제법 오랜 시간 지켜보고 계셨다고 하지 않았나요?"

"아…… 그건 그런데— 저는 그 여자가 아니라 저 사람을 찾……."

"그 여자가 아니라, 피해잡니다."

"이의 있습니다."

"변호인 측, 말씀하세요."

"본 사건, 피고의 유죄가 아직 밝혀지지 않은 바, 고소인을 일방적으로 피해자라 칭하는 것은 증인의 심리를 어지럽혀 객관적인 증언에 방해가 될 수 있습니다."

"인정합니다. 검사 측."

"네."

"반대신문 중에 증인으로 하여금 고소인과 피고를 피해자 혹은 가해자로서 언급하도록 유도하는 일은 삼가세요."

"네, 죄송합니다."

"반대신문 계속하세요."

담당검사는 아직 남궁주호가 허위의 목격자임을 모르고 있다. 검사가 사실을 미리 알게 되면 증언 자체가 불가능해질 수도 있기에, 요은은 일부러 그런 사실을 알리지 않았다. 남궁주호가 증언을 하지 않으면 허연화를 처벌할 수 없기 때문이다.

"피고를 보느라 피해자는 못 보셨다는 거죠?"

"네. 제대로 못 봤어요."

"그런데 피해자가 만취 상태였고 화장실에 다녀온 뒤에는 의식을 차린 것 같다고 하지 않으셨나요?"

"그건 그냥 보기에도……."

"바텐더가 피고에게 열쇠를 건네는 장면을 목격하셨다고요?"

혼란스러워하는 증인에게 또 다른 질문을 얹은 검사의 표정이 신랄하다.

"재판장님. 본 검사가 제출한 증거 목록 중 증거 제9호를 살펴 주시기 바랍니다."

이기동 변호사는 1차 공판에서 검사가 제출했던 증거 목록을 확인한 후, 불편한 듯 숨을 크게 마셨다.

"증인, 다시 한 번 묻겠습니다."

"예."

"그날, 그곳에서 피고와 고소인을 목격한 사실이 분명히 있습니까?"

"네."

잠시 후 검사가 작은 비닐봉투를 손에 들고 다시 증인 앞에 섰다.

"사건 당일, 바텐더 채명호 씨가 피고에게 건넨 열쇠입니다. 두 벌의 열쇠 중 한 벌은 업주인 박원호 씨가 가지고 있었습니다. 그리고 이건 스페어로 마련해 둔 열쇠입니다. 보시다시피 일반 성인의 검지보다 훨씬 얇고 작습니다. 이런 크기의 물건이 오가는 걸, bar 건너편에 있던 증인이 확실히 본 게 맞습니까?"

"뭐…… 뭔지는 잘 모…… 몰랐는데 바로 거…… 거기를 열고 들어가니까."

"이렇게 작은 물건이 오가는 게 보일 정도로 면밀히 관찰하고 계셨다면, 고소인의 의상도 희미하게나마 기억이 나야 하는 거 아닙니까?"

"거기 조명이 엄청 강해요. 해…… 해준 씨가 입은 옷은 거기 가기 전부터 봤으니까 당연히 기억하죠. 근데 피해자가 입은 옷은 조명이 막 바뀌고 정신이 없으니까 잘……."

"사이키 조명이었죠?"

"네! 사이키 조명이요. 그게 막 빛이 뻥뻥 터지잖아요."

"그런데 열쇠는 보였고요?"

"그건 뭔가를 받고 바로 위층으로 가는 통로 문을 열었으니까."

"그리고 만취 상태였던 고소인이 정신을 차린 것도 보셨고요?"

"그건 아까 아니라고 했잖아요. 확실한 게 아니라 그런 거 같은 얘기는 하지 말라고 해서 더 이상 얘기 안 했잖아요."

"그럼 증인이 목격한 사실이 모두 확실하지는 않다는 건가요?"

"아뇨, 그……."

"이의 있습니다."

"변호인 측, 말씀하세요."

"검사 측은 지금 증인에게 혼란을 주고 있습니다. 목격한 바의 증언은 증인의 기억이나 사견에 의해 주관이 개입될 수밖에 없는 점을 이용, 증언 자체를 묵살하려는 행위입니다."

"증언이 증인의 기억에 의해 재구성될 수 있음을 인정하지만, 검사 측의 반대신문에는 큰 문제가 없어 보이므로 변호인 측의 발언을 기각합니다. 검사 측, 계속하세요."

"네. 감사합니다."

남궁주호는 상황이 이렇게 되고 보니 무슨 말을 해야 하고 하지 말아야 할지 온통 뒤죽박죽이다. 포하임코리아의 우해준과 서린기업의 허연화가 좌우에 있으니 무서울 게 없다고 생각했건만, 막상 법정에 앉아서 차가운 시선의 검사에게 추궁을 당하려니 숨구멍이 막혀 정신이 나갈 것만 같다.

"업소의 조명이 밝은 편이었나요?"

"네. 뭐. 아니, 바는 밝은데 스테이지는 어두워요. 사이키가 안 터지면 바로 앞에 있는 사람도 잘 안 보이니까요."

증인은 은연중에 사실을 말하고도 뭐가 문젠지 전혀 모르는 눈치다.

"증인은 그날 bar에서 조금 떨어진 곳에 서 있었다고요?"

"네."

"그럼 스테이지 쪽에 계셨나요?"

"네. 아마."

"그런데 사건 발생 직후 통로에 서 있던 피고가 증인을 알아봤다고요?"

"사이키가 터지면 보인다니까요."

"통로의 조명은요?"

"네?"

"통로 쪽은 조명이 밝던가요?"

"잘…… 기…… 기억이……."

"어쨌든 사건 발생 직후, 통로에 서 있던 피고가, 증인을 향해서, 난처한 표정을 보였다고 하셨죠?"

"네! 아마 통로에는 조명이 따로 있었던 거 같아요."

"재판장님."

"검사 측, 말씀하세요."

"본 검사가 제출한 증거 목록 중, 증거 제3호를 살펴 주시기 바랍니다."

증인은 이번엔 또 뭔가 싶어 심장이 바싹바싹 타들어 간다.

"통로에 설치된 조명은 센서로 작동하며, 일정 시간이 지나면 꺼지도록 되어 있습니다. 더구나 사건 당시 제일 아래쪽, 그러니까 통로 입구 쪽의 조명은 고장이 난 상태였습니다. 피고가 증인을 알아보고, 증인이 그런 사실을 인지한 후 피고의 표정까지 살피는 건 불가능한 일이었습니다. 만에 하나 피고가 정상적으로 작동하는 조명 아래 서 있었다면, 보시다시피 가파른 통로 계단의 구조상 증인은 피고를 식별할 수 없었을 겁니다."

우해준의 표정이 점점 구겨지기 시작했다. 저를 향해 난처한 표정을 지어 보였다는 증언은 시킨 적도 없는데, 괜한 말로 트집을 잡혀 일이 꼬여 버린 것이다.

"자…… 잘못 본 걸지도 몰라요. 그냥 제가 보기에……."

"증인이 보기에 그랬던 게 아니라, 증인이 생각하기에 그랬던 거겠죠."

"어쨌든요."

"좋습니다. 사건 발생 직후, 바텐더들이 피고를 통로에서 끌어냈고, 만류하려는 증인을 향해 피고가 가만있으라는 듯이 손짓을 했다고요?"

"네."

"그리고 증인은 바로 업소 밖으로 나갔고요?"

"네."

"시간상 얼마가 소요됐나요?"

"잘 모르겠어요. 그냥 음악이…… 꺼지고…… 바텐더들이……."

그가 말하고 있는 것은 해준의 기억이었다. 계단을 구른 요은을 뒤따라 내려왔을 때, bar에 앉아 있던 손님들의 비명이 들렸다. 득달같이 달려든 바텐더 둘이 그를 탈의실로 끌고 가는 동안, 다른 바텐더들은 손님들을 내보내느라 정신이 없었고 업주인 박원호는 요은을 안고 통로 위로 사라졌는데, 당시 음악이 꺼졌는지 어쩐지는 잘 기억이 안 난다. 하지만 아무려면 어떠랴. 이대로 밀어붙이면 합의에 의한 정교, 업주의 성매매 알선, 폭행 및 감금 협박으로 판을 뒤집을 수 있다고 했다. 허연화가 분명 그렇게 말했다.

"증인이 밖에서 기다린 시간은요?"

"오…… 오래 기다렸어요."

"가파른 계단 아래에 업소의 입구가 있다고요?"

"네."

"당시 피고가 온통 피투성이였다고 하셨죠?"

"네."

"정확히 어디를 어떻게 다쳤던 가요?"

"소…… 손이었나? 다리도…… 얼굴도 그렇고. 다요. 다 다쳤어요."

"너무 심한 상해를 입어서 말도 제대로 못 할 정도였다고요?"

"네."

"그런데 피고가 고소인을 남자로 알고 있었다는 사실, 위층에서 몸싸움이 있었고, 피고가 업주 박원호와 기타 바텐더들에게 감금 협박을 당했다는 걸 어떻게 아셨죠?"

"저 사람이 다 얘기했죠."

"언제요?"

"그날 거기서요."

"그 자리에서요?"

"네."

다그치듯 하는 검사의 기세에 질려 대답을 하고 보니 앞뒤가 맞질 않는다.

"말도 제대로 못 할 정도로 심한 상해를 입었다고 하지 않으셨나요?"

"아니, 병원으로 가는 길에……."

"병원까지 동행하셨나요?"

"네?"

"피고와 함께 병원으로 가셨습니까?"

"아…… 네."

해준이 증인을 잡아먹을 듯 윗니를 드러낸 채 입술을 부들부들 떨고 있다. 사건 당일 응급실의 CCTV에는 남궁주호의 모습이 없으니, 피 묻은 옷을 갈아입고 입원실을 찾은 걸로 하라며 신신당부를 했건만 병원으로 가는 길에 들었다니 미치고 환장할 노릇이다.

"아뇨! 같이는 안 갔어요. 저는 옷에 피가 묻어서 집으로 가고."

증인은 사나운 해준의 표정을 마주하고서야 뭔가 생각난 듯 얼른 말을 바꿨다.

"그럼 피고에게 사건의 정황을 전해 들으신 게 언제죠?"

"병원에 갔을 때요. 옷 갈아입고 병원에 가서 들었어요."

"그러니까, 사건 당일, 증인이 본 것은, 고소인과 피고가 함께 앉아 있는 모습. 피고가 고소인을 부축해 위층으로 올라간 모습. 사건 발생 직후 피고가 바텐더들에게 끌려가는 모습. 맞습니까?"

"네."

"나머지는 모두 전해 들은 얘기고요."

"에?"

"피고는 고소인이 남자인 줄 알았다거나 상대의 성별을 파악한 후 관계를 중단하려고 했던 것, 그 과정에서 두 사람 간에 몸싸움이 있었고, 그 후 업주와 바텐더들에게 협박을 당했던 사실 등은 모두 피고에게 전해 들은 얘기 아닙니까?"

"그……렇죠."

"또한 피고가 부축하고 있던 고소인은 이미 정신을 차린 상태였고, 피고와의 동행에 적극적인 자세를 보였다는 것도 순전히 증인의 추측이죠. 맞습니까?"

"그…… 그건…….."

"사건 당시 두 사람의 관계가 합의된 것이었다는 말은, 피고 우해준 씨의 얘기였죠."

"네. 그건 그……런데……."

"감사합니다. 이것으로 반대신문을 마치겠습니다."

검사가 신문을 마치고 자리에 앉을 즈음, 407호 법정 앞에 도착한 프랜이 가쁜 숨을 몰아쉬고 있다. 그리고 그의 뒤로 르네의 모습도 보인다.

"넌 아주 이따 두고 보자."

"죄송해요. 알람까지 맞추고 잤는데……."

"알람으로 한번 맞아 봐야 정신 차리지. 어?!"

르네는 고개를 푹 숙인 채 한숨을 쉬었다. 예정대로라면 제일 첫 번째로 증언을 했어야 하는데 그놈의 잠이 원수다. 어떻게 벨소리도 못 듣고 잤는지 아무리 생각해도 어이가 없다. 평소라면 자다가도 일어났을 텐데, 하필이면 오늘 같은 날 정신을 놓고 자다니 정말 미친 게 틀림없다.

"어떻게 됐어?"

주차를 마치고 뒤늦게 대기실로 들어온 원호가 다급한 목소리로 물었다. 안암동으로 가서 자고 있는 르네를 깨우느라 시간이 너무 지체됐다. 게다가 마포대로가 아니라 서소문을 통해서 온 것도 한몫했다.

"아직 안 끝났대."

"다행이다."

"그러게. 일단 앉아서 기다리래."

"그래."

"죄송해요, 사장님."

원호는 말끝을 흐린 르네의 어깨를 다독이며 자리를 권했다.

"오늘 재판 끝났으면 니 인생도 끝났어."

"민기야."

"아후, 진짜 오는 내내 후달린 걸 생각하면 확 그냥!"

프랜은 손등 치기라도 하려는 듯 왼손을 들었다 내리며 혀를 찼다.

그리고 다음 순간, 이제 막 증언을 마친 남궁주호가 법정 밖으로 나왔다.

"어? 뭐야 당신? 당신이 왜 여기서 나와?"

프랜의 말에 원호와 르네의 시선이 주호를 향했다.

"아는 분이야?"

"당신이 여기 왜 있냐니까?"

"민기야, 말 좀 가려서 해. 재판 관련해서 오신 분 같은데."

남궁주호가 무슨 일로 와 있는지 모르는 원호는, 혹시라도 그가 요은을 위한 증인은 아닐까 싶어 프랜의 막말이 조심스럽다.

"그러네? 형."

"음?"

"여기 우리 법정 맞지? 아니, 한요은 씨 법정."

"아마 그럴걸?"

원호의 말이 끝나기 무섭게 프랜이 주호의 앞을 막아섰다.

"왜 이러세요."

"뭐야, 너? 니가 왜 여기서 나오는데?"

"비…… 비켜요."

"내가 무슨 변비도 아니고 왜 비켜라 마라야. 사람을 똥 취급하네."

"민기야."

"형, 내가 말했지? 조 경장. 조 경장한테 돈 찔러 준 게 이 인간이라니까?"

프랜이 해밀턴 호텔에서 조 경장과 주호를 붙들던 날, 조 경장은 오히려 폭행죄로 그를 고소하겠다며 길길이 날뛰었다. 조 경장의 말에 따르면 남궁주호에게 개인적으로 돈을 빌려줬으며 그걸 받으러 나온 자리라고 했다. 그럼 내가 들은 말은 뭐냐고, 뭐가 확실히 처리되고 뭐가 새벽에 넘어갔으며, 또 신분증 어쩌고저쩌고한 건 뭐냐고 거품을 물고 따졌지만, 조 경장은 말도 안 되는 소리 하지 말라며 적반

하장으로 나왔다. 사건 청탁의 대가를 벌건 대낮에 그것도 호텔에서 받겠느냐며 고래고래 소리를 지르니 복장이 터질 노릇이었다.

"무슨 말씀인지 모르겠는데요."

"여기다 알아보면 당신 신상 다 나오니까 바쁘면 가 보시든가."

그날 조 경장과 함께 있는 모습을 프랜이 봤으며, 영업정지 건으로 거래가 있었음을 눈치챈 거 같다는 말을 해준에게는 하지 않았다. 그깟 일 하나 제대로 처리 못 하냐며 미쳐 날뛸 게 빤해서, 조 경장의 임기응변으로 어찌어찌 잘 넘어갔다 생각하고 묻어 뒀다.

"박원호 씨?"

마침 출석 대기를 알리느라 밖으로 나온 서기가 심상치 않은 분위기를 감지하고 네 사람을 번갈아 본다.

"네. 제가 박원호예요."

"증언 준비되셨나요?"

"네."

"표민기 씨?"

"네."

"김서준 씨?"

"네."

"두 분은 박원호 씨 이후에 차례대로 출석하시겠습니다. 준비해 주세요."

차례대로 출석이라는 말에 프랜이 주춤한 틈을 타, 남궁주호가 서둘러 복도를 빠져나갔다.

"어어? 야!"

"정숙해 주세요. 지금 개정 중에 있습니다."

"아니. 저 잠깐만요."

"됐어."

원호가 프랜을 말리고 나섰다.

"아, 저 새끼라니까? 분명 뭔가 있는 거잖아?"

"증언 끝나고 신변 확보해서 따로 알아보면 돼. 일단 집중하자."

"진짜지? 이번엔 진짜 가만 안 있을 거지?"

"그래."

"그럼 어떻게 되는 거예요? 우리 영업정지 안 먹어도 돼요?"

"박원호 씨."

"네."

"이쪽으로 오세요."

원호는 두 사람을 향해 걱정 말라는 듯 웃으며 서기를 따라 법정으로 향했다.

eee

너무 잘 자서 그런지 정신이 또렷하다. 그런데 도무지 영화에 집중을 할 수가 없다.

"왜? 별로야?"

나도 모르게 내쉰 한숨이 너무 컸는지 원규가 TV 볼륨을 줄이며 조용히 물었다.

"아니."

"방금 그거 하품 아니었어?"

"아니거든."

"그럼 혹시 한숨이야?"

알면서 왜 묻느뇨.

"미안. 근데 집중이 안 돼."

"나중에 볼까?"

"어."

"전화해 볼까?"

"어?"

"형한테."

"아니."

말은 그렇게 하면서도 실은 궁금해 죽겠다. 변호인 측에서 어떤 식으로 사건을 엮으려고 하는지, 사장님을 비롯해 민기 씨나 서준 씨에게 무슨 질문을 했는지 말이다.

"어? 민기다."

"응?"

"역시 표민기네."

"진짜야?"

"어."

원규가 보여 준 휴대폰 액정에 '표민기'라는 이름이 반짝이고 있다.

"얼른 받아 봐."

"전화하지 말라더니."

"빨리—"

빨리 전화를 받으라는데, 왜 남의 볼을 톡톡 두드리고 그럴까.

"여보세요."

이제 막 100m 달리기를 마치고 결승선에 도착한 것처럼 심장이 요란하게 뛰기 시작했다.

"고생 많았지? 고마워."

무슨 얘기를 하고 있을까?

"응?"

안 좋은 얘긴가?

"어, 그래. 잠깐만."

원규가 휴대폰을 건넸다.

"나?"

"어. 너 바꾸래."

얼떨떨한 기분으로 휴대폰을 건네받으며 목을 가다듬었다.

"네, 여보세요."

— 요은 씨?

"네."

— 미안해요. 오래 기다렸죠? 바로 전화하려고 했는데 일이 좀 생겨서.

"아니에요. 증언해 주셔서 정말 감사해요."

— 아우, 됐고요. 나중에 밥이나 한번 사요.

"네."

— 그리고 오늘 보니까 요은 씨 걱정할 거 없겠더라. 우해준 그……악!

"여보세요?"

아마도 내 앞에서 그 이름을 말하지 말라고, 누군가 민기 씨에게 압력을 넣은 모양이다.

— 하여튼 그 인간 완전 맛이 갔던데요? 뭐 어쨌든, 궁금해할 거 같아서 전화했어요. 형한테도 그렇고 우리한테도 위층에서 2차 영업을 알선한 적 없느냐고 헛소리를 하더라고요. 그리고 그 인간이 쓴 약 있잖아요? 알파베타감만지 뭔지.

감마히드록산. 그걸 알파베타감마로 부르니 거부감이 덜하다.

— 그걸 우리 쪽에서 술잔에 탄 거 아니냐고. 아니면, 그 새끼가 탔다는 증거 있냐고 묻더라고요. 그래서 그걸 내가 어떻게 아냐고 지랄…… 아니, 공손하게 되물었죠. 그랬더니 검사 언니가 이의제기 하고 판사 아저씨가 변호사한테 조심하라고 하고, 대강 그랬어요. 생각 같아서는 그 새끼가 타는 거 봤다고 확 질러 버리고 싶었는데, 본 대로만 말하라고 해서 가만있었어요.

"네에."

─ 확! 지를 걸 그랬나?

"아니에요."

참 이상하다. 심각한 얘기를 하고 있는데도 전혀 그런 것 같지가 않다. 내가 언뜻언뜻 웃으며 통화를 이어 가자, 원규가 휴대폰을 살짝 뺏어 들고는 스피커폰을 눌렀다.

─ 보니까 조만간 요은 씨도 법정에 세울 기세야. 변호사라는 인간이 그 새끼보다 더 또라이더라고요. 어우, 무슨 영화 찍는 줄 아는지 말끝마다 이의 있습니다! 이의 있습니다! 내참, 어이가 없어서 말이야.

"힘드셨죠. 한쪽에서 그러면 증언이 길어질 텐데."

─ 어쨌든 우린 잘하고 무사히 나왔으니까 걱정 말아요.

"네에."

─ 그리고 나중에 꼭 밥 사요.

"네."

─ 차는 내가 살게. 근데 원규는 빼고 나랑 르네만.

"네?"

─ 박원규 오면 나 얹혀요. 걔랑은 물 한 잔도 마시기 싫어.

까르르 하는 웃음으로 봐서는 농담인 거 같다.

─ 걔 나오면 또 기름진 거 먹을 거 아냐. 난 스테이크 뭐 이런 거 딱 싫어. 이태원에 죽이는 밥집 하나 있는데 거기로 가요. 알겠죠?

"네."

─ 원규 표정 볼만하죠?

"네?"

─ 야, 박원규. 스피커폰 빨리 꺼라.

눈치가 백 단이다.

"나도 갈 거야."

─ 웃기시네. 요은 씨가 나랑 르네만 보기로 약속했거든?

"그럼 바로 옆 테이블에 앉으면 되겠네."

— 어우, 재수 없어.

"표민기."

— 어머, 미안해요 요은 씨. 내가 원래 말을 막 하는 사람이 아닌데.

"아뇨. 괜찮아요."

— 오호호호호호.

"할 얘기 다 했으면 끊어."

— 어머, 뭐래니.

"이거 내 휴대폰이거든."

— 그럼 요은 씨한테 따로 전화해야겠네.

"장난 그만해."

— 장난 아닌데?

스피커폰을 끈 원규가 휴대폰을 들고 일어섰다.

"원래 그래."

짧은 대답 뒤로, 원규는 별말이 없다.

"응."

불공평하다. 내가 통화할 때는 스피커폰을 켜더니만!

"전화해 줘서 고마워. 그리고 형한테도 감사하다고 전해 줘. 조만간 한번 보자."

무슨 얘기를 하는 걸까 생각하느라 정신이 팔려 있는데, 원규가 몸을 돌려 소파 위로 올라왔다. 무릎 사이로 나의 다리를 두고 등받이에 손을 의지한 원규가 고개를 비스듬히 기울여 나를 물끄러미 바라본다.

"왜에……."

"다른 남자랑 통화하면서 그렇게 웃지 마."

맙소사…… 박원규…….

"말도 안 돼. 민기 씨는……."

"누구든."

화제를 돌려야 한다. 이러다가는 또 기습 공격을 당할지도 모른다.

"민기 씨가 뭐라고 한 거야?"

"니 웃음소리가 참 듣기 좋다고. 다행이라고."

"어…… 그러…… 흠! 그렇구나."

"그리고."

원규의 얼굴이 가까워질수록 머릿속의 눈보라가 거세진다.

"행복하냐고."

온통 하얗게 아무것도 보이지 않고 떠오르질 않는다.

"그래서 그렇다고 했어."

2차 공판. 그리고 곧 증인으로 소환될지도 모르는 상황. 그럼에도 불구하고 지금 이 순간이 더없이 소중하다. 원규와 함께 있는 매 순간이 그렇다.

eee

이제 막 연화의 작업실에 들어선 해준이 여유롭게 재킷을 벗어 테이블 위로 던지며 소파에 앉았다. 이기동 변호사는 허연화의 사람이라 공판이 끝날 때마다 상황을 보고하고 있었다. 그런데 우해준이 첫 공판에서 혐의를 부인했다는 소식에 기뻐할 틈도 없이, 두 번째 공판에서 초를 치고 말았다. 남자인 줄 알고 올라갔는데 여자라서 그만뒀고, 그런 과정에서 다툼이 있었다고 말이다. 처음 경찰에서 참고인 조사를 받을 때와 조금도 다르지 않은 진술이었고, 연화로서는 당연히 눈이 뒤집힐 일이었다.

"찾아오지도 말라더니 기사님을 다 보내시고. 황송해서 어떡하나."

"당신 지금 장난해?"

"뭐가 또 그렇게 불만이셔."

"거래 조건 잊었어?"

"거래? 하—"

같잖다는 듯 웃음을 터뜨린 해준이 앉은 자리에서 상체를 깊숙이 수그리며 연화의 시선에 응수했다. 속이 있는 대로 뒤집힌 연화의 표정은 그야말로 가관이다.

　　"뭔가 착각하는 거 같은데 거래는 오고 가는 게 있어야 거래지."

　　"다 죽어 가는 걸 일껏 구해 놨더니 그래도 터진 입이라 이거지? 그 터진 입으로 당신이 분명히 얘기했을 텐데? 합의에 의한 정교로 진술 번복하겠다고."

　　"당신도 머리가 있으면 생각이라는 걸 좀 해 봐. 머리통에 총알이 박힌 것도 아니고 내가 미쳤어? 당신한테는 차—암 안 된 일이지만 그날 아무 일 없었던 거 거기 애들이 다 알아. 근데 끝까지 갔다고 진술을 번복해라?"

　　셔츠에 묻지도 않은 먼지를 탁탁 털어 내며 소파에 등을 기댄 해준이 정신 나간 사람처럼 히죽 웃었다.

　　"판사 양반이 그러더라고. 피고는! 피고에게 이익이 되는 진술을 할 권리가 있다!"

　　"그래서?"

　　"그래서 시나리오를 좀 바꿨어. 올라갈 때는 합의. 가서 하려고 보니까 여자. 그래서 관둠. 그러다 그 난리가 남. 이하 나도 모름. 어때?"

　　나름대로 목격자까지 대령하며 정성을 보이기에 조금은 마음을 놓고 있었는데, 역시 이런 미친놈을 믿고 일을 도모하는 게 아니었다.

　　"야— 뭐 거기 애들 증언하는데 아주 대단들 하드만? 앉은 자리에서 사람을 찢어 죽일 기세더라고. 걔들이 조목조목 증언을 하는데 이 기동 변호사는 꿀 먹은 벙어리데? 꿀을 처바르려면 골고루 말이야, 응? 드음뿍 발랐어야지. 이건 뭐 바른 것도 아니고 만 것도 아니고. 그러니 이 변호사님이 의욕이 생기겠어?"

　　비위를 살살 건드려 가며 이죽거리는 해준의 꼴을 더 이상 참을 수가 없다.

"당장 나가."

"사람을 불러냈으면 냉수라도 한 사발 권하는 게 예의 아닌가? 서운하게 컵 하나 딱 갖다 놓고 뭐 하는 거야."

해준이 자리에서 일어났다.

"이 거래, 당신이 깬 거야."

그대로 나가려는 줄 알았는데, 그가 맞은편 주방으로 향하던 걸음을 멈춘 채 두 손바닥을 위로 쳐들고는 어깨를 으쓱한다.

"처음부터 거래랄 게 없었다니까?"

"닥치고 꺼져."

"어허— 거참 성격 급하시네."

해준은 아예 주방으로 들어가 정수기 앞에 섰다.

"꺼지라고 했지!"

그녀는 여차하면 밖에서 대기 중인 기사를 불러야겠다고 생각하며 자리에서 일어났다. 해준은 그런 그녀 앞에 투명한 컵 하나를 들고 나타나서 아무렇지 않은 얼굴로 다시 소파에 앉았다.

"우해준!"

그녀가 악에 받쳐 소리를 지르자, 해준은 컵을 쥐고 있는 오른손 검지를 가로흔들며 머금고 있던 물을 삼켰다.

"고막 터지겠네. 살살. 응?"

대체 뭘 믿고 이렇게 시건방진 태도로 일관하는 건지 모르겠다.

"너 정말 미친놈이구나?"

"그러는 넌? 미친년이고?"

자리에서 일어난 그가 이번에는 창가로 향했다.

"여기 방음은 잘 되나?"

레버를 내린 그가 창문을 열고 밖을 유심히 살핀다.

"하는 수 없이 사람 시켜서 끌어내야겠네."

자리에서 일어난 연화가 신경질적인 구둣발 소리를 내며 입구에 다다랐을 즈음, 다급하게 쫓아온 해준이 그녀의 앞을 막아섰다.

"어—허! 지금부터 내가 아주 중요한 얘길 할 생각이거든? 그러니까 한번 들어나 보지."

턱 끝으로 소파를 가리킨 그가 어서 가서 앉으라는 듯 다시 한 번 고갯짓을 했다. 이어 해준은 분을 삭이며 소파에 앉은 연화를 따라 맞은편에 자리를 잡은 후 두 손을 비비며 아랫입술을 혀로 쓱 핥는다.

"당신 목적이 그 여자한테 개망신 주는 거 아니야?"

"그걸 알면서 법정에서 그딴 식으로 진술했어?"

"나무가 아니라 숲을 봐야지."

피식 웃으며 등을 기댄 해준의 표정이 더없이 자신만만하고 여유롭다.

"퍼즈 소식 모르지?"

"무슨 소리야?"

"내가 애들을 좀 보냈어."

"너 진짜 미쳤어?"

박원호를 상대로 폭행 및 감금 협박의 고소장을 내놓고 거기로 애들을 보냈다고? 그러다 문제라도 생기는 날엔 모두 끝장이다.

"깡패 새끼들 말고 애들. 진짜 애들."

"뭐?"

"지금 영업정지 먹은 상태인 것도 모르지?"

"당신 설마."

"지금 검찰에 계류 중이긴 한데, 보니까 이번이 처음이 아니더라고? 아마 기소유예로 안 끝날 거야."

그게 이번 일과 무슨 관련이 있다는 걸까.

"2차 공판에서 지들 마음대로 떠들었으니 3차에서는 엿 좀 먹어 봐야지. 청소년 유해업소. 성매매 알선업소."

"성매매?"

"말귀 참 못 알아듣네. 한요은 말이야. 어쩌다 한 번 했다, 이건 너무 약하지. 돈 받고 하러 왔다. 이게 더 낫지 않아? 나야 술에 꼴아서 여장 남잔 줄 알고 오케이 한 거고. 그게 마음대로 안 되니까 죽자고 매달리다가 그 꼴이 된 거고. 박원호는 에—라 모르겠다 합의금이라도 뜯어내자 하면서 날 가둔 거고. 어때?"

남궁주호가 조 경장과 함께 있는 모습을 민기에게 들킨 사실은 꿈에도 모르는 우해준의, 그야말로 미치고 팔짝 뛸 만큼 완벽한 계획이었다. 하지만 그저 듣기 좋은 변죽에 지나지 않을 뿐, 우해준은 그 계획을 실행에 옮길 생각이 조금도 없었다. 허연화의 환심을 사기 위해 둘러대고는 있지만 그가 느닷없이 그녀의 작업실을 찾은 이유는 따로 있었기 때문이다. 어차피 모 아니면 도. 이래 죽으나 저래 죽으나 죽기는 마찬가지라고 생각하는 해준이다.

"이 변호사 말로는 당신한테 불리하다던데?"

"지금까지는 그랬지. 사실 나도 법정에 선 건 처음이라 기분이 뭣 같아서 집중이 안 되더라고."

"이 변호사한테는 얘기했어?"

"미쳤어? 검사 출신, 판사 출신들이 얼마나 꼿꼿한지 강 변호사 겪어 봐서 알 거 아냐."

"그럼 변론은 어쩔 생각인데?"

"남무석이 알아서 할 거야."

아직도 남무석을 제 편으로 알고 있는 해준의 믿음은 어찌 보면 아버지에 대한 믿음보다 강한 상태다. 만일 그에게도 믿음이라는 가치가 존재한다면 말이다.

"남무석이 말이지. 이런 때일수록 가치가 빛나는 인간이거든. 배도 곯아 본 놈이 구걸도 제대로 한다고. 워낙에 바닥 출신이라 지킬 자존심도 명예도 없는 인간이야."

"근데 참 이상하네."

"뭐가?"

"당신 아버지 말이야. 결국 남 변호사를 붙여 줄 거면서 왜 그러셨을까?"

뒤늦게나마 남 변호사를 붙인 건 허연화 네가 걸려들었기 때문이라고 이실직고할 수는 없는 노릇이다.

"어차피 뒤집힌 판, 자식부터 살리고 보자는 거 아니겠어?"

해준은 급한 대로 둘러대며 딴청을 했다. 제 아비에게 중요한 것은 자식의 안위가 아니라 경영권 방어임을 모르지 않기에, 실없이 나오는 웃음을 가까스로 참는 중이다.

"박용태 변호사는? 별다른 소식 없어?"

허연화에게 놀아나 정신을 못 차리는 사이에 강간치상은 특수강간치상이 되고, 박용태 변호사는 회사의 감사 비리와 CRPS 허위 진단을 세상에 알리겠다며 난리법석이다. 그러니 더더욱 혼자 죽을 수는 없지 않은가.

"며느리가 그러고 다녔다는 소문나서 좋을 거 있나. 아마 조용할 거야."

"정말?"

"내가 그쪽한테 헛소리할 이유가 없잖아?"

헛소리할 이유가 없는 게 아니라, 헛소리를 하고 있는 이유를 말할 필요가 없을 뿐이다.

"뭐 하는 거야?"

해준이 테이블 위에 놓여 있던 재킷 안쪽에서 휴대폰을 꺼내자 연화가 대번에 표정을 바꾸며 도끼눈을 떴다.

"나도 귀한 아들이거든. 올 때는 그쪽 기사가 데려왔지만 아버지 걱정이 이만저만 아니셔서. 갈 때는 아버지 신세를 져야 할 거 같아."

말을 마친 그가 연화의 작업실 근처로 기사를 대기시켰다.

"그쪽은? 여기 있을 거야?"

"그건 내가 알아서 해."

"어련하시겠어."

휴대폰을 툭 던진 그가 가져다 놓은 물을 마시려다 말고 뭔가 생각난 듯 그녀의 잔에도 물을 나눠 부었다.

"건배나 하지? 새로운 거래의 성사를 축하하는 의미로."

해준은 그녀가 들지도 않은 컵에 자신의 컵을 가볍게 부딪은 후 자리에서 일어났다.

"오래 있어 봐야 정분날 사이도 아니고, 근처에서 대기 타다가 들어가야겠네. 잘 자."

자리에서 일어난 그가 입구를 향하다 말고 다시 돌아섰다.

"아! 물 잘 마셨어."

도대체 속을 알 수 없는 인간이다. 제대로 미쳐서 말도 안 통하겠다 싶었건만 어쩜 저렇게 기특한 생각을 해 왔을까. 연화는 해준이 지껄여 놓은 계획을 떠올리며 히죽 웃었다.

쾅— 띠리릭—

문이 닫히고 잠금장치가 돌아가는 소리를 확인한 그녀가 휴대폰을 찾아 들었다. 짧은 신호음 끝에 밖에서 대기 중이던 기사가 전화를 받는다.

— 네.

"우해준 방금 나갔어요. 알아서 간다니까 그만 들어가세요."

— 알겠습니다.

연화는 전화를 끊고 해준의 시나리오를 되짚었다.

'성매매 알선?'

한때나마 뻔질나게 드나들던 퍼즈에 대해서는 요만큼의 걱정도 하지 않는 그녀였다. 원호가 그녀의 뺨을 올려붙인 그날, 퍼즈 역시 그녀에게는 눈엣가시보다 못한 존재가 되고 만 것이다.

'꽤 그럴듯하네.'

해준의 말대로, 처음부터 판검사 출신이 아니라 밑바닥의 연줄 없는 변호사들을 알아볼 걸 그랬다 생각하며 갈증을 달랜 그녀의 뒤로 밤이 유난히 짙게 내려앉고 있었다.

eee

허리를 안은 원규가 몸을 가까이 붙여 오는 통에 흠칫 놀라 잠에서 깼다. 조금 기다렸다가 살금살금 빠져나가려는데 더욱 세게 허리를 안아 몸을 끌어 올리다시피 하며 가슴에 얼굴을 묻어 온다.

"흡……."

갑작스럽게 들이마신 숨이 기도를 할퀴며 넘어가자 마른기침이 터져 나왔다. 혹시라도 곤히 잠든 원규가 깨지는 않을까 억지로 숨을 누르려니 가슴이 요란하게 들썩인다. 절대 원규를 깨우면 안 된다. 이대로 눈을 뜨면 엄청 당황하고 미안해하며 '잠 오는 약'을 찾을지도 모르니 말이다.

원규다. 원규의 숨결이다. 불을 켜지 않아도 된다. 몇 번이고 그렇게 되뇌며 가슴 가까운 곳에 닿은 원규의 머리에 조심스럽게 손을 얹었다. 머리카락이 정말 부드럽다. 그리고 너무 좋은 향이 난다. 아무리 캄캄한 어둠 속이라 한들 이런 원규를 어떻게 다른 사람으로 착각할 수 있을까 싶다. 원규의 들숨에 아릿해진 가슴이 원규의 날숨에 따스해지는 것을 느끼며 눈을 감았다.

손끝으로 부드러운 머리카락을 매만지며 꽤 오랜 시간 눈을 감고 있었던 것 같다. 그렇게 눈을 감은 채 처음 원규를 만났던 날을 떠올렸다. 한 번 두 번 거듭되는 만남에 설레던 시간. 먼저 건넨 고백에 미묘해졌던 원규의 표정. 어느 한순간도 감정을 허투루 쓰지 않던 원규가 내게 얼마나 강한 믿음을 주었는지. 그리고 결혼을 생각하기까지 행복한 고민으로 지새웠던 밤들.

'무슨 일이야?'

청혼. 원규가 하지 않으면 내가 하면 된다는 생각으로 무작정 도곡동 사무실 근처를 찾았던 날, 원규가 카페에 나와 앉으며 제일 먼저 꺼낸 말이다. 할 얘기가 있다는 나의 말에, 원규는 손목시계와 나를 번갈아 보며 얼른 말하라는 듯 안경을 고쳐 썼다. 청혼이야 누구든 먼저 하면 되지만 어떻게 하면 좋을지에 관해서는 생각한 적이 없다는 사실을 뒤늦게 깨닫고, 말의 서두를 잡기 위해 전전긍긍했다. 불쑥 찾아와서 불쑥 결혼하잘 수는 없는 노릇이었다.

'혹시 다시 내기로 한 거야?'

그렇게 망설이는데, 원규가 책에 대해 물었다.

'아니. 얘기했잖아. 이제 글 안 쓴다고.'

지금 생각해 보니, 아쉬운…… 표정을 지었던 것 같다.

'나 하나만 우울하면 되지. 글 읽는 사람들까지 그렇게 만들 필요 있나.'

표지디자인을 구상하는 단계에서 갑자기 계약이 취소됐다. 계약을 해지하러 온 편집장의 말에 의하면, 잘 알려진 작가도 아닌데 밑도 끝도 없이 우울하기만 한 내용이라 수지 타산을 맞추기 힘들 것 같다고 했다. 처음에는 센세이셔널 하다고 생각했는데 시간을 두고 천천히 검토해 보니 글이라기보다는 넋두리에 가깝더라며, 전문성도 없고 대중성도 없는 글을 처음으로 삼는 것보다는 차라리 새로운 내용을 써 보라는 것이었다.

어찌나 속상하고 낯 뜨거웠던지, 계약 해지 동의서에 사인을 하는 그 짧은 순간이 영원히 끝나지 않을 것 같아 두려울 정도였다.

그날 밤 원규에게 전화를 걸어 한참을 울었다. 선희도…… 엄마도…… 오빠도 아니고, 왜 원규였을까. 원규는 그건 그 사람 생각이니 다른 출판사를 알아보라고 했다. 그리고 설령 그렇게 생각했다 한들 어떻게 그런 소릴 하느냐며 가만히 듣고만 있었느냐고 물었다.

'이런 얘기 하려고 온 거 아니야.'

전화상으로는 세상이 다 끝난 사람처럼 꺽꺽 울어 놓고, 막상 마주한 자리에서는 초라해 보이기 싫었다. 그리고 무엇보다 아주 중요한 용건이 있었다.

'원규야.'

'얘기해.'

'······하고 싶어.'

지금 생각해도 어이가 없다. 아무리 여자라지만 반지도 뭣도 없이, 사람들로 북적이는 카페에서, 극도로 긴장해서 결혼이라는 목적어마저 씹어 먹은 채.

'응?'

하지만 그때는 아무것도 생각할 수 없었다. 원규를 매일 보고 싶은데, 더는 글을 쓰지 않기로 했으니 다시 볼 일이 없을 것만 같았다. 그래서 마음이 급했다.

'겨얼호온······.'

사자성어도 아니고. 실컷 늘어진 카세트테이프도 아니고. 이도 저도 아닌 나의 얼버무림에 나조차 복장이 터질 노릇이었다. 그러니 원규는 어땠을까.

'뭐라고?'

상체를 당겨 앉은 원규가 답답하다는 듯 물었다. 한 번만 더 얼버무리면 당장 일어나서 사무실로 돌아갈 기세였다. 내가 아는 원규는 처음부터 그런 사람이었다. 일이 아니면 죽음을 달랄 것 같은 패트릭 헨리의 환생, 내일 지구에 종말이 와도 맡은 일은 끝내고 볼 것 같은 스피노자의 환생, 일이 없으면 작업을 하면 된달 것 같은 마리 앙투아네트의 환생, 기타 등등. 그래서 글을 쓰지 않으면, 일과 관계된 용건이 아니면, 원규를 볼 일이 없을 거라는 생각을 했던 것 같다.

'결혼. 하고 싶다고, 너랑.'

두두두두 말을 뱉어 놓고는 오그라든 심장에 폐부가 아파 입술을 깨물었다. 잠깐이긴 했지만 아마 눈도 질끈 감았던 것 같다.

'결혼? 나랑?'

원규의 반응은 간단명료했다. 결혼? 나랑? 끝. 더 이상 말이 없었다. 하긴, 어이없는 상황에 말인들 있을 수 있을까. 어이도 없고 말도 없고, 도무지 있는 게 없는 그런 상황이었다. 다만 딱 한 가지, 있는 것이 있었다.

'응.'

내가 원규를 생각하듯 원규도 나를 생각하고 있다는 믿음. 그게 아니었다면 그렇게 확신에 찬 대답을 할 수 없었으리라.

'할 얘기라는 게 그거야? 결혼하자는 거?'

저기요? 어디 가서 차나 한잔하자는 것도 아니고, 밥이나 한 끼 먹자는 것도 아니고, 결혼을 하자는 겁니다. 어쩜 그렇게 아무렇지 않게 되물으세요? 물론 그게 너의 매력이긴 하지만 말입니다…… 하는 심정으로 고개를 끄덕였다.

그런데 원규의 표정이 기억나질 않는다. 아마도 원규를 제대로 쳐다볼 수 없어 다른 곳에 시선을 두고 있었던 것 같다. 그때 원규는 어떤 표정을 하고 있었을까. 아무리 되짚어도, 심장이 흉강 안에서 요란하게 들썩이며 금방이라도 쪼그라들 듯 피를 뿜어내던 기억밖에 없다. 마치 덜컹거리는 탈수기 안에서 이리저리 정신없이 부딪히며 물을 뱉어 내는 빨래처럼 말이다. 그때 원규의 얼굴을 제대로 봐둘 걸, 이제 와서 생각하니 조금 아쉽다.

'한요은.'

'어.'

가까스로 정신을 차리고 대답하긴 했지만 시선을 마주할 수는 없었다.

'아니다.'

분명 원규는 뭔가 말을 하려다 말았다. 하지만 나는 내 감정에만 정신이 팔려 원규를 제대로 살피지 못했다.

'지금 바로 대답해야 돼?'

거절하면 어떡하나 마음을 졸이고 있던 나에게는 얼마나 고맙고 다행스러운 말이었는지 모른다. 조금만 생각이라는 걸 했더라면, 그 상황에 그런 대답은 적절하지 않다는 걸 깨달았을 텐데 말이다.

'아니! 지금 당장은 아니고 천천히……'

'얼마나 천천히?'

'응?'

그때 원규는 이미 허연화에게 '한요은이 원하는 타이틀'에 대해서 들은 다음이었다. 생각하고 싶지 않으니 그 여자 얘기는 하지 말자는 원규에게 더는 묻지 못했지만, 발등에 불이 떨어진 허연화가 무슨 소리를 했는지 대강은 알고 있다.

'정말 멍청했어.'

허연화가 어떤 인간인 줄도 모르고, 원규에게 청혼을 하고 싶은데 거절당하면 어떻게 하냐고 선희와 나란히 앉혀 놓고 조언을 구했다.

'너랑 하는 결혼인데 다른 사람 의견이 뭐가 중요하다고. 바보같이.'

그때는 그저 고마운 언니였다. 내 얘기를 들어 주고, 나보다 더 화를 내고, 또 나보다 더 슬퍼해 주기도 했던…… 그런 사람이었다.

'생각해 보고, 며칠 내로 전화할게.'

'어…… 그래.'

'일어나자.'

아…… 기억났다.

'나 들어가 봐야 돼.'

내가 무작정 원규의 시선을 피한 것이 아니라 원규가 나를, 내 얼굴을 제대로 보고 있지 않았다. 내가 혼자만의 생각에 갇혀 기뻐하고 있던 그때에 아마도 원규는 많이 아팠나 보다. 누구에게도 진심일 수 없어서 상대도 그렇기를 바랐다고, 그래서 결심한 결혼이었다고 했지만 원규의 마음은 나와 조금도 다르지 않았다.

내가 원규를 생각한 만큼 원규도 나를 생각하고 있었다. 그런 나에게 갑자기 무슨 소리냐 되묻지도 못할 만큼, 나와 결혼하려는 이유가 뭐냐고, 왜 이렇게 갑작스러운 결정을 한 거냐고 묻지도 못할 만큼…… 그렇게 아팠나 보다.

연화는 혀를 태우는 갈증에 눈을 떴다. 하지만 눈을 떴다고 생각했을 뿐 몸이 말을 듣지 않는다.

"으으……."

천근만근 무거워진 몸이 혀뿌리를 붙들어 입을 열어도 말이 아닌 신음만 나올 뿐이다.

"하악…… 하……."

아무리 침을 삼켜도 갈증에 텁텁한 혓바닥이 입천장에 달라붙어 입 안이 타는 것 같다.

"컥! 우웨엑……."

악몽이다. 꿈을 꾸고 있는 게 틀림없다.

"시나리오 작가 겸 감독."

누군가의 목소리가 둔탁하게 고막을 두드렸다.

"그래서 그런가? 쓸 만한 게 차─암 많네."

우해준의 목소리다. 연화는 한시라도 빨리 이 불쾌한 꿈에서 깨야 한다는 일념으로 팔을 허우적거리며 눈을 뜨려고 애썼다.

"어─ 그냥 누워 계셔. 아직 움직이기 힘들 거야."

꿈이 아니다.

"우리 대—단하신 서린기업 무남독녀 허연화 양."

엄청난 공포에 심장이 멎어 버릴 것 같다.

"잘 잤어?"

그제야 해준이 덜어 놓고 간 물에 생각이 미친 연화가 번쩍 눈을 뜬다.

"너…… 너어 지…… 지금……."

"이게 의외로 약효가 별로네. 사람마다 다른가?"

"뭐 하는 짓……. 허윽—"

"응— 응— 그래. 궁금하지? 약효 좀 실험하느라고."

그녀가 누운 침대에서 몸을 일으킨 해준은 아까 작업실을 나설 때와 똑같은 차림이다.

"아무리 생각해도 이상하단 말이야. 한요은 그 여자도 분명 약을 마셨는데 올라가자마자 정신을 차리더라고? 그때 내가 한— 두어 방울 넣었나?"

"끄헉— 흡! 우웁—"

"뭐. 토하게?"

그녀의 고통이 즐거운 듯 해준의 몸통이 웃음으로 들썩인다.

"소용없어. 이미 다 소화되셨어요. 어때? 기분 죽이지 않아?"

구역질이 난다.

"너…… 허어! 주…… 죽고 싶어? 감히 나…… 나……한테……."

"감히? 하하하! 니가 뭔데? 아까 얘기했잖아. 난 미친놈이고, 넌 미친년이라고. 다시 말해 줘?"

그녀의 눈앞으로 얼굴을 들이민 해준이 아주 천천히 입을 벌려 가며 한 글자씩 소리 없는 음절을 만들어 낸다.

"허윽…… 허!"

아무것도 기억이 나질 않는다. 물을 마신 후부터 지금까지의 일이

뭉텅 잘려 나가 버렸다.

"혹시 오해할까 봐 불쾌해서 하는 말인데, 나도 식성이라는 게 있어. 한마디로 줘도 안 먹는 게 있다 이거지. 허연화 넌 똥으로 스테이크를 빚은 격이거든."

지독한 오한이 벌레처럼 온몸에 스멀스멀 피어오른다.

"어쨌든 지금부터 내가 하는 말 잘 들어. 눈앞에 있는 진수성찬을 먹지는 않았어도 잘 찍어는 뒀으니까 입 닥치고 가만히 있는 게 좋을 거야. 24시간. 물뽕이 몸에서 완전히 나올 때까지만 기다리면 돼. 그 다음에는 뭘 어쩌든 상관 안 할게."

서서히 시야가 잡히고 몸에 힘이 들어가기 시작했다. 하지만 침대에 묶인 채 꼼짝도 할 수 없다.

"사실 니가 뭘 할지 엄청 기대되긴 하네. 응?"

"우해준 너……."

"이제 슬슬 혀가 돌아가나 봐?"

"주…… 죽여 버릴 거야."

"그러시든가. 내가 죽으면 너도 죽고 싶어질걸? 망신살이 뻗쳐서 말이지."

어쩌다 이런 인간쓰레기와 엮였을까.

"더러운 새끼."

"하하하하하— 니가 그런 소리 하니까 무지 웃긴다."

"이거 당장 풀어."

"말했지? 24시간이라고. 아직 18시간 남았어."

"당장 풀지 못해!"

"입 닥치고 잘 들어."

해준은 연화의 이마를 손가락으로 쿡쿡 찍으며 말했다.

"니가 벌여 놓은 판 때문에 내가 아주 엿 되게 생겼거든? 그러니까 성질 건드리지 마. 여차하면 이거 다 한꺼번에 입에 털어 넣는 수가 있어."

그가 들이민 앰플 속에는 투명한 액체가 가득했다.

"워…… 원하는 게 뭐야."

"이제 말이 좀 통하네. 이런 게 바로 거래지. 나도 받을 게 생기는 거래."

연화에게서 등을 돌리고 앉은 해준이 시트 위로 두 손을 의지하며 몸을 쭉 폈다.

"진술거부권 말이야. 내가 좀 알아봤는데, 그게 꽤 쓸모 있더라고?"

무슨 얘길 하려는 건지 짐작조차 할 수 없다.

"만에 하나 일이 틀어지면 니가 법정에 좀 서 줘야겠어."

"뭐?"

"남궁주호는 허연화 니가 사주한 거라고."

"무슨 헛소리야?"

"그리고 혐의를 인정하고 죄를 받으려고 했던 우해준을 니가 협박했다고."

"말도 안 되는 소리 하지 마. 재판부가 그걸 믿을 거 같아?"

"아— 골치 아프네."

침대에서 일어선 해준이 다시 뭔가를 주섬주섬 꺼낸다.

"잘 들어. 듣고도 이해 못 하면 굉장히 짜증 날 거 같으니까."

연화를 향해 돌아선 해준의 손에 뭔가가 들려 있다.

"피고는 법정에서 자신의 무고를 주장할 권리가 있고 법관은 법정에서 진실을 밝혀야 할 의무가 있으며, 이것을 법익의 충돌이라고 한다. 그 조화를 위해서 사실에 기초한 진술은 도의상으로 인정하고, 설령 피고가 자신에게 이익이 되는 진술을 위해 거짓말을 해도 위증으로 처벌할 수 없다. 오케이?"

어디서 주워들은 건지는 몰라도 꽤 정확한 말이었다. 하지만 피고의 거짓 증언이 심한 정도에 이르러 법관이 그것을 밝혀낼 경우 괘씸

죄가 적용되며 법정형의 범위 내에서 가중된 판결을 선고할 수 있다는 사실은 미처 듣지 못한 모양이다.

"난 허연화 니가 이기동이랑 짜고 친 고스톱이라고 우길 거고, 넌 그렇다고 인정하면 돼. 가짜 목격자를 세워서 재판에 혼선을 준 거, 죄를 인정하려는 피고를 협박해서 거짓 진술을 하게 만든 거. 이렇게 두 가지. 어때? 그럴듯하지 않아?"

"우해준 너 정말 미쳤구나?"

"회사 들어먹고 법정 최고형까지 맞게 생긴 마당에 안 미치는 게 이상하지. 안 그래?"

박용태 변호사도 망신당하기 싫어서 그런지 조용하더라고 하지 않았던가.

"아까 지껄인 얘긴 뭐야?"

"아— 그거? 일종의 fairy tale이라고나 할까? 허연화 너를 위한 잔혹 동화."

해준이 다시 침대에 앉아 그녀에게 얼굴을 들이밀었다.

"그게 싫으면 수단 방법 가리지 말고 날 빼내. 보니까 한요은이랑 좀 아는 사이 같던데. 가서 다 니가 벌인 짓이라고 싹싹 빌기라도 해보든가. 아니면 이대로 나랑 같이 지옥으로 떨어지든가."

"뭘 찍어 뒀는지는 몰라도 절대 그렇게는 안 될 거야. 날 죽이지 않는 이상 더한 지옥을 보게 될 테니까."

"설마 내가 찍기만 했을까."

그는 다시 한 번 재킷 안주머니에서 뭔가를 꺼냈다. 빌어먹을 주머니가 세상을 다 삼키고도 남을 만큼 커 보이는 연화였다. 그가 꺼낸 소형녹음기가 재생되자 그간의 만남에서 나눈 대화가 그녀의 고막에 쇠못처럼 박히고 만다. 낯빛이 하얗게 질린 채 온몸을 부들부들 떨고 있는 그녀의 눈에 독기가 가득하다.

사흘 후면 3차 공판이다. 예상보다 빨리 법정에 서게 됐지만, 어차피 한 번은 겪어야 할 일이라고 생각하니 한편으로는 마음이 편하다. 우해준은 강력하게 혐의를 부인하고 있으며, 나는 아직 우해준과 허연화가 남궁주호에게 위증을 교사했다는 사실을 밝히지 않았다. 사흘 후 법정에서 공판검사를 만나 직접 얘기할 생각이다.

"뭐 해."

"응?"

"무슨 생각해?"

이런저런 말로 둘러대도 이미 알고 있을 원규다.

"녹취록이 증거로 채택될 수 있을까 생각하는 중이었어."

만일 남무혁 변호사가 녹취록을 건넸다는 사실이 밝혀지면 위법수집증거가 돼서 증거능력을 잃을 수도 있다. 변호사의 비밀유지 의무는 의뢰인에게 있어 굉장히 중요한 기본권인 만큼 변호사는 의뢰인에게 불리한, 유일한 혹은 중대한 증거를 상대측에 넘겨줄 수 없게 돼 있다. 물론 공공의 이익을 위한 경우에는 예외가 인정되지만, 문제는 공공의 이익을 어떻게 정의하느냐에 있었다.

"그건 생각이 아니라 걱정이잖아."

침대 위로 나란히 앉은 원규가 내 어깨를 안으며 말했다.

"걱정할 거 없어. 분명 인정될 거야. 만약 그렇지 않더라도 다른 방법이 있잖아. 원호 형이 우해준이랑 그 사람을 고소해서 재판이 병합되면 결국 위증교사 혐의가 입증될 수도 있고. 그게 아니더라도, 재판부가 경력이 꽤 오래된 판사들이니까 증거수집의 위법성 조각사유를 인정할 수도 있는 거고. 그 녹취록이 사건과 관련된 건 맞지만, 애초부터 남 변호사가 변론하려던 건 위증교사 혐의가 아니잖아. 그러니까 변론과정에서 알게 된 위법행위를 고발하려는 취지로 녹취록을 건넨 거라면, 재판부에서도 증거능력을 인정해 주지 않을까?"

원규의 말이 너무 그럴듯해서 조금 놀랐다. 물론 원규가 걱정하고 있는 것은 알았지만, 이렇게까지 깊이 생각하고 있는 줄은 몰랐기 때문이다.

"요은아."

이불을 끌어 올려 나를 야무지게 덮어 주는 원규의 손길이 가슴에 닿았다. 조금 더 정확히 말하면 심장 부근이다.

"응?"

"걱정돼."

나한테는 걱정하지 말라면서 자기는 걱정된다는 말을 아무렇지도 않게 하다니. 불공평하다.

"뭐가."

"뭐가 아니라 너. 알면서 물어."

원규의 대답은 항상 이렇게 간단하면서도 구체적이다.

"근데 원규야."

"응?"

"법조인이 되고 싶다는 생각은 안 해 봤어?"

"갑자기 왜?"

"그냥. 잘했을 거 같아."

원규의 가슴이 흩어지는 웃음에 가볍게 흔들렸다.

"한 번도."

"정말 한 번도?"

"응. 아버지를 보고 자란 게 아니라 그랬나 봐."

괜한 얘기를 꺼냈나 싶어 조용히 있으려고 했는데 원규가 어깨를 움직여 나를 품에서 물러 내더니, 곧이어 부드럽게 시선을 마주하고는 잘못한 어린애를 타이르듯 미간을 살짝 찌푸렸다.

"너 그거, 안 좋은 습관이야."

"미안. 옛날 얘기 안 할게."

"아니."

원규는 내 생각을 잘도 알아맞히는데, 난 왜 항상 헛다리만 짚을까.

"옛날 얘기 하면서 슬픈 생각하는 거."

원규야, 너 장학퀴즈 나가라. 눈치로만 풀어도 기장원은 따 놓은 당상이다.

"아니. 생각이 아니라 상상이지. 난 아무렇지도 않은데, 너 혼자서."

장학퀴즈 취소다. 국회로 가라. 어쩜 이렇게 말씀을 예쁘게 잘하시는지. 보고만 있어도 절로 웃음이 난다.

"아, 변덕쟁이. 금방 또 웃는 거 봐."

"그럼 어떡해. 울어?"

"아니!"

흠칫 놀라는 척 고개를 저은 원규가 나를 안았다. 항상 느끼지만, 정말 내게 꼭 맞는 품이다.

"원규야."

"응."

"나 잘할게."

"그래."

"그러니까 걱정하지 마."

"응."

나만 믿어라. 이 누나가 손만 잡고 잘 테니까……는 아니지만, 어쨌든 말이다.

"눕자."

"어?"

"누워서 안고 싶어."

"아…… 어— 나 잠깐."

"양치질?"

어떡하지. 원규가 나에 대해 너무 많은 걸 알고 있다.

"같이 해."

"음?"

"같이 하자고."

예상대로라면 괜찮다며 키스하자고 장난을 걸어 왔을 텐데, 뭔가 이상하다.

"너도 하게?"

"응."

"아까 했잖아."

"너도 했잖아."

"아니 난…… 원래 자기 바로 전에 한 번 더 하…… 흠! 하니까."

"생각해 봤는데. 니가 양치에 집착하는 이유가 혹시 나한테 안 좋은 냄새가 나서 그러는 게 아닐까 해서. 너처럼 양치질 좀 자주 하라는 의미로 말이야."

무슨 말도 안 되는 소리를 하고 있니.

"그래서 너 할 때마다 나도 하려고."

"아니야."

다른 건 잘 알면서 왜 이런 건 모른 척하는 건데.

"어쨌든."

나도 모르게 침대를 빠져나간 원규의 옷깃을 붙들었다.

"왜?"

무릎을 세워 앉으며 원규의 어깨를 안아 내리는 동안 묘한 아이러니에 눈을 감았다. 달콤한 패배. 이기려고 하질 않는 원규에게 난 항상 질 수밖에 없다.

입술에 닿은 원규의 혀끝이 부드럽게 치열을 가르며 들어왔다. 허리를 안은 원규의 손길을 따라 슬립이 자꾸만 위로 올라가 신경이 쓰인다. 그런데도 원규의 입술을 단념할 수가 없다.

eee

　이제 막 선서를 마치고 증인석에 앉은 요은의 시선이 남무석 변호사와 마주쳤다. 두어 달 전 병원으로 찾아갔을 때보다 훨씬 야위긴 했지만 어딘지 모르게 안정돼 보이는 그녀의 모습에, 남 변호사는 슬그머니 시선을 피했다. 그녀는 재판장과 배석판사 둘을 포함한 세 명의 재판부와 좌우에 각각 앉은 검사와 변호사들을 한 번씩 바라본 후 호흡을 다스리려 잠시 눈을 감았다.

　단 하루도 오늘을 상상하지 않은 날이 없다. 그러니 긴장하지 말자. 그렇게 스스로를 다잡으며 다시 눈을 뜨자 자리에서 일어난 이기동 변호사가 증인석 앞에 서서 그녀를 보고 있다.

　"한요은 씨?"

　"네."

　요은은 그가 들고 있는 서류 뭉치에 시선을 둔 채 답했다. '증인의 진술에 의하면'으로 신문을 시작한 이기동 변호사는 그날 있었던 일을 세세하게 나열하며 그녀의 확인을 구했다. 검사는 이미 수차례 진술한 내용이라며 피해자에게 심적인 고통만 될 뿐인 신문을 중지해 줄 것을 요구했지만, 법정에 선 피해자의 첫 증언이니만큼 심리에 필요한 절차임을 강조한 재판장이 검사 측의 이의를 기각했다.

　"문이 잠겨 있었나요?"

　"아뇨. 잠겨 있지 않았습니다."

　변호사가 재판부를 바라봤다. 증인은 얼마든지 그 자리를 피할 수 있었다는 점을 강조하려는 제스처였다.

　"처음부터 문은 열려 있었죠? 증인이 직접 그 문을 열고 나왔다고 진술했으니 말입니다. 상황이 악화되기 전에 현장에서 나오지 않은 이유가 뭐죠? 문을 열려 있었는데 말입니다."

"아뇨. 닫혀 있었습니다. 잠겨 있지는 않았지만 문이 닫힌 상태였어요."

요은은 '잠겨 있지 않다'와 '열려 있다'는 표현의 차이점을 짚어 내며 이기동 변호사를 바라봤다. 이 변호사는 대수롭지 않다는 듯 고개를 끄덕이며 서류 뭉치를 훑기 시작했지만, 표현에 따라 우위를 점할 수 있는 기회를 놓쳤다는 생각에 아쉬운 표정이다.

"사건 당시의 상황을 꽤 자세히 기억하고 계시는데, 증인의 주장에 따르면 GHB를 음용한 상태 아니었습니까?"

사건 당시를 자세히 기억하는 것은 맞지만 GHB를 음용하지는 않았다. '음용'이라는 표현에는 자발적으로 GHB를 사용했다는 의미가 내포돼 있기 때문이다. 이기동 변호사는 미묘한 어감의 차이를 이용해 연거푸 그녀의 약점을 파고들려 했다.

"제가 원해서 복용한 게 아닙니다."

"어떤 경위로 중독이 됐는지 모른다고 하셨죠?"

"네."

"그런데 응급실에서는 어떤 경위로 약물검사를 하게 됐을까요? 당시 증인은 중한 상해를 입어 의식이 없는 상태였다는데 말입니다. 피해자의 동의도 없는 상황에서 의료진의 판단으로 그런 검사를 할 수 있는 겁니까?"

"저는 응급 환자였습니다. 해당 의료기관에서는 수사를 목적으로 약물검사를 한 게 아니라, 제가 의식을 잃은 원인을 밝히기 위해 검사를 한 걸로 알고 있어요. 의료법상으로도 전혀 문제 될 게 없는, 일반적인 의료 행위였습니다."

"의식을 잃은 원인을 밝히기 위해서 검사를 했다. 하필이면 약물검사를 말이죠? 일반적인 의료 행위라고 하셨는데, 일반적으로 환자나 보호자의 동의 없이는 불필요한 검사 아닙니까?"

"이의 있습니다."

"검사 측, 발언하세요."

"증인이 진술한 바와 같이, 사건 당일 응급실에서 행해진 검사는 수사를 목적으로 한 것이 아니라 피해자가 의식을 잃게 된 경위를 밝히고자 했던 것입니다. 따라서 피해자의 동의가 없었음은 절차상으로 문제가 되지 않습니다. 또한 절차상의 문제가 있다고 해도, 그것은 피해자의 책임이 아닙니다."

"인정합니다. 변호인."

"네."

"증인의 권한이나 책임 외적인 문제에 대해서는 신문을 삼가세요."

"네. 알겠습니다."

이기동 변호사가 여유롭게 대답했다. 처음부터 요은에게 답을 바란 것이 아니라, GHB 양성판정이 수사기관이 아닌 일반 의료기관에서 실시된 약물검사의 결과라는 점과 피해자의 동의가 없었다는 점을 지적하기 위함이었다. 처음부터 GHB에 양성반응이 나올 것을 예측하고 검사를 한 게 아니냐는, 다시 말해 짜고 친 고스톱일 수도 있다는 것이었다.

"사건 발생 장소로 올라가게 된 경위가 기억나지 않으신다고요?"

"네."

"그런데 사건 당시에 대해서는 지나칠 정도로 뚜렷하게 기억하고 계시네요?"

요은은 문득 떠오른 그날의 기억에 입술을 깨물었다. 피해자의 심리적인 약점을 이용해 증언 자체를 불가하게 만들거나 진술 내용을 번복하게 하려는 의도임을 알고는 있지만, 머리로 아는 것을 마음으로 받아들여 평정을 유지하기란 역시나 쉬운 일이 아니다.

"증인?"

"네."

잇자국에 창백했던 그녀의 입술에 다시 핏기가 돌았다.

"아래층에서 위층으로 올라간 후 사건이 발생하기까지 아주 잠깐의 간격 아니었습니까? 그런데 어떻게 아래층에서의 일은 전혀 기억이 안 나고, 위층에서의 일은 정확하게 기억날 수가 있죠?"

"아주 잠깐이었다고, 가해자가 그러던가요?"

공허한 요은의 대답에 이 변호사는 난처한 듯 헛기침을 했다.

"글쎄요. 저는 잘 모르겠습니다. 위층으로 올라가서 그 일이 있기까지 얼마간의 간격이 있었는지, 기억나는 게 없어요. 제가 기억하는 건……"

그녀가 다시 입을 열기까지는 한참이 필요했다. 그사이에 변호인이 그녀의 대답을 재촉했고, 검사 측에서는 심리적으로 피해자를 위축시키려 하지 말라는 이의를 제기했으며, 판사는 검사의 손을 들어 줬다.

"아주 단편적인 기억들뿐이라 매끄럽게 연결할 수가 없어요. 분명 아래층에서, 박원호 씨를 기다리고 있었는데, 어느 순간 속이 메스꺼워서 화장실로 갔고, 거기서부터는 전혀 기억나는 게 없습니다. 정신을 차렸을 때…… 가해자가 저를……."

그녀가 눈을 감았다. 우해준이 뒤에서 허리를 안고 있었던 것, 손길을 뿌리치자 거세게 어깨를 돌려세우며 몸을 겹쳐 왔던 것, 장식장을 붙잡아 쓰러뜨릴 정도로 사력을 다해 그곳을 빠져나오려 했던 것 등을 말하는 그녀의 목소리는 지나칠 정도로 차분했다. 하지만 누가 봐도 행간의 분노와 아픔을 확연히 느낄 수 있을 정도로, 그녀는 떨고 있었다. 재판부는 이를 악물어 가며 어느 하나도 빠뜨리지 않으려 기억을 되짚어 내는 그녀의 모습을 침착하게 바라보고 있다.

"증인은 질문에만 답해 주세요."

재판부의 눈치가 석연치 않자 이기동 변호사가 제동을 걸었고, 다소 권위적인 그의 목소리에 흠칫 정신을 차린 요은이 눈을 떴다.

"기각합니다. 증인, 계속하세요."

재판부를 바라본 그녀의 시선이 검사석을 향하자, 검사가 괜찮다는 듯 고개를 끄덕인다.

"어떻게든 빠져나오려고 했는데…… 문은 닫혀 있고……."

식도를 역류한 신물이 혀뿌리에 고여 헛구역질이 난다. 하지만 그만둘 수가 없다. 그러고 싶지가 않다. 여기서 쏟아 내지 않으면 평생 냉가슴을 쥐어뜯어야 할 것만 같아 두렵고 또 두렵다.

"몸이 너무 무거웠어요. 소리를 질렀는데 아무도 올라오는 사람이 없었습니다. 문이 잠겨 있었던 것도 아닌데 왜 나오지 않았냐고 하셨나요?"

그녀가 이기동 변호사를 향해 조용히 물었다. 하지만 대답을 바란 것은 아니었다.

"저는…… 나오지 않은 게 아니라 나오지 못한 겁니다. 그 자리에서 빠져나올 수가 없었어요."

변호인은 매번 이런 식으로 표현을 되짚어 내는 그녀의 답변이 마음에 걸린다. 하지만 판사가 증언의 계속을 명했으니 또 끼어들었다가는 분위기만 험악해질 것 같아 그저 듣고 있는 수밖에 없다.

"가해자가 저를…… 누르고 있었습니다. 소리치는 제 입을 막고 얼굴을…… 여러 차례 때렸어요."

분노로 끊기던 그녀의 음성이 끝내 눈물에 젖고 만다.

"경찰 조사에서도 같은 질문을 받았습니다. 왜…… 상황이 그렇게 되도록 가만히 있었냐고요."

그녀의 시선은 이 변호사를 향해 있지만, 그녀의 이야기는 그를 향한 것이 아니었다.

"저는 가만히 있지 않았습니다."

죽을힘을 다해 발버둥 쳤던 기억이 되살아나 살갗을 저미기 시작한다.

"가해자를 물어뜯고 발버둥 쳐 가면서…… 어떻게든 그곳에서 벗어나려고 했습니다. 만약 가해자의 주장대로…… 제가 정교에 합의했다면, 만신창이가 되도록 구타를 당하면서까지…… 반항할 이유가 없었겠죠.”

시야를 가린 눈물을 조용히 닦아 낸 그녀가 말을 이었다.

“그랬다면…… 이렇게 고통스러울 일도 없었을 겁니다. 차라리 제가…… 처음부터 그런 목적으로 접근한 거라면…… 매일 밤 악몽에 시달리다 눈뜨는 일도 없을 테고…… 머리가 아니라 몸이 기억하는 그날의 일로…… 이렇게까지…….”

핏대가 선 목으로 큰 숨이 넘어가자 야윈 가슴이 하릴없이 흔들린다.

“힘들지도 않았을 겁니다.”

원규가 아무리 입을 닫고 있었다 한들 거기로 찾아가는 게 아니었는데, 있지도 않은 사람을 무작정 기다리는 게 아니었는데, 원규와 심하게 다툰 후 집을 나와 며칠간 밖에서 지내느라 약해진 몸에 술을 붓는 게 아니었는데. 그렇게 매일 같은 후회를 한다. 앞만 보자 스스로를 다잡으면서도 은연중에 가슴을 찢는 후회는 어쩔 수가 없다. 그 하나만으로도 충분히 화가 나는데 법정에서까지 이런 추궁을 당해야 하는 현실이 야속해 어느새 눈물마저 말라 버린 그녀.

“변호인 측, 아직 반대신문 남았습니까?”

“네. 남았습니다.”

“증인, 괜찮겠습니까?”

재판장의 질문에 요은은 시선을 내리며 고개를 끄덕였다.

“변호인, 계속하세요.”

이기동 변호사는 재판부가 그녀를 지나치게 배려하는 것 같다는 생각에 불안해졌다.

“사건 직후 왜 곧장 신고를 하지 않았습니까?”

“의식을 잃고 있었습니다.”

"중환자실에서 말이죠?"

"네."

"폐렴 때문이었죠?"

사건과는 무관한 일로 입원을 했던 게 아니냐는 질문이었다.

"아뇨. 폐렴 증상이 있기는 했지만 며칠간 의식이 없었던 게 더 큰 원인이었습니다. 담당의의 소견서를 제출한 걸로 알고 있는데요."

배석판사 하나가 증거 목록 중에 있는 담당의의 소견서를 찾기 시작했다.

"어쨌든 말입니다."

이기동 변호사는 더는 상황을 지켜볼 수 없어 그녀의 말을 자르고 나섰다.

"증인의 상태가 그렇게 악화되도록 방치한 사람은 따로 있지 않습니까? 증인이 입은 전치 5주의 상해가 온전히 피고에 의한 것이라고 단언할 수 있습니까?"

퍼즈의 업주인 원호를 걸고넘어지려는 의도였다. 만일 너에게 억울한 사정이 있다면 그건 박원호가 너를 방치했기 때문이며, 피고 역시 박원호 때문에 억울한 입장이긴 마찬가지라는 식의 변론이었다.

"피고가 완력을 행사하는 과정에서 증인이 상해를 입은 사실이 있기는 하지만, 피고 역시 증인 못지않게 중한 상해를 입은 상태였습니다. 알고 계십니까?"

"네. 알고 있어요. 참고인 조사를 받을 때 들었습니다."

"계단에서 구른 건 증인의 실수였죠? 피고가 증인을 일부러 밀어서 넘어뜨린 건 아니지 않습니까?"

그녀가 대답을 고르는 사이, 이기동 변호사가 서둘러 재판부를 향해 돌아섰다.

"병원에서는 GHB 양성판정만 나왔을 뿐, 피해자의 신체에서 피고의 혐의를 입증할 만한 다른 증거는 전혀 발견되지 않았습니다. 당시 사건 현장에 낭자했던 혈흔 역시 피고에 대한 기소 내용을 입증할 증거로는 부족합니다."

피해자의 몸에서 피고인의 타액이 발견되지 않았으니 강간미수 혐의를 인정할 수 없다. 피해자가 GHB에 중독된 것 역시 원인을 알 수 없으니 피고의 책임이 아니다. 사건 현장의 혈흔은 두 사람의 몸싸움이나 사건 직후 피고가 업주와 바텐더들에게 폭행을 당하는 과정에서 발생한 것일 수도 있다. 두 사람의 몸싸움이 남녀 사이의 일이라 피해자가 일방적으로 불리할 수는 있었겠지만, 그렇다고 해서 사건의 본질을 강간미수에 둘 수는 없다는 것이 변론의 요지였다.

"만일 피고에게 진정으로 범행 의도가 있었다면, 과연 동 업소의 2층으로 피해자를 데리고 갔을까요? 이는 상식적으로도 납득할 수 없는 일입니다. 누가 언제 들어올지도 모르는 상황에서, 과연 피고가 그런 의도를 가질 수 있었을까요? 이런 질문조차 불필요하다고 생각합니다. 정상적인 사고를 가졌다면 과연 어떤 사람이, 단골 술집에서, 일면식도 없던 또 다른 손님을 강간하려고 하겠습니까?"

"이의 있습니다!"

그녀가 참담함에 눈을 감은 순간, 검사가 날카롭게 소리쳤다.

"인정합니다. 변호인."

"네."

"증인석에 있는 피해자를 고려해서 말씀을 삼가세요."

"네, 알겠습니다."

그녀를 심리적으로 위축시켜 놓지 않으면 또 무슨 말로 재판부의 마음을 흔들지 모른다는 생각에 일부러 선택한 단어였다. 검사의 이의제기도 재판장의 시정명령도 이미 예상했던 바다.

"본 사건은 정교를 합의한 상황에서 벌어진 불미스러운 사고입니다. 정교를 합의하는 과정에서 피해자가 본인의 성별을 밝혔다면 처음부터 일어나지 않았을 사고이기도 합니다. 정교라는 단어 자체도 피고에게만 해당하는 것일 뿐, 피해자는 처음부터 금전적인 보상을 염두하고 있었습니다."

요은은 예리한 금속성이 고막을 찢어 내며 머릿속으로 파고드는 것만 같아 이를 악물었다.

"또한 사건 발생 직후 피고를 감금 협박 하고, 중한 상해를 입은 피해자를 방치해 둔 것은 퍼즈의 업주 박원호입니다. 공분을 살 만한 혐의로 기소되긴 했지만 피고 역시 억울한 입장에 있음을 헤아려 주시길 바랍니다. 모든 증거가 너무도 뚜렷하게 피고의 혐의를 입증하고 있는 바, 이것이야말로 피고의 억울함을 방증하는 것이라고 생각합니다."

이기동 변호사의 목소리가 점점 멀어지고, 얼음물이 가득한 수조 안에 갇힌 듯 온몸의 세포가 비명을 지르기 시작했다.

"당시 현장을 목격한 박원호 외 표민기, 김서준, 채명호 등은 피해자와 직접적인 관련이 없는 제삼자에 불과합니다. 피해자 역시 박원호와는 표면적인 사이로서 잠깐 볼일이 있어 해당 업소에 방문했다고 증언했습니다. 그렇다면 과연, 현장에 있던 피해자 외의 제삼자들이 피고 우해준을 그렇게까지 구타할 필요가 있었을까요? 반인륜적 범죄에 대한 처벌. 다시 말해, 감정적으로 대처할 수도 있는 상황이었음을 부정하는 바는 아니지만, 증언대로 성범죄의 반인륜성에 분노했다면 당 사건의 위법성도 당연히 인지하고 있었을 터, 물리적인 방법을 쓰기 이전에 수사기관에 신고를 하는 것이 수순이고 의무라고 생각합니다."

결국은 또 제자리로 돌아왔다. 변론의 요지는 처음부터 한결같았다. 하나, 강간을 당할 상황이었다면 왜 진작 그 자리를 벗어나지 않았느냐. 둘, 미수에 그쳤지만 강간에 준하는 범행의 피해자가 되었는데 왜 즉시 신고하지 않았느냐.

"피해자가 계단에서 실족한 후 바로 박원호 외의 증인들이 들이닥

쳤습니다. 사건 현장 목격 후 수사기관에 신고도 하지 않은 채, 무엇보다 이해할 수 없는 건, 전치 5주의 심각한 상해를 입은 피해자 한요은 씨를 응급실로 데려가지도 않은 채, 피고 우해준을 감금하고 범행 사실을 인정하는 각서부터 작성하게 했다는 자체가 사건의 본질을 의심하게 만들고 있음을 헤아려 주시기 바랍니다."

원규에게 걱정하지 말라고 했다. 괜찮을 거라고. 그러니 법정이 아닌 밖에서 기다리라고 했다. 한사코 법정에서 심리 과정을 함께하겠다는 원규를 억지로 떼어 놓고 들어온 자리다. 그러니 힘을 내야 한다. 이렇게 가만히 앉아 기상천외한 변론을 들으며 입을 닫고 있어서는 안 된다.

"상식적으로 납득할 수 있는 범행이 몇이나 될까요."

이 변호사가 변론을 마친 후, 요은이 낮은 음성으로 물었다.

"다행이라고 생각했어요."

이 변호사는 이상으로 신문을 마치겠다며 서둘러 변호인석을 향했지만 그녀는 말을 멈추지 않았다.

"그만하길 다행이라고 매일 생각했습니다. 그런데 아니었네요."

이 변호사가 그녀의 말을 끊으려는 순간, 재판장이 한 손을 들어 그를 제지하고 나섰다.

"더 이상 어떤 증거가 필요한가요. 빠져나오려고 발버둥 친 게 잘못인가요? 그럼 제가…… 끝까지 가만있어야 했다는 말씀인가요? 제 몸에 가해자의 흔적이 남아야만 죄가 입증된다는 건가요? 왜…… 잠기지도 않은 문을 진작…… 열고 나오지 않았냐고 물으셨잖아요. 아닌가요? 그런데 이제는 그게 문젠가요? 현장에서 빠져나온 저한테 아무런 흔적이 없으니 피고는 무죄라고요? 제가 대체 어떻게 했어야 되나요? 더 빨리 나왔어야 하나요? 아니면, 끝까지 기다렸어야 하나요?"

갑갑한 듯 가슴을 치던 그녀가 결국은 가슴을 쥐어뜯으며 숨을 삼켰다.

"범행 의도가 없었다고 하셨나요? 피고가 저한테 먹인 약으로는 부족한가요? 빠져나오려는 저를…… 몇 번이고 깨진 유리 위로 짓이겨 가며 구타한 걸로는 부족한가요? 피고인도 중한 상해를 입었다고요? 그게 어떻게 피고의 무죄를 입증할 증거가 되죠? 혀끝이 잘려 나가는 줄도 모르고 그 사람의 손을 물어뜯을 정도로…… 절박한 상황이었어요. 제가 그 살점을 계속 물고 있기라도 했어야 한다는 건가요? 아니면 그 사람 몸뚱이에 박혔던 구두를 소중히 품고 있기라도 했어야 하나요?"

그녀의 말을 듣고 있던 검사가 재빨리 우해준의 진술서를 훑어 내렸다. 그런데 몸싸움 중 과도하게 소리를 질러 대는 한요은의 입을 막으려다 상해를 입었다는 진술은 있지만, 조금 전 그녀가 말한 상해에 대해서는 언급된 바가 없다.

"재판장님."

"검사 측, 발언하세요."

"증인이 심적인 안정을 찾을 때까지 잠시 휴정을 신청합니다."

재판장이 재판부와의 상의 끝에 30분간의 휴정을 선언한 후 자리에서 일어나자, 서둘러 요은에게 다가선 검사가 그녀의 안색을 살폈다. 조금 전 요은이 말한 것과 우해준의 진술에 어긋나는 부분이 있기도 했지만 그녀가 극도로 불안정해 보여서 휴정을 신청한 만큼, 남은 신문 절차를 무사히 마칠 수 있을지 걱정이 앞선다.

"죄송해요."

요은은 가까스로 호흡을 붙들고 있는 사람처럼 힘겨운 목소리로 말했다.

"아니요. 잘하셨어요. 많이 걱정했는데, 잘 버티셨어요."

마음 같아서는 그녀의 손바닥에 별 도장을 쾅쾅 찍어 주고 싶을 정도다. 검사는 힘든 고비를 무사히 넘겨서 다행이라며 거듭 요은을 격려했지만, 그녀는 이제 막 한고비를 넘겼을 뿐이라고 생각하며 스스로를 다잡았다.

eee

　30분간의 휴정 후 속개된 공판정. 검사는 몇 가지 사실관계를 확인하는 것으로 요은에 대한 증인신문을 마쳤다. 그녀가 퇴정한 뒤 우해준이 다시 법정에 나와 앉았다. 까짓 피해자의 인권 때문에 법정에서 나갔다 들어왔다 하려니 귀찮아 죽겠다는 표정이다.

　다음 차례로 증인석에 앉은 사람은 요은의 상담을 맡고 있는 이명희 박사였다. 이 박사가 검사의 신문에 차분히 답변하는 동안, 이 변호사는 열심히 뭔가를 적고 있을 뿐 한 번도 이의를 제기하지 않았다.

　"만일 피해자가 피고와의 관계에 합의했다면, 그리고 사건이 벌어진 후에는 피고에게 금전적인 보상을 바랐다면, 과연 이 정도의 정신적인 데미지를 입었을까요?"

　증인석에 앉은 이명희 박사의 의견을 요약한 검사가 재판부를 향해 말하고는 다시 이명희 박사를 돌아봤다.

　"사건 발생 후 피해자는 입원 중인 병원에서도 여러 차례 실신을 했습니다. 이에 관한 박사님의 견해를 말씀해 주시겠습니까?"

　이명희 박사는 앞선 요은의 증언을 듣고 있었다. 이쯤 되면 정신을 놓을지도 모른다는 생각에 여러 차례 걱정한 것과 달리 그녀는 스스로를 변호하기 위해 최선을 다했고, 그것이 그녀에게 얼마나 힘든 일이었을지 알고 있기에 최대한 도움이 되고 싶다.

　"Flashback입니다. 외상 후 스트레스 장애에 종종 그런 증상이 동반되죠. 사고를 떠올릴 만한 상황에 놓이거나 심리적으로 불안한 상태가 되면 발작적으로 이상 증후가 나타나는 경웁니다. 일반적으로는 외상 후 스트레스 장애를 전쟁이나 대형 참사 후유증으로 알고 계시지만, 물리적으로 심각한 폭행이나…… 강간을 당한 후에도 같은 증상이 나타납니다. 자의에 반해서 일어난 사고라면 정도가 더욱 심하고요."

"발작적인 이상 증후라면, 정확히 어떤 증상을 말씀하시는 겁니까?"

"환각의 반복이라고 생각하시면 됩니다. 아주 작은 계기로도 사고 당시의 물리적인 고통이 그대로 재현되죠. 심적인 고통도 마찬가지고요."

"혹시 정상적인 생활이 불가능할 정돈가요?"

"그런 일이 자주 일어난다면 불가능하겠죠. 불안장애나 우울증이 동반되기도 하고요."

"네. 말씀 감사합니다."

이기동 변호사는 열심히 반론을 궁리하는 중이다.

"이처럼 피해자는 중한 정신적 타격을 입은 상태이며, 이는 누가 보더라도 성범죄의 피해자에게서나 있을 법한 사례입니다. 변호인 측은 줄곧 범행 의도가 있었다면 동 업소에서 실행에 옮겼을 리가 없다며 반론을 제기하고 있지만, 우발적인 범행이라는 말이 있습니다. 술에 만취한 상태에서 충동적으로 범행을 저지른 사람에게 전후 상황을 충분히 살필 겨를이 있었을까요? 대대수의 살인이나 폭행, 강간 등의 성범죄는 충동적으로 일어납니다. 고의성의 여부를 떠나, 피해자가 존재한다면 가해자에게는 응당 그에 따르는 처벌이 있어야 한다고 생각합니다. 피해자 한요은 씨는 해당 사건으로 인해 정신적, 신체적인 피해를 입었습니다. 사건 직후 일주일가량 의식을 잃은 상태였으며, 의식을 찾은 직후에도 당시의 충격으로 인해 심리적인 공황 상태에 놓여 사건을 기억하지 못할 정도로, 아니 신경정신과 전문의의 증언을 인용하자면, 사건을 일부러 기억하지 않으려 할 정도로 큰 정신적 피해를 입었습니다. 이런 피해자가 과연 사건 직후 즉시 고소장을 접수할 여력이 있었을까요? 범행 현장을 목격했던 제삼자, 본 사건의 증인들에 관해서도 마찬가지입니다. 성범죄 사건은 피해 당사자의 고소 의사가 제일 중요하게 작용하는 친고죄입니다. 본 사건은 강간을 넘어 특수강간치상에 이르게 된 점이 있지만, 제삼자의 입장에서는 피해자가 의식을 잃은 상태에서 사건을 수사기관에 의뢰하는 것이 관습에 의해 저어되는 일이었음에 틀림없습니다. 재판부에서는 이 점을 깊이 헤아려 주셨으면 합니다. 이상으로 증인신문을 마치겠습니다."

재판장은 검사가 자리에 앉기를 기다려 변호인 측에 반대신문이 있느냐 물었다.

"네, 있습니다."

이기동 변호사가 즉시 자리에서 일어나 증인석 앞으로 섰다.

"변호인 측, 반대신문 허가합니다."

"감사합니다."

한 치의 흔들림도 없는 이명희 박사의 시선을 아래로 피한 이 변호사가 짐짓 심각한 표정을 지었다.

"PTSD라고 하셨죠?"

"네."

"객관적으로 확진이 가능한 증상입니까?"

피고석에 있던 우해준이 히죽 웃었다. PTSD나 CRPS나 결국 우기면 끝인 병이구나 싶어 저도 모르게 웃음이 나온 것이다.

"네, 가능합니다. 하지만 피해자에게 권하지는 않았습니다."

"이유가 뭐죠?"

"강간 후유증에 대한 피해자의 거부감이 너무 커서요. 본인이 당한 사고를 떨쳐 내려고 노력하는 만큼, 반대 효과가 심해지는 케이스죠. 스스로 극복하려는 의지가 클수록 강박증상이 심해지는데, 한요은 씨가 바로 그런 사례입니다. 뇌파나 기타 공명검사로 확진을 내릴 경우 상태가 악화될 것을 우려해 상담과 약물치료 외에는 권하지 않았습니다."

"이상한 일 아닙니까? 피해자는 사건 당시 어떤 경위로 피고와 위층에 가게 됐는지 전혀 기억이 나지 않는다고 했습니다. 그런데 어떻게 PTSD일 수가 있죠? 기억나는 게 전혀 없는데 말입니다. 물론, 사건 당시의 기억은 뚜렷하다고 했지만, 이게 상식적으로 가능한 일입니까? 잠깐의 간격을 두고 특정한 부분의 기억만 또렷한 게 말입니다."

상담 중에 이와 같은 얘기를 나눈 적이 있다.

'한쪽은 캄캄한 어둠 속인데 다른 한쪽은 너무 자세하게 기억이 나요. 약기운 때문이었다고는 하지만, 가끔 그런 생각이 들어요. 내가 혹시 기억을 부풀리고 있는 건 아닐까. 사고가 있기 전에 무슨 일이 있었는지 아무리 애써도 떠오르질 않으니까, 상대적으로 기억에 남은 부분을 과장하고 있는 거면 어쩌나. 그런 생각이요. 재판 과정에서도 이 부분이 분명 문제가 될 텐데, 차라리 전부 기억난다고 거짓말을 해야 하나…… 매일 고민해요. 근데 그건 위증이잖아요. 제가 도덕적인 인간이라서가 아니라 그 거짓말에 발목을 잡힐까 봐 무서워요. 그래서 어떻게 해야 할지 모르겠어요.'

그녀의 초연한 웃음에 가슴이 아려 한동안 말을 잃고 있었는데, 역시나 그녀가 말했던 대로 변호인이 이 부분을 걸고 나오는구나 싶다.

"각인입니다."

"각인이요?"

정말 다행스러운 일이다. 혹시라도 그녀의 걱정대로 되면 어쩌나 싶어 미리 답변을 준비해 두었으니 말이다.

"굉장히 드물기는 하지만 성인이 되어서도 출생 당시의 공포나 두려움을 생생하게 기억하는 경우가 있습니다. 강한 충격이나 공포가 무의식에 남아 지속적이고 주기적으로 되살아나는 것을 가리켜 각인이라고 하는데, 사건 당시 피해자가 느낀 공포가 그만큼 컸던 게 아닐까 싶습니다. 피해자가 특정 부분만 기억하는 것도, 같은 이율 겁니다. GHB가 전혀 효과를 발휘하지 못할 정도로, 강한 공포와 두려움을 느낀 거죠."

이명희 박사가 조금의 망설임도 없이 답변을 하자, 이기동 변호사의 표정이 불편해졌다.

"그건 박사님의 사견 아닙니까?"

"아니요. 저는 사견이 아니라 소견을 말씀드린 겁니다. 다수의 케이스를 기반으로 통계적인 접근을 한 결과죠."

"이런 환자를 몇 건이나 다루셨나요?"

"많이 다뤘습니다."

"그럼 환자에게 감정 이입이 많이 되시겠네요. 아무래도 상담자 입장이시다 보니 말입니다."

"아뇨. 그건 오히려 상담에 방해가 되죠."

"이성적으로는 그렇다 하더라도 감정적으로는 가까운 사이가 되지 않습니까?"

"상담자와 피상담자간의 감정적인 거리가, 이번 사건과 관련이 있나요?"

"증언의 객관성을 확인하기 위한 질문이었습니다."

"그럼 걱정하실 필요 없겠네요. 한요은 씨는 많은 피상담자 중에 한 사람일 뿐입니다."

이상으로 반대신문을 마치겠다며 변호인석으로 들어간 이 변호사가 자리를 고쳐 앉으며 넥타이를 만지작거렸다.

法院을 나와 집으로 가는 길. 원규도 나도 말없이 앞을 보고 있다. 법정에 들어오지 못하게 해서 제대로 화가 난 것 같은데 어떻게 풀어줘야 할지 모르겠다. 괜한 헛기침도 해 보고 애꿎은 손톱도 튕겨 봤지만 역시나 원규에게서는 아무런 반응도 없다. 말을 고르며 룸미러로 살짝 훔쳐본 원규의 표정은 무(無) 그 자체다. 아주 오랜만에 원규의 저런 표정을 보는 것 같다.

"원규야."

대답 안 하면 무안해서 어떡하지?

"응."

휴…… 다행이다.

"화 많이 났어?"

"응."

단순명료한 대답에 할 말을 잃고 말았다. 하지만 계속 이렇게 꿀 먹은 벙어리로 있을 수는 없다.

"언제쯤 풀리는데?"

"안 풀려. 두고두고 갈 거 같아."

어쩜 저렇게 다정다감한 목소리로 저렇게 차디찬 말을 하는 걸까.

"밖에서 기다리는 내내 무슨 생각 했는지 알아? 얼마나 불안했는지 알아?"

"알아. 근데……."

말이 생각에 가려지는 게 싫다. 그러니 있는 그대로 얘기하자.

"니가 법정에 있으면 집중이 안 될 거 같아서. 나는 그쪽에서 무슨 말을 해도 상관없지만 넌 아닐 거잖아. 법정에서는 내 뒷모습만 보일 테고, 또 내가…… 어쩌면…… 말하는 중간중간 힘들어질 수도 있으니까. 그런 나 보면서 니가 무슨 생각을 할지…… 그런 걱정은 하기 싫었어. 변호인 측 신문에만 집중하고 싶…… 엄마!"

갑자기 우측으로 진입해 브레이크를 밟은 원규 덕분에 차체가 크게 쏠렸다.

"언제까지 그럴 건데?"

놀란 가슴을 진정시키기도 전에 원규가 느닷없는 질문으로 나를 당황하게 만들었다.

"언제까지 그럴 거냐고. 괜찮다, 괜찮다 하면서 언제까지 안 괜찮을 건데?"

느닷없기는 했지만 뜬금없지는 않은 질문이다.

"내가 너 걱정하는 게 싫어? 그게 잘못된 거야?"

"그게 아니라."

"그럼 뭔데? 내가 널 걱정하는 게 니가 못나서라고 생각해? 아직도 전부 다 니 잘못이라고 생각해? 그래?"

"원규야……."

"뭐든 니가 좋으면 나도 좋은 거라고 생각했어. 너만 괜찮으면 나도 괜찮다고. 근데 아니잖아. 너 하나도 안 괜찮잖아. 안 괜찮은 거 보이기 싫어서 나 말린 거잖아."

박원규…… 오늘 좀 잔인하네. 어쩜 그렇게 정곡을 콕 찌르고 들어오니.

"왜 말이 없어?"

"니가 다 말했잖아."

악문 입술 사이로 터져 나온 원규의 한숨이 차갑게 흩어졌다.

"맞아. 너한테 그런 모습 보이기 싫었어. 그런 거 있잖아. 끝까지 감추고 싶은 비밀 같은 거. 굳이 얘기하지 않아도 되는데 일단 꺼내고 나면 수습이 안 될 거 같은 그런 거."

"그렇게 말하면 못 알아들어. 알잖아."

"내가 힘들고 아픈 거 넌 몰랐으면 좋겠어. 좋은 모습만 보여 주고 싶어. 널 위해서가 아니라 날 위해서. 내가 니 옆에 있기엔 부족한 사람이란 생각을 하기 싫어서."

"니 잘못이 아니라고. 몇 번을 말해야 알겠어?"

"알아. 그건 아는데."

"자다가도 깜짝 놀라서 일어나고, 몇 번이나 내 이름 부르면서 날 확인해야 겨우 다시 잠들고, 밖에 있을 때도 사람들 사이에 섞이면 불안해하고, 코너를 돌 때마다 내 팔을 꽉 붙드는 거…… 그런 건 다 괜찮아. 아니, 앞으로도 그렇게 해 줬으면 좋겠어. 근데, 그럴 때마다 괜찮다고 하는 거, 그건 정말 싫어. 결국 나라는 존재가 너한테 부담만 되는 거 같아서 참을 수가 없어. 안 괜찮으면 안 괜찮다고 해. 무서우면 무섭다고. 싫으면 싫다고 해. 괜찮은 모습 보이려고 애쓰지 마."

원규의 깊은 한숨에 속이 내려앉아 갑갑함을 느낄 즈음, 차창을 내린 원규가 운전석 밖으로 시선을 돌렸다.

"나도 내가 무슨 소릴 하는 건지 모르겠다. 근데 너무 화가 나. 너한테가 아니라 나한테. 이 모든 상황에 미치도록 화가 나."

그래, 나도 화가 난다.

"우해준도 허연화도…… 없어져 버렸으면 좋겠어."

은연중에 내뱉은 나의 말에, 원규의 시선이 천천히 나를 향했다.

"둘 다 세상에 없었으면 좋겠어. 그래서 꾹꾹 참아 가며 버텼어. 그렇게…… 만들려고."

참 이상하다. 법정에서 나온 후로 줄곧, 조금 더 정확히 말하면 검사에게 녹취록을 건넨 후부터, 폐부에 묵직하게 가라앉아 눈물을 넘쳐 나게 했던 뭔가가 쑥 빠져나간 것 같다.

"니가 한 말 다 맞아. 그리고 나, 앞으로는 더 많이 노력할게. 근데……."

평상시라면 이런 얘기에 앞서 눈물부터 쏟아져야 하는데, 이상할 정도로 마음이 편안하다.

"니가 모르는 게 하나 있어."

사람이 무서웠다. 우해준도, 남무석도, 허연화도, 남궁주호도……. 원하는 것이든 필요한 것이든, 목표한 바를 이루기 위해서는 수단과 방법을 가리지 않는 그들이 너무 끔찍했다. 그런데 문득, 나도 그들과 다를 게 없다는 생각이 들었다.

허연화를 법정에 세우기 위해 수단과 방법을 가리지 않은 것은 나 역시 마찬가지였다. 남궁주호라는 사람이 위증할 것을 알면서도 그가 법정에 서기를 기다렸고, 우영환 대표와 남무석 변호사가 자구책으로 아버님께 가져온 녹취록을 증거로 제출했다. 그리고 지금은, 제발 그 녹취록이 증거로 채택되기만을 바라고 있지 않은가.

"괜찮다, 괜찮다 하면서도 사실은 너무 화가 나서, 우해준이나 허연화 둘 다 비참하게 무너지는 꼴을 보고 싶었어. 그런데…… 그게 너무 창피한 거야. 결국 전부 그 사람들 탓인 것처럼 구는 내 모습이…… 궁색하고 못나 보이면 어떡하나. 그런 생각이 들었어. 그래서 니가 그 자리에 없기를 바랐어."

하지만 이제 다 끝났다. 이제 나의 손을 떠난 일이다. 어떤 결과가 나오든, 자신만의 세상에서 무서운 것이 없던 허연화에게도, 또 우해준에게도 아주 의미 있는 선물이 되지 않을까. 이런 생각을 하는 나자신이…… 조금은 두렵다. 나에게도 그들과 같은 일면이 있는 것 같아 마음이 쓰인다. 이 모든 일에도 불구하고 내가 과연 예전처럼 사람을, 그리고 나 스스로를 믿을 수 있을까?

"넌 잘못한 거 없어. 설령 있다고 해도, 충분히 감당했어."

찬 기운 가신 원규의 목소리가 차분하게 들려왔다.

"화내서 미안."

어쩌면 모두를 믿고 싶은 소망 자체가 부질없는 일인지도 모른다. 스스로에 대한 믿음도 경우에 따라서는 자만이 될 수 있다.

"괜찮아."

"두고두고 갈 거라는 말 취소할게."

그래, 박원규. 이 사람 하나면 된다. 세상 모두를 믿을 수 없다면 원규를 믿으면 된다. 내가 날 믿을 수 없다면 원규가 나를 믿어 주면 된다.

피고석에 앉은 해준은 지루해서 죽을 것 같은 얼굴로 검사를 보고 있다. 하지만 검사는 뭔가를 단단히 벼르고 있는 눈치다.

"피고 우해준 씨."

"네?"

"사건 당일 피고는 피해자를 여장 남자로 오해했다고요?"

"네."

"그래서 관계에 동의했고요?"

"네."

"관계를 합의하는 과정에서 어떤 대화를 나눴는지 기억하십니까?"

"대화랄 게 있나요? 나는 사고 그쪽은 받아 마시고. 뭐 그러면서 자연스럽게."

"피해자의 성별을 확인했습니까?"

"아니— 확인할 필요가 없는 데라니까요? 업소 자체가 동성애자 전용입니다. 여자들이 올 이유가 없는 데라고요."

"동성애자 전용 업소라 피해자를 남자로 생각했고, 술을 산 것 외에는 달리 관계에 합의했다고 할 만한 대화가 오간 것도 아니라는 말씀이죠?"

"아뇨."

"그럼요?"

"같이 나가자니까 그러자고 하던데요? 설마 싫다는 사람을 화장실까지 따라갔을까요. 먹은 걸 다 토할 때까지 기다리기까지 했는데 말입니다."

"위층으로 올라가게 된 경위는요?"

"호텔로 가려고 했는데 그쪽에서 키를 주더라고요. 위층으로 올라가라면서 말입니다."

"사건 당일 키를 건넨 채명호 씨의 진술에 의하면 피고를 업주의 손님으로 오해했다는데, 채명호 씨한테 키를 받으면서 왜 확인을 안 하셨죠?"

"무슨 확인이요? 올라가서 해도 되냐고요?"

"피고."

검사의 표정이 일그러진 순간, 재판장이 해준을 불렀다.

"검사 측 신문에 성실하게 답변하세요."

똑바로 답하고 있다는 말을 하려는데 이기동 변호사가 그를 향해 조용히 고개를 가로저었다. 잠자코 시키는 대로 하라는 의미였다.

"네— 죄송합니다."

법복 차림으로 제일 높은 곳에 앉아 있으니 겁나는 게 없는 모양이다 생각한 해준의 얼굴이 묘하게 뒤틀렸다.

"위층으로 올라가라고만 한 게 아니라, 올라가서 기다리시라고 했죠?"

"아뇨. 올라가라고만 했습니다. 그 여자를 부축하느라고 정신이 없긴 했지만 똑똑히 기억합니다."

"똑똑히 기억하신다고요?"

"네."

"그럼 그다음은요?"

"올라가서는 뭐— 미리 약속한 대로 하려고 했죠. 근데 보니까 여자더라고요."

"피해자의 성별을 확실히 파악한 게 언제쯤이었죠?"

"하다 보니 알게 됐죠."

"뭘 어떻게 하는 과정에서 알게 됐죠?"

해준이 변호인석을 바라본다. 준비한 대로 대답하면 되겠냐고 묻는 눈치다.

"상의를 벗기다 알게 됐습니다. 트랜스젠더 경험이 많아서 금방 알거든요."

"그래서요?"

"그만두려고 했죠. 그런데 그쪽에서 매달리더라고요. 뿌리치는 과정에서 장식장이 넘어갔고 하필이면 여자가 그 위로 넘어졌어요."

"어떻게 넘어졌죠?"

"엎어……졌죠."

"그리고요?"

"벌떡 일어나더니 또 매달리더라고요. 그래서 난 남자가 아니면 안되니까 그만하라고 했죠. 그랬더니 느닷없이 소리를 빽빽 지르는 거예요. 당황스럽기도 하고 속았다는 생각에 화도 나고 해서 일단 입을 막았습니다."

해준이 오른손을 들어 보였다.

"그때 이렇게 됐고요."

"그리고요?"

"제가 나오려는데 그 여자가 막아서더라고요. 물린 데도 아프고 짜증도 나고. 그래서 좀 세게 밀쳤어요. 바닥이 죄다 깨진 유리라 조심했어야 되는데 그런 걸 생각할 겨를도 없었죠. 여기서 관두고 나가면 경찰에 신고할 거라고 막 협박을 해 대니까 화도 나고 해서."

"그래서요?"

"그대로 문을 열었는데 여자가 절 막아서려고 달려들다가……."

손등을 밖으로 굴리며 말을 대신한 해준이 재판부의 눈치를 살폈다.

"계단 아래로 굴렀어요."

"그게 끝입니까?"

"네?"

"사건의 모든 정황이 거기서 끝났나요?"

"아뇨. 바텐더들한테 끌려서 탈의실에 갇혔고. 그 후에는……."

"피해자와의 접촉 말입니다."

"네?"

"피해자가 계단 아래로 구른 후에는 어떤 접촉도 없었다는 말씀이죠?"

"네, 뭐."

"피해자에 의해 입은 상해는요? 손을 물린 게 다였습니까?"

"엎치락뒤치락하다가 유리 파……."

"엎치락뒤치락이라고 하셨나요?"

"아니 그러니까 그 여자가 달라붙을 때 유리 파편에 긁히기도 했고."

"피해자를 뿌리쳤다고 하지 않으셨나요?"

"달라붙으니까 뿌리쳤죠."

"사건 현장에 피해자의 혈흔 외에도 피고의 혈흔이 낭자한 상태였던 걸 어떻게 이해하면 될까요? 피고의 말에 따르면, 재차 피고를 막아선 피해자를 뿌리치고 곧장 문을 열었다고 하지 않았나요?"

"살점이 떨어질 정도로 손을 물렸으니 피가 많이 났죠."

"그럼 그 혈흔이 전부 손에서 나온 거였나요?"

"네."

"피고."

"네?"

"피고의 기억이 정확합니까?"

"몇 번을 말씀드려요. 난 그 여자가 남잔 줄 알았고, 여잔 걸 알자마자 전부 관뒀습니다. 그래서 일이 이 지경까지 온 거라고요."

"재판장님."

재판부를 향해 돌아선 검사가 변호인 측의 증거 목록 중 상해진단서를 확인해 줄 것을 요청했다.

"피고 측의 주장에 따르면, 피고는 그날 전치 3주의 상해를 입었습니다. 또한 피고는, 피해자에 의해 오른손 내측에 열상을 입은 것 외에도 업소의 바텐더들에게 폭행을 당하는 과정에서 다수의 타박상을 입었다고 주장했습니다."

"확인했습니다."

"그런데, 피고가 진술에서 제외한 상해 부위가 있습니다."

대체 또 뭐란 말인가. 이기동 변호사는 막으면 막을수록 커지는 구멍을 마주하고 있는 심정이다. 숨기는 사실 없이 전부 얘기해야 법정에서 곤란한 일이 없을 거라고 그렇게 당부했건만 또 뭘 숨기고 있었는지, 매번 뒤통수를 맞는 기분이다.

"사건 당시 피고는 피해자를 완력으로 제압하는 과정에서 다수의 상해를 입었습니다. 그중 가장 큰 상해는 오른손 내측면부의 열상과, 오른쪽 대퇴 안쪽의 자상입니다. 피고는 피해자를 뿌리쳤다고 증언했지만, 실상은 그렇지 않았습니다. 피해자를 깨진 유리 위로 눕힌 채 강제로 관계를 가지려고 했으며, 구조를 요청하는 피해자의 입을 막은 것도 이때였습니다. 피해자는 사력을 다해 피고에게서 빠져나오려고 했습니다. 그 과정에서 피해자의 구두 뒤축이 피고의 대퇴 안쪽에 깊숙이 박혔으며, 피고는 이런 사실을 고의적으로 은폐했습니다. 피고가 피해자를 억지로 눕힌 자세가 아니었다면, 대퇴 안쪽의 자상은 생길 수 없는 것이었습니다."

이기동 변호사는 어떻게 된 일이냐는 듯 미간을 구기며 해준을 쏘아봤다. 여자인 걸 알았지만 이미 몸이 달은 상태라 그대로 안을까도 했다는 해준의 말을 철석같이 믿은 그였다. 하지만 역시나 여자와는 안 되겠기에 반쯤 간 상태에서 관뒀다고 하지 않았는가 말이다. 모든 변론과 증거도 그에 맞춰 준비해 놓은 상태였다.

"피고. 검사 측 발언 인정합니까?"

"그…… 그건……."

보다 못한 이기동 변호사가 자리에서 벌떡 일어났다.

"재판장님, 잠시 휴정을 신청합니다."

"변호인 측 발언을 기각합니다. 피고."

"네?"

"다시 한 번 묻겠습니다. 검사 측 발언, 인정합니까?"

"잘 생…… 생각이 안 납니다."

"검사 측."

"네."

"계속하세요."

피고석을 향해 한 걸음 다가선 검사가 해준을 똑바로 응시했다.

"피고, 조사 및 진술 과정에서 대퇴 안쪽의 자상을 숨긴 이유가 뭐죠?"

증거가 있을까? 그 여자의 구두 뒤축에 혈흔이 남기라도 했나? 대체 약을 처먹고도 사건 당시를 똑똑히 기억하는 이유가 뭘까? 생각이 뒤틀려 머리가 저리도록 궁리를 해 봐도 뾰족한 수가 없다. 다급히 바라본 이기동 변호사 역시 미간을 구기고만 있을 뿐이다.

"피고?"

"네."

"피고는 사건 당시 피해자를 완력으로 제압하고 관계를 강제한 사실이, 정말 없습니까?"

"없습니다."

"그럼 어떤 경위로 그런 상처를 입게 됐나요?"

"그…… 그건 그 여자가 매달리는 과정에서……."

"그런 상해를 입었다는 사실을 인정은 하는 겁니까?"

"깜빡하고 있었는데…… 그……."

"진단서에도 대퇴 안쪽의 자상에 대한 언급은 없던데, 어떻게 된 거죠?"

입이 바짝바짝 마른다.

"피해자에게 완력을 행사한 사실을 숨기기 위해 고의적으로 누락시킨 거 아닙니까?"

"깜빡했습니다."

"네?"

"깜빡했다고요."

"손에 입은 열상은 뚜렷하게 기억나는데, 대퇴 안쪽의 자상은 깜빡하셨다고요?"

"말했잖아요. 그 여자가 하도 매달려서 정신이 없었다고요."

"상해의 정도가 경미했나요?"

"네?"

"대퇴 안쪽의 자상 말입니다. 깜빡할 정도로 별 게 아니었나요?"

아니라는 거짓말은 차마 나오질 않는다. 넙다리빗근이 크게 손상돼 자칫하면 무릎을 펴고 접는 것조차 힘들 뻔했던 담당의의 말이 떠올라서가 아니라, 이 자리에서 당장 바지를 내려 상처를 확인할 것만 같은 검사의 눈빛에 질려서다.

"피고?"

"잘 생각이 안 납니다."

남무석이 항상 하는 말이 있었다. 뒷일은 알아서 처리할 테니, 경찰 조사에서 뭔가 불리하다 싶으면 무조건 생각이 안 난다고 잡아뗄 것. 이번에도 해준은 남무석을 믿어 보기로 했다.

"그 여자가 하도 정신없게 굴어서. 술도 좀 오른 상태였고요."

"다른 기억은 지나칠 정도로 구체적이었는데, 유독 그 부분에 대해서는 기억이 흐리다는 말씀인가요? 위층으로 올라가게 된 경위나 피해자의 성별을 알고 관계를 중단한 후 어떤 일이 있었는지, 몇 명의 바텐더가 피고를 탈의실로 끌고 갔는지 등등 모든 정황을 뚜렷하게 기억한다고 하지 않으셨나요?"

"그건 주호한테 들은 부분도 있고."

"목격자 남궁주호 씨 말씀인가요?"

"네. 아무래도 그때는 당황스럽고 화도 나고 해서 잘 기억이 안 나는 것도 있었는데, 부분적으로 생각이 잘 안 나는 건 주호한테 얘기를 듣고 나니까 그랬나 싶기도 하고. 그래서……."

"오른쪽 대퇴내부의 자상이 피해자에 의한 것이라는 점은 인정을 하시는 겁니까?"

"잘 모르겠습니다."

"피해자에 의한 것인지는 잘 몰라도 그런 상해를 입었다는 사실은 인정하십니까?"

진단서에 멀쩡히 기재된 사실을 부인할 수는 없었다.

"……네."

"진술서에 이를 고의적으로 누락시킨 사실은요?"

"이의 있습니다. 검사는 피고의 기억이 불충분함을 이용……."

"기각합니다. 피고, 검사 측 신문에 답변하세요."

해준은 점점 인내의 한계에 달하고 있었다. 끈질기게 추궁하는 검사도 못마땅하지만 번번이 이기동 변호사의 이의신청을 기각하는 재판부도 거슬린다. 그는 꼴 같지 않은 권위주의에 넌덜머리가 난다는 듯 검사와 재판부를 외면했다. 별것도 아닌 것들이 까짓 감투 좀 썼다고 눈에 뵈는 게 없는 모양이다 생각하니 가소롭기까지 하다. 하지만 그런 객기의 이면에는 두려움이 자리하고 있었다.

"피고……."

"기억이 안 난다잖아!"

검사가 답변을 재촉하기도 전에 해준이 버럭 소리를 쳤고, 막무가내로 튀어나온 그의 반말에 이 변호사는 아연실색했다.

"피고, 재판 중에는 경어를 사용하세요."

"기억이 안 난다고 몇 번을 말해야 알아들어! 그 여자가 기억 못 하는 건 당연하고 내가 기억 못 하는 건 죽을죄라는 거야 뭐야? 나도 너무 큰 충격을 받아서 기억이 희미하다니까?"

해준은 마치 봇물이 터진 듯 히스테릭하게 소리를 질러 댔고 재판장은 곧장 그를 퇴정시켰다. 그로 인한 소란이 어느 정도 가라앉은 후 검사는 남궁주호를 증인석에 앉혔다.

2차 공판에서와 달리 남궁주호는 검사의 집요한 추궁에도 불구하고 당황하는 기색을 보이지 않았다. 우해준과 마찬가지로 난감하거나 불리하다고 판단되는 질문에는 기억이 안 난다는 답변으로 일관하며 침착하게 증언을 이어 갔다.

증언의 대가로 큰돈을 받고 보니 양심의 가책 따위는 아무런 문제도 되지 않았다. 뿐만 아니라 이 변호사의 반대신문 중에는 퍼즈의 2층에 있는 사무실에서 꽤 오래전부터 2차 영업이 행해져 왔다고 진술했다. 손님들 중 극히 일부, 다시 말해 돈 좀 있는 사람들한테만 허락된 일이지만 알 만한 사람들은 다 아는 사실이라는 것이었다.

이 변호사는 이에 덧붙여 퍼즈가 청소년 유해업소로 신고당했던 전적을 들먹이며 업주인 박원호의 도덕적인 가치관을 문제 삼았다. 검사는 당장이라도 녹취 파일을 증거로 제출해서 남궁주호의 증언을 묵살해 버리고 싶었지만 꾹 참았다. 녹취 파일의 출처가 남무석 변호사인 만큼 신중을 기해야 했기 때문이다.

양측에 별다른 성과 없이 3차 공판이 끝난 그날 저녁, 검사는 구치소로 해준을 찾아갔다. 법정 질서를 어지럽혔다는 이유로 다음 공판이 있을 때까지 감치명령을 받은 해준은 남 변호사와 함께 접견실에 앉아 삐딱하게 검사를 쳐다봤다.

"왜? 아까 했던 질문에 대답하라고 오셨나?"

검사는 말없이 녹취 파일 사본이 들어 있는 녹음기를 테이블에 올려놨다.

"뭡니까 이게?"

남 변호사는 설마 하는 표정으로 검사를 쳐다봤다.

"직접 들어 보시죠."

해준은 분위기가 심상치 않음을 눈치채고 서둘러 재생 버튼을 눌렀다. 그가 허연화를 두 번째 만났을 때 나눴던 대화가 재생되자, 해준은 경악과 분노가 뒤섞인 눈초리로 남 변호사를 노려봤다. 하지만 그 파일은 남 변호사가 아니라 우영환 대표가 박 변호사에게 가져간 것이었다. 제 아들이 며느님을 상대로 그런 터무니없는 일을 벌인 이유는 모두 허연화 때문이라며, 아들의 선처를 빌기 위해 건넨 파일이었다.

"그쪽 아버님께서 잘잘못을 명확히 하기 위해 피해자 측에 건넨 파일입니다."

"뭐?"

"확인해 보셔도 되고요."

검사가 휴대전화를 테이블에 올려놓으며 말했다.

"남 변호사 당신 짓이야?"

"아…… 아닙니다."

제가 넘긴 것은 다른 파일이라는 말은 차마 나오지도 않는다. 위법 수집증거가 되리라는 것을 뻔히 알면서 이렇게 나올 줄은 몰랐기에, 남 변호사는 이 상황을 어떻게 모면해야 할지에 모든 신경이 쏠렸다. 그런 사실을 모를 리가 없는 박 변호사가 이런 식으로 나오는 데는 분명 이유가 있을 것이었다.

남 변호사는 시간을 벌려는 심산으로 서둘러 우영환 대표에게 전화를 넣었다. 그리고 우해준은 제 아버지가 박 변호사에게 녹취 파일을 넘겼다는 사실을 확인한 후 불구덩이에 빠진 사람처럼 미쳐 날뛰었다. 우영환 대표 역시 마른하늘에 날벼락을 맞은 심정이었다. 하지만 남 변호사는 얼른 정신을 수습하고 재빨리 머리를 굴리기 시작했다.

4차 공판이 열린 당일, 감치명령을 받아 구치소에 수감돼 있는 동안 금단 현상이 더욱 심각해졌음에도 불구하고 해준은 전에 없이 차분한 태도로 재판에 임했다. 이 변호사는 영문도 모른 채 뒤늦게나마 정신을 차린 모양이라며 안심하는 중이다. 하지만 그의 평안은 오래가지 못했다.

"재판장님, 피고 우해준과 목격자 남궁주호 외 1인의 녹취록을 증거로 제출하겠습니다."

피고 우해준과 목격자 남궁주호 외 1인의 녹취록이라니, 이 변호사는 마른침을 삼키며 해준의 눈치를 살폈다. 그러자 해준은 기다렸다는 듯 이 변호사가 앉은 쪽으로 상체를 살짝 기울였다.

"허연화한테 알아서 하라고 전해요."

이 변호사는 그제야 피고와 목격자 외 1인이 허연화라는 사실을 직감하고 황급히 자리에서 일어났다.

"잠깐만요! 증거채택에 동의할 수 없습니다."

재판장은 변호인석을 향했던 시선을 거두며 검사에게 녹취록의 출처를 물었다.

"기소 내용과 관련해 피고 우해준이 불가피하게 가담한 범죄 행위가 존재하며, 이런 사실을 자백하기 위해 피고 본인이 제출한 증거입니다."

"이의 있습니다, 재판장님!"

"말씀하세요."

"지금까지 결백을 주장해 왔던 피고가 하루아침에 범행을 자백한다는 것은 이치에 맞지 않습니다. 이는 수사기관이 불법으로 입수한 증거로써 피고를 위협한 것으로 볼 수밖에 없습니다. 본 변호인은 이에 대해서 피고와……."

"재판장님."

공판이 시작된 후 줄곧 침묵을 지켜 왔던 남 변호사가 자리에서 일어났다.

"피고는 자백을 결정하기에 앞서 저와 충분한 상의를 거쳤으며, 그 과정에서 수사기관의 어떠한 강압도 없었다는 점을 밝히고 싶습니다."

이 변호사는 너무 어이가 없어 말문이 막혀 버렸다.

"녹취록을 증거로 채택하겠습니다."

잠시 후 녹취록이 재생되자 이 변호사는 암담한 심정으로 자리에 앉았고, 녹음기에서는 허연화의 목소리가 또렷하게 흘러나오기 시작했다. 우해준에게는 진술 번복을 지시하고 남궁주호에게는 선금 이천만 원, 증언 후 사례금 오천만 원을 약속하는 내용이었다.

이 변호사는 우해준이 대체 무슨 생각으로 이러는 건지 모르겠다. 하지만 더욱 알 수 없는 것은 허연화다. 가까운 지인이 억울한 일을 당해서 도와주려는 거라고, 분명 그렇게 말하지 않았던가. 그런데 녹취록에서는 한요은을 법정에 세우는 게 훨씬 중요한 일인 것처럼 말하고 있었다. 피해자에 대한 악의가 명백히 드러나는 허연화의 목소리를 듣고 있자니 갈수록 혼란스럽기만 하다.

eece

연화는 벌써 며칠째 이불을 머리끝까지 뒤집어쓰고 침대에 누워 있다. 이불 속의 온기에도 불구하고 알몸으로 칼바람이 몰아치는 얼음판 위에 서 있는 것처럼 사지가 부들부들 떨린다. 뼛속을 파고드는 지독한 한기에 혀가 씹힐 지경이다.

'우해준.'

작업실에서 그런 일이 있은 뒤로 연락을 끊어 버린 우해준 덕분에 잔뜩 곤두선 신경이 머리를 쑤셔 대 미칠 것만 같다. 4차 공판이 있는 오늘, 연화의 얼굴은 금방 고꾸라져도 이상하지 않을 정도로 거무튀튀하다.

우해준이 뭘 찍었든 그딴 건 아무렇지도 않다. 그 유명한 패리스 힐튼도 비디오를 유포한 남자에게 순정을 바친 불쌍한 여자가 됐으니, 우해준이 무슨 짓을 하건 당분간 피해자 행세를 하며 조용히 지내면 될 일이었다.

그녀가 진정으로 두려운 건 녹취록이다. 그 녹취록에는 우해준과 남궁주호를 앉혀 놓고 증언을 날조한 정황이 고스란히 담겨 있었다. 만에 하나라도 그게 공개되는 날에는 모든 게 끝장이다. 그걸 막을 방법은 재판을 승리로 이끌거나 우해준이 시키는 대로 법정에서 혐의를 인정하는 것뿐이다. 하지만 어떻게? 처음부터 한요은을 법정에 세울 목적 하나로 시작한 일이었다. 우해준의 무죄판결 따위는 한 번도 바란 적이 없다.

어쩌자고 이런 일에 말려들었을까. 어쩌자고 그런 인간을 자신의 영역에 들였을까. 사면이 틀어 막힌 갑갑한 상자에 갇혀 죽을 날만 기다리는 죄수처럼 들숨과 날숨이 퍼석퍼석하게 타들어 간다.

"연화야."

몇 번의 노크에도 불구하고 기척이 없자, 급기야는 방문을 열고 들어온 그녀의 모친이 조심스럽게 딸의 이름을 불렀다.

"나가세요."

"벌써 며칠째니."

사정을 모르는 어미는 하나뿐인 자식 걱정에 속이 타들어 간다. 한진그룹의 성수혁 이사에게 거절당한 것 때문일까 싶기도 하고, 그게 아니라면 어디서 크게 마음을 다친 일이라도 있었는지 노심초사다. 혹시나 맞선을 놓으라고 한 것도 그런 이유가 아닐까.

"이러지 말고 잠깐 얘기 좀……."

"나가시라고요. 제발!!"

얼마나 기다려야 고집을 꺾고 미음이라도 한술 뜨려는지 모르겠다 싶을 즈음, 정장 차림의 여비서가 조용히 곁으로 다가섰다. 하는 수 없이 문을 닫은 연화의 모친은 아무래도 밥을 먹이기는 그른 것 같으니 내려가라는 듯 손짓을 해 보였다.

"저어— 그게 아니라."

비서가 난처한 기색으로 주변을 살피고는 손등으로 입을 가리며 말을 잇는다.

"아가씨를 찾는 손님들이 있어서요."

"연화를?"

"네."

"누군데?"

"경찰에서 나왔다는데 잘은 모르겠습니다."

"경찰?"

"네. 우선 다른 사람들 눈에 띄지 않게 안쪽 다실로 모셨습니다."

"경찰에서 무슨 일로 우리 연화를 찾아?"

"아가씨한테 직접 얘기해야 한다고 하던데요."

"안쪽 다실이라고?"

"네. 어떻게 할까요? 아가씨께 말씀 전할까요?"

"그럴 거 없어. 내가 알아서 할 테니 내려가 있어."

"네. 알겠습니다."

"입단속 잘하고."

"네, 사모님."

아랫사람을 무른 연화의 모친은 천천히 계단을 내려와 오른쪽으로 길게 난 통로 앞에 섰다. 천장 유리를 통해 바라본 하늘이 유난히 어두워 시간을 분별하기조차 힘든 날씨에 갑자기 찾아온 손님들이 반갑지만은 않다. 통로 끝에서 다시 왼편으로 돌아선 그녀가 유리공예로 화려하게 짜인 문을 열며 다실 안으로 들어서자, 모든 면이 유리로 된 다실의 규모에 감탄하고 있던 형사들이 자리에서 일어났다.

"허연화 씨?"

"아니요. 저는 연화 모친 되는 사람입니다."

"허연화 씨는요?"

"몸이 안 좋아서 침실에 있어요."

"안녕하세요. 서울중앙지방검찰청 소속 김진언 형삽니다. 이쪽은 이지호 형사고요."

"그런데 무슨 일이시죠?"

"다름이 아니라 허연화 씨 앞으로 구속영장이 발부돼서요."

"구속영장이요?"

"네. 원칙대로라면 영장실질심사가 선행돼야 하지만, 재판진행 중에 혐의가 인정돼서 피의자 구인 절차를 먼저 밟게 된 점 양해 부탁드립니다."

"재판이라니 무슨 말씀이신지."

"그건 피의자 허연화 씨에게 직접 설명하겠습니다."

"뭔가 착오가 있는 것 같네요. 우리 애는 며칠 동안 바깥출입도 없이 집에만 있었는데요."

김 형사가 마른침을 삼키며 헛기침을 했다.

"갑작스러우실 줄은 알지만, 저희도 법원에서 연락을 받고 나온 길입니다. 자세한 사정은 내일 영장실질심사 중에 확인하시는 게 좋을 것 같은데요. 허연화 씨 지금 어디 계십니까?"

"몸이 안 좋다고 했잖아요. 영장부터 확인해야겠습니다."

"여기, 확인하시죠."

연화의 모친은 떨리는 손으로 영장을 받아 들었다. 서부지방법원 구속영장. 기타 영장번호와 사건번호 및 사건명이 또렷하게 적힌 영장에는 틀림없이 딸의 이름과 생년월일이 적혀 있었다.

"이…… 이게 어떻게……."

"난처하시지 않도록 조용히 집행하겠습니다. 허연화 씨 어디 계시죠?"

애처롭게 떨리는 모친의 손마디에서 흘러내린 영장이 그대로 바닥에 떨어졌다.

eee

허연화가 법원에 마련된 접견실에서 회사 법무팀의 대표인 김 변호사를 마주하고 앉았다. 어젯밤 내내 구치소에서 밤잠을 설친 것도 모자라 이른 아침부터 영장실질심사를 위해 법원에 출두한 그녀의 안색은 그야말로 엉망진창이다.

"일찍도 나오셨네요. 왜요? 조금 더 주무시지 않고."

"죄송합니다. 아침 일찍 구치소로 갔는데 출정대기소에 계시다는 얘기를 듣고 곧장 법원으로 왔습니다."

어제저녁 그녀가 구속된 후 바로 면회 신청을 넣었지만 이미 면회 시간이 끝난 상태였다. 그래서 날이 밝는 대로 구치소를 찾았지만 수형번호 3277번 허연화는 법원 출두를 위해 오전 8시부터 출정대기소에 있어야 한다는 민원과의 입장에는 변화가 없었다.

"죄송합니다."

"됐고. 뭐가 어떻게 된 건지부터 얘기하세요. 내가 왜……! 구치소에 있어야 되죠?"

핏대 선 목을 부르르 떨며 입술을 깨문 연화가 분을 누른 숨을 뱉으며 변호사를 쏘아본다.

"증거를 조작하거나 인멸할 우려가 있다고 판단되는 경우에는 구속 영장이 먼저 발부되기도 합니다. 아무래도 녹취록이 아가씨께 불리하게 작용한 것 같습니다."

"그러니까. 지금 내가. 구속된 거다?"

"네. 일단은 그렇습니다."

변호사가 불편한 듯 매만지고 있는 넥타이 매듭을 조여 버리고 싶은 심정이다.

"당신 지금 장난해? 나 구속됐다는 말 따위나 하려고 아침부터 달려온 거야? 누가 그걸 몰라? 모르냐고."

구속영장에 버젓이 쓰인 위증교사라는 글자의 의미를 잘 알고 있는 그녀였다. 그럼에도 불구하고 그녀가 궁금한 건 내가 왜 구치소에 있어야 하냐는 것이다.

"회사에서 부리는 변호사들이 몇인데 내가 구치소에 처박혔어야 되냐고 묻는 거잖아."

변호사는 더없이 뻔뻔한 그녀의 말에 할 말을 잃었다. '내가 무슨 죄를 지었느냐' 가 아니라 '죄는 지었지만 구치소에 있는 건 싫다' 는 뜻이 아닌가. 하지만 갑자기 발부된 영장을 뭐 어쩌라고. 아무도 모르게 일을 저질러 놓고 수습은 미리미리 해 놓길 바라는 건가?

김 변호사는 판사가 영장실질심사에서 공개한 녹취록의 내용을 들으며 앞이 캄캄했다. 어쩜 그리 아무렇지 않게 금품을 대가로 위증을 지시할 수 있는지, 대체 누구의 성격을 닮아 먹은 건지 모르겠다. 더더욱 어이가 없는 건, 판사 앞에서 함께 그 녹취록을 듣고도 내가 왜 구치소에 있어야 하냐며 그를 탓하는 허연화의 태도였다.

"재판 중에 채택된 증거에 의해서 혐의가 확정된 경우라 당장은 손쓸 방법이 없습니다."

"결국 날 구치소에서 빼낼 방법이 없다?"

"죄송합니다."

"좀!"

연화의 안면 근육이 보기 흉하게 비틀렸다.

"그 죄송하다는 말 좀 그만할 수 없어요? 일이 이 지경인데 죄송하다면 다야?!"

죄송하다는 말이 듣기 싫다면 현실을 직시하도록 도와주는 게 최선이지 싶다.

"곧 위증교사에 대한 공판이 열릴 겁니다. 재판이 시작되면 판결이 나올 때까지는 다른 방법이 없습니다. 수감이 결정된 건 혐의가 뚜렷하기 때문입니다."

"혐의가 뚜렷하다고?"

"네. 구속영장의 요지는 그렇습니다."

"그러니 나더러 다시 구치소로 가라?"

"녹취록이 있어서 사실 자체를 부인할 수가 없는 상황입니다."

"법무팀 대표로 밥 벌어먹기 참 쉽네. 그쵸?"

회사의 업무와는 무관한 일로 이런 막돼먹은 소리까지 들어야 하다니. 그는 연화의 모욕적인 언사에 갈수록 심기가 불편하다. 창피한 줄도 모르는 걸까. 위증교사로 구속을 당하고도 어쩜 저렇게 당당할까.

"일단은 우해준이 억울한 입장에 있는 것 같아 도와줄 생각이었다고 진술하셔야 합니다. 말씀드렸다시피 이미 녹취록이 공개된 상황이라, 혐의를 부인하는 것 자체가 위증이 됩니다."

접견실에 카메라가 설치돼 있을지도 모른다는 생각에 멋대로 튀어나오려는 막말을 씹어 삼키기는 했지만 여지없이 표정이 일그러지고 마는 그녀. 날이 밝은 후 변호사를 만나면 곧장 구치소에서 나갈 수 있을 거라고 믿었기에 더욱 분하다. 다시 돌아가라니. 그 좁아터지고 더러운 쪽방으로 돌아가라니.

"당신 녹취록 못 들었어? 한요은을 법정에 세우고야 말겠다고, 내가 그랬어. 근데 뭐? 억울한 우해준을 도와줄 생각이었다고 진술해라? 그걸 말이라고 해?"

"우해준을 피해자로 인지했다면 충분히 가능한 일이니까요."

나는 우해준이 법정에서 진술한 대로 그를 선의의 피해자로 인식하고 있었으며 누구의 도움도 바랄 수 없는 우해준을 돕고 싶었을 뿐이다. 사건 현장에 함께 있었다는 남궁주호가 증인석에 서는 것을 꺼려해서 금전적인 보상을 약속하게 됐으며 이 역시 우해준을 위한 것이었을 뿐 한요은을 해하려는 의도는 아니었다.

녹취록의 내용 중, 한요은을 법정에 세우는 게 목표라는 발언을 한 것은 그녀가 가해자라는 확신이 있었기 때문이다. 가해자를 법정에 세우려는 것이 관습에 위배되는 일은 아니지 않은가. 아무 죄도 없는 한요은을 해하려 한 것이 아니라, 가해자인 한요은이 대가를 치러야 한다고 생각했을 뿐이다.

변호사는 위와 같은 내용의 진술을 수없이 반복하며 그녀에게 외우도록 했다. 갑작스럽게 맞닥뜨린 상황에 이 정도 진술이면 변호사의 입장에서는 최선의 방어였지만, 연화의 입장에서는 우해준이 또 다른 약점을 잡고 있는 줄은 꿈에도 모르는 인간의 뱃속 편한 시나리오에 지나지 않았다.

'만에 하나 일이 틀어지면 니가 법정에 좀 서 줘야겠어.'

열흘 전쯤 작업실로 찾아왔던 해준의 목소리가 불쾌할 정도로 또렷하게 고막을 파고든다.

'남궁주호도 허연화 니가 사주한 거고, 혐의를 인정하고 죄를 받으려고 했던 나를 니가 협박했다고 말이지. 난 니가 이기동이랑 짜고 친 고스톱이라고 우길 거고, 넌 그렇다고 인정만 해 주면 돼. 가짜 목격자를 세워서 재판에 혼선을 준 거, 죄를 인정하려는 피고를 협박해서 거짓 진술을 하게 만든 거. 이렇게 두 가지.'

타들어 가는 숨에 갈라지던 혓바닥의 느낌이 아직도 생생하다.

'회사 들어먹고 법정 최고형까지 맞게 생긴 마당에 안 미치는 게 이상하지. 안 그래?'

이러나저러나 유죄가 확정될 것임을 이미 확신하고 있는 눈치였다. 그러니 우해준으로서는 잃을 게 없는 거래였다. 더 이상 잃을 게 없는 인간만큼 무섭고 끔찍한 존재가 있을까.

'그게 싫으면 수단 방법 가리지 말고 날 빼내. 보니까 한요은이랑 아는 사이 같던데. 가서 다 니가 벌인 짓이라고 싹싹 빌기라도 해 보든가. 아니면 이대로 나랑 같이 지옥으로 떨어지든가.'

구치소에 갇혀 재판을 기다려야 하다니, 이보다 더한 지옥은 없다. 정말 미친 척 우해준에게 덮어씌워도 괜찮을까? 변호사의 말대로 우해준에게 속았다고 진술하면 상황을 모면할 수 있을까? 하지만 만일 그럴 경우 우해준이 어떻게 나올지 알 수 없는 일이다.

"우해준이……."

창피하다. 그런 인간이 타 놓은 약에 취해 온갖 추태를 보인 것도, 그게 고스란히 영상으로 남은 것도, 그래서 우해준 따위를 함부로 대할 수 없는 것도…… 너무 창피해서 죽고 싶다. 하지만 무엇보다 기가 막히고 화가 나는 건, 모든 변수를 계산에 넣기 위해 김 변호사에게 치부를 드러내야만 하는 지금 이 상황이다.

"뭘 가지고 있어요."

"네?"

"우해준이 뭘 가지고 있다고요."

갈수록 태산이라더니, 위증교사 외에도 걸리는 게 있는 눈치다.

"자세히 말씀해 주세요. 이번 진술, 아가씨께는 굉장히 중요한 일입니다."

안하무인으로 김 변호사를 몰아붙인 조금 전과는 판이하게 다른 모습. 초점을 잃은 연화의 눈동자에 모멸과 분노가 처덕처덕 들러붙었다.

법무법인 수휘의 헤드쿼터인 내자동 빌딩 진입로에 묵직해 보이는 검은 세단이 들어서고 있다. 뒤쪽의 상석에 앉은 사람은 다름 아닌 서린기업의 허인웅 회장이다.

"도착했습니다."

수행원의 보고에 눈을 뜬 그가 길게 한숨을 뱉었다. 박용태 변호사의 정중한 거절에도 불구하고 굳이 내자동을 찾은 이유를 되뇌며 마음을 다스리고는 있지만, 경직된 얼굴 근육이 쉽게 풀리지를 않는다.

"가서 말씀 전하고 오지."

"네, 알겠습니다."

무작정 찾아오기는 했지만 무슨 말로 시작해야 할지 모르겠다. 박 변호사는 시간이 없다는 말로 벌써 서너 차례나 자리를 거절했지만, 실은 시간이 아니라 이유가 없는 것이리라. 어린애들 싸움도 아니고 가해자와 피해자가 명확한 사건이니 당사자 외의 부모들이 나설 일이 아니라는 건 그도 알고 있다. 차라리 치고받고 싸운 거라면 얻어터져서 곤죽이 됐던들 이보다 참담하지는 않을 것이다. 직접 찾아가 용서를 빌라는 말에 거품을 물며 바락바락 악을 쓰던 딸의 모습이 떠오르자 더욱 암담해지고 만다.

한편 박 변호사는 서린기업의 허인웅 회장님께서 아래에 와 계시며 박 대표님께서 시간이 되실 때까지 기다리실 예정이라는 비서실의 전언에 깊은 한숨을 내쉬는 중이다. 요즘 들어 한창 바쁘기도 했지만 스케줄이 한가했던들 딱히 만날 이유가 없는 사이라 매번 정중히 거절했는데 수행원을 보내 시간이 될 때까지 밖에서 기다리겠다니 거듭 거절하기가 어렵게 된 것이다. 삼십여 분이 지난 후, 박 변호사는 대표 변호사실에 들어선 허 회장과 간단히 인사를 나누고 먼저 앉을 것을 권했다.

"직접 오셨다는 전언을 듣고 안으로 모시기는 했지만 일과 중이라 길게 시간을 낼 수는 없는 점, 양해 부탁드립니다."

"네, 알고 있습니다. 갑작스레 찾아뵈서 결례가 많습니다."

한참을 망설이던 허 회장이 초조한 듯 마른침을 삼킨 후 말을 이었다.

"이미 예상하고 계시겠지만, 이렇게 뵙기를 청한 건 다름이 아니라 제 여식 때문입니다."

박 변호사는 그 문제라면 당장 나가 주십사 딱 잘라서 말하고 싶은 것을 꾹 참았다. 상대방이 서린기업의 수장이라서가 아니라 자식을 둔 아비이기 때문이다. 아무리 죽을죄를 지었어도 제 자식만큼은 살리고 싶은 것이 부모의 마음이니, 그걸 탓할 수는 없는 일이다.

"이번 일로 대표님 댁에 큰 누를 끼치게 된 점 진심으로 사죄드리고 싶습니다."

이건 며늘아기가 허연화에게 들어야 할 말이 아닌가 싶다.

"그러실 거 없습니다. 회장님께서 잘못하신 일도 아니고 제가 입은 피해도 아니지 않습니까."

어렴풋이 행간을 짚은 허 회장이 난처한 듯 한숨을 내쉬었다.

"아시다시피 제 여식이 수감 중이라 며느님을 찾아뵙지 못할 상황입니다. 그래서 부족하나마 제가 직접 대표님을 찾아뵙기로 했습니다. 물론 며느님께 용서를 구하는 것이 상식이고 도리인 줄은 알지만, 당사자가 아니라 아비 되는 사람이 찾아가면 오히려 더 불편해하실 것 같아서, 생각 끝에 대표님께 걸음을 앞세웠습니다."

허 회장도 우해준의 아비처럼 제 자식이 피해자인 양 뻔뻔하게 나올 거라 예상했기에 마땅한 대답이 떠오르질 않는다.

"며느님께서 얼마나 고충이 크셨을지, 아무리 사죄한들 말로는 다 못 할 일인 줄도 압니다."

박 변호사는 말없이 허 회장의 시선 끝을 바라보고 있었다. 자리에도 없는 며늘아기를 깍듯이 높여 가며 시선을 떨어뜨리고 있는 그의 모습이 안쓰럽기까지 하다. 하지만 그가 안쓰러워 그의 딸이 지은 죄까지 용서할 수는 없다. 그건 오롯이 며늘아기의 몫이었다.

"며느님께는 차후 어떤 식으로든 사죄를 하겠습니다. 그러니 노여움을 푸시고……."

차후 어떤 식으로든 사죄를 하겠다는 말에 박 변호사가 불편한 듯 그를 바라봤다.

"회장님."

"예, 말씀하시지요."

"오늘 걸음 하신 이유가, 혹시 따님에 대한 선처를 구하기 위함이셨습니까?"

침통한 허 회장의 시선이 아주 잠시 박 변호사와 닿았다. 하지만 이내 고개를 떨어뜨린다.

"염치 불고하고 이렇게 부탁드립니다."

역시 본론은 따로 있었다는 생각에 여지없이 씁쓸해지는 순간이다.

"저도 자식을 둔 입장이라 회장님의 심정이 어떠실지 짐작은 됩니다."

"세상에 귀하지 않은 자식이 어디 있겠습니까만, 슬하에 하나뿐인 녀석이다 보니 더욱 걱정이 앞섭니다. 두 번 다시 대표님 일가에 불편을 끼쳐 드리지 않도록 단단히 일러두겠습니다. 그러니 이번 한 번만…… 부탁드립니다."

"제가 어쩔 수 있는 일이 아닙니다. 서린에도 법무팀이 있으니 이미 알고 계실 텐데요."

위증교사는 여타의 형사 사건과 달리 피해자의 합의 여부와는 상관없이 형이 부과된다. 피해자의 법익을 침해한 경우라면 합의에 의해 형의 수위가 낮아지기도 하지만, 위증교사의 경우 국가의 법익을 침해한 행위로 간주되기 때문이다.

"위증교사는 법정과 국가에 대한 범죄 행윕니다. 설령 사건의 피해자가 처벌불원의 의사 표시를 한다고 해도 따님의 형량이 감해지는 일은 없을 겁니다."

"알고 있습니다. 오늘 대표님을 찾아뵌 건 며느님께 합의를 부탁드리고자 함이 아닙니다."

제 여식이 부족하여 가해자인 우해준의 말만 믿고 순전히 선의로 그를 돕기로 한 것이니, 부디 사람을 믿은 대가로 법정에서 불이익을 당하는 일이 없도록 도와주십사 하는 것이 허 회장의 본론이었다. 허연화의 변호를 맡아 달라는 것이 아니라 검사장이었던 이력을 활용해 검사와 재판부를 설득해 달라는 것이다.

"세상이 험한 줄 모르고 자란 아이라 누가 하는 말이든 곧이곧대로 믿고 따를 때가 많습니다. 이번에도 큰 오해가 있는 줄도 모르고 가해자의 사정이 딱하다는 생각만 했던 모양입니다."

허연화를 빼내려면 녹취록을 없애고 그 내용을 알고 있는 모두의 기억을 깡그리 지워 버려야 한다. 다시 말해 불가능한 일이다.

"죄송합니다. 말씀드렸다시피 제가 도울 수 있는 일이 아닙니다."

만에 하나 도울 방법이 있다 해도 전혀 도울 생각이 없으니 이쯤에서 얘기를 끝내기로 마음먹은 박 변호사가 천천히 자리에서 일어섰다.

"어려운 걸음이셨을 텐데 도와 드리지 못해 죄송합니다."

"박 대표님……!"

허 회장이 박 변호사를 따라 일어나며 절박한 목소리로 그를 불렀다.

"담당검사한테 말씀 한 번만 넣어 주셔도 분명 달라질 겁니다. 얼마든지 그렇게 하실 수 있는 분 아닙니까."

아무리 자식 걱정에 눈이 먼 부모라지만 전 검사장을 찾아와 사건의 담당검사를 매수해 달라니, 세상에 비친 검찰의 이미지가 고작 이 정도밖에 안 되는가 싶다.

"저는 이미 법복을 벗은 사람입니다. 재판정 내에서 벌어지는 어떤 일에도 관여할 수 없습니다. 설령 검찰에 있었다 하더라도 제 입장에는 변함이 없었을 겁니다."

전례 없는 일이었다면 이렇게 찾아오지도 않았을 터. 이런 일이 어디선가 행해지고 있을 거라 생각하니 검찰에 바쳤던 지난 30여 년이 무상하기까지 하다.

"제가 약속드릴 수 있는 건 한 가지뿐입니다."

반평생을 검찰에 몸담으며 모든 사건에 있어 되새겼던 한 가지 원칙이 있다면, 죄에 합당한 양형(量刑)이었다. 신분의 고하와 재력의 유무로 좌우되지 않는 공정한 재판. 그 입장에는 지금도 변함이 없다.

한때, 아들 걱정에 눈이 멀어 그 원칙을 깬 적이 있다. 박원호가 동생 박은호의 일기를 들고 검찰로 찾아왔을 때 은호를 죽음으로 내몬 가해자가 있다는 걸 분명히 인지했음에도 도와주지 않았다.

만일 그때 억울한 사정을 헤아렸더라면 박원호의 삶도 조금은 달라졌을지 모른다. 박원호가 동생의 죽음을 아파하며 이태원으로 들어가지 않았다면 뒤늦게 사실을 알게 된 원규가 귀국하는 일도 없었을 테고 그로 인해 원규에게 모진 말을 퍼부으며 상처 입히는 일도 없었을 것이다.

"따님을 도울 수는 없지만 곤경에 빠뜨리는 일도 없을 겁니다."

그리고 최근에 또 한 번. 우해준이 혐의를 인정한다는 전제하에 그의 다른 죄들을 눈감아 주려 했다. 더 나아가 그의 아비가 저지른 비리도 그대로 덮을 생각이었다. 이미 검찰을 떠난 몸이니 그들의 죄를 밝히는 건 내 몫이 아니라고 스스로를 합리화했다. 하지만 며느리는 그가 생각했던 것처럼 유약한 아이가 아니었다. 피해자로 법정에 서는 일을 전혀 두려워하지 않았다. 그런 며느리 앞에 떳떳한 시아비가 되려면 두 번 다시 그런 일을 반복해서는 안 된다.

"어떤 경우에도 저로 인해 따님께서 불공정한 처우를 받는 일은 없을 겁니다."

죄를 덜 받도록 돕지도 않을 것이며, 죄를 더 받도록 하지도 않으리라는 의미였다.

"따님께서는 분명 죄에 합당한 형을 받게 될 겁니다. 그러니 혹시라도 저로 인해 따님이 불이익을 당하는 건 아닐지 노심초사하지 않으셔도 됩니다."

죄에 합당한 처벌을 받게 되리라는 약속의 이면은 어떤 식으로든 따님을 빼낼 생각은 않는 게 좋을 거라는 경고와도 같았다. 그대로 제자리에 굳어 버린 허 회장의 발밑이 천길만길 아래로 곤두박질치는 순간이다. 박 변호사의 도움을 바랄 수 없게 됐다는 막막함, 박 변호사가 딸아이의 재판에 외압을 행사해 해를 끼칠 거란 터무니없는 생각에 대한 부끄러움, 딸아이를 도울 방법을 제 손으로 없앴다는 자책으로 끝도 없이 속이 내려앉고 또 무너진다.

eee

검찰은 녹취록을 증거로 허연화와 남궁주호를 기소했고, 재판부는 사안이 밀접하게 관련돼 있는 만큼 세 사람의 위증에 관한 재판을 기존의 재판과 병합해서 진행하도록 했다. 5차 공판은 절차상의 문제로 다시 일주일이 지난 2007년 3월 19일에 열렸다.

재판장은 간단히 쟁점을 정리한 후 인정신문을 진행했다. 피고 개인별로 진행된 인정신문 중에, 금단 현상이 극에 달한 우해준은 유독 산만한 모습을 보였다. 게다가 그의 다음 차례인 허연화 역시 거듭된 재판장의 신문에도 불구하고 넋이 나간 상태다.

"아가씨."

재판장이 불편한 기색을 보이자, 이를 보다 못한 김 변호사가 낮은 목소리로 그녀를 불렀다. 연화는 그제야 정신이 돌아온 듯 김 변호사를 향해 천천히 시선을 돌렸다. 김 변호사는 얼른 재판부 쪽을 보라는 의미로 눈짓을 했다.

"피고."

연화는 김 변호사의 눈치가 심상치 않자 얼른 재판부를 보고 섰다,

"네."

"성명을 말씀하세요."

김 변호사는 시선을 어디에 둘지 몰라 당황하는 그녀의 모습이 평소와는 사뭇 다르다고 생각하는 중이다. 영장실질심사 때만 해도 판사 앞에서 또박또박 말대답을 하지 않았던가. 혹시 구치소에 있는 동안 죄를 뉘우치기라도 했나.

하지만 그녀가 고개를 들지 못하는 이유는 뒤늦은 후회 때문이 아니라 법정에 들어선 순간 방청석 앞쪽에 앉아 있던 원규를 발견했기 때문이다. 가장 잘나 보이고 싶은 세상의 단 한 사람 앞에 이런 꼴을 보이다니, 그녀는 차라리 눈과 귀가 멀어 아무것도 보고 들을 수 없기를 바랄 만큼 비참했다.

"허연화."

김 변호사가 그녀의 짧은 대답에 화들짝 놀라 헛기침을 했다.

"허연화입니다."

그녀는 뒤늦게 고쳐 말한 후 이를 악물었다.

"생년월일을 말씀하세요."

"1978년 11월 17일입니다."

짐승처럼 끌려나온 것만으로도 이가 갈리는데 박원규 앞에서 이런 모욕을 당해야 하다니. 죽으려거든 혼자 죽을 일이지 검찰에 녹취록까지 바쳐 가며 자신을 물고 늘어진 우해준을 찢어 죽이고 싶은 심정이다.

"등록 주소지를 말씀하세요."

그녀는 이번에도 재판장의 말을 놓쳤고, 김 변호사는 시간이 갈수록 좌불안석이다.

"피고—"

재판장이 다시 한 번 그녀를 불렀다.

"네?"

그녀는 넋 나간 사람처럼 대답하며 재판장을 쳐다봤다.

"등록 주소지를 말씀하세요."

"서울시 서초구 방배동 553-15입니다."

원규 앞에서 벌벌 떠는 우스운 꼴을 보이지 않으려 안간힘을 쓴 그녀의 목소리가 다소 과할 정도로 크게 울리자, 금단에 시달려 줄곧 고개를 처박고 있던 우해준이 초점 흐린 시선을 옆으로 돌렸다. 정신이 오락가락하는 해준의 시야에 그녀가 들어온 순간이다.

"실거주지와 등록 주소지가 동일합니까?"

"네."

"인정신문 마칩니다. 피고는 자리에 앉으세요."

초췌한 연화의 모습에 실소를 터뜨리며 뻑뻑한 숨을 삼키던 해준이 마른기침을 해 댔다. 그녀는 퀭한 눈으로 실성한 듯 웃고 있는 해준을 보다 말고 치를 떨었다. 저런 한심한 인간에게 약점을 잡혔다는 사실이 치욕스러워 분노를 주체할 수가 없다.

"검사, 피고 허연화 및 남궁주호에 대한 기소요지 모두진술 하세요."

"피고 허연화는 2007년 2월 3일 성수동에 소재한 본인의 작업실에서 피고 우해준과 남궁주호를 만나, 남궁주호에게 위증을 교사한 사실이 있습니다. 피고 허연화는 이 과정에서 남궁주호에게 금전적인 보상을 제공하기로 하였으며, 사흘 후 그를 따로 만나 선금 명목으로 현금 이천만 원을 건넸습니다. 이에 따라 남궁주호는 2007년 2월 28일 2차 공판의 증인으로 출석하여 피해자 한요은이 피고 우해준과의 정교에 합의하였으며, 사건 발생 직후 해당 업소의 사장과 바텐더들이 피고 우해준을 감금협박 및 폭행하는 과정을 목격한 사실이 있다고 위증을 했습니다. 이는 단순히 피고 우해준에게 유리한 증언을 하려는 것이 아니라, 피해자 한요은에게 무고 및 성매매 알선 등 행위의 처벌에 관한 법률 위반의 혐의를 둘 목적으로 행해진 일이었습니다. 이에 본 검사는 피고 허연화와 남궁주호를 모해위증으로 기소하는 바입니다."

김 변호사는 검사가 모해위증으로 죄명을 특정하자 더없이 암담한 심정이 되고 말았다. 단순 위증이 아니라 모해위증의 경우 형이 가중되기 때문이다. 혐의를 위증에 두려면 피해자 한요은을 해할 의도가 없었다는 점을 입증해야 하는데, 녹취록 때문에 그마저 만만치가 않을 것 같은 상황이다.

"피고."

"네."

박원규 앞에서 더는 정신 빠진 모습을 보이지 않겠노라 다짐한 그녀가 곧장 대답했다.

"피고는 검사 측의 기소 내용을 인정합니까?"

"기소 내용을……."

그녀는 제가 하려는 짓이 무엇인지 처음부터 아주 잘 알고 있었다. 그것이 위법인 줄도 알고 있었다. 무슨 짓인 줄도 모르고 일을 벌였을 리가 없지 않은가. 다만 이렇게 될 줄은 몰랐다. 한요은을 법정에 세워 욕보이기 위한 일이었는데, 그 자리에 한요은이 아니라 그녀 자신이 서게 될 줄은 생각도 못 했다. 그래서 화가 난다.

"인정……."

연화는 갑작스러운 현기증에 테이블을 짚고 섰다. 쓰레기를 나눠 담은 것 같은 구치소 배식판을 볼 때마다 구역질이 나서 아무것도 먹지 못한 탓에 몸 상태가 엉망이다.

"할 수 없습니다."

"피고, 기소 내용을 인정할 수 없다고 답변했습니다. 맞습니까?"

"네. 인정할 수 없습니다."

그때였다. 줄곧 초점 흐린 눈으로 앉아 있던 우해준이 마른기침을 토하며 킥킥대기 시작했다. 재판장이 수차례 정숙을 요했지만 해준은 미친 듯 삐져나오는 웃음을 참을 수가 없다. 금단의 스트레스와 허연화의 뻔뻔함이 그의 이성을 마비시켜 버린 것이다.

"피고는 정숙하세요."

연화는 점점 기괴해지는 해준의 웃음소리에 질려 부들부들 떨고 있었다. 그리고 바로 다음 순간, 우해준이 목청을 한껏 높여 히스테릭하게 소리쳤다.

"위증을 교사한 적이 없다고?!"

법정에 있던 모든 사람이 깜짝 놀랄 정도로 큰 목소리였다.

"피고!"

"허연화!!"

"피고 우해준에게 퇴정을 명합니다."

해준은 재판장의 말이 끝나기도 전에 벌떡 일어서서 연화가 있는 곳으로 달려갔다. 재판장의 퇴정명령에 피고석으로 향하던 법정경위들이 해준을 붙들려 했지만, 그는 이미 연화의 멱살을 움켜쥐고 잡아먹을 듯 노려보며 주먹을 휘두르는 중이었다.

"악—!"

"내가 분명 경고했을 텐데!!"

연화의 비명과 해준의 고함으로 법정은 순식간에 아수라장이 되고 말았다. 경찰 하나가 서둘러 그를 제지하자, 해준은 아예 증인석으로 몸을 쓰러뜨리다시피 하며 연신 욕설을 내뱉었다.

"격리하세요!"

재판장의 다급한 지시에 두 경위를 비롯한 다른 법정경위들도 해준을 말리고 나섰지만, 아예 정신이 나가 버린 그의 힘을 당해 내기란 쉬운 일이 아니었다. 해준은 연화의 수의가 찢겨 나가도록 남은 주먹을 움켜쥔 채 고래고래 소리를 쳤다. 그녀는 생전 처음 듣는 욕설에

이를 악물며 멋대로 휘둘리는 몸을 가누기 위해 안간힘을 써야 했다.

아주 짧은 순간, 그녀의 시선이 방청석 앞쪽에 있던 원규에게 머물렀다. 차분하게 앉아 난리법석을 지켜보고 있는 원규와 우해준에게 멱살을 잡힌 자신의 상황이 너무도 대조적이다.

"끄아악—!"

법정경위 하나가 급기야는 테이저건을 사용했고 해준은 그대로 바닥에 뻗어 경련을 일으켰다.

"퇴정시키세요."

해준은 의식을 잃은 채 곧장 끌려 나갔고, 연화는 재킷의 단추가 뜯겨 나가 만신창이가 된 옷매무새를 다지며 자세를 고쳐 앉았다. 하지만 일평생 단 한 번도 당해 본 적이 없는 모욕을 악으로 버티는 것도 한계가 있는 모양인지, 지독한 오한에 몸을 떨고 있던 그녀의 입술이 종잇장처럼 부들거린다.

심장이 터진 것처럼 숨이 토막 나고 법정을 울리는 재판장의 목소리가 멀어지는가 싶더니, 곧이어 시야가 캄캄하게 물들었다. 하지만 그런 와중에도 원규의 시선만큼은 너무나 또렷해서 살갗이 벗겨진 채 불구덩이 속에 갇힌 것만 같다.

eee

우해준이 법정을 아수라장으로 만든 후 잠깐의 휴정 중에 자리에서 일어나 도곡동으로 넘어왔다. 하지만 사무실에 도착해서도 좀처럼 일이 손에 안 잡혀 벌써 몇 대째 담배만 태우고 있다. 3월 중순인데도 바람이 제법 쌀쌀하다. 어쨌든 열린 창으로 들어오는 바람이 사무실을 훑어 내고 있으니 연기에 질식할 염려는 없지만, 통유리 너머의 시선들이 신경 쓰여 창가를 보고 앉아서 그런지 얼굴이 시리다.

허연화가 순순히 혐의를 인정해 주기를 바란 건 역시 과한 소망이었다. 그런 소망으로 참관을 신청한 나 자신이 우습기까지 하다. 위증을 교사한 사실이 없다니. 본인이 무슨 혐의로 구속됐으며 검찰에서 어떤 증거를 확보했는지 모르는 것도 아닐 텐데 어떻게 법정에서마저 거짓말을 할 수 있는지, 나의 상식으로는 이해가 안 된다.

"하아……."

한숨이 묻어 나온 담배 연기에 미간을 찌푸릴 무렵 문에 붙여 둔 방음필름이 카펫에 쓸리는 소리가 들렸다.

"오늘은 재광이한테 보고하세요."

알겠다는 말을 기다리기도 잠시, 옅은 헛기침에 의자를 돌리자 뿌연 연기 사이로 요은이가 보인다.

"어?"

반사적으로 몸을 일으켰다.

"한요은?"

분명 요은이가 맞는데 나도 모르게 한 걸음 다가서서 그녀를 확인했다. 혼자 온 건가?

"어떻게 된 거야? 어떻게 왔어?"

"버스랑 지하철 타고."

"혼자?"

"응."

"왜?"

"그냥 답답해서."

"괜찮아? 아니, 괜찮았어?"

"괜찮다니까. 버스나 지하철은 혼자 탈 수 있어."

"전화하지 그랬어. 데리러 갔을 텐데."

"으…… 담배……."

요은이가 재떨이에 수북한 담배꽁초를 가리키며 입술을 내민다. 그제야 그녀가 담배 연기를 싫어한다는 사실이 떠올랐다.

"미안. 잠깐 밖에서 기다려. 금방 나갈게."

"같이 나가."

"냄새 심하잖아. 나가 있어."

"괜찮아."

"내가 안 괜찮아."

"다들 너무 신경 쓰는 거 같아서 어색해."

통유리 너머로 시선을 옮기자 다급히 딴청을 하는 몇몇이 보인다. 재광이를 비롯한 동기 서너 명을 제외하면 결혼식 이후로는 한 번도 요은이를 본 적이 없으니 당연한 일인지도 모른다.

"그러니까 나가서 인사라도 나누고 있어."

"인사 다 했어."

"벌써?"

"응. 너 자는 줄 알고 밖에서 좀 기다렸거든."

"온 줄도 몰랐네."

"그러게. 근데 원래 일하는 중엔 이렇게 담배를 많이 피워?"

"그때그때 달라."

지퍼백에 재떨이를 비우고 쓰레기봉투에 한 번 더 담았다.

"그냥 쓰레기통에 버리면 되잖아."

"냄새 남는 거 싫어서."

탈취제를 뿌린 후 한 손에 상의를 들었다.

"냄새가 싫은데 왜 피워?"

그러게 말이다. 달리 할 말이 없어 담배 냄새가 묻지 않은 오른손으로 요은이의 손을 잡았다. 장갑을 끼고 있어도 한 손에 들어오는 작은 손인데, 이상하게도 한없이 포근하다.

"나가자."

함께 문을 나서자 다들 우리 쪽으로 시선을 돌렸다. 맞은편 사무실에 있던 재광이와 벤 역시 이쪽으로 걸음을 서두르는 중이다.

"어? 선배님 주무시는 줄 알고 형수님 계속 붙잡고 있었는데."

안쪽의 담배 연기가 워낙 심했던 탓인지 문 하나를 사이에 두고 있을 뿐인데 공기 자체가 다르다 생각할 즈음, 벤이 무심하게 웃으며 동전 모양의 금박 포장지를 건넸다.

"Happy belated Valentine."

초콜릿인가 보다. 어쩐지 달콤한 향이 가득하더라니.

"형수님 진짜 감동했어요. 발렌타인까지 챙겨 주시고."

"아뇨. 그냥⋯⋯ 빈손으로 오기가 조금 그래서요."

요은이의 말이 끝나자마자 감사합니다, 잘 먹겠습니다, 너무 맛있어요, 기타 등등의 인사가 마구잡이로 쏟아져 나왔다. 그러고 보니 1차 공판 일주일 전이 발렌타인이었다. 벌써 3월 19일이라니, 시간이 참 빠르다.

"에—이 빈손으로 오셔도 되는데."

"고생들 많으신데 지금까지 제대로 인사도 못 드리고⋯⋯ 죄송해요."

이번에는 다들 '괜찮습니다!'를 합창한다.

"아⋯⋯ 네에. 감사합니다. 맛있게 드세요."

사방으로 연신 고개를 숙이는 그녀의 미소가 오늘따라 유난히 달콤하다. 재광은 엄지 두 개만으로는 아쉽다는 듯 한쪽 무릎까지 올려 가며 윙크를 했다. 수년을 알고 지낸 나보다 요은이를 더 편하게 생각하는 것 같다.

"근데요, 선배님."

"어?"

"형수님 어디 안 가세요."

"어디?"

"아니, 손을 너무 꼬—옥 잡고 계셔 가지고."

순간 흠칫하는 요은이의 손을 더욱 단단하게 잡았다. 요은이를 난처하게 만들려는 게 아니라 멀어지는 체온이 아쉬워 반사적으로 끌어 당겼을 뿐인데, 짓궂은 주변의 웅성거림에 나까지 어색할 정도다.

"Please— you want us back to your wedding, huh—?"

결혼식 당일이 생각나니 적당히 하라는 의미였다. 벤의 농담에 문득 요은이의 웨딩드레스가 떠올랐다. 움직일 때마다 신경 쓰일 정도로 가슴골이 드러나 결국엔 직접 그녀의 앙가슴을 가려 줘야 했고, 덕분에 지인들이 앉아 있던 객석으로부터 엄청난 환호성이 터져 나왔다. 조금 전의 웅성거림은 그때 그 환호성에 비하면 귀여운 수준이지만 요은이의 입장에서는 불편할 수도 있다는 생각에 손에서 힘을 풀자, 이번엔 요은이가 내 손을 잡는다.

"잠깐 나갔다 올게."

양해를 구하고 사무실을 나서는 동안에도 요은이는 줄곧 내 손을 잡고 있다. 그게 어찌나 좋은지 자꾸 웃음이 나서 사무실에서 나오는 내내 표정을 관리해야 했다. 엘리베이터를 기다리는 지금도 마찬가지다.

"손 많이 차가워?"

"음?"

"장갑, 벗으면 안 돼?"

"아…… 어, 알았어."

장갑과 함께 가방을 받으려 하자 괜찮다는 듯 팔을 뺀다.

"안 무거워."

"알아."

"그냥 내가 들고 있을게."

"가방은 이리 주고 손잡아 주면 안 돼?"

그녀에게는 항상 '해 줘' 보다 '하면 안 돼?' 가 더 효과적이다. 그녀는 알고 있을까?

"어, 그래 그럼."

엘리베이터 버튼을 누른 후 뒤에서 어깨를 감싸 안으며 목덜미에 얼굴을 기대자, 팔 안쪽에 닿을 듯 말 듯 살짝 움츠리고 있는 요은이의 가슴이 느껴진다.

"요은아."

"응?"

아침에 집을 나와서부터 줄곧 보고 싶었다. 어젯밤 분명 함께 잠들고 출근 전까지 같이 있었는데도 한참을 못 본 것처럼 심란했다.

"진짜 보고 싶었어."

들이치는 바람에 얼굴이 시리고 매캐한 연기에 폐가 아프고 착잡한 마음에 생각이 복잡했다. 분명 그랬는데, 지금은 언제 그랬었나 싶을 정도로 마음이 편안하다.

eee

한 시간 정도 한강변을 걷다가 거센 바람을 피해 선상카페로 들어왔다. 1층의 대형 유리 밖으로 한강이 가득 햇빛을 반사하고 있어 눈부신 물결이 조명보다 돋보이는 곳이다. 그래서인지 마치 물 위에 앉아 있는 것 같다.

시원하게 트인 시야 맞은편에는 언덕 아래 자리 잡은 건물들이 고만고만한 높이를 이루고 있다. 건물이 빼곡히 들어선 모습을 보면 서울인 것 같고 언덕보다 낮은 스카이라인을 보면 서울이 아닌 것도 같은 특이한 풍경이다. 한강변에 이런 곳도 있었구나.

톡— 톡—

원규가 살며시 테이블을 두드리지 않았다면 햇빛에 눈이 젖을 때까지 밖을 보고 있었을지도 모른다.

"점심 안 먹었다고 했지?"

"어. 근데 별로 생각 없어."

"아침은?"

몰라서 묻는 건가. 자기가 출근 직전까지 침대에서 안고 있던 사람이 바로 나였는데.

"안 먹었어."

"아침부터 아무것도?"

"아니. 아까 초콜릿 살 때 몇 개 살짝?"

원규의 표정이 심각해졌다.

"근데 여기 진짜 예쁘다."

화제를 돌리기 위한 것만은 아니었다. 서울이 낮에도 이렇게 예쁠 수 있다는 걸 처음 알았으니 말이다.

"밤이 더 괜찮아."

"응?"

"예쁜지는 잘 모르겠는데, 낮보다는 밤이 나은 거 같아."

낮보다 밤이 더 예쁘다는 건…… 밤에도 와 본 적이 있다는 건데.

"3층에서 몇 번 모임이 있었거든."

말하지 않아도 아는구나. 햇살에 눈부신 물결보다 더 예쁜 박원규.

"요은아."

"응?"

"나 오늘 법원에 갔었어."

순간 할 말을 잃었다. 하지만 여지없이 웃음이 나고 만다.

"왜 웃어?"

"그냥. 너무 너다워서."

"너다워?"

"너무 너 같다고."

"나 같은 게 뭔데?"

할 말은 하고 보는 성격이지만 그러기 전에 생각을 많이 하는 거. 일단 마음을 먹으면 망설이지 않고 본론으로 들어가는 거.

"그 얘기하려고 그렇게 한참 고민한 거야?"

"그랬나?"

"걷는 내내 딴생각했잖아."

"미안."

"집중력이 너무 뛰어나서 그런 걸 어쩌겠어."

"그러게."

쯧, 바로 인정을 해 버리면 할 말이 없잖니.

"요즘 너 때문에 일이 손에 안 잡혀."

"내가 왜."

"너한테 너무 집중하고 있어서."

어, 그래. 내가 잘못했다. 장난인지 진심인지 모를 말로 사람 당황시키는 재주를 타고난 박원규.

"왜 말이 없어?"

어차피 말로 받아쳐 봐야 말문이 막힐 일밖에 없으니, 본전이라도 찾자는 심정으로 잠자코 있기로 했다.

"한요은."

흥— 내가 잠자코 있으면 결국 애타는 사람은 너란 말이지. 그러니까 갑작스러운 말로 사람 당황시키지 마라.

"주문하신 차 준비해 드리겠습니다."

때마침 나온 찻잔의 훈김 사이로 흐드러진 꽃잎이 모습을 드러냈다. 그런데 테이블이 세팅되길 기다려 잔을 잡으려 하자 원규가 얼른 잔을 가로채 간다. 그러고는 내 몫으로 세팅됐던 찻잔을 두 손으로 감싸 쥐었다. 그런데 예상 밖의 높은 온도에 입술을 깨물 정도로 깜짝 놀라면서도 두 손을 떼지는 않는다.

"뭐 해? 뜨겁잖아."

찻잔을 뺏으려 하자 고개를 가로저으며 잠깐만 있어 보란다.

"하지 마. 뜨거워. 손 다치면 어떡하려고."

내가 재차 손을 뻗자, 원규가 찻잔에서 손을 떼고 내 손을 가득 잡아 온다.

"따뜻하지?"

온기가 가득한 손으로 내 손을 꽉 잡은 원규가 살며시 웃었다.

"몸이 너무 차서 걱정이야."

나는 너무 행복해서 걱정이다.

"손톱 다듬었네."

"어. 너 출근하고 나서."

"예쁘다."

누가 들으면 네일아트라도 한 줄 알겠다. 짧게 다듬어 뭉툭해 보이는 손톱이 뭐가 예쁘다고.

"한요은."

"음?"

"왜 안 물어봐? 법원 갔던 거."

"별로 궁금하지 않아서. 내가 할 일은 다 했으니까."

원규의 말대로 나는 최선을 다했다. 더는 내가 할 수 있는 일이 없다. 조바심 내지 않아도 결국 옳은 길로 흘러갈 거라고 믿는 것 외에는 말이다.

"강 검사님한테 연락 없었어?"

"응. 엊그제 통화한 후로는 없었어."

오늘 재판이 끝나면 전화하겠다고 했는데 왜 연락이 없을까.

"끝나면 전화주신다고 했는데……."

여전히 원규에게 손을 맡긴 상태라 테이블 모퉁이에 올려 둔 휴대폰을 쳐다보며 말끝을 흐렸다. 아직 연락이 없는 것을 보니 오늘 공판으로도 가닥이 잡히지 않은 모양이다.

"아직 끝나기 전인가 보네."

한숨 섞인 원규의 말에 문득 정신을 차렸다.

"너 다녀왔다며. 끝난 거 아니었어?"

"중간에 나왔어."

그럼 아직 끝나기 전인가? 아니, 그보다 더 궁금한 것은 따로 있다. 원규가 중간에 나온 이유가 뭘까? 설마 위증교사에도 불구하고 두 사람이 무사한 걸까?

"왜……?"

"허연화 보고 있기 싫어서."

"근데 왜 갔어."

"오늘은 어떻게든 결론이 날 줄 알았거든. 그런데……."

원규가 엄지를 천천히 움직이며 손등을 부드럽게 어루만졌다.

"아닌 거 같아."

그러고는 얼마간 말없이 창밖을 바라본다. 원규의 눈동자 가득 수면에 반사된 햇살이 물결쳐 연갈색 도화지에 은수(銀繡)를 드리워 놓은 것만 같다. 잠시 후 시선을 옮긴 원규가 나를 가만히 바라본다.

"녹취록이 공개됐으니까 오늘 공판을 끝으로 형이 확정될 줄 알았어. 그 여자도 결국은 인정할 수밖에 없을 거라고 생각했거든. 근데 아니래. 본인은 위증을 교사한 적이 없대. 그 말을 듣는데……."

원규가 천천히 손을 풀었다.

"사람이 사람을 죽이는 게 이해될 만큼 화가 났어."

원규의 쓴웃음에 마음이 아려 숨을 참은 순간, 테이블에 놓인 휴대폰이 드르륵 진동했다. 전화한 사람이 누구든 받을 마음이 없었는데, 원규가 대신 발신인을 확인한다.

"강 검사님인데?"

"나중에 하면 돼."

원규의 말을 더 듣고 싶다. 원규가 마음을 다스릴 수 있도록 돕고 싶다.

"일단 받자."

'받아' 라고 일방적으로 말했다면 한 번 더 우겨 보겠는데, 함께해야 하는 일인 듯 권유하는 통에 고집을 부릴 수가 없다.

"여보세요."

― 안녕하세요, 요은 씨. 서부지법 강지현이에요.

"네, 안녕하세요."

― 연락이 늦어서 죄송해요. 공판은 진작 끝났는데 급히 처리할 일이 있어서요.

"괜찮아요."

― 오늘 바깥분도 참관하셨던데, 알고 계셨나요?

"방금 들었어요."

― 같이 계세요?

"네."

― 중간에 소란이 좀 있었는데 정리하고 보니까 자리에 안 계시더라고요.

"네, 아마 그때 나온 것 같아요."

― 그러셨구나. 조금 더 보셨으면 좋았을 걸 그랬네요.

원규가 나온 후에 무슨 일이 있었나?

― 재판이 병합되긴 했지만 사안이 워낙 분명해서 앞으로 두세 번이면 사실상의 재판은 끝날 거 같아요.

사실상의 재판이란 결심공판과 선고공판을 제외한 공판 절차를 의미했다. 두세 번이라니, 정말 그럴 수 있을까? 허연화가 혐의를 인정하지 않았다기에 적어도 몇 개월은 더 걸릴 줄 알았는데.

― 남궁주호가 범행을 인정해서 허연화 쪽도 다른 방법이 없을 거예요.

"아…… 네에."

그리 쉽게 인정할 거라면 왜 두 번이나 위증을 했을까.

― 재판이 길어져서 피곤하시죠?

"아뇨."

— 제가 도움을 받는 입장이 될 만큼 철저하게 준비해 주셨는데, 5차 공판까지도 결론이 안 나서 죄송합니다.

"아니에요. 오히려 제가 감사하죠."

— 별말씀을 다 하세요.

원규가 심란한 표정으로 나를 보고 있다.

— 바깥분께도 꼭 말씀드려 주세요.

"네, 알겠습니다. 신경 써 주셔서 감사해요."

— 왜 자꾸 감사하다 그러세요.

임관 후 처음 맡은 사건이라 미숙한 점이 많았을 텐데 무던히 기다려 주셔서 감사하다는 그녀의 말에 나 또한 감사하느라 몇 번이고 인사를 주고받은 후에야 통화를 마쳤다.

"어떻게 됐대?"

초조한 원규의 목소리를 들으니 지금 상황이 더욱 도드라진다. 원규도 나도 한참을 더 가야 한다고 생각했는데, 곧 끝날 거라니 말이다.

"요은아."

폐부 깊은 곳에서 가볍고 달콤한 공기가 가득 올라와 몸을 둥실 띄우고 있는 것 같다. 그래서 자꾸만 웃음이 난다.

"강 검사님이 뭐라는데?"

아— 이런…… 웃다가 울면 안 되는데. 갑자기 쏟아진 눈물에 놀란 원규가 서둘러 내 옆으로 자리를 옮겨 앉았다.

"곧 끝날 거래."

내가 할 수 있는 건 다 했으니 별로 궁금하지도 않다고 얘기했던 게 무색할 정도로. 너무 기뻐서 눈물이 날 정도로. 말로 표현할 수 없을 정도로.

"곧 끝난대 원규야."

홀가분하다.

eee

구치소 한쪽 구석에 앉은 연화가 축 처져 있다. 우해준이 끌려 나가고 무슨 일이 있었는지 기억이 희미하다. 정신을 차려 보니 원규는 이미 법정에 없었고, 검사가 증거로 채택한 녹취록이 다시 돌아가고 있었다. 숨이 멎을 듯 심장이 방망이질 치고 수치스러움에 얼굴이 터져 나갈 것 같은데도 정신만은 또렷했다. 그래서 잊을 수조차 없다. 아무리 기억을 털어 내려고 발버둥 쳐도 여전히 법정에 앉아 있는 것만 같고, 지척에서 울리는 검사의 목소리가 집요하게 그녀를 추궁한다.

"삼이칠칠 번."

'금품으로 허위의 증인을 매수하려 한 사실이 정말 없습니까? 녹취록의 목소리는 본인의 것이 아닙니까? 피해자 한요은을 법정에 세우고자 한 이유가 무엇입니까? 피고인 우해준과는 어떤 사이이며, 그의 결백을 믿게 된 결정적인 이유가 무엇입니까? 증인도 사건 당시 그 자리에 있었습니까? 아니면 본인은 결백하다는 우해준의 말만 믿고 이런 일을 벌인 겁니까?'

"삼이칠칠 번."

'만일 증인의 말대로 우해준이 피해자라면 재판을 통해서 그의 결백이 입증될 거란 생각은 안 해 봤습니까? 사건과는 무관한 증인이 직접 나서서 금품을 약속하면서까지 남궁주호를 법정에 세우려고 한 이유가 뭡니까? 또한 남궁주호가 사건의 목격자임이 확실하다면, 어째서 연인이라 자처하는 우해준을 위해 자발적으로 증언하지 않고 증인에게 금품을 약속받은 후에 증언대에 섰을까요?'

"삼천이백칠십칠 번!"

'위증을 교사한 증인의 행위는 명백한 위법이며, 그 과정에서 피해자

를 가해자로 지목한 것은 사안이 더욱 심각한 모해위증이 된다는 걸 몰 랐습니까?'

"삼천이백칠십칠 번 허연화 씨!"

연화의 수감번호를 몇 번이고 부른 중년의 보안과 직원이 마침내는 언성을 높여 그녀의 이름을 불렀다. 이어 그녀가 출입구 쪽으로 시선 을 옮기자 철문이 삐걱거리며 열린다.

"접견실로 이동합니다."

저 나이가 되도록 구치소에서 일하는 인생이 별수 있으랴 이를 악 문 그녀가 천천히 몸을 일으켜 밖으로 나왔다. 복도를 지나며 창살이 박혀 내부의 모습이 한눈에 들어오는 다닥다닥한 방들을 곁눈질하던 그녀가 입술을 잘근잘근 씹었다. 자신을 빤히 쳐다보는 직원의 태도 가 상당히 거슬리지만 지금으로선 일일이 따지기도 귀찮다.

보안과 직원을 따라 들어간 접견실에는 김 변호사가 혼자 앉아 있 었다. 김 변호사는 그녀와 눈이 마주치자 허둥지둥 일어나며 황망한 시선을 어디에 둘지 몰라 고개를 수그린다. 지긋한 나이의 변호사가 쩔쩔매는 모습을 멀뚱히 지켜보던 보안과 직원이 연화를 힐끔 쳐다봤 다. 대단하신 집안의 자제분이라더니 확실히 그렇기는 한가 보다 싶 은 것이다.

맞은편으로 걸음을 옮긴 김 변호사가 의자를 뒤로 빼 주며 앉기를 권하자, 이번에는 연화가 보안과 직원을 빤히 쳐다봤다. 감히 명령조 로 이름을 부른 것도 모자라 사람을 힐끔거리기까지 하다니, 이런 족 속들에게마저 만만한 인간이 돼 버린 것 같아 짜증이 치솟았기 때문 이다.

"이 사람 여기 계속 있을 건가요?"

그녀가 면전에 있는 사람을 무시한 채 김 변호사에게 묻자, 보안과 직원도 김 변호사도 무안함에 헛기침을 했다.

"접견 시간은 30분입니다."

기타 등등 주의 사항을 주르륵 읊어 낸 직원이 접견실을 나서자, 문이 닫히기를 기다렸던 연화가 분에 찬 숨을 파르르하게 내뱉으며 김 변호사를 노려봤다.

"왜 혼자예요? 아버지는?"

"회장님께서는 댁에 계십니다."

"안 오시겠대요?"

"아직 상황을 파악 중이십니다."

"이봐요, 김 변호사님. 내가 여기 들어온 게 벌써 열흘이야. 근데 아직도 아버지께서 파악할 상황이 남았다고? 당신 지금 나 놀려?"

"아시다시피 회장님께서 쉽게 다녀가실 곳이 못 되지 않습니까."

"그럼 난? 나는 여기 있어도 되고?"

냉소적인 연화의 목소리는 차라리 으르렁거림에 가까웠다.

"지금으로서는 불가피한 일입니다."

가슴을 들썩이며 웃는 연화의 목구멍에서 쇳소리가 난다.

"아침에 말씀드렸다시피……."

"당신 앵무새야? 아님 내가 우스워 보여?"

"예?"

"당신이 아침에 실컷 얘기한 게 그거잖아! 재판이 끝날 때까지는 구치소에 있어야 한다고! 아니야?!"

"예. 맞습니다."

"왜 또 같은 말을 하는데?! 내가 그 정도도 못 알아듣는 병신으로 보여?!"

"죄송합니다."

"그딴 얘기는 아침에 했던 거고!"

그녀가 찢어지는 비명을 지르며 목에 핏대를 세웠다.

"지금쯤이면 사정이 달라졌어야지!! 당신들 진짜 이따위로밖에 못 해?! 내가 오늘 무슨 일을 당했는지 알아? 벌레 같은 것들한테 추궁당

427

하면서 무슨 생각을 했는지 아냐고!!"

"진정하십시오."

"진정? 진—정? 하하하하하하하……."

"아가씨."

"난 일분일초도 여기 더 못 있어! 못 있겠다고!"

다리 뻗을 곳도 마땅치 않은 공간. 복도에서 안이 훤히 들여다보이는 뻥 뚫린 창살. 다닥다닥 붙은 방에 짐승처럼 웅크리고 앉은 수감자들. 수감실 내부에 마련된 화장실의 케케묵은 냄새. 영원히 끝나지 않을 것 같은 악몽 속으로 다시 기어들어 가라니, 절대 그럴 수 없다.

"당장 빼내란 말이야!! 지금 당장!!"

연화가 목청이 터지도록 악을 쓰는 통에 보안과 직원이 접견실 안으로 들어왔다.

"접견실 내에서는 조용히 해 주세요."

"내가 왜 여기 있어야 되는데! 내가 뭘 잘못했는데!!"

"아가씨."

"거참 조용히 좀 하세요!"

김 변호사가 말릴 틈도 없이 보안과 직원이 길길이 날뛰는 그녀의 팔을 잡으며 제지하고 나섰다.

"이거 보여?!"

연화는 표독스럽게 김 변호사를 노려보며 말했다.

"이런 것들한테 내가 무슨 수모를 당하고 있는지 보이냐고!!"

보안과 직원은 기가 막힌 듯 짧은 헛웃음을 뱉었다. 지체 높으신 집안 자녀라더니, 하는 말과 행동으로 봐서는 어디서 굴러먹다 온 줄도 모를 정도로 저급하기 짝이 없어서다. 이런 것들이라니? 수모라니? 연화를 대신해 몇 번이고 사죄하는 김 변호사를 봐서 접견을 취소하지는 않았지만, 접견실 밖을 지키는 내내 심정이 사나워진다.

구치소로 찾아온 남 변호사를 마주하고 앉은 우해준이 한 손으로 이마를 움켜쥐고 있다.

"나 끌려 나오고 허연화는 뭐랍디까?"

"혐의 일체를 부정했습니다."

"하—"

"이사님을 도와주고 싶었다더군요."

"크크크— 와— 미치겠네."

진심으로 재미있다는 듯 웃는 걸 보니 정신을 놓은 게 틀림없다.

"남궁주호에 관해서도 마찬가지였습니다. 남궁주호가 현장에 있었다는 이사님 말만 믿고 증언을 부탁했으며, 증언을 대가로 금품을 약속한 게 아니라, 만에 하나 이번 재판으로 성적인 취향이 밝혀지면 부모님으로부터 독립해야 하는 상황이라기에 도와주고 싶었다고요."

"그러니까 결국 나 때문이다? 자긴 뻔뻔한 거짓말에 놀아난 죄밖에 없다?"

"요지는 그랬습니다, 한요은을 법정에 세우겠다는 발언 역시 가해자라는 확신이 있었기 때문에 법의 심판을 받게 하려던 거라고 말이죠."

"미친……."

"검사 측 신문에 같은 말만 되풀이하더군요. 남궁주호까지 혐의를 인정해서 뾰족한 수가 없을 겁니다."

"이제 어떻게 되는 거지? 허연화가 유죄판결을 받으면 나도 공범이 되는 건가?"

"네. 위증교사로 형이 가중될 겁니다. 그래도 혐의를 인정하셨으니, 그 부분은 참작이 되겠죠."

애초 허연화 따위의 말을 믿는 게 아니었는데, 일이 더 꼬여 버린 것 같아 심사가 뒤틀린다.

"만약에 허연화 혼자 벌인 일이면?"

"네?"

둘의 작당임을 다 아는 마당에 이건 또 웬 헛소린가 싶다.

"아니 만약에 허연화가 저 혼자 벌인 짓이라고 다 뒤집어쓰면 말이야."

"이미 증언한 내용이 있어서 그러기는 쉽지 않을 겁니다. 어쨌든 그쪽은 모든 걸 이사님께 떠넘기기로 결심을 굳힌 모양이더군요."

줄곧 정신 빠진 사람처럼 실실대던 해준의 얼굴에서 웃음기가 싹 가셨다.

'결국 이렇게 나온다 이거지.'

아버지가 시키는 대로 모든 혐의를 인정했어야 했다는 후회가 끊임없이 속을 쳐 대는 통에 미쳐 버릴 것 같다.

"만약에 말인데."

어차피 최선이랄 게 없는 상황이라면 차선에 만족해야 하는데, 그럼에도 불구하고 궁금한 것이 있다.

"내가 처음부터 혐의를 인정하고 형을 받았다면……."

"그럼 훨씬 간단히 끝났을 겁니다."

이미 지나간 일. 아무리 곱씹어도 소용없다는 생각에 말을 잇지 못하는 해준을 대신해 남 변호사가 상황을 깔끔히 정리했다. 해준은 그런 남 변호사의 말에 더더욱 속이 사나워졌다.

"박용태 변호사가 약속한 게 그거였습니다. 첫 공판에서 일체의 혐의를 인정하고 형을 받기만 하면, 약물 사용에 의한 특수강간과 CRPS 허위 진단 및 병역면탈에 대해서는 문제 삼지 않겠다고요. 강간치상의 형기는 3년에서 5년이었을 테고, 1년 정도 후에 집행유예나 형 집행정지로 상황을 모면할 수 있었겠죠."

"그럼 지금은? 그쪽에서 다른 혐의까지 들춰낼 가능성도 있나?"

"담당검사가 병원 쪽에 CRPS 확진 사유를 요청했다고 들었습니다."

잔말 말고 혐의를 인정하라던 아버지의 말이 새삼스럽게 속을 쑤셔 댄다.

'너 하나만 생각할 일이 아니야! 일이 외부에 알려지면 회사에도 타격이 있을 테고, 그렇게 되면 형 집행정지든 집행유예든 뭐든 아무것도 못 하게 된다니까! 잠깐 들어가는 척만 하면 일찍 빼 주겠다는데 왜 이리 멍청하게 굴어!'

아버지가 선택한 건 자식이 아니라 회사라고 생각했다. 그래서 화가 났고 결국 허연화의 헛소리에 놀아나 일을 그르쳐 버렸다. 처음부터 차근차근 설명했더라면 오죽 좋았을까. 더러운 거지새끼 내치듯 감방에나 가라고 윽박지르는 대신 그러그러하고 저러저러하니 이러이러하자고 설득했다면 이렇게까지 일이 꼬이지는 않았을 거다. 하지만 아무리 원망한들 이제 와 기댈 곳은 아비뿐이다.

"아버지 화 많이 나셨겠네."

풀이 잔뜩 죽은 해준의 목소리에, 남 변호사는 속으로 코웃음을 쳤다. 이렇게 된 마당에 고작 제 아버지 눈치나 보고 있으니 한심하기 짝이 없어서다.

검사가 구치소로 녹취록을 가지고 왔을 때는 모든 게 끝장인 줄 알았다. 법무법인 수휘에서 한자리를 차지하려다 보니 직접 녹취록을 가져다 바치기는 했지만, 설마하니 서린기업의 무남독녀가 개입된 그 파일을 증거로 제출할 거라고는 상상조차 하지 않았다.

아무리 기업 비리를 속속들이 꿰고 있는 수휘라지만 서린기업을 상대로 그런 강수를 두지는 않을 거라고 계산했기에 줄이나 확실히 대자는 생각으로 녹취록을 빼돌려 박용태 변호사에게 전달했다. 오히려 서린기업의 허연화가 사건에 개입된 걸 알면 박용태 변호사도 조금은 위축될 거라고 여겼다. 그런데 그 자료가 공개된 것도 모자라 허연화가 법정에 끌려 나오기까지 했다. 법무법인 수휘가 서린기업을 법정에 세운 것이다.

"이제 꼼짝없이 들어갈 수밖에 없는 건가."

"지금으로서는 그렇습니다."

법무법인 수휘가 서린기업을 법정에 세워 박살 내 버린 오늘, 남무석 변호사는 지난 평생을 보상받는 것 같은 희열을 느꼈다. 온갖 더러운 일을 도맡아 하며 기업가의 뒤치다꺼리에 허리가 휘었던 그에게 오늘 재판이 안겨 준 카타르시스는 어마어마했다. 서린기업 따위는 안중에도 없는 법무법인 수휘. 머지않아 그 견고한 집단의 일원이 될 거라는 교만이 실낱같던 그의 이성을 잠식해 우영환 일가에 대한 경계가 느슨해지고 있음에도, 제 것이 아닌 힘에 흠뻑 취해 그런 사실을 깨닫지 못한다.

가해자 우해준. 피해자 한요은. 가해자와 공모한 허연화. 사건의 요지가 이렇듯 분명함에도 불구하고 남무석의 눈에는 포하임코리아와 법무법인 수휘, 그리고 서린기업의 알력 다툼으로밖에 보이질 않는다. 권력에 눈이 먼 인간의 한계였다.

"허연화까지 법정에 세워서 개망신을 줬으니 서린도 발칵 뒤집어졌을 거고. 하…… 아버지가 날 죽이려고 드시겠네."

해준의 목소리는 체념에 가까웠다.

"대표님께서는 일단 벌어진 일이니 현명하게 사태를 수습하는 게 우선이라고 하셨습니다. 이번 일이 언론에 노출될 경우에 대비해 안전한 보험을 들어 둔 거나 마찬가지라고 생각하시는 것 같았습니다."

"보험?"

"아무래도 서린기업이 관련됐다는 사실이 알려지면 그쪽으로 초점이 더 쏠리지 않겠습니까."

해준의 표정이 미묘하게 변했다. 대노한 아버지가 당장이라도 저를 죽여 버리겠다고 골프채를 휘두르고 있을 줄 알았는데, 하늘이 무너지는 와중에도 솟아날 구멍을 찾아낸 것 같아 마음이 놓인 것이다. '위기'는 위험과 기회를 섞은 말이라더니, 지금 상황이 딱 그래 보인다.

'보험. 보험이라.'

아비가 허연화를 보험으로 생각하고 있다면, 그 보험을 조금 더 확실하게 해 줄 무언가가 필요했다. 그리고 열쇠는 이미 쥐고 있지 않은가. 한 줄기 불빛이 그의 머릿속을 환하게 밝히는 순간이다. 그 불빛이 불꽃이 되고, 그 불꽃이 걷잡을 수 없는 불길이 되어 제 몸을 태워 버릴 줄은 꿈에도 모른 채 스스로 무덤을 파고 있다.

아침 일찍 눈을 뜬 원규가 자신을 향해 팔을 베고 잠든 요은의 등을 부드럽게 쓸어 안았다. 가슴 가득 폭 안긴 그녀에게서 풋풋한 향기가 전해져 기분이 좋다. 행복한 꿈처럼 아쉽고 소중한 사람. 아침에 눈을 뜨면 제일 먼저 하는 일이 그녀를 품에 안는 것이다. 그녀의 존재가 꿈이 아님을 확인해야만 마음이 놓이기 때문이다.

'출근하지 말까.'

향긋한 그녀와 하루 종일 누워 있고 싶다. 잠옷 아래로 느껴지는 부드러운 살결에 입 맞추며 한없이 사랑하고 싶다. 그녀를…… 안고 싶다.

"출근하기 싫다."

함께 있어 행복하고 더욱 깊이 안고 싶어 잔인한 하루의 시작. 갈증에 마른 숨을 삼킨 원규가 요은의 허리를 부드러우면서도 단단하게 끌어안는다.

"흐—응."

가까이 안은 그녀의 숨소리. 원규는 짧게 흐른 그 소리가 너무 아쉬워 요은의 입술 위로 자신의 입술을 가볍게 포갰다. 그녀의 입망울에 멎은 호흡이 달콤해 견딜 수 없을 즈음, 그가 수줍게 닫힌 꽃잎을 열 듯 그녀에게 키스했다. 아른아른 들뜬 아지랑이에 눈이 멀고 숨이 녹는 것 같다.

"응…… 으— 으읍……."

조심스레 입술을 누르던 원규가 마침내는 그녀의 입술을 벌려 안으로 들어오려는 순간, 흠칫 놀라 잠에서 깬 그녀가 입을 앙다물었다. 원규는 매번 요은 앞에 통제력을 잃는 자신을 탓하느라 말을 잊고, 요은은 상황을 어색하게 만든 자신을 탓하느라 말을 잊은 채 원규의 품으로 얼굴을 묻었다. 화끈거리는 뺨과 뜨거운 숨이 부끄러워 원규를 마주하고 있을 수가 없어서다.

품 안으로 파고든 요은의 목덜미를 부드럽게 다독일 뿐, 원규는 꽤 오래도록 말이 없다. 그녀를 향한 갈증을 달래기 위해 손등을 간질이는 보드라운 머리카락에 모든 신경을 집중하는 중이다. 하지만 보통 이런 상황이 되면 얼굴 좀 보여 달라며 장난을 걸곤 했던 원규에게서 아무 말도 없자, 요은은 시간이 갈수록 가만히 안겨 있기가 어색하다.

사실, 어색한 것이 아니라 힘들다. 원규의 심장이 뜨거운 건지 원규의 가슴에 기댄 자신의 얼굴이 뜨거운 건지 몰라서 힘들고, 멋대로 들썩이는 호흡을 가라앉히기가 힘들고, 무엇보다…… 멀어진 원규의 입술이 아쉬워서 힘들다.

"지금…… 몇 시야……?"

요은이 꼬물꼬물 원규의 품에서 나오며 애꿎은 시간을 물었다. 나름대로는 자연스럽게 침대를 벗어나려 최선을 다하고 있는 것이다.

"싫어."

뭐가 싫다는 건지 묻기는커녕 생각할 틈도 없이 원규가 요은의 허리를 안아 침대 위로 눕혔다. 그러고는 홍조 띤 그녀의 뺨 아래로 팔베개를 해 주며 다른 한 손으로 조심스럽게 어깨를 그러쥔다.

"같이 있자."

군더더기 하나 없는 의사 표현이다.

"어디 가지 말고 옆에 있어."

이런 상황이 되면 언제나 눈에 띄게 당황하는 요은의 모습이 오늘 따라 유달리 몸과 마음을 붙든다. 그래서 다른 때처럼 '배려'라는 명목으로 그녀를 놓아줄 수가 없는 것이다.

"잘 잤어?"

그녀의 쇄골 안쪽으로 손길을 옮긴 원규가 검지로 뺨을 톡톡 두드리며 물었다. 하지만 그녀는 한마디도 할 수가 없다. 평소와는 확연히 다른 박원규 덕분에 심장이 요동치고 있기 때문이다.

"잘 못 잤어?"

상체를 일으킨 원규가 요은을 두 팔 사이에 가두며 다시 물었다. 하지만 자신의 팔에 눌려 푹신하게 꺼진 시트 위로 물결처럼 흐드러진 그녀의 머리카락에 시선을 뺏겨 더는 아무것도 생각할 수가 없다. 세상에 단둘, 요은과 자신뿐인 것만 같다.

자고 난 아침이면 더욱 하얀 얼굴에 조목조목 자리한 눈, 코, 입이 너무도 아름답다. 맑은 눈 사이로 곱게 빚어 놓은 듯 흐른 콧날과 그 아래로 소중한 숨이 들고 나는 입망울에 취해 온몸이 나른해지는 순간에도 정신없이 그를 흔들어 대는 갈증만큼은 도무지 가라앉지를 않는다. 그녀의 세상으로…… 들어가고 싶다. 하지만 그녀를 원하는 만큼 두려움도 크다.

처음 그녀를 안았던 그날 밤처럼 하얗게 부서져 버릴 이성이 두렵다. 아무것도 보이지 않고 들리지 않는 완벽한 무(無)의 한가운데, 숨 가쁜 그녀의 흐느낌에도 불구하고 가녀린 어깨를 힘껏 안으며 하나가 되기를 원했던 열망이 아직도 또렷하다. 다시 그녀를 안아도 그날과 다르지 않을 것 같다. 아니 오히려 더할지도 모른다. 하지만 이성이 멎은 곳에 차오르는 열망을 다스리려 단단히 힘을 준 그의 한쪽 팔에 그녀의 손이 닿은 순간, 가까스로 원규를 지탱하고 있던 의지가 무너지기 시작했다.

"나…… 추워……."

요은의 한마디에 원규의 몸을 지탱하고 있던 팔이 허물어지고 갑작스레 더해진 체중에 놀란 요은의 숨소리가 원규의 입술 사이로 흔적을 감춘다. 원규는 스스로를 제어하려는 듯 몇 번이고 키스를 멎으며 그녀를 바라봤다. 그런 원규의 마음을 모르지 않는데도 자꾸만 멀어지는 입술이 아쉬운 요은이다. 그녀의 눈에…… 콧날에…… 다시 콧등에…… 그렇게 원규의 입술이 닿을 때마다 호흡이 가쁘다.

얼굴에 내려앉고 입술에 닿았다 멀어지는 원규의 감촉이 너무나 부드러워 애달프다. 아주 따뜻하고 향기로운 물속에 온몸이 잠겨 있는 것만 같다. 따스하게 찰랑이는 물살이 원규의 입술과 원규의 손이 닿지 않은 모든 곳을 감싸 안고, 배 아래에서 시작된 아릿한 소용돌이가…… 아주 천천히, 그러면서도 거부할 수 없을 만큼 강하게 온몸을 휘젓는다. 원규에게서 시작된 갈증이 요은에게 오롯이 전해지는 순간이다.

원규는 그제야 어렴풋이나마 깨달았다. 안아도 되겠느냐, 그래도 괜찮겠느냐 묻는 것 자체가 그녀에게는 상처인지도 모른다. 그녀가 먼저 손 내밀어 주기를 기다리는 것 역시 멍청한 일이었다. 그녀의 마음은 이미 그와 한 치도 다르지 않았다. 그가 그녀를 원하는 만큼 그녀 역시 그를 원하고 있었음을 이제야 깨달은 것이다. 사랑한다면 사랑하면 그만이다. 사랑하는 만큼 실컷 사랑하면 그뿐이다.

eee

영업정지 처분이 철회되고 다시 문을 연 지 얼마 안 된 어느 오후. 허연화가 인터넷에 떴다며 한걸음에 이태원으로 달려온 르네가 열심히 노트북을 두드리는 중이다. 그와 나란히 바에 앉아 설마 하는 눈빛으로 모니터를 보고 있던 프랜은 시간이 지날수록 그럼 그렇지 하는 표정으로 따분해하고 있다.

"니가 그렇지. 웬 헛소린가 했다."

"아니라니까요? 진짜 미치겠네, 분명 여기서 봤는데."

"말이 되는 소리를 해. 허연화가 패리스 힐튼이냐."

"벌써 막았나?"

"에이—씨 아침부터 사람 불러내서 뭐 하는 거야."

"아, 잠깐만요."

"됐고. 청소나 하자."

이왕 일찍 나왔으니 청소하고 밥이나 먹으러 가자는 생각으로 자리에서 일어난 프랜의 뒤편으로 르네가 키보드 위의 손가락을 딱 멈췄다.

"Junkie Whore!!"

정키(약쟁이)가 뭔지는 몰라도 호어(매춘부, 남창)는 알고 있는 프랜이 우뚝 멈춰 섰다. 저게 돌았나. 지금 나한테 한 소린가 싶은 것이다.

"김서준 너 죽을래?"

"아뇨! 찾았어요!"

"뭐?"

"이거요 이거! 원래 올라왔던 사이트에서는 막혔는데 여기서는 받을 수 있나 봐요."

"허? 진짜? 이게 진짜 그거야?"

모니터의 제일 위쪽에 'hot'이라는 빨간 시그널이 붙어 있는 파일이 보인다. 동영상의 이름은 르네가 조금 전 외친 것처럼 junkie hoe 였다. Whore와 hoe의 발음이 엇비슷하니 일부러 그렇게 이름을 붙인 모양이다.

"잠깐 잠깐만요. 일단 가입부터."

페이지가 회원가입 화면으로 넘어갔을 즈음 2층으로 통하는 문이 열리며 원호가 나왔다. 지난밤 술을 과하게 마셔 2층 사무실에서 잤는데 르네와 프랜이 번갈아 가며 소리치는 통에 눈을 뜬 것이다.

"어? 형 언제 왔어?"

"사장님 안녕하세요."

프랜과 르네는 말을 마치기 무섭게 다시 모니터에 집중했다.

"왜 벌써들 나왔어?"

영업 준비에 드는 시간을 감안해도 오후 1시는 너무 이른 시간이다. 하지만 시간이 이르거나 말거나 프랜과 르네에게 그의 말이 들릴 리가 없었다. 타닥타닥 키보드 두드리는 소리가 홀을 울리고 원호 역시 그들과 나란히 모니터 앞에 섰다.

"뭐 하는데?"

"잠깐 뭐 좀 받으려고요."

"가입해야 되는 거면 마이디스크에서 받아. 아이디 가르쳐 줄게."

원호는 뻑뻑한 갈증에 바 안쪽으로 걸음을 옮기며 말했다. 잠시 후, 냉수를 받아 한 컵을 다 비운 원호가 프랜과 르네를 물끄러미 바라본다. 뭔가에 정신이 팔려도 아주 단단히 팔린 두 사람의 모습이 의아한 것이다.

"프랜."

역시 대답이 없다.

"표민기."

"어? 왜?"

"됐어요, 됐어!"

비명에 가까운 르네의 말에 프랜의 시선은 이내 모니터를 향했다. 대체 뭔데 저렇게 야단법석일까 싶다.

"받아져?"

"네!"

"이게 그거야?"

"일단 제목은 똑같아요."

438

"틀어 봐, 틀어 봐."

"아! 또 왜 이래."

르네가 앉은 자리에서 엉덩이를 뗐다 붙였다 하며 안절부절못한다.

"사람이 많은가 봐요. 다운이 안 돼요."

"에이 씨!"

"이러다 또 막힐 거 같은데."

딸깍딸깍 분주한 마우스 소리.

"장난하냐?"

"된다, 된다!! 돼요!"

모니터에 고정된 채 움직일 줄 모르는 프랜과 르네의 눈동자. 원호는 바 안쪽에서 그런 두 사람을 바라보고 있다. 그리고 잠시 후, 노트북에서 여자의 나른한 웃음소리가 한차례 흘러나왔다.

"허?"

프랜은 반쯤 벌어진 입을 다물지 못한다.

"맞죠?"

"허― 진짜 허연화네."

원호가 컵을 내려놓고 바를 가로질러 나왔다. 두 사람이 보고 있는 모니터 안에는 정말 연화가 있었다. 하지만 평소의 모습은 아니었다. 카메라를 향해 열에 들뜬 신음과 웃음을 흘리는 그녀의 눈은 반쯤 풀린 상태다.

"이게…… 뭐야?"

휴대폰이나 디지털카메라 따위로 찍은 영상이 아니었다. 누가 봐도 그녀임을 알 수 있는 선명한 화질이다.

"와― 허연화 어떡하냐. 하…….."

"이게 뭐냐니까?"

원호가 다그치듯 물었다.

"보면 몰라? 허연화 비디오잖아."

"어디서 난 건데?"

"방금 받았잖아. 여기서."

원호가 마우스를 움직여 화면을 꺼 버렸다. 르네는 그제야 정신을 차리고 자리에서 일어나 원호와 프랜의 눈치를 살핀다.

"서준아."

"예, 사장님."

"어떻게 된 거야. 이런 게 왜 여기 올라와 있어?"

"저도 어쩌다가 봤어요. 원래는 유투브에 있었거든요."

"유투브?"

"네. 동영상 공유 사이트요. 가끔 애들이랑 외국 drag show(여장 남자 퍼포먼스) 찾아서 보는데 whore나 hoe로 검색하면 많이 떠요. 제가 검색어 설정을 그렇게 해 놔서 추천 동영상으로 링크돼 있었던 거 같아요. 근데 틀자마자 연화 누나가 나와서 진짜 깜짝 놀랐어요."

프랜은 미묘한 심정으로 검색엔진을 뒤적이기 시작했다. 물론 허연 화는 눈엣가시 같은 존재지만 세상 모두에게 이런 모습이 공개되다니 마냥 좋지만은 않다. 이런 일이 자신에게 일어났다고 상상하는 것만 으로도 끔찍한데, 당사자는 기분이 어떨까 싶어서다.

"벌써 난리 난 거 같은데?"

프랜이 원호 쪽으로 노트북을 돌리며 말을 이었다.

"영상 구하는 글은 수두룩한데 기사는 없는 거 보니 그래도 어떻게 막긴 했나 보다."

하지만 원호는 모니터에 가득한 글자들을 뚫어지게 바라볼 뿐 한마 디도 하지 않았다.

Chapter 08. 덜어 내다

결심공판을 앞둔 3월 30일 오후. 남부구치소 접견실에 앉은 허 회장이 피곤한 듯 눈을 감고 있다. 6차 공판 직전, 한경일보의 대서특필로 우해준의 범행 사실이 보도됐다. 그리고 하루가 지난 후 허연화의 구치소 수감과 수감 이유 역시 기사화됐다. 각고의 노력에도 불구하고 결국엔 언론 보도를 막지 못한 것이다. 앞을 다툰 언론사들의 과잉 보도로 두 사람의 행각이 낱낱이 밝혀진 지금, 허 회장이 할 수 있는 일은 시간이 지나기를 바라는 것뿐이다.

— 우 씨 측 대변인은 이번 사건의 가해자인 우해준 이사가 이미 책임을 통감하고 있으며, 재판에 따른 어떠한 결과도 겸허히 받아들이고 죗값을 치르겠다는 입장을 전해 왔습니다. 또한 재판 초기 우 씨의 불구속 사실에 대해서는, 일신상의 문제로 구속되지 않은 것일 뿐 절대 특혜가 있었던 것이 아니라고 거듭 강조했습니다.

— 현재 우 씨는 6차 공판을 앞두고 있으며, 강간미수에 관한 혐의 일체를 부정한 것으로 드러났습니다. 우 씨는 피해자가 자신을 기만하여 합의

금을 받아 낼 목적이었다고 일관적으로 주장하고 있으며 우 씨의 결백을 입증하는 과정에 서린기업 허인웅 회장의 독녀 허연화 씨가 개입한 것으로 알려져 파문을 일으키고 있습니다.

― 허 씨는 우 씨와 공모하여 우 씨의 지인인 남궁 모 씨에게 금품을 약속하고 증인이 되어 줄 것을 요청했는데요, 문제가 되고 있는 것은 허위의 '증언'이 아니라 허위의 '증인'입니다. 두 사람은 거짓 증인을 법정에 세워 적극적으로 재판부를 기만하고 피해자를 음해하려고 했다는 점에서 더욱 거센 비판을 받고 있습니다.

6차 공판 당일, 성폭력과 관련된 재판은 참관이 허락되지 않음에도 불구하고 엄청난 수의 기자들이 서부지법으로 몰려들었다. 남부구치소 앞도 예외는 아니었다. 주변이 조용해지기를 기다리며 닷새를 보낸 오늘까지도 사정은 마찬가지다. 허 회장이 본가에서 출발해 구치소에 도착하기까지 여럿의 취재 차량이 끈질기게 따라붙었고 구치소 입구에서는 아예 그의 차량을 막아서며 인터뷰를 요청하기도 했다.

강간치상으로 재판을 받고 있는 포하임코리아의 우해준.

위증교사로 피해자를 모해하려 한 서린기업의 허연화.

피해자는 박용태 전 검사장의 며느리인 한요은.

피해자도 일반인이랄 수는 없으니 그쪽으로 조금이나마 시선이 분산되기를 바랐지만, 박용태 전 검사장에 대한 국민들의 호감과 신뢰로 인해 우해준과 딸아이에게 더욱 포화가 집중되는 결과를 낳고 말았다. 더욱 기가 막힌 것은 우해준이 앞장서서 또 다른 인터뷰에 나섰다는 사실이다.

― 우 씨는 이번 동영상 유출의 책임 일체를 부인했습니다. 동영상을 촬영한 사실은 있지만 어디까지나 우해준 이사 본인과 허연화 두 사람만의 여흥을 위한 일로서, 그 동영상을 외부로 유출할 생각은 절대 없었다는 겁니다. 또한 우 씨는……

두 사람만의 여흥을 위해서였다니, 더는 생각하고 싶지도 않다. 덕분에 세상은 두 사람을 아주 각별한 사이로 오해하고 있었다. 만일 우해준의 말대로 그가 딸아이와 각별한 사이였다면 이런 시점에 동영상을 언급할 리가 없음에도 불구하고, 그런 사실에는 누구 하나 관심조차 없는 상황이다.

착잡함을 다스리려 애쓰는 허 회장의 맞은편으로 접견실 문이 조용히 열리고, 곧이어 수형번호가 새겨진 황토색 수감복 차림의 허연화가 안으로 들어섰다. 그녀는 아비의 안부 인사에도 불구하고 고집스럽게 입을 다문 채 자리에 앉았다. 하지만 보안과 직원이 자리를 비우자 애써 억누르고 있던 감정을 드러내며 입술을 부들부들 떨기 시작했다. 그녀 역시 구치소 쪽방에 마련된 TV를 통해 그간의 뉴스를 보고 들었던 것이다.

"얼굴이 많이 상했구나."

하나뿐인 딸이라 뭐든 원하는 게 있으면 다 해 주고 싶었다. 경영수업 대신 영화 일을 허락한 것도 그런 이유에서였다. 하지만 원하는 것을 다 들어주긴 했어도 마음대로 살라고 한 적은 없는데, 어디서부터 잘못된 걸까.

"이게 다 무슨 일인지 모르겠다."

아랫입술을 깨물고 있던 연화는 그제야 아비를 똑바로 쳐다본다. 차라리 눈이 멀고 귀가 먹기를 바랄 정도로 비참한 시간이었다. 자신의 수감실에 있는 TV는 진작 박살 내 버렸지만, 바로 양옆 방의 수감자들이 그녀를 조롱하듯 볼륨을 높일 때마다 혀를 깨물고 싶은 심정이었다.

"제가 왜 우해준이랑 엮여서 보도되고 있는 거죠? 이번 일이 왜……!"

아직도 서린기업의 파워가 부족하다는 생각에 아비에 대한 원망뿐이다.

"하찮은 것들 입방아에 오르내리는 거! 정말 불쾌해요."

이렇게 된 마당에 화를 내는 게 무슨 소용일까. 대체 왜 그랬냐고 따져 물은들 달라질 건 하나도 없다. 그러니 괜한 말로 딸아이를 휘젓지 말자며 수차례 속을 다스린다.

"더 신경을 써야 했는데…… 미안하구나."

"김 변호사는 왜 안 왔어요?"

다음 공판에서 형이 확정될 거라고 했다. 그러니 재판을 질질 끌며 구치소에서 수감 기간을 때울 수도 없다. 하지만 눈에 띄게 초췌해진 딸아이에게 다음 주에 결심공판과 선고공판이 있을 예정이며 모든 절차가 마무리되면 곧장 교도소로 이감될 거라는 말은 차마 할 수가 없다.

"연화야."

김 변호사를 통해 듣는 것보다는 아비를 통해 듣는 것이 낫다고 생각해 직접 찾아왔건만 도무지 입이 떨어지질 않는다. 모해위증으로 벌금형이 없는 10년 이하의 징역형이 처해질 거란 말을 어떻게 한단 말인가.

"말씀하세요."

그가 박 변호사를 찾아갔던 건 딸의 형량을 줄이기 위해서가 아니라 무죄판결을 받기 위함이었다. 아비 된 입장에서 딸아이가 전과자로 낙인찍히는 것만은 막고 싶었다. 5년이든 10년이든 애초부터 형량 따위는 중요하지 않았다. 적당한 기회를 봐서 형 집행정지 처분(구금이 수반되는 형의 집행을 받고 있는 자에 대하여 그 집행을 일시 정지하는 처분)을 신청하면 될 일이기 때문이다.

"아버지?"

박 변호사 앞에 무릎이라도 꿇을 걸 그랬다. 그랬다면 한 번쯤은 다시 생각해 주지 않았을까.

"오냐, 그래."

"말씀하시라니까요?"

좋은 길만 걷게 할 게 아니라 바른 길을 걷게 했어야 했다.

"힘들겠지만 잘 견뎌야 한다."

연화는 그제야 상황을 짐작했다.

"최대한 빨리 나올 수 있도록 하마."

그의 예상대로 딸아이는 길길이 날뛰었다. 이런 모습을 김 변호사가 아닌 아비가 보게 되어 다행이라 여길 정도로 참혹한 모습이었다.

"어떻게 이래요 어떻게! 매번 당하기만 하는 거 정말 지긋지긋해!"

모두가 원하는 걸 가질 수는 없다. 또한 원하는 모든 걸 가질 수 없다고 해서 억울한 일을 당했다고 생각하지도 않는다. 그녀의 한계는 그런 결핍을 인정하지 못하는 데에 있었다.

"내가 왜 이런 꼴을 당해야 되는데 왜, 왜에!!"

비명에 가까운 소리로 악을 쓰던 연화는 보안과 직원이 둘이나 접견실로 들어온 후에야 가까스로 이성을 찾는 듯했다. 하지만 그녀를 진정시키기 위해 두 직원이 양옆에서 팔을 붙든 순간 눈을 하얗게 뒤집으며 정신을 잃고 만다.

"연화야!!"

처참하게 무너지는 딸의 모습을 보는 아비의 가슴 또한 편편이 박살 나는 순간이다. 사흘 후 내려질 판결이 이미 망가져 버린 딸에게는 평생을 지고 갈 형장이 되리라는 생각에, 조각난 가슴의 파편이 살을 찢고 뼈를 부수는 것만 같다.

eee

2007년 4월 2일 오전. 구치소를 나서는 순간부터 엄청난 취재진이 몰려 있음을 확인한 연화는 호송 차량이 법원에 도착하는 내내 줄곧 눈살을 찌푸리고 있었다. 하지만 법원에 도착해 호송 차량에서 내리고 보니 입구에 차단기가 설치된 구치소는 서부지법 앞의 난장판에 비하면 천국이나 다름없었다. 연화는 정신없이 터져 대는 플래시와 밀고 밀리는 취재 인파에 질려 저절로 고개를 수그렸다.

같은 시각 법정에서는 남 변호사가 재판부를 보고 서 있었다. 그는 피고 우해준이 죄를 깊이 뉘우치고 있으며 그 어떤 처벌도 달게 받을 준비가 됐다는 말로 최종 변론을 시작했고, 해준은 멍한 눈으로 그런 남 변호사를 쳐다보는 중이다. 남 변호사가 재판부를 향해 뭐라고 떠들기는 하는데 귓속이 윙윙거려 도대체 무슨 소린지 알아들을 수가 없다.

해준은 변론이 진행되는 내내 느릿느릿한 동작으로 주위를 두리번거렸다. 어제저녁 케타민을 투약 받은 덕분에 살갗이 들끓는 것 같은 불쾌감은 사라졌지만 약기운이 떨어지자 심한 무기력에 빠져 있는 상태였다.

연화는 대기실에서 우해준과 남궁주호의 공판이 끝나기를 기다리고 있었다. 5차와 6차 공판에서 우해준이 그녀에게 달려들며 난동을 부린 탓에 재판부는 허연화 측 변호사의 요청을 받아들여 두 사람의 재판을 분리 진행하기로 했다. 그녀는 아예 날짜도 다르게 해 주기를 원했지만 재판부의 배려는 그녀를 위한 것이 아니라 법정 질서를 위한 것이라는 답변만 돌아왔을 뿐이다.

그녀가 대기실문을 안에서 잠글 수 있는지 궁금해하고 있을 즈음 바깥이 약간 소란스러워졌다. 잠시 후 그녀는 법정경위의 인솔을 받으며 피고인석까지 걸어갔다. 그 짧은 거리를 걷는 동안 몇 번이나 걸음이 꼬여 하마터면 볼썽사납게 넘어질 뻔했다.

그녀는 재판장이 간단한 확인 절차를 진행하기까지 최선을 다해 평정을 유지하려고 애썼다. 그러나 '검사, 구형하세요.'라는 짧은 두 마디에 심장이 터진 듯 숨이 끊기고 만다.

"피고 허연화는 우해준을 도우려고 한 것일 뿐 피해자 한요은을 모해할 목적은 아니었다고 거듭 주장하고 있습니다. 하지만 설령 피고 가 우해준에게 기망당해 그의 결백을 믿었다고 해도, 그것이 위증교 사의 이유가 될 수는 없습니다. 피고의 위증은 재판에 혼선을 주고 피 해자 한요은을 법정에 서도록 하는 데서 그치지 않고, 우해준이 한요 은을 상대로 고소장을 제출하고 경찰 조사에서 남궁주호가 참고인으 로 나서게 하는 등 적극적으로 수사기관을 기망하고 피해자를 모함하 기까지 했습니다."

비록 피고 허연화는 동종의 전과가 없는 초범이지만 피고 우해준과 남궁주호가 혐의를 인정했음에도 불구하고 끝까지 반성의 기미를 보 이지 않고 있으며, 위증보다 중한 교사범이라는 점과 경제적인 대가 를 약속하는 등 가중 사유가 뚜렷하다는 것이 검사의 요지였다.

"이에 본 검사는 형법 제152조 1항과 동조의 2항에 의거, 피고 허연 화에게 징역 5년을 구형하는 바입니다."

김 변호사가 눈을 감았다. 5년이면 집행유예를 바랄 수도 없는 형 량이었다.

"피고 측 변호인."

"네."

"최종변론 있습니까?"

"네. 있습니다."

옷차림을 다지며 변호인석을 나선 김 변호사가 재판부를 향해 섰 다. 그는 우해준이 범행 사실을 인정했다고 해서 피고 허연화가 그의 범죄 사실을 알고 있었을 거라 단정하는 것은 무리가 있다는 말로 변 론을 시작했다.

"피고는 순수하게 우해준을 도울 의도였을 뿐 절대 피해자 한요은 을 모해하려 했던 것이 아닙니다."

지금 그가 하고 있는 것은 최종변론이 아니라 최후의 발악이었다.

"오히려 피고 허연화 역시 우해준에게 기망당해 이 같은 실수를 저지르게 됐습니다. 존경하는 재판장님, 우해준이 혐의를 인정한 후 피고는 누구보다 혼란스러운 입장이었습니다. 피고 역시 우해준에게 기망당한 피해자이기 때문입니다."

우해준, 허연화는 평소 동인련 활동으로 안면이 있는 사이였다. 그러던 중 우해준이 찾아와 난처한 일을 당했는데 현장을 목격한 남궁주호가 증언을 망설이고 있으니 도와 달라고 간청했다. 동성애자들이 억울한 일을 당하는 경우를 많이 보아 왔기에 측은지심이 생겼고, 결과적으로 박원호와 한요은을 가해자로 오해하는 큰 실수를 저지르고 말았다.

김 변호사는 앞선 내용과 같이 변론을 하면서도 낯이 부끄럽다. 허연화의 눈 밖에 나지 않기 위해 애써 말을 보태고는 있지만 그 역시 허연화의 죄가 모해위증에 해당함을 모르지 않기 때문이다.

처음부터 김 변호사의 말대로 혐의를 인정하고 거짓으로라도 뉘우치는 모습을 보였다면 얼마든지 형을 감경받을 수 있었을 텐데 허연화는 끝까지 고집을 꺾지 않았다. 첫 공판에서 제 멋대로 혐의를 인정할 수 없다고 진술할 것도 모자라 나중에는 말도 안 되는 변론으로 그의 입장을 난처하게 만든 것이다. 정신을 놓은 게 아니고서야 어쩌면 저럴 수 있을까 싶을 정도였다.

김 변호사의 억지 변론이 끝난 후 재판장은 그녀에게 최종진술을 하겠느냐 물었고, 그녀는 굳이 김 변호사의 변론과 똑같은 얘기를 한 번 더 되풀이했다. 검사의 구형이 있은 후부터 제정신이 아니었으니 김 변호사의 변론이 귀에 들어왔을 리가 없다.

"피고인 허연화의 모해위증에 대한 변론을 종결하고 결심공판을 마칩니다."

결심공판 종결. 이것으로 그녀는 마지막 기회마저 날려 버렸다.

"선고일자는 4월 6일로 확정합니다."

4월 6일이라면, 돌아오는 금요일이다. 김 변호사는 검사 구형이 5년이라면 재판부에서는 2년 6개월에서 3년 정도를 선고할 테고, 그렇게 되면 항소심에서 형량을 줄여 집행유예를 노려볼 수도 있다는 말로 불안에 떨고 있는 연화를 안심시켰다.

ecce

결심공판 나흘 후. 벚꽃이 수놓인 여의대로를 지나 마포대교로 접어든 호송 차량에 연화가 홀로 앉아 있다. 벚꽃이 한창인 창밖과는 달리 차 안에는 비닐인지 가죽인지 모를 좌석의 케케묵은 냄새가 코를 찌른다.

"어허— 사람들 참!"

호송 차량과 나란히 달리는 취재 차량에서 축포처럼 플래시가 터질 때마다 운전기사는 혀를 차며 룸미러를 들여다봤다. 구치소 입구부터 따라붙은 취재 차량이 귀찮으면서도 세상이 영 불공평한 건 아니지 싶다.

마포대교를 벗어난 차량이 가고 서기를 반복하자 취재 차량의 플래시가 더욱 바쁘게 터져 댄다. 고개를 들고 있자니 같잖은 것들에게 미끼를 주는 격이고 고개를 숙이고 있자니 가슴에 덧댄 수형번호 3277이라는 숫자가 거슬리는 연화였다. 호송 차량이 법원에 들어서자 법원 앞은 말 그대로 아수라장이 되고 말았다.

"동영상 유포 건에 대해 소송을 준비하고 있다는 게 사실입니까?"

"우해준 씨와는 정확히 어떤 관계죠?"

"검사의 구형을 인정하십니까?"

"항소할 의향이 있나요?"

"이번 사건에 대해 할 말 없습니까?"

"조금씩들 물러나세요! 진입이 안 되잖아요. 진입이!"

"허연화 씨! 한마디만 하시죠!"

"동영상을 유포한 게 우해준 이사가 맞나요?"

"상습적으로 마약을 복용했다는 게 사실입니까?"

"우해준 이사와의 관계는 얼마나 됐습니까?"

"어허 참! 비켜 주시라니까요!"

"마약류관리법 위반으로도 재판을 받을 거라는 게 사실입니까?"

"혹시 동영상을 보셨나요?"

"피해자에게 앙심을 품고 벌인 일이라는 게 사실인가요?"

"영화인협회에서 제명된 사실을 알고 있습니까?"

법원청사에서 재판정으로 들어가기까지 그녀를 막아선 호송 인원들과 취재진들 사이에 몸싸움이 끊이질 않고, 식별할 수조차 없는 질문 세례에 급기야는 정신이 나가 버릴 것 같다. 누구의 것인지도 모르는 신발이 몇 번이나 그녀의 발을 밟았고, 누구의 것인지도 모르는 손이 몇 번이나 그녀의 옷깃을 잡아챘다. 어렵사리 법정에 도착한 그녀는 애써 호흡을 진정시키며 조금 전의 악몽을 털어 내려 애썼다.

잠시 후 입장한 재판부는 공판이 시작되기에 앞서 모두 정숙해 줄 것을 요구했다. '모두 정숙'이라는 재판장의 말에 연화는 반사적으로 방청석을 향하던 시선을 돌려 재판부에 고정했다. 방청석에 앉은 몇 안 되는 사람들 중에 혹시라도 원규나 요은이가 있으면 어쩌나 싶어서다. 오지도 않은 두 사람을 볼 면목이 없어서가 아니라, 아직도 원규에 대한 미련과 요은이에 대한 원망이 가시지 않았기 때문이다.

"지금부터 2007년 3월 26일 서울서부지방법원 제2합의공판정을 개정, 사건번호 2007 고합 954 피고인 허연화의 위증교사에 대한 재판부의 판결 요지를 밝힌다. 피고인 허연화는 본 법정이 성폭력범죄의 처벌 등에 관한 특례법 위반으로 우해준을 심판함에 있어 피고 남궁주호에게 경제적인 대가를 제공하고 위증을 교사한 혐의가 인정된다. 또한 피고인은 본 법정의 피고인으로서 재판을 받는 중에도 일관적으로 혐의를 부인하고 재판에 혼선을 야기한 사실이 인정된다. 이러한 과정에서, 피고인은 피해자의 법익을 현저하게 침해했을 뿐만 아니라, 나아가 법을 집행하는 검경의 업무에도 심각한 물의를 빚은 점이 인정된다. 피고 우해준을 피해자로 인지하고 그를 도우려 했다는 것은 어떤 식으로도 피고인의 결백을 입증할 사유가 되지 못한다."

재판장이 말을 멈춘 짧은 순간, 연화는 이를 악물었다.

"이에 본 재판부는 피고인의 혐의를 위증보다 중한 모해위증에 두고……"

모해위증이라는 재판장의 선언에 김 변호사가 깊은 한숨을 내쉬었다.

"피고인이 증인 남궁주호에게 경제적인 대가를 제공했다는 점에서 피고인의 죄를 가중……"

모해위증으로 가중처벌. 이제 모두 끝이다.

"피고인 허연화에게 징역 5년을 선고한다."

연화가 변호인석의 김 변호사를 바라봤다. 재판부의 선고는 검사의 구형보다는 가벼울 거라고 하지 않았던가? 일반적으로 그렇다고 말이다. 하지만 김 변호사는 그녀의 시선을 느낄 수 없을 정도로 암담한 심정이었다. 동영상으로 인해 마약류관리법 위반에 관한 조사까지 진행되면 상황이 더욱 악화될 것임을 직감했기 때문이다.

설령 일회성에 그친 해프닝으로 사건이 일단락된다 해도, 평생을 씻지 못할 멍에가 되리라. 법정경위가 그녀를 호송하기 위해 피고인석으로 다가섰을 때, 김 변호사의 시선이 아주 잠시 그녀를 향했다. 체념한 듯도 하고 안쓰러워하는 것도 같은 미묘한 그의 표정 앞에, '끝'이라는 한 글자가 연화의 머릿속을 온통 헤집었다.

잠시 후 허연화가 법정을 나서자 다음 차례를 기다리던 우해준이 대기실을 나와 법정으로 향했다. 그는 법정에 들어서자마자 걸음을 멈추고 방청석을 훑어봤다. 넓은 실내에 드문드문 앉은 사람들 중 혹시나 제 아버지가 있는지 찾는 중이다.

갑자기 부자지간의 정이 애틋해져서가 아니라 아버지에게도 책임이 있다고 생각했기 때문이다. 그러니 아들의 이런 꼴을 직접 보는 것이 아버지로서의 의무가 아닌가 싶은 것이다.

"피고. 어서 자리로 가세요."

해준은 재판장의 말이 있고 나서야 느릿느릿 걸음을 옮겼다. 어쩌다…… 이렇게 됐을까. 해준은 문득 그런 생각이 들었다. 특수강간상해, 모해위증, 공문서위조, 영업방해, 부정청탁 및 금품수수, 음란물 유포 및 명예훼손, CRPS 확진 청탁, 마약류관리법 위반, 병역면탈 등……. 본인이 생각해도 언제 이렇게 많은 죄를 지었나 싶다. 그게 죄인 줄도 몰랐는데 말이다.

죄는커녕 특권이라고 생각했다. 일반인이라면 꿈도 못 꿀 파워. 극히 일부에게만 허락된 특혜. 부모 잘 만나 호의호식한다는 세간의 시선 따위는 없는 자들의 자기위안이라 생각했다. 사실, 부모를 잘 만나기도 했으니 그들이 뭐라고 떠들든 상관없었다.

그런데 이제 와서 생각하니 딱히 부모를 잘 만난 것도 아니었다. 만일 처음 죄를 저질렀을 때 대가를 치렀더라면 어떻게 됐을까. 집안 망신이라며 불같이 화를 내던 아버지가 결국은 집안 망신을 면해 보고자 제가 지은 죄를 은폐하지 않았더라면 어떻게 됐을까. 이제 와서는 돌이킬 수 없다는 걸 알면서도 자꾸만 그런 생각이 든다.

사는 게 정말 무료했다. 마음대로 안 되는 일이 하나도 없었다. 간절함도 없고 의욕도 없는 삶이었다. 그런데 약에 취하면 모든 것이 새로웠다. 모든 감각이 살아나 아주 미세한 자극에도 엄청난 쾌락이 느껴졌다. 그렇고 그런 인생들에게는 금지된 일을 할 수 있다는 짜릿함도 그런 쾌락에 한몫했다. 온갖 불법을 저지르는 동안 두려우면서도,

두려울 게 없었다. 제가 한 짓이 세상에 알려질까 두려웠지만, 한 번도 알려진 적이 없기에 갈수록 두려울 게 없어졌다. 그런 아슬아슬함이 무료한 삶을 잊게 해 줬다. 아마…… 그랬던 것…… 같다.

해준이 멍한 눈으로 변호인석에 앉은 남무석을 바라본다. 아버지의 개라고 여겨 왔던 인물. 모든 일 처리를 도맡아 해 온 사람. 사고를 칠 때마다 동분서주하며 수습하기에 바빴던 인간. 평소라면 일이 잘못될 것을 걱정해 좌불안석이었을 텐데, 변호인석에 앉은 남무석의 표정이 너무 태평해 보인다. 대체 뭘 믿고 저렇게 태평한 얼굴일까?

"피고 우해준의 성폭력범죄의 처벌 등에 관한 특례법 위반에 대한 재판부의 판결은 다음과 같다."

해준은 판결 내용에 집중하기 위해 잡다한 생각들을 서둘러 정리했다.

"피해자를 여장 남자로 오해하여 정교에 합의하였으며 피해자의 성별을 파악하고 행위를 중단하려 했다는 피고인의 주장은 받아들이기 어렵다."

재판장의 단호한 음성이 그의 머릿속을 흔들었다.

"사건 당일 피해자의 옷차림과 분위기가 업소의 분위기와 너무 판이해 다른 손님들이 불편을 느꼈으며 어쩔 수 없이 피해자의 좌석을 옮겨야 했다는 증언이 있었던 만큼, 피고에게도 피해자의 성별을 판단할 근거가 충분했음을 추론할 수 있다. 또한 이성에게 술을 사는 것이 업소의 관습에 반하는 일이라 피고에게 재차 그녀의 성별을 강조했으며, 이에 피고는 피해자 한요은을 가리켜 '여자'라는 단어를 직접적으로 사용했다는 증언 역시 피고의 주장과는 상반된다."

목구멍이 뻑뻑해져 숨이 제대로 넘어가질 않는다.

"피해자가 행위의 계속을 요구하였으며 해당 업소의 업주인 증인 박원호가 이를 빌미로 합의금을 받아 내려 했다는 피고인의 주장은 받아들이기 어렵다. 증인 박원호는 개인적인 사정으로 인해 사건이 일어날 당시 현장에 부재중이었음이 확인되었고 피해자 한요은과 박원호의 사전적인 관계를 입증할 만한 그 어떤 증거도 없는 바, 피해자 한요은과 증인 박원호가 공모해 피고를 협박 및 갈취하려 했음을 인정하기가 어렵다. 또한 피고는 증인 박원호의 업소를 청소년보호법 위반업소로 음해하여 박원호의 증언을 묵살하려고 했음이 인정되는 바, 피고의 혐의점이 더욱 분명해졌다고 봄이 타당하다."

그가 혐의를 인정하지 않은 특수강간상해에 대해 재판부가 어떤 결정을 내렸는지 대충 짐작이 되자 갈수록 입이 마른다.

"사건 직후 피해자 한요은에게서 검출된 GHB 성분에 대하여, 피해자가 해당 업소의 주인 박원호와 공모해 피고를 음해하려고 일부러 약물을 복용했다는 피고인의 주장은 받아들이기 어렵다. 현재 경찰에서 피고를 상대로 수사 중인 별도의 사건에서도 고소인의 신체에서 GHB 성분이 검출된 이력이 있는 바, 이는 피해자 한요은이 자발적으로 사용한 것이 아니라 피고에 의해 복용한 것으로 판단함이 적합하며, 이 부분 피고의 주장은 재판부를 적극적으로 기망하고 피해자를 모함하려 했음이 인정된다."

마약류관리법 위반.

"피해자가 입은 심각한 상해에 대하여, 몸싸움 중에 일어난 쌍방의 실수라는 피고인의 주장은 받아들이기 어렵다. 피해자의 상해 부위인 우측관골과 오른쪽 치골의 자상, 대퇴내부와 슬관절 찰과상 및 자상은 피고 우해준이 피해자를 완력으로 제압하려 했음을 입증하는 것이며 피고의 상해 부위인 오른손 내측면부의 열상과 오른쪽 대퇴내측의 자상은 피고에게 저항하려 했던 피해자의 절박한 상황을 여실히 보여주는 것이라고 판단함이 적합하다."

특수강간상해.

"피고가 본 사건의 목격자로 지목한 남궁주호에 관하여, 그가 단순히 허연화 1인의 사주를 받아 위증을 하기에 이르렀다는 피고인의 주장은 받아들이기 어렵다. 증거로 채택된 녹취록에 의하면 허연화가 남궁주호에게 금품을 약속하고 증언을 날조하도록 지시하는 과정에서 피고는 줄곧 침묵으로 일관하였으며, 재판부는 이를 위증교사에 대한 피고의 묵시적인 의사의 합치로 인정한다. 다만 이 부분에 대하여는 피고가 즉시 혐의를 인정했다는 사실을 감안하여 모해위증의 위중한 책임을 감경하도록 함이 타당하다."

재판장은 그 후로도 여러 가지 쟁점에 대한 재판부의 입장을 열거해 나갔다. 우해준과 허연화의 머리싸움은 결국 승자가 없는 게임이었다.

"이 같은 피고의 행위는 피해자의 법익을 침해하는 선을 넘어 사회의 안녕과 관습을 현저히 해치려 한 것이며, 재판부를 적극적으로 기망함으로써 국가의 법권 또한 해치려 한 것으로 볼 수 있다. 또한 재판부는 피고에게서 그 어떤 반성의 기미도 볼 수 없었던 바, 비록 전과가 없는 초범이라 해도 모해위증을 제외한 나머지 사안에 있어 피고를 선처할 사유가 없다는 데에 전원 합의했다. 이에 재판부는 형법……."

형법과 형사소송법상의 의거가 다시 한 번 나열되자 이제 곧 형량이 선고될 것을 직감한 우해준이 숨을 붙들었다.

"……등에 의거, 강간 등 상해·치상 외에 특수강간 혐의에 대한 유죄를 확정하고, 위증교사와 위증의 혐의를 가중하여 피고인 우해준에게 징역 13년을 선고한다."

징역 13년.

"잘못했습니다!"

재판부를 향한 외마디 비명이 참았던 숨과 함께 터져 나온 순간이다.

"피고는 정숙하세요."

"잘못했어요! 잘못했습니다!"

이미 몇 차례 난동을 부린 적이 있어 법정경위들이 일찌감치 그를 붙들었다.

"이거 놔! 남 변호사 당신 뭐 하는 거야?!"

절박한 해준의 고함이 법정을 울렸다.

"판사님 잠깐만요! 남 변호사!"

재판부가 법정을 나서자 다급해진 그가 남 변호사를 부르며 소리를 지른다.

"놔! 이거 놓으라고!!!"

하지만 그의 비명에 귀 기울이는 사람은 아무도 없었다.

Chapter 09. 내려놓다

이른 새벽부터 분주한 요은의 뒤편으로 원규가 눈을 감다시피 하며
침대에 앉아 있다.

"조금 더 자. 아직 준비하려면 멀었어."

잠이 묻어 무거운 눈꺼풀을 꾹 누른 그가 기지개를 켰다.

"어제 밤새 준비했잖아."

충청남도 공주. 결혼 전에 한 번 다녀온 그녀의 본가에 가기로 했
다. 결혼 후에는 처음이라 조금 긴장되기는 하지만 그녀에 비할 수는
없을 것 같다.

"냉장고에 넣어 뒀던 거 다시 꺼내서 싸야 하고 얼굴도 좀 만져야
되고."

혼자 잠들어야 했다는 투정인 줄도 모르고 요은은 여전히 바빠 보
인다.

"조금만 더 누워 있으면 안 돼?"

"응. 더 자. 준비되면 깨울게."

더 자겠다는 게 아니라 같이 누워 있고 싶다는 거였는데…….

"참! 우리 카메라 어디 있어?"

"Caramel?"

옷장 앞에 있던 요은이 손을 멈추고는 원규를 돌아본다. 카메라는 엄연히 외래언데, 아무리 발음이 별로여도 그렇지 카메라와 캐러멜을 착각하다니. 왠지 고의성이 다분해 보인다.

"캐러멜 말고 카—메—라. 사진기 말이야."

"아— camera? 아래층에. 신발장에 있어."

"신발장?"

"응. 금방 또 쓸 거 같아서."

벚꽃이 한창인 여의도에 다녀오면서 가까운 시일 내에 한 번 더 가자고는 했지만 카메라를 신발장에 두다니 역시나 박원규다. 책은 책상에, 음식은 냉장고에, 약은 약상자에 기타 등등 정해진 이름에 맞춰서 보관하는 게 아니라 편의와 동선을 더 중요하게 생각하는 원규의 수납 원칙에 익숙해질 때도 됐건만 신발장에 놓여 있을 카메라를 생각하니 웃음이 나는 건 어쩔 수 없다.

"근데 왜? 오면서 여의도에 들르게?"

"아니. 거기도 벚꽃이 엄청 예쁘거든."

"공주에도 벚꽃이 있어?"

"응! 동학사. 거긴 나무가 엄청 커서 하늘이 다 가려진다?"

"한요은."

"음?"

"너 정말 신나 보여."

그녀가 많이 밝아졌다. 애쓴 모습이 아니라 진심으로 그래 보인다.

"오랜만이라 그런가 봐."

"앞으로는 자주 가야겠네."

"아니……."

"알아."

침대에서 일어선 원규가 옷장 앞의 요은에게 다가서서 허리를 끌어 안았다.

"그런 게 아니겠지."

그녀의 말을 대신한 원규가 이마를 시작으로 콧날을 따라 그녀의 입술에 가볍게 입을 맞춘다.

"얼른⋯⋯."

"알아. 얼른 준비할게."

원규가 상쾌하게 웃으며 요은의 코끝을 톡톡 두드렸다.

"근데 조금 아쉽네. 다음 주부터 바빠져서 이번 주말에 한요은 실컷 봐 두려고 했는데."

"보면 되지. 어차피 계속 같이 있을 건데."

순진한 건지, 한 수 위인 건지. 어떻든 사랑스러워 죽을 것 같은 여자다.

"으윽⋯⋯!"

요은은 코끝을 살짝 잡아 흔드는 원규의 손길을 피해 아이처럼 얼굴을 찌푸렸다.

"카메라 침실에 둘 걸 그랬다. 지금 표정 딱 좋은데."

원규는 그녀를 따라 카.메.라를 또박또박 발음하며 또 한 번 웃는다.

"박원규—"

"나 씻을게."

"치이⋯⋯."

"같이 씻을까?"

"싫⋯⋯ 읍!"

원규의 기습 키스에 투정조차 할 수 없는 아침이다.

요은이 말했던 것처럼 양옆으로 끝없이 늘어선 벚꽃나무가 하늘을 온통 가리고 있다.

"예쁘지?"

"응."

원규는 흐드러진 꽃잎이 바람에 날려 요은의 머리 위로 어깨로 내려앉는 모습을 그저 바라보고만 있다.

"정말 오랜만에 본다."

벚꽃도 예쁘지만 그녀가 훨씬 예쁘다.

"그렇게 좋아?"

"응!"

밝은 웃음만큼이나 맑은 그녀의 치열에 다시 한 번 시선을 뺏기고 만다.

"박원규."

"응?"

그녀가 이름을 부를 때마다 그 이름으로 불리기 위해 태어난 사람처럼 더는 바랄 게 없어진다.

"무슨 생각 해."

"뭐 그냥."

"피곤하지? 나도 빨리 운전 배워야 되는데."

줄곧 잠들었다가 조금 전에야 일어난 것이 미안해 싱겁게 웃으며 말끝을 흐리자 다가선 원규가 한 팔로 그녀의 허리를 안았다.

"안 돼. 어디든 말만 하면 다 데리고 갈 테니까, 운전 배우지 마."

"번갈아 가면서 운전하면 좋잖아."

"싫어."

"왜?"

"너 혼자 나가면 아무것도 못 할 테니까."

"나 바보 아니거든."

그녀가 나란히 선 원규를 보며 미간을 찌푸린다.

"누가 너더러 바보래?"

"아무것도 못 할 거라며?"

"바보 맞네."

"박원규——"

"너 혼자 차 끌고 나가면 내가 아무것도 못 한다고. 불안해서."

요은은 사랑한다는 말보다 더 설레는 말을 무심히도 툭툭 던지는 원규의 센스에 할 말을 잃었다. 실없어 보일까 봐 애써 감정을 누르고는 있지만, 떨리는 가슴 한가득 쌓인 꽃잎이 온몸을 달콤한 향기로 물들이는 것만 같다. 가끔은 진심으로 걱정된다. 이렇게 좋기만 해서 어쩌나 하고 말이다.

"너랑 같이 나올 때만 하면 되잖아."

요은이 괜히 딴청을 하며 말하자 원규는 그녀를 더 가까이 안았다.

"어쨌든 안 돼. 출근하면 얼굴도 못 보는데 그런 걱정까지 하기 싫어."

자꾸 안 된다고 하면 오기가 생기는 법.

"아니, 진짜. 너랑 나올 때만 한다니까?"

사실, 꼭 오기가 생겨서라기보다는 매번 옆에 앉아 잠만 자는 것이 미안해서이기도 하다.

"한요은."

원규가 걸음을 멈추고 그녀의 어깨를 당겨 시선을 마주했다. 그녀의 얼굴이 꽃나무 가지 사이로 비친 햇빛을 받아 더욱 눈부시다.

"하루 종일 자도 괜찮아."

자신의 생각을 콕 집어내는 그를 볼 때마다 어쩌면 좋을지 모르겠다. 박원규라는 사람의 어떤 것에도 절대 익숙해질 것 같지가 않고,

원규 역시 자신과 같았으면 좋겠다. 그녀는 말없이 고개를 끄덕인 후 주위를 살피는가 싶더니 원규의 품 안으로 몸을 기댔다. 꽃구경을 나온 사람들 중 반 이상은 연인이라 이 정도의 스킨십은 보통일 수도 있겠지만 그녀가 사람 많은 곳에서 품에 안겨 온 것은 처음이다.

"나 너 너무 좋아. 너무너무 좋아."

들릴 듯 말 듯 속삭인 그녀의 목소리가 벚꽃 향기보다 아찔하게 스며든다.

"어떡하지……?"

답을 듣고자 하는 말이 아님에도 불구하고 뭐든 그냥 들어 넘기는 법이 없는 원규다. 너무 잠만 잔 것이 미안해서 '왜 이렇게 졸리지?' 하고 말하면 아픈 곳은 없는지부터 묻고, 퇴근 후에도 늦게까지 일하는 그가 피곤해 보여 '언제쯤 끝나?' 하고 말하면 지금 뭘 하고 있는데 아직 뭘 해야 하는 상황이라 대략 얼마쯤 걸릴 거라며 시간과 분까지 예상해서 대답한다. 그런 원규를 모를 리 없는 그녀가 애써 웃음을 참으며 그의 말을 기다리고 있다. 이번에는 뭐라고 대답할지 은근히 기대하는 중이다.

"응? 어떡해?"

내가 더 좋아한다거나 나도 네가 좋다는 등의 말이면 충분한데도 답을 고민하는 원규의 표정은 갈수록 심각해진다. 품에 안긴 그녀가 고개를 살짝 젖혀 자신을 바라보고 있어 더더욱 집중하기가 어렵다.

"잠깐."

원규가 어깨를 부드럽게 감싸 쥐며 거리를 벌리려 했지만, 요은은 절대 그럴 생각이 없다. 그녀는 아예 원규의 품에 꼭 맞게 안기며 조심스럽게 블레이저 안으로 손을 넣었다. 흠칫하는 원규가 느껴지자 아주 신나 죽겠다. 언제나 무심한 듯 던지는 그의 말에 설레고 당황하기만 했는데 드디어 입장이 바뀐 것 같아서다. 하지만 애석하게도, 잠시 스친 요은의 웃음에서 원규는 이미 그녀의 의도를 알아챘다.

"한요은."

"음?"

"잠깐 나 좀 봐."

안 될 말씀!

"으으음—"

급한 마음에 도리질하며 원규의 허리를 끌어안은 것까지는 좋았는데, 상황이 이렇게 되고 보니 누가 누구에게 장난을 치고 있는 건지 모르겠다.

"어떡하긴 뭘 어떡해."

맞닿은 가슴이 심장을 따라 오르내릴 때마다 달콤한 숨이 입 안 가득 부서지는 것만 같다.

"지금처럼만 해 주면 돼."

원규의 음성이 깊이 안긴 요은의 귓가에 부드럽게 흘렀다.

ecce

예정대로라면 지금쯤 집에서 점심을 먹고 있었어야 할 시간이다. 그런데 아직도 가는 중이다. 벚꽃에 정신이 팔려서도 아니고 너무 오랜만이라 길을 잃은 것도 아니다. 한창 벚꽃 구경에 정신이 팔려 있을 때 걸려 온 어머니의 전화로 중간에서 오도 가도 못 하고 시간을 보냈기 때문이다.

어머니께서는 조만간 서울로 올라갈 테니 오늘 자리는 취소하자시며 거듭 미안해하셨다. 우리가 아직 서울에서 출발하기 전이라고 생각하시는 것 같았다. 그래서 벚꽃을 보고 가려고 새벽녘에 출발했으며 벌써 30분 거리에 도착해 있다고 말씀을 드리려는데 이미 전화가 끊긴 다음이었다.

"전화드리는 게 좋을 거 같은데."

원규가 뭐라고 한 것도 아닌데 괜히 마음이 안 좋다. 설령 정말로 출발 전이었다고 해도 마찬가지였을 거다.

"요은아."

"어."

"전화드리자. 잠깐 뵙고 인사만 드리겠다고."

마치 남의 집에 불쑥 찾아가려는 사람이 된 것 같다.

"갑자기 찾아뵈면 당황하실 수도 있잖아."

당황한 건 바로 나다.

"갑자기는 아니지. 원래 뵙기로 했던 건데."

"그렇긴 하지만 어쨌든 다음에 오라고 전화까지 하셨잖아. 무슨 사정이 있으신 거 아닐까?"

"아마 도착한 줄 모르셨을 거야. 출발하기 전에 전화하라고 하셨는데 너무 이른 시간에 나와서 전화를 못 드렸거든."

교차로를 지나 오른쪽으로 반포초등학교가 보인다. 내가 다닐 때는 반포국민학교였던 곳이다. 참 지독하게도 철이 없던 아이들이 떠오르자 얼핏 씁쓸한 웃음이 나온다. 아이들이 놀리는 게 싫어서 매일 아침 눈을 뜨면 전쟁이 나기를 바란 적도 있다. 전쟁이 나면 학교에 안 가도 될 거라는 황당한 이유로 말이다.

"한요은."

원규가 주유소로 들어가는 길목에 차를 세운 줄도 모르고 딴생각에 정신이 팔려 있었다.

"어?"

"전화드리고 가자."

아무래도 원규는 조심스러울 수밖에 없는 입장인데, 너무 내 생각만 한 것 같다.

"알겠어."

원규가 잘 생각했다는 듯 밝게 웃는다.

"근데 좀 그렇다."

"뭐가."

"원래 약속 같은 거 없다가도 사정이 생기면 가 봐야 되는 게 집이잖아."

"아— 한요은."

"음?"

"생각 좀 그만해."

정말 못 말린다는 표정까지는 좋은데 또 콧등을 톡톡 두드린다. 마치 철없는 아이를 어르는 것처럼 말이다.

"하지 마."

"내가 뭘?"

"하지 말라고."

얼른 손가락을 뻗어 나도 똑같이 원규의 콧등을 톡톡 두드렸다.

"이거."

나름 화난 척 다시 앞을 보고 앉으려는 순간 원규가 손목을 획 잡았다.

"아!"

너무 놀라 손을 빼려는데 부드럽게 팔을 당기며 얼굴을 가까이 해 온다.

"그럼, 해도 되는 건 뭔데?"

원규의 손길은 분명 더없이 부드러운데 손목에서부터 시작된 아릿한 느낌이 온몸으로 퍼져 나가 그대로 얼어붙어 버렸다.

"아아— 아파."

"세게 잡지도 않았거든?"

"아파, 진짜."

원규가 이럴 때마다 정말 아프다. 뭐라고 설명하면 좋을지 모르겠는데, 마치 배앓이를 하는 것처럼 속이 아릿하다.

"저…… 전화할게."

"아니. 그거 말고."

아니…… 저기요…… 이 손은 좀 놓고…….

"아까 벚꽃 길에서 말이야."

"어?"

"니가 나한테 안겼을 때."

지금도 조수석에 앉아는 있지만 거의 안긴 거나 마찬가지거든.

"참느라고 힘들었어."

누군가 밖에서 차 안의 우리를 볼 수도 있다는 생각은…… 천천히 감긴 원규의 눈과 함께 닫혀 버렸다. 생각이 닫힌 것이 아니라 나도 함께 눈을 감았기 때문인지도 모른다.

원규의 입술이 닿을 듯 말 듯 애태우며 나의 입술 위로 스쳤다. 마치 나올 듯 다시 들어가 버린 재채기에 안절부절못하는 사람처럼…… 이렇게 원규가 입술을 살며시 누르며 간질일 때마다 어쩌면 좋을지 모르겠다. 너무 부드럽고 기분 좋으면서도 짧아지는 호흡을 가누기가 어려워 눈물이 날 것만 같다.

"하아……."

힘겹게 뱉어 낸 짧은 숨 위로 원규의 혀끝이 입술을 넘는다. 원규가 어깨를 받치고 있던 손길로 목덜미를 어루만지듯 감싸 안은 순간, 한 번 더 밭은 호흡이 빠져나왔다. 이것으로 온전히…… 원규의 키스를 받아들이게 된다. 가쁜 숨이 들고 나는 입술 사이로 의지와는 상관없이 신음이 흐를 때마다 망설이듯 멀어지는 원규의 감촉이 아쉬워 억지로 숨을 참아 보지만 요란하게 들썩이는 가슴이 다시 숨을 밀어내 버린다.

"하……."

힘겨운 듯 터져 나온 숨소리에, 원규가 입술을 거두며 나를 조수석 깊이 기대 앉혔다. 하지만 이내 목선을 타고 흐르는 원규의 입술에 온몸의 수분이 증발하는 것만 같다. 심장까지 녹아내린 듯 가슴이 뜨거워 정신이 하나도 없다. 엄지 끝으로 조심스럽게 나의 턱을 받쳐 올리며 목덜미 앞쪽에 얼굴을 묻은 원규의 입술이 또 멀어진다.

"하아…… 숨……."

원규의 숨이 닿은 자리에 달콤하게 부서진 열꽃으로 정신이 아득하다.

"참지 말라니까."

운전을 배울 게 아니라 키스할 때 숨 쉬는 방법부터 배워야 할 것 같다.

"하…… 하아…… 나…… 가르쳐 줘."

콘솔박스에 무게 중심을 싣고 있던 원규가 팔에서 힘을 빼는 것이 느껴진다.

"음?"

키스할 때 숨 쉬는 방법을 가르쳐 달라니, 말을 해 놓고도 뭔가 굉장히 좀 그렇다.

"뭘?"

괜히 무안해서 흐트러진 머리카락을 정리하는 척 시선을 피하자 이번에도 손목을 부드럽게 당긴다.

"왜 말을 하다 마는데."

얼굴을 마주한 원규는 뭘 가르쳐 달라는 건지 진심으로 궁금한 표정이다.

"아…… 아니야."

다른 때는 쳐다만 봐도 내가 무슨 생각을 하고 있는지 잘만 알면서, 이런 때는 왜 꼭 말을 해야 알까.

"흠…… 전화할게."

"어?"

"어머니께 전화."

"아, 맞다."

원규가 손을 놓은 후에도 심장이 요란해서 얼른 휴대폰을 꺼냈다. 어머니의 번호를 하나하나 누르면서 어지러운 가슴이 진정되기를 기다리기도 잠시, 신호음만 울려 대는 휴대폰을 들고 있자니 다른 이유로 마음이 심란하다. 정말 무슨 일이 있나?

"안 받으셔?"

"응."

음성 안내 메시지가 나올 즈음 전화를 끊고 다시 통화 버튼을 눌렀다. 하지만 이번에도 역시 음성으로 넘어가고 만다.

"안 받으시는데?"

원규가 습관처럼 운전대를 톡톡 치며 입술을 살짝 내밀었다. 뭔가에 골몰할 때면 항상 저런 표정을 짓곤 한다.

"아까 전화하셨을 때 급히 끊으셨다고 했지?"

"응."

굉장히 미안해하시면서도 서둘러 전화를 끊으신 느낌이었다.

"그럼 아버님께 해 볼까?"

매번 새삼스럽게 느끼는 거지만 '해' 나 '해 봐' 보다 '할까?' 나 '하자' 가 훨씬 듣기 좋다. 어쩜 저렇게 말을 예쁘게 하는지. 너무 예뻐서 전화번호를 누르는 잠깐 동안이나마 원규에게서 시선을 떼야 한다는 사실이 아쉬울 정도다.

eee

윤림서원 한씨 종가. 안채를 종중의 어르신들에게 내주고 사랑채에 모여 있는 요은의 고모들 앞에 그녀를 키워 준 어머니가 무릎을 꿇고 앉아 있다.

"자네 대체 왜 이러나?"

다섯째 시누가 나무라듯 말했다.

"어서 불러들이라는데 뭐 하고 있어?"

최근 재판과 관련된 일로 요은과 원규가 전화번호를 바꾸지 않았다면 진작 전화를 했을 텐데 진정 교묘한 타이밍이지 싶다. 처음부터 태어나지 말았어야 할 아이라고 생각할수록 태어날 때부터 묘한 운을 타고 난 것만 같아 탐탁지가 않다. 하필이면 종가의 종손을 데려와야 할 시기에 태어난 것도, 백일해를 심하게 앓아 죽을 줄만 알았는데 용케 살아난 것도, 천덕꾸러기 주제에 공부 욕심은 많아서 어렸을 때부터 1등을 도맡아 했던 것도, 무엇 하나 마음에 드는 게 없는 아이였다.

어디 그뿐인가. 정실의 자식도 아닌 여자의 몸으로 법대에 진학한 것도, 사법시험을 관두고 글을 쓴다기에 그저 그렇게 살겠거니 하자마자 번듯한 혼처를 잡아 혼인을 한 것도, 그랬으면 죽은 듯 조용히 살 일이지 세상이 다 아는 사고를 당한 것도, 정말이지 마음에 안 든다.

"아뇨. 그렇게 못 합니다."

요은의 어머니는 오늘 일을 납득할 수가 없다. 뉴스를 통해 딸아이의 사고 소식을 들었을 때 하늘이 무너지는 것 같았다. 그런 몹쓸 일로 마음고생을 하는 줄도 모르고 제대로 된 인사 한 번 없이 새해 선물만 우편으로 보낸 딸아이를 야속하게 생각하기까지 했다. 모든 것이 일단락되고 죄를 지은 인간들이 무거운 벌을 받았다는 소식을 접하기까지 낮인 줄도 밤인 줄도 모르고 살았다. 찾아가서 살뜰히 보살필 자격도 없는 못난 어미. 내가 이러니 아이의 속은 오죽할까. 가양동 그 사람 속은 오죽할까. 그 생각뿐이었다.

하지만 큰시누가 나서서 밥이나 한 끼 해 먹이자며 오늘 자리에 관한 말을 꺼냈을 때, 이렇게라도 어르신들의 인정을 받게 됐으니 딸아이가 겪은 일이 험하게 끝나지만은 않아 다행이라며 스스로를 위안했다. 절대 마음을 열지 않을 것 같던 시누들이 드디어 딸아이를 조카로 인정하고 품어 주려는 것인 줄 알았다.

그런데 실상 오늘 자리는 딸아이를 직접 불러내 종중에서 제명하려는 목적이었다. 그런 줄도 모르고 새벽부터 일어나 전을 부치고 나물을 무치며 분주히 아침을 보냈다. 기제사나 차례를 지낼 때가 아니면 문중총회 때나 뵐 수 있는 문장(門長) 어르신을 비롯해 화수회의 일원들이 도착한 후에야 무슨 일이 벌어지고 있는지 알아챘다.

만일 요은이 내외가 아침 일찍 도착했다면 아무것도 모른 채 앉은 자리에서 모진 꼴을 당해야 했으리라 생각하니 속에서 천불이 난다.

"어떻게들 이러세요. 그저 밥 한 끼 해 먹이자고 하셔 놓고 어떻게. 애아버지나 저한테 한마디 상의도 없이 어쩜 이러세요."

"자네가 이럴 게 뻔한데 무슨 상의를 하겠어. 괜히 나서서 분란 일으키지 말고 어서 불러들이라는데?"

"형님."

요은의 어머니는 깐깐한 다섯째 시누의 독촉에도 불구하고 큰시누를 향해 말했다.

"두 아이 데려오셨을 때 그러셨죠. 이제 제 아이들이니 다은이랑 한 치도 다름없이 살뜰히 키우라고 하셨잖아요. 그래서 그렇게 키웠습니다."

그녀의 말에 줄곧 다른 곳을 보고 있던 큰시누가 불편한 듯 미간을 찌푸렸다.

"큰아이는 제 엄마 손에 자라다 와서 힘들기도 했지만 요은이는 제 아이처럼 키웠습니다. 잠덧 심할 때는 마른 젖까지 물려 가면서……."

백일해가 들었을 때는 정말 아이를 잃는 줄만 알았다. 한번 시작된 미열은 몇 주가 지나도록 나을 기미조차 안 보였고 어린 것의 숨이 힘든 기침에 끊겨 나갈 때마다 억장이 무너졌다. 다은이 때는 쉽게 넘어간 백일해였다. 그런데 요은이는 예방접종에도 불구하고 속수무책으로 기침을 해 대며 금방이라도 숨이 넘어갈 것처럼 보채기만 했다.

엄마 젖 한번 제대로 물지 못해서 이러나 싶어 요은의 친모를 사랑채에 불러 놓았다가 불호령을 듣기까지 했다. 그래도 제 어미가 다녀간 후 차도를 보였으니 어르신들의 책망이야 얼마든지 참아 낼 수 있었다. 그렇게 키운 아이다.

"누가 뭐라고 하셔도 제 아이처럼…… 아니, 제 아이로 키웠습니다."

"그거야 손이 늦은 자네 불찰이지. 다은이 후로 놓친 아이가 대체 몇인지 원. 실한 사람이 들어왔으면 애초에 그 핏줄들을 문중에 들일 일도 없었어."

"네. 제 불찰이죠. 제가 덕이 부족한 탓이에요. 그러니 부디 제 탓만 하시고 이번 일은……."

"어허— 이 사람이 정말 왜 이래? 다들 불편해하시는 거 안 보이나?"

"형님들. 제발."

"승준 어멈만 남고 나가들 있어."

큰시누의 말에 모두 주르륵 일어나 밖으로 나서기는 했지만 언짢은 기색들이 역력하다. 아들을 낳지 못한 죄인. 요은의 어머니가 평생을 짊어지고 온 낙인이었다. 물론 아들을 낳기는 했지만 이미 일본인의 핏줄을 문중에 들인 다음이라, 늦게나마 아들을 낳은 후에도 그녀는 죄인일 수밖에 없었다.

"자네한테 미리 귀띔하지 못한 건 미안하게 생각하고 있네."

"형님. 형님께서 어르신들께 잘 좀 말씀해 주세요."

"자네도 알지 않나. 우리가 나설 일이 아니야. 그 아이로서도 영 납득하지 못할 일은 아닐 걸세. 그러니 이쯤하고 어서 전화하게나. 다들 기다리시는데 이러는 건 종부의 도리가 아니지."

"그럼 이게 종가의 도리라는 말씀인가요. 그런 모진 일을 겪은 아이를 문중에서 제명하는 게 종가의 도리라고…… 말씀하시는 건가요?"

"이미 출가외인이 된 아이야. 문중에서 나간들 달라질 것도 없네. 혼인도 한 마당이니 결혼을 앞두고 책잡힐 일도 없을 테고."

"형님!"

"언성 낮추게나. 어르신들이 듣기라도 하시면 어쩌려고 이래. 자네가 많이 애써 왔다는 거 다들 알고 있네. 손이 늦은 거야 어떻게 자네 탓만 하겠나. 그러니 이쯤하면 됐어. 이제 자네도 온전히 다은이와 승준이 어미로만 살면 될 일이야."

"형님……."

"눈물 거두게. 자네가 이런다고 달라질 건 없어. 이미 결정이 난 일이고 바깥사람도 와 있는 마당에 부끄러운 줄을 알아야지."

바깥사람이란 요은의 호적 정리 절차를 맡은 변호사를 가리키는 말이었다. 그녀의 오빠와 마찬가지로 친생자 관계 정리와 상속 포기 등의 서류 절차를 밟기 위해서는 당사자의 동의가 꼭 필요했다.

"그럼 제가 하죠."

요은의 어머니는 얼굴을 닦아 내며 일어서서 말했다.

"어허, 이 사람."

그녀는 말릴 틈도 없이 사랑채를 나서서 안채로 향했다. 그리고 그 시각쯤, 원규와 요은은 이제 막 윤림서원 5km라는 이정표 앞을 지나는 중이었다. 연락이 안 되는 아버지와 어머니 걱정에 일단은 찾아뵙고 별일이 없는지만 확인한 후 곧장 올라가기로 한 것이다.

안채 마루에 앉아 있던 어르신들은 안대문채로 다급히 들어선 요은의 어머니를 보고는 서로 간에 무언의 눈빛을 주고받았다. 그리고 그들의 앞에는 요은의 아버지가 앉아 있었다. 마주한 어르신들의 기색이 흐트러지자 그가 고개를 돌려 대문채 쪽을 확인했다. 꼼꼼히 두른 앞치마보다 더욱 젖은 안사람의 눈가에 요은의 아버지는 깊은 신음을 삼켰다.

"말씀들 나누시는 중에 죄송합니다만 잠시 여쭐 것이 있습니다."

"우리들한테 말인가?"

"네."

"그래. 올라와서 앉게나."

그녀는 허리를 숙인 후 앞치마를 끌러 내며 세 벌 댓돌 위로 올라섰다. 디딤돌에 신발을 가지런히 벗어 두고는 그 옆에 다소곳이 접은 앞치마를 놓는 것도 잊지 않는다. 그녀가 어르신들께 인사를 올리고 남편 옆으로 앉기까지 어느 한 사람의 숨소리조차 들리지 않을 정도로 지독한 침묵이 안채에 흐르고 있었다.

"자네도 이 사람과 같은 생각인가?"

도포에 갓을 쓴 종원(宗員)들 사이에서도 제일 상석에 앉아 있던 문장 어르신이 침묵을 깨고 물었다. 아흔을 넘긴 지긋한 나이에도 자세에 흐트러짐이 하나 없는 꼿꼿한 분이었다.

"그 아이를 문중에서 제하는 것이 그른 일이라 생각하느냐 말일세."

안대문채 바깥으로 모여든 사람들 사이에 약간의 소요가 일었다. 문장직을 맡았던 그녀의 시아버지가 임종을 앞두고 요은의 친오빠를 제명했던 만큼 요은을 제명하는 것도 조상의 뜻에 어긋남이 없는 일일 터, 그럼에도 불구하고 집안의 종손과 종부가 나란히 문중총회의 결정에 반대하고 있으니 여자를 잘못 들이면 집안이 망한다는 옛말이 하나 틀리지 않다고 수군대는 중이다. 그 여자라는 것이 저 자리에 꼿꼿이 앉은 종부건, 종손의 마음을 차지한 요은의 친모건, 몹쓸 일을 당해 문중의 이름에 먹칠을 한 요은이건 말이다.

"외람된 말씀이지만 그렇게 생각합니다."

"그럼 종윤이 이 사람의 뜻이 자네 뜻이었나? 자네가 이 사람을 설득해서 오늘 일을 무마하라고 했는가 말일세."

"아닙니다."

요은의 아버지가 고개를 깊이 숙이며 말했다.

"허허— 자네들이 이러니 우리가 멀쩡한 사람한테 몹쓸 짓이라도 하려는 것 같구먼."

"어르신, 이미 출가한 아입니다. 그러니 이번 일은 부디 넓으신……."

"그래. 이미 출가한 아이지. 그러니 더욱 문제 될 것이 없지 않은가. 자네도 알다시피 문중에서는 처음부터 그 아이들을 들이지 않으려고 했었네. 선대인께서 적장자 혈통을 끝까지 고집하지 않으셨다면 어림도 없는 일이었지. 그런 선대인께서도 임종을 앞두시고는 마음을 바꾸셨는데, 이제 와서 자네들 내외가 이러는 건 돌아가신 그 어르신의 유지를 심히 어지럽히는 일이야. 그렇지 않은가?"

제대로 된 핏줄도 아닌 그 아이를 위해 네 아버지의 뜻을 거역할 셈이냐 묻고 있었다. 하지만 자식을 위하는 일이 어찌 효를 저버리는 일이 될 수 있을까. 새삼스럽게 선친의 마지막 결정이 원망스러운 순간이다.

"원칙을 세우자면 자네 역시 적장자는 아니지. 자네 형님이 비명횡사하지만 않았어도 이런 일은 없었을 걸세. 자네는 뵌 적도 없으니 모르겠지만 참 똑똑하고 바른 사람이었어. 자네 형님을 징병에서 빼내보겠다고 큰누님까지 그렇게 되고 나서 온 집안이 말 그대로 쑥대밭이었네. 자네가 태어나기까지는 초상집이 따로 없었지."

그의 형님은 장래의 종손이자 집안의 맏이였다. 일제가 세운 경성제일고등보통학교를 마다하고 민립학교에 진학한 그가 일제의 총동원령으로 징집 대상에 올랐다. 그가 다니고 있던 민립학교가 황국신민으로서 용납될 수 없는 단체 행위를 했다는 이유로 폐교된 후의 일이었다.

문중에서는 그 많던 전답을 팔아 가며 어떻게든 그를 빼내려고 했다. 그게 친일인지 아닌지를 고민할 겨를도 없었다. 하지만 무슨 이유에선지 전답을 받아먹은 이쪽의 관리는 그가 있던 서울 쪽으로 줄을 대라고만 할 뿐 뾰족한 수를 내지 못했다.

급기야 아버지는 아들을 도주시키기로 했다. 1937년 이후 육군 지원병이다 근로보국대다 해서 마을을 떠난 누구 하나 돌아온 사람이 없었기에 아들을 살리려면 도망시켜야 한다는 생각뿐이었다. 하지만 아들을 도주시킨 대가로 바로 밑의 딸아이를 빼앗겨야 했다. 설상가상으로 숨어 있던 아들아이가 동생의 안위를 걱정해 모습을 드러내기에 이르렀고, 그렇게 두 아이를 모두 놓치고 말았다.

바로 이듬해에 광복이 되고, 그런 후에도 다시 일 년이 지났을 때 아들이 돌아왔다. 하지만 전쟁터에서 총알받이로 쓰인 아들의 몸은 이미 성한 사람의 것이 아니었다.

그렇게 이태 동안 시름시름 앓다가 명을 달리하기까지 그는 줄곧 제 동생을 기다렸다. 꼭 돌아올 거라고, 돌아오거든 좋은 사람과 짝을 지어 주시라며, 끝없이 당부하고 또 당부했다. 아무것도 묻지 마시고 그저 좋은 사람 만나 행복하게 살도록 보듬어 달라고 말이다. 하지만 세상을 떠나 버린 아들처럼 딸아이는 결국 돌아오지 못했다.

"자네가 일본인과의 사이에 아이를 뒀다면서 혼인을 허락해 달라고 했을 때, 선대인께서 하셨던 말씀 기억하는가?"

차라리 내가 이 자리에서 죽겠노라 하셨다. 차라리 네 형님의 묏자리에 침을 뱉으라고 하셨다. 눈도 잃고 다리도 잃고 돌아와 앓다 죽은 네 형님을 두 번 죽일 셈이냐고 하셨다. 세상이 무너진 것처럼, 아니, 세상을 무너뜨릴 것처럼…… 그렇게 울분을 토하셨다.

"자식들 앞세우고 늘 병약하시던 자네 어머님께서는 그 일로 몸져 눕기까지 하셨지."

요은의 아버지는 감은 눈을 뜨지도 못한 채 무거운 숨을 꾹꾹 눌렀다.

"압니다. 알고 있습니다."

그래서 다시 일본으로 가지 못하고 집안이 정해 준 지금의 아내와 서둘러 혼인을 했다. 하지만 자신이 감당해야 할 모든 것이 일본에 두고 온 그녀의 몫이 되고 말았다. 집안을 핑계로 도망쳤다는 죄책감에 평생을 사로잡혀 살면서도 그 죄책감이 억울했던 적은 한 번도 없다. 오히려 달게 받아야 할 일이라고 생각했다.

"하지만 어르신, 그건 제 불찰이었습니다."

"자네 뜻을 모르는 바는 아닐세. 다만 나는 이 모든 일들이 그들 핏줄이 받아야 할 응분의 대가라고 생각하네."

"어떻게……."

줄곧 숨을 죽이고 있던 요은의 어머니가 숨을 토하듯 입을 열었다.

"어떻게 그런 말씀을 하세요. 응분의 대가라뇨. 어떻게……."

"다은 엄마."

"20년 넘게 제 손으로 기른 아이를 제 앞에서 쳐 내실 때도 손이 늦은 죄인이라 아무 말 못 했습니다. 그때 아버님께서…… 요은이나마 무사히 거둘 수 있게 해 주겠다고 분명 그렇게 말씀하셨어요. 그런데 이제 와서 어떻게 이러세요."

"사정이 달라지지 않았는가. 제 몸 하나 간수하지 못하고 그런 부정한 일을 당했……."

"어르신!"

떨리는 입술이 눈물인지 콧물인지 모를 것으로 젖어 든 요은의 어머니가 문장의 말을 끊어 내며 소리쳤다.

"어허— 이 사람. 어디 어르신 앞에 언성을 높여?!"

그즈음 윤림서원 앞 너른 공터 입구에 도착한 원규가 조수석에 앉은 요은을 바라봤다. 주차할 곳이 마땅치 않아서가 아니라 들어가도 되는지를 몰라 망설이는 상황. 공터에 가득한 차량들이 어림잡아 서른 대는 돼 보인다. 이렇게 많은 사람이 모인 자리에 오지 말라고 하신 이유가 뭘까 생각하던 원규가 결심을 굳힌 듯 공터 안으로 액셀을 밟았다.

"요은아."

"응?"

그녀는 마치 넋이 나가 있던 사람처럼 흠칫 놀라며 대답했다.

"넌 잠깐 차에 있어. 내가 들어가 볼게."

"괜찮아."

"아니. 내 말대로 하자."

그녀를 안심시키려 웃고는 있지만 원규 역시 심란하기는 마찬가지다. 하지만 잘 생각해 보니 괜히 겁을 먹고 있는 게 아닌가 싶다. 집안 사람들이 다 모였다고는 해도, 그게 딱히 요은에게 해가 될 것 같지는 않다. 다만 마음에 걸리는 게 있다면 이번 일이 언론을 통해 알려졌다는 사실이다.

"음? 그렇게 해 줄 거지?"

"알겠어."

주차를 마친 원규가 콘솔박스를 사이에 두고 요은을 깊이 안았다.

"금방 올게."

"선물은?"

"일단 상황 보고 가지러 나올게. 그때 같이 들고 가자."

"응."

요은의 목덜미에 얼굴을 묻고 가슴 가득 숨을 채운 원규가 운전석에서 내리려다 말고 다시 요은의 어깨를 끌어안으며 이마에 입을 맞췄다. 아주 잠깐인데도 그녀를 혼자 두기가 아쉽다.

"사랑해."

사랑한다고 말할 때마다 채워지는 것이 아니라 부족한 것만 같아 좀처럼 사랑한다는 말을 하지 않는 원규다. 항상 그녀를 더 많이 사랑하고 싶다. 더 많이, 더 이상이라는 것이 없을 만큼 사랑하고 싶은 사람이다.

차에서 내린 원규는 이미 행랑채를 끼고 있는 대문 쪽으로 걸음을 옮기는 중이다. 그가 사랑한다는 말을 할 때마다 느끼는 거지만, 유난히 그 말을 부끄러워하는 것 같다. 방금 전에도 불쑥 얘기해 놓고는 쏜살같이 차에서 내렸으니 말이다.

대문에 들어선 원규는 오른쪽의 사랑채와 맞은편의 안대문채를 번갈아 봤다. 행랑채 근처에서 놀고 있던 아이들 몇몇이 원규를 보고는 누군지도 모른 채 인사를 해 온다. 낭랑한 아이들의 인사에 안대문채 문간의 바깥쪽에 있던 어른 두어 명의 시선이 원규를 향했다. 하지만 일 년 전쯤 인사를 드리러 왔을 때 언뜻 본 얼굴이라 원규를 알아보지 못하는 눈치다. 게다가 이맘때쯤이면 벚꽃놀이를 왔던 사람들이 윤림서원에 들러 종가 체험을 하기도 하니 지나다 들른 관광객으로 오해하기에 충분한 상황이다.

"안녕하세요."

한복을 단정하게 차려입은 여인 하나가 다가오며 먼저 인사를 건넨다.

"네, 안녕하세요."

"무슨 일로 오셨어요?"

"아, 저……."

안대문채 쪽을 살피는 여인의 눈치가 심상치 않다는 생각에 말을 멎은 사이, 안쪽에서 큰 소리가 한차례 오갔다. 원규가 깜짝 놀라 소리가 난 쪽을 바라보자 여인은 황망한 듯 원규와 안채 사이를 막아섰다.

"집안에 중대사가 있어서 오늘은 따로 예약을 안 받으셨을 텐데, 어떻게 오셨죠?"

"무슨 일이 있나요?"

"예?"

"아, 저는 박원규라고 합니다."

당신은 누구십니까 하고 물은 것도 아닌데 느닷없이 이름부터 말하고 보니 상황이 더욱 어색해진 것 같아 당황스럽다.

"그러니까 제가, 음— 요은이 남자 되는 사람인데요."

요은이의 남편, 신랑, 바깥사람 다 놔두고 남자라니. 얼굴이 확 뜨거워졌다.

"아, 아아…… 아니. 남편이요."

"어머."

상대방은 정말 깜짝 놀란 듯 물러서며 원규와 안대문채 쪽을 번갈아 살폈다. 그러더니 잠시만 기다리라는 말을 남기고는 곧장 안대문채 쪽으로 종종걸음을 친다. 여자가 문간를 넘으며 무슨 말을 했는지 안대문채 밖에 있던 사람들의 시선이 일제히 원규에게 쏠렸다. 그리고 잠시 후, 요은의 어머니가 급한 걸음으로 나오는 것이 보인다. 멀거니 서 있는 건 예의가 아닌 것 같아 다가서려는데 어머니는 그냥 있으라는 듯 손사래를 치고 있었다. 이윽고 원규의 앞에 선 요은의 어머니는 인사를 받는 것도 잊은 채 주변부터 살폈다.

"요은이는?"

"밖에 있어요."

"어떻게 벌써."

"요은이가 동학사 벚꽃을 보고 싶어 해서 일찍 출발했어요."

어머니는 그제야 전화를 받았을 때 이미 도착한 상태였음을 알고는 한숨을 삼켰다.

"그런데 무슨 일 있으세요? 두 분 다 전화를 안 받으셔서 걱정했어요."

"어서 오게나."

이제 막 사랑채 문을 나선 요은의 고모 하나가 반갑지 않은 손님을 맞듯 어쩔 수 없이 인사한 순간, 요은의 어머니는 이런저런 사정을 말할 겨를도 없이 원규의 팔을 잡아끌며 대문 쪽으로 갔다.

"얼른 요은이 데리고 올라가게."

"네?"

"자세한 사정은 나중에……."

"어허! 이게 지금 뭐 하는 짓인가!"

안대문채 쪽에서 노도와 같은 고함 소리가 밀려 나와 어머니의 말을 삼켜 버렸다. 움칫한 원규의 시야에 도포 차림으로 갓을 쓴 어르신 몇몇이 들어왔다. 까닭을 모르는 원규야말로 대체 뭐 하시는 거냐고 묻고 싶은 심정이다. 오랜만에 함께 밥이나 먹자고 부르신 자리에 이 많은 사람은 다 뭐며, 마치 도망치다 잡힌 사람을 대하듯 고함부터 치는 이유는 또 뭔지 모르겠다.

"어르신들을 모셔 놓고 어디 감히 돼먹지 못한 경거망동인가 말이야!"

원규의 팔을 놓은 어머니는 애처로울 정도로 손을 떨고 있었다. 아무리 요은의 어머니보다 나이가 많은 어른이라도 그렇지, 어머니가 무슨 잘못을 하셨기에 사위가 보는 앞에서 저렇게까지 언성을 높일까 싶다.

"괜찮으세요?"

어머니는 보일 듯 말 듯 주억거리면서도 얼른 가라는 말뿐이다.

"거기 자네."

"네?"

더없이 고압적인 어조에 응한 원규에게서 불쾌한 기색이 묻어나자 주변에서 '저런 저저―' 하며 혀를 끌끌 찬다.

"냉큼 자네 처 데리고 안채로 들어오게."

원규는 휑하니 돌아선 어르신들의 자리를 보다 말고 따라나서려는 요은의 어머님을 만류한 후 대문을 나왔다. 무슨 일인지 정확히는 몰라도 요은에게 좋은 일이 아닌 것만은 확실했다. 이대로 무슨 일인지도 모르는 채, 그녀의 부모님조차 돌아가기를 원할 만큼 불편한 자리에, 아무런 준비도 안 된 그녀를 데리고 들어갈 수는 없다. 하지만 이곳을 벗어나는 것이 정말 그녀를 위한 일일까? 아무것도 잘못한 게 없는 그녀를 마치 죄인처럼 데리고 도망치듯 하는 것이?

짧은 시간 동안 많은 생각들을 하며 차에 이르렀을 때, 이미 차에서 내린 그녀와 눈이 마주쳤다. 그리고 그 순간, 원규는 결심했다. 그녀의 결정에 맡기되 어떤 경우에도 그녀의 곁을 지키겠노라고 말이다.

"안 계셔?"

"아니, 안에 계셔."

"그래? 근데 왜 전화를 안 받으셨대?"

"요은아."

"음?"

"전에 나 인사드리러 왔을 때 오셨던 분들 있지."

"어."

"그때보다 어르신들이 더 많이 와 계시는 거 같아. 분위기가 별로 안 좋아."

"왜?"

"모르겠어. 어머니께서는 그냥 서울로 가라고 하시는데 다른 어르신들께서는 널 데리고 오라고 하시네."

불안에 흔들리는 그녀의 시선이 안쓰러워 당장이라도 그녀와 함께 이곳을 벗어나고 싶은 마음이 굴뚝같다. 평생 발걸음도 하지 않고 서로 모르는 사람인 것처럼 살 수만 있다면 그러고 싶다.

"들어가자."

제발 그녀에게 더는 모진 일이 없었으면 좋겠다.

"들어가자, 원규야."

그는 말없이 요은의 손을 꽉 잡았다. 대문 쪽으로 돌아서자 문간에 서 있던 사람들의 수군거림이 들리는 것만 같다.

"요은아."

"응?"

"너한테 여긴, 어떤 곳이야?"

'어떤 곳이냐' 보다는 어떤 의미인지가 궁금한 그에게 요은은 아주 작으면서도 확신에 찬 목소리로 '내 고향'이라고 대답했다. 원규는 그것만으로 충분했다. 그리고 뭐든 그녀가 원하는 대로 해 주리라 다짐했다.

두 사람이 대문을 한 번 지났을 때, 어머니가 앞을 막아섰다. 요은은 시누들의 역정에도 불구하고 자신과 원규의 앞을 막아선 어머니를 한동안 말없이 바라본다. 어머니는 눈물이 어룽진 눈가를 훔치며 못내 미안하다는 말뿐이었다. 요은은 잠시 원규의 손을 놓고 애처로울 정도로 떨고 있는 어머니의 손을 잡아 드렸다.

"저 괜찮아요."

"은아……."

차마 말을 잇지 못하고 입술을 깨문 어머니의 눈가에 다시 눈물이 흐른다. 하지만 요은은 다른 이유로 코끝이 찡해졌다. 그녀의 어머니가 그녀를 '은'이라고 외자로 부른 것은 이번이 처음이다. 바로 위의 언니 이름이 '다은'이라, 어머니는 '은'이라는 호칭을 언니에게만 쓰곤 하셨다. 어렸을 때는 이름을 외자로 부르는 것이 친밀함을 나타내는 또 다른 방법인 것만 같아, 항상 '은'이라는 언니의 호칭이 부러웠다.

"어머니. 저요. 정말 괜찮아요. 그러니까 걱정 마세요."

눈물 바람인 어머니를 뒤로하고 대문을 하나 더 지나 안채로 들어섰을 때 안대문채로 통하는 문을 닫으라는 어르신의 말씀이 있었다. 어깃장을 놓듯 삐거덕대는 문소리에 마음이 흔들릴 즈음, 원규가 맞잡은 손에 힘을 더했다. 손을 잡고 있을 뿐임에도 마치 안겨 있는 것처럼 그녀의 마음이 다시금 편해진다.

"이리들 와서 앉아라."

요은은 나란히 벗은 신발을 가지런히 모아 둔 후 원규의 뒤를 따라 마루에 올랐다.

"혼인 후로 처음이구나."

문장 어르신은 두 사람이 자리에 앉자마자 책망하듯 말했다.

"진작 찾아뵙지 못해서 죄송합니다."

요은이 말하기도 전에 원규가 먼저 말하며 고개를 숙였다.

"죄송할 것 없네. 마음이 따르지 않는 걸 어찌 탓하겠는가."

"사정이 여의치 않았습니다."

원규는 다소곳한 요은의 목소리에 의지해 고개를 들었다. 하지만 한동안 시선을 어디에 둬야 할지를 몰라 헤매야 했다.

"그래. 소식은 들어서 알고 있다. 몸은 다 나은 게냐."

"예. 많이 좋아졌습니다. 심려 끼쳐드려서 죄송합니다."

"하회 호기를 기다릴까도 싶었지만, 이런 일에는 호기라는 것이 따로 없지 싶더구나. 미리 언질을 준들 오는 내내 불편하기만 할 터, 하여 달리 청하게 됐으니 너무 서운해하지는 말아라."

줄줄이 나오는 한자에 미간을 찌푸린 원규가 요은을 살피며 조금 전 나온 말이 좋은 말인지 아닌지를 짐작하기 위해 애쓰고 있다.

"괘념치 마시고 말씀하세요."

그녀가 무릎 위로 모은 손을 꽉 쥐었다.

"다름이 아니라 집안과 너의 관계를 정리했으면 한다."

순간, 원규는 귀를 의심했다. 하지만 요은은 어머니가 앞을 막아섰을 때 이런 말이 나오리라는 것을 짐작하고 있었다.

"네 오라비 때와 마찬가지로 당사자의 동의가 선행돼야 하는 일이다 보니, 경황이 없을 줄 알면서도 너를 직접 통하지 않고서는 어쩔 도리가 없더구나. 문중총회에서 결정한 일이니 문중을 위한 일이라 생각하고 따라 주었으면 하는 바람이다."

짐작은 하고 있었지만 막상 직접 듣고 보니 다른 어르신들과 열을 맞춰 앉은 아버지를 바라볼 엄두가 나질 않는다. 아버지 역시 문중총회의 일원으로서 의안의 결정에 찬성 혹은 반대를 했을 것이다. 하지만 찬성이냐 반대냐를 두고 아버지를 가늠할 생각은 없다. 다만 이 자리에 아버지가 있다는 사실이 불편할 뿐이다.

"네. 알겠습니다."

원규는 아까부터 억지로 혀를 눌러 가며 말을 삼키는 중이다. 듣자 하니 그녀의 오빠와 마찬가지로 그녀 역시 문중에서 제명하겠다는 것 같은데, 그녀의 반응이 너무 기가 막히다. 대체 뭘 알겠다는 거지? 왜 이유조차 묻지 않고 그저 알겠다고만 할까.

"그런데요 어르신. 한 가지 여쭐 게 있습니다."

"오냐, 그래."

"가끔 들르는 건, 괜찮은가요?"

"가끔 들르다니. 여기에 말이냐?"

"네."

문장 어르신의 헛기침 한 번에 주변의 문중원들이 하나같이 자세를 고쳐 앉았다.

"그동안엔 저 혼자만 아프고 설운 줄 알았어요. 그래서 두 분께 자식 된 도리를 다하지 못했습니다. 제가 겪은 사고가 문중에 누가 되는 일이라면, 그 부분은 얼마든지 어르신들의 뜻에 따를게요. 하지만 출생 관계가 정리된다고 해서 두 분께서 저를 키워 주신 세월까지 사라지는 건 아니잖아요. 두 분만 괜찮으시다면 가끔 찾아뵙고 안부를 여쭙는 일 정도는 허락해 주시겠어요?"

부모님을 뵈러 집에 오는 것마저 누군가의 허락이 필요한 일인가? 그녀가 살아온 시간이 어땠을지 짐작조차 하기 싫다. 그 시간이 상처가 되어 안으로만 곪았을 그녀의 아픔을 살피지 못했던 지난날이 사무쳐, 원규는 조용히 눈을 감았다.

"천륜을 끊어 놓을 참이냐고 묻는 게냐."

"아닙니다."

"그런데 이제 와서 자식 된 도리를 논하는 저의가 뭔지 모르겠구나."

"정말 다른 뜻은 없습니다. 저는 그저······."

"허허— 지금 네가 문중의 뜻을 얌전히 따르고 있는 네 오라비까지 욕보이고 있다는 생각은 아예 없는 모양이구나."

"네?"

"네 말에 따르면 말이다. 호적이 정리된 후로 발길을 뚝 끊은 네 오라비는 자식 된 도리가 뭔지도 모르는 무뢰배가 아니냐."

그녀가 입술을 깨물며 고개를 떨어뜨리고 만다.

"괜한 고집부리지 말고 이쪽으로는 발길 끊도록 해라."

"그쯤 하십시오, 어르신."

요은의 아버지가 자리에서 일어나며 말했다.

"두 사람 다 그만 일어나서 나가자."

"앉게나."

"아뇨. 충분히 앉아 있었습니다. 지금까지 충분히 참아 왔습니다."

"어허, 종윤이 이 사람."

"뭐든 어르신들 뜻대로 하십시오. 하지만 제 부모 찾아오겠다는 아이의 뜻까지 곡해하시는 건 어른 된 도리가 아니지요. 아비 앞에 자식을 앉혀 두고 출생 관계를 정리해도 되겠느냐 물으시는 것도 사람 된 도리가 아니지요."

출생 관계를 정리하고 종재의 상속 일체를 다 포기해도 두 아이가 자신의 아이들임에는 변함이 없다. 큰아들이 제명될 때도 같은 생각이었다. 병원 수입을 종재와는 무관하게 따로 관리해 왔던 것도 그런 이유에서였다. 하지만 두 아이 앞에 이런 얘기를 한 적은 한 번도 없다. 집안의 인정을 받은 다은이와 승준이 앞에서도 마찬가지였다. 갈

피를 못 잡고 흔들렸던 젊은 날을 자식들의 어깨에 짐으로 얹어 준 것만 같아 차마 입이 떨어지지를 않았다.

"제가 언제 한 번이라도 두 아이 편에 선 적이 있기나 합니까. 괜한 분란으로 아이들 마음을 다치게 하는 건 아닐까 항상 어르신들 눈치만 봐 왔습니다. 네— 제가 죄인입니다. 가문에서 반대하는 사람을 마음에 둔 것도, 가문에서 정한 사람과 혼인을 하고도 한참 동안 마음을 잡지 못했던 것도, 다 제 불찰입니다. 그러니 이쯤 하십시오."

"어허, 이 사람이 정말 갈수록!"

아버지는 항상 열심히 공부하라는 말씀뿐이었다. 어렸을 때는 그것이 가문에 누가 되지 말라는 뜻인 줄만 알았다. 그래서 열심히 공부했다. 열심히 공부하는 게 학창 시절 그녀의 목표였다. 하지만 아버지의 뜻은 다른 데 있었다. 혼자 힘으로 세상을 헤쳐 나가려면 똑똑한 아이로 자라야 한다고 생각했다.

"일어나라. 그만 나가자는데도."

그런 모진 일을 당한 것도 가슴이 미어지는데, 죄인처럼 무릎을 꿇고 그저 처분에 따르겠으니 가끔 찾아뵙게만 해 달라는 딸아이 앞에 더는 꿀 먹은 벙어리처럼 잠자코 있을 수가 없었다.

"종손 자리도 종부 자리도 내놓으라시면 내놓겠습니다. 저같이 부족한 사람에게는 무겁고 고되기만 한 자리였습니다."

"아버지."

그래, 아가. 이제는 울지 마라.

"자네 뭐 하고 있나? 어서 요은이 데리고 나오게."

아버지는 대노한 어르신들의 힐책을 뒤로하고 댓돌 아래로 내려섰다. 자식 된 도리나마 하게 해 달라는 아이에게 아예 발길조차 말라던 문장 어르신은 집안에 망조가 들었다며 마룻장을 내려치고 있었다.

김 변호사가 교도소 접견실에 앉아 연화를 기다리는 중이다. 이미 형이 확정된 기결수는 원칙적으로 변호사의 접견이 허락되지 않지만, 그녀의 경우 마약류관리법 위반으로 고발된 상태라 교도소로 이감된 후에도 변호사 접견이 허락됐다. 사정이 이렇다 보니 동영상을 퍼뜨려 마약류관리법 위반의 혐의를 씌워 준 우해준에게 감사해야 할 형편이다.

교도관의 안내로 접견실에 들어선 연화는 김 변호사의 인사를 받는 둥 마는 둥 하며 자리에 앉은 후에도 허공에 시선을 둔 채 넋을 놓고 있다. 교도소에 수감 중인 사람에게 잘 지내느냐 묻는 게 무슨 소용이랴. 더구나 그게 허연화라면 말이다. 김 변호사는 늦게나마 투명 유리를 크게 덧댄 출입문 바깥을 의식하며 서류가방을 열었다.

"지난번에 말씀하신 언론 보도 문건입니다."

연화는 그제야 초점 흐린 눈으로 김 변호사를 바라봤다. 하지만 이내 테이블 위에 놓여진 A4용지로 시선을 옮긴다.

"뭐가 이렇게…… 많아요."

"빠짐없이 정리해 오라고 하셔서 그렇게 했습니다."

미리감치 변명을 앞세운 그가 식은땀을 흘렸다. 저렇게 정신을 놓은 사람처럼 앉아 있다가도 언제 돌변해 바락바락 악을 쓸지 모르니 팽팽한 긴장의 연속이다.

"항소심은 어떻게 됐어요."

"이유서를 제출하기는 했는데 아직 공판기일이 잡히지는 않았습니다."

"기각될 수도 있다고 했었죠."

"네. 그럴 가능성도 있습니다."

"다른 건은요."

"그게……."

"말씀하세요. 이렇게 된 마당에 눈치 볼 거 없잖아요."

도끼눈으로 카랑카랑하게 끝을 올려 묻던 모습은 간데없고 묻는 건지 마는 건지, 누가 들으면 영락없는 혼잣말이라고 생각할 정도로 풀이 죽은 목소리다.

"성수동 작업실에서 마약류의 약품이 발견됐습니다."

김 변호사의 말을 들은 연화가 고꾸라지듯 테이블에 가슴을 기대며 고개를 꺾었다.

"하—"

발작적으로 튀어나온 연화의 한숨에, 그는 드디어 올 것이 왔다 하는 표정으로 시선을 떨어뜨렸다.

"하하하—"

한숨인지 웃음인지 모를 이상한 소리에 그녀의 어깨가 흔들리고 있다.

"하하하하하하하—"

김 변호사는 갑작스럽게 터진 그녀의 히스테릭한 웃음에 바짝 긴장하며 자세를 고쳐 앉았다.

"내 작업실에서…… 뭐가 나왔다고?"

"회장님께서 크게 염려하고 계십니다."

"내 작업실에서! 뭐가 나왔냐고 묻잖아!"

연화가 돌연 살기등등한 눈빛으로 언성을 높이자, 출입문 바깥쪽의 교도관이 접견실 안을 살폈다. 김 변호사는 교도관을 향해 손을 살짝 들어 보이며 괜찮다는 신호를 보낸 후 곧장 연화를 보며 말했다.

"모르핀과 옥시코돈 외에도 마약성 진통제들이 다수였습니다. 의료용 마약이 대부분이었는데 아마 우해준이 손을 써 둔 게 아닌가 싶습니다."

입술을 잘근잘근 씹으며 고통에 집중하려 할수록 우해준의 목소리가 또렷하게 고막을 파고든다.

'아니면 이대로 나랑 같이 지옥으로 떨어지든가.'

5년 형을 선고받은 것으로 모든 게 끝난 줄 알았다. 그런데 아니었나 보다. 그가 말한 대로 더한 지옥이 기다리고 있는 것만 같다. 어떻게 이럴 수가 있을까. 아버지는 대체 뭘 하고 있는 걸까. 하나뿐인 딸이 실형을 선고받아 교도소에 있는데 면회 한 번을 오지 않았다. 우해준의 아버지처럼 회사를 위해 자식을 버릴 셈인가?

"혹시 아버지가 오해하고 계신 건 아니죠? 내…… 내가 정말 그랬다고 생각하시는 건 아니죠?"

김 변호사의 침묵이 뻣뻣하고 예리한 목줄처럼 숨을 죄어 온다.

"뭐야. 설마 그런 거야? 그래서 아예 면회도 안 오시는 거야?"

존대를 했다가 반말을 했다가 오락가락하니 어느 장단에 춤을 춰야 할지 모르겠다. 사람이 이렇게 망가질 수도 있구나 싶어 안쓰럽다가도 눈알이 희번덕 돌아가 언성을 높일 때면 없던 정마저 뚝뚝 떨어진다.

"요즘 회장님께서 많이 바쁘십니다."

하필이면 동탄 신도시에 대규모 아파트단지를 조성해 분양을 앞두고 있는 시기에 이번 사건이 대서특필됐고, 다른 기업이 시공을 맡은 단지에 비해 서린기업이 시공을 맡은 단지의 초반 분양률이 저조했다. 단지 그뿐이었다. 초반 경쟁에서 잠시 주춤했을 뿐 시간이 지나면 기존의 분양률을 웃돌 거라고 확신했다. 하지만 서린의 모태인 건설 쪽이 부진하다는 루머가 경쟁사와 언론을 통해 빠르게 퍼져 나갔고, 시행사 측에서는 조금의 위험 부담도 안을 수 없다며 도급을 중단해 오기에 이르렀다. 악재가 겹쳐 일어난 격이었다.

"그 많던 직원들이 전부 그만두기라도 했어요? 오너가 바쁠 일이 뭐가 있는데?"

그 남자와 그 여자가 행복한 집. 서린의 슬로건과도 같은 광고 문구였다. 그런데 최근 인터넷에 넘쳐 나는 패러디로 인해 더는 같은 문구를 사용할 수조차 없게 됐다. 이번 사건이 회사에 얼마나 큰 타격이 되고 있는지 안다면 저딴 소리도 쏙 들어갈 텐데, 감방에 있는 TV는 거들떠보지도 않는 건가 싶다.

"정말…… 미칠 거 같아."

사람 같지도 않은 것들과 같은 밥을 먹고 같은 공간을 사용해야 한다는 사실이 끔찍하다. 재소자들 사이에서는 호텔이라고 불리는 남부교도소였지만 그녀에게는 전혀 그렇지 않았다. 정신이 나간 건지 어쩐지 밤만 되면 이죽거리는 옆방의 수감자 덕분에 잠조차 제대로 잘 수가 없다.

교도소장의 배려로 재소자들과 마주칠 일은 거의 없지만 그러려면 하루 종일 독방에 있어야만 했다. 뻥 뚫린 창살 밖으로 복도가 훤히 보이는 좁아터진 공간에 있다 보면 실험쥐가 된 것만 같았다. 사방에 눈과 귀가 있어 사적인 공간이라고는 눈곱만큼도 허락되지 않는 곳. 접견이 끝나면 다시 그곳으로 돌아가야 한다는 생각에 벌써부터 진저리가 난다.

"김 변호사님."

"예."

뭔가 할 말이 있었는데 무슨 말을 하려고 했는지를 잊었다. 아무리 진저리가 나도 어쩔 수 없이 감방으로 돌아가야 하는 현실에 숨이 콱콱 막힌다.

"말씀하십시오."

생기라고는 찾아볼 수 없는 퀭한 눈으로 김 변호사를 보던 그녀가 천천히 자리에서 일어섰다.

"그만 가 보세요."

"예?"

"그만 가시라고요."

"아직 시간이……."

김 변호사는 평소와는 확연히 다른 연화의 태도에 당황해 말끝을 흐렸다. 지난번까지만 해도 감방으로 돌아가지 않으려고 세월아 네월 아 버티는 통에 다른 접견 변호사들의 빈축을 샀는데, 오늘은 온 지 얼마 되지도 않아서 그만 가 보라니. 괜히 그러마고 일어섰다가 무안 을 당하는 건 아닐까 싶다.

"피곤해요."

연화는 이미 접견실 문을 두드리고 있었다. 교도관과 함께 접견실 을 나서서 감방으로 돌아가는 길이 오늘따라 유난히 길다. 아무리 머 릿속을 비우려고 발버둥 쳐도 같이 지옥으로 떨어지자던 우해준의 목 소리가 생생하다.

연화를 독방에 데려다 놓은 교도관이 진압봉을 드르륵 긁으며 복도 저편으로 사라진 후에도 그녀는 움직일 줄을 모른다. 좁아터진 침상 이 세로로 놓여 뱀의 몸통처럼 길쭉한 독방의 입구에 서 있자니 안으 로 발을 옮기기가 두렵다.

모해위증에 마약류관리법 위반이라니. 최악이다. 그날 우해준을 작 업실에 들이지만 않았어도 이런 일 따위는 없었을 텐데. 아니, 처음부 터 그 인간과 엮이지 말았어야 했다. 하지만 이제 와서 숨이 끊어지도 록 후회해 봐도 달라질 건 하나도 없다. 사납게 날뛰는 분노와 그보다 더한 두려움을 어떻게 해야 할지 모르겠다.

"에이─씨! 조용하라고!"

"이런 씨팔!"

"어떤 년이 재수 없게 짜고 지랄이야!"

줄줄이 연결된 독방의 여기저기서 불만스러운 욕설이 튀어나왔다. 연화는 그제야 자신이 울음을 끅끅 삼키며 볼썽사나운 눈물을 쏟고 있었다는 걸 깨닫는다. 그런데 갖은 욕을 다 먹고 있음에도 불구하고 울음을 그칠 수가 없다. 두 손으로 얼굴을 가리자 흐느낌에 딸려 온 손바닥이 숨을 저며 질식할 것만 같다.

"흐으…… 흡! 으으…… 으…… 윽!"

너무 두렵다. 할 일이라곤 생각뿐인 이 공간이 너무 끔찍하다. 설마 마약류관리법 위반으로 형이 가중되는 건 아니겠지? 다른 건 몰라도 그것만은 절대 안 된다. 지은 적도 없는 죄를 내가 왜……까지 생각했던 그녀가 입술을 깨물었다. 우해준이 자신에게 하려는 짓과 자신이 요은에게 하려던 짓이 묘하게 오버랩 된 까닭이다.

"흐…… 흐흐흐흐…… 하하하……."

"야! 너 357번이지!"

"공주님 우신다~!"

"너 진짜 조용히 안 할래?!"

악다구니를 쓰는 재소자들 사이로 '정숙'을 외치는 교도관의 음성이 날카롭게 들려오고, 창살에 부딪힌 진압봉이 듣기 싫은 메아리를 만들며 복도 전체를 깡깡 울렸다.

"다들 조용히 못 해?!"

연화는 고막을 후비는 소리에 귀를 틀어막으면서도 연신 울다가 웃다가를 반복하고 있었다.

eec

저녁 식사를 마치면 나는 어머님과 있을 테니 너는 아버님과 있으라던 요은의 말대로 서재에 와서 앉기는 했지만, 평소 말이 없기는 아버지와 똑 닮은 원규라 한참이 지나도록 어색한 침묵만 흐르고 있다. 식사를 하기 전에 벌써 인사는 드렸으니 뜬금없이 안녕하시냘 수도 없고, 그렇다고 계속 이렇게 앉아만 있을 수도 없고, 시간이 지날수록 난감하기만 하다.

박 변호사 역시 난감하기는 마찬가지였다. 그래도 연륜으로 치자면 아버지가 아들보다는 한 수 위라 줄곧 원규를 마주하고 있던 박 변호사가 먼저 자리에서 일어나 술병이 진열된 장식장 쪽으로 걸음을 옮겼다. 사실, 아내가 다과와 함께 술잔을 들여왔으니 그 의도에 따르려는 것일 뿐 딱히 연륜이랄 것도 없는 상황이다.

"가볍게 한 잔 정도는 괜찮을 거 같은데."

먼저 운을 떼기는 했지만 아들이 즐겨 하는 주종(酒種)을 모르니 또다시 막막하다. 박 변호사 본인은 술이든 술자리든 즐기는 편이 아니라 가끔 들어오는 술들은 다른 사람에게 선물하곤 했다. 하지만 선물한 사람의 성의를 생각해서 보관이라도 하시라며 서가에 진열장을 마련해 준 아내의 정성으로 최근에는 술병의 수가 제법 많아졌다. 차라리 딱 한 병만 있었다면 고르기 쉬웠을 텐데 말이다.

"어떠냐. 한잔하련?"

"네."

원규는 대답과 함께 반사적으로 자리에서 일어섰다.

"술은, 자주 하는 편이냐."

다시 돌아서서 마땅한 술을 고르는 동안 박 변호사가 물었다.

"가끔요."

다시 자리에 앉았겠지 싶었던 아들의 목소리가 옆에서 들려왔다. 나란히 서서 진열장을 보고 있는 것이 낯설게 느껴지자, 박 변호사는 그간 이런 자리가 한 번도 없었다는 사실에 생각이 미쳤다.

"혹시 네가 즐겨 하는 게 있으면 그걸로 하자."

박 변호사는 어느덧 어른이 되어 버린 아들을 물끄러미 보며 얼마 안 되는 기억을 되짚었다. 자식은 부모를 보고 자란다는데 아들이 본 자신의 모습은 어땠을까.

"대부분 위스키네요."

받아서 넣기만 하고 따로 본 적이 없어서 모르고 있었다.

"위스키, 좋아하세요?"

원규는 그레인, 싱글몰트, 블렌디드 할 것 없이 아무렇게나 섞인 술병들을 보며 물었다. 그 역시 위스키에 조예가 깊은 것은 아니지만, 종류와 생산 연도 및 용량 등을 철저히 무시한 채 주르륵 놓인 진열장을 보니 아버지가 즐겨 하는 주종은 아닌 것 같다는 생각이 들어서다.

"그냥 들어오는 대로 넣어 두기만 했지 딱히 좋아하는 건 아니다. 넌, 가끔 마신다고?"

"네."

"마음에 드는 게 있거든 그걸로 하자구나."

원규 역시 술을 좋아하는 편은 아니다. 더구나 사업상 피치 못할 자리에서 억지로 마시는 게 위스키다 보니 평소에는 손이 가지도 않는다. 그래도 아버지께서 모처럼 권하시는데 위스키는 별로랄 수는 없어 고민 끝에 싱글몰트를 집어 들었다.

테이블에 앉은 원규가 마개를 여는 동안, 맞은편의 박 변호사는 깔끔하게 손질된 딸기가 원규 쪽으로 향하도록 과일 접시를 돌려놓는다. 원규가 미국에서 자라는 내내 이따금씩 형님 내외가 보낸 초여름쯤의 사진을 보면 아들은 매년 딸기축제에 가 있었다. 찬밥이든 더운밥이든 내 손으로 해 먹이지 못하는 게 아프다던 아내는 그럴 때마다 딸기를 한 상자씩 사다가 냉장고에 넣어 두곤 했다.

"아버지."

원규가 잔을 올리기 위해 자리에서 일어나며 그를 불렀다.

"됐다. 그냥 편하게 하려무나."

"첫 잔은 이렇게 올릴게요."

아들에게 술잔을 받는 것은 여느 술잔을 받을 때와는 사뭇 다른 느낌이다. 따로 일러둔 적도 없는데 아들은 술병을 든 오른 손목을 왼손으로 공손히 받치고 있었다. 잔을 받은 박 변호사는 다시 앉을 것을 권하며 원규가 내려놓은 술병을 들었다.

"술을 따로 배운 모양이구나."

"네. 처가에 인사드리러 가기 전에 요은이가……."

원규는 부모님 앞에서 아내를 가리키는 말이 따로 있었던가 생각하느라 잠시 말을 놓쳤다.

"그 사람이 가르쳐 줬어요."

박 변호사는 고개를 끄덕이며 아들의 잔을 마저 채웠다. 술잔을 받아 든 원규는 아버지가 먼저 잔을 비우기를 기다리고 있었다. 하지만 아버지는 지나칠 정도로 깍듯한 아들의 모습에 속이 아리다.

"어려워할 것 없어. 부모 자식 간에는 편히 해도 된다."

그렇게 말한 박 변호사조차 '부모 자식 간'이라는 표현이 생경하여, 저릿하게 쑤셔 오는 속을 첫 잔으로 씻어 내렸다. 재판이 끝난 후 두 사람이 어떻게 지내는지 궁금하지만, 그걸 묻는 것이 과연 옳은 일인가 싶다. 재판과는 상관없이 잘 지내야 하는 아들 내외가 아닌가. 그런 아이들에게 요즘은 어떻게 지내냐고 묻는 것이 내키지를 않는다. 재판이 끝났으니 모든 것이 해결됐다는 뉘앙스로 들리지는 않을까 저어되는 마음 때문이다.

"아버님, 어머님께 괜한 염려를 끼쳐 드린 것 같다고, 요즘 그 사람이 걱정을 많이 해요."

원규가 아버지의 빈 잔을 채우며 조심스럽게 말을 꺼냈다.

"그런 걱정은 할 거 없다. 예상 밖으로 시끄러워져서 마음 상하는 일이 많았을 텐데, 새아기야말로 괜찮은지 모르겠구나."

"저희들은 괜찮습니다."

원규는 오른쪽으로 고개를 돌리며 왼손으로 잔을 가린 채 첫 잔을 비웠다. 박 변호사는 아들이 잔을 비우자마자 술을 가득 따라 주었다.

"난처한 일은 없으신지, 그 사람이 궁금해해요."

내가 궁금해하더라는 말은 절대 하지 말라고 당부했건만, 원규는 요은의 배려를 강조하려는 듯 굳이 말을 덧붙였다.

"난처할 일이 뭐가 있어."

"그 사람보다 아버지께서 더 많이 보도되셨잖아요."

사건이 보도된 후 여러 사람으로부터 전화를 받았다. 며느님께서 그런 유감스러운 일을 당하셨으니 얼마나 염려가 크시냐는 내용이었다. 이태원의 동성애자 전용 바에서 벌어진 일이라 항간에는 어이없는 소문이 도는 것도 같았지만 신경 쓰지 않기로 했다.

남의 시선을 챙기느라 아들에게 소홀했던 시간을 이렇게라도 만회할 수 있어 다행이라고 생각하며 마음을 다스렸다. 그런 오해를 누구도 아닌 아버지에게서 받아야 했던 아들에 비할까 생각하면 남들의 시선쯤은 어떻든 상관없었다.

"죄를 지은 것도 아닌데 그쯤이야 뭐 어떻다고."

잔을 비워 낸 박 변호사는 자리에서 반쯤 일어난 원규를 만류하고 직접 본인의 잔을 채웠다.

"그나저나, 소식은 들었는지 모르겠구나."

원규는 잠시 아버지에게 뒀던 시선을 거두며 곧장 술잔을 집어 들었다. 우해준과 허연화의 소식은 익히 들어서 알고 있었다. 그렇지 않더라도 굳이 아버지를 통해 그들의 소식을 듣고 싶지는 않았다. 누구를 통해서도 마찬가지였다. 처음부터 세상에 존재하지 않았던 것처럼, 그들에게 어떤 가치도 부여하고 싶지 않았다.

"남 변호사 말이다."

박 변호사는 조심스럽게 원규의 기색을 살폈다. 아들이 아무것도 모르는 표정이기를 바라는 간절한 마음이었다. 하지만 원규와 눈이 마주쳤을 때, 박 변호사는 남무석을 궁지에 몰아넣은 사람이 아들임을 직감했다.

"원규야."

"네."

"혹시 네가 한 일이냐."

묻는 것이 아니라 확인하듯 고저가 없는 아버지의 말에 원규는 그저 술잔을 비울 뿐이었다. 아들이 연거푸 서너 잔을 비우도록 박 변호사는 아무 말도 하지 않았다.

"그게 중요한가요?"

한동안 말이 없던 원규가 혼잣말하듯 조용히 되물었다.

"남 변호사의 혐의는 업무상비밀누설죄뿐이었다. 그런 사람이 음화반포와 명예훼손으로 고소를 당했어."

"아버지께서 말씀하셨잖아요. 업무상비밀누설죄를 물을 수 있는 상황이 아니라고요."

남무석은 포하임코리아를 버리고 수휘를 선택했다. 결과적으로 회계감사 건의 책임을 떠넘기려는 우영환의 수에 걸려들지 않게 된 것이었다. 물론 녹취록 외에도 사건과 관련된 기밀문건을 박 변호사에게 넘겨 의뢰인이었던 우해준이 다양한 소송에 휘말리도록 했지만, 업무상비밀누설죄를 이유로 변호사 자격을 박탈할 수도 없었다. 만일 우해준이나 우영환 측이 다른 확증을 가지고 남무석을 고소한다면 모를까, 박 변호사가 나설 수는 없는 상황이었다.

"그래서, 그 사람이 짓지도 않은 죄를 씌운 게냐."

설상가상으로 사건이 언론이 보도되고부터는 우영환 대표도 제정신이 아니었던 탓에, 예전에 무마했던 사건들에 관한 자료며 녹취록이 어떻게 검찰의 증거로 인용됐는지 신경 쓸 여력이 없는 눈치였다. 게다가 회계감사 비리 건까지 겹치면서 경영권 방어에 급급하다 보니 남무석의 입장에서는 자연스럽게 수휘로 갈아타기만 하면 되는 상황이었다.

그런데 사건이 터졌다. 서린기업에서 기를 쓰고 막으려는 허연화의 비디오를 인터넷에 유포한 계정이 남 변호사의 명의로 돼 있었던 것이다. 우해준의 변호사가 언론의 초점을 허연화에게 돌리기 위해 저지른 일이라며 세간이 떠들썩해졌다. 누가 보더라도 이상할 것이 없는 세력가들의 암투였지만, 박 변호사는 남무석이 그런 위험을 무릅쓸 정도로 우해준에게 충성을 다할 사람이 아니라는 것을 잘 알고 있었다.

"이번이 처음이었어요. 그리고 마지막일 겁니다."

"네가 한 일이었구나."

서린기업의 법무팀은 명예훼손 및 음화반포의 혐의로 남 변호사를 고소했고, 우영환도 서린기업 허 회장의 분노를 사지 않기 위해 숟가락을 얹고 나섰다. 우영환 자신은 그런 일을 지시한 적도 없으며, 결과적으로 우해준이 더욱 난처한 지경에 이르게 됐다는 이유로 남 변호사를 고소한 것이다.

"아버지께 더는 부담을 드리고 싶지 않았어요."

"네가 한 일이 아니었기를 바랐다. 저들이 생각하는 대로 포하임과 서린이 물고 뜯다 벌어진 일이기를 바랐어."

아들의 손에 구정물을 묻게 한 것 같아 속이 무겁다.

"걱정하지 마세요. 검찰 쪽에서도 계정이 해킹됐다는 것 정도는 쉽게 알 수 있을 거예요. 그렇게 되면 음화반포나 명예훼손에 관해서는 혐의를 덜 수 있을 거고요."

원규가 아버지의 시선을 피하며 씁쓸한 숨을 삼켰다.

"우영환 대표가 남 변호사를 고소하게 만들려면 그 방법뿐이었어요. 아무리 생각해도 다른 방법이 떠오르질 않았어요."

"혹시, 새아기도 알고 있……."

"아뇨. 모릅니다. 절대 몰라야 돼요."

박 변호사를 보는 원규의 눈빛이 간절하다.

"부탁드릴게요. 그 사람한테는 말씀하지 말아 주세요. 제가 그랬다는 걸 알면 많이 속상해할 거예요."

"아마 변호사 자격이 박탈될 게다."

"알고 있습니다."

"남 변호사 입장에서는 억울할 수도 있는 일이야. 나름대로는 의뢰받은 일을 처리한 것뿐이니 말이다."

"일을 시킨 사람이 따로 있다고 해서 남 변호사가 죄를 면할 수는 없다고 생각합니다. 남 변호사는 분명 선택을 했고, 그 책임은 본인이 져야죠."

여러 명의 피해자를 입막음하는 과정에서 그들에게 얼마나 큰 상처와 모멸감을 줬을까. 병원에 입원 중이던 요은이에게 고소 취하를 종용한 것도 모자라 정황증거를 위장해 박 변호사를 만나기까지 했다. 이번 일의 책임은 그런 남 변호사에게도 있었다. 진작 우해준을 제대로 보필했더라면 더는 피해자가 나오지 않았을 것이라는 원규의 생각에는 조금의 변화도 없었다.

"아버지."

"오냐."

"제가 한 일이 불법이라는 거 잘 알고 있어요. 저도 한참 고민했습니다. 한 번의 생각으로 쉽게 결정한 일이 아니에요. 그리고 두 번 다시, 이런 일은 없을 겁니다."

"그래. 그렇게 믿으마. 아니, 믿는다."

박 변호사는 가득 따른 술잔을 원규에게 권하며 말했다.

"새아기한테도, 네 어머니한테도 이 일은 끝까지 비밀로 하자구나."

원규는 말없이 아버지가 내민 술잔을 받아 들었다.

❧

자고 가겠다는 아들 내외를 억지로 보낸 최 여사가 남편과 함께 엘리베이터에 올랐다.

"웬 술을 그렇게 드셨어요."

"허— 그러게 말이야."

"당신도 참. 본인이 드셔 놓고 남 말 하듯 하세요."

"허허."

700ml 위스키를 세 병 가까이 마셔서 그런지 알싸한 취기에 몸이 더울 정도다.

"괜찮으세요?"

"하— 괜찮다마다."

"아휴, 술 냄새."

"그러게. 너무 먹였나 싶으이."

"안주가 다 됐으면 말씀을 하시지. 아무리 식사 후라도 술만 드시면 속 버려요."

"검찰주로 단련된 몸이라 끄떡없네. 그나저나 자고 가겠다는 아이들을 한사코 돌려보낼 건 뭐야. 새아기가 은근히 서운해하는 것 같던데."

"우리 박 변호사님 센스가 현역에 계실 때만 못하네."

"음?"

"새아기는 서운했을지 몰라도 당신 아들은 아닐걸요."

최 여사는 원규가 내내 요은이의 손을 꼭 잡고 있더라 말하며 살포시 웃었다.

"허허, 사람 참."

"아니 내가 뭘요."

"허음, 흠—"

"어머? 말한 사람 무안하게 뭘 그리 겸연쩍어하세요."

"겨…… 겸연쩍어하기는 누가."

"호호호—"

"얼른 내려요."

박 변호사는 때마침 열린 엘리베이터 문을 앞서 나서며 다시 한 번 헛기침을 했다.

"원규 아버지."

"또 무슨 말로 사람을 골리려고."

"당신은 손주 안 궁금하세요?"

"허 참."

"저는 오늘 새아기랑 차 마시는 내내 고민하다 말았어요. 당신이 원규한테 말씀 좀 해 보지 그러셨어요."

"예순도 안 돼 할머니 소리 들으면 어쩔랬 땐 언제고."

겸연쩍고 불편하면 서재로 들어가거나 침실로 들어가 누우면 될 일인데, 박 변호사는 굳이 거실 소파에 앉아 뒤따라오는 아내에게 말했다. 그도 이런 대화가 싫지만은 않은 까닭이다.

"그러게 말이에요. 근데 막상 두 애들이 저렇게 좋아지내는 걸 보니까 욕심이 생기네요."

"욕심인지 알면 됐네그려. 괜히 새아기한테 부담 주지 말아요."

"정말 다행이에요."

최 여사가 남편 곁으로 앉으며 말했다.

"당신이야 진작 알고 있었지만 저는 뒤늦게 알고 나서 오늘 자리가 새아기랑 처음이었잖아요."

우해준이 죄를 인정하는 선에서 조용히 마무리될 거라 생각했기에 아내에게는 알리지 않으려고 했었다.

"미안하이. 그렇게까지 떠들썩해질 줄은 몰랐어."

"참 몹쓸 사람들이에요."

"더는 마음 쓰지 말아요. 그럴 가치도 없는 인간들이야."

얼마 전 허연화의 항소가 기각됐다. 마약류관리법 위반으로 1년 6개월의 형이 가중됐다는 소식도 있었다. 허연화와 종종 만나 의료용 마약을 투약했으며 만남의 장소는 주로 허연화의 작업실이었다는 우해준의 자백은 그녀의 작업실 곳곳에 그가 숨겨 둔 약물들과 함께 그녀의 죄를 입증할 유력한 증거로 인용되었다. 마약류관리법 위반에 관해서만은 결백한 그녀였지만, 그녀의 결백을 믿는 사람은 아무도 없었다.

게다가 한경일보를 필두로 모든 언론에서 허연화와 우해준의 사건을 연일 보도하고 있어 서린기업과 포하임코리아의 타격이 예상 밖으로 커지고 있었다. 신도시 조성 사업은 건설업계 쪽에서도 사활을 거는 일이다 보니 분양을 앞둔 시점에 터진 이번 사건이 서린의 경쟁사에게는 아주 좋은 먹잇감인 셈이었다. 업계의 특성상 여성 고객의 비중이 큰 포하임코리아 역시 대표이사 해임안이 논의될 정도로 영업손실이 컸다. 우해준이 말했던 지옥이 끔찍하리만치 끈덕지게 두 사람에게 들러붙고 있는 셈이다.

"이제 남은 몫은 새아기한테 달린 일이지."

"그래서 더 마음에 걸려요. 살면서 가끔은 생각나지 않을까 싶고."

"말했잖소. 아주 영민한 아이라고. 분명 잘 이겨 낼 거야."

"처음 알았을 때는 아무리 내 자식이지만 원규가 어찌나 원망스러운지. 원규가 잘 보듬기만 했어도 그런 험한 일까지는 없었을 텐데 싶고. 내가 이런데 새아기는 어떨까, 그런 생각이 들 때마다 너무 면목이 없어서. 솔직히 오늘도 두 아이 불러 놓고 걱정 많이 했어요."

최 여사는 불식간에 뜨거워진 눈가를 얼른 훔쳐 냈다. 남편의 말처럼 며느리는 영민한 아이였다. 괜찮으냐고 미처 묻지도 못한 채 속만 끓이는 시어미에게 도리어 죄송하다며 먼저 얘기를 꺼내 오기까지 얼마나 많은 생각을 갈음했을까. 그저 영민하기만 한 것이 아니라 진정 속이 깊은 아이다. 그래서 더 가슴이 아프다.

"우리들 마음고생이야 어디 새아기한테 비하겠나. 그러니 주변에서 얼른 털어 내고 좋은 것만 보고 좋은 것만 듣게 해 줘야지. 그게 새아기를 위하는 일이야."

"그래서…… 더 손주가 기다려지나 봐요."

"어허, 사람 참. 자꾸 그렇게 조급해하지 말라는데도."

"아뇨. 제 욕심이 아니라. 솔직히 저는 살면서 제일 행복했던 때가 그때였거든요. 갓 태어난 원규를 품에 안았을 때 말이에요. 정말 세상을 다 얻은 기분이었어요."

박 변호사 역시 그랬다. 아내의 품에 안겨 입술을 옴짝거리는 갓난

아이를 처음 마주했을 때 그를 품은 세상이 작아 보일 정도로 큰 선물을 받은 것 같았다. 그러니 한 번이 아니라 열 번이라도 그저 믿어 줬어야 했는데 그러지를 못했다.

"내가 부족했던 탓에 당신이나 원규가 고생이 많았지."

아들이 자란 미국에서는 대마초가 또래들 사이의 통과의례라지만, 당시 박 변호사의 상식으로는 도저히 이해할 수 없는 일이었다. 그가 판단하기에는 대마초 역시 환각제라는 점에서 메탐페타민과 전혀 다를 것이 없었다. 그래서 모난 돌에 정을 치는 심정으로 바로잡으려고만 했다. 둥근 돌에 정을 쳐 모를 내고 있는 줄도 모른 채, 가혹할 정도로 원규를 몰아붙였다.

"무슨 말씀을 그렇게 하세요."

이제 와서는 모두 지난 일이지만, 새아기가 당한 일마저 끔찍하게 오해했던 것을 생각하면 아직도 앞이 캄캄하다. 만일 그날 내 자동으로 찾아온 원규가 무릎까지 꿇어 가며 속 얘기를 하지 않았더라면, 우해준 측의 증거자료만 믿고 두 아이를 갈라놓으려고 안간힘을 썼을지도 모른다.

'저는 제가 누군지도 모르는 채로 살았습니다. 큰아버지의 아들인지 아버지의 아들인지도 모르는 채로 살면서도 어떻게든 인정받고 싶었어요. 그래서 뭐든 두 분 아버지께서 하라는 대로…… 정말 최선을 다했습니다. 그런데 딱 한 번…… 그 한 번에 어긋난 믿음이 저한테는 얼마나 소중한 거였는지…… 두 분께서는 아마 끝까지 모르실 겁니다.'

그 한 번에 어긋난 믿음으로 얼마나 많은 사람이 다쳐야 했는지 모른다.

'저에 대해서는 어떤 오해를 하셔도 상관없어요. 전 아무래도 괜찮아요. 아버지께서 이렇게 밀어내셔도…… 저는 아버지 아들이니까…… 괜찮습니다. 하지만 요은이는 아니에요. 요은이가 받은 상처…… 저 하나로도 충분합니다. 저 때문에 거기까지 찾아가서 그런 일을 당한 사람한테…… 아버지까지 이러지 마세요. 아버지께서 생각하시는 그런 거 아니에요. 그런 사람 아닙니다. 아버지께서 이러시는 거 알면 그 사람 못 살아요. 그럼…… 저도 못 삽니다.'

그날 아들의 눈물은 세상 어떤 심해보다 더 깊었다.

"그러고 보면, 인연이라는 게 정말 있기는 한 것 같아."

"새아기랑 원규요?"

"그 많은 자리 다 쳐 내고 곧 죽어도 결혼은 못 한다며 박박 우기던 녀석이. 허허……."

"그러게요. 다른 집에서 데려갔으면 어쩔 뻔했어요."

"그러니 잘합시다. 조급해하지도 말고 지레 걱정도 말고. 그저 묵묵히 옆에 있어 줘야지."

최 여사가 몸을 살짝 물러앉으며 남편을 바라본다.

"당신 정말 취하셨나 봐요. 이렇게 말씀 많이 하시는 거 처음 봐요."

"그런가."

"원규랑은 무슨 말씀 나누셨어요?"

"그냥 내내 술만 마셨지 뭐."

"아무 말씀도 않고요?"

"녀석이 무슨 말을 해야 말이지."

뒤늦게 오른 취기에 눈을 감은 박 변호사가 소파 깊숙이 등을 기댔다.

"그래도 술맛은 참 좋더구만."

처음으로 아들과 함께 마신 술의 여운이 가시지를 않는다.

Chapter 10. 비워야만 담을 수 있는 것들

얼마 전부터 다시 글을 쓰기 시작했다. 사실 처음 시작은 일기였다. 재판이 끝난 후에도 가끔 상담을 받으러 가곤 했는데, 어느 날 선생님께서 이제 그만 와도 될 것 같다며 당분간은 일기를 써 보는 게 어떻겠냐고 말씀하셨다.

나는 당연히 싫다고 했다. 처음에는 재판에 도움이 될 거라는 생각으로 상담을 시작했지만, 시간이 갈수록 재판 외적인 부분에서 도움을 받고 있다는 사실을 깨달았기 때문이다. 나에게는 분명, 재판이 끝난 후에도 덜지 못한 감정들이 있었다. 물론 그 감정이란 우해준과 허연화에 대한 것들이었다.

재판이 끝난 후에는 더 이상 악몽을 꾸지도 않고 아주 가끔은 혼자서 택시를 타고 가양동에 가기도 했다. 그렇게 조금씩 지워 내면 언젠가는 가슴 한 자락에 매달려 있던 감정의 무게도 옅어질 거라고 생각했다. 진심으로, 두 사람을 완전히 잊고 싶었다. 하지만 둘에 대한 감정을 완전히 비워 내는 것이 쉽지만은 않았다. 아니, 아주 어려웠다.

무관심.

또박또박 쓸 수 있는 저 세 글자가 실상은 가장 이루기 힘든 것임을 절감해야 했다. 머리에서 밀어내고 마음에서 지워 내려 할수록 감정의 무게는 더해지기만 했다. 통렬한 원망과 미움을 온전히 비워야만 두 사람을 잊을 수 있을 것 같았다.

마음을 비운다는 것은 용서와는 또 다른 의미다. 나는 두 사람을 용서할 수 없었다. 어느 누구도 용서를 구하지 않았기 때문이다. 그들이 원하지도 않는 것을 나 혼자 줄 수는 없지 않은가. 그래서 아주 가끔 상담이 필요했다.

선생님에게는 뭐든 다 말할 수 있어서 좋았다. 내가 얼마나 두 사람을 증오하고 있는지, 이따금씩 떠오르는 기억으로 움츠러들 때마다 스스로를 다잡으려는 의지에 앞서 둘에 대한 원망이 고개를 쳐드는 게 얼마나 끔찍한 일인지, 원규에게는 말할 수 없는 것들을 선생님께는 말할 수 있었다.

누군가를 죽도록 원망하고 있다는 사실을 원규가 몰랐으면 했다. 원규에게만은 완전한 사람이고 싶어서가 아니었다. 이미 원규는 나의 결핍을 세상에서 제일 잘 아는 사람이었고, 그럼에도 나를 사랑한다는 것을 나 역시 아주 잘 알고 있었다. 나는 다만 내가 가진 감정의 무게를 원규에게 얹고 싶지 않을 뿐이었다. 허연화와 우해준에 대한 원망을 원규에게 덜어 내기는 싫었다.

그런 이유로 상담을 계속하고 싶다고 말하자, 선생님께서는 내가 이미 답을 알고 있다는 이상한 말씀을 하셨다. 답은 질문이 있을 때나 필요한 거고, 나에게는 해결책이 필요하다고 반박했다. 문제에 대한 해결책 말이다. 하지만 선생님께서는 이후의 상담을 완강히 거절하셨고, 나는 막막한 심정으로 클리닉을 나와야 했다.

처음에는 '일기 따위 쓸까 보냐!' 하는 심정이었다. 왜 상담을 안 해주는 건지, 내가 이미 답을 알고 있다는 게 무슨 소린지, 갈 때마다 부정적인 감정만 쏟아 내는 게 듣기 싫으셨던 건 아닌지, 몇 날 며칠간 원규가 출근하고 난 후 이불을 꽁꽁 싸매고 드러누워 생각하고 또 했다. 그러다가 문득, 그 몇 날 며칠이란 시간 동안 두 사람에 대한 생각을 거의 않고 있었다는 사실을 깨달았다. 마치 원규와 함께 있을 때면 다른 생각은 하나도 안 나는 것처럼 말이다.

그때까지 나는 감정을 비워야만 잊을 수 있는 줄 알았다. 그런데 어쩌면 잊어야만 감정이 비워지는 건지도 모른다는 생각이 들었다. '닭이 먼저냐 달걀이 먼저냐'를 고민하듯, 나는 다시 인과의 딜레마에 빠지고 말았다. 다만 다른 점이 있다면, 닭과 달걀의 선후를 가리기 힘든 것은 둘 다 옳기 때문이고, 감정을 비우는 것과 잊는 것의 선후를 가리기 힘든 것은 둘 다 어려운 일이라는 점이었다.

그러니까 결론은, 다시 원점이었다. 상황이 이쯤 되자 이상한 오기가 발동했다. 나의 인생에서 두 사람을 기필코 삭제해 버리고 말겠다는 일종의 투지에 불타올랐던 것 같다.

선생님의 말씀대로 일기를 썼다. 두서없이 써 내려간 첫날의 일기는 제대로 된 문장을 찾아볼 수 없는 낙서나 마찬가지였다. 하지만 의미 없는 낙서는 아니었다. 생각을 머리로만 할 때는 부정적인 감정에 사로잡혀 항상 제자리걸음이었는데, 생각을 글로 옮기자 나의 감정을 조금은 객관적으로 볼 수 있게 됐다.

"뭐 해?"

깜짝이야.

"일기?"

아— 박원규 제발⋯⋯ 인기척 좀 하라고.

"언제 왔어?"

"아까."

"아까?"

"계속 보고 있었는데 몰랐어? 근데 너 타이핑할 때 손가락을 다 안

쓰네?"

야, 이……! 그런 건 좀 보고도 모른 척해 주면 안 되겠니?

"근데 빠르다. 신기해."

확인 사살인가. 얼른 모니터를 내리고 미간을 찌푸리며 원규를 쳐
다봤다.

"아, 미안. 화났어? 내용은 안 봤어. 그냥 니 손가락이 너무……."

"너무 뭐? 네 손가락만 쓰는데도 빨라서 신기하다고?"

"아니. 예쁘다고."

곧장 허리를 숙여 오며 대답한다. 하지만 어림도 없는 말씀! 나는
잽싸게 원규의 입술을 피해 의자 반대편으로 일어섰다. 봤니, 원규야?
내 반사 신경이 이 정도란 말씀.

"박원규."

"안 해 줄 거야?"

어우— 저 아쉬운 표정을 어쩌면 좋을까. 너무 사랑스러워서 당장
이라도 포옥 안기고 싶다. 하지만 오늘은 꼭 짚고 넘어가야겠다.

"하나만 물어보고."

항상 들어도 기분 좋은 말이기는 하지만, 매번 듣다 보니 괜히 확인
하고 싶다.

"뭘?"

"나 예뻐?"

"응."

원규야, 조금은 망설여야 진실해 보이는 법이란다.

"그리고?"

"음?"

"예쁜 거 말고."

이해를 못 한 건지, 일부러 모르는 척하는 건지.

"아니. 그냥 예쁘다 말고."

"하하—"

웃기냐. 그래, 웃겨서 좋겠다. 맨날 예쁘다, 예쁘다. 그거 말고는 할 말이 없니.

"되게 예뻐."

"야."

"하하하—"

"웃지 마라."

웃지 말라는 건 소리뿐만이 아니라 모션까지 포함한 말이거든?

"왜 자꾸 웃는데?"

"예뻐서."

"할 말 없으면 꼭 그러지."

"응. 너무 예뻐서 무슨 말을 해야 될지 모르겠어."

"아, 박원규—"

"왜?"

그래, 너한테 뭘 바라겠니.

"됐어. 난 일기나 마저 쓸래."

실없는 장난에 의 상한다더니 딱 그 짝이다. 괜한 욕심에 혼자서 삐친 나도 참 어지간하다 생각하며 다시 앉으려는데…….

"엄—마!!"

아…… 아…… 심장이야. 고스톱의 밑장 빼기도 아니고 이런 식으로 의자 빼기를 하나?

"그러니까 처음부터 그냥 앉아 있지 그랬어."

너무 놀라 저만치 떨어졌던 심장이 제자리를 찾기도 전에 뒤에서 나를 받쳐 안은 원규의 입술이 목덜미에 닿았다.

"흡—"

"많이 놀랐어?"

"흡!"

나의 딸꾹질에 가볍게 터진 원규의 미소가 목덜미를 타고 온몸에 흐른다.

"하—"

난 가슴이 아려 죽겠는데 넌 웃음이 나오니.

"지금 몇 시지?"

"간지러워—"

"응? 지금 몇 시야?"

"몰라."

"우리 자자."

제발…… 목덜미에 얼굴을 묻은 채로 그렇게 속삭이지 좀 말아 줄래.

"아아…… 하……."

"응? 자자, 한요은."

내가 유난히 민감한 건지 원규의 스킨십이 나날이 발전하는 건지 모르겠다. 목덜미를 따라 어깨로 내려간 입술이 부드럽게 살갗을 누를 때마다 온몸에 힘이 빠져 주저앉을 것만 같다. 아니, 이미 주저앉았어야 하는 나를 원규가 뒤에서 끌어안고 있는 상태다.

"워…… 원규야."

"음?"

"하아…… 하……."

천천히 어깨를 돌려 안은 원규의 미소가 너무 달콤하다. 그리고 나의 입술에 닿은 원규의 입술은 그 미소보다 훨씬 더 달콤하다. 몽우리와 입꼬리 사이를 스치듯 오가며 간지럼을 태우듯 아랫입술을 누르던 원규가 허리를 세게 끌어안으며 몸을 더 가까이 해 왔다. 흠칫 놀라 신음을 토하자 금세 팔에서 힘을 빼고는 걱정스러운 듯 나를 마주 본다.

"미안. 아팠어?"

대답을 하려 한들 말이 아니라 신음이 나올 것 같아 숨을 참으며 천천히 고개를 저었다. 원규가 한 팔로는 허리를 안고 다른 한 손을 나의 무릎 아래로 넣었다. 들려 안긴 채로 원규의 어깨에 뺨을 기대며 가쁜 숨을 따라 오르내리는 가슴을 진정시키려 애썼다.

침대 앞에서 나를 내려놓은 원규가 안경을 벗었다. 그대로 입술을 열어 오는 혀끝에서 시원한 민트 향이 난다. 지금 내 안으로 들어온 원규는 어느 때보다도 달콤하고…… 시원하고…… 따뜻하다. 원규와 나는 쉴 새 없이 요동치는 심장이 누구의 것인지 모를 만큼, 서로를 가까이 안았다.

eee

한쪽 입술이 무거워 거울을 보니 빨갛게 피멍이 져 있다.

아— 박원규…….

일찍 나가 봐야 한다며 새벽부터 일어나 아이처럼 보채더니, 이번에도 역시나 입술에 멍을 들여 놨다. 그러게. 너무 세게 그러지 좀 말라니까. 남의 입술을 이렇게 만들어 놓고 훌쩍 출근을 했다 이거지. 넌 아주 그냥 오늘 들어오기만 해 봐라. 나도 똑같이 쪽쪽 빨아서 혈관을 다 터뜨려 줄 거다.

멍든 입술을 치열 사이로 당겨 혀끝으로 누르니 찌르르하면서도 말랑말랑한 감촉이 느껴진다. 그런데 그 감촉이 싫지만은 않다. 싫지 않은 정도가 아니라 자꾸만 손이 가고 웃음이 나와 당황스럽다. 거울을 계속 보고 있자니 어젯밤의 기억이 새로워 입술이 아니라 얼굴 전체가 빨개지는 것 같다. 식전 댓바람부터 혼자 거울 앞에 앉아 피식피식 웃으며 혀끝으로 손끝으로 입술을 누르고 있으니 이상한 사람이 된 것 같아 서둘러 화장대에서 일어났다. 곧장 노트북을 열고 앉으려는데 이번에는 전화벨이 울린다.

— 요은아.

원규가 직접 설정해 놓은 박원규 전용 벨이다.

— 한요은.

들을 때마다 웃음이 나……는 건 좋은데 무의식중에 치열에 눌린 입술이 저릿하게 아파 온다.

— 전화받아.

가끔은 끝까지 듣고 싶어서 일부러 안 받고 버티는 걸 알고는 있을까.

— 요은아.

"응."

— 나 도착했어.

"응."

— 잠 다 깼어?

"응."

— 아침은?

"아직."

— 얼른 먹어.

"응."

— 입술, 미안.

"하—"

하여튼 못 말리는 박원규.

"알고 있었어?"

— 응. 씻고 나오면서 보니까 빨갛더라.

침대를 욕실과 떨어진 곳으로 옮겨야 할 것 같다. 상쾌한 아침을 맞아 씻고 나오던 원규가 침대에서 세상모르고 잠든 나를 물끄러미 봤다고 생각하니 괜히 무안하다.

— 요은이 너, 입술이 좀 약한가 봐.

건강하기로는 둘째가라면 서러운 사람한테 약하다니?

"아니거든. 니가 너무 세게 빠⋯⋯."

'빨다' 라는 단어에 이런 묘한 느낌이 있을 줄은 몰랐다. 사뭇 다른 어감에 말을 멎기는 했지만, 그게 더 이상한 것 같아 얼른 말을 이었다.

"빨아서 그런 거거든."

— 앞으로는 얘기해. 아팠을 거 아냐.

원규가 내 안에 들어오면 아프고 말고를 생각할 겨를이 없다. 심장으로 빨려 들어간 온몸이 곧장 아랫배로 달음질했다가 어마어마한 축포처럼 팡팡 터지며 혼이 쏙 빠지는데 달리 무슨 생각을 하겠는가.

"몰라."

— 저녁 밖에서 먹자.

이 말 하는데 저 말 하는 습관 좀 고치라니까. 자꾸 이러면 이 말에 저 말 하는 너에게 그 말로 응수하는 수가 있거든. 하지만 생각은 그렇게 하면서도 함께 외출할 생각에 벌써부터 기분이 좋다.

"오늘?"

— 응.

"몇 시?"

— 7시까지 갈게. 준비하고 있어.

"바쁘다며. 일찍 나와도 돼?"

— 그래서 일찍 출근했잖아.

"응."

— 이따 봐.

"응."

— 먼저 끊자.

"어."

나도 모르게 입술을 만지작거리며 휴대폰을 내려놨다. 눈앞에는 어제 모니터를 닫기 전의 상태로 온전히 남은 일기가 있다. 글을 쓰다 말고 생각을 정리한답시고 일기장을 폈는데, 며칠째 안 풀리는 글과 달리 일기에는 글자들이 **빽빽**하다.

닭이 먼저냐 달걀이 먼저냐의 문제……까지 쓰다 말았구나. 어쨌든 일기를 쓰기 시작하면서 머릿속에 맴돌기만 했던 감정들을 차츰 정리할 수 있었다. 원치 않는 감정에 발목을 잡힌 채 허우적거리는 시간도 점점 줄었다. 원망이든 증오든 그들 앞에 직접 쏟아 낼 게 아니라면 혼자서 아무리 끙끙 앓아 봐야 달라질 건 없다는 사실을 뒤늦게 깨달은 것이다. 그렇다면 그들을 찾아가 욕이라도 한 바가지 해 줄 생각은 있는지를 고민한 결과, 상대하고 싶지 않다는 결론을 내렸다. 일고의 가치조차 없는 사람들에게 허비하기에는 내가 살고 있는 시간이 너무 소중했다.

"그래. 소중하지."

누군가를 원망하거나 미워하는 것은 감정의 카타르시스가 아니라 자기파괴에 가까운 행위다. 혼자서 품은 원망과 미움으로는 상대방을 변화시킬 수 없기 때문이다. 그런 부정적인 감정에 오랫동안 사로잡혀 있으면 오히려 스스로를 파괴하게 된다. 바뀌지 않을 사람이라면 그로 인해 속을 앓는 것은 어리석은 짓이다. 더구나 그들은 내가 평생 안고 가야 할 가족도 무엇도 아니지 않은가.

정말…… 아무것도…… 아니었다.

생각이 거기에 미친 순간, 기도에서 폐에 이르는 길목을 갑갑하게 움켜쥐고 있던 것이 쑥 빠져나가는 느낌이었다. 그리고 조금씩 마음이 편해졌다. 혼자 있는 시간이면 으레 속을 끓여 가며 안절부절 어쩔 줄을 모르곤 했는데, 더 이상 그럴 필요가 없어진 것이다.

나는 분명, 아주 먼 길을 돌아 이곳까지 왔다. 물론 지금도 완벽한 인간은 아니지만, 원규를 만나기 전의 나는 어리석은 고집불통에 나 하나 생각만 하는 어른아이였다. 원규와 결혼을 한 직후에도 그랬다.

"박원규도 뭐…… 치……."

못난 자신을 돌아보는 것은 언제나 부끄러운 일이라 괜히 사랑스러운 원규에게 심통을 부리는 지금까지도, 어쩌면 난 어른아이인지도 모른다. 하지만 이제 뭐든 괜찮다. 어떻게든 윤림서원의 일원으로 인정받고 싶던 욕심도 비웠다. 내가 정말 원한 건, 윤림서원 한씨 종가의 차녀가 아니라, 부모님의 온전한 딸이 되는 것이었다.

두어 달 전, 종손 자리도 종부 자리도 내놓겠다던 아버지를 따라, 내 손을 꽉 잡아 일으킨 원규와 함께 따라 윤림서원을 나오면서, 참 많이도 울었다. 나는 이미 두 분의 온전한 딸이었는데, 고모님들과 집안 어르신들을 핑계로 지독한 자격지심에 시달렸던 지난 시간이 안타깝고 아쉬웠다. 그동안 두 분의 가슴에 들었을 멍을 생각하니 죄송하다는 말은커녕 하염없이 눈물만 흘렸다.

"하아……."

가양동 엄마에게 그날 있었던 일을 말씀드렸을 때, 엄마는 그저 고개를 끄덕이기만 했다. 엄마가 미안하다는 말을 했으면 정말 화가 났을지도 모른다. 엄마를 미안하게 만든 건 엄마와 아버지의 사랑이 아니라 바로 나였다는 걸 깨달았기 때문이다. 그런 나의 마음을 다 알고 있는 듯 포근하게 나를 보듬은 엄마의 품에서, 공주에서 미처 내려놓지 못했던 것들을…… 마저 내려놓을 수 있었다.

이제부터 나의 시간과 나의 감정은 온전히 나의 사람들에게만 쓸 생각이다. 부모님이 다섯 분이나 되니, 난 더 이상 부러울 게 없는 사람이다. 어디 그뿐인가. 오빠도 있고 언니도 있고 동생도 있다. 그리고 박원규.

"사랑해."

다른 누구도 아닌 원규를 사랑해서, 정말 행복하다.

— *The end*

외전. 나는 처음부터 너를

결혼 전 #1

좁은 도로변의 주차장에 차를 세우고 나오는 길, 또 전화가 울린다. 이번에도 발신인은 허연화고, 나는 역시 받을 생각이 전혀 없다. 첫 번째 거절은 예의상 한 번으로 착각할 수 있다. 하지만 분명 서너 차례 연거푸 거절을 했다. 거절이 아니라 싫다고까지 했으면 알아들어야 하는 거 아닌가? 대체 무슨 생각을 하고 사는지.

허연화의 부탁은, 아껴 마지않는 어떤 후배가 쓴 소설의 표지디자인을 맡아 달라는 것이었다. 물론 컴퓨터 관련 서적 몇 권의 표지디자인을 맡은 적은 있지만 그건 어디까지나 내가 하고 있는 일의 연장선상이었다. 하지만 소설의 표지디자인이라니. 그렇지 않아도 머릿속이 복잡한 요즘 단순히 표지디자인을 위해 관심도 없는 소설에 시간을 투자하고 싶지는 않다. 솔직히 말해서, 그 부탁이 허연화의 것이라면 더더욱…….

오늘도 이태원 골목은 무리 지은 남자들로 가득하다. 간혹 여자들이 보이기는 하지만 도로변에서 멀어질수록 확연히 수가 줄어들고 있다. 부탁할 게 있다는 원호 형의 말에 일단 도착은 했지만, 전화로 얘기할 일은 아니라고 했던 것이 마음에 걸린다. 아버지께서 또 곤란한 일을 만들지는 않으셨을까 초조하고, 내가 귀국한 탓에 형의 입장이 난처해진 것만 같아 죄송하다.

후미진 골목길의 가파른 오르막 아래로 난 계단. 처음 왔을 때는 이곳의 모든 것들이 낯설고 불편했는데 이제는 꽤 익숙하다. 골목보다 가파른 계단을 내려가면 입구를 지키고 있는 두 남자. 문을 열고 들어서면 귀를 찔러 대는 음악. 자욱하고 매캐한 담배 연기 사이로 느껴지는 시선들. 문득, 형은 이곳에서 어떤 위안을 얻고 있을까 하는 생각이 든다.

"안녕하세요!"

반갑게 인사하는 르네, 김서준.

"어서 와라."

못마땅한 듯 툭 던지는 프랜시스, 표민기.

"그러고 섰지 말고 얼른 올라가."

다만 평소와 다른 게 하나 있다면, 오늘따라 민기가 조금 더 불편해 보인다는 것 정도다. 그리고 잠시 후, 위층에 허연화가 와 있다는 서준이의 말에 나까지 불편해지고 만다. 종일 전화를 무시했는데 결국에는 얼굴을 마주하게 생겼으니 말이다.

"뭐 해? 형 보러 온 거 아니야?"

"맞아."

"빨리 올라가라니까? 어중간하게 섰지 말고."

원호 형을 통해 원하는 걸 얻어 내는 데 도가 튼 여자. 설마 이번에도 형을 앞세워 못을 박으려는 건 아니겠지. 머리로는 그렇게 생각하면서도 마음으로는 벌써 체념하게 된다. 형의 부탁이라면 거절할 수가 없기 때문이다. 그리고 그런 사실을 너무도 잘 알고 있는 허연화가 불쾌하다.

『송연(送緣: 인연을 보내다)』제목이 내용의 전부인 것 같아서 미루 다 보니 어느덧 약속한 날짜가 내일모레로 다가왔다. 작가를 만나기 전에 원고를 읽어야 하는데, 책상 위에 수북한 원고 덩어리를 보고 있 으니 갈수록 속이 갑갑하다.

한요은.

허연화가 아끼는 동생. 어디 그뿐인가. 얼굴 한 번 본 적이 없다는 원호 형마저 그녀를 굉장히 좋아하는 것 같다. 그녀의 글을 좋아하는 건가? 어쨌든, 형의 간곡한 부탁으로 알겠다고는 했지만 역시 내키지 않는 일이다. 할 일도 없는데 괜히 이것저것 뒤적이다 마음을 고쳐먹 고 원고를 들추기는 했지만 또 한참을 멍한 채 있었다.

그래. 처음부터 읽는 게 싫으면 끝이라도 읽자. 어차피 맡은 일이니 원호 형을 봐서라도 제대로 해 줘야지. 끈질기게 달라붙다가 안 되니 원호 형을 앞세운 허연화의 존재 따위는 잠시 잊고 글에만 집중하자 마음을 다잡고 A4용지에 빼곡한 글자들을 눈으로 훑으며 마지막 페 이지를 펼쳤다.

모질게 두 발을 붙들던 물을 벗어나 뭍을 디딘 그가 걸음을 멎었다. 이미 생명이 스러진 정인의 몸이 너무 가벼워, 그 가벼운 몸이 너무 아 파 숨이 꺾이고 만다. 꽃가마 태우지는 못해도 꽃신 한 벌은 꼭 지어 주겠노라 약조했는데…….

생명이 스러졌다는 건 죽었다는 건가? 내가 읽고 있는 곳이 마지막 페이지가 맞는지 다시 한 번 확인했다.

이마를 타고 흐른 피가 눈동자에 어려 세상이 온통 붉다. 수년 전 늦봄, 산중턱을 진하게 물들였던 개꽃이 떠오르자 피도 눈물도 아닌 것이 또 가슴을 친다. 꽃신조차 여북한 형편으로 속을 앓던 그에게 사방 천지가 꽃이니 꽃신이며 꽃가마도 아쉽지 않다고 위로하던 그녀다. 그런 그녀를 꽃으로 고운 터에 재우지 못하고 차디찬 바다로 데려온 것이 서럽고 아프다.

여자는 이미 죽은 것 같고 남자도 곧 그럴 것 같다.

귓가에 들려오는 관군의 말발굽 소리가 점점 커질수록 남자는 정인의 몸을 가차이 안았다. 설운 울음을 꺽꺽 삼키는 남자의 품에서 그녀의 몸이 흔들리고 그의 발 아래로 하얗게 포말이 부서진다. 무지렁이로 나고 자란 더러운 세상, 이제 버리고 가니 그곳에선 내 님과 헤어지지 않으리라.

그만 읽으려고 했는데 시선은 이미 제일 아래쪽에 닿아 있었다.

찬연한 햇빛이 바다에 비쳐 뒤따라온 관군들의 시야를 가리고 물길에 놀란 관마들이 앞발을 드는 통에 몇몇은 바닥으로 고꾸라지기까지 했다. 일찌감치 말에서 내린 수장급의 사내는 철릭이 젖는 줄도 모른 채 두 사람이 사라진 바다로 뛰어들었다. 두 연놈을 놓쳤으니 주리 틀릴 일만 남았다는 관졸들의 넋두리는 사내에게 닿기도 전에 파도에 부서진다.

정말 죽은 건가? 아니. 죽고 살고를 떠나서 이게 정말 엔딩인가?

결국 이럴 거라면 왜 도망했을까. 시신이나마 보전케 해 주겠노라 하였으니 볕바른 곳에 묻어 넋이라도 기려 줄 일이지 어째서 같이 죽기를 택한단 말인가.

서로가 없으면 살아도 사는 게 아닌 사랑 얘긴가. 나도 모르게 한숨
이 나왔다. 죽음도 두렵지 않은 사랑이 글의 전부는 아니었으면 좋겠
다. 만일 그게 전부라면 표지디자인을 심각하게 재고해 봐야 할 것 같
다. 글에 공감하지 못한 채로 작업을 할 수는 없기 때문이다. 소설이
라기에 쭉 읽으면 되는 줄 알았는데 제목부터 엔딩까지 모든 게 껄끄
럽기만 하다.

나를 길러 주신 큰아버지와 큰어머니도, 또 원호 형도 모두 누군가
의 죽음으로 남겨진 사람들이다. 어렸을 때부터 지금까지, 남겨진 사
람이 어떻게 살아가는지 보아 왔다. 그저 슬프다고 말하기에는 너무
도 깊은 상처. 누군가의 빈자리는 슬픔이 아니라 지독한 아픔이고 처
절한 고통이다. 그래서인지는 몰라도 두 사람의 사랑보다는 죽음에
더 신경이 쓰인다. 이제는 소설조차 가볍게 읽을 수 없는 진정한 감정
의 불구가 된 걸까.

결 혼 전 #3

또 아무나 붙들고 본다.
"저 실례지만."
"예?"
"혹시 이 근처에 카페 파가니니라고, 어딘지 아세요?"
"카…… 카페……."
"파가니니요."
잠시 주변을 둘러보더니 난처한 듯 웃는다.
"저도 여기 처음이라 잘 모르겠는데……."

"아, 네."

서로 겸연쩍게 돌아서기를 벌써 일곱 번째다. 휴대폰 배터리는 이미 나가 버렸고 한요은이라는 사람의 번호를 아는 것도 아니고, 그걸 물어볼 원호 형이나 허연화의 번호 역시 모르기는 마찬가지다.

"저기요."

이번에도 아무나 붙들고 파가니니를 묻는다. 역시 모르겠단다.

"네, 죄송합니다."

8시 30분. 이미 약속 시간이 30분이나 지나 버렸다. 상대방이 돌아갔어도 할 말이 없는 상황이다. 나오기 전에 배터리를 충전했어야 했는데, 셋이서 함께 만났으면 좋겠다는 허연화에게 질려 휴대폰을 멀리했던 것이 화근이다. 그래도 강남역을 지나는 줄도 모른 채 글을 읽은 덕분에 엔딩을 먼저 접했을 때 생겼던 거부감은 거의 사라졌으니 다행으로 여겨야 하나. 어쨌든 지나가는 사람한테 묻는 것보다는 파가니니에 직접 전화하는 편이 나을 것 같다.

공중전화를 찾는 것도 쉬운 일이 아니라, 결국 영업 중인 가게에 들어가서 요금을 지불하고 전화를 써야 했다. 국기원과 역삼공원을 등지고 오른쪽으로 걷다 보면 첫 번째 삼거리가 나오고 거기서 왼쪽 길을 따라 다시 걷다가 두 번째 교차로에서 오른쪽으로 올라오면 된다는 통화 내용을 몇 번이고 되짚으며 국기원을 찾았다. 대로 뒤편의 교차로마다 이정표가 있어서 역삼공원 옆 국기원을 찾는 건 쉬웠다. 이제 파가니니로 가는 일만 남았는데, 올라오면서부터 줄곧 가로등 아래 혼자 앉아 계신 할머니가 신경 쓰인다. 저 할머니도 길을 잃으셨나?

"할머니."

할머니께서 쪼그려 앉은 자세로 고개를 들어 나를 보신다. 할머니의 발치에 놓인 불그스름한 바구니가 가로등을 반사해 주홍빛으로 물들어 있었다. 아마도 저 안에 있는 뭔가를 팔고 계신 모양이다. 어쨌든 길을 잃으신 게 아니라 다행이다.

"무슨 일이우?"

피곤한 기색이 역력한데도 사람 소리가 반가우신 듯 밝게 웃어 주시는 걸 보니, 대야 안에 든 게 뭐든 그걸 팔기 위해서가 아니라 소일거리를 찾아 나오신 것 같기도 하다. 나는 할아버지, 할머니에 대한 기억이 없다. 아버지께서는 일찍 부모님을 여의셨고, 외조부모님께서는 내가 미국에 있을 때 돌아가셨다. 출국 전에는 외가에 가면 할아버지를 곧잘 따르곤 했다는데, 너무 어렸을 때의 일이라 하나도 기억나질 않는다.

"여기, 혹시 카페 파가니니가 어딘지 아세요?"

뭘 팔고 계신지를 알아야 사겠다고 할 텐데. 괜한 친절을 동정으로 받아들이시면 어쩌나 망설이다가, 어쨌든 무슨 말이라도 해야 할 것 같아 파가니니 묻자, 나를 물끄러미 보신다.

"페―가?"

페가라니. 혹시 앞 전의 사람들도 그렇게 들었나. 그래서 하나같이 어리둥절한 표정이었나.

"아뇨. 커피 파는 곳인데. 이름이 파.가.니.니.거든요."

"커피는 요― 아래 가면 많이들 파는데. 나야 원체 나이가 되노니 바로 옆에 있는 글자도 침침해서 잘 안 보인다우."

"그런데요, 뭐 파시는 거예요?"

"으응?"

"거기 바구니 안에 있는 거요."

"아― 이거. 쑥개떡이라고 혹시 알우?"

알고 있다. 풀 향기가 나는 동그란 모양의 진녹색 떡.

"저기 큰길로 가면 원체 어린 사람들이라 잘 몰라도 여기 가끔 공원에 오는 사람들은 많이들 찾거든."

"저 개떡 알아요. 몇 번 먹어 봤어요."

미국에 있을 때 큰어머니가 한약상에서 말린 쑥을 사다가 몇 번 끓여 주신 적이 있다. 끓이는 게 맞나? 어쨌든 식감은 굉장히 독특했지만 향이 참 좋았다.

결혼 전 #4

카페 입구로 올라가는 길, 측면 전체가 유리로 된 창을 통해 언뜻 안쪽을 보니 사람이 혼자 앉은 테이블은 두어 개 정도인 것 같다. 두 사람 다 여자. 만일 기다리다 지쳐 돌아가지 않았다면 저들 중에 하나가 한요은이겠지.

문을 열고 들어서자마자 한 여자와 눈이 마주쳤다. 그 순간, 혼자 앉은 다른 여자를 볼 필요도 없이 저 사람이라는 확신이 들었다. 누군가와 통화 중인 거 같은데 곧장 돌아서서 나가고 싶을 정도로 표정이 안 좋았기 때문이다. 그래서일까, 저 여자가 그 여자일 거라는 확신보다 강하게 미안한 마음이 들었다.

"오래 기다리셨죠?"

5분도 아니고 50분을 기다리게 만들어 놓고 고작 한다는 말이 '오래 기다리셨죠?' 라니…….

'늦어서 정말 죄송합니다. 차가 너무 밀려서 지하철을 탔는데, 원고를 읽느라고 강남역을 지나는 줄도 몰랐어요. 사실 엊그제 밤에 원고를 처음 읽었거든요. 제목이 우울해서 미루고 있다가 끝부분을 먼저 읽었는데, 읽고 나니까 거절해야겠다는 생각이 들더라고요. 솔직히 말하면 주인공의 죽음이 독자의 감정을 극대화하는 도구로 쓰인 것 같아서 불쾌했어요. 제가 허연화를 불편해하는 이유도 그래서거든요. 은호라고, 친구가 하나 있었는데…… 그 친구가 죽은 게 허연화한테는 흥밋거리밖에 안 되는 거 같아서요. 끈질기게 부탁한 걸 보면 허연화가 그쪽을 많이 아끼는 거 같은데 그렇게 가까운 사이면 뭔가 통하

는 부분이 있을 테고, 그게 제가 싫어하는 그런 부분이라면, 그쪽하고
도 엮이기 싫었어요.'

아주 짧은 순간 두두두두 떠오른 생각들이다.

"전화드리려고 했는데 배터리가 다 돼서요."

하지만 나의 한국어는 형편없는 수준이다. 사실 이 사람의 원고를
읽는데도 사전을 끼고 있다시피 했다. 현대어도 아니고 과거를 배경
으로 하는 글이라 낯선 단어들, 특히 한자가 유독 많았기 때문이다.

'그래도 원고는 참 좋았어요. 처음에 엔딩만 보고 편견을 가졌던 게
미안할 정도로요. 전반적으로 굉장히 어두운 분위기지만 읽다 보니
조금은 이해가 됐어요. 그래도 여전히 두 사람이 어떻게든 살아남았
으면 좋았을 걸 생각해요. 아무리 픽션이라도 그렇게 죽는 건 억울하
잖아요.'

모두가 행복한 결말은 소설에서나 가능한 얘기다. 그래서 다들 해
피엔딩을 바라는 건지도 모른다. 새드엔딩은 여운은 길지만 다시 손
대기가 어렵다. 열 살 무렵, 큰아버지의 권유로 『Beneath the
Wheel(수레바퀴 아래서)』이라는 소설을 읽은 적이 있다. 모두의 기대
에 부응하기 위해 스스로를 버리고 타인의 꿈을 좇던 주인공의 삶이
어그러지는 걸 보며 내내 두려웠다. 그때는 어려서 그게 두려움인지
도 몰랐다. 내가 알던 행복한 동화들과는 너무 다른 이야기. 그런데도
책을 놓지 못했던 건 주인공이 어떻게든 행복하길 바랐기 때문이다.

"통화하던 중 아니었어요?"

앉으라는 말을 기대하기에는 그녀의 표정이 너무 굳어 있어서 하는
수 없이 화제를 돌리며 자리에 앉았다.

"누구세요?"

굉장히 신경질적인 목소리.

"연화 누나 소개로 나오신 거 맞죠?"

허연화를 누나로 부르는 건 원호 형 앞에서나 있는 일이었는

데…….

"네, 맞아요."

"일단 통화부터 끝내시죠."

흠칫 놀란 그녀가 휴대전화를 귀에 댔다.

"죄송해요, 언니."

조금 전의 신경질적인 목소리와는 완전히 다른 차분한 음성.

"네, 지금 막 왔네요."

지금 막 와서 미안합니다.

"모르겠어요. 일단 나중에 전화드릴게요."

통화를 마친 그녀가 무표정한 얼굴로 휴대전화를 내려놨다.

"오래 기다리셨어요?"

미안하다고 해야 하는데…….

"차가 막혀서 중간에 지하철을 탔는데 반대편으로 잘못 타는 바람에."

왜 자꾸 딴소리를 하게 되는지 모르겠다.

결혼 전 #5

그녀가 낯익다. 정확히 표현하면 그녀의 미소가 그렇다. 하지만 어린 시절 추억 속의 누군가를 다시 만났을 리는 없다. 내가 한국에 있었던 건 지금은 기억에도 없는 네 살 때까지가 전부였고, 다시 들어와 잠깐 고등학교를 다니긴 했지만 그녀는 그때 서울에 없었으니 말이다.

"저기요."

낯익은 그녀의 미소에 정신이 팔려 또 대화를 놓치고 있었나 보다.

"네?"

"저—"

나를 부르거나 뭔가를 말하기 전 그녀가 쓰는 단어는 딱 세 가지다. 저기요, 저기, 혹은 저. 하지만 처음에는 저렇게 머뭇머뭇하다가도 막상 얘기를 시작하면 의사 표현이 분명하다. 워낙 어휘가 풍부한 사람이라 가끔 모르는 단어가 나오기도 하는데, 금세 쉬운 말로 고쳐서 다시 말하는 걸 보면 상대의 반응에 꽤 민감한 편인 것 같다.

"미안해요. 잠깐 생각할 게 좀 있어서요."

요은 씨가 얼핏얼핏 웃을 때마다 기분이 이상하다……고 말하면 당황하겠지.

"아뇨. 불쑥 찾아온 제가 더 미안하죠. 시간 안 되면 다음에 보자고 하시지 그랬어요."

그러게 말이다. 분명 시간이 안 되는데 미리 잡힌 약속도 아닌 갑작스러운 식사 제안을 왜 받아들였는지 모르겠다.

"시간은 항상 안 돼요. 최근에 새로 맡은 일 때문에 정신이 없거든요."

얘기를 하고 보니 의사 전달이 제대로 안 된 것 같다.

"그러니까 제 말은, 요은 씨가 일에 방해됐다는 게 아니라 언제 오셨어도 마찬가지였을 거란 뜻이에요."

내가 말하면서도 무슨 말인지 모르겠다. 방해된 건 아니지만 언제든 방해됐을 거라는 게 말이 되는 소린가? 그런데 그녀가 웃는다. 그리고 나는 또…… 생각이 엉켜 버리고 만다.

"어쨌든 나오셨으니까 저녁은 같이 드시……."

"네."

생각이 더 엉켜서 그녀의 말을 놓치기 전에 대답부터 했다. 목소리가 꽤 컸는지 옆 테이블의 시선이 잠시 옮겨 올 정도였다.

"그런데 무슨 일로 보자고 했어요?"

"저녁 사고 싶어서요."

"저녁이요?"

"표지가 정말 마음에 들어서 감사하다는 뜻으로."

"안 그러셔도 돼요. 그냥 해 드린 일도 아니잖아요."

"아는데요. 조금 아쉬워서요."

"아쉬워요?"

조금 전에 표지가 정말 마음에 든다고 하지 않았나?

"이제 만날 일이 없는 거잖아요. 제가 책을 또 내지 않는 이상."

그러니까 지금, 날 계속 보고 싶다는 건가?

"저기요."

"네?"

"연배도 같은데 편하게 말하면 안 돼요?"

"연……배요?"

"나이요. 우리 동갑이잖아요."

"아— 연배. 나이."

나도 모르고 있던 나의 유머 감각을 일깨워 주기로 작정이라도 했는지, 그녀가 연신 웃는다.

"편하게 해도 돼요?"

"그러세요."

"먼저 편하게 하세요."

"제안은 요은 씨가 했잖아요."

"그럼……."

그녀가 입술을 닫아 웃음을 삼킨 후 다시 말을 이었다.

"편하게 할……게."

나는 대답 대신 고개만 끄덕이며 물 잔을 들었다.

"저기."

말을 편하게 하기로 했을 뿐, 편한 사이가 된 건 아닌가 보다. 여전히 나를 저기로 부르는 걸 보면 말이다.

"혹시 내 이름, 잊어버렸어?"

진심으로 궁금해서 물었는데 또 웃는다. 제발 그렇게 웃지 좀 말아 줄래.

"박원규."

"알고 있네."

"응."

"앞으로는 그렇게 부르면 돼. 저기요, 저기 말고."

"응."

"왜 자꾸 웃어?"

"아, 미안."

"미안하라고 말한 게 아니라 진짜 궁금해서 물어본 건데."

터진 웃음에 그녀의 어깨가 흔들린다.

"내가 웃긴가?"

"아― 하하…… 미안. 그런 게 아니라."

너무 웃겨서 울 것 같은 얼굴로 그런 게 아니라니. 이걸 믿어야 되나 말아야 되나. 하지만 잠시 후, 살며시 입술을 깨물며 숨을 마신 그녀가 언제 그랬냐는 듯 차분한 표정으로 나를 본다.

"있잖아."

저기요에서 있잖아로 바뀐 건가. 아무래도 이름을 부르기 싫은 거 같은데 강요하는 것도 예의는 아니니 편한 대로 하게 내버려 두자. 마지막 만남에 말을 놓자고 한 것이 조금 이상하지만, 어차피 그녀의 말 대로 더는 만날 일도 없는 사이니까 말이다.

"가끔 연락해도 돼?"

"네? 아― 아니. 응?"

"연락해도 되냐고. 가끔 생각날 때."

나도 가끔 그녀를 생각할 때가 있다는 걸 문득 깨달았다.

"불편하면…… 거절해도 돼."

그녀의 연락이 불편한 게 아니라, 가끔이지만 그녀를 생각하고 있는 나 자신을 깨달은 것이 불편하다. 그리고 나를 더 불편하게 만드는 것은, 이대로 가만히 있으면 정말 그녀를 볼 일이 없게 될지도 모른다는 생각이다.

"괜히 얘기했다. 그냥 밥이나 맛있게 먹을걸."

나도 이 사람을…… 계속 보고 싶은 건가?

"해도 돼."

나도 모르게 나온 말이다.

"가끔 필요할 때 연락해."

"정말 그래도 돼?"

"응."

"필요할 때가 아니라……."

그녀의 망설임이 길게만 느껴진다.

"보고 싶을 때 연락할게."

망설임 끝에 그렇게 말하며, 또 웃는다.

결혼 전 #6

모처럼 한가한 오후. 일찌감치 집에 와서 자다가 그녀의 전화에 잠이 깼다.

"네."

— 나 요은이.

"응."

— 어디 아파?

"아니."

— 목소리가 안 좋아.

"자다 일어나서 그래."

— 자고 있었어?

"응."

— 나 도착했는데, 올라가도 돼?

아…… 저녁 약속.

— 여보세요?

"어."

— 로비에서 기다릴까?

"아니. 어—"

— 바쁘면 다음에 봐도 돼.

"그런 게 아니라. 오늘 오전까지 넘길 일이 있어서 밤샜거든. 정
신이 없어서 깜빡하고 있었어. 미안해. 금방 갈게."

— 지금 어딘데?

"집으로 왔어."

— 그럼 그냥 쉬어. 피곤하잖아.

"아냐. 갈게. 조금만 기다려."

— 괜찮아. 나 화 안 났어.

미안해야 할 사람은 난데 그저 괜찮다는 그녀 대신 나라도 화를 내
야 하는 상황인가.

"한요은."

— 음?

"금방 갈 테니까 기다리라고."

근처 카페에서 한 시간 후에 보자는 말을 끝으로 전화를 끊고 서둘
러 옷을 입었다. 지하철을 타기로 하고 집을 나서는데 거실에 앉아 계
시던 어머니께서 곤히 자는 것 같아 안 깨웠다며 이제라도 저녁을 먹
으라신다.

"밖에서 먹을게요."

"오늘은 좀 쉬겠다더니 나가게?"

"약속이 있어서요."

"그럼 얘길 하지 그랬어. 아주머니 번거롭게 상을 두 번이나 치우게 생겼네."

"죄송해요. 전화를 방금 받아서요."

"누군데?"

"이태원 가는 거 아니니까 염려 마세요."

어머니의 표정을 보니 아무래도 괜한 말을 한 것 같다.

"죄송해요."

"아니야. 어서 다녀오렴."

난 대체 무슨 생각으로 한요은이라는 사람을 만나고 있는 걸까. 집을 나와 사무실로 가는 내내 한 가지 생각뿐이다. 왜 다른 여자들한테 그랬던 것처럼 거절하지 못할까. 그리고 그녀는 왜 항상 먼저 전화하고 기다리면서도 화를 내지 않을까. 나를 좋아해서? 나를 왜 좋아하지? 몇 번 얼굴을 본 게 전부고 내가 달리 호감을 보인 것도 아닌데 왜? 그럼 난 그녀를 좋아하나?

좋은 사람인 건 맞지만 좋아하는 건 아니다. 더구나 그녀를 여자로 생각한 적도 없다. 그녀를 상대로 성적인 욕구를 느낀 적이 없다는 의미다. 상대가 여자든 남자든, 나는 한 번도 그런 감정을 느껴 본 적이 없다. 상대방에게는 미안한 말이지만 첫 키스도 첫 경험도 무미건조했다. 어쨌든, 그런데 왜 그녀를 계속 만나는 거지?

웃는 게 예뻐서…….

내가 생각하고도 어이가 없어 고개를 휘둘렀다.

결혼 전 #7

그녀의 친모가 일본인이라는 사실을 요은이가 아닌 허연화에게 들었다. 종가를 이을 아들이 태어나질 않자 집안에서는 그녀의 오빠를 양자로 입적했고 그녀는 태어나자마자 한국으로 넘어와 양모의 손에 자랐다고 한다. 그런데 공교롭게도 요은이가 여섯 살이 되던 해에 한국인 양모께서 아들을 낳으셨고, 그녀의 오빠는 그 아이가 성인이 되던 해에 문중에서 제외됐다. 상속권을 포기하고 이름마저 바꾸도록 했다니, 참 대단한 사람들이다.

"무슨 생각 해?"

내 앞에 앉은 그녀가 다른 사람처럼 느껴진다.

"아무 생각도 안 해."

"피곤해 보여."

"응. 조금 피곤해."

"그럼 일어나자."

"한요은."

"응?"

"연화 누나랑은 가끔 연락해?"

"요즘 들어 자주 만나는 편. 근데 왜?"

"많이 친한 사이야?"

"응."

망설임이라곤 찾아볼 수 없는 확신에 찬 대답이다. 내가 너한테서 듣지 못한 얘기를 허연화한테서 들었다는 걸 알고는 있을까. 나도 이미 알고 있는 일 아니냐고 하긴 했지만, 내가 이미 알고 있는 얘기를 시시콜콜 들춰낼 필요가 없다는 것쯤은 누구나 알 수 있는 사실이다. 더구나 나 혼자가 아니라 원호 형도 있는 자리에서 말이다.

"내가 연애 경험이 한 번도 없잖아. 그래서 언니가 좀 걱정되나 봐."

연애라면, 나와의 관계를 말하는 건가. 이런 관계를 연애로 정의하는 걸 보니 확실히 경험이 없는 게 맞지 싶다.

"박원규."

"응?"

"무슨 생각을 그렇게 해."

네가 나와 하고 있는 이걸 정말 연애라고 생각한다면, 허연화에게는 하는 얘기를 왜 나한테는 하지 않을까 하는 생각. 그런 어이없는 생각을 하는 중이다.

"아무 생각도 안 한다니까."

내가 너한테 뭐라고. 내가 너한테 뭐가 될 수 있다고 이런 생각을 하는 건지 모르겠다.

결 혼 전 #8

새벽녘에 주방으로 나온 최 여사가 흠칫 놀라며 숨을 삼켰다. 식탁에 앉은 누군가의 형체가 주방으로 통하는 좁은 복도의 조명에 어렴풋이 비쳤기 때문이다. 남편은 침실에서 깊이 잠들어 있으니 저러고 있을 사람은 아들 원규밖에 없다.

"불도 안 켜고 뭐 하니?"

식탁 조명을 켜 보니 얼음도 없이 술만 가득한 잔을 들고 있다.

"얘는 참 안주도 없이."

"아뇨. 됐어요."

최 여사는 서둘러 자리에서 일어난 원규를 안쓰러운 듯 바라본다. 박 변호사는 원규의 얼굴을 보는 것조차 언짢아했고 원규 역시 일이 바쁘다는 이유로 새벽에 나가서 밤에 들어오기 일쑤였다. 새벽에 나가고 밤늦게 들어오는 아들이 끼니는 제대로 챙기고 다니는지, 요즘 들어 왜 그리 이태원 출입이 잦은지 궁금한 게 많지만, 아버지의 성화에 질려 있을 아들을 위해 그저 참는 수밖에 없다.

"안녕히 주무세요."

"원규야."

"네."

최근 원규가 이태원에 드나드는 일이 잦아지면서 집안 분위기가 더욱 험악해졌다. 박 변호사는 퍼즈가 아예 문을 닫아야 정신을 차리겠냐며 당장 미국으로 가라고 원규를 몰아붙였고, 원규는 절대 그렇게는 못 한다며 시간이 필요하다고 했다.

'다 너를 위해서야.'

'그럼 제가 원하는 대로 하도록 내버려 두세요. 저도 최선을 다하고 있습니다.'

'최선? 지금 하고 다니는 그 작태가 최선이다?'

'어쨌든 집으로 들어왔잖아요. 이게 제가 두 분께 할 수 있는 최선입니다.'

'꼴도 보기 싫은 아비와 한집에 살아 주는 걸로 자식 된 도리는 다한 거다 이거냐. 그 망신을 당하고 미국으로 간 게 불과 몇 년 전이다. 어디서든 재원외고 동문을 만나지 않으리라는 법이 없어. 구설수에 휘말리면 멀쩡하던 사람도 만신창이가 되는데 이건 사람이 둘이나 죽어 나간 일이야. 지금도 말을 만들기만 하면 얼마든지 부풀릴 수 있겠지.'

원규는 아버지를 이해할 수가 없었다. 그 소문을 부끄러워해야 할 사람은 그가 아니었다. 두 사람을 역겨운 벌레 취급 했던 동문들이야말로 누군가를 죽음으로 내몰고 있는 줄도 모른 채 철없이 굴었던 자신들의 모습이 부끄럽지 않을까. 원규의 생각은 그랬다.

'그게 걱정이세요? 소문이요?'

'그래. 더구나 네가 그 소문에 걸맞게 이태원 바닥이나 휘젓고 다니는 거, 더는 못 본다.'

다시 미국으로 가라는 박 변호사와 절대 그렇게는 못 하겠다는 원규. 두 사람의 언쟁이 격해질 때마다 최 여사는 속이 타들어 갔다. 가끔은 남편이 다 큰 아들의 뺨을 때리는 일도 있었다. 어떤 때는 아들이 제발 말로만이라도 아버지 앞에 굽혀 주길 바라기도 했다.

잘못했습니다, 이제 안 그러겠습니다.

어려운 말이 아니지 않은가. 하지만 원규는 항상 아버지의 질타를 듣고만 있을 뿐, 부정도 긍정도 하지 않았다. 그런 원규의 태도가 박 변호사를 더욱 언짢게 만들었고 급기야는 퍼즈를 청소년 유해업소로 신고하는 지경에까지 이르게 했다. 그 일을 계기로 원규는 아버지를 아예 없는 사람인 듯 대했고 박 변호사는 더욱 아들을 몰아붙였다.

"요즘 별일 없니? 얼굴이 많이 안돼 보이는데."

"없어요."

일이 있어도 절대 말하지 않을 성격이란 걸 알기에 어미 된 마음이 더욱 아리다.

"아침은 집에서 먹고 가지 그러니. 정 불편하면 일찌감치 따로 차려 줄게."

"아뇨. 괜찮아요. 안녕히 주무세요."

대화를 끊은 채 주방을 나서던 원규가 다시 뒤를 돌아본다. 그의 뒷모습을 좇던 어머니와 시선이 닿은 순간, 뭐라 표현하기 힘든 감정이 혀뿌리를 무겁게 잡아당겼다.

"어머니."

"응 그래."

무엇이든 들을 준비가 되어 있는 듯 반가운 기색이 스친 어머니의 미소에, 원규는 잠시 눈을 감았다. 어머니에게 말하면 돌이킬 수 없다는 걸 알고 있기 때문이다.

"조만간 시간 좀 내 주세요."

"응?"

연화가 다녀가고 며칠 후 요은이가 프러포즈를 해 왔고, 다시 며칠의 고민 끝에 원규는 그녀의 프러포즈를 받아들이기로 했다. 그녀가 그에게 한 것은 청혼이 아니라 제안이라고 생각했다.

"인사시킬 사람이 있어서요."

"응?"

"회사에 오셨을 때 한 번 보신 적 있는데, 제가 표지디자인 맡았던……."

"아— 그 아가씨!?"

"네. 한요은이에요."

"그 아가씨를 왜?"

설마 하는 마음으로 아들을 바라보던 어머니는 침묵이 길어질수록 확신이 생겼다.

"원규 너…… 혹시 그 아가씨랑 교제 중이니?"

"네."

조금의 망설임도 없는 아들의 대답에 말을 잊기는 했지만 이보다 더 기쁜 일이 어디 있겠는가.

"이번 주 중에 언제가 좋을지 말씀해 주시면 시간 맞춰 볼게요."

"나야 항상 좋지. 그 아가씨 편한 시간으로 하렴."

"네. 그럼 물어보고 말씀드릴게요."

"그런데 이름이…… 뭐라고?"

"한요은이요."

원규가 그녀의 이름을 한 글자씩 읊조리듯 말했다.

"한요은. 이름도 참 예쁘네."

어머니의 미소를 보고 있기가 죄송하다.

"저 들어갈게요."

"그래. 적당히 마시고 얼른 자렴."

"네."

방에 들어온 원규가 술잔을 마저 비우며 침대에 앉았다. 뒤늦게 술기운이 올라 폐로 들어가는 숨이 뜨겁고, 요은의 번호를 누르고 기다리는 동안 수많은 생각이 머릿속을 헤집는다.

　— 여보세요?

　약간 놀란 것 같은 그녀의 목소리를 들은 후에야 새벽 3시가 넘은 시간이라는 것을 깨달았다.

　"미안. 자는데 깨웠나 보네."

　— 아니? 나 안 잤어.

　새벽 3시. 너는 왜 안 자고 있었을까.

　— 근데 무슨 일이야 이 시간에?

　요은은 원규에게 프러포즈를 한 후로 줄곧 밤잠을 설쳐야 했다. 처음 이틀간은 원규의 승낙을 애타게 기다렸다. 하지만 다시 이틀이 지나고부터는 허락이든 거절이든 빨리 답을 듣고 싶은 마음뿐이었다. 그런데 꼬박 엿새가 지난 지금, 원규가 전화를 했다. 표지디자인 건으로 몇 번인가 전화를 한 적은 있지만 그 후론 먼저 전화한 적이 한 번도 없는 그였다. 너무 성급했는지도 모른다는 생각으로 몇 날 며칠을 지새운 탓일까. 유난히 가라앉은 원규의 목소리를 들으니 덜컥 겁이 난다.

　"나 아직 대답 안 했잖아."

　— 아…….

　마치 송화음을 차단한 것처럼 그녀에게서는 숨소리조차 들리지 않았다. 그래서인지 새벽 공기가 더욱 공허하게 느껴진다.

　"하자. 결혼."

　그녀는 기쁨의 비명을 삼키느라 입술을 깨물었다. 그리고 그는 끝까지 묻지 못한 말이 혀끝을 맴돌아 입술을 깨물었다.

결혼 전 #9

　그녀의 부모님께 인사를 드리러 왔는데, 이분은 누구시고 저분은 누구시고 거기 그분은 누구시고 끝도 없이 나타나는 어르신들께 인사를 여쭙느라 허리가 뻐근할 정도다. 요은이가 어머님과 함께 자리를 비우자 방 안에는 나와 어르신들만 남았다. 요은이의 아버님께서 집안의 막내라서 그런지 고모님들이라고는 하지만 모두 연세가 꽤 돼 보이신다. 빙 둘러앉은 사람 중 남자는 나뿐이다. 요은이의 아버님께서는 진료가 늦게 끝나실 거라니 하는 수 없이 기다리는 입장이 되고 말았다.

"그래. 자네가 올해 몇이라고?"

"스물여섯입니다."

"어디 보자. 스물여섯이면 신유년생인가?"

"네?"

"자네 태어난 해 말일세."

"천구백팔십일 년입니다."

"그럼 신유년이네. 저녁쯤 어르신들이 더 오실 텐데, 나이를 묻거든 스물여섯 신유년생이라고 대답하게나."

"네. 알겠습니다."

"생월은?"

"네?"

"태어난 달 말일세."

마치 사람에게도 유통기한이라는 게 있는 듯 생년과 생월을 물으신다.

"12월생입니다."

생일까지 한 번에 대답할까 하다가 묻는 말에만 답하기로 마음을 고쳐먹었다.

"아버님께서 높은 자리를 지내셨다고?"

자꾸 문 쪽을 곁눈질하게 된다. 요은이는 대체 어디 있는 걸까.

"독자라고?"

분명 한국어로 말씀하고 계신데 알아들을 수가 없으니 정말 답답하다. 요은이가 쓴 책을 읽어는 봤으니 독자가 아닌 건 아니지만, 전후 상황으로 판단할 때 방금 전 말씀하신 독자는 그런 의미가 아닐 것 같다.

"미국에서 자랐다고?"

"네. 그래서 한자에 조금 미숙합니다."

"그런 거 같으이."

"죄송합니다."

"자네가 죄송할 일은 아니네."

둘째 고모님께서 말씀을 거들고 나오셨다.

"인사 올리라고 사람을 청해 놓고 언질 하나 없었던 요은이 탓이지."

그런데 얘기가 영 이상한 방향으로 흐르는 것 같다.

"요즘 아이들은 자기실현인지 뭔지가 중요해서 혼인은 차차 한다는데, 어쩜 대학을 마치자마자 이러는지."

이번에는 셋째 고모님의 말씀이다. 어쨌든 대학을 졸업한 건 2년 전일 텐데 말씀이 좀 지나치신 것 같다.

"그러게 말이에요. 아직 제 언니도 혼인 전인데. 쯧쯧—"

저분은 넷째 고모님. 백설공주와 일곱 난장이도 아니고. 천장이 낮은 방 안에 나이순으로 앉은 어르신들이 차례로 한마디씩 거드시는 통에 정신이 없다.

"남의 집 귀신 되겠다는 데야 반가운 일이죠. 어차피 기꺼운 핏줄도 아닌데."

첫째 고모님께서 조금 전 핏줄 얘기를 꺼낸 다섯째 고모님께 따가운 시선을 보내셨다.

"어쨌든 혼처를 잘 잡아서 다행이네. 집안에 해 끼치는 일은 없겠어."

하지만 나와 제일 가까이 앉은 그 고모님은 뭐가 불만인지 말을 멎지 않으신다.

"어허!"

"사실이 그렇잖아요. 얌전한 고양이가 부뚜막에 먼저 오른다더니 제 실속은 다 차리고 있었네. 누굴 닮았는지 어렸을 때부터 의뭉스럽기 짝이 없더니."

아무것도 모르는 내 앞에서 저렇게 말씀하실 정도면 요은이한테는 어땠을까. 저녁쯤 오신다는 어르신들은 또 얼마나 대단하실지 생각하니 인사는 이쯤 하고 서울로 올라갈까 싶기도 하다.

"그만하라는데도."

나와 제일 멀리 앉은 큰고모님과 눈이 마주친 순간 나도 모르게 자세를 고쳐 앉았다.

"자네."

"네."

"잠시 나가서 바람이라도 쐬지 그러나."

정말 감사합니다.

"네. 알겠습니다."

한 분씩 따로 인사를 드려야 하나 고민하다가 제일 큰 어르신께 허리를 깊이 숙인 후 서둘러 방을 나섰다. 하지만 길게 뻗은 마루를 내려와 지붕이 얹어진 문을 지나자 조금 전과 비슷하게 생긴 집이 또 나온다. 방금 내가 나온 게 대문 아니었나?

"흠—"

저기 있는 저 문이 저 집에서 나오는 문인지 이 집으로 들어오는 문인지 알 수가 없다. 저 집과 이 집이 모두 요은이네 집인지 아닌지도 모르겠다. 그런데 어디선가, 굉장히 맛있는 냄새가 난다. 이번에는 헨젤과 그레텔인가.

"원규야?"

나를 부르는 요은이의 목소리가 과자로 만든 집보다 달콤하게 느껴지는 순간이다.

"왜 나와 있어?"

"바람 좀 쐬려고. 근데 넌 어디 있었어?"

"다과 준비하느라고 객실 뒤쪽에 있었어."

"여기도 집이야? 그러니까 이쪽도……."

"응. 여기는 사당이야."

"사당?"

"응. 신주 모시는 곳."

"신주?"

"그러니까 가묘 같은 건데."

애써 웃음을 참고 있는 것 같은데 대강 아는 척해야 하나? 하지만 대화가 끝나면 나를 혼자 남겨 두고 또 어디론가 사라져 버릴지도 모른다.

"가묘?"

"하……."

오늘도 나는, 그녀를 웃기고야 말았다. 밝게 웃는 그녀를 볼 때마다 무언가 잡힐 듯 말 듯 혼란스러워 넋을 놓게 된다.

"하하하…… 미안. 그러니까 가묘가 뭐냐면……"

그녀의 목소리가 흐릿해질 만큼 머릿속을 꽉 채우는 낯설고도 익숙한 이 느낌을 어떻게 설명하면 좋을까. 나를 어떤 사람으로 알고 있든, 나에게 결혼을 제안한 이유가 무엇이든, 그녀의 웃음만큼은 참 보기 좋다.

작가 후기

글을 쓰기까지.

10년 만에 다시 시작한 글을 마무리할 수 있도록 끊임없이 격려해 주신 어머니, 아버지. 2년 6개월의 연재 기간 동안 묵묵히 곁을 지켜주신 독자 여러분들. 재판실무에 관해서 궁금한 것이 있을 때마다 도움을 준 이승현. 교정 원고를 받기도 전에 초고를 수정해서 700페이지에 달하는 분량을 일일이 비교하여 고치는 것을 도와준 최윤서. 정말 많은 부분에서 큰 도움을 주신 뿔미디어 박경희 팀장님 외 편집팀 여러분들. 마지막으로, 삶의 다양한 면을 경험할 수 있도록 도움을 주신 주변의 모든 분들께 고맙습니다.

· 1권 399p에서 인용한 노래 가사는 John Cameron Mitchell의 'The Origin Of Love(영화 Hedwig의 OST)' 입니다.

PLEASE, WHY ME

플리즈 와이 미

1판 1쇄 찍음 2017년 4월 20일
1판 1쇄 펴냄 2017년 4월 28일

지은이 나막웃었잖아
펴낸이 정 필
펴낸곳 (주)뿔미디어

편집장 박경희
기획 · 편집 박경희, 이유나

출판등록 2002년 9월 11일 (제1081-1-132호)
주소 경기도 부천시 원미구 소향로 17, 303(두성프라자)
전화 032)651-6513 팩스 032)651-6094
E-mail scarlets2012@hanmail.net
블로그 http://blog.naver.com/dahyangs
비북스 http://b-books.co.kr

ISBN 979-11-315-7938-1 04810
ISBN 979-11-315-7936-7 04810 (SET)